## Zu diesem Buch

Die Pionierzeit in Amerika liefert den grandiosen Hintergrund, vor dem die schöne und wagemutige Angélique in neue wilde Abenteuer verstrickt wird. Nunmehr eine reife Frau, die weiß, was sie will und was die Männer von ihr wollen, kämpft sie gegen bigotte Fanatiker und zwielichtige Geschäftsleute. Aber nicht minder leidenschaftlich muß sie sich gegen die junge und dämonisch verlockende Herzogin von Maudribourg zur Wehr setzen, die Angéliques Ehe mit dem geliebten Grafen Joffrey de Peyrac in höchste Gefahr bringt.

«Angéliques Widersacherin spielt eine gleichbedeutende Rolle, die an Pikanterie nichts zu wünschen übrigläßt. Doch über dem Knäuel von Verstrickungen mit dunklen Mächten, Täuschungen und brutaler Gewalt steht wiederum die große Liebe, die den Wust von Abenteuern glücklich löst...» («Welt am Sonntag»). – «Wieder eine fesselnde und farbige Lektüre für alle Angélique-Freunde» («Neue Osnabrücker Zeitung»). – «Mit ‹Angélique und die Dämonin› wurde ein neuer Höhepunkt in der von Millionen gelesenen Reihe der ‹Angélique›-Romane erreicht» («Passauer Neue Presse»).

Anne Golon, unter ihrem Mädchennamen Simone Changeux am 19. Dezember 1927 in Toulon als Tochter eines Marineoffiziers geboren, wurde Journalistin, schrieb Film-Drehbücher und bekam schon mit neunzehn Jahren für ein Jugendbuch einen Preis. Damit finanzierte sie eine Reportagereise nach Afrika. Im Kongo interviewte sie einen französischen Mineningenieur russischer Abstammung, Wsewolod Golonbinoff, den sie wenig später heiratete. Beide zusammen verfaßten eine Tiergeschichte, die ein Pariser Verlag verlegte. Das Paar nannte sich dabei erstmals Serge und Anne Golon. Der Verlagsleiter gab ihnen den Rat, historisch-abenteuerliche Frauenromane zu schreiben, den sie mit ungewöhnlichem Erfolg verwirklichten. Nach dreijährigem Milieu- und Quellenstudium in Versailles schrieben sie den ersten Band ihrer Fortsetzungssaga aus der Zeit Ludwigs XIV. mit dem Titel «Angélique». Die Buchausgabe erschien übrigens nicht zuerst in Frankreich, sondern 1956 im Berliner Lothar Blanvalet Verlag. (1972 starb Serge Golon während einer Recherchen-Reise in Kanada. Die in über 25 Sprachen übersetzte «Angélique»-Reihe wurde inzwischen mit einer Lesergemeinde von mehr als 70 Millionen zu einem der spektakulärsten Bucherfolge aller Zeiten und überaus erfolgreich verfilmt. Die einzelnen Titel lauten: «Angélique» (rororo Nr. 1883 und rororo Nr. 1884), «Angélique und der König» (rororo Nr. 1904), «Unbezähmbare Angélique» (rororo Nr. 1963), «Angélique, die Rebellin» (rororo Nr. 1999), «Angélique und ihre Liebe» (rororo Nr. 4018), «Angélique und Joffrey» (rororo Nr. 4041), «Angélique und die Versuchung» (rororo Nr. 4076), «Angélique und die Dämonin» und «Angélique und die Verschwörung».

# Anne Golon

# Angélique und die Dämonin

Roman

Rowohlt

Die Originalausgabe erschien bei Opera Mundi, Paris,
unter dem Titel «Angélique et la Démone»
Aus dem Französischen übertragen von Hans Nicklisch
Umschlagentwurf Werner Rebhuhn (Foto: Filmpress
E. S. Schnegg)

| 1.–40. Tausend | Oktober 1977 |
| 41.–55. Tausend | April 1978 |
| 56.–70. Tausend | November 1978 |
| 71.–80. Tausend | November 1979 |
| 81.–90. Tausend | November 1980 |

Veröffentlicht im Rowohlt Taschenbuch Verlag GmbH,
Reinbek bei Hamburg, Oktober 1977
mit Genehmigung der Blanvalet Verlag GmbH, München
«Angélique et la Démone» Copyright © 1972 by Opera Mundi, Paris
Jeder Nachdruck, jede Übersetzung oder Bearbeitung,
gleich welcher Form, auch teilweise, ist in allen Ländern untersagt
Alle deutschsprachigen Rechte besitzt die Blanvalet Verlag GmbH,
München
Satz Aldus (Linotron 505 C)
Gesamtherstellung Clausen & Bosse, Leck
Printed in Germany
680-ISBN 3 499 14108 6

Erster Teil

# Die Herzogin

# 1

So jung war dieses Gesicht auf dem spitzenbesetzten Kopfkissen des Bettes, von einer so anrührenden, zarten, von Erschöpfung gezeichneten Schönheit, daß Angélique das Unbehagen nicht begriff, das es in ihr auslöste. Was war mit dieser Herzogin von Maudribourg, die nach ihrer wie ein Wunder anmutenden Rettung aus dem Untergang ihres Schiffs am Strand von Gouldsboro zusammengebrochen und auf ihr Geheiß in ihr und Joffreys Zimmer im Fort gebracht worden war? Seit Stunden versuchte sie, die offenbar Bewußtlose wieder zu sich zu bringen, und während all dieser Zeit hatte sie das Gefühl nicht verlassen, daß irgend etwas mit dieser Frau und ihrem Auftauchen in Gouldsboro nicht stimmte. Aber was war es? Manchmal glaubte sie, es fast greifen zu können, aber dann entzog es sich wieder, aufgesogen vom schillernden Nebel des Außergewöhnlichen, das die reichlich theatralische Rückkehr der Herzogin unter die Lebenden umgab. Was war es? Was hatte sie beobachtet, was hatte sie für einen Moment mehr unbewußt als bewußt stutzig gemacht und war ihr wieder entfallen?

Ihr Blick glitt durch den Raum und blieb an dem Kätzchen hängen, das ihr, von irgendeinem ausgesetzt, vor kurzem zugelaufen war und sie in den Tagen ihrer Auseinandersetzung mit Joffrey durch seine vertrauensvolle Anhänglichkeit ein wenig getröstet hatte. Es schlief, zusammengerollt auf den noch am Boden liegenden roten Strümpfen der Herzogin, die Angélique im ersten Moment ihrer Landung so aufgefallen waren . . . scharlachrote Strümpfe und Pantoffelschuhe aus karminrotem Samt mit weißen Lederbesätzen . . . Und plötzlich wurde ihr mit hellsichtiger Klarheit bewußt, was nicht stimmte, nicht stimmen konnte. Die extravagante Kleidung der Herzogin war zwar vom Meerwasser mitgenommen und auch hier und dort zerrissen gewesen, aber wer, wie Joffrey gesagt hatte, nach einem Schiffbruch wie Jonas von seinem Wal ans Ufer gespien worden war, hätte sich in weit schlimmerem Zustand befinden müssen. Und nun gar die roten Strümpfe und Schuhe, die nichts von den hinter ihrer Trägerin liegenden Strapazen verrieten . . .

Sie beugte sich zu dem Kätzchen hinunter, setzte es vorsichtig auf eine Decke und hob die Strümpfe auf. Leicht und weich lagen sie in ihrer Hand; ihr empfindliches Gewebe zeigte weder Spuren von Verfilzung und Verfärbung, noch waren die angetrockneten weißlichen Reste von Salzüberbleibseln zu sehen. Sie konnten mit Meerwasser nicht in Berührung gekommen sein.

Wieder beschlich sie das Gefühl der Beklemmung, der lautlosen, ungreifbaren Gefahr, das irgendwie mit dieser Frau zusammenhing . . .

«Ich habe die Strümpfe in Paris gekauft», sagte hinter ihr eine Stimme. «Bei Bernin. Ihr wißt, Bernin, der Kurzwarenhändler in der Galerie du Palais.»

Die Herzogin war erwacht und beobachtete sie seit einigen Sekunden. Angélique wandte sich ihr zu, und wie vor Stunden am Strand empfand sie die Begegnung mit den herrlichen Augen der «Wohltäterin» wie einen Schock.

«Welchen Zauber enthält dieser Blick?» fragte sie sich im Nähertreten.

Die dunklen Pupillen schienen das zarte, blasse, fast jungmädchenhafte Gesicht zu verzehren und ihm eine Art tragischer Reife zu verleihen, wie man sie zuweilen bei durch Leid früh gereiften, allzu ernsten Kindern findet.

Doch dieser Eindruck schwand sehr schnell.

Als Angélique sich über die Liegende neigte, hatte sich deren Gesichtsausdruck schon gewandelt. Ein sanfter Glanz lag in ihrem Blick, der die Gräfin Peyrac mit Sympathie musterte, während sich um ihre Lippen ein Lächeln der Begrüßung abzeichnete.

«Wie fühlt Ihr Euch, Madame?» erkundigte sich Angélique und ließ sich am Fußende des Bettes nieder.

Sie griff nach der Hand der Herzogin und fand sie kühl und ohne jedes Anzeichen von Fieber. Nur der Puls schien noch unruhig.

«Ihr habt meine Strümpfe bewundert?» fragte Madame de Maudribourg. «Sie sind schön, nicht wahr?»

Ihre volle Stimme klang ein wenig affektiert.

«Ihre Seide ist mit dem Haar afghanischer Ziegen und Goldfäden vermischt. Deshalb sind sie so weich und glänzend.»

«Sie sind wirklich elegant», stimmte Angélique zu. «Monsieur Bernin, den ich früher gut kannte, hat sich seinen Ruf bewahrt.»

«Ich habe auch Handschuhe aus Grenoble», fuhr die Herzogin fort. «Mit Ambra parfümiert. Wo sind sie? Ich würde sie Euch gern zeigen . . .»

Ihr Blick irrte durchs Zimmer. Sie schien sich weder klar darüber, wo sie sich befand, noch wer diese am Fußende des Bettes sitzende Frau war, in deren Schoß ihre roten Strümpfe lagen.

«Sollten Eure Handschuhe nicht mit dem Rest Eures Gepäcks verlorengegangen sein?» fragte Angélique vorsichtig, um ihr zu helfen, sich ihrer Lage bewußt zu werden.

Die Kranke starrte sie an, dann flackerte etwas wie Angst in ihrem Blick. Sie schloß die Augen. Ihr Atem ging schnell. Gleich darauf hob sie die Hand zur Stirn und murmelte:

«Es ist ja wahr. Dieser schreckliche Schiffbruch! Ich erinnere mich. Verzeiht, Madame, ich war töricht . . .»

Nach kurzem Schweigen fuhr sie fort:

«Warum hat uns der Kapitän gesagt, wir seien bald in Québec? Wir sind doch nicht in Québec, nicht wahr?»

«Dazu fehlt noch viel. Bei gutem Wind würdet Ihr drei Wochen dorthin brauchen.»

«Wo sind wir dann?»

«In Gouldsboro an der Küste Maines, einer Niederlassung am Nordufer der Französischen Bucht.»

Angélique schickte sich zu näheren Erläuterungen an, aber die Herzogin ließ einen Schreckensschrei hören:

«Was sagt Ihr da? Maine . . . die Französische Bucht? Dann müssen wir uns vor Neufundland im Kurs geirrt und die akadische Halbinsel im Süden umfahren haben, statt den Weg zum St.-Lorenz-Golf im Norden zu wählen.»

Wenigstens kannte sie ihre Geographie oder hatte doch die Karten studiert, bevor sie ins amerikanische Abenteuer aufgebrochen war. Sie wirkte völlig niedergeschmettert.

«So weit noch!» murmelte sie. «Was soll jetzt aus uns werden? Die armen Mädchen, die ich mitgebracht habe! Sie sollten in Neufrankreich heiraten.»

«Sie leben, Madame, das ist schon viel. Keine ist umgekommen, ein paar nur sind ernstlich verletzt, aber alle werden sich erholen. Dafür kann ich garantieren.»

«Gott sei gelobt!» flüsterte Madame de Maudribourg inbrünstig. Sie faltete die Hände und schien sich mit geschlossenen Augen in ein Gebet zu versenken.

Die sinkende Sonne überflutete den Raum mit rötlichem Leuchten und entzündete im dunklen Haar der Herzogin feurige Lichter. Von diesem schönen, üppigen Haar löste sich ein feiner Duft, den Angélique nicht näher zu bestimmen vermochte, der sie aber auf undefinierbare Weise beunruhigte.

«Interessiert Euch das Parfüm meines Haars?» fragte die Herzogin, anscheinend mühelos aus ihrer Andacht in weltliche Gefilde zurückfindend. «Es ist mit keinem andern zu vergleichen, nicht wahr? Es wird speziell für mich komponiert. Ich überlasse Euch gern ein paar Tropfen, damit Ihr sehen könnt, ob es zu Euch paßt.»

Dann fiel ihr jedoch ein, daß ihr kostbarer Parfümflakon jetzt vermutlich Flaschenpost im Meer spielte, und sie seufzte tief.

«Soll ich nach Eurer Gesellschafterin Pétronille Damourt schicken?» schlug Angélique vor.

Madame de Maudribourg wehrte hastig ab. «Nein, nur das nicht!

Nicht sie! Es ginge über meine Kräfte. Die Arme . . . sie ist mir sehr ergeben, aber so entsetzlich ermüdend. Und ich fühle mich so matt. Ich glaube, ich werde ein wenig schlafen.»

Sie streckte sich unter der Decke aus, die Arme auf beiden Seiten dem Körper anliegend, den Kopf zurückgeworfen wie eine Grabfigur auf einem Sarkophag, und schien sofort einzuschlafen.

Angélique erhob sich leise, um die hölzernen Fensterläden zu schließen. Einen Moment sah sie auf den Strand hinaus. Spielende Kinder und ein paar Matrosen waren zu sehen. Hoffte sie, Joffrey zu entdecken? Plötzlich überkam sie Enttäuschung. Warum hatte er sie nicht rufen lassen? Warum war er nicht gekommen?

Während des ganzen Nachmittags am Krankenbett der Herzogin hatte sie nicht aufgehört, auf sein Kommen oder doch wenigstens auf ein Zeichen von ihm zu warten . . .

Nichts! Er hatte ihr also noch nicht verziehen. Gewiß, am Morgen hatte sie für einen Augenblick mit ihm sprechen und ihm ihre Liebe ins Gesicht schreien können. Und unversehens hatte er sie mit einer Heftigkeit umarmt, die sie noch jetzt in der Erinnerung an diese Minute atemlos ließ. Sie spürte noch die harte Umklammerung seiner Arme, das wilde Fieber, das in ihr ein unbeschreibliches Gefühl, halb Begehren, halb Befriedigung, geweckt hatte. Das Gefühl, ihm zu gehören, ihm allein, bis in den Tod . . .

Jetzt aber kehrte die Furcht zurück, die Furcht vor dem unsichtbaren Gespinst, das sich um sie und Joffrey zusammenzog und sie ersticken würde, wenn sie sich trennen ließen. Auch die Frau hinter ihr im Bett war Teil dieser Bedrohung . . .

Plötzlich entschloß sie sich. Sie dachte nicht daran, noch länger zu warten. Sie würde zu ihm gehen, die zwischen ihnen liegenden Mißverständnisse ausräumen. Jetzt . . . sofort. Alles war besser als seine Kälte.

Auf Zehenspitzen lief sie zu ihrem Frisiertisch, puderte sich ein wenig, löste den schweren Knoten ihres Haars und begann es zu bürsten. Sie wollte schön sein, nicht abgehetzt und angestrengt wie in den letzten Tagen.

Das Kätzchen hatte sich kaum gerührt, seitdem sie es auf die Decke gesetzt hatte. Reglos, sanft, geduldig, fast körperlos in seiner Winzigkeit und Schwäche, schien es kaum zu existieren.

Als sie aber mit ihm sprach, ließ es ein dankbares Schnurren hören.

«Ich geh jetzt», vertraute sie ihm an. «Sei brav, bis ich wiederkomme.»

Sie warf noch einen letzten Blick zum Bett. Die Herzogin hatte ihre seltsame Stellung nicht verändert. Irgend etwas an diesem Anblick weckte eine vage Erinnerung.

«Warum mustert Ihr mich so? Beunruhigt Euch etwas an mir?» fragte die Kranke, ohne die Augen zu öffnen.

«Verzeiht . . . Ich glaube, es ist die Art, wie Ihr ruht. Ihr müßt seit früher Kindheit im Kloster erzogen worden sein. Als ich selbst Klosterzögling war, war es uns verboten, anders als kerzengerade ausgestreckt auf dem Rücken zu schlafen, Arme und Hände über der Decke – selbst im Winter. Ich tat natürlich nichts dergleichen. Ich bin sehr widerspenstig gewesen.»

Madame de Maudribourg lächelte. «Ihr habt richtig geraten. Ich habe meine ganze Jugend im Kloster verbracht, und ich gestehe, daß ich auch heute noch auf keine andere Weise schlafen kann als auf die, die Ihr mir vorwerft.»

«Es ist kein Vorwurf. In welchem Kloster seid Ihr gewesen?»

«Bei den Ursulinerinnen von Poitiers.»

«Im Kloster in der Rue des Montées?»

«Es gibt nur diese Ursulinerinnen in Poitiers.»

«Aber da bin ich ja auch erzogen worden!» rief Angélique. «Was für ein Zufall! Stammt Ihr aus dem Poitou?»

«Ich bin in Rallenay geboren.»

«Wir sind also aus derselben Provinz! Ich bin aus Sancé bei Monteloup.»

«Ihr seht mich entzückt.» Die Herzogin nahm die Bürste auf, die Angélique aufs Bett hatte fallen lassen, und reichte sie ihr. «Aber frisiert Euch doch weiter. Ihr habt ganz außergewöhnlich schönes Haar. Wahres Feenhaar.»

«Als ich ein Kind war, sagten die Leute in unserer Gegend, ich sei eine Fee.»

«Und ich wette, sie verdächtigten Euch, in Vollmondnächten im Wald um einen Druidenstein zu tanzen.»

«Wie habt Ihr das erraten?»

«Bei uns gibt es immer irgendeinen Feenstein in der Nachbarschaft», sagte Madame de Maudribourg träumerisch. Ein sanfter, warmer Schimmer lag in dem Blick, den sie auf Angélique richtete.

«Seltsam», murmelte sie. «Man hat mich vor Euch gewarnt, und plötzlich seid Ihr mir so nah, fast eine Schwester.»

«Wer hat Euch vor mir gewarnt?» fragte Angélique schnell.

Die Herzogin senkte für einen Moment wie verwirrt die Lider.

«Wenn man heutzutage in Paris von kanadischen Angelegenheiten spricht, wird oft der Name Eures Gatten genannt. Sagen wir . . . als der eines allzu nahen Nachbarn der Besitzungen des Königs von Frankreich. Und ich vermute, daß man auch in London von ihm sprechen wird.»

Sie setzte sich auf und legte die Arme um ihre unter der Decke angezogenen Knie. In dieser Haltung wirkte sie sehr jung und ungezwungen, eine von ihren Titeln und der Bürde ihrer Vorrechte befreite Frau.

Und doch bemerkte Angélique, daß sie ihre Finger ineinanderpreßte, als versuche sie, eine starke innere Erregung zu unterdrücken, von der ihr ruhiger Blick keine Spur verriet.

Sie beobachteten einander schweigend. Die Herzogin hob ein wenig das Kinn und lächelte schwach.

«Nun, ich jedenfalls finde Euch sehr sympathisch», schloß sie, als zöge sie den Schlußstrich unter eine verschwiegene Abrechnung. «Ich habe für Klatsch, Lästern und Verleumdungen nichts übrig. Im allgemeinen warte ich, bis ich mir selbst eine Meinung über die Personen bilden kann, vor denen man mich warnt, und gewöhnlich gebe ich ihnen von vornherein den Vorzug, vielleicht aus Unabhängigkeit oder ganz einfach aus Widerspruchsgeist. Ich bin ein wenig dickköpfig wie alle aus dem Poitou.

Übrigens will ich Euch etwas gestehen. Von Paris aus schien mir Amerika riesig, grenzenlos, und das ist es ja auch. Und trotzdem war ich überzeugt, Euch eines Tages zu begegnen . . . Eine Art Vorahnung . . . Nein, jetzt weiß ich es wieder: eine Gewißheit! Am selben Tag, an dem man Euren Namen vor mir aussprach – es war kurz vor unserer Einschiffung –, sagte mir eine innere Stimme: ‹Du wirst sie kennenlernen!› Und hier bin ich . . . Vielleicht hat Gott dies alles so gewollt.»

Ihre Stimme klang weich, leicht verschleiert, zuweilen für Momente in Tonlosigkeit absinkend, als fehle es ihr an Atem. Angélique konnte sich ihrem Charme nicht entziehen. Diese Frau wurde ihr immer mehr zu einem Rätsel. Sie gab sich theatralisch und maniert und dann wieder mit einer scheinbaren oder wirklichen Aufrichtigkeit, die anrührte und Vertrauen schuf, obwohl Angélique wußte . . . ja, was wußte sie? Nichts, so gut wie nichts! Daß die Herzogin offenbar trockenen Fußes nach drei Tagen einem ungeklärten Schiffbruch entronnen war. Daß sie Unbehagen in ihrer Nähe empfand, ein beklemmendes Gefühl von Gefahr, das angesichts dieses jugendlich-schönen Gesichts mit seinem im Lächeln manchmal fast kindlich-unschuldigen Ausdruck völlig absurd schien. Wie alt war die Herzogin eigentlich? Dreißig? Weniger? Mehr?

Die Stimme Madame de Maudribourgs drang an ihr Ohr.

«Aber Ihr hört mir ja gar nicht zu!» Ebendies kindliche, ansteckende Lächeln strahlte aus ihren Augen, während sie das schwere schwarze Haar zurückwarf, das ihr ins Gesicht gefallen war. «Ich fragte Euch, da Ihr aus dem Poitou seid, ob Ihr die Mandragora, die Alraune, schon habt schreien hören, wenn man sie in der Christnacht ausgräbt.»

Angélique nickte.

«Ja, aber es war im September. Bei uns läßt man im September die Zauberwurzel von einem schwarzen Hund aus der Erde reißen.»

«Und den Hund muß man danach als Sühneopfer für die unterirdischen Gottheiten schlachten», fiel die Herzogin ein.

«Und sie muß in scharlachroten Stoff gehüllt werden, um die dämonischen Mächte abzuwehren, die sich ihrer bemächtigen wollen», überbot sie Angélique.

Beide lachten hell auf.

«Wie schön Ihr seid!» sagte plötzlich Madame de Maudribourg. «Wahrhaftig, die Männer müssen närrisch nach Euch sein.»

«Ach, sprecht mir nicht von Männern», erwiderte Angélique verstimmt. «Ich habe einen schrecklichen Streit mit meinem Mann hinter mir.»

«Das ist nur in der Ordnung. Ich glaube, Eheleute müssen sich von Zeit zu Zeit streiten. Es ist das beste Zeichen, daß ihre Persönlichkeiten noch bei guter Gesundheit sind.»

Mit einem amüsierten Seufzer ließ die Herzogin sich aufs Kissen zurücksinken.

«Meint Ihr?» fragte Angélique, von einem Verdacht abgelenkt, der ihr schließlich über die Lippen drängte:

«Übrigens Mandragora . . . Habt Ihr mich eben nicht ein bißchen aushorchen wollen? Vielleicht wollt Ihr wissen, ob ich eine Hexe bin, wie man sich albernerweise in Québec oder auch in Paris erzählt? Aber ich muß Euch enttäuschen, Madame. Ich benutze die Wurzel der Mandragora nur, um eine Medizin arabischer Herkunft herzustellen, die, mit Schierling und ein wenig Maulbeersaft vermischt, Schmerzen lindert. Selbst gesucht oder gar ausgegraben habe ich sie nie. Die wenigen Stückchen, die ich besitze, hat mir ein englischer Apotheker verschafft.»

Die Herzogin hatte sie durch den dichten Schleier ihrer Wimpern beobachtet.

«Es trifft also zu?» rief sie lebhaft. «Ihr verkehrt mit Engländern?»

Angélique zuckte mit den Schultern.

«Engländer gibt's überall in der Französischen Bucht. Wir sind hier nicht in Canada, sondern in Akadien, das heißt nahe Nachbarn Neuenglands. Die Besitzungen des Königs von Frankreich und die englischen Handelsgesellschaften sind eng miteinander verflochten.»

«Und der Besitz, dessen Herrin Ihr seid, liegt unabhängig inmitten dieser beiden Einflußsphären?»

«Ihr scheint gut unterrichtet.»

Als Angélique zum erstenmal in Gouldsboro gelandet war, war es ihr vorgekommen, als sei es der entlegenste, unbekannteste Winkel der Welt. Aber die Hände der Menschen und der Könige hatten sich schon nach diesen halbjungfräulichen Gebieten ausgestreckt. Joffrey de Peyrac wurde zu einem wichtigen Bauern auf dem Schachbrett kolonialer Machtpolitik – Hemmnis oder Verbündeter . . .

Jäh fuhr sie auf. Was tat sie eigentlich noch hier? Hatte sie sich nicht schon vor einer Weile entschlossen, ihn aufzusuchen? Ein Zauber schien sie benebelt und zurückgehalten zu haben.

Sie lief zum Fenster.

Der Abend nahte. In der sinkenden Dämmerung glitt ein Schiff durch die Einfahrt in den Hafen.

«Wieder ein Besucher, ein Franzose, Engländer, Holländer oder ein Pirat, was weiß ich, der Joffrey zu irgendeiner Polizei- oder Strafexpedition überreden will. O nein, diesmal wird er mir nicht mir nichts, dir nichts vor der Nase wegschwimmen und mich allein zurücklassen . . .»

Sie griff nach ihrem Seehundspelz, warf ihn sich über die Schultern und wandte sich an die Kranke.

«Entschuldigt mich, Madame, aber ich muß Euch verlassen. Ich werde Euch eins Eurer Mädchen schicken. Es wird die Kerzen anzünden, und wenn Ihr Euch besser fühlt, wird man Euch das Abendessen bringen. Fordert nur alles Notwendige.»

«Ihr geht?» fragte die Herzogin tonlos. «Ich bitte Euch, laßt mich nicht allein!»

«Aber Ihr seid hier völlig sicher!» Angélique spürte verwundert die Angst in der Stimme der anderen. «Gleich wird jemand bei Euch sein. Macht Euch keine Sorgen.»

Noch immer hielt sie etwas zurück, aber da hörte sie draußen auf der Treppe männliche Schritte. Sie öffnete die Tür. Enrico, der Malteser, erschien auf der Schwelle.

«Der Herr Graf erwartet Euch, Madame», sagte er.


2


Peyrac erwartete sie in der Tür des letzten Holzhauses am Rande des Dorfs. Seine hohe dunkle Gestalt hob sich vom rötlich flackernden Schein eines im Innern brennenden Kaminfeuers ab.

Er kam ihr ein paar Schritte entgegen und nahm ihren Arm, um ihr über die steinerne Schwelle zu helfen. Mit einer Handbewegung entließ er den Malteser und schob die Tür hinter sich zu, deren dicke Bohlen das Geräusch der Brandung ausschlossen. Nur das Knistern und Knacken des Feuers erfüllte den kleinen Raum.

Angélique trat zum Kamin und streckte die Hände zu den Flammen aus. Sie zitterte vor Erregung.

Der Graf beobachtete sie.

«Wie nervös Ihr seid», sagte er ruhig.

«Wie könnte es anders sein nach diesen schrecklichen Tagen?»

Sie wandte sich ihm zu, die Augen dunkel vor Erwartung.

Er lächelte.

14

«Sprechen wir uns also aus, mein Herz», sagte er. «Es ist höchste Zeit. Wir haben schon zu lange damit gezögert. Setzt Euch.»

Er wies auf einen der beiden Schemel, die mit einem grobgezimmerten Holztisch, einer einfachen Lagerstatt und einigem Gerät zum Fischen die Einrichtung der Hütte ausmachten.

Sie folgte seiner Aufforderung, und schon begannen in der Wärme seiner Gegenwart ihre Furcht und das schreckliche Gefühl, ihn verlieren zu können, wieder allein zu sein, zu schwinden.

«Vielleicht sind wir zu lang einsam gewesen», sagte er, als spüre er ihre geheimen Empfindungen auf. «Vielleicht hatten wir, als die Willkür des Königs uns trennte, die Kraft unserer Liebe noch nicht voll ermessen und vielleicht im Wiederfinden auch die Schwere unserer Verletzungen nicht genug erkannt. Ihr habt Euch lange allein verteidigen, allem trotzen und die Bosheit des Schicksals fürchten müssen, das Euch schon einmal so schwer getroffen hatte.»

Sie unterdrückte ein Schluchzen. «Ich war noch jung, kaum achtzehn. Ihr wart mein Leben, und ich hatte Euch damals für immer verloren. Wie konnte ich das überstehen?»

«Arme Kleine. Ich unterschätzte die Stärke der Gefühle, die Ihr mir eingeflößt hattet und mehr noch die Stärke der Euren für mich. Ich wollte glauben, daß Ihr mich vergessen würdet, wenn ich erst einmal verschwunden wäre.»

«So konntet Ihr leichter zu Eurer ersten Geliebten zurückfinden, der Wissenschaft . . . Oh, ich kannte Euch! Ihr würdet notfalls den Tod in Kauf nehmen, nur um zu erfahren, ob die Erde sich dreht! Und so konntet Ihr weiterleben und Euer Abenteuerdasein genießen.»

«Ihr habt recht . . . Aber Ihr müßt auch hören, was ich im Laufe dieser letzten Tage entdeckte, während dieses Sturms, der uns beide schüttelte. Es stimmt, damals verführtet Ihr mich, und ich war toll nach Euch, und trotzdem konnte ich, wie Ihr sagtet, weiterleben. Heute aber könnte ich's nicht. Das habt Ihr aus mir gemacht, Madame, und dieses Geständnis fällt mir nicht leicht.»

Er hielt einen Moment nachdenklich inne, dann hob er den Kopf, und in dem Blick, der sie traf, war etwas wie Staunen.

«Die Liebe ist eine seltsame Sache», begann er von neuem, als spräche er zu sich selbst, «ein überraschendes Pflänzchen. Die Jugend glaubt, sie in ihrer Blüte zu pflücken, und meint, es sei ihr Schicksal, danach zu verwelken. Während es sich in Wahrheit doch nur um die Vorbotin einer köstlichen Frucht handelt, die der Ausdauer, der Innigkeit, dem gegenseitigen Erkennen vorbehalten bleibt. In diesen letzten Tagen habe ich Euch oft gesehen wie damals in Toulouse: schön, stolz, neu, zugleich kindlich und gewitzt. Vielleicht wollte ich damals nicht wissen, daß Eure frische Persönlichkeit mich noch mehr faszinierte als Eure Schönheit. Weiß man immer nach dem ersten Blick, der zwei Menschen verbindet, was man liebt? Und zu näherem Kennenlernen ließen mir die Mächtigen dieser Welt nicht die Zeit . . . Selbst damals blieb ich abwartend. Ich dachte, sie wird sich ändern, sie wird wie die andern, sie wird ihre köstliche Unbeugsamkeit, ihre Lebenslust, ihre intelligente Empfindsamkeit verlieren. Und dann . . . fand ich Euch wieder, Euch und zugleich eine andere . . . Seht mich nicht so an. Ich weiß nicht, woher Euer Blick seine Verführung bezieht, aber er wühlt mich auf bis ins Mark.

Eure Augen sind es, dieser neue, unbekannte Blick, dem ich in La Rochelle begegnete, als Ihr aus Nacht und Sturm auftauchtet, um mich zu bitten, Eure hugenottischen Freunde zu retten. Dieser Blick hat aus mir einen Mann gemacht, den ich nicht mehr wiedererkenne. Er macht mich schwach, macht mich zu einem anderen . . . Ja, von ihm kommt das Übel. Von Euren Augen und diesem unbekannten Blick, dessen Geheimnis ich noch nicht erforschen konnte. Wißt Ihr, was geschah, mein Herz, als Ihr in jener Nacht in La Rochelle zu mir kamt? Wißt Ihr's? . . . Nun, ich habe mich in Euch verliebt, närrisch verliebt, und das um so mehr, als ich nicht verstehen wollte, was geschah, da ich doch wußte, wer Ihr wart.

Wahrhaftig, ein seltsames Gefühl! Als ich Euch mit Eurer kleinen Tochter im Arm unter Euren Hugenotten-Freunden auf der *Gouldsboro* sah, vergaß ich, daß Ihr die Frau wart, die ich einstmals geheiratet hatte. Ihr wart nur jene fast fremde Frau, die mir die Zufälle des Daseins in den Weg geführt hatten und die mich faszinierte, verlockte und durch ihre Schönheit, ihre Trauer und den Zauber ihres seltenen Lächelns quälte, eine Frau voller Geheimnisse, die sich mir entzog und die ich um jeden Preis erobern mußte.

In dieser zwielichtigen Situation des Ehemanns, der sich in seine eigene Frau bis über beide Ohren verliebt hatte, versuchte ich, mich an das zu klammern, was ich von Euch aus der Vergangenheit wußte, um Euch mir näherzubringen. Und ich gestehe, daß ich mir zuweilen recht unbeholfen vorkam, wenn ich mich dabei meines Titels als Ehemann bediente, aber ich tat es nur, um Euch an mich zu binden, Euch, meine Geliebte, meine Leidenschaft, meine Frau, die mich zum zweitenmal, aber durch neue, unerwartete Eigenschaften, unter ihr Joch zwang. Damals begann ich zu fürchten, daß Ihr mich nicht mehr lieben könntet, daß Ihr einem allzu lange verbannten Gatten gegenüber gleichgültig geworden sein könntet, und in der Ungewißheit und Angst vor dem Unbekannten in Euch habe ich meinen Feldzug zu Eurer Eroberung vielleicht nicht allzu gut geführt. Ich begann zu begreifen, daß ich das Leben in bezug auf die Frauen und besonders auf Euch, meine Frau, zu leichtgenommen und Köstliches vernachlässigt hatte.»

Angélique hörte ihm mit angehaltenem Atem zu, und jedes Wort erfüllte sie mit neuem Leben. Dieser Monolog, der eine Art Beichte war, enthüllte ihr durch seine zugleich scharfsinnige und aufrichtige Analyse, wie sehr sie über sein Herz herrschte.

«Eure unberechenbare Unabhängigkeit», fuhr er fort, «verursachte mir tausend Qualen, denn da ich nicht wußte, was Euch als nächstes einfallen würde, fürchtete ich ständig, Euch zu verlieren, und außerdem sah ich in ihr den Beweis, daß Ihr nur Euch selbst gehörtet. Ich sagte mir, daß tiefe Wunden wie die, die Ihr fern von mir erhieltet, nicht leicht zu heilen wären, daß ich geduldig sein müsse, aber die Angst ließ mich nicht los, bedrängte mich unaufhörlich, und so kam es zu jener Explosion, die der Verdacht Eurer Untreue herbeiführte.»

Er schwieg, verzog sein Gesicht zu einer Grimasse, dann lächelte er ihr spöttisch zu, ohne daß der warme Glanz seine dunklen Augen verließ.

«Gewiß ist es keine besonders behagliche Situation, sich plötzlich, noch dazu in aller Öffentlichkeit, als betrogener Ehemann vorzufinden, aber nicht deswegen habe ich am meisten gelitten. Die Eifersucht war das Schlimmste . . . Ist eifersüchtig das richtige Wort? . . . Ich litt als Verliebter, der seine Eroberung noch nicht vollzogen hat und sie entschwinden sieht, bevor er noch den Gipfel der Liebe erreichen konnte: die Gewißheit. Beiderseitige Gewißheit. Solange man zittert, sind Schmerz, Zweifel und Furcht nahe, daß alles zu Ende ist, bevor . . . bevor man diese namenlose Begegnung erreicht . . .»

Angélique hatte keinen Moment den Blick von ihm gewandt. Sie vergaß die Welt außerhalb dieser roh zusammengefügten Balkenwände. Es gab nur noch ihn und ihr Leben zu zweit, das seine Worte beschworen und in Bilder und Erinnerungen verwandelten, selbst aus der Zeit ihrer Trennung.

Er täuschte sich über den Grund ihres Schweigens.

«Ihr seid mir noch böse», sagte er. «Wegen der Dinge, die in den letzten Tagen geschehen sind. Ich habe Euch weh getan . . . und ich bedaure es. Sagt mir, womit Euch mein schandbares Verhalten am meisten verletzt hat. Beklagt Euch ein wenig, damit ich Euch besser kennenlerne.»

«Mich beklagen?» murmelte sie. «Über Euch, dem ich alles verdanke? . . . Nein, das ist es nicht . . . Sagen wir, es gibt Dinge, die ich nicht begriffen habe, weil auch ich Euch nicht genügend kenne . . .»

«Zum Beispiel?»

Es fiel ihr nichts ein. In seiner Nähe hatten sich die Spuren ihres Leids verwischt. Doch dann besann sie sich:

«Diese Falle auf der Insel des alten Schiffs! Colin und mir dort aufzulauern, das sieht Euch nicht ähnlich.»

Über Peyracs narbiges Gesicht glitt ein Schatten.

«Aus gutem Grund.» Er zog ein Stück zerknittertes Papier aus seinem Wams und reichte es ihr.

Sie entzifferte die in ungelenker Schrift geschriebenen Zeilen.

«Eure Gattin ist mit Goldbart auf der Insel des alten Schiffs. Landet an der Nordseite, damit sie Euch nicht kommen sehen. Ihr werdet sie in einer unmißverständlichen Situation vorfinden.» Ein Schauer überlief sie. Die maßlose Angst, die sie in den letzten Tagen zuweilen verspürt hatte, schien von neuem aus den dunklen Ecken des kleinen Raums nach ihr zu greifen.

«Aber wer . . . wer hat das schreiben können?» stammelte sie. «Von wem habt Ihr diesen Zettel?»

«Ein Matrose aus Vanereicks Mannschaft, der nur als Zwischenträger diente, hat ihn mir gebracht. Mit ihm zusammen habe ich den Unbekannten zu finden versucht, der ihn beauftragt hatte, mir diese Botschaft zu übergeben. Vergebens. Das ist so ‹ihre› Art. ‹Sie› profitieren von der Landung eines Schiffs im Hafen und dem Hin und Her, das sie mit sich bringt, um sich unter uns zu mischen, zu handeln und wieder wie Phantome zu verschwinden.»

«‹Sie›? Wer sind ‹sie›?»

«Unbekannte, die in der Bucht herumstreifen und sich, wie ich mit Sicherheit weiß, ungewöhnlich für uns interessieren.»

«Franzosen? Engländer . . .?»

«Ich weiß es nicht. Sie führen keine Flagge. Vermutlich Franzosen, die Unordnung unter uns schaffen wollen.»

«Aber . . . wer schickt sie?»

Peyrac hob die Schultern.

«Unmöglich zu sagen. Sicher ist nur, daß sie über unsere Absichten gut informiert sind und vor nichts zurückschrecken.»

«Dann hatte ich also Grund», murmelte sie, «mich vor einem . . . diabolischen Feind zu fürchten, der es auf uns abgesehen hat.»

Einen flüchtigen Moment dachte sie daran, Joffrey von ihrem Verdacht gegen die Herzogin zu berichten, aber ihre Wahrnehmungen erschienen ihr plötzlich zu unbestimmt, fast kindisch, und außerdem brannte sie darauf, mehr von dem zu erfahren, was mit der verleumderischen Botschaft zusammenhing.

«Ihr seid also zur Insel gefahren?» fragte sie.

«Ja, und ich sah Euch und . . . Goldbart. Und damit kam eine unseren Feinden unbekannte Tatsache ins Spiel: Sie konnten nicht ahnen, daß Goldbart Colin war. Das änderte alles. Colin Paturel, der König der Sklaven von Miquenez, war auch für mich fast ein Freund, zumindest ein Mann, dessen Ruf ich kannte und dem Eure . . . nun, sagen wir, Freundschaft zu schenken nicht entehrend war. Aber ich mußte mich seiner Person versichern. Deshalb schickte ich Yann mit dem Auftrag zum Festland, Verstärkung zu holen und bei auslaufender Flut zurückzukehren.»

«Und Ihr seid geblieben.»

«Ich bin geblieben.»

«Wolltet Ihr wissen, wer ich war?» fragte sie, voll ihm zugewandt.

«Ich habe es erfahren.»

«Ihr hättet bittere Offenbarungen erleben können.»

«Ich hätte. Aber ich habe nicht . . . im Gegenteil.»

«Ihr mit Euren verrückten Wagnissen!»

«Es war nicht nur das. Als ich mich entschloß, auf der Insel zu bleiben und mich bis zum Eintreffen meiner Leute verborgen zu halten, war der Grund nicht nur mein Wunsch, mehr über meine schöne, unbekannte Frau zu erfahren. Gewiß, die Gelegenheit bot sich an. Aber Neugier allein hätte nicht genügt, mich zu einer solchen Herausforderung zu verleiten, wenn mich die Situation selbst nicht dazu gezwungen hätte. Beachtet, mein Herz, daß sie auf mehr als eine Art delikat oder, sagen wir besser, heikel war. Glaubt Ihr, Colin hätte sich von meinen friedlichen Absichten als Gatte so leicht überzeugen lassen, wenn ich plötzlich allein vor Euch erschienen wäre? Oder hätte sich als Pirat, der den Galgen zu gewärtigen hatte, mir nichts, dir nichts dem Herrn Gouldsboro ausgeliefert? Ihr kreidet mir meine Neigung zu verrückten Wagnissen an, aber das Wagnis, mich auf diesem Strand mit ihm in einen Zweikampf einzulassen, ohne andere Zeugen als Euch und die Seehunde und mit dem sicheren Ergebnis seines oder meines Todes, schien mir weder vernünftig noch für irgend jemand von Nutzen. Euer Colin stand niemals im Rufe leichter Umgänglichkeit. Fragt nur Moulay Ismael, der von ihm mit Respekt, ja fast mit Schrecken sprach, obwohl Colin nur ein Sklave mit leeren Händen vor diesem unnachgiebigen, grausamen König war.»

«Und trotzdem ist es Euch gelungen, diesen Schwierigen zu überreden, in Euren Dienst zu treten.»

«Weil man ihn gefesselt zwischen vier Bewaffneten zu mir führte. Auf der Insel, fürchte ich, hätte mein Charme versagt. Was konnte ich dort anderes tun, als unsichtbarer Zeuge Eurer, wie ich später erfuhr, unfreiwilligen Begegnung zu bleiben? Unsere Feinde glaubten sich ihres Sieges sicher, als sie uns drei auf dieser Insel zusammenbrachten. Alle Elemente waren vorhanden, uns zu veranlassen, selbst unseren Untergang herbeizuführen. Solche diabolischen Kombinationen lassen sich nur durchkreuzen, wenn man das Gegenteil des Erwarteten tut. Zum Glück hatten wir alle drei die moralische Kraft dazu.»

«Diabolisch», wiederholte Angélique.

«Erschreckt nicht. Wir werden ihre Pläne vereiteln. Solange wir von unseren Feinden nichts wußten, stolperten wir in ihre Fallen . . . damals ins Hussnock und später in Brunswick Falls. Aber ich wurde schon mißtrauisch, als ich diese Botschaft erhielt. Anfangs glaubte ich, es handele sich um Goldbart, bis mich der Augenschein eines Besseren belehrte. Ich fuhr nur mit Yann zur Insel, aber ich war schon in der Defensive. Vor den Unbekannten und . . . vor mir selbst, denn es konnte eine falsche Beschuldigung sein, um auch mich in eine Falle zu locken, oder es traf zu, und ‹man› rechnete damit, daß ich mich in meinem Zorn zu nicht wiedergutzumachenden Handlungen hinreißen ließe, vor allem gegen Euch. Daß sie Euch in erster Linie schaden wollten war mir klar.

‹Nimm dich in acht›, sagte ich mir, ‹nimm dich in acht. Denk daran, daß nichts sie treffen darf, was auch geschieht. Schon gar nicht durch dich.› Und mein Zorn wandte sich gegen die, die mit ihren machiavellistischen Plänen aus mir ein gegen Euch gerichtetes Instrument des Unheils zu machen suchten.»

Er hatte sich erhoben, trat zu ihr und nahm sie in seine Arme. Die Stirn an seine Schulter gedrückt, genoß sie in seiner Wärme einen Moment intensiven Glücks.

«Auch ich bin schuldig gewesen», gestand sie. «Ich habe an Eurer Liebe zu mir gezweifelt. Ich hätte Euch sofort sagen müssen: Ich habe Colin wiedergefunden . . . Aber ich hatte Angst. So lange gezwungen, mich allein gegen die Engherzigkeit und Gemeinheit zu wehren, die die Handlungen der Menschen bestimmen, hatte ich mich daran gewöhnt, das Schweigen der Wahrheit vorzuziehen. Verzeiht mir. Zwischen uns darf es das nicht geben.»

Er nahm ihr Gesicht in seine Hände und küßte sanft ihre Lippen.

«Meine neue Liebe, meine Geliebte seit immer, meine allzu Verschwiegene . . .»

Die körperliche Anziehung, die zwischen ihnen schon immer stark gewesen war, fügte diesem Augenblick schattenlosen Glücks ihre Lockung hinzu, und ihre Lippen fanden sich aufs neue, lange und leidenschaftlich . . .

Dann ließ er sie aus seinen Armen und sah lächelnd auf sie hinunter.

«Und was tun wir nun, mein Herz? Das Gewimmel um uns frißt uns auf. Seitdem wir Piraten und Schiffbrüchige bei uns aufnehmen mußten, haben wir keinen Winkel mehr für uns. Habt Ihr nicht unser Zimmer im Fort der Herzogin von Maudribourg überlassen?»

«Ja.» Sie seufzte bekümmert. «Aber ich wußte wahrhaftig nicht, wo ich sie sonst mit ein wenig Bequemlichkeit unterbringen sollte, und Ihr hattet mich im Stich gelassen.»

«Gehen wir also auf die *Gouldsboro*», entschied er. «Ich habe während der letzten Nächte dort geschlafen, fern der Versuchung, zum Fort zu gehen und Euch allzu leicht zu verzeihen.»

Sie waren aus der Hütte getreten und gingen in der Nacht langsam dem Dorf zu, darauf bedacht, leise zu sprechen, um nicht unnötig Aufmerksamkeit zu erregen. Wie Verliebte fürchteten sie, entdeckt und womöglich zu irgendwelchen Verpflichtungen gerufen zu werden. Als sie sich plötzlich ihres Verhaltens bewußt wurden, lachten sie gemeinsam.

«Nichts ist schwerer, als Menschen zu führen», spottete Peyrac. «Wenn wir ein bißchen für uns sein wollen, müssen wir uns heimlich durchs dickste Dunkel schleichen.»

Angélique griff nach seiner Hand wie nach einer Stütze.

«Hoffentlich kommen wir unbehindert zum Strand», flüsterte sie.

## 3

Als sie jedoch in die Nähe des Forts gelangten, löste sich eine weibliche Gestalt aus dem Dunkel des Tors und lief ihnen entgegen. Es war die sanfte Marie, eins der Mädchen aus dem Gefolge der Herzogin. «Da seid Ihr endlich, Madame!» rief sie atemlos. «Wir haben Euch überall gesucht. Meine Herrin stirbt!»

«Was sagt Ihr? Als ich die Herzogin verließ, war sie bei bester Gesundheit.»

«Es ist ganz plötzlich gekommen. Sie bekam hohes Fieber, verlor das Bewußtsein, und jetzt phantasiert sie und erschreckt uns durch ihr Verhalten. Kommt, Madame, ich flehe Euch an!»

Angélique wandte sich zu Peyrac. Etwas wie Panik ergriff sie. Nach den letzten aufregenden Tagen nahm jedes unerwartete Ereignis für sie maßlose Proportionen an; sie hatte den Eindruck, die ganze Welt habe sich verschworen, um Joffrey von ihr zu trennen. Vor kurzem erst hatten sie sich nach ihrem schrecklichen Streit endlich ausgesprochen, und sie dachte gar nicht daran, ihn auch nur für eine Minute zu verlassen, bevor sie in seiner Umarmung zur Ruhe gekommen war und wieder völlig zu ihm gefunden hatte. Unter dem Fell des Mantels klammerte sie sich an seine warme, lebendige Hand. «Ich weiß nicht, was geschehen ist. Ich kann nicht mehr . . . Und ich möchte endlich mit Euch allein sein», fügte sie, nur für ihn bestimmt, hinzu.

«Überzeugen wir uns vom Zustand der Herzogin», antwortete er ruhig. «Ich bezweifle, daß er so ernst ist. Wenn nötig, gebt Ihr ihr etwas zur Besänftigung, und wir können uns beruhigt zurückziehen.»

Im Zimmer Ambroisine de Maudribourgs herrschte aufgeregte Geschäftigkeit. Pétronille Damourt und einige der Mädchen des Königs bemühten sich mehr gutwillig als sachkundig, die Kranke wieder zu Bewußtsein zu bringen, ein anderes Mädchen kniete betend in einer Ecke, und Madame Carrère, die zu Hilfe gerufen worden war, bereitete am Tisch im Schein eines Talglichts brummelnd einen Arzneitrank vor.

Zwischen den Frauen irrte der bebrillte Sekretär der Herzogin mit der Miene einer aufgescheuchten Eule umher, überall störend und allen im Wege, und in der Mitte des Raums hatte sich der Soldat Adhémar in einer Pfütze zwischen Eimern und Krügen aufgepflanzt, denn man hatte ihn mehrfach fortgeschickt, um kaltes, heißes und wieder kaltes Wasser für Kompressen zu holen. Schließlich war da noch das magere Kätzchen, das sich auf eine hohe Konsole geflüchtet hatte und mit gesträubtem Fell auf das Getriebe hinabsah.

Das Kätzchen war es, das Angélique als erstes bemerkte.

«Armes Tierchen», dachte sie gereizt. «Diese Närrinnen werden es noch krank machen.»

Am Bett beugte sie sich über die reglose Gestalt der Herzogin. Sie schien tatsächlich zu glühen. Mit geschlossenen Augen murmelte sie zusammenhanglose, fremdartig klingende Worte.

Angélique hob die Lider, musterte die verdrehten Augäpfel, fühlte nach dem kaum spürbaren Puls und registrierte die Steifheit der Arme und Finger. Um sich nochmals zu vergewissern, daß keine innere Verletzung die Ursache dieses besorgniserregenden Zustands sein konnte, schlug sie die Decke zurück, tastete aufs neue sorgsam den ganzen Körper ab und studierte dessen Reaktionen auf die Berührung ihrer Hände. An der Bewußtlosigkeit der Kranken, zwischen deren halbgeschlossenen Lidern ein weißlich-starrer Schimmer sichtbar blieb, änderte sich nichts. Weder zitterte sie, noch schien sie durch die Untersuchung zu leiden. Angélique versuchte, die Beine zu bewegen, die ebenfalls steif waren. Die Fußzehen waren krampfig gekrümmt und eisig. Sie rieb sie sanft und spürte eine Entspannung der Muskulatur. Dabei stellte sie fest, daß die Herzogin auffallend hübsche, gepflegte Füße hatte.

Mit dem alarmierenden Zustand ihrer Patientin beschäftigt, hatte Angélique nicht darauf geachtet, daß das dünne Hemd aus feinem Leinen so gut wie nichts von der schlanken Schönheit des Körpers verhüllte. Es wurde ihr erst bewußt, als sie hinter sich einen bewundernden Pfiff Adhémars hörte.

Sie drehte sich um.

«Halt hier keine Maulaffen feil!» fuhr sie ihn an. «Was tust du überhaupt hier?»

Der Soldat zog sich beleidigt zur Tür zurück.

«Die Damen da haben mich Wasser holen geschickt», erklärte er würdig. «Wie ein Schwarm Hennen sind sie über mich hergefallen. Hab einfach nicht nein sagen können. Schließlich schickt sich's ja nicht für eine Militärperson, die auf sich hält . . .»

Der Rest seines Protests verklang im Flur.

Angélique breitete die Decke wieder über die Kranke.

«Ich glaube, Ihr habt recht», sagte sie zu Peyrac. «Es muß eine Art nervöser Krise sein, zweifellos eine Nachwirkung der Strapazen des Schiffbruchs. Ich werde ihr etwas zur Beruhigung geben.»

«Der Aufguß ist fertig», meldete Madame Carrère.

«Danke.» Angélique nahm ihr die Tasse ab und suchte in ihrem Beutel nach den noch fehlenden Ingredienzen.

Plötzlich war im Zimmer klar und deutlich die Stimme der Herzogin zu vernehmen. Sie sagte:

«Der Durchfluß q ist gleich der Konstanten K, multipliziert mit der Quadratwurzel aus 2gH, wobei g die Beschleunigung durch die Schwerkraft und H die Höhe des Wassergefälles ist . . . Aber ich bin sicher, daß er sich irrt . . . K hängt auch von der Reibung ab . . .»

Alles weitere verlor sich in undeutlichem Gemurmel.

«Mein Gott, da fängt sie wieder an zu phantasieren!» lamentierte händeringend Pétronille Damourt.

«Keine Angst, Demoiselle.» Ein rätselhaftes Lächeln lag um Peyracs Lippen. «Sie hat eben den Lehrsatz eines italienischen Hydraulikers zitiert und, wie ich meine, mit Recht korrigiert. Wißt Ihr denn nicht, daß Eure ‹Wohltäterin› eine der gelehrtesten Frauen Frankreichs, wenn nicht der Welt, ist und keine Gelegenheit ausläßt, mit den Doktoren der Sorbonne mathematische Streitgespräche zu führen?»

Angélique hörte seine erstaunliche Eröffnung, ohne sie recht aufzunehmen.

Sie hatte vorsichtig eine Hand unter den Kopf der Kranken geschoben und hob ihn leicht an, um sie trinken zu lassen. Wieder roch sie das beunruhigende, zarte Parfüm, das von der Fülle ihres schweren schwarzen Haars aufstieg. Und plötzlich sah sie die Augen Ambroisine de Maudribourgs offen und auf sich gerichtet. Die Kranke war wieder zum Bewußtsein erwacht. Sie lächelte ihr zu.

«Trinkt», bat sie. «Es wird Euch guttun.»

Danach sank die Herzogin wieder in die Kissen zurück und schloß die Augen. Aber sie schien sich sichtlich besser zu fühlen.

«Das Fieber schwindet», konstatierte Angélique, nachdem sie eine Hand auf die schon weniger heiße Stirn gelegt hatte. «Ihr braucht Euch nicht mehr zu sorgen.»

Sie ging zu einem der Zuber und wusch sich die Hände.

Die Mädchen Madame de Maudribourgs umdrängten sie aufgeregt.

«Ihr wollt uns doch nicht verlassen, Madame?» riefen sie. «Bleibt diese Nacht und wacht mit uns. Wir fürchten um sie.»

«Ich sagte Euch doch, Ihr habt nichts zu fürchten.»

Die Besorgnis dieser Mädchen um ihre «Wohltäterin» begann ihr übertrieben vorzukommen. Sie sind hysterisch, dachte sie.

«Sie wird schlafen, versteht Ihr? Und auch Ihr solltet jetzt schleunigst schlafen gehen.»

Sie umdrängten sie nur noch enger. Angélique glaubte, etwas wie Angst in ihren Augen zu lesen.

«Bleibt! Bleibt!» murmelten sie. «Habt Mitleid, Madame!»

Es war wie ein Alptraum.

Sie näherte sich Joffrey. Er stand neben dem Bett und sah auf die Herzogin hinab. Von der Flut ihres schwarzen Haars umrahmt, wirkte ihr im Schlummer gelöstes Gesicht schmal wie das eines Kindes.

«Kommt Ihr?» fragte sie halblaut.

Aber er schien sie nicht zu hören.

Ihre Gedanken begannen sich zu verwirren, und sie spürte den ersten dumpfen Schmerz einer Migräne. Sie wünschte sich nur noch eins: jetzt, sofort mit ihm diesen Raum verlassen zu können.

Es war eine Forderung, die nicht nur mit ihrem Verlangen zu tun hatte, in seinen Armen zu liegen. Es war, so schien es ihr, eine unumgängliche Notwendigkeit, eine Frage von Leben und Tod . . .

In diesem Moment wandte er sich zu ihr, bemerkte ihr bleiches, abgespanntes Gesicht und legte vor aller Augen seinen Arm um ihre Taille.

«Mesdames, seid vernünftig», sagte er. «Auch Madame de Peyrac braucht Ruhe, und ich entführe sie Euch deshalb. Falls Ihr noch einmal Anlaß haben solltet, Euch um Eure Herrin zu sorgen, laßt Dr. Parry aus dem Dorf rufen. Er wird Euch bestens beraten können.»

Nach diesen Worten, deren Ironie ihnen entging, grüßte er sie galant und zog Angélique mit sich hinaus.

# 4

«Diese Herzogin von Maudribourg und ihre Mädchen gehen mir allmählich auf die Nerven», sagte Angélique, während sie hinter Adhémars Laterne her zum Strand hinuntergingen. «Man könnte meinen, sie verdreht ihnen die Köpfe. Übrigens bin ich selten so überrascht gewesen wie bei ihrem Anblick. Warum habe ich mir nur eingebildet, sie müsse eine dicke, alte Frau sein? Sicher wegen ihres Titels und weil sie nur von ihrer ‹Wohltäterin› sprachen.»

«Vielleicht wußtet Ihr auch, daß der vor wenigen Jahren verstorbene Herzog schon in vorgerücktem Alter war. Wenn ich richtig rechne, müßte er heute achtzig sein.»

«Dann war es also eine Art Interessenehe, wie sie viele junge Mädchen ihren Familien zu Gefallen eingehen müssen?»

Sie sah im Dunkeln lächelnd zu ihm auf.

«Als ich damals nach Toulouse reiste, um Euch zu heiraten, glaubte ich's auch mit einem alten Ungeheuer zu tun zu haben . . . einem Kinderfresser, einer Art Gilles de Retz . . .»

«Ich hoffe, Ihr wart nicht allzusehr enttäuscht», spottete er. «Nur traf beim Herzog von Maudribourg von allem ein wenig zu. Er war ein Lüstling und Schlemmer und kannte keine Skrupel. Man sagte, er habe hübsche Waisenmädchen in Klöstern für sich aufziehen lassen, um sie nach ihrer Pubertät zu seinen Mätressen zu machen oder auch zu heiraten, falls sie von nobler Herkunft waren. Offenbar hielten seine Gefühle aber nie sehr lange vor, denn nachdem nacheinander vier seiner Gattinnen gestorben waren, gingen Gerüchte um, er habe sie vergiftet, und eine Weile war er auch vom Hof verbannt. Einmal besuchte er mich in Toulouse in der Hoffnung, magische Formeln zur Beschwörung des Leibhaftigen von mir zu erhalten. Eurer jungen Schönheit wegen hielt ich ihn vorsichtshalber von Euch fern.»

«Was für eine gräßliche Geschichte, mein Gott! War er damals schon mit der jetzigen Herzogin verheiratet? Aber nein, natürlich nicht! Das arme Kind muß ja noch viel zu jung gewesen sein.»

«Sie ist gar nicht so jung», warf Peyrac ein, «und für gar so kindlich halte ich sie auch nicht. Sie ist eine Person von großer Intelligenz und außergewöhnlicher Kultur.»

«Ja, kennt Ihr sie denn auch?» rief Angélique aus.

«Nur durch ihren Ruf. Sie hat an der Sorbonne eine These über die von Monsieur Descartes erfundene Infinitesimalrechnung verfochten. Ich gebe mir Mühe, mich über die Entwicklung der Wissenschaften in Europa auf dem laufenden zu halten, und so hörte ich von ihr. Ich habe sogar eine kleine Schrift von ihrer Hand gelesen, in der sie nicht nur Descartes, sondern auch die Gesetze der Anziehungskraft des Mondes in Zweifel zieht. Als die Mädchen des Königs den Namen ihrer ‹Wohltäterin› nannten, war ich nicht sicher, ob es sich wirklich um diese Frau handelte, aber inzwischen hat es sich erwiesen, daß Gouldsboro in seinen Mauern eine der ersten Doktorinnen honoris causa unserer Zeit beherbergt.»

«Kaum zu glauben», murmelte Angélique, «was sich in so wenigen Tagen ereignet hat.»

Sie waren am Rand des Wassers angelangt, und Adhémar suchte gedämpft fluchend mit hoch erhobener Laterne nach dem Zugang zu der kleinen Mole, als von irgendwoher, fern und doch deutlich vernehmbar, ein langgezogener Schrei aufstieg, der Schrei einer Frau.

Er schien aus der Nacht selbst zu kommen, zerriß die Finsternis, schwoll an, endlos, und der Wind schien das schrille Echo dieses Heulens noch zu verstärken, in dem namenloser Schmerz, aber auch Haß und teuflische Wut mitschwangen.

Angélique spürte, wie ihr das Blut in den Adern gerann.

Adhémars Lampe fiel klirrend zu Boden und erlosch, und sie hörten ihn im Dunkeln stammeln:

«Die Dämonin! . . . Die Dämonin! Das war sie bestimmt! Habt Ihr's auch gehört, Monseigneur?»

«Ja, vom Dorf her», sagte Peyrac. «Fast möchte ich sagen, vom Fort.»

Angélique dachte an die Herzogin. Diesen Schrei konnte nur jemand ausgestoßen haben, der in höchster Not war oder in den letzten Zügen lag, und plötzlich überfiel sie die Angst, daß sie den Ernst des Zustands der Kranken verkannt und sie in ihrer letzten Stunde allein gelassen haben könnte.

Wie gejagt lief sie zum Fort zurück.

Als sie es endlich atemlos erreichte, gewahrte sie zwei Silhouetten, die sich aus dem matthellen Viereck eines offenen Fensters beugten.

«Was ist geschehen?» keuchte sie.

«Ich weiß es nicht», erwiderte die Stimme Delphine de Rosoys. «Jemand hat draußen geschrien. Es war schrecklich.»

«Es war, als käme es vom Wald herüber», ergänzte die sanfte Marie neben ihr.

Angélique war verblüfft.

«Nein, für uns kam es von hier. Merkwürdig, daß wir uns so getäuscht haben sollten . . . Ist Madame de Maudribourg durch den Schrei gestört worden?»

«Glücklicherweise nicht.»

Die sanfte Marie warf einen Blick hinter sich ins Zimmer.

«Sie schläft ganz friedlich.»

«Dann schließt jetzt die Läden und schlaft auch. Vielleicht hat sich ein Tier im Wald in einer Falle gefangen. Vor allem Ihr, Marie, solltet schon lange nicht mehr auf sein. Dieser Tag hat Euch genug Aufregungen gebracht. Geht also schnell zu Bett, Kleine, wenn Ihr mir eine Freude machen wollt.»

«Ja, Madame. Ihr seid sehr liebenswürdig, Madame», antwortete das Mädchen mit plötzlich versagender Stimme.

«Gute Nacht, Madame», rief auch Delphine, dann wurden die Läden knarrend vors Fenster gezogen.

Einen Augenblick lauschte Angélique noch in der Dunkelheit auf den Nachhall des schrecklichen Schreis. Ihr war, als vibriere er noch in der feuchten Luft.

Wer litt so in der Nacht? Welcher verirrte dämonische Mahr? Oder gehörte das auch zu dem Spiel, das «sie» mit ihr trieben? Sie würde noch den Verstand verlieren . . . Joffrey!

Jäh wurde ihr bewußt, daß sie wieder allein war.

«Joffrey!» schrie sie. «Joffrey, wo seid Ihr?»

«Aber ich bin ja hier», antwortete ganz nah die ruhige Stimme des Grafen. «Was ist denn, mein Herz? Warum diese Panik? Ihr seid mit Euren Kräften am Ende, das ist alles.»

Sie warf sich ihm entgegen und umklammerte ihn.

«Ich hatte mit einemmal so Angst. Verlaßt mich nicht mehr heute nacht. Wenn Ihr es tätet, würde ich sterben . . .»

# 5

Ein nebliger Morgen war angebrochen und hatte mit seiner milchigen Helligkeit die Gespenster der Nacht verjagt. Angélique und Peyrac lehnten an der Reling der *Gouldsboro* und warteten auf das Boot, das sie an Land bringen sollte.

Sie lauschte zerstreut auf die schrillen Rufe der von den ziehenden Dunstschwaden verborgenen Meervögel und hing dabei ihren Gedanken nach, während Peyrac dem Kapitän noch einige Weisungen gab. Die hinter ihnen liegende Nacht würde sie für immer im Gedächtnis behalten, all die Worte, die sie im Rausch der Umarmungen, im wunschlosen Glück der befriedeten Körper befreit von allen Alltagssorgen ohne Scham und offenen Herzens gestammelt, geflüstert, gesprochen hatten. All diese Worte würde sie in sich bewahren wie einen Schatz, den zu betrachten sie nie müde werden würde, jedes einzelnen sich erinnernd, um seine Süße und Würze wieder zu kosten. Eines Tages, doch das wußte sie noch nicht, würde sie aus diesem Erinnern die nötige Kraft schöpfen, um eine furchtbare Prüfung zu bestehen.

Das taktmäßige Knirschen der Ruder in ihren Dollen kündigte das Nahen der Schaluppe an. Sie traten zum Fallreep, und gleich darauf half ihr Peyrac über die von einem der Matrosen gestraffte Strickleiter ins Boot hinunter.

Während der kurzen Überfahrt sagte sie:

«Ich werde Madame Carrère bitten, eine geeignete Unterkunft für die Herzogin aufzutreiben, damit wir wieder ins Fort übersiedeln können. Ihr brecht doch so bald nicht wieder auf? Die Tage sind so lang und traurig, wenn ich nicht weiß, wo Ihr seid. Ich will mich gern mit allen Kräften Gouldsboro widmen, aber mit Euch . . . Was ist das für ein Schiff, das gestern abend in den Hafen einlief? Engländer?»

«Nein, Franzosen. Der Gouverneur von Akadien, Monsieur de Ville d'Avray, höchstselbst.»

«Was will er von Euch?» fragte sie besorgt.

Er zuckte die Schultern.

«Ich weiß es noch nicht. Gestern habe ich ihn von Colin und d'Urville empfangen lassen, um mich ganz Euch, und nur Euch, widmen zu können. Aber ich fürchte, er wird mich überreden wollen, wieder einmal den Polizisten für ihn zu spielen. Colins Miene sieht mir ganz nach Ärger aus.»

Er wies mit einer Kinnbewegung zur Mole hinüber, wo eine kleine Gruppe von Männern die Schaluppe erwartete, überragt von der mächtigen Gestalt des einstigen Piraten, den Peyrac zum Gouverneur von Gouldsboro ernannt hatte. Die beiden andern waren sein Quartiermeister Vanneau und Gabriel Berne.

Während Colin den Grafen nach kurzer Begrüßung sofort in Beschlag nahm, zog Berne Angélique ein wenig beiseite.

«Erlaubt mir ein Wort, Madame», sagte er gedämpft. «Nach allem, was man heute morgen hört, könnte sich Monsieur de Peyrac gezwungen sehen, eine kurze Expedition zum Saint-Jean-Fluß zu unternehmen, und ich vermute, daß Ihr ihn begleiten wollt. Deshalb möchte ich Euch bitten . . . Die Niederkunft meiner Frau steht kurz bevor, und ich wäre sehr besorgt, wenn . . . Ich meine, nur Eure Anwesenheit könnte uns über den glücklichen Ausgang beruhigen.»

«Seid unbesorgt», erwiderte sie. «Ich habe es Abigaël versprochen und werde Gouldsboro nicht verlassen, bevor sie ihr Kind bekommen und sich völlig erholt hat.»

Ihr Blick folgte einen Moment Peyrac, der, von Colin begleitet, über den Strand der Herberge zuschritt, dann fuhr sie fort:

«Aber glaubt Ihr wirklich, daß mein Mann . . .? Was ist denn am Saint-Jean geschehen?»

«Die Lage scheint dort ziemlich kompliziert. Der Bostoner Kapitän Phips hat es offenbar fertiggebracht, einige wichtige Persönlichkeiten aus Québec im Fluß zu blockieren. Dem Gouverneur von Akadien ist es gemeinsam mit seinem Bordkaplan und ein paar jungen Burschen gelungen, sich der Blockade zu entziehen und sich nach Gouldsboro durchzuschlagen, um uns um Hilfe zu bitten, denn diese Geschichte könnte einen bewaffneten Konflikt zwischen den beiden Kronen auslösen, und Euer Gatte ist der einzige, der das verhindern kann.»

Mit einemmal reizten sie Bernes solide, umständliche Art, die ernsthafte Gründlichkeit, mit denen er ihr den Fall auseinandersetzte. Jedes Wort wurde ihr plötzlich zuviel, als mache sich Joffrey schon zum Aufbruch fertig, während sie hier noch ihre Zeit vertrödelte. Sie zwang sich zu einem Lächeln.

«Ich danke Euch, Monsieur Berne. Verzeiht, ich bin ein wenig in Eile.» Und schon halb im Gehen: «Und bestellt Abigaël, ich würde heute nach ihr sehen.»

Sie fand Peyrac im großen Saal der Herberge. Man erwartete offenbar das Erscheinen Monsieurs de Ville d'Avrays, der sich von den Strapazen seines abenteuerlichen Ausbruchs aus der Blockade noch nicht genugsam erholt zu haben schien, um sich so früh am Tage zu zeigen.

Als der Graf sie in der Tür auftauchen sah, sichtlich bedrückt von dem, was sie eben gehört hatte, kam er ihr lächelnd entgegen.

«Ich sehe, Ihr macht Euch wieder einmal Sorgen.»

«Dieses französischen Gouverneurs wegen. Ist die Expedition wirklich unvermeidlich?»

«Ah, Berne hat es Euch also schon verraten! . . . Nun, es wird sich zeigen. In den nächsten zwei Tagen werde ich Euch jedenfalls nicht verlassen, selbst wenn alle diese Herren aus Canada skalpiert oder in Eisen gelegt werden sollten. Ich bin kein Hampelmann, an dessen Fäden jeder ziehen kann, der sich in eine böse Lage bringt.»

Sein Versprechen munterte Angélique wieder auf. Zwei Tage . . . Es schien ihr endlos.

Unverzüglich machte sie sich auf die Suche nach Madame Carrère, fand sie in der Küche der Herberge bei der Zubereitung ihrer weit und breit gerühmten Muschelsuppe und sprach mit ihr über die Möglichkeit, die Herzogin de Maudribourg auszuquartieren. Es gab da ein Haus am Ende des Dorfs, dessen Bewohner zum Pelzhandel ins Innere des Landes aufgebrochen war. Die Herzogin und ihr Gefolge würden ein wenig gedrängt zusammen hausen, aber das war nun einmal nicht zu ändern, und wenn man nach Canada reiste, mußte man eben auf alles gefaßt sein . . . Sie erkundigte sich auch, ob die Kleidung der Herzogin schon wieder instand gesetzt worden sei.

«Noch nicht. Ich mußte erst die nötigen farbigen Fäden auftreiben, um das bunte Flitterzeug ausbessern zu können. Übrigens, irgendwas ist mit diesen Kleidungsstücken nicht in Ordnung . . .»

«Was meint Ihr damit?»

«Diese Flecken, diese Risse . . .»

«Wie sollen sie nach einem Schiffbruch anders aussehen?»

«Das ist es nicht!» Madame Carrère suchte vergeblich nach Worten, mit denen sich ausdrücken ließ, was sie beim Mustern der Kleider empfunden hatte. Schließlich zuckte sie nur die Schultern und sagte: «Ach, ich kann's eben nicht sagen . . .»

Angélique verließ die Herberge, nachdem sie Joffrey das Versprechen abgenommen hatte, nach der Unterredung mit Ville d'Avray zu ihr ins Fort zu kommen und auf keinen Fall zu irgendwelchen kriegerischen Expeditionen aufzubrechen, ohne sie wenigstens vorher zu benachrichtigen. Er lachte und küßte ihre Fingerspitzen.

Trotzdem war sie nicht ganz ruhig. Die Furcht, ihn zu verlieren, war noch immer nicht völlig geschwunden. Als sie jedoch sah, daß der Wind sich inzwischen darangemacht hatte, endgültig den Nebel zu vertreiben, und die Sonne Gouldsboro mit seinen Häusern aus hellem Holz, seinen smaragdenen, von dichten Baumkronen überschatteten Wiesen, seinem weißen Strand und den ins Meer vorspringenden bläulichen oder malvenfarbenen Felsnasen mit blitzendem Licht übergoß, gewann ihre Freude die Oberhand, und plötzlich war ihr, als sei sie die glücklichste aller Frauen. Was auch geschah, die Hindernisse und Gefahren würden überwunden werden. Man konnte eben nichts aufbauen, ohne zu kämpfen.

Während sie schnell dem Fort zuschritt, hoffte sie die Herzogin in einem Zustand vorzufinden, der ihr wenigstens den Umzug ins nächste Quartier erlaubte. Dann würde sie endlich mit ihrem neuen Glück wieder bei sich allein sein können.

Vor dem Eingang fand sie in einem Sonnenfleck das graue Kätzchen. Es sah mit seinen goldbraunen Augen erwartungsvoll zu ihr auf, und sie bückte sich, nahm es auf den Arm und streichelte das staubige Fell.

«Du müßtest einmal gebadet werden», murmelte sie.

Auf der inneren Treppe des Forts hörte sie heftig streitende Stimmen, und gleich darauf trat Job Simon, der Kapitän der *Einhorn*, des mit den Mädchen des Königs gestrandeten Schiffs, aus ihrem Zimmer. Den Schädel zwischen die breiten Schultern gezogen und wie niedergedrückt von schwerer Last, wirkte er fast bucklig. Er warf Angélique einen düsteren Blick zu.

«So ist das», grollte er. «Ich hab nicht nur mein Schiff verloren, ich muß mich dafür auch noch beschimpfen lassen.»

Er war unrasiert, graue Stoppeln bedeckten seine Wangen, und die Menschlichkeit seines trüben Blicks unter mächtigen dichten Brauen gab ihm das Aussehen eines traurigen Hundes, der um ein wenig Mitgefühl bettelt.

«Ihr habt immerhin Eure Galionsfigur, das Einhorn, gerettet», sagte Angélique tröstend. «Aber unter uns, Kapitän, seid Ihr nicht auch ein wenig schuldig? Wie konntet Ihr Euch zu uns verirren, wenn Ihr nach Québec wolltet?»

Er sah sie scharf an, dann wich er ihrem Blick aus.

«Mag sein», murrte er. «Aber der Schiffbruch ist nicht meine Schuld.»

«Und wessen sonst?»

«Dieser Schufte von Strandräubern natürlich, die ihre Laternen auf den Felsen schwenkten, um uns auf die Klippen zu locken . . . Ja, da staunt Ihr, aber so war's.»

Krummrückig ging er die Treppe hinunter, und das Kätzchen sprang von ihrem Arm, während sie ihm noch nachsah, und schnupperte an der geschlossenen Tür.

Zwischen Angéliques Füßen schlüpfte es ins Zimmer, steuerte schnurstracks mit steil erhobenem Schwanz das Stück Decke an, das Angélique tags zuvor für sie ausgebreitet hatte, ließ sich mit Besitzermiene auf ihm nieder und begann sich eifrig zu putzen.

# 6

Ambroisine de Maudribourg saß in einem schwarzen Samtkleid mit zartem Spitzenkragen am Fenster. Der dunkle Stoff betonte die auffallende Blässe ihres Gesichts. Bei Angéliques Eintritt wandte sie sich lebhaft zur Tür. Die anerzogene Distinktion ihrer Bewegungen verdeckte nur unzureichend ihre natürliche Impulsivität, die nicht ohne Charme war und sie noch jünger machte.

«Ah, da seid Ihr ja, Madame!» rief sie. «Ich erwartete Euch schon. Und wie ich Euch erwartete!»

Ihre Augen glänzten vor unterdrückter Freude.

«Wie ich sehe, seid Ihr aufgestanden», sagte Angélique, «und ich hoffe, Euer Unwohlsein von gestern ist geschwunden. Habt Ihr eine gute Nacht verbracht? Ich finde Euch nur ein wenig blaß.»

«Das bedeutet nichts. Und ich war eben dabei, mir zu überlegen, daß ich Euch und Euren Gatten durch die Beschlagnahme Eures Privatgemachs nun wirklich genug belästigt hätte. Ich könnte durchaus weiterreisen, obwohl ich mich in der Tat noch ein bißchen matt fühle. Kapitän Simon hat mir eben gesagt, daß unser Schiff total verloren ist. Keine Hoffnung also von dieser Seite. Aber wenn ich Wechsel ausstelle, könnte ich sicher eines finden, das mich und meine Mädchen endlich nach Québec bringt.»

«Sprecht nicht so übereilt von Abreise, Madame», wandte Angélique ein, die an Colins Plan dachte, einige der Mädchen als künftige Ehefrauen seiner ansiedlungswilligen Mannschaftsmitglieder in Gouldsboro zu behalten. «Weder Ihr noch Eure verletzten Begleiterinnen sind wirklich geheilt.»

«Dann möchte ich Euch wenigstens in Euren eigenen vier Wänden nicht mehr zur Last fallen. Irgendeine Hütte ist gut genug für mich. Als ich nach Neufrankreich aufbrach, war mir bewußt, daß Mangel an Bequemlichkeit zu den Opfern gehören würde, die ich unserem Herrgott darzubringen hätte. Ich fürchte keine Entbehrungen.»

«Wir werden Euch in nächster Nähe Eurer Mädchen unterbringen», sagte Angélique, «und Euren Kasteiungswünschen zum Trotz werde ich selbstverständlich dafür sorgen, daß Ihr alles Notwendige erhaltet.»

Sie war erleichtert, die Herzogin von Maudribourg in dieser Umzugsangelegenheit so taktvoll zu finden. Bei aller Seltsamkeit hatte sich die junge Frau eben doch die ausgezeichnete Erziehung zu eigen gemacht, die jedes junge Mädchen adliger Herkunft in den Klöstern erhielt, und zudem schien sie auch von ihrem Wesen her auf die Gefühle und das Wohlbefinden anderer bedacht zu sein.

Die Herzogin hatte Angéliques Worte mit einem leisen Lächeln begleitet.

«Ich muß Eurer Gefälligkeit noch eine weitere Entschuldigung zumuten. Seht, wie unverschämt ich gewesen bin. Ich wußte nicht, was ich anziehen sollte, und da habe ich mir dieses Kleid von Euch geliehen.»

«Ihr hättet Euch eins aussuchen sollen, das Euch besser steht!» rief Angélique spontan. «Dieses paßt nicht zu Eurem Teint. Ihr seht wie eine Klosterfrau oder ein Waisenmädchen aus.»

Madame de Maudribourg schien plötzlich äußerst amüsiert.

«Aber ich bin eine Klosterfrau! Habe ich's Euch nicht schon gesagt? . . . Und ein Waisenmädchen bin ich auch», fügte sie leiser und einfach hinzu.

Angélique erinnerte sich der Einzelheiten, die Joffrey ihr über die Vorgeschichte der Ehe dieser jungen Frau erzählt hatte, und trotz des leisen Unbehagens, das sie sich in deren Nähe nie ganz wohl fühlen ließ, empfand sie Mitgefühl. Als einzige vielleicht witterte sie im selbstbewußten Auftreten der Herzogin, die als Gelehrte von hohem Rang und zugleich als geschickte Geschäftsfrau galt, eine Schwäche, irgend etwas Kindliches, einen Bruch. Und sie verspürte den Wunsch, ihr wenigstens über die Nüchternheit ihrer gegenwärtigen Lage hinwegzuhelfen.

«Wartet», rief sie, «ich suche ein fröhlicheres Kleid für Euch heraus!»

Die Herzogin hielt sie zurück.

«Nein, laßt mich, wie ich bin! Laßt mich Trauer um die Menschen tragen, die vor kurzem ohne Sakramente vor dieser Küste umgekommen sind. Welch schreckliches Unglück! Ich denke unablässig daran.»

Sie barg ihr Gesicht in den Händen.

Angélique gab es auf, sie zu bedrängen. Diese erst vor kurzem aus Europa gekommenen Leute lebten noch nicht im selben Rhythmus wie sie alle hier. Das Dasein in diesem Land trieb jeden einzelnen mit solcher Intensität voran, die Todesgefahr war so allgegenwärtig, daß man schnell vergaß, ohne deshalb ein härteres Herz zu haben.

Ein leises Geräusch, das ihr bisher noch nicht bewußt geworden war, ließ Angélique sich umdrehen: das Kratzen einer Feder über Pergament.

An einem Tisch im Hintergrund des Raums beugte sich Dacaux, der Sekretär der Herzogin, kurzsichtig über ein Blatt. Es war Joffreys Arbeitstisch, und es war die sorglich zugespitzte Albatrosfeder, die der

Hausherr für gewöhnlich benutzte, was Angélique instinktiv mißfiel, obgleich sie sich gerechterweise sagen mußte, daß der durch den Schiffbruch um sein Handwerkszeug gekommene Sekretär gar keine andere Wahl hatte. Aber der Mann war ihr ohnehin nicht sympathisch. Es war etwas Schleichendes in seiner für Sekretäre hochgestellter Persönlichkeiten sozusagen berufsnotwendigen Servilität, die sich hinter umgänglichbiederem Benehmen versteckte.

«Monsieur Armand zieht die Bilanz unserer Verluste», hörte sie Madame de Maudribourgs erklärende Stimme hinter sich.

Der Sekretär blinzelte aufgestört durch seine Brille zu ihr herüber und schickte sich an, sich ehrerbietig zu erheben, sank aber wieder auf seinen Stuhl zurück, als die Stimme fortfuhr:

«Laßt Euch nicht stören, Monsieur Armand.»

Trotz ihrer angekündigten Bereitschaft zum Quartierwechsel zeigte die Herzogin noch immer keinerlei Neigung zum Aufbruch. Sie ließ einen Rosenkranz aus Buchsbaumholzperlen zwischen ihren schlanken Fingern hindurchgleiten und schien auf etwas zu lauschen.

«Wie seltsam, keine Glocken zu hören», murmelte sie. «Wie soll man da wissen, wieviel Uhr es ist? . . . Ich hätte gern der heiligen Messe beigewohnt, aber man sagte mir, daß es hier nicht einmal eine Kirche gäbe.»

«Wir werden bald eine Kapelle haben», warf Angélique ein.

«Wie könnt Ihr nur so lange schon ohne das göttliche Opfer leben. Man sagt, Ihr habt hier nicht einmal einen Schiffskaplan. Die Leute leben und sterben also ohne die Sakramente – wie Tiere.»

«Ein Pastor ist da . . .»

«Ein Reformierter!» rief die Herzogin entsetzt. «Ein Ketzer! Das ist noch schlimmer!»

«Wie man es nimmt», erwiderte Angélique, nun doch leicht gereizt. «Aber vergeßt nicht, daß unsere Ruchlosigkeit uns hier in Gouldsboro nicht davon abhält, das erste Gebot des Neuen Testaments zu befolgen und barmherzig zu unserem Nächsten zu sein. Was Euer prächtiger Lotse Simon auch behaupten mag, wir jedenfalls sind keine Strandräuber und haben für Euch und die Euren alles getan, was wir konnten.»

Sie wollte sich abwenden, doch die Herzogin legte begütigend eine Hand auf ihren Arm.

«Verzeiht», sagte sie weich. «Ich fühle, daß ich Euch durch meine Bemerkungen verletzt habe. Ich bin zu impulsiv, und man hat mir schon oft vorgeworfen, meine Meinungen allzu unverblümt auszudrücken. Ich bin so. Ich urteile logisch und räume dem Instinkt des Herzens nicht genug Platz ein. Deshalb habt Ihr recht, ich weiß. Was macht es schon, ob es hier eine Kapelle gibt oder nicht? Was ist der Ritus schon ohne Güte? ‹Wenn ich mit Menschen- und mit Engelszungen redete und hätte der

Liebe nicht, wäre ich nichts . . . Und wenn ich weissagen könnte und
wüßte alle Geheimnisse und alle Erkenntnis und hätte allen Glauben, also
daß ich Berge versetzte, und hätte der Liebe nicht, so wäre ich nichts . . .›
Der heilige Paulus hat das gesagt, unser aller Meister . . . Liebe Freundin,
wollt Ihr mir vergeben?»

Bläuliche Schatten, zarte Zeichen der überwundenen Strapazen, lagen
um ihre schönen Augen, die sie mit einem fast rührenden Ausdruck auf
Angélique richtete, und Angélique suchte im stillen die merkwürdig
zwielichtige Persönlichkeit dieser allzu begabten und auch allzu entwaff-
neten Frau zu ergründen. Es schien, als hätten eine strenge religiöse
Erziehung und abstrakte wissenschaftliche Studien sie in ein Dasein
außerhalb der Realität, in eine exaltierte mystische Atmosphäre verwie-
sen. Sie wäre gewiß eher in Québec an ihrem Platz, empfangen vom
Bischof, den Jesuiten und Klosterfrauen, als auf dem unabhängigen
Boden Gouldsboros. Das rauhe Amerika würde mit diesem preziösen
Geschöpf nicht nachsichtig umgehen, und Angélique empfand von neuem Mitleid mit ihr.

«Ich bin Euch nicht böse», sagte sie. «Und ich vergebe Euch gern. Ihr
habt das Recht, zu fragen und Eure Meinung zu sagen. Auch ich bin
impulsiv und sage frei heraus, was ich denke. Ihr braucht es Euch wirklich
nicht zu Herzen zu nehmen. Ihr macht Euch nur wieder krank.»

Die Herzogin fuhr sich mit der Hand über die Stirn.

«Ja, ich bin müde», murmelte sie. «Ich bin hier eine andere, nicht ich
selbst. Diese Wärme, dieser unaufhörliche Wind, dieser Salzgeruch vom
Meer und diese schrillen Schreie der Vögel, die unablässig in ganzen
Schwärmen über den Himmel ziehen wie Seelen im Fegefeuer . . . Nun»,
sie seufzte und erhob sich, «vielleicht werde ich mich im neuen Quartier
besser fühlen. Wenn Ihr so gut sein wollt, mich zu führen . . .»

«Und Euer Gepäck?» erkundigte sich Angélique.

«Ich habe so gut wie nichts. Die wenigen Kleinigkeiten kann Pétronille
später holen. Seid Ihr fertig mit Eurer Schreiberei, Monsieur Armand?»

Der Sekretär nickte, streute hastig Sand über seine Blätter, rollte sie
zusammen und folgte schleunigst seiner Herrin.

## 7

Gegen Mittag kehrte Angélique ins Fort zurück. Die Herzogin und ihre
Mädchen waren fürs erste versorgt, sie konnte sich endlich den Angelegenheiten zuwenden, die ihr am Herzen lagen. Da waren vor allem die
Truhen mit den Dingen, die Joffrey ihr von der *Gouldsboro* aus Europa
hatte mitbringen lassen. Sie hatte in den Aufregungen dieser letzten Tage

bisher kaum Zeit gefunden, ihren Inhalt genauer zu betrachten. Nur die Pistolen . . .

Angélique nahm sie aus ihrer Kassette. Sie lagen leicht und sicher in der Hand. Ihre Handhabung war einfach; man konnte doppelt so schnell mit ihnen schießen wie mit jeder anderen bekannten Waffe.

Probehalber legte sie sich den Gürtel mit dem ledernen Halfter um. Die Waffen waren in den Falten ihres Rockes kaum zu sehen. Ihre Kolben aus kostbarem, mit Perlmutt und Email eingelegtem Holz wirkten fast wie neuartige Schmuckstücke und waren wie Zündhütchenschachtel und Kugelbeutel von geradezu femininer Eleganz. Angélique übte sich einige Male im schnellen Laden und gewöhnte sich an die Besonderheiten des spanischen Schlosses, das praktischer als andere Systeme und für sie noch neu war.

Mit diesen Waffen zu ihrem Schutz fühlte sie sich ruhiger.

Das Kätzchen war auf den Tisch gesprungen, folgte höchst interessiert den Bewegungen ihrer Finger an Lauf und Schloß und schlug spielerisch mit der winzigen Pfote nach ihnen. Dann gelang es ihm, sich einer Kugel zu bemächtigen, trieb sie mit flink zuckenden Tatzen quer durchs Zimmer und lauerte lange vor dem Schrank, unter den sie sich geflüchtet zu haben schien.

Als Angélique sich schließlich wieder den Truhen zuwandte und eine von ihnen öffnete, tauchte es wie der Blitz ins Innere und verschwand unter Seiden und allerlei Flitterkram. Hier und da tauchte sein Köpfchen triumphierend wieder auf, mit einem bunten Band oder einer Ärmelstulpe geschmückt.

Sein Treiben brachte Angélique zum Lachen.

«Du bist mir schon drollig! Ein richtiger kleiner Schelm, mager und lebhaft wie früher Florimond . . . Aber nun stör mich nicht mehr! Verschwinde!»

Zwanzigmal zog sie das Kätzchen aus einer der Truhen, und immer gelang es dem kleinen Kobold, wieder zurückzuschlüpfen, manchmal ohne daß sie es merkte. Es wurde zu einem Spiel, das sie aufheiterte, so daß sie nur noch an die unmittelbare Gegenwart dachte, die überdies voller angenehmer Überraschungen war. Die Truhen enthielten wirklich alles, was selbst die pariserischste aller Frauen entzücken konnte: Toiletten aus ausgewählten Materialien, verführerisch durch die modische Neuigkeit ihres Schnitts, kostbares Zubehör aller Art. Gerührt entdeckte sie auch Mädchenkleider und zwei Jungenkostüme aus festem Leinen in lebhaften Farben.

Joffrey mußte noch Korrespondenten in Paris, London und anderen Städten haben, die seinen Geschmack genau kannten und ihn umsichtig bedienten. Obwohl zu den Antipoden der zivilisierten Welt verschlagen, war er trotz allem der Graf von Toulouse geblieben, der die Lebensart der

Alten Welt in ihren liebenswertesten Aspekten, alles, was reizvoll, raffiniert und trotz Barbarei, trotz Kriegen und Ungerechtigkeiten gut an ihr war, hierher bis in ihre Abgeschiedenheit zu bringen verstand . . .

Im Gedanken an ihn und seine wunderbaren Einfälle preßte sie ihre Lippen impulsiv auf das Kleidungsstück, das sie gerade in der Hand hielt. Es war das Jäckchen eines der Jungenanzüge. Ihre kleine Tochter Honorine, die so bedauerte, kein Junge zu sein, würde sie sich bestimmt aneignen . . .

Schnelle Schritte auf der Treppe . . .

Angélique lief mit klopfendem Herzen zur Tür. Es war wirklich Peyrac, hinter ihm einer seiner spanischen Leibwächter mit einem Kästchen aus leichtem Holz, das er dem Grafen überreichte, bevor er sich mit kurzem Gruß zurückzog.

«Seht Euch an, was ich Euch mitgebracht habe», sagte Peyrac. «Ein Medizinkästchen für Eure Arzneiflaschen, Salbentiegel, Kräuterbündel und chirurgischen Instrumente. Die Innenaufteilung kann nach Euren Bedürfnissen geändert werden. Ich habe es in Lyon für Euch anfertigen lassen. Der Handwerker hat es für richtig gehalten, es mit den Konterfeien des heiligen Cosme und des heiligen Damien, der Schutzpatrone der Ärzte, Chirurgen und Apotheker, zu dekorieren, die Euch beistehen sollen, und er hat sicher recht damit, denn wenn sich's darum handelt, Leben zu retten, ist keine Fürsprache zu verachten.»

«Gewiß», sagte Angélique. «Ich liebe Cosme und Damien sehr und begrüße sie als meine freundlichen Helfer.»

«Und gefällt Euch der Putz, den Ihr da ausgepackt habt?»

«Ich bin entzückt. Aber was fange ich mit all diesen festlichen Roben in den Wäldern von Wapassou an?»

«Wapassou ist ein Königreich, und Ihr seid die Königin. Wer weiß, was für Festlichkeiten eines Tages dort gefeiert werden? Ihr habt ja gesehen, daß wir auch hier von Besuchen hochgestellter Persönlichkeiten nicht verschont bleiben. Und außerdem sollt Ihr Québec betören.»

Ein Zittern überlief Angélique. Sie hatte das Kätzchen auf den Arm genommen, um zu verhindern, daß es sich mit seinen scharfen Krallen in der Seide eines der Kleider verfing, und streichelte es mechanisch.

«Québec», murmelte sie. «Werden wir nach Québec gehen? In diese Falle des Königs von Frankreich, dieses Nest unserer schlimmsten Feinde seit je, der Frömmler, Kirchenmänner und Jesuiten?»

«Warum nicht? Dort werden alle Pläne geschmiedet, alle Intrigen ausgeheckt. Natürlich setze ich Euch keinem Risiko aus; ich werde mit Schiffen und Kanonen kommen. Aber ich weiß auch, daß die französische Empfindlichkeit sich eher vor der Schönheit einer von allen Grazien gesegneten Frau als vor kriegerischer Drohung verneigt. Und außerdem haben wir Freunde dort, und nicht die geringsten: den Herzog von Arreboust, den Chevalier de Loménie-Chambord und selbst den Gouverneur Frontenac. Meine Unterstützung Cavelier de la Salles hat, ob man's nun will oder nicht, eine Art Allianz zwischen Neufrankreich und mir geschaffen. Monsieur de Ville d'Avray hat es mir eben bestätigt.»

«Was ist er für ein Mensch?»

Peyrac lächelte.

«Der Gouverneur? Ihr werdet's sehen. Ein Mann mit einem ein wenig verdächtigen Sinn für Geschäfte, ein Freund der Künste, dazu ein recht kritischer Beobachter seiner Standesgenossen und besser in allen möglichen Wissenschaften zu Hause, als man ihm eigentlich zutrauen möchte. Er war es, der mir sagte, daß Ihr es seid, die man in Québec sehen will, und daß Eure Anwesenheit mehr zur letztlichen Entscheidung über alles beitragen wird als meine.»

«Zweifellos wegen dieser Weissagung über die Dämonin von Akadien.»

Peyrac zuckte lässig die Schultern.

«Es gehört wenig dazu, die Leidenschaften des Volks zu kristallisieren. Nehmen wir die Tatsachen, wie sie sind. Die Opposition der Kirche gründet sich auf mystische Elemente, die ihr viel wichtiger sind als mögliche Annexionen angeblich französischer Territorien durch mich. Diese abergläubischen Befürchtungen aus längst vergangenen Zeiten müssen beseitigt werden.»

Angélique seufzte. Die Welt war krank, aber wer würde sie heilen? Was konnte die kalte Stofflichkeit von Kanonen gegen die Konzeption eines einzig auf der ewigen Seligkeit und übernatürlichen Kräften basierenden Daseins ausrichten? Die Seele des intoleranten Québec war nicht durch Gewalt zu besiegen.

Zögernd sagte sie:

«Könnten wir nicht für den Winter nach Wapassou zurückkehren? Ich bin ein wenig der Welt entwöhnt, und ich sehne mich nach Honorine.»

«Der Sommer ist kurz, das stimmt, und zuerst müssen wir in der Französischen Bucht Ordnung schaffen, aber . . . Apropos Honorine», er wies auf die Jungenanzüge, die Angélique über eine der Truhen gelegt hatte, «glaubt Ihr, daß diese Dinge ihr passen werden?»

«Sie sind also für sie?»

«Ja. Sie ist draufgängerisch wie ein Junge und ärgert sich gewaltig, wenn Mädchenröcke ihrer Unternehmungslust im Winterschnee Zügel anlegen.»

«Ihr habt wieder einmal ihre Träume erraten.»

Daß er sich so um Honorine kümmerte, erfüllte sie mit einer dankbaren Freude, die sie irgendwie loswerden mußte.

Das Kätzchen sprang von ihrem Arm auf eine Tischecke, wo es sich mit einer Miene, als gäbe es nichts Wichtigeres auf der Welt, das Schnäuzchen putzte.

Angélique hatte ihre Arme um Peyracs Hals geschlungen. Die Existenz dieses Kindes, die eine Klippe für ihre Liebe hätte werden können, hatte ihr statt dessen die Güte dieses Mannes offenbart, dem die harten Erfahrungen des Lebens und seine überlegene Intelligenz allen Anlaß gegeben hätten, sich andern gegenüber unduldsam, gleichgültig, ja grausam zu verhalten.

Es wäre ihm ein leichtes gewesen, durch seine bloße Kraft, sein Wissen, seinen Charakter, seinen erfindungsreichen, beweglichen, allen Entwicklungen vorauseilenden Geist zu beherrschen. Aber er hatte sich auch die Neigung für das Leben und seine Reize bewahrt, die Aufmerksamkeit für die Einfachen und Schwachen, ein spontanes Interesse für die Grazie der Kindheit oder der Frauen, wie überhaupt für alles Lebendige, das Achtung und Liebe verdiente.

Das war der Grund, warum man sich wohl und sicher bei ihm fühlte. Angéliques Ängste stammten von woanders her.

Sie ließ ihre Hände über seine Schultern gleiten. Ihn berühren, ihn fühlen war ihr ein Trost, ein Glück, und sie fragte sich, wie sie weiterleben sollte, wenn es ihr genommen würde.

Mit gesenktem Kopf sagte sie:

«Ihr müßt wieder fort, nicht wahr?»

Er hob ihr Kinn, als sei sie ein trauriges Kind, dem man in die Augen sieht, um es zu trösten und zu überzeugen.

«Es geht nicht anders. Es ist eine einmalige Gelegenheit, diesen Unruhestiftern in Québec einen Dienst zu erweisen.»

«Aber erklärt mir dann wenigstens, warum diese Canadier es so auf uns abgesehen haben. Warum sehen sie in mir eine Dämonin und in Euch einen gefährlichen Eindringling in französisches Territorium? Dieser Ort hier gehört nach den Verträgen zu Massachusetts, Ihr habt ihn in aller Form erworben. Schließlich können die Canadier nicht den ganzen amerikanischen Kontinent für sich beanspruchen.»

«Eben das ist ihr zugleich nationaler und katholischer Ehrgeiz. Gott und dem König dienen ist die vornehmste Pflicht jedes guten Franzosen, und sie sind bereit, dafür zu sterben, selbst wenn sie nur eine Handvoll von sechstausend Seelen gegenüber den zweihunderttausend Engländern im Süden sind. Dem tapferen Herzen ist nichts unmöglich! Trotz der Verträge ist alles Gebiet um die Französische Bucht in ihren Augen französisch. Der Beweis sind die zahlreichen Herrensitze und Pachtgüter, die sich überall erhalten haben – Saint-Castines Pentagouët und Port-Royal, zum Beispiel – und die der Gouverneur von Akadien jedes Jahr besucht, um den Zins für diese Enklaven einzutreiben. Nicht ganz zu deren Freude, denn die Akadier fühlen sich seit langem unabhängig, ähnlich dem Vorbild Gouldsboro. Deshalb ist Castine auch zu mir gekommen, um mir vorzuschlagen, die verschiedenen Kolonisten der Französischen Bucht, die französischen ebenso wie die schottischen und englischen, die sich alle Rechtens dort zu Hause fühlen, unter meiner Führung zusammenzufassen.

Wenn das in Québec bekanntgeworden ist, kann ich dort kaum im Geruch der Heiligkeit stehen, und schon gar nicht bei dem besagten Gouverneur von Akadien, zumal in dem Augenblick, in dem er sich bei seinen widerborstigen Untertanen um die Eintreibung der Steuern bemüht. Darum scheint es mir politisch richtig, ihm aus einer bösen Lage herauszuhelfen.»

«Was ist ihm passiert?»

«Als Vergeltungsmaßnahme für die Massaker, die sich die von Franzosen geführten Abenakis in Neuengland geleistet haben, schickte Massachusetts einen Admiral und ein paar Schiffe zur Bestrafung aller Franzosen, die ihnen in die Hände fallen würden. Diese Absicht war nur geeignet, unsere ohnehin schon prekäre Situation zu erschweren, ganz abgesehen davon, daß sie zu nichts führen konnte. Man mußte Québec zur Vernunft bringen, statt ein paar kleine akadische Grundbesitzer zu attackieren, die sich so gut sie konnten an den von ihren Vorvätern ererbten Boden klammerten. Zum Glück konnte ich Admiral Serrylman überzeugen, aber Phips, der ihn begleitete, wollte nichts hören, und da er Wind davon bekam, daß ein paar Offizielle aus Québec, darunter Monsieur de Ville d'Avray und Carlon, der Intendant Neufrankreichs, sich in Jemseg befanden, sperrte er mit seinem Schiff die Mündung des Saint-Jean und hinderte sie daran, in die freie Bucht auszulaufen. Ville d'Avray, ein unruhiger Geist, ließ sich nicht festhalten und entkam zu Fuß durch den Wald. Dank dem Nebel gelangte er an Bord eines Kabeljaufischers, ohne den Engländern aufzufallen, und kam hierher, um mich um Hilfe zu bitten. Obwohl er in mir einen schuftigen Rivalen und möglichen Feind sieht, hofft er durch mich vor allem sein Schiff zu retten, das vermutlich bis obenhin voller kostbarer Pelze steckt, die er im Verlauf seiner Gouverneurstour gesammelt hat. Ich wäre schlecht beraten, ihm seinen Wunsch nicht zu erfüllen.»

Wenn es Phips glückte, diese Leute samt ihren Schiffen zu erwischen, würde das bis nach Versailles dringen, und der König könnte in dieser Geschichte den von ihm gesuchten Vorwand sehen, England den Krieg zu erklären. Wir alle hier ziehen unseren lahmen Frieden einem neuen Konflikt vor.»

Sie hörte ihm alarmiert zu. Obwohl er die Tatsachen dämpfte, um sie nicht zu erschrecken, wurde ihr die Gefährlichkeit ihrer Lage deutlicher, und sie begriff auch, wie schwer die Last war, die er sich auflud.

Mein Gott, wie allein er war! Warum, für wen wollte er kämpfen? Für sie, für das Kind Honorine, für seine Söhne, für die Parias der Welt, die sich unter seinem Banner, im Schatten seiner Kraft gesammelt hatten. Um etwas zu schaffen, vorwärtszuschreiten, aufzubauen, nicht zu zerstören . . .

«Es ist eine typische Angelegenheit der Französischen Bucht mit ihrer menschlichen Fauna aus allen Nationen», schloß er und lächelte ihr zu. «Kein Vertrag wird dergleichen verhindern, solange es solche Nebel, solche Fluten, solche verborgenen Buchten und Flußwinkel gibt, in denen man sich verstecken kann. Es ist ein Land der Zuflucht und der ewigen Scharmützel, aber was tut's, ich werde Euch trotzdem ein Königreich in ihm errichten.»

«Besteht Gefahr bei Eurer neuen Expedition?»

«Es ist ein Spaziergang. Es handelt sich nur darum, den Franzosen zu helfen, die Indianer daran zu hindern, sich einzumischen, und Phips die Beute zu entführen, die ihm eigentlich zusteht. Er wird wütend sein, aber es besteht keine Chance, daß wir uns in die Haare geraten werden.»

Er nahm sie in die Arme.

«Ich hätte Euch gern mitgenommen.»

«Nein, das ist unmöglich, ich kann Abigaël nicht allein lassen. Ich habe versprochen, ihr bei der Niederkunft beizustehen, und . . . ich weiß nicht, warum, aber ich fürchte für sie, und ich spüre, daß auch sie trotz ihres Mutes sich Sorgen macht. Meine Anwesenheit wird sie beruhigen. Ich muß bleiben.»

Sie schüttelte mehrmals den Kopf, wie um die Verlockung zu verjagen, sich an ihn zu klammern, ihm in einem impulsiven Verlangen, das sie nicht zu analysieren vermochte, blindlings zu folgen.

«Sprechen wir nicht mehr davon», sagte sie tapfer.

Sie setzte sich in den Sessel am Fenster, und als sähe es darin ein Signal, daß nun genug gespielt und geredet sei, sprang das Kätzchen auf ihre Knie und rollte sich zu einer Kugel zusammen. Es wirkte so zutraulich, so zufrieden mit seinem Dasein, daß ein wenig von seiner Seelenruhe auf Angélique überging.

«Honorine wird verrückt nach ihr sein», dachte sie.

Und doch . . . da war etwas, was sie nicht verließ, was immer in ihr lauerte, selbst in den Momenten des Glücks, etwas Beklemmendes, eine Drohung . . . Ihre erklärten Feinde hatten nichts damit zu tun. Sie wußten, was sie wollten, kannten ihre Absichten. Aber der Feind im Dunkeln, der unbekannte, schleichende, der es vor allem auf sie abgesehen zu haben schien . . .

Sie konnte diesen Gedanken nicht unterdrücken.

«Wäre Eure Situation nicht leichter», fragte sie, «wenn Ihr mich nicht bei Euch hättet?»

«Wenn ich Euch nicht bei mir hätte, wäre ich kein glücklicher Mensch.»

Er sah sich um.

«Ich habe dieses Fort in die Einsamkeit gebaut. Ihr wart aus meinem Leben verschwunden. Dennoch war irgend etwas in mir nicht bereit, die Vorstellung, daß Ihr tot sein könntet, hinzunehmen. Schon daß ich Florimond und Cantor wiederfand, schien mir ein Pfand für ich weiß nicht welches Versprechen. Sie kommt, sagte ich mir ganz leise, meine Geliebte kommt . . . Es war verrückt, aber instinktiv fügte ich beim Bau bestimmte Einzelheiten hinzu . . . für Euch. Es war kurz vor meinem Aufbruch nach Europa, kurz vor jener Reise, bei der ich auf einem spanischen Kai zufällig Rochat begegnen und von ihm hören sollte: ‹Die Französin mit den grünen Augen, Ihr wißt doch, die, die Ihr in Kandia gekauft habt . . . sie lebt. Sie ist in La Rochelle. Ich habe sie vor kurzem dort gesehen.›

Wie soll ich Euch die überschäumende Freude dieses Augenblicks schildern! Den funkelnd berstenden Himmel! . . . Braver Rochat! Ich überschüttete ihn mit Fragen, beschenkte ihn wie den liebsten Freund . . . Ja, das Schicksal hat es gut mit uns gemeint, wenn es auch manchmal Umwege machte.»

Er trat zu ihr und küßte ihr beide Hände.

«Vertrauen wir ihm auch weiter, Liebste.»


# 8


Angélique und Abigaël standen inmitten des Gärtchens hinter dem Haus der Bernes zwischen Blumenbüscheln und Kräuterbeeten. Keine der Kolonistenfrauen, die sich in einem Land, in dem Apotheker selten zur Hand waren, um die Gesundheit ihrer Familien sorgten, kam ohne selbstgezogene Kräuter aus, mit denen auch die oft fade schmeckenden Speisen gewürzt und verfeinert wurden. Außerdem wurden verschiedene Gemüse, Salat, Lauch, Rettiche, Karotten und viele Blumen zur Freude des Herzens angepflanzt.

Der Frühling war milde gewesen, und die erste Aussaat begann sich schon zu entfalten.

Abigaël schob mit dem Fuß ein rundes, rauhhaariges Blättchen zurück, das sich über den Beetrand drängte.

«Im Herbst werde ich Kürbisse haben. Ich hebe sie für den Winter auf. Aber ein paar pflücke ich schon, wenn sie nicht größer als Melonen sind. Man brät sie in der Asche und ißt sie wie Bratäpfel.»

«Meine Mutter liebte Gärten», sagte Angélique. «Sie machte sich ständig im Küchengarten zu schaffen. Ich sehe sie förmlich vor mir . . .»

Sie sah sie vor sich, fern, wie verwischt: eine hohe, noble Gestalt unter einem breitrandigen Strohhut, Körbe am Arm, zuweilen mit einem Strauß Blumen, den sie wie ein Kind an die Brust gedrückt hielt. Sie war immer ein wenig Kind geblieben, vor dessen Unschuld sich die Gespenster der Schauergeschichten der Dienstboten in die finstern Winkel des alten Schlosses Monteloup verkrochen. In ihrem Umkreis hatte es nichts Böses gegeben . . .

Unwillkürlich tastete sie nach Abigaëls Hand. Ähnelte die hochgewachsene, sanfte, tapfere Abigaël nicht ihrer Mutter?

Die Freundschaft der beiden Frauen war jenseits aller Zwistigkeiten. Aus Instinkt isolierten sie sich, hielten sie sich aus den Streitigkeiten ihrer Männer heraus und verboten es sich, unduldsam über sie zu urteilen, um dieses notwendige Band ihrer gegenseitigen Neigung zu erhalten, diese Allianz ihrer weiblichen Empfindsamkeiten.

So verschieden sie auch waren, sie brauchten diese Freundschaft. Sie war eine Zuflucht, eine Gewißheit, etwas Sanftes, Lebendiges, das selbst Trennung nicht zerstören konnte und das durch jede Prüfung, die sie durchgemacht hatten, nur noch gestärkt worden war.

Der perlmutterne Schein, der am Horizont über den Inseln mählich erlosch, warf einen Reflex auf das feine Gesicht Abigaëls und hob seine Schönheit hervor. Die Mühsal ihres Zustands hatte weder ihre Züge entstellt noch ihren reinen Teint verdorben. Wie immer trug sie ihre strenge Haube aus La Rochelle, nicht die übliche, die die meisten Damen der Stadt getragen hatten, sondern eine von ihrer Mutter geerbte aus deren Heimat, dem Angoumois, wo man sich für Spitzen und Bänder nicht erwärmen konnte. Diese schmucklose Haube stand ihr besser als jeder anderen.

«Ihr seid also glücklich?» fragte Angélique.

Ein leises Beben überlief Abigaël, und trotz der Dämmerung konnte Angélique sehen, daß sie errötete. Doch sie beherrschte ihre Erregung, und schließlich lächelte sie.

«Es zu bestätigen hieße zuviel darüber reden. Wie soll ich Gott danken? Jeden Tag entdecke ich die Schätze des Herzens meines Mannes, den Reichtum seiner Intelligenz und seines Wissens, seine Stärke, die manchmal hart sein mag . . . und doch glaube ich, daß er im Grunde sehr gut ist. Aber Güte ist eine gefährliche Tugend in unserer Zeit, und er weiß es.»

Träumerisch fügte sie hinzu:

«Ich lerne einen Mann lieben. Es ist eine seltsame Erfahrung. Ein Mann ist etwas Ernstes, Fremdes, aber so Wichtiges. Ich frage mich, ob wir Frauen in dieser Hinsicht nicht ein bißchen nachlässig sind, weil wir uns weigern, ihre besondere Mentalität anzuerkennen. Gewiß verstehen sie uns nicht immer, aber machen wir uns denn die Mühe, sie zu begreifen, wie die Jahrhunderte sie geformt haben, verantwortlich für die Welt, was zuweilen eine recht schwere Last ist, selbst wenn sie sie freiwillig auf sich nahmen.»

«Wir sind die Erben der Sklaverei und sie die der Herrschaft», sagte Angélique. «Das ist der Grund, warum manchmal Funken sprühen. Aber es ist auch ein herrliches Abenteuer, sich dank der Liebe zu verständigen.»

Die Nacht war jetzt fast völlig herabgesunken. In den Häusern und am Hafen blitzten anheimelnde Lichter auf, und auf den verstreut liegenden Inseln draußen verrieten die blaßrötlich aufblühenden Sterne der Feuer und Laternen die Gegenwart von Menschen, die der Tag nicht hatte ahnen lassen.

Angélique wandte plötzlich den Kopf und spähte ins Dunkel.

«Mir ist, als belauerte uns jemand», sagte sie leise. «Irgend etwas bewegt sich in den Büschen.»

Sie lauschten. Auch Abigaël schien es, als beobachtete sie jemand, der sich im Gebüsch versteckt hielt. Wie schützend legte sie ihren Arm um Angéliques Schultern und zog sie an sich. Später würde sie erzählen, sie habe in diesem Augenblick mit Sicherheit gespürt, daß Madame de Peyrac in großer Gefahr schwebe.

Sie glaubten, etwas wie einen tiefen, herzzerreißenden Seufzer zu hören, aber vielleicht war es auch der durch die Fichten der Küste streichende Wind.

«Kehren wir ins Haus zurück», murmelte Abigaël und zog ihre Freundin mit sich, den nahen erleuchteten Fenstern zu.

In diesem Moment knackten Zweige, und ein aufgeregtes Grunzen drang zu ihnen herüber. Abigaël dreht sich um.

«Das ist es also!» rief sie erleichtert. «Das Schwein unserer Nachbarn treibt sich wieder in unserem Garten herum. Sie finden es bequemer, es auf der Dorfstraße und in den Gärten der andern nach Futter suchen zu lassen, statt dafür zu sorgen, daß es im Stall bleibt.»

Sie machte ein paar Scheuchgeräusche, noch einmal raschelte es im Gesträuch, dann blieb es still. Angélique sah an ihrer schattenhaften Gestalt vorbei ins Dunkel. Es fröstelte sie.

«Kommt», sagte Abigaël. «Ich werde Euch etwas Warmes zu trinken geben.»

# 9

Der Vormittag des nächsten Tages verlief ungewohnt geschäftig. Peyrac hatte zu Ehren Monsieur de Ville d'Avrays und der Herzogin ein allgemeines festliches Picknick am Strand vorgesehen, und während er selbst im großen Saal der Herberge Saint-Castine einige Kolonisten aus dem Innern der Französischen Bucht empfing, die der Streitfall am Saint-Jean und das befürchtete Eingreifen der von den Franzosen aufgewiegelten Indianer nach Gouldsboro getrieben hatte, betätigten sich in der Küche die Damen der Niederlassung unter Leitung Madame Carrères und Madame Manigaults bei der Vorbereitung der Speisen.

Wie üblich bei solchen Gelegenheiten waren im Freien vor der Herberge mehrere provisorische Tafeln aufgeschlagen worden – der Soldat Adhémar hatte sich murrend und nur in der Hoffnung auf nahrhafte Entlohnung dieser unmilitärischen Aufgabe unterzogen –, die mit Erfrischungen aller Art beladen wurden: Getränken, Früchten, Gebäck und allerlei kalten Fisch- und Fleischgerichten. Jeder konnte sich davon nach Belieben bedienen.

Kurz nach Mittag begannen sich die ersten Gruppen zu bilden, noch zusammengehalten durch ihre instinktiven Zugehörigkeiten: die englischen Flüchtlinge um Reverend Partridge, zwar getrennt von den länger ansässigen Hugenotten aus La Rochelle, aber trotz des Unterschieds der Nationalität durch die gemeinsame Religion in ihre Nähe gezogen. Und ihnen gegenüber die jüngsten Kolonisten, die von ihren Landsleuten aus gutem Grund wenig geschätzten Matrosen der *Cœur de Marie*. Unter dem unnachsichtigen Blick Colin Paturels, der sich von seinen offiziellen Pflichten als Mitgastgeber und Gouverneur nicht davon abhalten ließ, seine einstige Piratenmannschaft ständig im Auge zu behalten, nahmen sich die rauhen Burschen gewaltig zusammen.

Als Angélique und die Herzogin von Maudribourg sich dem Festplatz näherten, löste sich aus der inzwischen stattlich angewachsenen Menge eine höchst elegant herausgeputzte Gestalt und stürzte ihnen und speziell der letzteren, die Angélique um einen Schritt voraus war, entgegen. Mehrmals den Boden mit der Feder seiner Kopfbedeckung fegend, verneigte der Mann sich tief vor der Herzogin. Er war von kleiner Statur, ein wenig korpulent und schien überaus liebenswürdig und enthusiastisch.

«Endlich», rief er entzückt, «endlich erscheint vor mir die Schönheit ohnegleichen, die die Chronik Neufrankreichs schon erschreckt, bevor uns noch das Glück zuteil wurde, sie kennenzulernen. Erlaubt mir, mich Euch vorzustellen. Ich bin der Marquis de Ville d'Avray, Stellvertreter seiner Majestät des Königs von Frankreich in Akadien.»

Leicht überrascht, beantwortete Ambroisine de Maudribourg seinen

Wortschwall mit einem Neigen des Kopfes. Der Marquis fuhr mit beachtlicher Zungenfertigkeit fort:

«Ihr seid es also, die dem würdigen d'Arreboust den Kopf verdreht und zur Verdammnis des heiligen Loménie-Chambord beigetragen hat. Wißt Ihr, daß man sogar behauptet, Ihr hättet Pont-Briands Tod verursacht?»

«Ihr irrt Euch, Monsieur», beeilte sich die Herzogin zu protestieren. «Ich habe weder das Vergnügen, diese Herren zu kennen, noch habe ich irgend jemandes Tod auf dem Gewissen.»

«Dann seid Ihr eine Undankbare.»

«Aber nein, Ihr müßt Euch irren. Ich bin nicht . . .»

«Seid Ihr nicht die schönste Frau der Erde?»

Die Herzogin lachte frei heraus.

«Tausend Dank, Monsieur. Aber ich wiederhole: Ich bin nicht . . . die, an die sich Eure Lobpreisung richten sollte. Ich wette, Ihr meint vielmehr die Gräfin Peyrac, die Herrin dieser Niederlassung, deren Charme für die erwähnten Kalamitäten verantwortlich sein könnte. Gesetzten Männern die Köpfe verdrehen und Heilige in Versuchung führen, das ist ihr Ressort. Hier ist sie.»

Der Marquis wandte sich zu Angélique, die Ambroisine ihm bezeichnete. Er wurde blaß, errötete, stammelte.

«O Gott, was für ein Irrtum! Verzeiht! Ich bin sehr kurzsichtig.»

Fieberhaft fahndete er in den Taschen seiner mit roten und grünen Blümchen bestickten, nach Versailler Mode sehr lang unter die Schöße des Überrocks hinabreichenden Weste.

«Wo ist meine Brille? Ohne meine Gläser bin ich so gut wie blind. Mesdames, ich muß mich entschuldigen . . . Aber ja, in der Tat, verehrteste Gräfin, Ihr seid blond. Eure Beschreibung scheint mir treffend. Also seid Ihr die Dame vom Silbersee, von der ganz Québec spricht.»

Er faßte sich, fand seine sprudelnde Beredsamkeit, sein spontanes Lächeln wieder, und sein Blick glitt mit sichtlichem Vergnügen von einer der Damen zur anderen.

«Was tut's», erklärte er. «Die Blonde ist die Dunkle wert. Bedauern wäre fehl am Platz. Je mehr hübsche Frauen, desto besser. Wer wollte leugnen, daß das Leben gut ist, wenn Schönheit uns umgibt.»

Und zu dem hinzutretenden Peyrac gewandt:

«Es ist wirklich unerträglich, Graf! Ihr hortet die seltensten Wunder in Eurem verdammten Gouldsboro. Da habt Ihr Euch doch mit den beiden schönsten Frauen der Welt versorgt.»

Peyracs Zähne blitzten in einem liebenswürdigen Lächeln.

«Ich bin mir dieses Vorzugs durchaus bewußt und weiß ihn zu schätzen», sagte er.

Danach stellte er der Herzogin die Notabeln der Niederlassung vor: Colin Paturel, dessen Leutnant Barssempuy, d'Urville, den Befehlshaber der Flotte, und einige andere, unter ihnen Saint-Castine und den Kapuziner- mönch Marc, der mit seinem jungen, wettergebräunten Gesicht und vom Wind zerzausten Haar noch wie ein Novize aussah, obwohl er längst die Weihen empfangen hatte.

Madame de Maudribourg hatte für alle ein huldvolles Lächeln. Män- ner wie diese waren ganz offenbar neu für sie. Weder in den Pariser Salons noch in den Besuchern zugänglichen Sprechzimmern der Klöster konnte sie diesem Typ des abenteuernden Adligen oder des ganz und gar unkonventionellen Gottesmannes begegnet sein. Unterdrückte Neugier schimmerte in ihren Augen, während ihr Blick über die sie umgebenden Gesichter glitt. Sie beherrschte sich, und es war schwierig zu erraten, was sie dachte, aber Angélique hatte das Gefühl, daß es ihr Vergnügen machte, sich in so ungewohnter Gesellschaft zu befinden.

Die Mädchen des Königs hatten sich bisher unter Aufsicht Pétronille Damourts sittsam in einer Gruppe zusammengedrängt im Hintergrund gehalten, von weitem noch vorsichtig umstrichen von einigen der Kolo- nisten, die sich Hoffnungen auf die eine oder andere machten, aber vorläufig noch keine Möglichkeit sahen, sich an sie heranzupirschen. Monsieur de Ville d'Avray war es, der ihrer erzwungenen Zurückhaltung ein Ende setzte. Sein für feminine Reize so empfänglicher Blick hatte sie erspäht und seinen Enthusiasmus neu entfacht.

«Aber da gibt's ja noch mehr erfreuliche Weiblichkeit!» rief er aus. «Was für ein wundervoller Ort! Kommt nur, Mesdames, und labt Euch an den aufgetischten Herrlichkeiten.»

Er durchbrach den Kreis der Plaudernden und führte die ganze Gesell- schaft zu den Tafeln.

Angélique hatte indessen ihre Bekanntschaft mit dem Baron de Saint- Castine aufgefrischt. Der junge Mann schien ihr trotz des Festes sorgen- voller, als sie ihn in Erinnerung hatte, und sie erkundigte sich, ob seine Stimmung mit der Unruhe unter den Indianern zusammenhänge.

Er nickte bedrückt. «Die Stämme, auf die ich Einfluß habe», sagte er, «halten sich noch zurück, aber die Nachrichten, die uns erreichen, ma- chen es immer schwieriger, ihren Tatendrang zu dämpfen. Man sagt, die Abenakis westlich des Kennebec hätten ihre Kanus zu Wasser gebracht, um die Inseln der Cascobucht zu überfallen und die Engländer in ihren letzten Schlupfwinkeln anzugreifen. Wenn die Inseln fielen, wäre das ein Schlag, von dem sich Neuengland so schnell nicht erholen würde.»

«Ausgezeichnet!» rief Ville d'Arvray, der ein paar Schritte weiter eben dabei war, einen Krabbensalat zu probieren, und seine Worte mitgehört hatte.

«Die Sache wird weit weniger ausgezeichnet sein», erwiderte Saint-Castine, «wenn Phips Euren Intendanten Carlon erwischt und alle englischen Schiffe, die zur Zeit in der Bucht fischen, als Vergeltung mein Fort Pentagouët belagern.»

«Fürchtet nichts, mein Lieber, Monsieur de Peyrac wird mit den Engländern schon fertig werden», versicherte der Gouverneur von Akadien mit vollem Mund. «Habt Ihr übrigens schon von dieser Krabbenangelegenheit hier gekostet, Baron? Ganz exquisit! Ich spüre da einen Nachgeschmack von außerordentlichem Reiz. Was ist es nur? . . . Ah, Muskat, möchte ich wetten. Habe ich recht, Gräfin?»

Er tat, als habe er ein Geheimnis von äußerster Wichtigkeit entdeckt.

Angélique bekannte, daß er richtig geraten habe. «Keine gute Krabbe ohne Muskat» sage schon ein altes gastronomisches Sprichwort von der Saintonge-Küste. Sie lächelte über seine Befriedigung.

Als sie sich wieder zurückwandte, sah sie an einer der Tafeln die Herzogin in angeregtem Gespräch mit Barssempuy. Der junge Leutnant hatte es offenbar darauf abgesehen, ihr zu gefallen, vermutlich, weil er in die sanfte Marie verliebt war und durch einen guten Eindruck bei ihrer Herrin seiner Bewerbung zu nützen hoffte, wenn es erst einmal soweit wäre. Aber auch sie schien durchaus angetan von ihm, und Angélique fand zum zweitenmal an diesem Tage, daß die fromme «Wohltäterin» nicht ganz frei von weltlichen Neigungen war.

In diesem Augenblick berührte sie jemand am Arm. Es war Aristide Beaumarchand, der frühere Pirat, dem sie am Kap Maquoît den Bauch aufgeschlitzt und wieder zusammengeflickt hatte. Zu behaupten, er sehe blühend aus und erinnere in nichts mehr an den verkommenen Burschen von einst, wäre zuviel gewesen. Aber gut rasiert, das fettige Haar durch ein ledernes Band im Nacken zusammengehalten und in sauberer, den abgemagerten Körper umschlotternder Kleidung bot er einen einigermaßen anständigen Anblick.

Er winkte ihr zwinkernd, sichtlich ein wenig verschüchtert durch die illustre Gesellschaft, in die er geraten war, und sie folgte ihm mißtrauisch hinter die Ecke eines Bootsschuppens.

«Ich habe auf Euch gewartet, Madame», sagte er dort, erleichtert mit den wenigen Zähnen grinsend, die er noch besaß.

«Hoffentlich mit guten Absichten.»

Aristide spielte den Gekränkten.

«Was denn sonst? Ihr kennt mich doch, oder?»

«Eben drum.»

«Ihr wißt doch, daß ich im Grunde ein braver Kerl bin . . .»

«Sehr tief im Grunde.»

Er drehte verlegen seinen Hut zwischen den Fingern.

«Also», entschloß er sich endlich, «ich will nämlich heiraten.»

«Heiraten? Du?» rief sie erstaunt.

«Warum nicht? Warum soll ich nicht heiraten wie jeder andere auch?» Er reckte sich mit der ganzen Würde des bekehrten Piraten.

«Wen liebst du? Julienne?» fragte sie.

Es schien ihr ein wenig sonderbar, das Wort «lieben» in Zusammenhang mit diesen beiden Typen zu verwenden, aber schließlich warum nicht, wie er selbst gesagt hatte? Immerhin handelte es sich ja um Liebe. Man brauchte nur zu sehen, wie sich Aristides talgige Gesichtshaut fast rosig färbte, während er seine triefigen Augen verschämt abwandte.

«Stimmt. Ihr habt's gleich gerochen. Ist auch kein Kunststück. Sie ist die einzige, mit der sich richtig was anfangen läßt. Ich interessier mich nicht leicht für jemand, bei den Weibern schon gar nicht. Aber die . . . die ist schon was.»

«Du hast recht. Julienne ist ein gutes Mädchen. Ich habe sie zuerst ein bißchen schütteln müssen, um sie zu zwingen, sich von mir pflegen zu lassen. Hoffentlich trägt sie mir nichts nach.»

«Denkste. Ihr habt's genau richtig gemacht. Ein Maulesel kann nicht störrischer sein als die», sagte er bewundernd. «Aber sie sagt es selbst: ‹Die Frau Gräfin hat recht gehabt, mir eine runterzuhauen. Ich bin ein Miststück!› Jetzt betet sie Euch an, mehr als die Madonna.»

«Na ja . . .» Angélique räusperte sich. «Hast du mit deinem Kapitän, Monsieur Paturel, schon darüber gesprochen?»

«Klar. Ich würde mir nie erlauben zu fragen, ohne Julienne was Gesichertes für die Zukunft bieten zu können. Ich hab Goldbart meine Absicht erklärt. Mit meinem Beuteanteil, den ich verscharrt habe, und dem, was die Siedler hier zum Einstand kriegen, könnte ich eine Schaluppe kaufen, von einer Niederlassung zur anderen gondeln und meinen Tafia verscherbeln.»

«Deinen was?»

«Tafia . . . Rum. Natürlich keinen echten, weil's hier kein Zuckerrohr gibt. Aber ich versteh mich auf einen trinkbaren ‹Cocomarlo›, der sich aus den Melasseresten der Zuckerfabrikation brauen läßt. Das Zeugs kostet nichts. Auf den Karibischen Inseln zahlen sie sogar was dafür, wenn man ihnen den Abfall abnimmt. Man braucht sich nur die Mühe zu machen, den Kram in Körben herzuschaffen, und dafür weiß ich schon einen Weg. Dann kommen Wasser zum Fermentieren und eine gute Sauce für die Farbe und den Geschmack dazu, und zum Schluß wird's zum Altern zusammen mit einem tüchtigen Brocken Fleisch in ein Faß gefüllt. Das gibt einen anständigen, nicht zu teuren Rum. Den Leuten aus den Ansiedlungen hier herum wird er gefallen, und mit den Indianern könnt ich Tauschgeschäfte machen. Die sehen nicht so auf Qualität, wenn er nur in die Krone steigt.»

Ich hab auch mit dem Herrn Grafen schon darüber geredet. Der

48

versteht mich, Madame, weil's auch sein System ist: billige Waren herzuschaffen, um irgendwas zu fabrizieren, was man teuer verkaufen kann. Industrie nennt man das. Man muß sich nur auskennen und Ideen haben . . .»

«Und was sagt er?»

«Er sagt nicht nein.»

Angélique war nicht so ganz überzeugt, daß Peyrac wirklich seinem Plan zugestimmt hatte, aber Aristide mußte schließlich in seinem guten Vorsatz, sich zu einem soliden, arbeitsamen Bürger zu mausern, ermuntert werden.

«Ich wünsche dir jedenfalls viel Glück, mein Freund.»

Aristide räusperte sich; er war noch nicht am Ende.

«Da wär noch was, Madame. Die Geschichte ist nämlich so lange nicht im Sack, wie die Giftspritze nicht einverstanden ist. Deshalb wollt ich Euch bitten, für uns ein gutes Wort einzulegen.»

«Die Giftspritze?» wiederholte Angélique verständnislos.

«Na, die ‹Wohltäterin›! Die Herzogsche! Sie sieht nicht so aus, als wollte sie ihre Königsmädchen von der Kette lassen. Es wär nötig, sie umzustimmen. Und ich red nicht nur für mich, auch für Vanneau, der hart hinter der Delphine her ist, und für . . .»

«Schon gut. Ich werde mit Madame de Maudribourg darüber sprechen und auch dich dabei erwähnen.»

«Vielen Dank, Frau Gräfin.» Aristides Kratzfuß fiel fast elegant aus. «Wenn Ihr Euch damit befaßt, wird mir schon wohler. Bei Euch weiß man doch, daß es mit Pauken und Trompeten vorwärtsgeht, zur Not auch mit dem Dolch.»

Er zwinkerte ihr verständnisinnig zu und verschwand um die Ecke.

Seine Dreistigkeit gegenüber der Herzogin von Maudribourg hatte Angélique schockiert – wie kam er darauf, sie Giftspritze zu nennen? –, aber man mußte ihn eben als das nehmen, was er war: einer von der niedrigsten Sorte des menschlichen Treibguts der Meere, ein Bursche ohne Gott und Glauben, dem die Nuancen des Takts immer ein Buch mit sieben Siegeln bleiben würden.

Das Gespräch in der Gruppe um Monsieur de Ville d'Avray hatte sich den Flüssen Akadiens und der Schwierigkeit zugewandt, sie ihrer vielen Stromschnellen und Wasserfälle wegen als Verbindungsstraßen zu benutzen, als Angélique sich wieder zu ihren Gästen gesellte. Der Kapuzinerpater Marc beteiligte sich am lebhaftesten. Man hörte ihm aufmerksam zu, denn er galt als sehr erfahren, und es hieß, daß er besser als jeder Eingeborene die «Sprünge» sämtlicher Wasserläufe im Lande kenne.

«Das Thema scheint ihnen am Herzen zu liegen», bemerkte Angélique zu dem neben ihr stehenden Marquis d'Urville.

«Kein Wunder», erwiderte der junge normannische Seigneur. «Ihr wißt ja selbst, wie alles Leben in den Wäldern durch die Bewegung des Wassers, sein unablässiges Strömen und Brodeln bestimmt ist. Das ganze Land ist erfüllt vom Rauschen der Wasserfälle . . .»

«Wenn es wenigstens keine elf Klafter hohen Fluten gäbe», warf jemand ein.

«Aber es gibt sie!» entgegnete Ville d'Avray triumphierend. «Sogar zwölf Klafter hohe hat man mir erzählt, während die Fluten im Mittelmeer nicht einmal einen Klafter erreichen. Ein Unterschied, der einen veranlassen sollte, über seine Ursachen nachzudenken.»

«Ich weiß, warum sie hier so hoch sind», rief einer der hinzugetretenen Matrosen der *Cœur de Marie*. «Fischer aus St. Malo, deren Vorväter schon vor Kolumbus zum Fischen hierherkamen, sagen, ganz früher hätte es keine so hohen Fluten gegeben, aber dann hätte sich ein gewaltiges Seeungeheuer in einer Unterwasserkluft vor der Küste eingenistet, und jedesmal, wenn es sich umdrehte, schwappte das Meer über.»

«Halt deine Klappe, du Dummkopf!» dröhnte Colin, während einige lachten. «Solches Zeug erzählt man heutzutage nicht mehr.»

«Und warum soll das keine Erklärung sein?» protestierte der Matrose gereizt. «Es ist gar nicht so lange her, da hat sich bei uns in der Bretagne in der Gegend von Pont-Brieuc die Erde bewegt. Der Zauberer Merlin hat dort graben lassen, und man fand zwei riesige Drachen, einen weißen und einen roten . . . Das Land hier sieht dem unsern ähnlich, und die aus St. Malo, die schon ewig in die Französische Bucht kommen, wissen nicht wenig über diese Ecke. Schließlich ist es nicht normal, daß das Meer plötzlich so mächtig steigt. Wir Seeleute sind daran gewöhnt, wir denken nicht mehr groß darüber nach, aber es muß ja trotzdem einen Grund dafür geben.»

Ville d'Avray und der Kapuziner gaben zu, daß auch ihnen die Sache rätselhaft blieb, und da sich Peyrac eben von der Gruppe der Engländer löste und sich suchend nach Angélique umsah, rief der Marquis ihm zu:

«Befreit uns von unserer betrüblichen Unwissenheit, Graf. Ich bin sicher, Ihr könnt uns die Frage oder vielmehr zwei beantworten, die uns beschäftigen.»

Und als Peyrac zu ihnen trat:

«Primo, was für ein Phänomen die Bewegung der Gezeiten im allgemeinen verursacht, secundo, warum sich besonders in unserer Französischen Bucht so gewaltige Fluthöhen zeigen, die die Landschaft in wenigen Stunden verwandeln und fast unkenntlich machen? Ihr lauft etwa ein waldbestandenes Ufer an, und sechs Stunden später befindet Ihr Euch am selben Ort am Fuß einer Steilküste. Man fragt sich natürlich nach dem Grund.»

Peyracs Blick umfing freundschaftlich lächelnd die Gruppe.

Er trug an diesem Tag das einfache Wams aus dunkelgrünem Samt, das Angélique liebte, weil sie ihn am Abend ihrer Wiederbegegnung in La Rochelle damit angetroffen hatte. Er trug es am liebsten, wenn er sich entspannen konnte und nicht gezwungen war, eine schwierige Situation zu meistern. Heute empfand Angélique die von ihm ausgehende Ruhe. Er genoß es offensichtlich, sich ohne Hintergedanken unter all diesen ihm ergebenen Menschen bewegen zu können, die die Notwendigkeit seiner Anwesenheit stillschweigend anerkannten. Es war eine neue Atmosphäre, und Angélique spürte ihre besänftigende Wirkung, während sie ihn, nur wenige Schritte von ihm entfernt, betrachtete: den offenen, freundlichen Ausdruck seines Gesichts, die Wärme seines Blicks, der manchmal glühende Intensität annehmen konnte, dem aber auch Fröhlichkeit nicht fremd war.

Es kam ihr vor, als hätte sich der silberne Schimmer an seinen Schläfen verstärkt, und ihr Herz füllte sich mit Zärtlichkeit.

Irgend etwas Untilgbares würde aus dieser stürmischen Episode zwischen ihnen entstehen. Sie würden es nicht gleich merken – es gab in diesen Sommertagen zuviel zu tun. Was tat's? Was positiv war, würde sich nach und nach zeigen, und sie würden dann seinen Reiz und seine Fülle besser kosten als in dieser Hetze. Einstweilen mußten sie noch ihre Verantwortlichkeiten tragen; aber nicht lange mehr, und sie würden nach Wapassou zurückkehren. Zu uns, sagte sie zu sich, um sich Mut zu machen. Vorausgesetzt, daß er auf die Idee verzichtete, nach Québec zu gehen, die ihr gefährlich schien.

«Ich würde gern die erste Frage beantworten», hörte sie Peyrac sagen, «aber noch lieber wäre es mir, wenn es einer von Euch an meiner Stelle täte. Derjenige erhält von mir ein Geschenk, der die Wahrheit durch eigene Schlußfolgerung herausbringen wird. Ihr seid Seeleute, Messieurs, und habt im Laufe Eurer Reisen gewiß Beobachtungen gemacht. Erinnert Euch also und faßt Eure Erfahrungen zusammen. Ihr werdet zweifellos der bewiesenen wissenschaftlichen und mathematischen Antwort sehr nahe kommen.»

Einige der Männer starrten ratlos einander an, andere flüsterten miteinander, runzelten die Stirnen und versenkten sich in tiefgründige Meditationen.

«Ich sehe, daß Yann zum Himmel aufsieht», sagte der Graf. «Du hast es heiß getroffen, mein Junge!»

«Liegt das Geheimnis der Gezeiten vielleicht in den Sternen?» fragte Yann.

«Aber ja! Oder doch wenigstens in den Gestirnen», versicherte eine Stimme. «Denn die Gezeiten werden von der Anziehungskraft des Mondes verursacht . . .»

Es war die Stimme einer Frau.

Aller Augen wandten sich in ihre Richtung. Die Herzogin von Maudribourg hielt neben Angélique mit einem leisen, trotzigen Lächeln den Blicken stand, in denen sich Verblüffung, Ironie und Mißbilligung mischten.

Endlich unterbrach Monsieur de Ville d'Avray das verdutzte Schweigen.

«Der Mond?» krähte er. «Was hat denn der Mond damit zu tun? Fluten gibt's doch bei Tag wie in der Nacht!»

«Madame hat recht, und Ihr erstaunt mich, mein Lieber», sagte Peyrac. «Ihr solltet wissen, daß für unsere Erde, einen Planeten unter anderen Planeten, der Mond – wie übrigens auch die Sonne – immer da ist, bei Nacht wie am Tag.»

«Und was hat es mit dieser Anziehungskraft auf sich?» erkundigte sich der Quartiermeister Vanneau.

«Habt Ihr niemals einen Magneten Nadeln anziehen sehen?» erwiderte Madame de Maudribourg. «In gewissen Stunden tut der Mond dasselbe mit uns.»

Die Einfachheit des Bildes war jedem verständlich, und das verblüffte Schweigen enthielt schon weniger Ungläubigkeit.

Die meisten starrten in die Luft, und der Marquis entdeckte zur rechten Zeit im Perlmutt des Himmels, das mit dem Nahen des Abends allmählich in goldenes Leuchten überzugehen begann, die blasse Mondsichel.

«Das also stellst du mit uns an, du Rüpel!» rief er hinauf. «Da fällt mir ein: Bergerac, der Gelehrte, der Verse schmiedete und jeden mit seinem Degen durchbohrte, der sich über seine längliche Nase lustig machte, hat schon vor einem Vierteljahrhundert etwas Ähnliches gesagt. Aber ich glaubte, dieser Gaskogner sei verrückt wie alle Gaskogner», fuhr er mit einem blinzelnden Blick zu Peyrac und Saint-Castine jovial fort. «Und jetzt möchte ich wissen, warum dieser Spaßvogel da oben uns nur zu gewissen, überdies wechselnden Stunden ansaugt und zu anderen in Frieden läßt.»

Mit einer auffordernden Handbewegung sagte Peyrac:

«Euch gebührt die Ehre, Madame.»

«Ihr könnt es genausogut erklären, Graf», meinte sie mit einer Spur von Koketterie. «Oder soll das ein Examen sein?»

Er schüttelte den Kopf. Sein aufmerksamer Blick verhielt auf dem Gesicht Ambroisine de Maudribourgs, und Angélique, unmittelbar neben ihr, empfand einen unerklärlichen, fast physischen Schmerz, als krampfe ihr Herz sich plötzlich zusammen, von einer brutalen Faust gepackt.

Es war ein heimtückischer, verstörter Schmerz, und sie brauchte einen Moment, bevor sie analysieren konnte, was seine Ursache war. Es war Joffreys Blick. Und sie begriff. Dieser Blick *gehörte nur ihr*, Angélique, seiner Geliebten, seiner Frau.

Doch jetzt galt er der anderen, deren Gesicht in der Klarheit des sinkenden Tages eine Art alabasterner Transparenz annahm, in der die intelligenten dunklen Augen riesig wirkten. Um seine Lippen spielte ein halbes Lächeln, dem niemand die Gedanken dahinter hätte entnehmen können.

«Nein, Madame, kein Examen», protestierte er. «Aber ich klettere zu oft auf die Kanzel. Es würde mir Spaß machen, zur Abwechslung einmal Euer Schüler zu sein.»

Sie brach in ein fast kindliches Gelächter aus und warf dabei den Kopf zurück, so daß ihr volles schwarzes Haar über ihre Schultern flutete.

«Dummheiten! Was sollte ich Euch schon beibringen können? Nichts!»

«Ich bin vom Gegenteil überzeugt.»

Aber . . . sie flirten ja! sagte sich Angélique wie erschreckt. Und es war auch wirklich eine Art Schreck, die sie auf ihrem Platz festnagelte, während weiter Worte gewechselt wurden und sie wie in einem fernrückenden Alptraum die dunkle Stimme ihres Mannes und Ambroisines kehliges Lachen hörte.

Ville d'Avray krähte dazwischen.

«Halt! Moment! Wenn wir schon von einer so hübschen Frau belehrt werden, möchte ich auch etwas davon haben.»

«Fragt nur.» Madame de Maudribourg wandte sich ihm bereitwillig zu.

Der Marquis räusperte sich ausführlich.

«Also . . . wie kommt es, daß die Flut an manchen Orten sehr stark und an anderen sehr schwach ist, wenn der Einfluß des Mondes, wie Ihr behauptet, sich ungefähr gleichmäßig auf den ganzen Globus auswirkt?»

«Ein geschickter Einwand. Man hat tatsächlich lange darüber diskutiert. In unseren Tagen gilt es als erwiesen, daß dieser Unterschied in den Proportionen des Phänomens auf den Zähflüssigkeitsgrad des Wassers zurückgeführt werden muß, der nicht in allen Meeren gleich ist. Das Mittelmeer zum Beispiel ist ein geschlossenes Meer und darum sehr salzig, weshalb die Anziehungskraft des Mondes durch die Zähflüssigkeit der Oberfläche behindert wird.»

«Was wollt Ihr mit Zähflüssigkeit der Oberfläche sagen?» warf jemand ein.

«Ich meine die Dichte der Schicht, die die ‹Haut› des Meeres bildet.»

«Die ‹Haut› des Meers!» Ville d'Avray fand es überaus komisch.

«Genau das, mein Lieber. Wenn Ihr eine Gewehrkugel gegen die

Oberfläche des Meers abschießt, wird sie beim Aufschlagen abprallen, was das Vorhandensein einer Widerstand leistenden ‹Haut› beweist.»

Angélique spürte wieder Boden unter den Füßen. Seitdem der Marquis sich eingemischt hatte und der Dialog nicht mehr nur zwischen Joffrey und der Herzogin stattfand, waren Schmerz und schwindelndes Schwächegefühl allmählich geschwunden. Die plötzlich in ihre Schläfen steigende Wärme machte ihr klar, daß sie während einiger Sekunden bleich wie der Tod gewesen sein mußte. Noch immer summten Worte an ihren Ohren vorüber, und sie zwang sich, zuzuhören und ihren Sinn zu erfassen, während sie sich fragte: Was ist schon geschehen? Nichts! Gar nichts ist passiert . . . Alles ist ganz normal, ganz natürlich . . .

Die Stimmen klangen wieder lauter.

«Und was ist mit der Ebbe?» Das war Vanneau.

«Der Mond entfernt sich, die Anziehung läßt nach, die angezogenen Wassermassen fluten zurück. Ganz einfach.»

«Mir schwindelt», bemerkte Ville d'Avray skeptisch. «Man kommt sich vor wie auf einer Schaukel.»

Er beobachtete aus den Augenwinkeln die Reaktionen Peyracs, der keine Zweifel an den Behauptungen dieser hübschen Frau zu haben schien. Im Gegenteil. Sein gefurchtes, für gewöhnlich undeutbares Gesicht verriet eine gewisse Befriedigung.

«Keplers Gesetze wären also bestätigt?» fragte er.

«Allerdings. Ich habe übrigens mit ihm korrespondiert.»

Eine Augenbraue Peyracs hob sich ein wenig.

«Mit Kepler?» Hauchdünner Zweifel schwang in seiner Stimme.

«Warum nicht?»

Sie sah ihn herausfordernd an. Ihre halbgeöffneten feuchten Lippen ließen einen Schimmer ihrer ebenmäßigen Zähne sehen.

«Oder sollte Eurer Ansicht nach eine Frau nicht imstande sein, diese Gesetze zu verstehen, die er aus seinen Beobachtungen der Phasen des Planeten Mars entwickelt hat? Daß die Planetenbahnen Ellipsen sind, in deren einem Brennpunkt die Sonne steht; daß der *Radius vector* in gleichen Zeiten gleiche Flächen bestreicht und daß die Quadrate der Umlaufzeiten sich wie die Kuben der mittleren Entfernungen von der Sonne verhalten?»

«Gesetze, aus denen der englische Gelehrte Newton die Gesetze der allgemeinen Schwerkraft, also auch die der Anziehungskraft des Mondes, abgeleitet hat», ergänzte Peyrac, der ihr mit äußerster Aufmerksamkeit zugehört hatte.

Wie eine geheime Botschaft vernahm Angélique den Klang seiner Stimme. Diesmal gab es keinen Zweifel. Dieser Wortwechsel mit der Herzogin, der für alle andern unverständlich geblieben war, hatte ihn stark berührt.

Es erleichterte sie, als der Marquis de Ville d'Avray, der es ganz und gar nicht liebte, in Nebenrollen abgedrängt zu werden, den Zauber von neuem durch eine Frage brach.

«Kehren wir zum Mond zurück, der uns erheblich näher liegt als Eure verdammten Brennpunkte und Ellipsen. Eine Frage noch zu den Fluten, Herzogin, zu meiner Orientierung. Angenommen, ich ließe spaßeshalber einmal die Möglichkeit des Anschwellens der Erdoberfläche auf der im Moment der Anziehung dem Monde zugewandten Hemisphäre gelten. Wie kann sich dann das gleiche Phänomen bei den Antipoden auf der anderen Globusseite ebenfalls zeigen?»

Sie lächelte mitleidig.

«Was ist die Erde in dem uns umgebenden gewaltigen Planetensystem anderes als ein winziger Punkt, Monsieur», erklärte sie ruhig. «Der Einfluß des Mondes wie übrigens auch der der Sonne erreicht uns nicht nur in einem Punkt, das heißt dort, wo Ihr gerade seid. Er hüllt uns buchstäblich ein, durchdringt uns völlig. Wenn man sich's recht überlegt – ist diese Vereinigung mit den sichtbaren oder unsichtbaren Systemen, die uns bis ins Unendliche umgeben, nicht wunderbar? Und kann man anderes in ihr erkennen als die Größe Gottes, unseres Schöpfers, unseres Vaters im Himmel?» schloß sie leidenschaftlich, die Augen zum Firmament erhebend.

Ein Stern glänzte dort im fließenden Gold des Abends auf.

Und in diesem Moment flog ein Schwarm Vögel mit rauschendem Flügelschlag über die schweigende Gruppe hin, es streifte sie etwas wie ein Atemhauch, und Angélique wurde sich eines ungewöhnlichen Umstands bewußt, den außer ihr niemand auffällig zu finden schien. Sie selbst bemerkte ihn zudem gleichsam nur nebenbei, als spiele er sich woanders ab und beträfe sie nicht. Doch das, was sie sah, grub sich blitzschnell in ihre Netzhaut ein: Die Blicke aller anwesenden Männer waren auf Ambroisine de Maudribourg gerichtet!

Mit ihrem jungen, bleichen, ekstatischen Gesicht, das fromme Leidenschaft von innen zu erleuchten schien, war sie von überraschender Schönheit. Angélique hätte nicht zu sagen vermocht, wie viele Sekunden verstrichen; vielleicht war es auch nur der Bruchteil einer einzigen.

Die «Wohltäterin» wandte sich zu Peyrac und fragte mit ihrer Salonstimme:

«Nun, seid Ihr zufrieden mit mir, Magister? Kann ich die Toga ablegen?»

«Gewiß, Madame, Ihr habt auf schwierige Fragen mit Sachkenntnis und zu aller Zufriedenheit geantwortet. Wir danken Euch.»

Sie fixierte ihn noch immer. Dann schien sie sich zu entschließen und fragte mutwillig lächelnd:

«Und mein Geschenk? Sagtet Ihr nicht, daß Ihr dem etwas schenken würdet, der die Ursache der Gezeiten und ihres Ausmaßes in der Französischen Bucht erklären könne?»

«Das trifft zu», entgegnete er, «aber . . .»

«Ihr habt nicht damit gerechnet, daß eine Frau Euch die richtige Antwort geben würde.»

«Richtig», stimmte er heiter zu. «Und während ich für die Pfeifen dieser Herren an ein paar Stränge Tabak dachte . . .»

«Habt Ihr für mich – eine Frau – nichts vorgesehen.» Ihr Lachen klang leise, weich und nachsichtig. «Macht nichts. Ich bin nicht anspruchsvoll. Ich habe bei unserem Schiffbruch alles verloren. Die kleinste Kleinigkeit würde mir Vergnügen bereiten . . . Ich habe doch Anspruch auf eine Belohnung, nicht wahr?»

Er wandte die Augen ab, als fürchte er, ihrem zugleich dreisten und unbefangenen Blick zu begegnen. Sichtlich schon im Begriff, einen der Ringe, die er trug, vom Finger zu ziehen und der Herzogin zu überreichen, besann er sich, suchte in dem an seinem Gürtel hängenden Lederbeutel und zog ein nußgroßes Klümpchen rohes Gold heraus.

«Was ist das?» rief sie. «Ich habe so etwas noch nie gesehen!»

«Einer der schönsten Funde aus unserer Mine in Wapassou.»

Er bot es ihr auf der flachen Hand, und sie nahm es mit den Spitzen ihrer schlanken Finger und ließ es im Schein der sinkenden Sonne aufschimmern.

Und von neuem kroch Angst in Angélique hoch, eine Angst, die sich weder durch einen Schrei noch durch eine Bewegung, durch keine Reaktion ihrerseits verraten durfte, weil die Klugheit forderte, daß sie ruhig und gleichmütig blieb, wenn sich der Abgrund zu ihren Füßen nicht noch weiter auftun sollte . . .

Eine Stunde später war es dunkel am Strand geworden, aber noch niemand hatte sich die Mühe genommen, Fackeln oder Laternen anzuzünden. Nur aus den Fenstern und der weitgeöffneten Tür der Herberge fiel gelblicher Lichtschein auf den Sand.

Vor kurzem noch hatte Angélique auf der Steinbank unter einem der Fenster Ambroisine de Maudribourg sitzen sehen. Sie hatte ein Bein über das andere geschlagen, die Hände um ein Knie geschlungen und ihr weißes Gesicht zu dem vor ihr stehenden Peyrac erhoben. Sie schienen sich angeregt zu unterhalten.

Die Luft war so mild, daß abgesehen von Pétronille Damourt, die bei Anbruch der Dämmerung ihre Schäflein zusammengetrieben und nach Hause geleitet hatte, die meisten Leute noch nicht an Aufbruch dachten, sondern lieber in kleinen Gruppen plaudernd herumstanden, um den Abend zu genießen.

Hin und wieder klang Gelächter auf, und vom Wasserrand trieb der salzige Geruch trocknender Algen und das leise Schwappen der Wellen herüber.

Monsieur de Ville d'Avray hatte Angélique eine Weile von Québecs vielfältigen Annehmlichkeiten erzählt. Nun beugte er sich zu ihr, tätschelte leicht ihre Hand und seufzte:

«Ja, das Leben ist schön! Ich liebe die Atmosphäre der Französischen Bucht, Spürt Ihr die Besonderheit dieser Luft? Sie bringt es fertig, alle diese Leute hier ein wenig toll zu machen. Ausgenommen Euren Gatten natürlich, der methodisch seine Ziele verfolgt und sich damit begnügt, ohne Tollheit tolle Dinge auf die Beine zu stellen.»

«Was für tolle Dinge?» Angélique war nervös.

«Zum Beispiel die Gründung dieser Niederlassung. Katholiken und Kalvinisten Seite an Seite . . . Das kann nicht gutgehen! Wenn die Kinder groß werden, werden sie sich lieben und heiraten wollen, aber Pastoren und Priester werden sich weigern, sie zusammenzugeben. Die Väter werden fluchen, die Mütter weinen . . .»

«Hört auf! Ihr ruiniert noch meine Moral!» rief sie gereizt.

«Was habt Ihr denn? Ich wollte Euch nicht verstimmen. Habe ich Euch nicht gesagt, wie sehr ich diesen Ort hier mag? Aber der Sommer ist in diesen nördlichen Breiten nur kurz, und dann . . . Nun, der Herbst bringt Euch ja nach Québec. Er ist schön dort. Die Schiffe sind fort, die Berge sind rot, der St.-Lorenz ist wie ein großer blasser See, den der Frost mählich mit Eis überzieht. Ihr kommt doch?»

«Ihr habt doch selbst gesagt, daß man danach nicht wieder abreisen kann.»

«Dann verbringt Ihr eben den Winter dort. Ich stelle Euch und Monsieur de Peyrac mein Haus zur Verfügung. Es ist eins der behaglichsten der Stadt. Ihr werdet Euch sehr wohl darin fühlen . . . Nein, nein, es geniert mich keinesfalls. Ich besitze in der Unterstadt ein kleines Absteigequartier für besondere Zwecke und . . .»

«Entschuldigt mich», murmelte Angélique und verließ ihn brüsk.

Sie hatte die Herzogin flüchtig im Lichtschein vor der Herberge auftauchen und mit schnellen Schritten den Weg zum oberen Dorf einschlagen sehen.

Eilig ging sie ihr entgegen.

Madame de Maudribourg schien zu erschrecken, als sie sie unerwartet vor sich sah.

«Was habt Ihr?» fragte Angélique. «Ihr scheint verstört.»

«Ihr auch.»

Sie schwiegen.

Die Augen der Herzogin waren zwei dunkle Höhlen in ihrem marmornen Gesicht.

«Wie schön Ihr seid», murmelte sie endlich fast mechanisch.

57

«Ihr habt mit meinem Mann gesprochen. Was konnte er Euch sagen, das Euch so bewegt?»

«Aber nichts, wahrhaftig! Wir plauderten . . .» Sie zögerte, dann stammelte sie: «Wir . . . wir sprachen über Mathematik . . .»

Später in ihrem Zimmer im Fort fragte Angélique:

«Ihr habt also mit Madame de Maudribourg noch über Mathematik diskutiert? Sie ist entschieden sehr gelehrt.»

«Vielleicht zu sehr für eine hübsche Frau», entgegnete Peyrac leichthin. «Aber Ihr irrt Euch. Ihr gewiß ausgezeichneter Vortrag über die Gezeiten hat mir fürs erste gereicht. Ich habe ihr lediglich mitgeteilt, daß einige ihrer Schützlinge die Möglichkeit hätten, hier in Gouldsboro ein Heim und den dazugehörigen Gatten zu finden.»

«Und was hat sie gesagt?»

«Daß sie es sich überlegen würde.»


## 11

Zwei Tage verstrichen mit ihrem gerüttelten Maß an kleinen und größeren Ereignissen, an Aufgaben, die erfüllt, Problemen, die gelöst werden mußten. Angélique hatte versucht, mit sich ins reine zu kommen, zu begreifen, was ihr am Strand geschehen war. Sie konnte sich ihre Empfindungen nicht mehr erklären. Wie sollte sie auch, da Joffrey noch bei ihr war, ihre Nächte teilte und sich niemals, wie ihr schien, so leidenschaftlich gezeigt hatte.

Im Bereich der Liebe war zwischen ihnen alles klar, und wenn jeder von ihnen vielleicht eine geheime Sorge verbarg, verstärkte das nur die Intensität des Gefühls, das sie einander umarmen und ineinander die notwendige Kraft finden ließ, jeder in seiner Einsamkeit zutiefst überzeugt, daß es keine bessere Zuflucht gab.

Eine Stimme flüsterte ihr zu, daß sie leben müßte, «als ob nichts wäre». Und ohne daß sie darüber sprachen, wußte sie, daß Joffrey sich ebenso verhielt.

Er vermied es, von Aufbruch zu sprechen, aber sie ahnte, daß er von einem Augenblick zum andern gezwungen sein könnte, die Anker zu lichten. Dachte er, während er sich den Vorbereitungen der Expedition, der notwendigen Ausbesserung und Bewaffnung der Schiffe und der Verteidigung Gouldsboros widmete, noch an die mysteriösen Unbekannten in der Bucht, die aufzustöbern er sich vorgenommen hatte? War er dabei, Pläne gegen sie auszutüfteln?

Er sagte nichts davon, und Angélique folgte seinem Beispiel und schwieg, weigerte sich sogar, daran zu denken.

Würden die Dämonen sich täuschen lassen?

Weitere Schiffe waren in den Hafen eingelaufen, Fischerboote, kleine Segler, Karavellen, deren Besitzer, meist Nachbarn aus den verstreuten Niederlassungen der Küste, sich von Peyrac verläßliche Auskunft über die in der Bucht umherschwirrenden Kriegsgerüchte erhofften. Sie und ihre Mannschaften trugen in die ohnehin angespannte Atmosphäre Gouldsboros einen zusätzlichen Hauch fiebriger Intensität, der den lebhaften, kräftigen Farben der Umgebung entsprach. Das während dieser beiden Tage unveränderlich schöne Wetter verlieh dem Meer Blautöne von kaum erträglichem Glanz, und der unablässig wehende Wind schien die Azurpracht des Himmels immer wieder aufzupolieren.

Es war auch die Zeit der Weidenröschen . . . Ihre hohen malvenfarbenen, rosigen oder roten Blütentrauben schossen überall hervor und zeigten den Höhepunkt des Sommers an. Das Meer indessen blieb stürmisch bewegt, säumte die Ufer mit sprühenden Garben schneeigen Gischts, und das unaufhörliche Grollen seiner Rammstöße gegen die felsige Küste schien in der ganzen Natur ein dumpf nachzitterndes Echo zu finden, das sich in die Menschen einschlich, sie unruhig machte und an allem, was geschah, mit gesteigerter Lebensgier teilnehmen ließ.

Etwas von Krieg und Liebe war in der Luft, etwas Erregendes, das die Leute von Gouldsboro antrieb zu graben, zu bauen, Bäume zu fällen, unermüdlich den Lebensraum zu erweitern, das schon Geschaffene fruchtbringender zu nutzen, als wollten sie sich die Möglichkeit ihres Überlebens in diesem Land trotz ihrer Besonderheit – oder vielleicht gerade ihretwegen – beweisen.

Madame de Maudribourg hatte sich in diesen Tagen zurückgehalten. Nur gelegentlich war sie im Ort aufgetaucht, und Angélique hatte bei diesen seltenen Gelegenheiten keine Möglichkeit gefunden, über das Anliegen Aristide Beaumarchands und seiner Leidensgenossen mit ihr zu sprechen. Nun schien es ihr an der Zeit, den Stier bei den Hörnern zu packen.

Ein unauffälliger Anlaß hatte sich ergeben: Am Morgen war Madame Carrère mit dem größten Teil der wiederhergerichteten Kleidungsstücke der Herzogin erschienen. Nur der Mantel war noch nicht fertig geworden.

«Ich habe getan, was ich konnte», sagte die Rochelleserin mit der mißbilligenden Miene, die sie aufzusetzen pflegte, wenn sie von der Kleidung der Herzogin sprach, «aber was soll man machen? So merkwürdig zerrissenes Zeug hab ich noch nie gesehen.»

Mit diesem «Zeug» über dem Arm machte sich Angélique am Nachmittag zu dem Haus am Rande des Ortes auf, das Madame de Maudribourg mit ihren Mädchen bewohnte. Die sanfte Marie empfing sie. Madame habe sich zur Andacht zurückgezogen, erklärte sie bedauernd. Doch die Andacht war offenbar nicht tief genug, um zu verhindern, daß die Herzogin die Stimme ihrer Besucherin erkannte. Sie trat sofort aus dem Verschlag, in dem sie gebetet hatte.

«Ich bringe Euch Eure Kleidung, bis auf den Mantel», sagte Angélique.

Ambroisine warf einen Blick auf den gelben Seidenrock und die rote Korsage, dann stieß sie beides mit zitternden Händen zurück.

«Nein, nein! Ich will dieses schwarze Kleid behalten! Laßt es mir bitte! Ich trage Trauer um unser Schiff und die Unglücklichen, die so elend und ohne Beichte umgekommen sind. Die Erinnerung an diese entsetzliche Nacht verfolgt mich unaufhörlich, und ich frage mich, welche göttliche Absicht sich wohl hinter diesem Schiffbruch verbirgt. Warum hat er es zugelassen, daß wir an diese wilde, öde Küste geworfen wurden?»

Sie wirkte verloren und verwirrt wie ein Kind, und ihr Blick glitt verängstigt und fragend zum blauen, weißgefleckten Horizont des Meers im Rahmen der halbgeöffneten Tür. Angélique legte die Kleidungsstücke auf einen der mit Seegras gefüllten Säcke, die für die Mädchen des Königs längs der Wände aufgeschichtet lagen.

«Regt Euch nicht auf», sagte sie, «und denkt nicht zuviel über die Vorsehung und ihre verborgenen Absichten nach. Ihr werdet sicher bald nach Québec fahren können.»

«Wenn ich wenigstens die heilige Messe hören könnte! Es ist so lange her, schon mehrere Wochen, seitdem ich Gelegenheit dazu hatte. Sie gibt mir immer so viel Trost.»

«Hattet Ihr denn keinen Schiffsgeistlichen an Bord?» erkundigte sich Angélique.

Ihre Frage schien ihr absurd bei einem zu religiösen Zwecken gecharterten und der frommen Aufsicht der Herzogin unterstellten Schiff, aber sie erinnerte sich nicht, daß eine der vom Meer an den Strand gespülten Leichen eine Soutane oder Kutte getragen hätte.

«Doch», sagte Madame de Maudribourg mit tonloser Stimme. «Wir hatten den hochwürdigen Pater Quentin bei uns. Einen Oratorianer, den mein Beichtvater mir empfohlen hatte und der sich dem Seelenheil der Wilden widmen wollte. Aber das Unglück, das diese Reise begleitete, ließ den Armen auf der Höhe von Neufundland ertrinken. Dichter Nebel herrschte an diesem Tag. Wir streiften einen riesigen Eisberg. Ich sah ihn mit eigenen Augen und hörte ihn an der Schiffswand entlangschurren . . . Der Nebel hinderte uns, seinen Gipfel zu sehen . . .»

Sie schien einer Ohnmacht nahe. Angélique zog für sie einen Schemel heran und setzte sich gleichfalls.

«Und der Pater Quentin?» fragte sie.

«Er verschwand an diesem Tag. Niemand weiß, was geschah. Ich sehe die riesige Eiswand noch immer vor mir und spüre ihren eisigen, tödlichen Atem. Mir war, als ob Dämonen sie gegen uns lenkten . . .»

Bei all ihrer Gelehrsamkeit und Weltläufigkeit, dachte Angélique, war

-60-

die «Wohltäterin» offenbar viel zu empfindsam und zu leicht beeindruckbar für solche immer gewagten und anstrengenden Reisen. Ihr Beichtvater, sicher ein Jesuit, hatte sie schlecht beraten oder vielleicht auch die mystische Überspanntheit der reichen jungen Witwe für die Zwecke der Missionen Neufrankreichs ausnutzen wollen, für die sein Orden verantwortlich war.

Die Herzogin schien sich ein wenig gefaßt zu haben. Sie schüttelte den Kopf, und über ihr blasses Gesicht glitt ein schüchternes Lächeln.

«Ihr findet mich sicher lächerlich . . . Über alles und jedes wie ein Kind zu erschrecken . . . Ihr, die Ihr durch so viele Gefahren gegangen und trotzdem so ruhig und heiter geblieben seid, so stark, obwohl der Tod Euch so oft streifte.»

«Woher wißt Ihr das?»

«Ich spüre es . . . spürte es schon, als ich Euch zum erstenmal sah . . . am Ufer . . . so schön und beruhigend unter so vielen unbekannten, wüsten Gesichtern. Mein Gefühl sagte mir, daß Ihr anders als alle anderen Frauen seid.» Nachdenklich fügte sie hinzu: «Auch er ist anders . . .»

«Er?»

«Euer Gatte, der Graf Peyrac.»

«Allerdings ist er anders», sagte Angélique lächelnd. «Deshalb liebe ich ihn.»

Sie bemühte sich weiter um eine ungezwungene Atmosphäre, während sie, langsam ungeduldig werdend, nach einem Dreh suchte, möglichst schnell und diplomatisch auf das Thema zu kommen, das ihr, Aristide Beaumarchand und einigen anderen am Herzen lag.

«Gouldsboro mißfällt Euch also nicht allzusehr», fragte sie, «trotz der unerfreulichen Umstände, die Euch hierhergebracht haben?»

Der Blick der Herzogin glitt wieder zur offenen Tür und zum fernen Horizont des Meers, als läge dort ihre einzige Hoffnung.

«Gouldsboro?» murmelte sie endlich. «Nein, ich liebe diesen Ort nicht. Ich fühle, daß es hier Leidenschaften gibt, die mir fremd sind, und obwohl ich mich dagegen wehre, spüre ich, seitdem ich hier bin, verwirrende Verlockungen, Verzweiflung und Zweifel und die Furcht, daß mein Leben auf unheilvolle Wege abirren könnte.»

Ihre Intuition mochte auf dem richtigen Wege sein. Vielleicht begann die aus klösterlicher Atmosphäre in den scharfen Wind Gouldsboros verschlagene junge Witwe allmählich zu merken, daß es ein anderes, wärmeres, glücklicheres Leben gab, das sie hätte kennenlernen können.

Es widerstrebte Angélique, die Unterhaltung in dieser Richtung weiterzuführen. Obwohl sie zu begreifen glaubte, was die andere quälte, was sie so verhemmt und seltsam gemacht hatte, war ihr die Persönlichkeit der Herzogin einfach zu widerspruchsvoll, zu rätselhaft. Was hätte sie ihr auch schon sagen können? Viel wichtiger war es jetzt, in dieser Angelegenheit zu einem möglichst guten Ende zu kommen.

«Habt Ihr über die Vorschläge nachgedacht, die mein Mann Euch am Abend des Festes gemacht hat?» erkundigte sie sich, auf alle Umwege verzichtend.

Zu ihrer Überraschung starrte Madame de Maudribourg sie entsetzt an. Ihr Gesicht wurde kreidebleich.

«Was . . . was wollt Ihr damit sagen?» stammelte sie.

Angélique zwang sich zur Geduld.

«Hat er sich nicht mit Euch darüber unterhalten, daß einige Eurer Mädchen den Wunsch geäußert hätten, durch eine gutkatholische Heirat mit gewissen Kolonisten hier ein Heim zu finden?»

«Ah, darum handelt sich's!» Die Herzogin sprach tonlos, kaum hörbar. «Verzeiht, ich fürchtete . . . Ich hatte etwas anderes zu verstehen geglaubt . . .»

Sie strich sich mit der Hand über die Stirn, legte sie dann auf die Brust, wie um das Schlagen ihres Herzens zu beruhigen, und schloß für einen Moment die Augen. Als sie sie wieder öffnete, hatte sie zu ihrer Sicherheit zurückgefunden.

«Einige meiner Mädchen haben mir in der Tat von Gefühlen für gewisse Männer gesprochen, die ihnen nach dem Schiffbruch hilfreich beistanden. Ich habe auf solche Dummheiten nicht weiter gehört. Auch nur daran zu denken, in einer Niederlassung von Ketzern seine Familie gründen zu wollen!»

«Es gibt eine große Anzahl Katholiken unter uns . . .»

Die Herzogin unterbrach sie mit einer Geste.

«Katholiken, die unter notorischen Hugenotten leben und gemeinsame Sache mit ihnen machen, sind in meinen Augen entweder laue Katholiken oder potentielle Ketzer. Solchen Leuten kann ich die Seelen meiner Mädchen nicht überlassen.»

Angélique erinnerte sich der Bemerkung Ville d'Avrays: «Katholiken und Kalvinisten Seite an Seite, das kann nicht gutgehen.» Er war weder so einfältig noch so oberflächlich, wie er sich gab. Die Reaktion der Herzogin bestätigte einmal mehr die Existenz mystischer Barrieren, die die Menschen trennten, in Konflikte und endlose Kriege stürzten und jede Bemühung um freiere, weniger barbarische Lebensformen verhinderten. Ihr ganzes Wesen empörte sich gegen solche Engherzigkeit, und sie erwiderte schärfer, als sie beabsichtigt hatte:

«In allen Staaten einschließlich Frankreichs leben Katholiken und Protestanten wie hier nebeneinander und arbeiten gemeinsam für das Wohl ihres Landes.»

«Ein schlimmer Zustand unseliger Kompromisse. Wenn ich daran denke, meine ich, die Wunden unseres Herrn am Kreuz erneut bluten zu sehen. Er, der gestorben ist, damit sein Wort unverändert erhalten bleibe! Und heute überall Unglauben und Irrlehren. Tut Euch das nicht weh?»

«Nein», sagte Angélique heftig. «Es tut mir weh, wenn Menschen daran gehindert werden, das zu glauben, was sie in ihren Herzen für wahr erkannt haben. Wir sollten uns versöhnen und nicht immer wieder versuchen, die Freiheit des andern einzuschränken.»

«Ihr sprecht wie ein antiker Tribun», bemerkte Madame de Maudribourg ironisch.

«Und Ihr wie eine Betschwester der Gesellschaft vom heiligen Sakrament.»

Angélique erhob sich und ging zur Tür. Die Herzogin hielt sie zurück.

«Verzeiht! Ich hätte so nicht zu Euch reden dürfen . . . zu Euch, die Ihr die Barmherzigkeit selbst seid. Ihr bringt es zuwege, etwas Sicheres, das mir zu leben half, in mir zu erschüttern, so daß ich Euch zuweilen hasse . . . und beneide. Ihr seid so voller Leben, so echt . . . Ich wünschte so sehr, daß Ihr unrecht hättet . . . und fürchte zugleich, daß Ihr nicht recht haben könntet. Verzeiht . . . Ich entdecke mich hier schwach und wankelmütig . . . und ich schäme mich dessen.»

Es war wie ein Ruf um Hilfe, den Angélique auf dem Grund ihrer schönen Augen wahrzunehmen glaubte, und vor diesem flüchtigen Eindruck schwand ihre Gereiztheit.

«Schließen wir also Frieden», fuhr die Herzogin fort und drückte Angéliques Finger mit Wärme. «Und versuchen wir, von nun an unsere gegensätzlichen Gesichtspunkte mit größerer Geduld anzuhören. Setzt Euch wieder und sagt mir, welche Vorteile meine Mädchen Eurer Meinung nach hier erwarten.»

Angélique ließ alle strittigen Fragen beiseite und beschränkte sich darauf, ein Bild der wirtschaftlichen Möglichkeiten zu geben, die sich den Bewohnern Gouldsboros als Teilhabern am wachsenden Handel zwischen der Neuen Welt und dem Mutterland bieten würden. Dabei erwies sich, daß die Herzogin auf diesem Gebiet nicht nur interessiert, sondern auch beachtlich beschlagen war. Ihre Neigung zu erhabenen mystischen Ekstasen hinderte sie offenbar nicht, sich in den Geheimnissen und Wechselfällen des kolonialen Handels erstaunlich gut auszukennen und einen präzisen Sinn für nüchterne, einbringliche Zahlen zu haben.

«Meinen Mädchen wird es sicherlich materielle Vorteile bringen, wenn sie sich hier niederlassen», sagte sie schließlich. «Aber Wohlstand ist ja nicht alles auf der Welt.»

Sie ließ einen tiefen Seufzer hören.

«Wenn ich mich nur mit einem der Herren von der Gesellschaft Jesu unterhalten und von ihm Rat erbitten könnte! Sie haben besondere Gaben, die Seelen zu erleuchten, und sind weitherziger, als Ihr glaubt.

Für sie zählt zwar nur ein heiliges Ziel, aber wenn es sich mit einer guten materiellen Grundlage verbinden läßt, sind sie nur um so mehr dafür. Ein Jesuit würde in dieser Angelegenheit vielleicht die Möglichkeit sehen, den hugenottischen und englischen Einfluß in Eurem Küstenstrich zu kompensieren. Der Glaube meiner Mädchen ist solide. Sie würden ihn ihren Gatten mitteilen und so die wahre Religion hier erhalten helfen. Was meint Ihr dazu?»

«Es ist jedenfalls ein Gesichtspunkt.» Angélique unterdrückte ein Lächeln. «Und mir ist er lieber als die Methode, die Ketzerei durch bloße Gewalt auszurotten.»

«Aber ich habe der Heiligen Jungfrau gelobt, beim Aufbau Neufrankreichs zu helfen», sagte die Herzogin mit wiedererwachter Dickköpfigkeit, «und ich fürchte, dieses Versprechen zu brechen, wenn ich mich durch die von Euch erwähnten Interessen beeinflussen ließe.»

«Nichts hindert Euch, die Mädchen, die nicht hierbleiben wollen, nach Québec mitzunehmen. Und die, die ihr Glück in Gouldsboro finden, werden ein Pfand für unsere Verbindung mit unseren Landsleuten im Norden sein. Wir wünschen uns nur Verständigung . . .»

Sie waren sich noch immer nicht einig, als die Dämmerung schon über das Haus herabsank.

Stechmücken begannen im Halbdunkel zu surren, und während Madame de Maudribourg Angélique zur Tür begleitete, beklagte sie sich über die Qualen, die sie jeden Abend durch diese Insekten auszustehen hatte.

«Ich werde für Euch ein wenig Melisse aus Abigaëls Garten holen», sagte Angélique. «Wenn Ihr die Blättchen verbrennt, duftet es köstlich, und außerdem vertreibt dieser Duft Eure abendlichen Quälgeister.»

Die Herzogin dankte ihr und fügte, wie von einem plötzlichen Impuls getrieben, hinzu:

«Steht Eure Freundin nicht kurz vor ihrer Niederkunft?»

«Ja. Ich nehme an, daß in spätestens einer Woche unsere Kolonie einen kleinen Bürger mehr zählen dürfte.»

Der feurige Widerschein des Sonnenuntergangs belebte Madame de Maudribourgs blasses Gesicht, ihre Augen schienen intensiver zu glänzen, und plötzlich roch Angélique wieder den ganz besonderen, zugleich zarten und berauschenden Duft ihres Haars, der ihr schon am ersten Tag aufgefallen war. Wie ging das zu, da sie doch den Parfümflakon mit allem anderen beim Schiffbruch verloren hatte? Sie wollte schon fragen, aber die andere kam ihr zuvor.

«Ich weiß nicht, warum», murmelte sie wie abwesend, «aber ich habe so etwas wie eine Ahnung, daß diese Frau im Kindbett sterben wird.»

«Was redet Ihr da?» rief Angélique, zu Tode erschrocken. «Ihr seid verrückt!»

Die Herzogin starrte sie betroffen an.

«Regt Euch nicht auf! Ich hätte es Euch nicht sagen dürfen», entschuldigte sie sich. «Ich verletze Euch unaufhörlich. Hört nicht auf mich! Manchmal platze ich mit etwas heraus, ohne an die Folgen zu denken. Meine Gefährtinnen im Kloster behaupteten, ich könne in die Zukunft sehen. Aber das muß es nicht sein. Ich dachte nur an die Gefahr für meine Mädchen, wenn sie in diesem abgeschiedenen Gebiet selbst einmal Kinder zur Welt bringen sollten . . .»

Angélique zwang sich zur Ruhe.

«Fürchtet nichts. Bis dahin wird es in Gouldsboro mehr Medikamente und bessere Ärzte als in Québec geben. Und was Abigaël betrifft . . .»

Sie sah der Herzogin voll ins Gesicht.

«. . . werde ich ihr beistehen, und ich kann Euch versprechen, daß sie nicht sterben wird!»

## 12

Der Vormittag des dritten Tages verstrich, und Peyrac hatte noch immer nicht das Zeichen zum Ankerlichten gegeben, obwohl alles bereit schien.

«Worauf wartet Ihr denn noch?» zeterte Ville d'Avray. «Wann werdet Ihr endlich aufbrechen?»

«Es wird noch früh genug sein. Sorgt Euch nicht um Eure Freunde. Wenn sie in die Hand der Engländer fallen . . .»

«Was kümmern mich meine Freunde?» rief giftig der Marquis. «Ich zittere um mein Schiff. Es enthält unbezahlbare Dinge, von Pelzen im Wert von Tausenden von Livres ganz abgesehen.»

Peyrac lächelte und betrachtete den noch immer blauen Himmel, über den nur ein paar dicke weiße Wolken segelten. Aber er nannte weder einen Termin, noch erklärte er seine Gründe für die Verzögerung der Strafexpedition zum Saint-Jean. Trotzdem hielt die Aufbruchsstimmung an, und man munkelte davon – vielleicht um den aufsässigen Marquis zufriedenzustellen –, daß fürs erste wenigstens ein Vorkommando in See gehen sollte.

Gegen Mittag erschien überraschend der Pater de Vernon in Gouldsboro, wo seine Ankunft unter den Hugenotten unliebsames Aufsehen erregte. Die Jesuiten, die sie nicht unberechtigt in Verdacht hatten, außer Gott und ihren eigenen Zielen auch den politischen Absichten des Königs zu dienen, wurden von ihnen mit weit größerem Mißtrauen als die Angehörigen anderer religiöser Orden betrachtet, und die strenge Erscheinung des Paters in seiner verblichenen Soutane und dem weiten, die mageren Knöchel umflatternden schwarzen Mantel erinnerte sie unliebsam an die Verfolgungen im Zeichen des Kreuzes, die sie aus ihrer Heimat vertrieben hatten.

Angélique befreite den Jesuiten aus einer hitzig werdenden Diskussion mit Manigault, Berne und Reverend Partridge, führte ihn zur Herberge und suchte danach eilends Madame de Maudribourg auf, um ihr die Neuigkeit mitzuteilen.

«Ich kann Euch endlich den gewünschten Beichtvater bieten», rief sie durch die offene Tür ins Haus, wo gerade eins der Mädchen das lange Haar ihrer Herrin bürstete. «Einen echten Jesuiten aus bester Familie, Pater Louis-Paul Maraicher de Vernon.»

Die melancholische Träumerei, der sich die Herzogin hingegeben hatte, verwehte im Nu, und sie erklärte sich bereit, sofort mitzukommen.

«Eure Sündenlast werdet Ihr aber erst loswerden können», erklärte Angélique lächelnd, «wenn er sich gegen Abend am Rande des Dorfs eine Zweighütte als Beichtstuhl hergerichtet hat.»

Die Herzogin drehte mit ein paar schnellen Griffen das Haar zu einem Knoten zusammen, dann wandte sie sich ihrer Besucherin zu und nahm spontan deren Arm.

«Ihr seid reizend», sagte sie, «auch wenn Ihr Euch über mich lustig macht. Jetzt will ich diesen Wundermann nur kennenlernen. Denkt doch: in dieser Wildnis ein echter Jesuit!»

Die Mittagszeit hatte den Strand leergefegt, hier und dort war auf den Decks der leise an ihren Vertäuungen tanzenden Schiffe ein Seemann zu sehen, der seinen Eßnapf leer löffelte, und schrill kreischende Möwen kreisten mit ausgebreiteten Schwingen im Wind über den Masten und lauerten darauf, daß sie Reste ins schwappende Wasser schütteten.

Oben am Strand vor dem Fort standen Peyrac und Ville d'Avray, und der Ärger über die unbefriedigende Mitteilsamkeit seines Gastgebers nahm den kleinen Marquis so in Anspruch, daß er kaum Zeit fand, Angélique und die Herzogin zu begrüßen.

«Wirklich», keifte er, «Euer Verhalten ist unerträglich! Wenn ich wüßte, wo es einen Nutzen hätte, würde ich mich ernstlich über Euch beschweren!»

Er wandte sich an Angélique.

«Könnt Ihr mir sagen, Madame, worauf Euer Gatte so ausdauernd wartet?»

«Vielleicht auf das», sagte Peyrac und wies auf ein Segel jenseits der Sandbank vor dem Hafen, dessen langsames Näherrücken vom Horizont er seit einer Stunde beobachtete.

Er nahm sein Fernrohr aus der Tasche an seinem Gürtel und zog es auseinander, bevor er es vors Auge hob.

«Er ist es tatsächlich», murmelte er.

In diesem Moment hatte der Segler die Einfahrt erreicht und erwies sich als eine kleine, stämmige, gut im Wasser liegende Jacht.

«*Le Rochelais!*» rief Angélique freudig aus.

Madame de Maudribourg warf ihr einen erstaunten Blick zu.

Auch der Marquis zog nun ein kleines goldverziertes Fernrohr aus seiner gestickten Weste. Der schmollende Ausdruck wich aus seinem Gesicht.

«Was ist das für ein bezaubernder Jüngling vorn am Bug?» rief er entzückt.

«Der Kapitän», erwiderte Peyrac, «und unser Sohn Cantor, nicht zu vergessen.»

Die schnelle Rückkehr der *Rochelais* kam für Angélique unerwartet. Sie war glücklich darüber und fühlte sich erleichtert. Daß Honorine sich in Wapassou befand, Cantor auf dem Meer und Florimond auf Erkundungsfahrt die Wälder der Neuen Welt durchstreifte, hatte ihr nie gefallen. Sie hätte sie wie alle Mütter in Stunden der Gefahr gern wieder unter ihren Fittichen beisammen gehabt. Nun war wenigstens Cantor da. Und mit ihm Wolverine, der kleine Vielfraß, der ihn auf allen Wegen begleitete.

Da die volle Flut noch nicht eingesetzt hatte, konnte er nicht an der Mole anlegen. Er ging zwischen der *Gouldsboro* und der Schebecke seines Vaters vor Anker, ließ die Schaluppe zu Wasser bringen, und die kleine Gruppe begab sich zum Strand hinunter, um ihn zu empfangen.

«Was für ein schöner Jüngling!» rühmte die Herzogin. «Ihr müßt stolz auf ihn sein, Madame.»

«Ich bin's», gestand Angélique.

Wie gern sah sie den Ausdruck von Mut und Zurückhaltung auf seinem noch kindlich-runden, offenen Gesicht, dem Gesicht eines zu anderem Schicksal geborenen jungen Prinzen, der ihnen nun mit der höflichen Sicherheit entgegenkam, die ihn schon als Pagen vor dem König ausgezeichnet hatte. Er grüßte seinen Vater mit einer respektvollen, militärischen Kopfbewegung, küßte seiner Mutter die Hand.

«Er ist bezaubernd», wiederholte Ville d'Avray.

«Das Bild eines Erzengels», ergänzte die Herzogin mit einem verführend aufblühenden Lächeln.

Angélique war nicht entgangen, daß Joffrey nach der Begrüßung Cantor leise gefragt hatte, ob er Clovis mitgebracht habe.

«Nein», hatte Cantor erwidert.

«Warum nicht?»

«Er ist verschwunden.»

Dieser kurze Dialog ging ihr nach, während sie abends in der Stille ihres Zimmers im Fort auf Joffrey wartete.

Endlich war er da, und sie schloß mit einem Gefühl der Erleichterung hinter ihm die Tür. Ein paar Stunden des Alleinseins, der Vertraulichkeit lagen vor ihnen, die sie der Zeit und der Geschäftigkeit um sie her gestohlen hatten.

Lächelnd trat er zu ihr, und sie spürte den tiefen Frieden, der plötzlich über sie kam, wie etwas Greifbares. «Es gibt nur ihn», dachte sie. «Alles durchdringt er mit seiner Kraft, seiner Gegenwart . . . Und dieser Mann liebt mich . . . Ich bin seine Frau.»

Das Kätzchen hatte sich wiedereingefunden, und nun war das Rollen der unter einem Möbelstück neu entdeckten Bleikugel, mit der es spielte, der einzige Laut, der die Stille unterbrach.

«Ihr wart ängstlich, als ich eintrat», sagte Peyrac. «Warum?»

«Ich vergesse den Grund, wenn ich so bei Euch bin», murmelte sie, sich an seine Schulter schmiegend. «Mein ganzes Leben lang möchte ich so bleiben, und vor allem möchte ich, daß Ihr nicht fortgeht . . . Ich weiß nicht, warum, aber ich habe Angst bei diesem Gedanken. *Geht nicht fort!*»

«Es bleibt mir keine andere Wahl.»

«Warum?»

Joffrey mimte Entsetzen. «Monsieur de Ville d'Avray könnte sich über mich beschweren.»

Auch sie mußte lachen.

«Habt Ihr Cantors Ankunft abwarten wollen, bevor Ihr aufbrecht?»

«Zum Teil ja.»

«Nehmt Ihr ihn mit?»

«Nein, ich lasse Euch unter seinem . . . und Colins Schutz.»

Für einen Moment streifte sie der Gedanke, ob er wohl daran dachte, sie noch einmal auf die Probe zu stellen, wenn er sie mit Colin allein zurückließ, aber sie ließ ihn sofort wieder fallen. Nein, sie alle drei, Joffrey, Colin Paturel und sie selbst, hatten ein für allemal ihren genauen Platz im System ihrer gegenseitigen Beziehungen eingenommen. Es war da keine Frage mehr offen. Aufmerksam forschte sie in Joffreys Gesicht und fand dort keinen Hintergedanken. Und sie dachte bei sich: «Welchen Mann könnte es auch außer ihm für mich geben?»

Es war eine so sichere Sache, so einfach zu begreifen wie eine unveränderliche Wahrheit, daß sie spürte, daß auch er die Grenze überschritten und die zersetzenden Zweifel hinter sich gelassen hatte. Und Colin, der Gerechte, Starke, wußte es auch.

Halblaut sagte sie: «Es ist gut, daß Colin hier ist, nicht wahr?»

«Ja. Wenn er nicht hier wäre, würde ich nicht gehen.»

Die Worte erfüllten Angéliques Herz mit einer Freude, die ihre Augen wider ihren Willen verrieten.

Er unterdrückte ein Lächeln.

«Unsere Situation hier ist noch zuwenig stabil», fuhr er fort, «und allzu viele Feinde belauern uns zu jeder Stunde. Aber Paturel weiß, um was es geht. Er hat eine gute Nase, eine eiserne Faust und läßt sich so leicht von niemand überlisten. Ich habe ihn über alles, was uns schaden könnte, unterrichtet. Er weiß, was wir hier wollen, was wir an dieser Küste mit diesen Menschen schaffen können. Er wird nichts preisgeben, nichts sich nehmen lassen. Zudem hat er die Leute hier fest in der Hand. Der Himmel hat ihn wirklich mit der Fähigkeit begabt, über Menschen zu herrschen.»

«Wie auch Euch.»

«Mit mir verhält es sich anders», sagte Peyrac nachdenklich. «Ich fasziniere sie, er überzeugt sie. Ich kann sie unterhalten und anziehen, indem ich sie unterhalte oder belohne, aber ich bleibe ihnen fern. Er ist ihnen nahe, ist aus demselben Ton. Es ist erstaunlich! Ja, Gott sei Dank ist Colin da, und ich kann mich um andere Angelegenheiten kümmern.»

Sie ahnte, daß er nicht nur an die Expedition zur Befreiung der Notabeln aus Québec dachte. Vor allem wollte er die geheimnisvollen Feinde aufspüren, in deren Fallen sie schon mehrfach gestolpert waren.

«Was ist Clovis geschehen?»

«Cantor sollte ihn aus der Mine zwischen Kennebec und Penobscot, wo ich ihn zurückgelassen hatte, hierherbringen. Ich wollte ihn nach den Hintergründen des Mißverständnisses fragen, das Euch in Hussnock veranlaßte, das englische Dorf aufzusuchen, im Glauben, es geschähe auf meine Anordnung. Cantor hatte Euch die angeblich von mir stammende Botschaft überbracht, aber er selbst hatte sie, wie er mir sagte, von Maupertuis erhalten, den ich nicht fragen kann, weil die Canadier ihn verschleppt haben. Cantor glaubt sich jedoch zu erinnern, daß Maupertuis Clovis als den eigentlichen Boten genannt hat. Ich bin überzeugt, daß ich von Clovis Genaueres über die Leute erfahren könnte, die sich einen Spaß daraus machen, unsere Angelegenheiten zu verwirren. Leider ist Clovis nun verschwunden.»

«Haben sie dabei auch ihre Hand im Spiel?»

«Ich möchte es annehmen.»

«Wer können ‹sie› sein?»

«Die Zukunft wird's uns zeigen. Sehr bald, wenn es nach meinen Wünschen geht. Jedenfalls werde ich nicht ruhen, bevor ich sie habe. Der Wimpel ihrer Schiffe ist zwischen den Inseln der Bucht gesichtet worden. Vielleicht gibt's da eine Verbindung mit der Gesellschaft, die das Gebiet um Gouldsboro an Colin verkauft hat.»

Sie versuchte, sich an etwas zu erinnern, was Lopes, ein Mann Colins, ihr gesagt hatte. Es war wie ein verknäulter Faden, dessen Anfang zu finden ihr nicht gelang.

«Glaubt Ihr, daß Pater de Vernon etwas damit zu tun haben könnte? Er ist heute gekommen.»

«Ich weiß. Ich fand ihn in der Herberge in eine offenbar recht interessante Unterhaltung mit unserer schönen Herzogin vertieft.»

Er schwieg einen Moment, dann fuhr er mit der Andeutung eines Lächelns fort:

«Euer Jesuit ist zwar ein Mann d'Orgevals, sein geheimer Botschafter, wie man sagt, aber mir scheint, er ist uns ein wenig gewogen, seitdem Ihr ihn in Eure Netze verstrickt habt.»

«Wen? Dieses Monument marmorner Kälte? Wenn Ihr wüßtet, wie gleichgültig er zusah, als ich am Kap Monegan fast ertrank!»

«Immerhin hat er Euch schließlich aus dem Wasser gefischt.»

«Allerdings.»

Angélique hatte das Kätzchen auf den Arm genommen und streichelte es träumerisch.

«Ich gebe zu, daß ich ihn mag. Ich habe Geistliche immer gemocht», gestand sie lachend. «Es fällt mir leicht, eine Basis der Verständigung mit ihnen zu finden, wenn ich auch nicht genau weiß, welche.»

«Ihr bietet ihnen ein unbekanntes Bild der Frau, weder Sünderin noch Frömmlerin, das ihr Mißtrauen einschläfert. Versucht also, ihn ein wenig auszuhorchen. Und nun kommt . . .»

Er zog sie zum Alkoven, in dem das Bett auf sie wartete.

«Die Nacht ist kurz, und wir haben Besseres zu tun, als uns über unerfreuliche Leute den Kopf zu zerbrechen.»


## 13

«Adieu», sagte Madame de Maudribourg. «Adieu. Ich werde Euch nie vergessen.»

Ihr Blick haftete mit so verzweifelter Intensität auf Angéliques Gesicht, als wollte sie es für immer ihrem Gedächtnis einprägen.

Sie war an diesem Morgen ins Fort gekommen, um mitzuteilen, daß sie zu möglichst baldiger Abreise entschlossen sei. Nicht gern, gewiß nicht, alles andere als das, aber Pater de Vernon, dem sie gestern ihre Zweifel gebeichtet habe, habe ihr auf das entschiedenste abgeraten, ihre Mädchen an einem Ort zu lassen, an dem man weder Gott noch den König von Frankreich ehre. Es sei ihre Pflicht, für die Verbringung der Mädchen nach Québec oder Montréal zu sorgen und sich selbst den gefährlichen Freizügigkeiten zu entziehen, die sie hier offensichtlich schon in Versuchung geführt hätten.

«In dieser verführerischen Atmosphäre, hat er gesagt, werden sich die jungen Frauen nur allzu willig von ihrem Seelenheil abkehren und materiellen Annehmlichkeiten zuwenden . . . Hier, wohin der Reichtum der Welt sich ergießt.»

«Reichtum? In Gouldsboro, wo wir jeden Moment Gefahr laufen, das wenige, das wir besitzen, einschließlich unseres Lebens zu verlieren? Dieser Jesuit scheut wahrhaft keine Übertreibungen!»

Angélique war über die Reaktion Pater de Vernons tief enttäuscht gewesen. Von der Sympathie, die sie bei ihm vorausgesetzt hatte, war in diesen Äußerungen keine Spur zu bemerken. Sie hatte ihn sofort aufsuchen wollen, um ihm ihre Meinung zu sagen, aber von Madame de Maudribourg hatte sie erfahren, daß er noch am Abend zu einem benachbarten Dorf aufgebrochen sei, dessen Häuptling ihn eingeladen habe, und nicht vor Nachmittag zurückkommen werde.

So hatte sie Joffrey den plötzlichen Entschluß der Herzogin mitgeteilt. Er hatte die Nachricht zu ihrer Verwunderung ohne jede Überraschung aufgenommen.

«Warum nicht? Soll sie nur fahren! Monsieur de Randon wird ohnehin mit dem Dreißigtonner und einem kleinen Vorkommando heute in See gehen. Er kann sie und die Mädchen nach Port-Royal mitnehmen. Es ist französischer Besitz, und Madame de la Roche-Posay, die Frau des Gouverneurs, wird sich sicherlich fürs erste ihrer annehmen. Danach kann Randon in der Mündung des Saint-Jean zu uns stoßen.»

«Wird es unter den Männern keine Enttäuschungen geben? Ein paar von ihnen wollten doch heiraten.»

«Colin und ich werden ihnen schon das Nötige erklären. Wir werden ihnen sagen, Port-Royal sei nicht weit, eine Trennung von wenigen Tagen könne die beiderseitigen Gefühle nur stärken und eine gute Prüfung sein, bevor man sich fürs Leben binde. Und ähnliches mehr.»

«Werden sie es glauben?»

«Sie werden es, weil es notwendig ist», hatte er erwidert.

Sie hatte den Sinn seiner Antwort nicht ganz verstanden.

Nun war also die Stunde des Abschieds gekommen. Eine merkwürdige Stille lag über dem Strand, ein Unbehagen, für das es keinen Namen gab. Es schien, als geschehe im Grunde etwas anderes als das, was man zu sehen glaubte.

Die Mädchen des Königs waren schon an Bord gebracht worden, ohne daß die hoffnungsvollen Bewerber um einige von ihnen, die am Ufer in einem verlorenen Grüppchen zusammenstanden, sich merklich beunruhigt oder gar verzweifelt gezeigt hätten. Nur die Herzogin schien sich von Angélique nicht trennen zu können.

«Vergeßt auch Ihr mich nicht», sagte sie, mühsam ihre Fassung bewahrend. «Uns hätte eine schöne Freundschaft verbinden können. Ihr seid mir hundertfach nahe – trotz allem, was uns trennt.»

Wie schon einmal glaubte Angélique in ihren Augen für einen flüchtigen Moment einen stummen Hilferuf zu lesen, etwas unendlich Hoffnungsloses, das ihr Mitleid weckte und ihr Verlangen, zu erkunden, was sich an Tragischem in dem seltsam widerspruchsvollen Wesen dieser Frau verbarg, die sich, obwohl schön, unabhängig und reich begabt, aus dem einengenden Zwang ihrer strengen religiösen Erziehung nicht zu lösen vermochte. Aber es war zu spät, das Schiff wartete, und Monsieur de Randon kam schon eilig den Strand herauf, um sie an Bord zu geleiten.

Die Herzogin wandte sich ab, in den farbenfrohen Kleidungsstücken, die sie wie am Tage ihrer Ankunft trug, mehr denn je wie ein zarter exotischer Vogel anzusehen.

«Wie ich höre, untersteht Port-Royal Eurer Jurisdiktion», sagte sie zu Monsieur de Ville d'Avray, der neben Angélique elegant seinen Federhut schwenkte. «Werden wir Euch dort sehen?»

«Erst zur Kirschenzeit, Madame», versetzte er mit ernster Miene. «Ich schätze die Kirschen von Port-Royal über alles. Und nach einem kleinen Umweg über die köstlichen Muschelaufläufe der schönen Marcelline im letzten Winkel der Französischen Bucht.»

Unter normalen Umständen hätte seine drollige Antwort Gelächter oder zumindest Lächeln hervorgerufen, aber in der eigentümlich gedrückten Stimmung über dem Strand blieb sie ohne jede Wirkung, wie ungesprochen.

Nach einigen höflichen Dankesworten zu Peyrac schritt die Herzogin dann am Arm Monsieur de Randons zur Schaluppe an der Mole hinunter, wo der Sekretär und Kapitän Simon sie erwarteten. Hinter Simon trugen zwei Schiffsjungen auf einer Art Bahre die Galionsfigur, das vergoldete hölzerne Einhorn, das das Meer nach dem Schiffbruch an Land gespült hatte. Der Kapitän brachte es vorsichtig im Heck der Schaluppe unter und kletterte sodann als letzter mürrisch nach.

Und als Angélique ihn dort breitschultrig und struppig sitzen sah, erinnerte sie sich plötzlich dessen, was ihr Lopes, Colins Mann, gesagt hatte: «Wenn Ihr je dem großen Kapitän mit dem violetten Fleck begegnet, werdet Ihr wissen, daß Eure Feinde nicht weit sind.»

Was hatte diese Warnung zu bedeuten? Trotz des weinfarbenen Mals an seiner Schläfe konnte sie nicht auf den armen Job Simon gemünzt sein, den ungeschickten Navigator und vom Pech verfolgten Schiffbrüchigen.

Einen Arm um den Hals seines Einhorns geschlungen, entfernte er sich mehr und mehr vom Ufer, von Zeit zu Zeit die Hand zu einem Abschiedsgruß hebend.

Die Kinder am Strand antworteten ihm winkend, aber kein Ruf, kein Lebewohl klang auf.

Simon und sein Einhorn verdeckten die anderen Insassen der Schaluppe, doch bei einer Richtungsänderung des Boots bemerkte Angélique

Ambroisine de Maudribourg, die zu ihr herübersah. Es war, als ob das dunkle Feuer dieser Augen sie selbst auf diese Entfernung gebieterisch festhielt. Wir sind noch nicht quitt, schien ihr brennender Blick zu sagen.

Abigaël stand in diesem Moment an Angéliques Seite, und als Angélique in einer impulsiven Reaktion nach ihrer Hand tastete, spürte sie überrascht, daß Abigaëls Finger die ihren fest umschlossen, als empfände auch die Freundin die unerklärliche Spannung dieses Moments.

Die rote Sonne begann zwischen den am Horizont sich reihenden Wolkenstreifen schnell zu sinken. Ein Wind machte sich auf und blähte die Segel, die sich weiß und leuchtend vom dunklen Blau des östlichen Himmels abhoben.

Die Bewegungen des Bootes waren nicht mehr sichtbar. Doch als das Einhorn aus vergoldetem Holz über die Reling gehißt wurde, glänzte es im Schein der letzten Strahlen der sinkenden Sonne funkelnd auf.

Wenig später schien das Schiff mit der Flut die Sandbank zu passieren, und die ersten dunklen Schatten der Nacht schluckten es auf.

Und auch dies war merkwürdig: daß sich fast von einem Augenblick zum andern die Atmosphäre am Strand entspannte. Die Kinder begannen zu spielen, faßten sich bei den Händen und liefen jauchzend über den Sand. Auch die Erwachsenen spürten, daß etwas Bedrückendes geschwunden, die Luft irgendwie reiner geworden war. Nur das Grüppchen der hinterbliebenen und vorerst enttäuschten Bewerber schien von der allgemeinen Erleichterung ausgenommen. Mit einer Ausnahme allerdings: Aristide Beaumarchand war der große Gewinner des Tages. Seine Julienne hatte bleiben dürfen. Offenbar war die «Wohltäterin» froh gewesen, bei dieser Gelegenheit das räudige Schaf ihrer sonst braven Herde loszuwerden.

«Und nun zu uns», sagte Peyrac, seinen im Abendwind flatternden Mantel um die Schultern werfend.

«Ihr wollt doch nicht etwa aufbrechen?» fragte Ville d'Avray hoffnungsvoll.

«Mit der nächsten Flut.»

«Endlich! Angélique, mein Engel, das Leben ist schön! Euer Gatte ist ein bezaubernder Mensch. Ihr müßt mit ihm nach Québec kommen. Eure Anwesenheit wird das Entzücken unserer nächsten Wintersaison sein. Ja, Ihr müßt kommen. Unbedingt!»

# 14

«Wir haben viel zuwenig Zeit gehabt, uns zu lieben und uns zu sagen, daß wir uns lieben, und schon brecht Ihr wieder auf», sagte Angélique. «Ich hasse Ebbe und Flut und ihren unverrückbaren Stundenplan. Die Flut wartet nicht . . . und sie entführt Euch mir.»

«Was ist mit Euch? Ich erkenne Euch nicht wieder.»

Peyrac nahm sie in seine Arme, streifte mit seinen Lippen ihre fiebrige Stirn. Plötzlicher Donner grollte rumpelnd über den Hafen. Schieferfarbene Wolken hatten sich im Laufe des Abends zusammengezogen, das Gewitter begann sich zu entladen. Windstöße vertrieben die drückende Schwüle. Der hölzerne Fensterladen krachte draußen gegen die Wand.

«Ihr werdet in diesem Sturm doch nicht segeln?» fragte sie.

«Sturm? Das sind Böen, nicht mehr. Liebste, Ihr seid heute abend ein Kind.»

«Ja, ich bin ein Kind», sagte sie dickköpfig, die Arme um seinen Hals geschlungen, «ein ohne Euch verlorenes Kind, das Kind, das im Palais allein blieb, als man Euch seinem Gesichtskreis entrissen hatte. Ich werde es nie vergessen.»

«Auch ich vergesse es nicht. Aber diesmal ist Eure Sorge wirklich kindisch. Sehen wir der Wahrheit ins Gesicht: Ich bin nur acht bis zehn Tage fort, gut bewaffnet, gut ausgerüstet, eine reine Spazierfahrt zum anderen Ende der Französischen Bucht.»

«Dieses Ende macht mir eben angst. Man redet unaufhörlich davon, und mir kommt es vor wie ein düsterer, von Höllendämpfen erfüllter, von Drachen und Ungeheuern bevölkerter Schlund.»

«So unrecht habt Ihr nicht. Aber ich kenne die nähere Umgebung der Hölle, ich bin schon viele Male in meinem Leben bis zu ihrer Schwelle gelangt, aber auch diesmal, glaubt mir's, wird man mich nicht wollen.»

Seine scherzhafte Laune überwand schließlich ihre Befürchtungen.

«Vielleicht bin ich sogar schon zurück, bevor Abigaël ihr Kind bekommt», fügte er hinzu. «Vergeßt übrigens nicht, Euch die alte Indianerin aus dem Lager als Helferin zu holen. Sie ist berühmt für ihre Talente bei Niederkünften.»

«Ich vergesse es nicht. Alles wird gutgehen», sagte sie.

Sie wußte, daß er gehen mußte. Da war nicht nur Phips. Es gab auch die anderen, die, die sie seit kurzem bei sich «die Dämonen» nannte. Sie konnte ihm bei einem Vorhaben nicht im Wege sein, dessen Gewinnchancen er reiflich überdacht hatte. Sie zweifelte nicht daran, daß er schnell und hart zuschlagen und daß hinterher alles gut sein würde. Aber sie fürchtete seine Abwesenheit, und sie brachte es nicht über sich, die Trennung als gegeben hinzunehmen.

Sie streichelte seine Schultern, ordnete die herabhängenden Bänder des Achselstücks, das Spitzenjabot. Es waren Gesten des Besitzens, die ihr guttaten, die ihr bestätigten, daß er nur ihr gehörte und daß er noch bei ihr war. Er trug das prächtige, mit kleinen Perlen besetzte englische Kostüm aus elfenbeinfarbener Seide, dessen Schlitze karmesinrot unterlegt waren. Dazu bis zur Schenkelmitte reichende Stiefel aus weichem rotem Leder.

«Ich habe Euch schon einmal so gesehen», sagte sie, seinen Aufzug musternd. «Habt Ihr dieses Kostüm nicht am Abend meiner Rückkehr nach Gouldsboro getragen?»

«Stimmt. Ich hatte das Gefühl, mich ein wenig aufputzen zu müssen, als ginge es geradewegs in den Kampf. Es ist keine leichte Aufgabe, einen gehörnten Ehemann zu spielen ... oder zumindest dafür gehalten zu werden», fügte er auf ihren raschen Protest lachend hinzu.

Von neuem zog er sie an sich, umfing sie leidenschaftlich und preßte sie gegen seine Brust, so daß sie kaum noch zu atmen vermochte.

«Bewahrt Euch gut, Liebste», murmelte er, die Lippen in ihrem Haar. «Gebt auf Euch acht, ich bitte Euch.»

Und ihr Gefühl sagte ihr, daß er sie noch nie so ungern, so voller Sorgen verlassen hatte.

Er schob sie von sich, um sie zu betrachten. Sein Finger strich sanft über die Kurve einer Braue, folgte der Linie der Wangen, des Gesichtsovals, als wollte er dessen Vollkommenheit prüfen. Dann schritt er zum Tisch, nahm seine Pistolen auf und schob sie in die Schlingen des Schultergehänges.

«Wir können jetzt nicht zurück», sagte er wie zu sich selbst. «Wir müssen vorwärts, den Feind aufstöbern, ihn zwingen, sein Gesicht zu zeigen ... und sollte es eine Teufelsfratze sein. Die Würfel sind gefallen, Gouldsboro existiert, Wapassou existiert, unsere Posten, unsere Minen längs des Kennebec und des Penobscot, unsere Flotte ... Wir müssen das Nötige tun, um all das zu erhalten.»

«Was müssen wir tun?»

Er nahm sie wieder in die Arme. Um seine Lippen spielte sein übliches spöttisches Lächeln, als wollte er den Ernst seiner Worte mildern.

«Weder Angst haben noch zweifeln», sagte er. «Seht, ich habe Angst gehabt, Euch zu verlieren, ich habe gezweifelt, und heute weiß ich, daß ich ihnen ohne Eure Warnung in die Falle gegangen wäre ... Solche Erfahrungen machen demütig. Und vorsichtig. Erinnert Euch also: keine Angst haben ... vor nichts, nicht zweifeln, wachsam sein ... und die Hölle kann uns nichts anhaben!»

Zweiter Teil

# Die Lügen

# 15

Er war fort.

Und schon wurde es nach einem regnerischen, stürmischen Tage wieder Abend. Und das Zimmer im Fort schien ohne Joffreys kraftvolle, männliche Gegenwart seine Wärme verloren zu haben.

Angélique hätte gern lange mit Cantor geplaudert, um sich die Nachtstunden zu verkürzen, aber der Junge war mit ein paar Altersgenossen nachmittags zu irgendwelchen geheimnisvollen Taten in den Wald verschwunden.

Im Laufe des Tages hatte sie Abigaël besucht. Sie hatten über die bevorstehende Entbindung gesprochen.

«Ich bin ein bißchen beunruhigt», hatte die Freundin in einem Ton gesagt, als bekenne sie sich zu einer nicht wiedergutzumachenden Schuld. «Ich fürchte, ich gehe schlecht in das, was mir bevorsteht. Die erste Frau meines Mannes ist im Kindbett gestorben. Ich erinnere mich, ich war ja dabei. Unsere Ohnmacht war schrecklich . . . Und ich spüre, daß auch Gabriel diese Erinnerung mit jedem Tage mehr verfolgt.»

«Ach, setzt Euch keine Flausen in den Kopf!» rief Angélique ärgerlich.

Sie ließ sich neben Abigaël auf den Rand des breiten, rustikalen Bettes nieder und erzählte ihr mit gespielter Munterkeit von allen glücklich verlaufenen Entbindungen, die ihr einfielen, und erfand in aller Eile noch einige dazu.

«Mir ist, als ob hier manchmal eine Kugel auf- und niederglitte», sagte Abigaël und legte eine Hand in Magenhöhe auf ihren Leib. «Ist das der Kopf des Kindes? Das würde bedeuten, daß es mit dem Steiß zuerst käme.»

«Kann sein. Aber das ist kein Grund, sich aufzuregen. Oft sind Geburten in dieser Position leichter als andere.»

Als sie Abigaël verließ, nahm sie die Sorgen und Ängste ihrer Freundin mit sich.

Vom Haus der Bernes ging sie zu Madame Carrère.

«Ihr werdet mir doch bei Abigaël helfen, nicht wahr?»

Die Advokatenfrau wiegte bedenklich den Kopf. Ihre Energie, ihre Fähigkeit, mit allen praktischen Problemen fertig zu werden, und ihre elf Kinder, die sie ohne viel Federlesens streng erzog, verschafften ihr bei den Damen Gouldsboros Einfluß.

«Abigaël ist nicht mehr ganz jung», meinte sie besorgt. «Fünfunddreißig ist spät fürs erste Kind.»

«Sicher, aber sie ist mutig und geduldig. Das zählt bei einer Niederkunft, die lange zu dauern verspricht.»

«Ich frage mich, ob das Kind gut liegt?»

«Es liegt nicht gut.»

«Wenn es zu lange in der Gebärmutter bleibt, muß es sterben.»

«Es wird nicht sterben», versicherte Angélique mit Gelassenheit. «Ich kann also mit Euch rechnen?»

Madame Carrère fand die Frage überflüssig. Natürlich würde sie zugreifen, wenn man sie brauchte.

Als sie Angélique zur Tür brachte, fiel ihr Blick auf den an einem Haken hängenden Schleppmantel der Herzogin.

«Man hat mir von ihrer plötzlichen Abreise ja nichts gesagt, und deshalb ist er nicht rechtzeitig fertig geworden», beklagte sie sich. «Jetzt hängt er mir hier herum, und ich weiß nicht, was ich mit ihm anfangen soll.»

Auch zum Lager war Angélique gegangen, um die von Joffrey empfohlene alte Indianerin in ihrer Hütte aufzusuchen. Sie hatten sich auf eine Halbliterflasche Alkohol, zwei Laibe feinsten Brotes und eine scharlachrote Decke als Ausgleich für ihre Dienste, Ratschläge und etwa benötigten Hausmittel geeinigt. Die Alte war sehr erfahren und besaß das Geheimnis gewisser natürlicher Heiltränke, deren Zusammensetzung Angélique nur zu gern herausgebracht hätte.

Als sie in stiebendem Nieselregen zum Dorf zurückkehrte, fröstelte es sie. Von dunklen Wäldern umschlossen, klammerte sich Gouldsboro ans Ufer, ein winziger Punkt zwischen zwei bewegten, unbarmherzigen Wüsteneien: dem Wald und dem Meer.

Das Fehlen der Schiffe im Hafen, die Abwesenheit der meisten Gäste, die den Ort in den letzten Tagen mit ihrer Betriebsamkeit erfüllt hatten, das graue Rieseln über die Stroh- und Schieferdächer machten die Gefährdung dieses Häufleins im Widerstand gegen die sie umgebenden Naturkräfte zusammengedrängten Häuser doppelt spürbar.

Sie hatte daran gedacht, Colin aufzusuchen, um von ihm zu hören, wie seine Männer, das jüngste, noch kaum assimilierte Element der Kolonie, ihre Enttäuschung über die Abreise der Mädchen des Königs trugen, aber der Weg durch Regen und Wind nahm ihr die Lust dazu. So ging sie zur Herberge, die nach der Geschäftigkeit der vergangenen Tage leer wirkte, sah sich dort vergebens nach Cantor um, trank einen Napf Fischbouillon und kehrte ins Fort zurück.

Joffrey war nicht mehr da. Nur das Kätzchen, ein kleiner lichtgrauer Kobold, dessen Lebenslust durch nichts zu dämpfen war, belebte das Halbdunkel mit seinem quirligen Treiben. Manchmal hockte es sich wie eine gesetzte Katze auf sein Hinterteil, sah Angélique mit seitwärts geneigtem Köpfchen an und schien zu fragen: Nun sag schon. Ist irgendwas nicht in Ordnung? Dann nahm es sein Spiel mit neuer Lust wieder auf.

Angélique gestand sich ein, daß sie sich über seine Gegenwart freute. Die kommende Nacht und die folgenden endlosen Tage würden ohne das Tierchen schwer zu ertragen sein. Um die von draußen eindringende Feuchtigkeit zu vertreiben, wollte sie im Kamin ein Feuer entzünden, fand aber kein trockenes Holz und verzichtete schließlich nach einigen fruchtlosen Versuchen.

Gegen zehn Uhr verstummte plötzlich das Geräusch von Regen, Wind und gegen die Felsen schlagenden Wogen, und Stille trat ein.

Als Angélique zum Fenster trat, um die Läden zu schließen, stellte sie fest, daß das Wetter sich beruhigt hatte. Dafür begann dichter Nebel die Umgebung zu verhüllen. Er zog vom Meer heran, in der Dunkelheit wie eine hohe weißliche Mauer anzusehen.

Seine Schwaden trieben über den Strand, wo noch vereinzelte, von Seeleuten in Gang gehaltene Feuer brannten, und stauten sich um das Fort. Nur noch sein fahles Gewoge war zu sehen, dichter Dunst, der nach Meer und feuchtem Humus roch. Sein kalter Hauch durchdrang den Raum. Die Feuer am Strand wie die schwachen Lichter hinter den Fenstern der Häuser waren wie diese selbst verschwunden.

Wo mochte Joffrey sein? Er kannte das Meer, aber der Nebel war nie ein Freund der Schiffe.

Angélique machte sich grübelnd an ihre Vorbereitungen zum Schlafengehen. Sie war nicht müde, empfand aber die Notwendigkeit, sich auszuruhen. Doch an diesem Abend hätte sie es nicht gekonnt, ohne zuvor das Zimmer sorgfältig aufzuräumen und sich jedes Details und vor allem der Lage jedes Gegenstandes in ihm genau zu versichern. Es war weniger ein Bedürfnis nach Sicherheit, das sie dazu trieb, als das Verlangen nach dem Wohlbehagen, das eine geordnete Umgebung verschafft. Sie war sonst nicht übermäßig penibel in dieser Hinsicht. Großzügigkeit in der Anordnung und Verteilung von Dingen war für sie ein Beweis, daß ein Haus oder ein Raum bewohnt war, atmete, teilnahm. Aber an diesem Abend wollte sie sichten, Ordnung schaffen, neu beginnen. Sie faltete Kleidungsstücke zusammen, legte sie sorgfältig in Truhen, musterte die herumstehenden und -liegenden Arzneifläschchen und Kräutersäckchen, sonderte Überflüssiges aus, stellte die beiseite, die sie möglicherweise bei Abigaëls Entbindung brauchen würde. Die hölzerne Kassette mit den Bildern der heiligen Cosme und Damien war geräumig und praktisch. Es machte ihr Spaß, die einzelnen Dinge in die verschiedenen Fächer einzuordnen. Es waren Kräuter darunter, die sie noch in Wapassou gesammelt und getrocknet hatte.

Wapassou . . . Sie dachte mit Heimweh an die stillen Ufer des Silbersees, wo sie trotz allem so glücklich gewesen waren. So fern, so entlegen war der Ort, daß selbst die «Dämonen» sie dort nicht erreichen konnten.

Der Gedanke an sie dämpfte jäh ihre Stimmung. Schon ein Nichts machte sie froh oder warf sie um. War es die Bedrängung durch den Nebel, dessen wattige Herrschaft über Nacht und Meer sie selbst hinter den dicken Wänden des Forts spürte? Selbst das Atmen wurde ihr schwer.

Sie warf sich zwar ihre grundlosen Ängste vor, schob aber eine ihrer Pistolen unter das Kopfkissen, bevor sie zu Bett ging.

Die so ungewohnte Stille draußen ließ in ihr den Eindruck entstehen, völlig allein in einem isolierten, von allen menschlichen Wesen verlassenen Fort zu sein, und dieses Gefühl wurde so stark, daß sie schließlich aus dem Bett stieg und die zur Treppe führende Tür öffnete. Von unten drangen die Stimmen der Wachen herauf, die im Saal mit einigen von Colins Männern tranken, und das gedämpfte Hin und Her der Worte und das Gläserklirren besänftigten sie.

Sie legte sich von neuem nieder, aber die Spannung in ihr ließ erst allmählich nach, und es dauerte lange, bis sie in einen unruhigen Schlaf versank.

Sie erwachte mit einem Gefühl schrecklicher Angst.

Finsternis und tiefe Stille umgaben sie. Es mußte spät in der Nacht sein, aber die Stille schien trotzdem anormal. Der Nebel mußte das Fort mit der Dichte und Greifbarkeit eines Walles umschließen, es von jedem Kontakt mit der Außenwelt, jeder Hilfe isolieren.

Sie lauschte angespannt, ohne der Stille und Finsternis die materiellen oder immateriellen Elemente entnehmen zu können, die ihre Angst verursachten.

Endlich wurde ihr bewußt, was sie geweckt haben mußte: ein kaum wahrnehmbares, seltsames Geräusch, ganz nah, fast an ihrem Ohr. Es war wie ein kurzes Röcheln, gefolgt von einem Laut, der wie das zischende Entweichen eines winzigen Dampfstrahls klang. Es hörte auf und begann von neuem. Unmöglich zu definieren, wodurch dieses Geräusch erzeugt werden mochte. Aber es war ganz nah, so nah, daß ihr plötzlich klar wurde: ein Tier! . . .

Von Panik gepackt, dachte sie den Bruchteil einer Sekunde daran, aus dem Bett zu springen, doch sie besann sich. Ein Tier? . . . Natürlich. Ihr Kätzchen! Offensichtlich war es ihm gelungen, sich zum Schlafen bei ihr einzunisten. Aber warum machte es dieses eigentümliche Geräusch? . . . Würgte es? Erbrach es sich? War es krank? . . . Oder witterte es eine Gefahr und fauchte mit gesträubtem Fell, den vererbten Reflexen seiner Rasse gehorchend?

Und dann begriff sie.

Das Kätzchen sah etwas in der Dunkelheit, was sie selbst nicht sehen konnte und was ihm Furcht und Schreck einjagte!

Sie spürte, wie ihr ein Schauer über den Rücken lief. Für einen Moment, der ihr endlos schien, war sie wie gelähmt, versteinert, unfähig jeder Bewegung.

Was war da in der Nacht, was für ein unheimliches, monströses, unsichtbares Etwas, was nur die Katze gewahrte?

Endlich brachte sie es zuwege, die Hand unter ihr Kopfkissen zu schieben und nach ihrer Pistole zu greifen. Das Gefühl des Griffs aus poliertem Holz an ihrer Handfläche tat ihr wohl. Sie atmete ruhiger, vermochte ihre Gedanken besser zu kontrollieren.

Licht machen!

Sie reckte die Hand zum Nachttisch, und ihre Finger streiften das Fell des Kätzchens; es war gesträubt wie ein Nadelkissen. Mit einem jämmerlichen Miauen sprang das Tierchen vom Bett. Sicher flüchtete es sich unter irgendein Möbel, um von dort das Unheimliche, Unbekannte zu belauern.

Angélique tastete nach Feuerzeug und Kerze; sie fand sie nicht. Ihre Erregung machte sie noch ungeschickter, und sie stieß etwas vom Tisch. Sie war überzeugt, daß jemand im Zimmer war, aber wer?

«Und wenn's der Teufel selbst wäre», sagte sie sich, mit den Zähnen klappernd, «was tut's? Ich muß ihn sehen!»

Sie fühlte ... sie fühlte ... Da war irgend etwas, was auf sie zukam, sie wie eine Woge umspülte, sie an etwas erinnerte, sie wußte nicht, an was. Eine Frage, die sie stellen müßte ... Weil sie sie vergessen hatte, war der Schlüssel verloren.

Ihre Finger hantierten nervös mit dem endlich gefundenen Feuerzeug. Sie mußte sich beeilen, bevor die Woge sie erstickte. Da, endlich ein Funke ... doch es gelang ihr nicht, die Lunte zu entzünden. Aber im schwachen Schein hatte sie sehen können, daß da war, was ihrem geheimen Wissen nach da sein mußte ...

Eine menschliche Gestalt. Auf der anderen Seite des Zimmers, nahe dem Winkel links der Tür. Eine schwarze, reglose Gestalt, wie von langen schwarzen Trauerschleiern umhüllt.

Woher diese Übelkeit? Dieses unerträgliche Parfüm? In diesem Geruch, diesem Duft war die ganze Erklärung enthalten, lauerte die Gefahr.

Angélique raffte ihre ganze Willenskraft zusammen, während jäher Angstschweiß ihr aus allen Poren brach. Als die Lunte endlich zu brennen begann, zwang sie sich, sich nicht sofort umzuwenden, näherte sie die Lunte bedächtig dem Docht, wartete sie, bis die Flammen hoch und hell brannten und die Dunkelheit verscheuchten.

Sich zur Ruhe mahnend, nahm sie den Leuchter und hob ihn in Richtung der Zimmerecke, wo sie die reglose Gestalt gesehen zu haben glaubte. Kein Zweifel, dort stand jemand! Ein düsteres Gespenst, ein Wesen in einem langen schwarzen Mantel, dessen Kapuze völlig das gesenkte Gesicht bedeckte wie bei den Statuen der trauernden Mönche, die an den vier Ecken der Königsgräber aufgestellt werden.

Einen Moment lang versuchte sie sich zu überzeugen, daß sie sich täuschte, daß es die phantasmagorische Wirkung eines mit Kleidungsstücken behängten Möbels war, die ihre aufgestörte Einbildungskraft herging. Aber in diesem Augenblick bewegte sich die Gestalt, schien einen Schritt vorwärts zu machen.

Angéliques Herz stockte. Trotzdem glückte es ihr, den Leuchter mit fester Hand zu halten.

«Wer ist da?» fragte sie so ungerührt wie möglich.

Keine Antwort.

Plötzlich loderte Zorn in ihr hoch. Sie setzte den Leuchter auf den Nachttisch, stieß die Decken zurück, glitt auf den Bettrand. Mit den Füßen tastete sie nach ihren Hausschuhen aus besticktem Leder und stand auf. Keinen Moment ließ sie die stumme Gestalt aus den Augen.

Eine Sekunde blieb sie so, dann griff sie wieder nach den Kerzen und näherte sich dem schwarzen Phantom. Und von neuem umspülte sie die Woge des Duftes, der ihr vorhin fast Übelkeit verursacht hatte, und als sie ihn plötzlich erkannte, sprang sie der Schreck so an, daß sie glaubte, ohnmächtig zu werden.

Ambroisine!

Gleichzeitig vollzog sich in ihr ein Umschwung; ihre instinktive Panik schwand, als sie sich sagte:

«Warum sollte ich erschrecken, wenn sie es wirklich ist.»

Und ihr Schritt wurde bestimmter. Das Parfüm ließ wieder die fast vertraut gewordene Gegenwart derer erstehen, die für kurze Zeit ihr Gast gewesen war, ein Vogel mit schillerndem Gefieder, voller Melancholie, unvergleichlichem Reiz, tiefer Frömmigkeit, erstaunlichem Wissen und kindlicher Naivität: die «Wohltäterin» mit der vieldeutigen, mysteriösen Persönlichkeit.

So war sie, als sie ihre Hand auf die Stirn des Phantoms legte und die Kapuze aus schwarzem Tuch zurückstreifte, nicht überrascht, die in einem kreideweißen Gesicht dunkel brennenden Augen der Herzogin zu sehen.

«Ambroisine», murmelte sie. «Ihr seid es also. Was tut ihr hier?»

Die Lippen der Herzogin zitterten, aber kein Laut drang aus ihrer Kehle. Als verließen sie ihre Kräfte, sank sie auf die Knie, schlang ihre Arme um Angéliques Hüften und legte die Stirn gegen ihren Leib.

«Ich konnte es nicht!» rief sie endlich verzweifelt. «Ich konnte es nicht . . .»

«Was konntet Ihr nicht?»

«Diesen Ort verlassen . . . Euch verlassen. Je mehr das Ufer am Horizont versank, desto mehr glaubte ich, vor Kummer zu sterben. Es kam mir vor, als würde mir die Hoffnung, jemals ich weiß nicht welchen Traum eines zufriedenen, guten Lebens zu verwirklichen, für immer genommen. Ich wußte, daß ich hätte hierbleiben müssen . . .»

Krampfhaftes Schluchzen schüttelte sie. Durch ihr feines Batisthemd spürte Angélique die Arme der Knienden wie eine lianenhaft weiche, aber unwiderstehliche, brennende Fessel. Von der an ihrem Leib ruhenden Stirn strahlte etwas aus, was ihr auf undefinierbare Weise zugleich Unbehagen und leise Befriedigung verursachte.

Es gelang ihr, den Leuchter auf einer nahen Konsole abzustellen und danach Ambroisines Hände, die sich in ihre Hüften krallten, zu lösen.

In diesem Moment erhob sich von der Bucht her der dumpfe Ruf des Nebelhorns und trieb lange durch das wattige Gewölk der Schwaden, in der Nähe befindliche Schiffe warnend.

«Der Nebel», sagte Angélique. «Wie habt Ihr durch den Nebel herfinden können? Wo sind Eure Mädchen? Wann seid Ihr gelandet?»

«Meine Mädchen sind zu dieser Stunde zweifellos in Port-Royal», erklärte die Herzogin. «Unterwegs dorthin kreuzte uns eine Fischerbarke. Sie segelte nach Gouldsboro. Ich konnte die Gelegenheit nicht vorbeigehen lassen. Ich befahl den Meinen, ohne mich weiterzufahren, und bat den Fischer, mich an Bord zu nehmen. Sie haben mich nicht weit von hier abgesetzt. Ich konnte mich zurechtfinden, trotz des Nebels. Ich ging zum Fort, wo ich Euch wußte. Die Wachen haben mich wiedererkannt.»

«Sie hätten Euch melden müssen», unterbrach Angélique verstimmt.

«Was tut's? Ich kannte die Lage Eures Zimmers. Ich bin die Treppe hinaufgestiegen. Eure Tür war nicht verschlossen.»

Angélique erinnerte sich, abends vom Treppenabsatz aus auf die beruhigenden Stimmen der Wachen im Saal gelauscht zu haben. Bei der Rückkehr ins Zimmer hatte sie vergessen, den Riegel wieder vorzuschieben. Ihrer eigenen Nervosität und Nachlässigkeit verdankte sie also den gespenstischen Auftritt dieser Nacht mit seinen unerfreulichen Begleiterscheinungen. Am liebsten hätte sie der Herzogin unverblümt die Leviten gelesen, um ihr ein für allemal auszutreiben, Leute im Schlaf zu überraschen und sich dabei aufzuführen, als sei sie gerade von den Toten wiederauferstanden. Aber sie machte sich klar, daß Madame de Maudribourg nicht in ihrem Normalzustand war. Sie schien die Rückfahrt nach Gouldsboro und den Weg durch den Nebel zum Fort bis in dieses Zimmer in einer Art Trance und unter einem verzweifelten, irrationalen Zwang zurückgelegt zu haben.

Sie kniete noch immer, schien jetzt aber zu erwachen und sich ihres Verhaltens bewußt zu werden.

«Verzeiht mir», sagte sie. «Oh, was habe ich getan? . . . Aber ich bin zu

Euch gelangt! . . . Ihr laßt mich nicht im Stich, nicht wahr? Sonst wäre ich verloren . . .»

Ihre Worte gingen in unzusammenhängendes Gemurmel über.

«Steht endlich auf und ruht Euch aus», sagte Angélique ungeduldig. «Ihr seid am Ende Eurer Kräfte.»

Sie führte die Taumelnde zum Bett. Als sie ihr aus dem schwarzen Mantel half, umgab sie beide für einen Moment ein rotes Leuchten. Der Mantel war völlig mit purpurfarbenem Atlas gefüttert, der das Licht der Kerzen spiegelnd zurückwarf. Übers Bett geworfen, wirkte er wie eine große Blutlache von dunklem, prunkvollem Rot.

«Woher hat sie diesen Mantel?» fragte sich Angélique, während sie die Bettdecke über den wie erstarrten Körper der Herzogin zog.

Sie sah das Kätzchen plötzlich auf dem Bett auftauchen und nach einem Moment weitäugigen Lauerns fluchtartig wieder unter einer der Truhen verschwinden. Hatte es Angst? Wovor?

Der Nebel schien sich durch die Ritzen der Holzläden einzuschleichen und das Zimmer mit eisiger Feuchtigkeit zu durchtränken. Angélique fror. Von neuem versuchte sie es mit den Scheiten im Kamin, und diesmal brachte sie ein Feuer zustande. Rasch bereitete sie sich auf einem mit Glut gefüllten kleinen Kocher einen starken türkischen Kaffee. Danach fühlte sie sich besser, und ihre Gedanken klärten sich.

Während sie sich zu der reglos Liegenden hinunterbeugte, empfand sie Mitleid mit deren Schicksal. Was fehlte dieser Frau? Wozu war sie zurückgekommen? Was mochte sie bei ihr suchen, das ihr weder ihr Vermögen noch ihre Position noch ihr Glaube bieten konnten?

«Trinkt», sagte sie und näherte die Tasse Ambroisines Lippen.

«Es schmeckt nicht gut», sagte die andere mit einer kleinen Grimasse.

«Es ist Kaffee, das beste Allheilmittel der Welt. Gleich werdet Ihr Euch besser fühlen . . . Und nun verratet mir», fuhr Angélique fort, als sie einen schwachen rosigen Hauch in die Wangen der Herzogin steigen sah, «seid Ihr allein hergekommen, oder habt Ihr eins Eurer Mädchen mitgebracht? Euern Sekretär? Job Simon?»

«Nein, nein, niemand! Ich entschloß mich, als ich hörte, daß die unseren Weg kreuzende Barke nach Gouldsboro fuhr. Ich weiß nicht, was mich packte . . . Ich wollte Euch wiedersehen, mich Eures Daseins versichern, Eurer Wirklichkeit . . .»

«Und sie ließen Euch ohne weiteres gehen?»

«Natürlich nicht. Aber es kümmerte mich nicht. Mein Impuls war stärker als ihre Proteste und Redereien. Sie mußten mich schon handeln lassen, wie ich wollte, und selbst ihren Weg fortsetzen, wie ich ihnen befahl.»

Sicherlich war das nicht ohne einen hübschen Krach abgegangen, sagte sich Angélique.

«Ich verstehe es, mir Gehorsam zu erzwingen», fügte Ambroisine in herausforderndem Ton hinzu.

«Ja, ich weiß. Aber Ihr habt trotzdem höchst unklug gehandelt.»

«Zürnt mir nicht. Ich kann nicht mehr klar in mir sehen. Habe ich nicht gerade heute so gehandelt, wie ich handeln mußte, statt mich von Zwängen treiben zu lassen, die mich vernichten wollen?»

Ihre Augen glänzten, als füllten sie sich mit Tränen. Ihr Kopf mit seiner schweren Fülle schwarzen Haars ruhte an Angéliques Schulter wie der eines erschöpften Kindes.

«Beruhigt Euch. Wir werden morgen über alles sprechen. Jetzt müßt Ihr erst einmal wieder zu Kräften kommen. Es ist noch tief in der Nacht. Ihr müßt schlafen.»

Sie bettete sie in die Kissen, schlüpfte auf der anderen Seite unter die Decke, auf ihren früheren Platz, der noch ein wenig von ihrer Wärme bewahrt hatte, und löschte die Kerzen des Leuchters bis auf eine.

Nach wenigen Sekunden war sie eingeschlafen, bis in ihre Träume begleitet von dem seltsam berauschenden Duft, den das Haar der Herzogin ausströmte . . .

Mit heftig schlagendem Herzen erwachte sie wieder und gewahrte in der nur von einer Kerzenflamme notdürftig erhellten Dunkelheit auf der anderen Seite des Raums tief am Boden zwei glänzende Augen, deren Blick auf sie gerichtet schien. Sie starrte halb erschrocken, halb erschauernd fasziniert hinüber, bis ihr klar wurde, daß es die kleine Katze sein mußte, die noch immer nicht schlief, sondern von irgend etwas, was ihr Mißtrauen erregte, in Alarmzustand gehalten wurde.

Langsam wurde ihr Herzschlag ruhiger. Noch verriet keine Spur von Helligkeit in den Ritzen der Fensterläden den kommenden Tag, nach wie vor war es draußen wie drinnen totenstill, und zweifellos belagerte der Nebel noch immer dicht und unerbittlich das Fort.

Plötzlich erinnerte sie sich Ambroisines und tastete seitwärts. Ihr Platz war leer.

«Bin ich verrückt, oder was geschieht hier?» fragte sie laut und richtete sich halb auf.

Dort war sie, kniete einige Schritte vom Bett entfernt, betend, die Hände gefaltet, die Augen inbrünstig zur Decke erhoben.

«Was macht Ihr da?» rief Angélique fast zornig. «Die Stunde des Gebets ist noch nicht da!»

«Doch, sie ist da», erwiderte die Herzogin mit leiser, rauher, wie erschreckter Stimme. «Ich muß beten. Satan streift umher!»

«Schluß mit den Albernheiten! Kommt ins Bett zurück!»

Die Kniende erhob sich mühsam, als sei sie zu kraftlos, um auch nur ein Glied zu rühren, und folgte zögernd ihrer Aufforderung. Achtlos zog sie die Decke über sich und vergrub ihr bleiches Gesicht in den Kissen.

Angélique glaubte zu ahnen, was sie bedrängte. Sie wußte, was es hieß, einsam, unverstanden, von allen verlassen, durch irgendein unbewußtes Komplott ausgestoßen zu sein. Wenn man tiefer schürfte, würde man in dieser Frau ein Kind finden, das um Hilfe rief.

Fast widerwillig streckte sie die Hand aus und strich leise über das schwere, von blassen Reflexen der flackernden Kerzenflamme überhuschte schwarze Haar. Ambroisine wandte den Kopf und sah mit einer Art kindlichem Staunen zu ihr auf.

«Ihr seid gut», murmelte sie ungläubig. «Warum seid Ihr gut zu mir?»

«Warum sollte ich's nicht sein? Ihr braucht Hilfe, und Eure eigenen Leute sind nicht zur Hand. Ich möchte, daß Ihr wieder Mut faßt.»

«Wie schön, Euch zu betrachten und Euch zuzuhören», flüsterte Ambroisine wie im Traum. «Ihr seid so schön! Und dennoch lebt auch Euer Herz! Das Geschenk der Liebe, das ist es. Ihr besitzt es, *Ihr!* Ihr habt die Fähigkeit, die andern zu lieben und zu fühlen, daß man Euch liebt. Ich fühle nie etwas . . . Nur die Angst und die Abneigung, die ich einflöße.»

Sie hob die Hand und berührte zaghaft Angéliques Haar, ihre Wange, ihre Lippe.

«Ihr seid so schön, und trotzdem . . .»

«Dummes Zeug», sagte Angélique, die sich bemühte, in ihren zögernd und leise gesprochenen Worten den Schlüssel zum Geheimnis dieses verletzten Herzens zu finden. «Was redet Ihr da? Seid Ihr nicht auch schön? Ihr wißt es genau! Und was das Nicht-geliebt-Werden betrifft, beweist die Anhänglichkeit Eurer Mädchen mehr als genug, daß es nicht zutrifft . . .»

Plötzlich erinnerte sie sich der Frage, die sie schon mehrmals hatte stellen wollen.

«Ambroisine, Euer Haar duftet noch immer so bezaubernd, als ob Ihr es erst kürzlich parfümiert hättet. Habt Ihr nicht gesagt, der Flakon sei Euch beim Schiffbruch verlorengegangen?»

Die Herzogin rümpfte die Nase und lächelte spöttisch.

«Da habt Ihr schon eine Illustration für Eure Behauptung, daß ich von Leuten umgeben sei, die mich lieben. Stellt Euch vor, Armand Dacaux, mein Sekretär, wußte, wie sehr ich dieses Parfüm schätze, und weil er fürchtete, es könnte mir in Neufrankreich fehlen, hat er einen zweiten Flakon mitgenommen. Da er zudem ein äußerst umsichtiger Mann ist, hat er ihn mit Stoff und gummierter Leinwand umwickelt und das Päckchen dann in einen seiner Rockschöße eingenäht. Und als ich dann über den Verlust des Elixiers jammerte, konnte er gleich Ersatz beschaffen.»

«Wie man erzählt, hat er Euch auch im Sturm in die Schaluppe geholfen. Ihr seht also die Hingabe, die Ihr selbst einem Federfuchser einflößen könnt, der mir nicht gerade aus Berufung dazu gekommen zu sein scheint, den Helden zu spielen.»

Auch Ambroisine lächelte, aber dieses Lächeln kerbte zwei bittere Falten um ihren Mund.

«Dieser fette Trottel!» murmelte sie.

Ihr Blick kehrte zu Angélique zurück, und sie sagte heftig:

«Euch lieben alle Männer, die besten unter ihnen. Ein Mann wie Euer Gatte, zum Beispiel . . . ungewöhnlich, vielfach befähigt, begabt mit allen Verführungskräften, ein Mann, den zu bezaubern alle Frauen glücklich wären, und Ihr braucht nur zu erscheinen . . . schon ist er fasziniert. Er folgt Euch mit den Augen, sein Blick erwärmt sich, wenn er auf Euch ruht, er scheint nur über Eure Scherze zu lächeln . . . Und dieser andere, der blonde, schweigsame Riese . . . was ist zwischen ihm und Euch? Man spürt es förmlich auf der Haut! Selbst dieser abweisende Jesuit fand Worte für Euch, die das Einverständnis verrieten, das Ihr zwischen Euch und jedem Mann, selbst dem einfachsten, zu schaffen versteht. Ihr braucht nur zu erscheinen, und schon verändert sich etwas, als ob die Menschen sich glücklicher fühlten . . . Sogar die Katze betet Euch an!» rief sie zornig.

Angélique brach in Gelächter aus.

«Ihr übertreibt wirklich maßlos, meine Liebe.»

«Nein», fuhr Ambroisine hartnäckig fort. «Ihr habt die Gabe der Liebe, vielleicht weil Ihr es versteht, Liebe zu empfangen, zu fühlen. Was gäbe ich dafür, diese Gabe zu besitzen!»

Sie streichelte Arme und Schulter Angéliques, die Wind und Sonne leicht gebräunt hatten.

«Ihr habt einen glücklichen Körper, das ist das Geheimnis. Ihr empfindet alles in Eurem Herzen, aber auch in Eurem Fleisch. Glück und Unglück, Sonne, vorbeiziehende Vögel, die Farben des Meers . . . und die Liebe, die man Euch entgegenbringt und die Ihr gewährt.»

«Was hindert Euch daran, ein Gleiches zu tun?»

«Was mich hindert?» Sie hatte die Worte rauh herausgeschrien. Ihre schreckgeweiteten Augen waren nach innen gewandt und schienen eine unerträgliche Vision zu sehen.

«Laßt mich», sagte sie plötzlich und stieß Angéliques Arm zurück. «Ich will meinem Leben ein Ende machen, wie ich's schon in jener Nacht damals hätte tun sollen . . .»

«In welcher Nacht, Ambroisine?»

«Nein, nein, sprecht nicht davon! Ich werde mich umbringen, das ist alles!»

«Gott verbietet den Selbstmord. Ihr, die Ihr so fromm seid . . .»

«Fromm?» Ihre Stimme klang gepreßt und wütend. «Ja, ich bin's. Irgend etwas muß ich ja sein. Ich habe nichts anderes gefunden, was mir hätte helfen können zu überleben. Beten, fromm sein, mich mit den Dingen der Religion beschäftigen . . . Ihr amüsiert Euch über mich und meine Andachtsübungen, nicht wahr . . .? Ihr, die Ihr alles habt, Ihr könnt mich nicht begreifen!»

«Was wißt Ihr davon?»

Angélique hielt sie mit aller Kraft fest, um zu verhindern, daß sie aus dem Bett sprang und irgend etwas Verzweifeltes tat. Dabei glitten die Decken herunter und enthüllten Ambroisines zuckenden, halbnackten Körper. Er wirkte seltsam jung und vollkommen wie der Körper eines unberührten jungen Mädchens.

«Glaubt Ihr, daß ich vor diesem Tag nicht gelebt habe?» fragte Angélique. «Ich habe schlimme Schicksalsschläge hinnehmen müssen, und von menschlichen Schmerzen sind mir wenige erspart geblieben.»

«Nein, nein! Ihr seid stark gewesen, während ich . . . Ihr könnt nicht wissen, was es heißt . . .»

«Sprecht. Es wird Euch erleichtern.»

«. . . als ein Kind von fünfzehn Jahren einem Lustgreis ausgeliefert zu werden!» schrie sie, als spuckte sie ein Gift aus, das ihre Eingeweide zerfraß.

Schwer atmend beugte sie sich vor.

«Ich habe geschrien», flüsterte sie, «ich habe geschrien . . . Niemand half mir . . . Eine ganze Nacht hindurch wehrte ich mich . . . Schließlich ließ er mich durch seine Diener festhalten! Und Priester hatten das gesegnet . . .»

Bleich warf sie sich aufs Kopfkissen zurück. Schweißtropfen rannen an ihren Schläfen herunter. Unter den Fächern ihrer geschlossenen Wimpern zeigten sich blaßviolette Ringe. Einen Moment schien sie wie tot.

Angélique trocknete ihr Gesicht.

«Ihr verratet es nicht, nicht wahr?» stammelte die Herzogin fast unhörbar. «Ihr verratet es nicht, daß ich geschrien habe . . . Ich war sehr stolz. Ein reines, für alles Schöne begeistertes, aber stolzes Kind . . . Im Kloster beherrschte ich meine Gefährtinnen. Ich war die Schönste, die, die am meisten wußte, die Beliebteste. Von Kindheit an hatte ich Theologen und Mathematiker verblüfft, die nur zu uns kamen, um mich zu befragen. Die unwissenden Nonnen verachtete ich . . . Und dann diese furchtbare Demütigung . . . Zu entdecken, daß die ganze schöne Politur nichts bedeutete, mich nicht vor dem üblichen Schicksal bewahrte, daß ich nichts als eine Beute war, die die Männer und ihre Gesetze mit dem Segen der sich zu ihren Komplicen machenden Geistlichkeit dem Meistbietenden verkaufen durften . . . ohne Mitleid mit meiner Unschuld . . . an einen durch seine Laster ruinierten Mann, der fünfundfünfzig Jahre älter war als ich.»

Außer Atem schwieg sie; sie schien nahe daran, sich zu übergeben.

Angélique hielt sie schweigend. Was sollte sie auch sagen? Sie erinnerte sich. Auch für sie, die in Stellvertretung geheiratet worden war, hätte alles ebenso gemein und widerlich enden können. Aber es war Joffrey de Peyrac, der sie in Toulouse erwartete, und dank ihm das ungewöhnliche Abenteuer einer leidenschaftlichen Liebe zwischen der halbwüchsigen verkauften Jungfrau und dem Grandseigneur, der sie gekauft hatte.

Irgendwann war der Herzog von Maudribourg einmal in Toulouse erschienen, um etwas über das Geheimnis der Satansbeschwörung zu erfahren, und Joffrey hatte ihm seines Rufes wegen die Schwelle gewiesen. Das also war der schändliche Mann, dem Ambroisine ausgeliefert worden war.

Der Tag brach an. Trübes Licht sickerte durch die Ritzen, der Schein der Kerze begann zu verblassen. Das Kätzchen kam aus seinem Versteck, buckelte genüßlich und lief miauend zur Tür. Angélique stand auf, um es hinauszulassen.

Sie schlug die Läden vor dem Fenster zurück. Der Nebel war noch da, schneeweiß und dicht, aber nun mit einem würzigen Holzfeuergeruch vermischt. Aus dem Saal der Wachen unten drangen Schritte und gedämpfte Stimmen herauf. Mit einem Glas Wasser kehrte sie zu Ambroisine zurück.

Die Herzogin wirkte kraftlos und hielt die Augen geschlossen, während sie trank. Doch dann sagte sie mit klarerer Stimme:

«Ich habe noch nicht verziehen, mich noch nicht damit abgefunden. Es brennt mich noch immer wie glühendes Eisen. Deshalb ist mein Inneres tot.»

«Beruhigt Euch», sagte Angélique herzlich und strich ihr wie einem Kind sanft über die feuchte Stirn. «Ihr habt gesprochen, das ist immer gut. Versucht jetzt, nicht mehr daran zu denken, Euch auszuruhen. Niemand wird Euch stören, hier habt Ihr keine Verpflichtungen, und die Zeugen Eurer Vergangenheit sind fern. Wenn Ihr Euch mehr von der Seele reden wollt, höre ich Euch gern zu, aber erst später. Jetzt müßt Ihr schlafen.»

Sie legte ihre kühle Hand über die Augen der Herzogin.

«Welche Wohltat, Euch begegnet zu sein», hörte Angélique sie noch murmeln. Dann schien sie sofort in tiefen Schlaf zu sinken.

# 16

Sie mußte Colin Paturel von der unerwarteten Rückkehr der Herzogin verständigen.

Er schüttelte den Kopf, enthielt sich aber jeden Kommentars und beschränkte sich darauf, die beiden Damen für den Abend bei sich zu Tisch zu laden.

Als Angélique ihn fragte, ob er wisse, wo Cantor sich aufhalte, erwiderte er, soweit er unterrichtet sei, patrouilliere er mit Martial Berne und einigen anderen seiner jugendlichen Kumpane in der Bucht. Monsieur de Peyrac habe ihm offenbar Auftrag dazu erteilt.

Die Probleme der Herzogin von Maudribourg hatten Angéliques Gedanken vorübergehend von Cantor abgelenkt; nun fragte sie sich besorgt, um was für einen Auftrag es sich wohl handeln mochte. Sollte er sich in den versteckten Buchten und Schlupfwinkeln der Inseln, die die Jungens von ihren Streifzügen her nur zu gut kannten, nach den Schiffen ihrer geheimnisvollen Feinde umsehen? Konnte er dabei nicht in Gefahr geraten? Dieser Teufelsjunge! Warum hatte er ihr nichts gesagt? Sie sehnte sich plötzlich danach, ihn möglichst schnell zurückkehren zu sehen.

Die Abwesenheit der Schiffe, ihrer Mannschaften und der Gäste schuf in dem vom Nebel belagerten Gouldsboro eine Atmosphäre ungewöhnlicher Leere und Stille. Man hätte sich mitten im Winter glauben können, wäre da nicht die schwere Schwüle gewesen, die vom unsichtbaren Wald herüberquoll und mit ihren wilden und balsamischen Düften die scharfen Meeresgerüche vertrieb.

Durch wehende Nebelschleier ging Angélique zum Haus der Bernes, um sich nach Abigaëls Zustand zu erkundigen. Zu ihrer Erleichterung fand sie sie wohlauf und im Begriff, mit Séverines Hilfe Wäsche zu waschen.

«Ich hatte Angst, alles würde bis nach der Entbindung liegenbleiben müssen», sagte Abigaël vergnügt. «Aber nun fühle ich mich Gott sei Dank kräftig genug, und wenn das Wetter heute nachmittag aufklart, werden wir die Wäsche im Garten zum Trocknen aufhängen. Abends können wir sie zusammenfalten und in den Schrank legen. Und in den nächsten Tagen putze ich das Haus.»

Angélique wagte ihr nicht zu sagen, daß sie dieses Programm für reichlich überladen hielt. Ihre Erfahrung ließ sie in Abigaëls Aktivität den Tätigkeitsdrang erkennen, der jede Frau kurz vor ihrer Niederkunft befällt und sie dazu treibt, in ihrer Umgebung Ordnung zu schaffen, um sich dann mit um so ruhigerem Gewissen der Aufgabe widmen zu können, ein neues Leben zur Welt zu bringen. Sie verließ sie schließlich mit der Mahnung, sich bei alledem nach Möglichkeit zu schonen. Auf dem Rückweg zum Fort trat sie bei Tante Anna ein, einem gebildeten alten Fräulein, das während des Winters die Kinder der Niederlassung unterrichtete. Ihrer bescheidenen Unterkunft war ein größerer Raum mit einem eigenen Eingang angebaut, der als Klassenzimmer diente. Angélique besprach mit ihr ihre Absicht, die Herzogin dort unterzubringen, um ihr die Einsamkeit des Hauses am Dorfrand ohne ihre Mädchen zu ersparen.

«So wird sie immer jemand in der Nähe haben, mit dem sie sprechen kann, und mit Euch wird sie ohnehin besser über Mathematik und Theologie diskutieren können als mit mir», schloß Angélique lachend, und Tante Anna war von der Aussicht auf diese Unterbrechung ihres im Sommer eintönigen Daseins recht angetan.

Zum Glück ging es Ambroisine de Maudribourg besser, aber sie fühlte sich noch zu schwach, um an dem Abendessen teilzunehmen, zu dem Colin sie gebeten hatte. Angélique schickte einen Boten mit einigen entschuldigenden Zeilen zu ihm. Auch sie wollte abends lieber zu Hause bleiben und sich früh zu Bett legen, um sich von der vorangegangenen unruhigen Nacht zu erholen. Abigaël würde ihre wache Hilfe bald brauchen.

«Man fühlt sich wohl bei Euch», sagte Ambroisine und sah sich um. «Welche Ruhe strömt dieser von Eurer Gegenwart erfüllte Raum aus! Es scheint, als verlöre alle Hexerei zwischen diesen Wänden ihre Wirkung. Als habe sich hier das Böse zu einem Waffenstillstand bereit finden müssen.»

Angélique füllte eben ihren kleinen Terrakottaherd mit Holzkohlenglut, um für sich und ihren Gast türkischen Kaffee zu bereiten. Bei Ambroisines letzten Worten sah sie neugierig auf.

«Was wollt Ihr damit sagen?»

Die Herzogin beobachtete sie mit weit geöffneten, ein wenig starren Augen.

«Spürt Ihr denn nicht, daß uns eine Gefahr umschleicht?» fragte sie. «Und ich weiß nicht, wie ich's sagen soll, aber es kommt mir vor, als bedrohe diese Gefahr besonders Euch. Nur weiß ich nicht, ob sie draußen oder in Euch selbst lauert.»

Angélique blies in die Glut, bevor sie die marokkanische Kaffeekanne auf den Herd stellte.

«In mir?»

«Ja. Nehmt mir nicht übel, was ich Euch sage, Angélique, aber ich habe einige Erfahrung mit dem Wesen des Menschen, der Frauen vor allem, da ich mit so vielen mehr oder weniger komplizierten zu tun hatte . . . Euer Charakter ist einer der außerordentlichsten, denen ich je begegnet bin, einer der fesselndsten, und deshalb möchte ich Euch auf die Klippen hinweisen, die ich in ihm entdecke und die Euch verderblich werden könnten. Ihr seid so ungewöhnlich, aber Ihr glaubt, jedermann sei Euch ähnlich und die Aufrichtigkeit Eurer Gefühle könne von allen verstanden werden. Es wäre leicht, Euch zu hintergehen . . . denn im Grunde fehlt es Euch an Umsichtigkeit.»

«An Umsichtigkeit?» wiederholte Angélique, die aufmerksam zugehört hatte.

«Umsichtigkeit, Lebensklugheit, nennt es, wie Ihr wollt. Vielleicht hindert Euch Eure besondere Sicht der Dinge und auch der Menschen, die Gefahren zu sehen, die aus Eurem Verhalten entstehen können, und das beunruhigt mich für Euch. Sprechen wir zum Beispiel von Eurem Verhältnis zu den Wilden. Man sagt, Ihr hättet einen seltsamen Einfluß auf sie. Manche ihrer Häuptlinge seien Eure guten Freunde . . .»

«Und was wäre daran auszusetzen?»

«Wie ich höre, erzählt man sich in Québec, Ihr schlaft mit ihnen.»

Angélique reagierte heftig.

«In Québec! Das wundert mich nicht im geringsten! Sie würden dort selbst das Dümmste nachschwätzen. Sie behaupten sogar, ich wäre eine Dämonin, weil sie durch einen Mann fanatisiert worden sind, der in uns Handlanger des Teufels sieht, nur hergekommen, um das Land sittlich zu verderben: Pater d'Orgeval!»

«Ich habe von ihm gehört», murmelte Ambroisine nachdenklich.

«Wir können nichts gegen ihn tun. Sein Haß kommt aus einer vorgefaßten fixen Idee, und er wird vor nichts zurückschrecken, um seine Ziele zu erreichen, nicht einmal vor den gemeinsten Verleumdungen.»

«Ihr solltet ihm wenigstens keinen Anlaß dazu bieten. Das wollte ich Euch sagen, als ich Euch vorwarf – oh, nur aus purer Neigung zu Euch! –, nicht genug mit der Schlechtigkeit der Welt zu rechnen.»

Diesmal enthielt sich Angélique jeder Antwort. Ambroisine begann sie ernstlich in Wut zu bringen. Diese Mischung aus frömmelnder Hilfsbereitschaft, kindischer Geschwätzigkeit und echtem psychologischem Instinkt war mehr als aufreizend. Natürlich meinte sie es gut, und Angélique konnte nicht leugnen, daß ihre Worte etwas durchaus Zutreffendes enthielten. Sie übersetzten, konkretisierten vielleicht die Gefahr, die schwer auf ihnen lag und immer liegen würde. Die Gefahren einer Welt, die so, wie sie war, sie niemals so akzeptieren konnte, wie sie waren.

Diese Erkenntnis war schwer zu tragen. Sich nicht verleugnen und gleichzeitig die unüberbrückbare Distanz ermessen zu können . . .

Sie nahm die Kaffeekanne vom Herd und stellte sie beiseite, um das Gebräu ein wenig zur Ruhe kommen zu lassen. Dann trat sie mechanisch zum Fenster. Der Nebel hatte sich gelichtet, und hier und dort war über dem Meer ein Stück blauer Himmel sichtbar. Aber sie nahm es kaum wahr. Das Bewußtsein der Einsamkeit um sie und Joffrey wurde ihr fast unerträglich.

Nach einer Weile wandte sich Angélique wieder ins Zimmer zurück. Die Herzogin hatte sie nicht aus den Augen gelassen.

«Ich habe Euch wieder einmal weh getan», sagte sie. «Ich bin oft ungeschickt Euch gegenüber, vielleicht, weil ich mir zu sehr wünsche, Euch nahe zu sein, um wiederum Euch helfen zu können. Ihr habt mir soviel Gutes getan.»

«Kümmert Euch nicht um mich», sagte Angélique leichthin.

«Aber wer tut es dann? Wer wird sich um Euch kümmern?» rief Ambroisine. «Ihr seid so allein hier. Warum hat Euer Gatte Euch nicht mitgenommen? Wenn er Euch liebt, hätte er spüren müssen, daß Ihr hier in Gefahr seid.»

«Er wollte mich mitnehmen, aber ich konnte Gouldsboro nicht verlassen. Nicht bevor Abigaël ihr Kind bekommt. Und nun wollen wir nicht mehr darüber reden.»

Sie nahm die Kaffeekanne, füllte zwei Tassen und stellte sie auf den Tisch, eine vor Ambroisine, die andere für sich. Dann holte sie einen Krug mit frischem Wasser und zwei Gläser. Als sie sich Ambroisine gegenüber niederließ, wurde an die Tür geklopft. Es war Madame Carrère mit dem entenblauen Schleppmantel der Herzogin über dem Arm.

«Ich hörte, daß Ihr zurück seid, Madame», sagte sie, sich an die letztere wendend. «Und da der Mantel fertig ist, dachte ich mir, besser, du bringst ihn gleich, bevor die Frau Herzogin wieder wie ein Zugvogel auf und davon schwirrt.»

«Wundervoll!» rief Ambroisine, den schillernden Stoff flüchtig musternd. «Man sieht absolut nichts. Eure Geschicklichkeit ist wirklich verblüffend.»

«Meine Töchter haben mir geholfen», sagte die Rochelleserin bescheiden. «Sie wissen gut mit der Nadel umzugehen, und es ist nur zuträglich für sie, von Zeit zu Zeit ihre Fähigkeit an einem delikateren Stück zu üben.»

Sie hob die Nase und schnupperte genüßlich den Duft, der von den beiden Porzellantassen in ihren Behältern aus getriebenem Kupfer aufstieg.

«Das ist türkischer Kaffee, den Ihr da habt.»

«Ja. Liebt Ihr auch dieses göttliche Gebräu, Madame Carrère?»

«Und ob ich es liebe! Ich hab es manchmal in einem kleinen orientalischen Café am Hafen von La Rochelle getrunken.»

«Dann nehmt nur ruhig diese Tasse, solange der Kaffee noch warm ist. Ich mache mir inzwischen eine neue.»

Madame Carrère setzte sich hocherfreut und schlürfte das Getränk bis zum letzten Tropfen. Den schwärzlichen Satz auf dem Grund schüttete sie auf die Untertasse, nachdem sie ihn eingehend betrachtet hatte.

«Manchmal war da auch eine Ägypterin, die aus dem Kaffeesatz die

Zukunft lesen konnte. In den Häfen lernt man alles. Wollt Ihr, daß ich's für Euch probiere?»

«Bitte, nein!» schrie die Herzogin auf und entriß ihr die Untertasse. «Solche Zaubereien sind sündhaft!»

Angélique gab Madame Carrère durch ein Zeichen zu verstehen, daß es besser sei, nicht weiter auf ihrer Absicht zu beharren.

«Gut. Dann verlasse ich Euch», sagte die Rochelleserin und erhob sich.

«Steht schönes Wetter in Aussicht?» fragte Angélique, die an Abigaëls Wäsche dachte.

Madame Carrère ging zum Fenster und schnüffelte in die Luft.

«Nein», sagte sie. «Der Wind ist wieder umgesprungen. Es sieht fast so aus, als führte er uns Wolken, Regen und vielleicht sogar ein Gewitter zu.»

Ihre Voraussagen erwiesen sich als richtig. Wenig später schon ließ sich fernes Donnergrollen hören. Das Meer wurde schwarz, weiße Schaumkämme krönten die heranrollenden Wogen.

«Ich werde Euch zu Eurer neuen Wohnung begleiten, bevor es zu regnen beginnt», schlug Angélique vor. «Nehmt Euren Mantel um.»

Sie half Ambroisine, sich den schwarzen, rotgefütterten Mantel um die Schultern zu legen, in dem sie in der letzten Nacht zurückgekehrt war.

«Woher habt Ihr übrigens dieses Stück?» fragte sie. «Hielt es der vorsorgliche Monsieur Dacaux ebenfalls in einem seiner Rockschöße verborgen?»

Ambroisine schien wie aus einem Traum zu erwachen.

«Oh, das ist wieder so eine merkwürdige Geschichte, eine Art Wunder, wie sie in diesem Land unaufhörlich passieren. Stellt Euch vor, der Kapitän des Schiffs hat ihn mir gegeben.»

«Welcher Kapitän? Und welchen Schiffs?»

«Der Kapitän der Schaluppe, die mich gestern abend nach Gouldsboro brachte. Sie sagten, sie hätten kürzlich ein spanisches Schiff geplündert, und dabei sei ihnen eine Truhe mit weiblichen Kleidungsstücken in die Hände gefallen, mit denen sie nichts anzufangen wüßten.»

«Habt Ihr mir nicht erzählt, daß es Akadier gewesen seien?»

«Sie haben es mir gesagt. Warum auch nicht? Sind die von ihrer Regierung verlassenen französischen Akadier nicht arm genug, um sich gelegentlich nicht auch mal als Plünderer oder Strandräuber zu versuchen?»

Da Angélique schwieg, fügte die Herzogin hinzu:

«Er drängte mir sein Geschenk förmlich auf. Ich weiß nicht, was er von mir wollte . . . er machte mir Angst. Allerdings zitterte ich und fror, so daß mir der Mantel willkommen war.»

«Wie sah dieser Kapitän aus? Bleiches Gesicht? Kalte Augen?»

Sie zuckte mit den Schultern.

«Ich weiß nicht genau . . . Ich wagte ihn nicht anzusehen. Ich sagte Euch ja, daß ich aufgeregt war. Schließlich befand ich mich nach meinem waghalsigen Schiffswechsel allein, ohne Gepäck, unter diesen unbekannten Matrosen.» Ein blasses Lächeln kräuselte ihre Lippen. «Da seht Ihr, wozu ich imstande bin, nur um nach Gouldsboro zurückzukehren und Euch wiederzusehen.»

«Und das Boot? Führte es einen orangefarbenen Wimpel am Bug?»

«Nicht daß ich mich erinnere. Wie ich Euch sagte, war es nur eine große Barke . . . Das heißt, jetzt, da ich daran denke . . . Ja, richtig! Als ich in die Schaluppe sprang, bemerkte ich ein Schiff, das ein paar Kabellängen entfernt vorbeikreuzte. Und dieses Schiff führte am Bug einen orangefarbenen Wimpel!»

## 17

«Dame Angélique! Dame Angélique!» Angélique erkannte Séverines Stimme und begriff sofort. Sie sprang aus dem Bett. Ein Donnerschlag erschütterte das Fort. Das Unwetter . . .!

Séverine stand auf der Schwelle. Ihren obersten Rock aus Drogettstoff hatte sie hochgeschlagen und wie eine Kapuze über ihr triefendes Haar gezogen.

«Kommt schnell, Dame Angélique! Abigaël . . .»

«Ich komme.» Sie kehrte ins Zimmer zurück, um sich anzukleiden und die schon vorbereitete Medikamentenkassette zu holen.

«Tritt einen Moment ein. Trockne dir wenigstens das Gesicht. So stark regnet es also?»

Die Tür schlug hinter Séverine knallend zu.

«Es ist das Gewitter», sagte Séverine. «Ich dachte, ich käme nie bis hierher. Richtige Sturzbäche schießen den Hügel herunter.»

«Warum habt Ihr nicht Martial geschickt?»

«Er ist noch immer nicht zurück. Auch Vater nicht. Gestern abend haben sie ihn zum Streifengang am Fluß entlang geholt. Ein Trupp Irokesen ist gemeldet worden.»

«Das hat uns noch gefehlt.»

Joffrey auf See, Martial auf irgendeiner der kleinen Inseln mit Cantor und den anderen. Der Sturm konnte sie dort mehrere Tage festhalten, und inzwischen hatten die Mütter reichlich Gelegenheit, sich ein paar weiße Haare zu verdienen. Und nun noch zu allem Überfluß die Irokesen . . .

Abigaël war also mit dem kleinen Laurier allein, und die Wehen hatten schon eingesetzt.

«Beeilen wir uns! Der Regen läßt nach, wie mir scheint.»

Das Kätzchen hatte von seinem Platz im Bett mit schrägem Kopf aufmerksam die Vorgänge verfolgt.

«Sei brav», sagte Angélique zu ihm, bevor sie die Tür hinter sich schloß. «Und vor allem versuche nicht, mir nachzulaufen. Du würdest in diesem Guß nur ertrinken.»

Nur ein Mann bewachte heute das Fort, die andern waren zur Verteidigung gegen die Irokesen abgezogen worden, obwohl ein Nachtangriff nicht zu erwarten stand. Aber es war besser, im Morgengrauen auf alle Möglichkeiten gerüstet zu sein.

Erfreulicherweise ließ der Regen wirklich nach.

«Geh und weck Madame Carrère», befahl Angélique Séverine. «Und wenn einer ihrer Jungen verfügbar ist, soll er schleunigst zum indianischen Lager laufen und die alte Vatiré holen.»

Sie selbst schlug den Weg zu Abigaëls Haus ein. Ein feuchter, kalter Wind trieb gewaltige pechschwarze Wolken schnell über den grauen Untergrund schwach durchschimmernden Mondlichts. Von Zeit zu Zeit durchzuckten sie grelle Blitze, und das dröhnende Poltern des Donners mischte sich in das Getöse des wütend gegen die Felsen stürmenden Meers.

Als sie vor dem Haus anlangte, begann der Regen erneut wie mit Eimern herunterzuschütten. Sie warf sich förmlich ins Innere.

«Ich bin da!» rief sie schon von der Schwelle, um die sicher schon ungeduldig Wartende nebenan aufzumuntern.

Das Feuer im Kamin war ausgegangen. Der kleine Laurier saß im Hemdchen ängstlich auf seinem Bett und schlotterte vor Kälte.

«Klettere zu Séverines Bodenkammer hinauf, und leg dich in ihr Bett», sagte sie zu ihm. «Du kannst beruhigt schlafen. Morgen wird es Arbeit für dich geben. Du wirst die gute Nachricht in alle Häuser tragen müssen.»

Sie trat bei Abigaël ein und begegnete sofort dem verzweifelt zur Tür gerichteten Blick ihrer Freundin.

«Da seid Ihr, oh, da seid Ihr!» rief die junge Frau mit schwacher Stimme. «Was soll aus mir werden . . .? Gabriel ist nicht da, und die Schmerzen sind schon so stark, daß ich sie kaum mehr ertragen kann.»

«Nicht doch! Setzt Euch keine unnützen Flausen in den Kopf.»

Angélique stellte den Medikamentenkasten auf den Tisch und nahm Abigaëls Hand. Eben schlug eine neue Schmerzwelle hoch, und die Wöchnerin verkrampfte sich.

«Es ist ja nichts», versicherte Angélique in ihrem überzeugendsten Ton. «Nur ein Schmerz, der kommt und vergeht. Haltet ihn ein paar

Sekunden aus. Nur ein paar Sekunden, mehr verlange ich nicht . . . So ist es gut. Seht Ihr, er läßt schon nach . . . wie das Gewitter.»

Abigaël lächelte schwach. Sie entspannte sich, die Unruhe schwand aus ihrem Gesicht.

«Diesmal hat es schon nicht mehr so weh getan», gab sie zu. «Sicher weil Ihr bei mir wart und meine Hand hieltet.»

«Nein. Weil Ihr Euch weniger gewehrt habt. Ihr seht, es ist ganz einfach. Es genügt, keine Angst zu haben.»

Sie wollte aufstehen, um nebenan im Kamin Feuer zu machen, denn es war kalt, aber Abigaël hielt sie mit all ihrer Kraft zurück.

«Bitte, verlaßt mich nicht!»

Angélique sah ein, daß die junge Frau sich in ihrer Abwesenheit von neuem in einen Erregungszustand hineinsteigern würde, der die Situation erschweren mußte. Sie versprach zu bleiben.

«Wie kann meine sonst so tapfere Abigaël in solchen Zustand geraten?» fragte sie mit sanftem Vorwurf. «Ich kenne Euch nicht wieder. Ihr habt doch schon Schlimmeres durchgemacht.»

Abigaël schlug die Augen nieder.

«Ich fühle mich schuldig», antwortete sie leise. «Ich habe zu große Freude empfangen . . . bin in Gabriels Armen zu glücklich gewesen. Ich spür's, daß jetzt die Stunde gekommen ist, für diese sträflichen Wonnen zu zahlen. Gott wird mich strafen.»

«Aber nein, Kind! Der liebe Gott ist kein so schlechter Kerl . . .»

Obwohl eine neue Wehe sie überfiel, mußte Abigaël lachen.

«O Angélique, nur Ihr bringt es fertig, solche Antwort zu geben!»

«Was denn? Was habe ich gesagt?» fragte Angélique, die in ihrer Sorge nicht auf ihre Worte geachtet hatte. «Seht, Ihr seid jetzt auf dem richtigen Weg. Ihr hattet Schmerzen und konntet doch beinah herzlich lachen.»

«Ich fühle mich auch wirklich besser. Aber ist das nicht ein Zeichen, daß es keinen normalen Verlauf nimmt, daß die Wehen plötzlich aufhören können?»

Sie zitterte vor Erregung.

«Im Gegenteil, Eure Wehen sind umfassender und tiefer, weil Ihr Euch nicht mehr gegen sie sträubt. Unsere Ängste vergrößern immer unsere Schwierigkeiten. Warum sollten wir versuchen, die Gerechtigkeit Gottes, unseres Schöpfers, zu interpretieren? Wenn ich mich an die Ratschläge halte, die uns das Alte und das Neue Testament zu diesem Thema geben – ‹Seid fruchtbar und mehret euch›, ‹Liebt euch untereinander› –, kann ich beim besten Willen nicht sehen, womit Ihr Euch schuldig gemacht haben könntet. Dafür erinnere ich mich, daß König David vor der Bundeslade tanzte und daß überhaupt die heiligen Dinge mit Freude getan werden müssen. Leben zeugen ist ebenso etwas Heiliges wie die

99

Geburt eines Kindes. Also glaubt mir ruhig, was ich Euch sage. Ihr habt Gott gut gedient, als Ihr dieses Kind in der Freude zeugtet. Dient ihm nun weiter, indem Ihr mutig und glücklich erfüllt, was er heute von Euch verlangt: einem neuen Wesen zu seinem Ruhm das Leben zu schenken.»

Abigaël hatte ihr begierig zugehört. Ein sanfter Glanz war in ihren Augen, und ihr Gesicht hatte seine gewohnte Ruhe und Heiterkeit wiedererlangt.

«Ihr seid wunderbar», flüsterte sie. «Ihr sagt mir genau das, was ich gern hören wollte . . . Aber verlaßt mich nicht!» fügte sie kindlich hinzu und griff wieder nach Angéliques Hand.

«Aber ich muß doch Feuer machen . . .»

«Wo nur Madame Carrère bleibt?» dachte Angélique. «Sie gehört nicht zu den Frauen, die Angst haben, ihre Nase vor die Tür zu stecken, wenn es ein bißchen regnet. Es muß etwas geschehen sein. Das ist nicht normal . . .»

Die Minuten zählten doppelt. Die Zeit dehnte sich endlos. Sie wagte nicht, Abigaëls Bett zu verlassen. Die Wöchnerin hatte sich zwar beruhigt und war voller Zuversicht, aber die kritischste Phase hatte eben erst begonnen. Die Wehen hielten länger an und folgten einander schneller.

Endlich hörte Angélique erleichtert ein Geräusch an der Tür. Aber nur Séverine erschien triefend auf der Schwelle.

«Wo ist Madame Carrère?» rief Angélique ihr entgegen. «Kommt sie nicht? Warum?»

«Wir konnten sie nicht wecken.»

Séverine schien völlig ratlos.

«Wieso konntet ihr sie nicht wecken? Was soll das heißen?»

«Sie schläft! Sie schläft!» rief Séverine verstört. «Wir haben sie geschüttelt und getan, was wir konnten, aber sie schläft, schnarcht einfach weiter. Es war nichts zu machen.»

«Und Vatiré?»

«Einer der Jungen ist zum Lager gelaufen.»

«Ist etwas passiert?» fragte Abigaël, die Augen öffnend. «Verläuft alles normal?»

«Aber ja. Wirklich, Liebe, ich habe noch nie eine Entbindung erlebt, die so leicht zu verlaufen scheint.»

«Aber es wird doch eine Steißgeburt werden.»

«Eine Erleichterung mehr, wenn Ihr tapfer seid. Sobald der Moment gekommen ist, gebt all Eure Kraft und laßt nicht nach.»

Leise raunte sie Séverine zu:

«Geh und hol die nächste Nachbarin. Bertille . . .»

Die arme Séverine verschwand wieder in die Nacht. Sie verzichtete sogar darauf, ihren Rock über den Kopf zu schlagen, um sich vor dem herunterprasselnden Regen zu schützen. Nach kurzem kam sie zurück.

«Bertille will nicht kommen. Sie sagt, sie hat Angst vorm Gewitter. Sie hätte auch noch nie eine Niederkunft gesehen . . . Und dann kann sie den kleinen Charles-Henri nicht ganz allein lassen. Ihr Mann hat Wache.»

«Hol mir also Rebecca, Madame Manigault, irgend jemand . . . Ich brauche eine Helferin.»

«Könnte ich nicht helfen, Dame Angélique?»

«Du? Warum eigentlich nicht? Hilf mir also. Wir haben keine Zeit zu verlieren. Mach Feuer und stell Wasser zum Kochen auf. Danach wechsle deine Kleidung, arme Kleine.»

Abigaël sah dem Mädchen nach. «Sie ist ein gutes Kind», sagte sie lächelnd. Ihre Ruhe jetzt war überraschend.

Nach einer Weile kehrte Séverine in einem trockenen Kleid zurück und brachte zwei Schemel, einen zum Sitzen für Angélique, den andern für die Instrumente, die möglicherweise gebraucht wurden. Angélique übergab ihr ein Beutelchen mit Heilkräutern, die sie in heißem Wasser ziehen lassen sollte.

«Wenn nur Vatiré rechtzeitig kommt», dachte sie.

Man sah jetzt, daß sich das Kind sehr gesenkt hatte.

Plötzlich richtete sich Abigaël halb auf, stützte sich auf die Ellenbogen und keuchte:

«Ich spüre eine große Kraft, die mich durchdringt.»

«Das ist der Moment! Mut! Und laßt nicht nach . . .»

Ohne recht zu wissen, wie es so schnell hatte geschehen können, hielt Angélique unversehens ein rötliches, feucht glänzendes Bündelchen an den Füßen hoch wie ein Weihnachtsgeschenk.

«Abigaël!» rief sie. «Oh, meine Liebe, Euer Kind . . . Seht es Euch an!»

Der erste Schrei des Neugeborenen klang in ihren Ohren wie eine Fanfare. Sie spürte nicht gleich, daß ihr Tränen über die Wangen liefen.

«Eine Tochter», flüsterte Abigaël mit unsagbarer Freude.

«Wie schön sie ist!» rief Séverine, die kerzengerade mit erhobenen Armen und gespreizten Fingern wie eine «Anbetende» der Weihnachtskrippe neben dem Bett stand. Und sie brach in lautes, staunendes Gelächter aus.

«Was für eine Idiotin ich bin!» dachte Angélique. «Beide sind ganz natürlich und glücklich, nur ich heule.» Schnell durchtrennte sie die Nabelschnur und wickelte das Baby in einen Schal.

«Halte es», sagte sie zu Séverine. «Nimm es in deine Arme.»

«Wie schön die Geburt eines Kindes ist!» sagte Séverine schwärmend. «Warum wollen sie nicht, daß man dabei zusieht?»

Sie setzte sich auf einen Schemel und drückte ihre kostbare Last an sich.

«Seht, sie hat sich gleich beruhigt, als ich sie genommen habe!»

Die Nachgeburt kam ohne Schwierigkeiten. Das Baby war kräftig. Die Mutter war nicht einmal eingerissen worden.

Die Geschwindigkeit, mit der der von ihnen so gefürchtete Akt des Gebärens vonstatten gegangen war, ließ sie wie in einer Art von Betäubung zurück.

«Ich zittere an allen Gliedern», sagte Abigaël, «und mir klappern die Zähne. Ich kann nichts dagegen tun.»

«Das bedeutet nichts. Ich lege Euch warme Kiesel an die Füße, und Ihr werdet Euch gleich wohler fühlen.»

Sie lief zum Kamin.

«Und jetzt seid Ihr dran, Eure Tochter zu bewundern», sagte Angélique, als sie ihre Freundin wieder erwärmt, fest eingemummelt und bequem von Kissen gestützt in ihrem Bett sah. Sie nahm von Séverine das Kind entgegen und legte es in Abigaëls Arme. «Sie scheint mir brav und schön wie ihre Mutter. Wie wollt Ihr sie nennen?»

«Elisabeth! Das heißt auf hebräisch Haus der Freude.»

«Darf ich sie auch sehen?» tönte Lauriers dünne Stimme vom Dachboden herunter.

«Gewiß, mein Junge. Du kannst uns helfen, die Wiege aufzustellen.»

Der Regen prasselte noch immer aufs Dach, aber in dem kleinen Holzhaus blieb sein Wüten von denen ungehört, die sich bezaubert um das Neugeborene drängten.

«Ich sterbe vor Hunger», seufzte plötzlich Séverine.

«Ich auch», gestand Angélique. «Ich werde euch eine kräftige Suppe kochen, die wir zusammen essen, bevor wir alle wieder zu Bett gehen.»

So fand der zurückkehrende Gabriel Berne den Tisch mit dem schönsten Tuch gedeckt, mit Silberleuchtern und Kerzen aus Bienenwachs und dem für festliche Tage bestimmten Geschirr rings um eine dampfende Suppenterrine geschmückt.

Das ganze Haus war erleuchtet, und im Kamin loderte ein fröhliches Feuer.

«Was ist los?» fragte er verblüfft, nachdem er seine Muskete hinter die Tür gestellt hatte. «Das sieht mir ganz nach einem Dreikönigsmahl aus!»

«Das Jesuskind ist da!» schrie Laurier. «Komm, Vater, sieh's dir an!»

Der Arme war wie vor den Kopf geschlagen. Erst allmählich vermochte er daran zu glauben, daß alles ohne Schaden abgegangen war, daß das Kind da war und Abigaël die Entbindung gesund und munter überstanden hatte. Vor lauter Glück brachte er kein Wort hervor.

«Und die Irokesen?» fragte Abigaël.

«Keine Spur von Irokesen, auch nicht von Kriegstrupps anderer Stämme. Ich möchte gern wissen, wer sich den Spaß gemacht hat, uns grundlos durch diese Höllennacht zu jagen», schimpfte Gabriel Berne.

Ein wenig später verließ Angélique die glückliche Familie und machte sich auf den Weg zum Fort. Die Morgendämmerung war nicht mehr fern, aber der schwer über den Himmel ziehenden Wolken wegen war die Nacht noch dunkel. Immerhin hatte der Regenguß aufgehört, und überraschende Ruhe war dem Wind- und Donnerspektakel gefolgt. Die erschöpfte Natur schien aufzuatmen, und über das Rieseln und Plätschern der zum Strand abfließenden Rinnsale erhob sich plötzlich das Gezirp der Grillen wie das Tutti eines Orchesters, das das Ende des Unwetters mit triumphierender Schrille feierte.

Auf halbem Wege begegnete sie einem total durchweichten Jüngling mit einer Laterne. Es war der älteste Sohn Madame Carrères.

«Ich komme vom indianischen Lager», sagte er.

«Bringst du nicht die alte Vatiré mit?»

«Selbst auf meinem Rücken hätte ich sie nicht bringen können, Dame Angélique. Sie muß letzthin bei Matrosen Alkohol eingetauscht haben, jedenfalls fand ich sie sternhagelvoll betrunken vor.»

## 18

Was wäre geschehen, wenn . . .

Angéliques Gedanken stießen sich an diesem «wenn» . . . und was sie ahnend fortspann, machte sie so betroffen, daß Freude und Erleichterung über Abigaëls glatte Entbindung sie nicht zu beschwichtigen vermochten. Sie hätte von diesen letzten Stunden gern nur das intensive Glücksgefühl über den guten Ausgang einer Prüfung zurückbehalten, die sie gefürchtet hatte, aber ein Schatten blieb und hinderte sie daran, es voll zu genießen.

Was wäre geschehen, wenn Abigaëls Entbindung nicht so glatt verlaufen wäre? Die Abwesenheit ihres Mannes gerade an diesem Abend hatte ihr schon sehr geschadet. Ihre Einsamkeit hatte sie aufgeregt. Angélique war eben noch zurechtgekommen, um sie vor einer gefährlichen Panik zu bewahren. Und dazu die Unpäßlichkeit Madame Carrères, das Ausbleiben der alten indianischen Heilkundigen, das Gewitter . . .!

Berne hatte gesagt: «Wer hat sich wohl den Spaß gemacht, uns in dieser Höllennacht Irokesen nachlaufen zu lassen?»

Es erinnerte Angélique seltsam an die falschen Hinweise, die sie und Joffrey täuschen und trennen sollten und fast ihr Ziel erreicht hätten. Sie mußte Berne danach fragen, wer die Nachricht von der Annäherung des Irokesentrupps gebracht und ihn veranlaßt hatte, sich von seinem Haus zu entfernen, als Abigaël schon fast in den Wehen lag.

Und die alte Vatiré? Das klang immerhin plausibel. Sie galt zwar im allgemeinen als nüchtern, aber vielleicht nur aus Mangel an Gelegenheit.

Sie selbst ging nicht mehr zu den Schiffen, um ein paar Felle gegen eine oder zwei Pinten Feuerwasser einzutauschen. Jemand mußte es ihr also gebracht haben. Aber wer? Und warum gerade an diesem Abend, in dieser Nacht?

Und dazu noch das Gewitter! Aber wer konnte ein Gewitter beschwören, nur um ihnen zu schaden? Und wem lag schon an Abigaëls Tod? Nein, es hielt nicht stand.

Sie betrachtete den rosig überwaschenen Himmel, der wie eine blasse Seerose aus schlammigem Teich aus der dunklen, stürmischen Nacht auftauchte. Zum Horizont fliehende Wolken aus grauem Werg überließen das Firmament einer perlmuttenen Morgenröte. Nur ein scharfer, schneidender Wind erinnerte noch an den Tumult der Nacht.

Angélique hatte kein Auge schließen können. Sie war am Fenster geblieben, hatte den mählichen Vormarsch der Dämmerung verfolgt, in ihren inneren Monolog versunken und zuweilen im Zwiegespräch mit ihrem Kätzchen, das still neben ihr saß und ihre Unruhe zu teilen schien.

Sobald sie die morgendlichen Lebenszeichen aus der Niederlassung hörte, hielt sie es nicht länger auf ihrem Beobachtungsposten. Vom Kätzchen gefolgt, lief sie zur Herberge hinüber.

«Was ist mit dieser Geschichte, daß Ihr Eure Mutter heute nacht nicht habt wecken können?» fragte sie eine der Töchter Madame Carrères, die eben dabei war, Kochtöpfe an die Kesselhaken in dem mächtigen Kamin zu hängen.

«Es ist wirklich wahr. Und sie schläft immer noch», versicherte das Mädchen besorgt. «Sie sieht nicht krank aus, aber trotzdem ist es doch nicht normal, so fest zu schlafen, schon gar nicht bei dem Spektakel, das wir mit ihr aufgeführt haben.»

«Habt Ihr sie geschüttelt und laut gerufen?»

«Aber ja doch! Es hat nichts genützt.»

«Das ist beunruhigend. Selbst wenn sie sehr müde gewesen wäre, hätte sie aufwachen müssen. Es muß ihr etwas passiert sein. Führt mich zu ihr.»

Madame Carrères lautes, regelmäßiges Schnarchen war schon vor ihrer Schlafzimmertür zu hören. Sie lag friedlich auf dem Rücken, die Decke bis zum Kinn hochgezogen, mit halbgeöffnetem Mund. Sie schien entschlossen, so bis zum Ende aller Tage zu schlafen.

Davon abgesehen, wirkte sie durchaus normal. Ihre Gesichtsfarbe war gesund, der Herzschlag kräftig und nicht schneller als sonst.

Angélique schüttelte sie und rief ihren Namen, ohne eine andere Reaktion zu erzielen als ein vages Grunzen.

Um überhaupt etwas zu tun, bereitete sie einen starken Kräuteraufguß und flößte ihn nicht ohne Mühe der guten Frau ein, die nach einer Weile in einen leichteren, ruhigeren, aber ebenso hartnäckigen Schlaf zu fallen schien, aus dem sie erst früh am Nachmittag erwachte.

Angélique war eben von einem Besuch bei Abigaël zurückgekehrt, wo sie kurz nach dem Rechten gesehen hatte, und fand Madame Carrère noch in reichlich benommenem Zustand vor. Sie brauchte einige Zeit, um zu begreifen, warum sich ihre Familie und die halbe Nachbarschaft samt der Gräfin Peyrac ängstlich um ihr Bett versammelt hatten.

«Euer Kaffee hat auch damit zu tun», sagte sie grämlich zu der letzteren. «Ich hab mich gleich schlecht gefühlt, nachdem ich ihn bei Euch getrunken hatte. Meine Beine wollten nicht mehr, und ich dachte schon, ich käme nicht bis zur Herberge. Wie ich aus meiner Kleidung und ins Nachthemd gekommen bin, weiß ich nicht. Ich hatte einen Geschmack wie nach Eisen im Mund.»

«Mein Kaffee? Ich habe doch selbst davon getrunken!» protestierte Angélique. «Das heißt –», sie besann sich, «– ich hatte Euch meine Tasse angeboten und wollte für mich eine neue brauen, ohne dazu zu kommen. Aber Madame de Maudribourg hat auch davon getrunken und . . .»

Sie unterbrach sich und versuchte, sich zu erinnern. War sie Ambroisine an diesem Vormittag schon begegnet? Nein . . . Hatte einer der anderen die Herzogin im Laufe des Tages gesehen? Allgemeines Kopfschütteln war die Antwort. Normalerweise hätte sie ihre Mahlzeiten in der Herberge einnehmen müssen und wäre danach sicherlich im Fort erschienen. Falls Tante Anna sie nicht zum Essen und Plaudern zu sich geladen hätte . . .

Angélique hastete zur Behausung des alten Fräuleins. Wiederum hüpfte das Kätzchen hinter ihr her.

Sie fand Tante Anna im Gespräch mit einem Nachbarn vor ihrer Tür.

«Habt Ihr Madame de Maudribourg gesehen?» rief sie ihr atemlos zu.

Tante Anna schüttelte den Kopf.

«Nein, nicht einmal gerührt hat sie sich. Ich dachte, sie wäre vielleicht schon vor mir erwacht und aufgestanden, um die Messe des Jesuiten zu hören, und bisher nicht zurückgekehrt.»

Angélique lief um das Gebäude herum und klopfte an die Tür des Klassenzimmers, in dem man ein Bett für die Herzogin aufgeschlagen hatte.

Nichts rührte sich. Sie hob den Riegel an, aber die Tür war von innen versperrt.

«Wir müssen die Tür einschlagen!» forderte sie.

«Aber warum denn?» wunderte sich der Nachbar.

«Klopft noch einmal», schlug Tante Anna vor. «Sicherlich schläft sie.»

«Das ist ja eben gerade das Anormale!»

«Ho, Frau Herzogin, wacht auf!» brüllte der Nachbar und trommelte mit den Fäusten gegen die Bretterfüllung.

«Es hat keinen Zweck. Wir müssen das Schloß aufbrechen.»

«Wartet! Ich glaube, es hat sich etwas gerührt.»

Ein leises Geräusch war zu vernehmen, dann näherten sich unsicher zögernde Schritte der Tür. Tastend wurde der Riegel zurückgeschoben, und im Türspalt erschien Ambroisine im Hemd, leicht taumelnd und offensichtlich völlig verschlafen.

«Was ist geschehen?» erkundigte sie sich erstaunt. «Ich bin eben erst aufgewacht.»

Sie sah zwinkernd zur Sonne und fragte:

«Wieviel Uhr ist es?»

«Sehr spät», entgegnete Angélique. «Wie fühlt Ihr Euch, Ambroisine?»

«Gut . . . sehr gut . . . nur habe ich einen schweren Kopf und einen Geschmack wie nach Eisen auf der Zunge.»

Dasselbe hatte auch Madame Carrère gesagt. Kein Zweifel! Es war der Kaffee! Er mußte irgendeine Droge enthalten haben, durch die die beiden Frauen, die von ihm getrunken hatten, eingeschläfert worden waren.

Und plötzlich wurde ihr klar, was da gespielt worden war, und kalter Schweiß brach ihr aus.

Sie sah Madame Carrère eintreten, hörte ihre Stimme: «Oh, Euer Kaffee duftet gut!» «Nehmt *meine* Tasse», hatte sie geantwortet.

Wenn Madame Carrère nicht gekommen wäre, hätte sie diesen Kaffee getrunken, *hätte sie geschlafen*, als Abigaël ihre Hilfe brauchte. Vergeblich hätte man sie geschüttelt, gerufen . . . Abigaël wäre allein geblieben und im Bewußtsein ihrer eingebildeten Schuldhaftigkeit womöglich das Opfer ihrer Ängste geworden. Von unmenschlichen Schmerzen gepeinigt, hätte sie stundenlang gelitten, ihre unerfahrenen Nachbarn hätten ihr nicht helfen können. Das Kind wenigstens wäre tot. Vielleicht auch die Mutter . . .

Also wollte doch jemand Abigaëls Tod! Aber warum? Wer sollte damit getroffen werden? Und wie . . . ja, wie war die Droge in den Kaffee gekommen? Wer hatte sie hineingetan . . .?

«Aber was habt Ihr?» fragte Ambroisine bestürzt. «Ihr seid leichenblaß . . . Bitte, sagt's mir! Warum bin ich so spät aufgewacht? Es ist ein Unglück geschehen, nicht wahr?»

«Nein, nein! Im Gegenteil . . .! Ein großes Glück! Die kleine Elisabeth ist geboren . . . Abigaëls Kind!»

Und mit einem unbewußt herausfordernden Blick zur Herzogin fügte sie hinzu:

«Seht Ihr, sie ist nicht gestorben!»

«Gott sei gelobt!»

Ambroisine de Maudribourg faltete die Hände, neigte den Kopf und murmelte inbrünstig ein Dankgebet. In ihrem feinen Hemd erschien sie ihnen plötzlich wie eine Art Engel von merkwürdig irdischem Charme.

«Aber was hat Euch denn so verstört?»

«Ach, nichts. Die Aufregung, die Müdigkeit nach dieser Nacht. Und dann habt Ihr mich mit Eurem langen Schlaf erschreckt . . .»

«Ich muß den Kaffee wegwerfen», dachte sie.

Sie wandte sich um und entdeckte das Kätzchen hinter sich. Mit gesträubtem Fell und hochgewölbtem Buckel fixierte es seine Umgebung.

Sie nahm es auf, hob es zur Höhe ihres Gesichts. Nur zu gern wäre sie in sein Geheimnis eingedrungen. Und so tauchte sie ihren Blick in die geweiteten Achatpupillen und flüsterte:

«Was siehst du? Sag mir, was siehst du? Verrat mir, *wen* du siehst . . .»

## 19

Das Bedürfnis, sich bei einem Priester Rat zu holen, ließ Angélique nach dem Pater Maraicher de Vernon suchen. Es schien ihr, als müsse ein durch seine Berufung aus der Masse der gewöhnlichen Sterblichen herausgehobener Diener Gottes besser als sie imstande sein, das ihr Widerfahrene zu entwirren und zu deuten. Es verlangte sie danach, ihm alles zu berichten, aber sie wußte nicht, ob sie es tun würde.

Man sagte, er habe auf der Klippe zwischen dem Hafen und der Anemonenbucht eine Rindenhütte und einen Altar aus Knüppelholz errichtet, wo er jeden Morgen die heilige Messe zelebriere.

Es schien ihr wenig wahrscheinlich, daß er sich um diese Tageszeit dort aufhielt, aber als sie nach dem Weg den Hügel hinauf zwischen den Bäumen hindurch auf das Plateau hinaustrat, gewahrte sie ihn auf der äußersten Spitze des felsigen Vorgebirges. Seine Gestalt in der schwarzen, flatternden Soutane hob sich vom Horizont ab, über dessen hartes Blau vereinzelte weiße Wolken zogen. Er hatte die nackten Füße fest in den Boden gestemmt, unbekümmert um die Spritzer, die die gegen die Felsen prallenden Wogen zuweilen auf ihn herabregnen ließen.

Das Gesicht hatte er in eine bestimmte Richtung gewandt, und als Angélique sich ihm näherte, erkannte sie, daß er nach Gouldsboro blickte, Gouldsboro mit seinem Strand, seinem Hafen zur Linken und seinen «Häusern aus hellem Holz».

Reglos stand er dort, ganz gespannte Aufmerksamkeit, als versuche er intensiv, das Geheimnis dieses in die Rundung des Ufers eingezeichneten Bildes zu ergründen.

Er hörte Angélique nicht kommen, und ihre geschärfte Einfühlsamkeit sagte ihr, daß er die Vision der Nonne aus Québec beschwor und sie bei sich mit diesem Bilde verglich.

Als er sich umdrehte, sagte sie ihm mit einem ein wenig ernüchterten Lächeln:

«Es ist Gouldsboro, nicht wahr? Ihr glaubt, die Nonne habe Gouldsboro in ihrer Vision gesehen . . . Gouldsboro, das sie nie anders sehen konnte als im Traum.»

Er fixierte sie mit seinem bewußt kalten, leeren Blick, und sie fühlte sich außerstande, ihm die Wahrheit Gouldsboros und seines einfachen Verlangens nach Überleben jenseits aller mystischen Konflikte zu vermitteln.

«Warum Gouldsboro?» fragte sie seufzend.

«Und warum nicht Gouldsboro?» gab er spöttisch zurück.

Und wenn nun er der geheime Gegner war? Oder eher die fanatische Gestalt Pater d'Orgevals hinter ihm? Aber sie konnte nicht vergessen, daß Pater de Vernon es gewesen war, der sie vor dem Ertrinken gerettet hatte. Ein Mann, der das getan, der sie in seinen Armen getragen und eine Suppe für sie gekocht hatte, um sie zu stärken, konnte nicht völlig ihr Feind sein.

Selbst wenn er in bezug auf sie strenge Befehle erhalten hatte, war er unabhängig genug, sie auf seine Weise zu interpretieren, das spürte sie.

Sie mußte den Mut haben, ihm entgegenzutreten, um seine Absichten kennenzulernen.

Sie hob die Augen zu ihm.

«Was meint Ihr also?» fragte sie herausfordernd. «Könnte die Dämonin vor Gouldsboro aufgetaucht sein?»

«Ja, ich glaube es», antwortete er, ihren Blick erwidernd.

Angélique spürte, daß sie blaß wurde.

«Also seid auch Ihr unser Feind?»

«Wer hat das gesagt?»

«Ihr untersteht dem Befehl Pater d'Orgevals, nicht wahr? Er will unseren Untergang. Er hat Euch geschickt, damit Ihr uns nachspioniert, Unruhe unter uns stiftet, unseren Tod herbeiführt, wenn sich Gelegenheit dazu ergibt . . . Ich erinnere mich . . .»

Sie wich vor ihm zurück und schrie ihm in einer Art von Verzweiflung zu:

«Damals am Kap Monegan habt Ihr zugesehen, wie ich fast ertrank! Ihr saht mich sterben . . . Ich wußte es! Ich las es in Euren Augen, als Ihr Euch weigertet, mir die Hand zu reichen, um mich zu retten . . . Ihr wartetet mit gekreuzten Armen darauf, das Meer sein Werk vollenden zu sehen. Aber es ist eine Sache, auf Befehl zu entscheiden: ‹Dieser Mensch muß sterben . . .›, und eine andere, bei seinem Kampf gegen den sicheren Tod selbst Zeuge zu sein. Ihr konntet es nicht!»

Er musterte sie gleichmütig, während er ihr zuhörte. Als sie atemlos schwieg, fragte er in ruhigem Ton:

108

«Darf ich erfahren, Madame, warum Ihr heute zu mir gekommen seid?»

«Ich habe Angst», antwortete sie rasch.

Sie hatte ihm bei diesen Worten ihre Hände entgegengestreckt und war überrascht, daß er – der Jesuit – sie nahm und einen Moment fest in den seinen behielt.

«Gut», sagte er. «Ich bin glücklich, daß Ihr trotz der finsteren Absichten, die Ihr mir zuschreibt, zu mir gekommen seid. Ich will versuchen, Euch wieder Mut zu geben. Was ist geschehen?»

Sie wußte nicht, was sie sagen sollte. Seine Geste war so überraschend erfolgt. Mit leisem Argwohn beobachtete sie ihn, während sie zu verstehen suchte, was sich hinter der Undeutbarkeit dieses Mannes verbarg und welche verborgenen Ziele er erreichen wollte.

Eine Woge brach sich unten am Vorgebirge, und eine Garbe schneeigen Gischts schoß über den Felsrand hoch. Vom Wind herübergeweht, umschauerte sie ein Regen salziger, schimmernder Tropfen.

Sie traten ein paar Schritte zurück, um einer Wiederholung der Dusche zu entgehen. Angélique zögerte jetzt zu sprechen. Würde sie Gouldsboro, das schon jetzt als ketzerisch, vom Teufel besessen und mit allen Sünden Israels behaftet galt, nicht noch mehr in Verruf bringen, wenn sie preisgab, daß sich in seinen Mauern etwas Gefährliches abspielte?

Sie schüttelte den Kopf. «Ich weiß nicht, was hier vorgeht, aber ich fühle, daß jemand unsere Vernichtung will. Wenn ich wüßte, wer es ist, könnte ich mich verteidigen. Ist es Pater d'Orgeval? Wenn Ihr es wißt, sagt es mir, ich flehe Euch an!»

Er leugnete nicht, aber er stimmte auch nicht zu.

«Englische Puritaner, französische Ketzer», begann er plötzlich, «Piraten ohne Treu und Glauben, zu jedem Handstreich bereite adlige Abenteurer, das ist die Bevölkerung Gouldsboros. Wie sollte ein solcher Ansteckungsherd nicht den Verdacht Canadas erregen, das ihm über Akadien benachbart ist?»

«Ihr urteilt vorschnell», protestierte Angélique. «Ihr habt Euch selbst überzeugen können, daß unsere Bevölkerung vor allem aus fleißigen Familien mit patriarchalischen Sitten besteht und daß trotz der kürzlichen Eingliederung der Piraten, die entschlossen sind, sich zu bessern, hier eine anständige Atmosphäre herrscht. Was die englischen Puritaner betrifft, wißt Ihr sehr gut, daß sie vor den Massakern des Indianerkrieges in Neuengland geflüchtet sind, den die canadischen Franzosen angezettelt haben. Sie warten nur auf das Abflauen des Sturms, um in ihre Heimat zurückzukehren. Warum sollten diese Frauen und Kinder kein Recht auf ihren Anteil am Dasein haben? Laßt sie doch leben! Sind an den Ufern der Bucht und auf den Inseln nicht schon genug durch diese Metzeleien umgekommen?»

«Da eben irrt Ihr Euch», entgegnete er schroff. «Die Inseln warten noch auf den Angriff der indianischen Kanus, weil der indianische Krieg inzwischen wie ein Strohfeuer, das man zu nähren vergessen hat, erloschen ist. Und das dank Eures rätselhaften Einflusses auf die Stämme der Abenakis und ihren Häuptling Piksarett.»

«Gott sei gelobt!» rief sie mit glänzenden Augen. «Das Morden ist also zu Ende.»

Der Jesuit rieb sich das Kinn, während er sie nachdenklich betrachtete. Ein humoriges Fünkchen glomm in seinen Augen.

«Gebt zu, Madame, daß Pater d'Orgeval einigen Anlaß hat, Euch dieses Einflusses wegen zu zürnen, dessen Natur er sich nicht erklären kann. Ein Feldzug zur Sicherung der katholischen Vorherrschaft, der ins Wasser fällt, Piksarett, sein Täufling und seitdem getreuer Sohn der Kirche, der sich ohne Gewissensbisse dem heiligen Krieg und seiner Pflicht als Häuptling entzieht, und das nur darum, weil er der Dame vom Silbersee begegnet ist. So nennt man Euch nämlich in Québec. Wenn man die Schwierigkeiten des Umgangs mit den launenhaften Indianern kennt, muß Eure Macht über einen so eigensinnigen Mann wie Piksarett auf jemand, der Euch nie begegnet ist, wie Hexerei wirken. Zudem hat es gewisse Enttäuschungen für meinen Superior gegeben. Der Umfall Monsieur de Loménie-Chambords zum Beispiel, der, wie Ihr sicher wißt, sein bester Freund war und nun Euer leidenschaftlicher Parteigänger ist, hat ihn tief verletzt. Wie sollte er in Euch nicht eine gefährliche Feindin sehen, zumal die Niederlassung Monsieur de Peyracs an unseren Küsten schon die Grundlagen unserer Arbeit in Akadien zu untergraben scheint.»

«Aber warum bildet er sich ein, daß wir ihm schaden wollen? Wir suchen einen Winkel zum Überleben. Die Welt ist groß, und Amerika ist riesig und noch wenig bevölkert. Wir wollen nichts Böses.»

«Euer Beispiel bringt Versuchungen mit sich. Unsere canadische Bevölkerung ist gewiß gläubig, aber der Mensch ist ein Sünder par excellence. Er liebt seinen Genuß, seine eigennützigen Neigungen über alles. Die Engländer wollen auf ihre ketzerische Art beten und werden nie aufhören, dieses Recht für sich zu fordern. Die Franzosen dagegen wollen die Wälder durchstreifen und sich durch Pelzhandel bereichern. Euer Beispiel . . .»

«Und Ihr, Pater», unterbrach sie ihn, «welches ist Euer Genuß?»

Der Jesuit schwieg einen Moment wie aus dem Konzept gebracht, dann entschloß er sich zu antworten.

«Seelen für die Kirche zu gewinnen und ihr die zu erhalten, die sie schon besitzt. Gegen alle und jeden.»

Wieder brach sich eine Woge, Gischt sprühte auf, und diesmal umspülte ein Schwall Wasser ihre Füße.

«Bleiben wir nicht hier», sagte Pater de Vernon. «Die Flut steigt, und das Meer an den amerikanischen Küsten ist gefährlich. Wir beide können ein Liedchen davon singen.»

Er nahm ihren Arm und zwang sie, sich mit ihm zu entfernen. Einen Moment gingen sie schweigend nebeneinander her, den Pfad entlang, der zu dem grasigen, von rötlichen und malvenfarbenen Weidenröschen umrandeten Platz vor der Hütte führte.

Angélique empfand die Realität dieses Männerarms, den er in einer instinktiven Regung des Beschützens unter den ihren geschoben hatte, einer Regung, die unerwartet kam. Es war, als ließe er die andere Tendenz seiner wahren, menschlichen Natur handeln wie damals auf Monegan, als sie während eines flüchtigen Augenblicks gespürt hatte, daß sie für ihn ein menschliches Wesen war, das er notfalls um den Preis seines eigenen Lebens gegen den Tod verteidigen würde. Es war die andere Seite dieser ehernen Herzen, die Liebe, die sie den Menschen durch die ihnen von Christus eingeflößte Liebe entgegenbrachten. Aber wie schwer war es für die Weltkinder, ihnen in ihre mystische Transmutation der Gefühle zu folgen.

Der Tiefschlag, den er gegen sie führte, kam gleichsam aus dem Hinterhalt.

Er sagte plötzlich:

«Ihr spracht von Überleben. Ihr werdet nicht überleben! Euer Werk ist zum Untergang verurteilt, denn so weit Ihr auch geht – ein verbrecherisches Leben trägt immer seine Verurteilung in sich.»

«Von wem sprecht Ihr?»

«Von Euch, Madame, insbesondere von Euren früheren Verbrechen.»

«Meinen früheren Verbrechen?» wiederholte Angélique. Sie starrte ihn verblüfft an, entzog ihm ihren Arm.

«Ihr überschreitet alle Grenzen, Pater!» rief sie mit zornfunkelnden Augen. «Was wißt Ihr von meiner Vergangenheit, daß Ihr es wagt, mich eine Verbrecherin zu nennen? Ich bin keine Verbrecherin!»

«Wahrhaftig?» fragte er ironisch. «Was Ihr nicht sagt! . . . Zeichnet man im Königreich neuerdings etwa die tugendhaften Frauen mit der Lilie? So unvollkommen die Justiz dort auch sein mag, dürfte sie doch kaum bis zu solcher Leichtfertigkeit abgesunken sein.»

Angélique spürte, daß ihr das Blut aus dem Gesicht wich.

Mit welcher Gelehrigkeit und Naivität war sie in seine Fallen getappt! Wie hatte sie glauben können, daß er das vergessen würde! Außer Joffrey gab es nur zwei Männer auf der Welt, die wußten, daß sie mit der Lilie, dem eingebrannten Schandmal der Prostituierten und Verbrecherinnen, gezeichnet war. Berne, der Zeuge ihrer Folterung in der kleinen Gerichtsstube von Marennes gewesen war, und er, dieser Jesuit, der sie vor

Monegan aus dem Meer gezogen hatte. Sie erinnerte sich seiner Hände auf ihrem halbnackten Körper, als er sie abgerieben hatte, um sie ins Leben zurückzurufen. Damals hatte er auf ihrem Rücken das infame Zeichen der Lilie gesehen.

Sie begriff, daß die Situation Erklärungen erforderte. Er hatte sie in die Enge getrieben. Entweder mußte sie ihm alles über sich erzählen, oder sie ging das Risiko ein, daß er seine Meinung auf irrtümliche Vermutungen stützte, die das Mißverständnis, die gefährliche Verstimmung zwischen ihnen und Neufrankreich noch verstärken mußten.

Ja, er war eben doch ein Jesuit wie die anderen! Ein harter Gegner. Man unterschätzte immer ihre Kräfte.

Sie fand zu ihrem Gleichgewicht zurück. Wenn sie ihm die ganze Wahrheit preisgeben wollte, gab es unter diesen Umständen nur eine Möglichkeit, sie ihm zu eröffnen, ohne daß er an ihr zweifeln konnte. Sie wandte sich ihm zu, sah ihm offen in die Augen.

«Pater», sagte sie, «Ihr habt wenig Achtung für mich – und ich erkenne an, daß Ihr Mitwisser eines Geheimnisses seid, das Euch berechtigt, so von mir zu denken –, aber glaubt Ihr, ich sei fähig, ein Sakrileg zu begehen? Ich meine, die Sakramente zu hinterlistigen, boshaften oder lügnerischen Zwecken zu mißbrauchen?»

«Nein», versicherte er spontan, «das glaube ich nicht.»

«Dann bitte ich Euch, meine Beichte zu hören.»

Sie hatte keine Ahnung, wieviel Zeit ihre Generalbeichte in Anspruch genommen hatte, als sie den improvisierten Beichtstuhl aus Ästen und locker zusammengefügten Rindenstücken wieder verließ.

Sie hatte ihm alles gestanden, nichts verschwiegen. Er kannte nun ihr Leben, wußte, daß sie getötet, andere Männer geliebt, die Revolte des Poitou gegen den König angeführt hatte und mit der Lilie gezeichnet worden war, da sie für eine Angehörige der reformierten Religion gehalten wurde und ihre wahre Identität nicht bekennen konnte, weil die Polizei des Königs einen Preis auf ihren Kopf ausgesetzt hatte.

Das Beichtgeheimnis würde verhindern, daß ihr Geständnis irgend jemand anders zur Kenntnis kam, aber er selbst wußte nun, wer sie war, und obwohl er zu ihren schlimmsten Feinden gehörte, würde er vieles verstehen, für manches Sympathie aufbringen und Pater d'Orgeval entsprechend berichten. Vielleicht würden sie sogar einen Helfer in ihm finden.

«Euer ganzes bisheriges Leben hindurch», hatte er zum Schluß gesagt, «habt Ihr aus Schwäche, Leichtsinn oder Mutlosigkeit die Lehren der Kirche mißachtet, die Euch Gehorsam, Tugend und Keuschheit empfahlen. Dennoch werde ich Euch vergeben, denn Jesus war nachsichtig mit der Ehebrecherin und auch nachsichtig mit der Sünderin, die aus Liebe zu ihm kam und seine Füße salbte. Folgt zuweilen dem Beispiel der heiligen Maria Magdalena und weint am Fuße des Kreuzes um die Vergebung der Sünden der Welt. In diesem Geiste bitte ich Euch, Euer Reuebekenntnis zu sprechen.»

Er hatte ihr geholfen, die halbvergessenen Worte zu finden, dann hatte er ihr Absolution und Segen erteilt.

Nun, auf dem Grasplatz vor dem Rindengerüst, mahnte Angélique sich zur Vorsicht, obwohl sie nach ihrer Beichte voller Hoffnung war.

Sie schwiegen lange. Dann nahm er in bewußt neutralem Ton ihr Gespräch wieder auf:

«Die Tatsache, daß ich mich auf Monegan elementar menschlich zu Euch verhalten habe, darf Euch nicht dazu verleiten, in mir eine Art Verbündeten zu sehen. Die Entfernungen bleiben die gleichen.»

«Nein, nicht ganz», sagte Angélique, plötzlich lächelnd. «Ihr habt mich an den Haaren auf den Strand geschleift, und ich habe mich auf Eure Weste übergeben. So etwas bringt einander näher, ob Ihr es nun wollt oder nicht, selbst das Beichtkind dem Beichtvater . . .»

Ihre Heiterkeit überwand die Zurückhaltung des Jesuiten. Auch er lächelte.

«Sei es. Geben wir's zu», meinte er. «Nichtsdestoweniger bleibt sicher, daß Ihr in Eurer Unabhängigkeit, Eurer . . . proklamierten, behaupteten Neutralität zwar nicht ausdrücklich auf seiten der Feinde Neufrankreichs steht, aber gewiß auch nicht zu seinen Freunden zählt.»

«Sollte es unter Menschen guten Willens nicht möglich sein, die Fronten zu versöhnen? Welchen Rat gebt Ihr mir?»

«Geht nach Québec», sagte Pater de Vernon. «Sie müssen Euch dort kennenlernen. Euch und Euren Gatten, der als Verräter und Feind des Königreiches angesehen wird. Da er aber aus der Gascogne stammt, dürfte von vornherein eine Verständigungsbasis mit unserem Gouverneur Frontenac gegeben sein. Ihr aber müßt vor allem hin, um die Eurer Person geltenden Befürchtungen und Zweifel auszuräumen.»

«Ihr müßt verrückt sein!» rief sie erschrocken. «Oder wollt Ihr uns in eine Falle locken . . .? Québec! Ihr wißt sehr gut, daß man uns dort mit Steinwürfen empfangen wird und wir Gefahr laufen, von der Polizei des Königs verhaftet und ins Gefängnis geworfen zu werden.»

«Kommt also mit Eurer Flotte. Sie ist jetzt schon stärker als die Neufrankreichs . . . die nur über ein einziges Schiff verfügt, und auch das nur gelegentlich.»

«Ein seltsamer Rat, den Ihr mir da gebt», murmelte sie und konnte auch jetzt ein Lächeln nicht unterdrücken. «So seid Ihr also doch nicht unser Feind?»

Er antwortete nicht. Er streifte das weiße Chorhemd ab, das er während der Beichte über der Soutane getragen hatte, faltete es sorgsam zusammen und legte es über den Arm. Sie begriff, daß er sich nicht weiter vorwagen wollte.

«Werdet Ihr fürs erste in Gouldsboro bleiben?» fragte sie noch.

«Ich weiß nicht . . . Geht jetzt, meine Tochter. Es wird spät. Die Stunde des Gebets ist gekommen. Einige Gläubige werden vielleicht zum Rosenkranz erscheinen.»

Gehorsam neigte sie den Kopf zum Abschied und begann, den Pfad hinunterzugehen. Doch schon nach den ersten Schritten wandte sie sich um.

«Ihr habt mir keine Buße auferlegt, Pater.»

Am Ende einer Beichte war es der Brauch, daß der Priester als Zeichen tätiger Reue für begangene Sünden Gebete, irgendein Opfer oder einen Akt der Ergebenheit forderte.

Pater de Vernon zögerte. Er runzelte die Stirn, dann wiederholte er gebieterisch:

«Ja, geht nach Québec! Das wird Eure Buße sein. Begleitet Euren Gatten dorthin, wenn sich Gelegenheit dazu bietet. Habt den Mut, der Stadt ohne Furcht und Scham entgegenzutreten. Vielleicht wird sich aus alledem doch noch etwas Gutes für dieses Land Amerika ergeben!»

Bevor Angélique an diesem Abend zur Herberge hinüberging, um etwas Stärkendes zu sich zu nehmen, holte sie die Schachtel mit den zerriebenen gerösteten Kaffeebohnen aus ihrer Truhe und prüfte das Pulver genau. Es schien völlig normal und duftete köstlich. Wenn Joffrey in Gouldsboro gewesen wäre, hätte er durch eine Analyse feststellen können, ob überhaupt und was hineingemischt worden war. Aber er war nicht da, und um zu verhüten, daß weiteres Unheil geschah – und sei es, daß das Kätzchen, das ohnehin unablässig die Schachtel beschnupperte, sich damit vergiftete –, entschloß sie sich nicht ohne Bedauern, den Kaffee wegzuwerfen.

Sie ging selbst zum Strand hinunter und schüttete den Inhalt der Schachtel ins Meer, und als sie zurückkehrte, dachte sie an Pater de Vernons letzte Worte, und mehr denn je erfüllte sie die Hoffnung, in ihm einen Freund gewonnen zu haben.


20


Der folgende Tag war besonders warm. Der Wind hatte sich gelegt, das Meer war kaum bewegt, von Wald und Erde stieg ein weißlicher Dunst auf, durch den die Sonne wie hinter durchscheinendem Porzellan zu strahlen schien.

Angélique fand die Herzogin auf der Schwelle ihrer Behausung, in den Anblick des Meers versunken.

«Geht ein wenig mit mir spazieren», sagte sie. «Ich will für Honorine, meine kleine Tochter, Amethyste und Achate suchen. An den Stränden hier sollen schöne Exemplare zu finden sein.»

Sie trug einen Korb mit einer Flasche Limonade und ein paar Maiskuchen.

Nach einer Weile hatten sie einige Steine und viele Muscheln aufgelesen. Angélique erzählte von Honorine, die über diese Funde sicher begeistert sein würde. Als sie sich schließlich setzten, verspürten beide brennenden Durst.

Angélique zog die Flasche aus dem Korb.

«Ich fabriziere diese Limonade aus roten Sumachbeeren», erklärte sie. «Der weiße Sumach ist giftig. Er tötet sogar die Eichen und Eiben, die in diesen Breiten wachsen. Aber die Beeren vom roten Sumach mit gegorenem Ahornzucker vermischt ergeben ein köstliches Getränk.»

Sie stellte die Flasche zum Kühlen zwischen zwei im flachen Wasser liegende Steinbrocken. Ambroisine stieß einen Seufzer kindlicher Befriedigung aus. Sie streckte sich auf dem Sand aus und legte ihren Kopf auf Angéliques Knie.

«Und wenn sie aus weißem Sumach wäre? . . . Vielleicht werden wir sterben?»

«Nein. Habt keine Angst.»

«Gift», sagte die Herzogin in träumerischem Ton wie aus weiter Ferne. «Gift . . . das ist ein Wort, das mich in meinen Gedanken jahrelang verfolgt hat. Ihn vergiften . . . ihn, das Ungeheuer . . . Ihr versteht? Ich hätte gern die Kraft dazu gehabt. Ich dachte nur daran. Mein einziger Trost, meine einzige Erleichterung waren es, mir seinen Tod durch meine Hand vorzustellen . . . Aber niemals gelang es mir, meine Pläne auszuführen. Ich hatte Angst vor der Hölle . . . Endlich starb er . . . an Alter und Ausschweifungen . . . und ich erhielt meine Strafe für die schuldhaften Gedanken: Ohne Ruhe finden zu können, schleppe ich meine Not selbst mit ins Gebet, selbst ins Bekenntnis der Reue.»

«Warum habt Ihr nicht wieder geheiratet? Anträge haben Euch doch gewiß nicht gefehlt, überaus schmeichelhafte dazu, davon bin ich überzeugt.»

Ambroisine richtete sich jäh auf.

«Wieder heiraten? . . . Wie könnt Ihr so fragen? Ihr seid grausam in Eurer ruhigen Gelassenheit der glücklichen Frau! . . . Wieder heiraten? Von neuem die Beute eines Mannes sein? Nein, ich könnte es nie! Der bloße Gedanke macht mich krank: ertragen müssen, daß ein Mann mich berührt!»

Sie neigte den Kopf, und ihr Haar fiel halb über ihr schönes Gesicht, das Wärme und Erregung röteten. Über die Haut ihrer nackten Arme hatte die Sonne einen goldenen Schimmer gelegt. Sie strich mit einem Finger in melancholischer Liebkosung über sie hin.

«Und doch bin ich schön, nicht wahr? Wer könnte mich denn von einem solchen Gebrechen heilen: dem Schauder vor der Liebe?»

Die Maske der Weltgewandtheit zerbrach, die kunstvoll zum Gebrauch bei Hofe und in wissenschaftlichen Zirkeln aufgebaute Haltung gab nach. Dem Übel würde schwer beizukommen sein. Wie konnte man dabei helfen, die Stücke dieser plötzlich aufgelösten, ziellosen Persönlichkeit wieder zusammenzufügen? Dieser verstümmelten Weiblichkeit neuen Mut einzuflößen? Von einem Priester hätte man es erfahren können, aber vor diesem Priester würde Ambroisine schon aus erworbener Gewohnheit wiederum Komödie spielen und sich nicht aufrichtig zeigen.

Offenbar hatte sie nur ihr, Angélique, ihre geheimen Verletzungen preisgegeben.

Angélique sprach lange auf sie ein, versuchte, ihre Freude am Dasein und ihr Interesse für die höheren Ziele, denen sie sich zugewandt hatte, neu zu wecken, und sie, nachdem keins ihrer Argumente verfangen hatte, an die Barmherzigkeit Gottes und seine Liebe für jede Kreatur zu erinnern. Ambroisine blieb stumm und schien teilnahmslos, aber am Ende hatte Angélique doch den Eindruck, sie ein wenig getröstet zu haben.

«Ihr seid gut», murmelte die Herzogin und umarmte sie auf fast kindliche Weise. «Ich bin niemals einem so menschlichen Wesen begegnet wie Euch.»

Sie schloß die Augen und schien in plötzlicher wohltuender Entspannung einzuschlafen. Angélique ließ sie ruhen. Ambroisines Bekenntnisse hatten sie traurig gemacht. Sie ließ ihren Blick über den Horizont streifen und träumte davon, irgendwo die Segel des Schiffs zu entdecken, das Joffrey zurückbringen würde. Und sie dachte mit Leidenschaft an ihn. «Du, mein Liebster, hast mich nicht enttäuscht. Du hast mir kein Leid angetan. Du hast mir die Schlüssel des Königreichs gegeben.»

Die Erinnerungen an die ferne Zeit in Toulouse bedrängten sie. Sie war erst siebzehn gewesen, die dreißig Jahre des Grandseigneurs, der sie erwartete, waren ihr wie der Gipfel der Vergreisung erschienen, und die Erfahrung, die das spöttische, narbige Gesicht erahnen ließ, erschreckte sie. Er hatte sich schon an vielen Liebesgluten gewärmt und war vielleicht mit früheren Mätressen durch Ausschweifungen gegangen, an denen seine Gefühle keinen Anteil hatten. Ihr aber, die er auf den ersten Blick geliebt hatte, war er mit auserlesener Zartheit entgegengekommen. Die jungfräulich seinem Vergnügen Ausgelieferte hatte er nicht um die Liebe betrogen. Wie sollte man dem Himmel für ein solches Geschenk danken!

«Woran denkt Ihr?» fragte Ambroisine schrill. «Oder vielmehr: An *wen* denkt Ihr? An ihn, natürlich, an ihn . . . den Mann, den Ihr liebt. Ihr seid glücklich, und ich habe nichts . . . nichts . . . nichts!»

Sie schüttelte den Kopf wie eine Tobsüchtige, daß ihre Haare flogen; dann beruhigte sie sich plötzlich und entschuldigte sich für ihre Nervosität . . .

Sie kehrten zurück, als die Hitze nachzulassen begann. Aber noch immer hatte sich kein Wind aufgemacht, und die Luft blieb drückend, und die Kleider klebten an der Haut.

Jemand sagte Angélique, daß Pater de Vernon nach ihr gefragt habe und sie am Fort erwarte. Die Herzogin von Maudribourg grüßte den Geistlichen von fern und wandte sich sofort dem Hause Tante Annas zu.

Der Jesuit schien überrascht und fast ärgerlich.

«Ich glaubte, Madame de Maudribourg habe Gouldsboro verlassen . . .»

Angélique gab einige ziemlich wirre Erklärungen.

«Und wo sind die Mädchen des Königs?»

«In Port-Royal.»

«Werden sie nicht ebenfalls zurückkommen? Ich dachte, ein paar von ihnen sollten Einwohner Gouldsboros heiraten.»

«Habt Ihr nicht entschieden von solchen Ehen abgeraten?» fragte Angélique erstaunt.

«Ich?» Er runzelte die Stirn und setzte eine hochmütige Miene auf. «Warum sollte ich mich wohl in solche Angelegenheiten mischen?»

«Aber ich dachte . . . Madame de Maudribourg sagte . . . Nun, dann muß sie Eure Meinung zu dieser Frage mißverstanden haben.»

«Vielleicht.» Er warf ihr einen durchdringenden Blick zu und schien im Begriff zu sprechen, schwieg jedoch.

«Ihr hattet nach mir gefragt?» erkundigte sich Angélique.

Er schüttelte langsam den Kopf, als wehre er sich gegen unbequeme und ungelegene Gedanken.

«Ja . . . Ich wollte mich von Euch verabschieden. Morgen bei Sonnenaufgang verlasse ich dieses Gebiet.»

«Ihr geht fort?» fragte sie betroffen.

Sie wunderte sich nicht, daß seine Ankündigung sie berührte. Sie hatte in ihm ja einen Freund gesehen, oder fast einen Freund, und nun . . . eine Spur Angst kroch in ihr hoch.

«Werdet Ihr Pater d'Orgeval sehen?»

«Nicht vor ein paar Wochen. Aber ich muß ihm auf direkterem Wege eine Botschaft bringen lassen.»

«Werdet Ihr für uns eintreten?»

Für einen Moment spielte der Schatten eines ironischen Lächelns um seinen Mund. «Das also interessiert Euch?»

Er wurde ernst. «Zählt nicht zu sehr auf meine Intervention», sagte er offen. «Ich hasse diese Ketzer, die Ihr schützt. Ich verabscheue diese hochmütige Sippschaft, die es gewagt hat, Christi Worte zu ändern, um die Menschen desto leichter um ihr Seelenheil zu bringen.»

«Aber uns haßt Ihr doch nicht?»

Ihre auf ihn gerichteten Augen forderten seine Duldsamkeit heraus. «Mich . . . haßt Ihr doch nicht?» bat dieser Blick.

Sein Lächeln kehrte zurück, aber er schüttelte den Kopf.

«Ihr solltet wissen, daß ich nie jemand beistehen könnte, der die Handlanger Satans unterstützt.»

«Aber Ihr könntet Pater d'Orgeval nahelegen, uns zu schonen.»

«Er ist ein Mann aus einem Stück, der nur präzise, genau umrissene Ziele kennt.»

«Ihr werdet's versuchen . . .»

Sie hätte gern ein Zeichen des Nachgebens bei ihm gesehen, sich wenigstens die Hoffnung eines halben Versprechens erhalten, die Fast-Gewißheit, dieses eherne Herz gerührt zu haben. Aber er gab nicht nach.

«Dann bittet ihn wenigstens um etwas für mich, wenn Ihr ihn seht», entschloß sie sich. «Das kann er mir nicht verweigern, selbst wenn ich seine schlimmste Feindin wäre.»

«Und was wäre das?»

«Das Geheimnis der Herstellung seiner grünen Kerzen. Bisher hat es mir niemand verraten können.»

Der Jesuit brach in Gelächter aus.

«Ihr seid entwaffnend», sagte er. «Nun, das läßt sich machen. Ich werde ihm Eure Bitte vortragen.»

Und er reichte ihr die Hand, wie um ein Bündnis zu besiegeln. Auch darin handelte er nicht wie ein üblicher Jesuit, sondern wie ein aufrichtiger Kamerad, der nicht sprechen will, aber seinem tiefen Gefühl in einer Geste Ausdruck gibt.

Und auch sie drückte fest seine aristokratische Hand, die das Leben in der Wildnis hart und schwielig gemacht hatte, und ein Gedanke streifte sie: «Er darf nicht gehen . . . Wenn er geht, werde ich ihn nie wiedersehen.»

Ein Schwarm kreischender Vögel warf seinen huschenden Schatten auf den Strand, und der gleiche Schatten fiel auf Angéliques Herz und bedrückte es. Es war ihr, als ob etwas Schreckliches passieren müßte. Das Schicksal war da und machte sich bereit zuzuschlagen . . . Das Schicksal! Plötzlich kam es ihr vor, als sähe sie es hinter dem Pater, und die Angst, die er in ihren Augen las, bewog ihn dazu, sich umzuwenden. Hinter ihm, nur wenige Schritte entfernt, stand reglos der Reverend Thomas Partridge.

In seiner starren Massigkeit wirkte er wie ein steinernes Monument. Nur seine rot unterlaufenen Augen bewegten sich und schossen Blitze.

Pater de Vernon verzog sein Gesicht zu einer kleinen Grimasse.

«Willkommen, Pastor», sagte er auf englisch.

Der Reverend schien ihn nicht zu hören. Er hatte sein übliches Maß an chronischer Gereiztheit, Grundzug seines Charakters, weit hinter sich gelassen. Sein von einer tiefen Narbe gezeichnetes, fast violett angelaufenes Gesicht verriet eine Wut, die über Worte hinaus war.

«Helfershelfer des Teufels!» knirschte er schließlich, während er sich langsam dem Jesuiten näherte. «Ihr habt also Euer Ziel erreicht. Ihr verratet das geheiligte Asyl, die Ehre der Gastfreundschaft.»

«Was brummt Ihr da, alter Narr? Selber Helfershelfer des Teufels!»

«Heuchler! Bildet Euch nicht ein, daß es leicht sein wird, uns Québec auszuliefern. Ich habe gegen die Indianer gekämpft, um meine Schäflein zu verteidigen. Ich werde auch gegen Euch kämpfen.»

Seine schwere Faust schnellte unversehens vor, dem Pater ins Gesicht.

«Stirb, Satan!» brüllte er.

Blut spritzte, rann aus der Nase über den Mund und tropfte auf den weißen Kragenumschlag des Priesters. Partridges zweiter Schlag traf den Magen. Als er zum drittenmal zuschlug, reagierte der Jesuit, sprang zurück und trat dem Angreifer gegen das Kinn.

«Stirb auch du, Satan!» rief er.

Sie kämpften gegeneinander mit der wütenden Verbissenheit von Wahnwitzigen. Der eine gebrauchte die Fäuste, der andere vermied die Schläge durch schnelles Reagieren und zupackende Griffe, die seinem Gegner die Knochen zu brechen drohten.

Im Nu hatte sich ein Kreis von Zuschauern um sie gebildet, die mit offenen Mäulern auf dieses Schauspiel mörderischer Gewalttätigkeit starrten und in ihrer Versteinerung unfähig zum Eingreifen waren.

So schnell war der Streit ausgebrochen, daß es Angélique kaum bewußt wurde, was geschah. Das betäubende Gekreisch der mit flatternden Schwingen in höllischem Wirbel über den Kämpfenden kreisenden Vögel übertönte die Schläge und Beschimpfungen, das Stöhnen und keuchende Atmen und verlieh diesem Kampf auf Leben und Tod die vernebelte Unwirklichkeit eines Alptraums.

Als sie, einander umklammernd, zu Boden stürzten, näherten sich einige, wichen jedoch vor dem furchtbaren Vernichtungswillen, der die mit ungewöhnlicher Kraft begabten Gegner beseelte, ohnmächtig zurück. Schließlich sprang Angélique hinzu und beschwor sie, von ihrem Kampf abzulassen. Um ein Haar hätte sie ein wildes Aufbäumen des Pastors umgerissen, der sich einem tödlichen Griff entwand und mit dem Knie einen wütenden Stoß gegen seinen Gegner führte. In der Lebergegend getroffen, schrie der Jesuit rauh auf.

Wie eine Zange schlang sich sein Arm um die Schulter des Engländers, dessen verzerrtes Gesicht der Blutandrang noch dunkler färbte, während die andere Hand mit der Kante wie eine Sense auf den Nackenansatz niederfuhr.

Angélique schrie mit aller Kraft, um den höllischen Lärm der Vögel zu übertönen:

«Holt Colin Paturel! Nur er kann sie trennen! Schnell! Schnell! Sie bringen sich um!»

Als sie ihn kommen sah, rannte sie ihm entgegen.

«Schnell, Colin, bitte! Sie werden sich töten!»

«Wer?»

«Der Pfarrer und der Jesuit!»

Mit ein paar Schritten erreichte Colin den Kreis der Gaffenden und drängte sich durch. Jähes Schweigen empfing ihn. Der Schwarm der Möwen hatte sich auf den umliegenden Felsen niedergelassen, und in der tiefen Stille war nur das seidige Geräusch einer weich auf dem Strand auslaufenden Welle zu hören.

Entsetzt starrten die Zeugen des Kampfes auf die beiden reglosen Gestalten im Sand.

«Er hat ihm das Genick gebrochen», sagte einer.

«Ihm muß innen etwas geplatzt sein», sagte ein anderer.

Der Pastor war tot; seine vorquellenden, starren Augen verrieten es. In seinem Gegner war noch Leben. Angélique sank neben Pater de Vernon auf die Knie und hob die wächsernen Lider. Sah er sie noch? Über seinen Pupillen lag etwas wie ein metallischer, blinder Schleier.

«Pater!» rief sie. «Seht Ihr mich noch? Hört Ihr mich?»

Er richtete seinen blinden Blick auf sie, dann sagte er mit erlöschender Stimme:

«Der Brief . . . für d'Orgeval . . . Er darf nicht . . .»

Ein Schlucken unterbrach ihn. Dann drang ein Röcheln aus seiner Kehle, und der Jesuit starb.

Nach einer Weile richtete Angélique sich auf. Mit zitternder Stimme sagte sie:

«Ich weiß nicht, wie es geschehen konnte . . . Plötzlich war der Pastor da und schlug zu . . . Er und der Pater sind immer schon Feinde gewesen. Sie haben sich auch früher gestritten, aber warum jetzt und warum mit solcher Erbitterung . . .?»

«Es ist ein furchtbares Unglück», sagte Colin.

Er trennte die Leichen, legte sie nebeneinander, zwei große, kraftvolle Gestalten in schwarzer geistlicher Kleidung. Er schloß ihnen die Augen und verhüllte mit Halstüchern, die Frauen ihm reichten, ihre starren Gesichter.

«Wer kann die Totengebete für diesen da sprechen?» fragte er und wies auf den Reverend. Bleich trat Pastor Beaucaire vor und sprach die wichtigsten Sätze der Totenweihe, die die anwesenden Protestanten mit gedämpften Stimmen beantworteten.

«Und für diesen?»

«Ich», stammelte der junge Kapuzinerpater Marc, der sich noch in Gouldsboro aufhielt. Unsicher und tief bewegt verwickelte er sich in weitschweifige lateinische Formeln. Der große Jesuit hätte nachsichtig über ihn gelächelt.

«Ich brauche Träger.»

Vier Männer traten vor.

«Mehr», beharrte Colin. «Sie sind schwer.»

Acht robuste Männer waren nötig, um sie zu ihrer letzten Ruhestätte auf der Höhe der Klippe zu tragen.

«Legt sie in dasselbe Grab», befahl Colin.

Das Grab ist noch immer dort unter den Fichten, von Weidenröschen umgeben.

Man weiß es nicht. Man weiß es nicht mehr. Aber wenn man die Moosschicht entfernte, würde man die halbgeborstene graue Steinplatte finden, auf der noch die ausgewaschenen Worte zu lesen sind, die der Gouverneur des Orts in jener fernen Epoche eingravieren ließ:

«Hier liegen zwei Gottesmänner,
die einander töteten mit dem Ruf:
Satan stirb!
Ruhet in Frieden!»

## 21

Der Brief . . . Wo war der Brief, den Pater de Vernon an d'Orgeval geschrieben hatte?

Angélique war zum verlassenen Lager des Jesuiten hinaufgelaufen, und da sie den kleinen schwedischen Jungen, der den Pater begleitete, dort nicht fand, hatte sie ihn überall gesucht. Er mußte das Gepäck des Jesuiten bei sich haben.

Die letzten Worte des Paters ließen ihr keine Ruhe. «Der Brief für d'Orgeval . . . Er darf nicht . . .» Dieser Brief, das spürte sie, war von äußerster Wichtigkeit. In ihrem überreizten Zustand war sie sich jetzt sicher, daß der Jesuit alles verstanden und den Schleier von allen Geheimnissen gelüftet hatte. Wenn sie diesen Brief las, würde sie wissen, wer ihre Feinde waren, und sich selbst und die Ihren gegen deren Angriffe schützen können.

Er hatte es ihr sagen wollen, als er, schon sterbend, seine letzten Worte hauchte: «Der Brief für d'Orgeval . . . Er darf nicht . . .»

Was konnte es bedeuten? Er darf nicht in seine Hände gelangen? Oder im Gegenteil: Er darf nicht verlorengehen, er muß sein Ziel erreichen?

Sie bat Colin, überall nach dem Jungen forschen zu lassen, aber bei einbrechender Dunkelheit hatten sie die Suche ergebnislos abbrechen müssen.

Da war noch etwas anderes, das sie beunruhigte: Ihr Kätzchen war verschwunden. Im Vergleich zu dem, was sich am Nachmittag ereignet hatte, schien das ungewisse Schicksal des Tierchens nebensächlich; dennoch nahm sein spurloses Verschwinden für sie völlig unvernünftige Proportionen an. Wenn sie es nicht wiederfand, wenn es verloren war, vielleicht tot, würde sie darin ein Zeichen sehen, daß das Unheil sie alle an der Gurgel gepackt hatte und nicht mehr loslassen würde. Sie mußte es finden.

Und schließlich fand sie es, unter einer Hecke verkrochen, blutend, offenbar schwer verletzt.

«Was hast du?» flüsterte sie. «Was ist dir geschehen? Was hat man dir getan?»

Sie versuchte, es vorsichtig mit den Händen zu greifen, aber jedesmal, wenn sie es berührte, ließ es ein jämmerliches Miauen hören. Endlich glückte es ihr, es in ihr Halstuch zu hüllen und so in ihr Zimmer zu tragen.

Als sie es auf den Tisch setzte, um es zu untersuchen, sprang es mit einem wilden Satz davon und verkroch sich mit dem Instinkt der Tiere, die sich verstecken, um zu sterben, in eine Ecke.

Sie kniete neben ihm nieder.

«Ich bin's doch», murmelte sie zärtlich. «Hab keine Angst! Ich werde dich pflegen. Du wirst wieder gesund.»

Blut sickerte aus seinen Nasenlöchern, und an einer der kleinen Pfoten glaubte sie, Verbrennungsspuren zu entdecken. War es geschlagen und gefoltert worden? Gehörte auch das zu dem Krieg im Dunkeln, den ihre geheimnisvollen Feinde gegen sie führten?

Sie beugte sich noch tiefer zu dem Tierchen hinunter. Es hatte die Pfötchen unter sich gezogen, den Kopf gesenkt, die Augen halb geschlossen und schien kaum zu atmen, wirkte aber schon ruhiger.

«Sag mir», murmelte sie, «wer hat dir das getan? Wen hast du gesehen? Ach, wenn du doch nur sprechen könntest!»

Nachdem sie es weich gebettet, vorsichtig gesäubert und mit allem versorgt hatte, entschloß sie sich, Colin aufzusuchen. In Joffreys Abwesenheit war er der einzige, an den sie sich in dieser Situation wenden konnte. Joffrey . . . er schien seit einer Ewigkeit fort zu sein, aber als sie die Tage an den Fingern abzählte, waren es nur vier. Auch wenn mit den Engländern am Saint-Jean alles gutging, war mit seiner Rückkehr kaum vor einer Woche zu rechnen. Noch nie hatte sie so gespürt wie jetzt, daß er ihr Halt, ihre Sicherheit war. Wo mochte er sein? Wie sehr hätte sie in diesem Augenblick seine Wärme und seinen aus vielen harten Erfahrungen gewonnenen Realitätssinn gebraucht!

Sie fand Colin im Saal der Wachen unten im Fort, im Begriff, Barssempuy Befehle zu erteilen. Als er Angélique gewahrte, ließ er den Leutnant stehen, trat mit besorgter Miene zu ihr und zog sie mit sich auf den Strand hinaus.

Während sie nebeneinander durch die Dunkelheit schritten, berichtete er ihr, daß er eben aus dem Lager der Engländer zurückgekehrt sei, wo er versucht habe, den Anlaß des Streits der beiden Geistlichen zu klären. Allem Anschein nach sei von Unbekannten unter den Puritanern das Gerücht ausgestreut worden, daß der Jesuit im Einvernehmen mit den Papisten Gouldsboros, insbesondere mit Madame de Peyrac und ihm selbst, beabsichtigte, sie als Gefangene an Québec auszuliefern, wo sie zur katholischen Taufe gezwungen werden sollten. Die dem Reverend angeborene und durch seine schwere Kopfverletzung noch gesteigerte Reizbarkeit habe dann für den Rest gesorgt.

«Von Unbekannten?» fragte sie aufmerksam. «Hat sich keine Spur von ihnen gefunden?»

«Nur ein paar vage Beschreibungen, die auf jedermann passen könnten, mehr nicht», antwortete er mürrisch. «Die Puritaner leben in ihrem Lager für sich. Sie kennen die wenigsten von uns und haben deshalb auch keinen Verdacht geschöpft.» Er räusperte sich und fuhr fort: «Ich werde dich bitten müssen, bis zur Rückkehr Monsieur de Peyracs nicht mehr allein bei Dunkelheit das Fort zu verlassen.»

Sie blieb stehen und sah zu ihm auf.

«Also hast auch du Angst, Colin? Was fürchtest du?»

Er zögerte.

«Weiß man's? Das Böse streicht um uns herum.»

«Sei nicht abergläubisch. Sag's mir. Sprich offen mit mir.»

Er wich ihrem Blick aus.

«Ich kann dir nur sagen, was ich schon auf dem Schiff sagte, als der Jesuit dich holte. ‹Nimm dich in acht. Sie haben Böses gegen dich vor!›»

«Und doch hat sich der Jesuit freundlich gezeigt. Ich bin überzeugt, daß er unsere Sache unterstützt hätte. Und nun ist er tot, und der kleine Schwedenjunge ist nicht zu finden. Ja, du hast recht. Das Böse streicht um uns herum.»

In aufgeregtem Durcheinander erzählte sie ihm, was sie in den letzten

Tagen erschreckt hatte: der Versuch, Abigaëls Entbindung zu gefährden, vielleicht Mutter und Kind zu töten, die falschen Nachrichten, denen Joffrey, sie selbst und Colin auf den Leim gegangen waren, die eben erst entdeckte, scheinbar sinnlose Mißhandlung des Kätzchens . . .

«Es scheint keinen Zusammenhang zwischen diesen Dingen zu geben», murmelte er, «und doch sieht's so aus, als ob da einer wäre, in dessen Hand alle Fäden zusammenliefen.»

«Sprich, Colin», drängte Angélique. «Mir scheint, du weißt etwas, was du nicht sagen willst.»

«Weil's vielleicht nichts mit dem zu tun hat, was hier geschieht. Eine Idee, die mir gekommen ist, als man mir vom Schiffbruch der *Einhorn* erzählte, von all den Toten mit eingeschlagenen Schädeln. Und als Job Simon immer davon redete, Strandräuber hätten auf ihn eingedroschen. Da hab ich mich plötzlich erinnert . . . an einen Burschen, der sich in den Häfen rumtrieb und den man den ‹Mann mit dem Bleiknüppel› nannte. Manchmal hatte er ein Schiff, manchmal keins, aber er brauchte trotzdem nie zu hungern. Er hatte eine bewaffnete Bande um sich, und wenn sie in einer Stadt auftauchten, hatte keiner eine ruhige Stunde, am wenigsten die anderen Schiffsmannschaften. Er ließ sich für alle möglichen Handstreiche anheuern, für Überfälle auf schlechtbewachte Schiffe ebenso wie fürs Zusammentreiben junger Leute, die als Rekruten auf Schiffe verfrachtet wurden. Als Straßenräuber hätte er's sicher weniger leicht gehabt . . . Ein komischer Kerl! Er hätte gut was anderes machen können, aber es gefiel ihm so . . . Verbrechen zu begehen, im Dunkeln zuzuschlagen. Ich bin ihm nur einmal in einer Kneipe in Honfleur begegnet.»

«Wie sah er aus?» fragte Angélique atemlos.

«Schwer zu beschreiben. Es war etwas von einem Dämon in ihm. Er war ein blasser, kalter Bursche . . .»

«Das ist er! Bestimmt!» rief Angélique. «Er treibt sich zwischen unsern Inseln herum, und Joffreys Expedition zum Saint-Jean ist sicher nur ein Vorwand. In Wirklichkeit jagt er diesen Mann, und deshalb habe ich Angst um ihn. Der Engländer Phips ist viel weniger gefährlich als diese ‹Unsichtbaren›.»

Sie hielt inne. Das leise Geräusch der an den Strand schwappenden Wellen drang vom Uferrand herauf, und der von einem Hof umgebene Mond warf eine diffuse silbrige Lichtbahn über das schwarze Meer.

Weit weniger sicher fuhr sie fort: «Aber warum sollte der Mann, von dem du sprichst, nach Amerika gekommen sein? Warum sollte er sich gegen uns wenden? Die *Einhorn* auf die Klippen locken und ihre Mannschaft massakrieren?»

«Um des Bösen willen vielleicht. Wenn ein Dämon Lust daran gefunden hat, bleibt er dabei.»

«Nein. Das ist Phantasterei. Wo ist die Verbindung mit dem, was ich dir eben erzählte? Mit dem Schlafmittel im Kaffee, zum Beispiel? Du kontrollierst jedes Schiff, das im Hafen einläuft, und kein Unbekannter könnte unsere Häuser betreten, ohne bemerkt zu werden. Und trotzdem . . . Stell dir vor, Colin, wenn Abigaël gestorben wäre, weil ich ihr bei der Entbindung nicht hätte helfen können! Ich wäre verrückt geworden.»

«Vielleicht wollen sie gerade das», sagte Colin.

Angélique starrte in sein rauhes, bärtiges Gesicht, in dem die Augen im Schatten der buschigen Brauen verschwanden. Er hatte immer Gespür für die verborgenen Absichten seiner Feinde gehabt. Der Sultan Moulay Ismaël hatte behauptet, er habe die Gabe des Zweiten Gesichts.

«Wenn es das ist», entgegnete sie, «brauchst du nichts zu fürchten. Was auch geschieht, ich werde nicht verrückt.»

Colin stieß einen tiefen Seufzer aus.

«Ich möchte dich beschützen können wie früher.»

«Du tust es, wenn du über Gouldsboro wachst. Ich fühle mich in Sicherheit, weil ich weiß, daß du hier bist.»

Sie warf herausfordernd ihr Haar zurück.

«Die Hauptsache ist, daß ich gewarnt bin . . . Siehst du, es hat mir gutgetan, mit dir zu sprechen, zu wissen, daß du da bist. Sie mögen stark sein, aber wir sind's auch.»

Er brachte sie zum Fort zurück und verabschiedete sich. Sie wußte, daß er die ganze Nacht über wachen, die Posten kontrollieren, mit Barssempuy die Niederlassung und den Hafen durchstreifen und immer wieder zum Fort zurückkehren würde, um sich zu überzeugen, daß sie nicht in Gefahr war. Sie würde in dieser Nacht ruhig schlafen können.


## 22

Als sie jedoch die Tür zu ihrem Zimmer zu öffnen begann, wußte sie instinktiv, daß wie in der Nacht zuvor dort im Dunkeln jemand auf sie wartete.

Diesmal hatte sie nicht den Mut, die Begegnung allein zu bestehen, und sie rief eine der Wachen von unten herauf. Der Mann betrat mit hocherhobener Laterne vor ihr den Raum.

Sie entdeckten ein verängstigtes Kind, das einen Reisesack an sich preßte. Sein blondes Haar schimmerte im Licht. Es war Abbal Neals, der Waisenjunge, den Pater de Vernon auf einer seiner Reisen aufgelesen hatte.

Sie empfand Freude, Erleichterung und – sie wußte nicht, warum – etwas wie Angst.

«Ihr könnt mich allein lassen», sagte sie zu dem Mann, der sie begleitet hatte. «Ich danke Euch.»

Sobald die Tür geschlossen war, sprach sie den Jungen auf englisch an.

Er antwortete nicht, streckte ihr nur mit einer impulsiven Bewegung den Reisesack entgegen. Es war eine Art Rucksack aus ungegerbtem Hirschfell. Als sie ihn öffnete, sah sie, daß er die Habseligkeiten des toten Jesuiten enthielt. Ein Brevier, ein Meßgewand, einen Rosenkranz aus Buchsbaumholz, ein Chorhemd und in einer gefütterten, silber- und goldbestickten Samthülle die für das Meßopfer unerläßlichen Kultgegenstände: den Hostienteller, einen kleinen Kelch, eine Monstranz, zwei Meßkännchen, alles aus vergoldetem Silber, dazu ein Kruzifix mit silbernem Fuß und das um einige Hostien zusammengelegte geweihte Meßtuch.

Als sie zögerte, die Dinge zu berühren, nahm der Junge ungeduldig das Brevier heraus und reichte es ihr. Es öffnete sich von selbst bei einem zusammengefalteten Pergamentblatt. Sie faltete es auseinander und sah, daß sie eine unvollendete Botschaft vor sich hatte.

«Mein sehr lieber Bruder in Jesus Christus . . .»

Es war der Brief, den Pater de Vernon wenige Stunden vor seinem Tode an seinen Superior zu schreiben begonnen, dem sein letzter Gedanke gegolten hatte. Was würde sie aus ihm erfahren? Hatte sie überhaupt das Recht, diesen Brief zu lesen, das Recht, in die Gedanken eines Toten einzudringen, diesen verschlossenen Menschen gleichsam zu zwingen, das preiszugeben, was er ihr als Lebender versagt hatte?

Doch die Notwendigkeit, in dieser gespannten, bedrohlichen Situation klarzusehen, erschien ihr so dringlich, daß sie ihre Bedenken beiseite schob und las.

«Mein sehr lieber Bruder in Jesus Christus. Ich schreibe Euch aus Gouldsboro, wohin ich mich begab, um die Untersuchung abzuschließen, mit der Ihr mich betraut hattet. Und da Ihr mir versichertet, daß meine Auffassungen von Euch als Ausdruck der Wahrheit und mit so viel Vertrauen in meine Worte empfangen würden, als hättet Ihr Euch selbst an Ort und Stelle unterrichtet, werde ich sprechen können, ohne fürchten zu müssen, Euch zu schmeicheln oder zu mißfallen. So sage ich Euch also gleich zu Beginn, daß Ihr recht hattet und daß die Visionen, die Gott in seiner Güte die Gnade hatte, Euch zu gewähren und so die der sehr heiligen Nonne von Québec zu bekräftigen, Euch nicht getäuscht haben. Ja, Ihr hattet recht: Die Dämonin ist in Gouldsboro . . .»

Angélique hielt bestürzt inne. Sie wollte ihren Augen nicht trauen. War es wirklich Pater de Vernon, der diese Anklage vorbrachte? . . . Er hatte ihr also nicht geglaubt, hatte nichts begriffen. Trotz seiner Offenheit ihr gegenüber hatte er sie weiter fälschlich im Lichte dieser törichten Legende gesehen.

Die Buchstaben begannen vor ihren Augen zu tanzen.

«. . . Ja, Ihr hattet recht: Die Dämonin ist in Gouldsboro, und ich schreibe diese Worte nicht ohne Zagen. Wir mögen noch so sehr darauf vorbereitet sein, im Laufe unseres geistlichen Lebens satanischen Wesen zu begegnen – die wirkliche Erfahrung einer solchen Konfrontation wird uns dennoch hart ankommen. Und es geschieht mit der Demut eines Mannes, der sich in manchen Momenten recht schwach angesichts einer so schrecklichen Erfahrung fühlte, daß ich Euch deren Einzelheiten berichte. Albertus Magnus lehrte uns, daß der Geist Luzifers die Schönheit der Engel mit der Verführungskraft des weiblichen Charakters verbindet, eine Allianz, vor der sich jeder Mann aus Fleisch und Blut besonders verletzlich fühlt, nicht nur der Reize des Körpers wegen, sondern, wie ich glaube, auch wegen der Versuchung durch Zärtlichkeit und Hingabe, die die unauslöschliche Erinnerung an unsere Mütter und das durch sie empfangene Glück in uns hinterlassen hat. Aber durch Eure Ratschläge und unsere Lehren gestärkt, fiel es mir relativ leicht, die wirkliche Natur derjenigen zu enthüllen, die von nun an Dämonin zu nennen ich nicht zögern werde, Geist des Bösen in Frauengestalt, intelligent, unzüchtig, verbrecherisch, eine Gottlose, die nicht davor zurückschreckt, mich verführen oder das Sakrament der Buße dazu nutzen zu wollen, mich leichter zu umgarnen und dadurch meinen Beistand für ihre infamen Pläne zu erlangen . . .»

«Nein, nein», rief Angélique verzweifelt, «das ist nicht wahr! Ich habe nicht versucht, Euch zu verführen, Pater! Wie konntet Ihr das schreiben! Und ich hielt Euch für einen Freund!»

Ihr Herz schlug wie rasend. Ein Gefühl von nahendem Unheil überwältigte sie. Es schwindelte ihr, und sie mußte den Brief auf den Tisch legen, um sich zu stützen.

Der blonde Junge starrte sie an. Seine erschrockene Miene war zweifellos eine Reaktion auf ihren Gesichtsausdruck.

«Helft mir, um Gottes willen», stammelte er leise. «Sie verfolgen mich.»

Aber sie hörte ihn nicht. Jemand hatte an die Tür geklopft und war, da keine Antwort erfolgte, eingetreten.

«Was ist geschehen? Was will dieses Kind? Störe ich Euch?»

Die sanfte Stimme Ambroisines . . .

Angélique fand zu ihrer Fassung zurück.

«Es ist nichts. Was wünscht Ihr, Ambroisine?»

«Euch sehen!» rief die Herzogin in tragischem Ton. «Den ganzen Tag über habe ich Euch nicht einmal von weitem erblickt, und Ihr wundert Euch, daß ich mich bei einbrechender Nacht nach Euch erkundige!»

«Es ist wahr, ich habe Euch vernachlässigt . . . Verzeiht mir. Wir haben tausend Unannehmlichkeiten gehabt.»

«Ihr seid noch immer voller Unruhe.»

«Ihr habt recht. Ich bin von einem Menschen schrecklich enttäuscht worden, in den ich mein Vertrauen setzte.»

«Das ist eine bittere Erfahrung. Man glaubt, sich im Laufe des Lebens mit der Unvollkommenheit der Menschen, die einen umgeben, abgefunden zu haben, aber man stellt nur allzubald fest, daß das Herz immer verletzlich bleibt.»

Sie legte ihre Hand auf Angéliques Arm und fuhr ernst fort:

«Ich glaube, Ihr leidet unter der Abwesenheit Monsieur de Peyracs. Ich habe mir da etwas überlegt: Begleitet mich nach Port-Royal. Mit Euch zusammen hätte ich den Mut, dorthin zu fahren, meine Pflichten wiederaufzunehmen und nach der besten Lösung für meine Schutzbefohlenen zu suchen. Ihr könntet mir dabei raten. Zudem werdet Ihr auf diese Weise Eurem Gatten einige Tage früher begegnen, als wenn Ihr ihn in Gouldsboro erwartet.»

Und da Angélique überrascht zögerte:

«Wußtet Ihr nicht, daß er Port-Royal besucht, bevor er hierher zurückkehrt?»

«Nein, ich wußte es nicht.»

«Jedenfalls hat er es mir gesagt», versicherte Ambroisine. «Das heißt . . .»

Sie hielt mit der verlegenen Miene eines Menschen inne, der eine Ungeschicklichkeit begangen hat.

«Das heißt . . . er hat es dem Gouverneur gesagt. Ich war dabei, als sie darüber sprachen. Kommt mit», drängte sie. «Fahren wir so bald wie möglich nach Port-Royal. Es ist besser für Euch, als hier ungeduldig zu warten, und mir wird es wieder Mut machen.»

«Ich werde es mir überlegen», sagte Angélique.

Noch immer fühlte sie sich wie unter der Nachwirkung eines schweren Schocks. Die Entdeckung des Verrats Pater Maraicher de Vernons – ja, es war ein Verrat! – hatte sie in einen Zustand schreckhafter Betäubung versetzt. Ambroisine hatte recht. Sie mußte sich rühren, irgend etwas tun, und vor allem mußte sie Joffrey möglichst bald wiedersehen.

Der Brief fiel ihr wieder ein, und sie meinte, ihn zu Ende lesen zu müssen. Sie wollte Ambroisine eben bitten, sie allein zu lassen, als ihr Blick auf den Tisch fiel und sie bemerkte, daß das Pergament, das sie dorthin gelegt hatte, verschwunden war.

Sie warf einen schnellen Blick durchs Zimmer. Auch der Junge war nicht mehr da.

«Wo ist das Kind?» rief sie.

«Es ist gegangen», antwortete Ambroisine. «Ich habe gesehen, wie es den Sack nahm und ein Papier hineintat, das auf dem Tisch lag. Dann huschte es geräuschlos zur Tür. Ein merkwürdiges Kind. Ein Kobold, so kam es mir vor.»

«Wir müssen es zurückholen!»

Sie wollte zur Tür, doch Ambroisine hielt sie mit Gewalt zurück, klammerte sich mit plötzlich angstbleichem Gesicht an sie.

«Geht nicht, Angélique! Es riecht hier nach Dämon! Vielleicht hat er sich der Seele dieses Kindes bemächtigt.»

«Unfug! Ich muß es wiederfinden!»

«Nein, nicht heute abend. Sobald es Tag wird», flehte Ambroisine. «Ich bitte Euch, Angélique, laßt mich etwas für Euch tun, reist mit mir nach Port-Royal. Ich spüre, daß sich hier etwas Unheilvolles vollzieht. Ich habe mit Pater de Vernon darüber gesprochen. Ich sagte ihm, Gouldsboro sei ein Ort, dessen böse Geister er austreiben müsse. Er hat nicht über mich gelacht. Ich glaube, er teilte meine Ansicht.»

«Die Ansichten der Leute seiner Art suchen vor allem die Tatsachen mit ihren Vorurteilen in Einklang zu bringen», sagte Angélique bitter.

Sie fühlte sich plötzlich sehr müde.

Das Kind suchen lassen? Wozu? Um des zweifelhaften Vergnügens willen, weiteres Gefasel zu entziffern, das sie nur noch mehr von der Unmöglichkeit überzeugen würde, sich andern mitzuteilen, sich verständlich zu machen?

«Reist mit mir ab», wiederholte die Herzogin. «Spürt Ihr nicht, wie drückend die Atmosphäre hier ist? Als schwebte eine Gefahr über uns. Auch deshalb bin ich zurückgekehrt. Ich konnte den Gedanken nicht ertragen, daß Ihr hier allein seid, vielleicht von Menschen umgeben, die Euren Untergang vorbereiten . . . Woher diese bösen Spannungen kommen, vermochte ich nicht herauszufinden. Vielleicht von den Engländern. Sie sind Ketzer.»

«Man sieht sie kaum. Sie verlassen nur selten ihr Lager.»

«Oder von den Piraten! . . . Ich kann begreifen, daß Eure protestantischen Freunde sich unter einem solchen Gouverneur alles andere als sicher fühlen. Warum schenkt Euer Gatte ihm soviel Vertrauen? Ihm sogar während seiner Abwesenheit die Verantwortung für die Niederlassung zu überlassen . . . !»

Sie zögerte.

«Ich weiß nicht, ob es wichtig ist, aber ich habe zufällig ein Gespräch zwischen zweien seiner Leute belauscht, das ich verdächtig fand. Der eine sagte zum andern: ‹Gedulde dich, mein Junge. Noch ein Weilchen, und diese ganze schöne Welt wird uns gehören. Goldbart hat's uns versprochen.› Dann redeten sie davon, daß man gerissen sein müsse, wenn man mal eine Schlacht verloren habe, und das sei immer Goldbarts Stärke gewesen. Außerdem habe er Komplicen in der Bucht, die ihm im rechten Moment zu Hilfe kämen.»

«Colin?» Angélique schüttelte entschieden den Kopf. «Nein, das ist unmöglich.»

«Seid Ihr wirklich so sicher?»

Ja, sie war sich dessen sicher. Doch dann stiegen erste Zweifel in ihr auf. Seit Ceuta waren so viele Jahre verstrichen. Ein Mensch konnte sich völlig verändern, vor allem, wenn er sich in Verzweiflung und Rachsucht hineintreiben ließ, wie Colin ihr gestanden hatte. Colin! . . . Das Herz schmerzte ihr von dem neuen Schlag. Wenn wirklich Colin dahintersteckte, erklärte sich alles! Nein, es war absolut unmöglich. Joffrey konnte sich in bezug auf ihn nicht so irren, oder handelte es sich gar um ein berechnendes Spiel von ihm? Was für ein Spiel?

Wenn sie sich tiefer in dieses Labyrinth ungreifbarer Möglichkeiten verstrickte, würde sie noch den Kopf verlieren.

Was auch daran war, sie mußte schnellstens mit Joffrey sprechen, ihm mitteilen, was geschehen war, und herauszubekommen versuchen, welche verborgenen Absichten er verfolgte.

Da Abigaël jetzt ihr Kind hatte, bestand für sie keine Notwendigkeit mehr, in Gouldsboro zu bleiben. Und wenn die Fahrt nach Port-Royal bedeutete, daß das ersehnte Wiedersehen ein paar Tage früher stattfinden würde, konnte sie sich nur beglückwünschen.

«Gut», sagte sie zu Ambroisine, «ich werde Euch begleiten. Wir können morgen fahren.»

Dritter Teil

## Die Wollust

# 23

Die Französische Bucht wahrte ihren unerfreulichen Ruf. Die Entfernung bis Port-Royal war zwar nicht erheblich, aber während der Überfahrt kam ein Sturm auf, der die kleine Jacht *Le Rochelais* mehrmals an den Rand des Untergangs brachte.

Allein die Durchquerung der schmalen Einfahrt in die Bucht von Port-Royal nahm zwei volle Stunden in Anspruch, Stunden unaufhörlichen Kampfes gegen Kavalkaden gigantischer, schaumgekrönter Wellenberge. Hin und wieder tauchten für kurze Momente aus den Nebelwänden zu beiden Seiten des Schiffs in gefährlicher Nachbarschaft hohe schwarze, mit Gestrüpp bewachsene Felswände auf.

Vanneau und der Akadier, der ihnen als Lotse diente, lagen mit halbem Leib quer über dem Steuerruder, um die Jacht auf dem richtigen Kurs zu halten. Zweimal ging Cantor, der Kommandant, fast über Bord, weil er es verschmähte, sich irgendwo festzuklammern oder gar anzuseilen.

Als sie dann die ruhigeren Gewässer der Bucht erreichten, erwartete sie dort ein Nebel, der sich mit Messern schneiden ließ und ihr Weiterkommen aufs äußerste behinderte. Nachdem sie vorsichtig noch einige Meilen zurückgelegt hatten, schlug der Lotse vor, den Anker auszuwerfen.

«Wir müssen ungefähr auf der Höhe der Niederlassung sein, aber es wäre besser, die Schaluppe erst zu Wasser zu lassen, wenn wir sehen, wohin wir rudern. Und bei weiterer Annäherung bestünde die Möglichkeit, daß wir mit einem vor dem Hafen ankernden Schiff zusammenstoßen. Wenn es Abend wird, werden wir vielleicht die Lichter in den Häusern sehen können.»

Die Stunden des Wartens erlaubten den Passagieren und besonders den beiden Frauen, Angélique und der Herzogin von Maudribourg, sich auszuruhen und Kleidung und Gepäck zu ordnen. Obwohl in der kleinen Kabine des Hinterschiffs bestens geschützt, waren sie kräftig durchgerüttelt worden, und Angélique hatte sich durch eine rutschende Truhe eine kleine Verletzung am Knöchel zugezogen.

Sie nutzte die Zeit, um noch einmal die Ereignisse vor ihrer Abreise zu überdenken. Colin hatte auf ihre Mitteilung, daß sie Gouldsboro verlassen wolle, mit unerwarteter Heftigkeit reagiert.

«Nein», hatte er, beherrschten Zorn im Blick, gesagt, «du wirst bleiben. Madame de Maudribourg kann sehr gut allein reisen.»

Es war ein anderer Mensch, den sie da vor sich hatte . . . Goldbart! Goldbart, der Unbekannte! In Erinnerung an die Worte der Herzogin hatte Angélique sich von neuem von wirbelnder Unruhe erfaßt gefühlt, die sie keuchend an den Rand einer fast kindischen Panik trieb. Beim Lesen des Briefs Pater de Vernons hatte sie das gleiche empfunden. Der plötzliche Ausfall eines sicheren Freundes . . . ja, schlimmer, die Entdeckkung eines Feindes dort, wo sie in ihrem Herzen die Gewißheit einer Freundschaft, einer Treue errichtet hatte. War es möglich, daß es sich mit Colin genauso verhielt? . . . Nein, es war nicht möglich! Sie war Zeugin gewesen, als Joffrey seine Hand auf Colins Schulter gelegt, als der Blick beider Männer sich getroffen hatte. Ein solcher Blick zwischen zwei Männern! Vertrauen, Bekenntnis, Aufrichtigkeit . . . «Und jetzt», schienen die blauen Augen des Normannen, die schwarzen des Seigneurs aus Aquitanien zu sagen, «soll es zwischen uns gelten auf Leben und Tod!» Sie hatte sie durchs Fenster gesehen, *und sie wußten nicht, daß sie beobachtet wurden.* Ein solcher Blick trog nicht. Oder wurde sie verrückt, sie, Angélique? . . . War alles nur Schein und Lüge? Vermochte sie die Bedeutung der sichtbaren Welt plötzlich nicht mehr zu erkennen? Hatten Worte, stumme Blicke nicht mehr denselben Sinn? Verwirrte, verdoppelte sich alles? Die einen wußten, sahen die Kehrseite, während sie allein nur die obere sah. Trugen die glatten menschlichen Gesichter, die sie umgaben, Masken? Sie fühlte sich nicht imstande, es zu entscheiden.

Sie war so verblüfft, daß sie Colin erst nach einer Weile antwortete, und das weit ruhiger, als sie es normalerweise getan hätte.

«Was hast du dagegen? Ich verstehe nicht. Abigaëls Kind ist da, nichts hält mich zurück . . .»

Colin beherrschte sich nur mit Mühe. Sorge, ja Angst malte sich in seinen Zügen und klang aus seiner Stimme, obwohl er sich zur Ruhe zwang.

«Monsieur de Peyrac hätte es nicht gern, wenn er Euch bei seiner Rückkehr hier nicht vorfände», sagte er.

«Aber ich will ja gerade nach Port-Royal, um ihn früher zu treffen. Er hat die Absicht, auf der Rückfahrt vom Saint-Jean dort anzulegen, bevor er nach Gouldsboro fährt.»

Der Gouverneur schien sich plötzlich zu beruhigen. Ein listiger, konzentrierter Ausdruck, den sie gut an ihm kannte, verdrängte Zorn und Sorge aus seinen Zügen, während er die Augen leicht zusammenkniff. Er ähnelte einem großen Tier, das in den Tiefen des Waldes ungewöhnliche Geräusche hört und angespannt lauschend herauszufinden sucht, um was für eine Art Geräusch es sich handelt.

«Wer hat gesagt, daß Monsieur de Peyrac vor seiner Rückkehr nach Gouldsboro Port-Royal anlaufen würde?»

«Aber . . . er selbst doch, kurz vor seinem Aufbruch. Er hat es auch dir gesagt.»

«Ich kann mich nicht erinnern», murmelte er.

Sie war vor ihm stehengeblieben und wartete darauf, daß er von neuem sprechen würde.

Mit aller Macht mühte sie sich, die Flut ihres Mißtrauens gegen ihn einzudämmen. Warum wollte er sie zurückhalten? Sah er in ihr so etwas wie eine Geisel, die er nicht aus der Hand zu geben gedachte? Tat er deshalb so, als ob er sich nicht daran erinnerte, daß Joffrey Port-Royal anlaufen wollte? Rührte seine kaum verhüllte Unfreundlichkeit gegen Madame de Maudribourg etwa daher, daß er sich von dieser intelligenten und intuitiv veranlagten Frau durchschaut fühlte?

Angélique stellte sich diese Fragen, die Colins Haltung hätten erklären können, aber sie weigerte sich vorerst, sie bei sich zustimmend oder verneinend zu beantworten. Ihr fehlten dazu noch zu viele Beweiselemente. Sie stellte sie sich nur, versuchte dabei, ihre Furcht zu unterdrükken, und sagte sich, daß sie um jeden Preis Gouldsboro verlassen müsse, solange es noch möglich war.

Er schien ihren unwiderruflichen Entschluß in ihren Augen zu lesen und sagte kurz. «Gut. Ich lasse Euch abreisen. Aber nur unter einer Bedingung! Daß Euer Sohn Cantor Euch begleitet.»

Doch dann war Cantor an der Reihe gewesen, sich ihrer Entscheidung heftig und arrogant zu widersetzen.

«Ich denke nicht daran, Gouldsboro zu verlassen», hatte er erklärt. «Mein Vater hat mir keinerlei Befehl in dieser Hinsicht gegeben. Wenn es Euch so gefällt, steht es Euch frei, mit Madame de Maudribourg nach Port-Royal zu reisen, aber ich rühre mich nicht vom Fleck.»

«Du würdest mir einen Dienst erweisen. Aus verschiedenen Gründen will Colin mich nicht fortlassen, wenn du mich nicht begleitest.»

Cantor preßte die Lippen zusammen und zuckte unbeeindruckt mit den Schultern. «Es steht Euch frei, Euch das Fell über die Ohren ziehen zu lassen», entgegnete er womöglich noch störrischer und erhabener. «Ich kenne jedenfalls meine Pflicht.»

«Und wer will mir das Fell über die Ohren ziehen?» fragte Angélique, die sich allmählich zu ärgern begann. «Und wo ist deine Pflicht? Drück dich deutlicher aus, statt hier den großen Mann zu markieren.»

«Ja, erklärt Euch, mein Kind», mischte die Herzogin sich ein, die der Unterhaltung beiwohnte. «Eure Mutter und ich vertrauen auf Euer Urteil. Ihr solltet uns aufklären und uns bei unseren Entscheidungen helfen.»

Aber Cantor warf ihr nur einen düsteren, verächtlichen Blick zu und verließ hochmütig das Zimmer.

Diese plötzlich aufgetauchte Feindseligkeit in ihren Beziehungen zu Cantor, die schon immer schwierig gewesen waren, vertiefte Angéliques Mutlosigkeit noch mehr.

«Euer Sohn ist beunruhigt», tröstete Ambroisine. «Er ist noch ein Kind. Sehr verliebt in Euch wie jeder Sohn einer so schönen Mutter und sehr stolz auf seinen Vater. Das macht feinfühlig. Er scheint unter einer Situation zu leiden, von der er mehr weiß und errät, als wir ahnen können. Man muß dem ahnenden Wissen der Jugend vertrauen. Sie ist ein Zustand der Gnade . . . Als ich ihn vor kurzem mit verdrossener Miene antraf und ihn neckend fragte, warum es ihm in Gouldsboro nicht zu gefallen scheine, antwortete er, es sei nicht nach seinem Geschmack, mit Banditen leben zu müssen. Ich glaubte an einen Scherz, an einen Streit mit seiner Bande von Freunden, aber es handelte sich zweifellos um etwas anderes . . . Hat ihn der Gouverneur vielleicht bedroht? . . . Das Kind schweigt, weiß nicht, wie es sich verteidigen soll . . . Es muß Vertrauen in Euch haben. Ihr müßt es zum Sprechen bringen.»

«Cantor läßt sich nicht so leicht zum Sprechen bringen», hatte Angélique erwidert. «Und sein Vertrauen ist auch für mich schwer zu gewinnen.»

Sie ahnte nur zu gut, daß Cantors scheues Herz unter den Gerüchten, die in diesem Frühsommer über sie und Colin umgelaufen waren, gelitten haben mußte. Daher seine unversöhnliche Miene.

Ambroisine beobachtete nachdenklich ihr Gesicht. In einem Ton, der weder Behauptung noch Frage war, sagte sie:

«Und Ihr habt noch immer Vertrauen zu diesem Mann, diesem Colin . . .»

«Vielleicht nicht», sagte Angélique, «aber ich habe Vertrauen zu meinem Mann. Seine Kenntnis der menschlichen Natur ist außerordentlich. Er kann sich nicht so getäuscht haben.»

«Vielleicht hat er sich nicht getäuscht . . . Vielleicht ist es nur eine List, weil er weiß, wie gefährlich der Feind ist, mit dem er es zu tun hat.»

«Nein», sagte Angélique.

Der Gedanke, daß Colin ein Verräter sein könnte, hielt der Erinnerung an jenen Blick nicht stand, den Colin und Joffrey im Ratssaal gewechselt hatten, einen Blick der Verständigung, des Einvernehmens . . .

Endlich hatte Cantor doch eingewilligt, sie zu begleiten. Sie war von den Bernes zurückgekehrt, denen sie ihr langsam genesendes Kätzchen zu weiterer Pflege übergeben hatte, und fand ihn am Hafen, wo er mit Vanneau über die Vorkehrungen sprach, die getroffen werden mußten, um die Jacht *Le Rochelais* für die Fahrt nach Port-Royal seeklar zu machen.

«Du läßt mich also nicht im Stich», hatte sie lächelnd zu ihm gesagt.

«Der Herr Gouverneur hat mir Befehl dazu erteilt», erklärte er trocken.

Die Beengtheit der kleinen Kabine hatte Angélique schließlich an Deck getrieben, und dort sah sie ihn an der Reling lehnen und zum nach wie vor unsichtbaren Land hinüberblicken.

«Du hast uns gut geführt auf dieser Fahrt», sagte sie zu ihm.

Er hob die Schultern, als mißtraue er einem Kompliment, das die Gefahr in sich barg, seine mißbilligende Haltung aufzuweichen.

Plötzlich fragte sie ihn unverblümt: «Cantor, was hat dir Colin gesagt, um dich zu bestimmen, mich zu begleiten?»

Er wandte seiner Mutter seinen grünlichen Blick zu, und sie bewunderte seine jugendliche Schönheit in der hauchzarten schillernden Verschleierung des Nebels, die seinen Zügen einen sanften Schmelz zu verleihen und seine knabenhafte, kraftvolle Gestalt, sein lockiges Haar mit einer Aureole zu umgeben schien. Er war noch ein Kind, nicht ohne Anmut, rührend in seinem Mut und der Ernsthaftigkeit, mit denen er einer rauhen, verworrenen Welt begegnete.

«Er hat mir gesagt, daß ich Euch begleiten müßte, um über Euch zu wachen», sagte er spöttisch, als sähe er darin nur einen Vorwand, den er wider besseres Wissen akzeptierte.

«Kann ich nicht selbst über mich wachen?» fragte sie lächelnd und legte eine Hand auf den Griff der Pistole in ihrem Gürtel.

«Ihr schießt gut, Mutter, ich bestreite es nicht», gab Cantor zu, ohne seine hochmütige Miene aufzugeben, «aber es gibt andere Gefahren, derer Ihr Euch nicht bewußt seid.»

«Welche?... Sprich nur. Ich höre.»

«Nein», sagte Cantor, seine Mähne schüttelnd. «Wenn ich Euch sagte, wen ich anklage, würdet Ihr es nicht glauben, Euch ärgern und mich für einen eifersüchtigen Einfaltspinsel halten. Darum lohnt sich's nicht der Mühe.»

Er entfernte sich lässig, um deutlich zu machen, wie wenig es ihn kümmerte.

An wen dachte er? Wen wagte er nicht vor ihr zu beschuldigen? Berne? Manigault? Etwa doch Colin? Oder gar die Herzogin, gegen die er sich reichlich unhöflich verhielt?... Es war nutzlos, sich danach zu fragen. Er war so maßlos. Sie witterte etwas in ihm, was sie nie würde erobern oder sich versöhnen können.

Wie seltsam und vergeblich im Grunde das Dasein war! Eines Tages hatte sie in einem Augenblick unendlichen Glücks ein Kind empfangen, und nun war dieses zum Manne gewordene Kind vor ihr wie ein Fremder, der sich nur der Schmerzen, nicht der Freuden zu erinnern schien, die er seiner Mutter verdankte.

Der nässende Nebel puderte ihr Haar mit glitzernden Perlen. Ihr war kalt, sie zog ihren Mantel fester um sich zusammen und spürte wieder das Nahen der lähmenden Angst, die sich seit ihrer Abreise aus Gouldsboro ein wenig verflüchtigt hatte. Ein Schatten glitt hinter ihr vorüber, dann lehnte sich Ambroisine neben ihr gegen die Reling. Sie trug ihren schwarzen, rotgefütterten Mantel. Das Rot paßte zu ihren Lippen, die sie leicht geschminkt hatte, das Schwarz zu ihren Augen, die lilienhafte Blässe zur alabasternen Weiße des sie umschließenden Nebels. Sie war schön und schien irgendwie gewachsen, weniger unsicher und scheu als in den vorangegangenen Tagen.

Port-Royal, eine katholische Siedlung mit mindestens zwei Oratorianer-Predigern von großer Frömmigkeit, in der, wie man sagte, zwischen den adligen Besitzern des Lehens und der fleißigen und intelligenten bäuerlichen Bevölkerung ein gutes, patriarchalisches Verhältnis bestand, würde ihr besser bekommen als Gouldsboro mit seiner religiösen und nationalen Zwitterhaftigkeit.

Angélique zwang sich für sie zu einem Lächeln.

«Ich wette, Eure Mädchen werden sich freuen, Euch wiederzusehen. Sie müssen sich um Euch gesorgt haben. Arme junge Dinger!»

Die Herzogin antwortete nicht. Sie musterte aufmerksam Angélique.

«Ihr ähnelt mit diesem schillernden Nebel um Euer Haar der Königin des Nordens», sagte sie unvermittelt. «Ist es blond oder ist es weiß? Man möchte sagen bleiches, schimmerndes Gold. Ja, die Schneekönigin. Ihr hättet besser in die Rolle der Christine von Schweden gepaßt als jener Musketier in Röcken.»

Vanneau und der Lotse näherten sich ihnen. Auch sie sahen in die Richtung, in der sie Port-Royal vermuteten.

«Die Einwohner dürften in Aufregung sein», meinte der Lotse. «Sie müssen das Rasseln der Kette gehört haben, als wir ankerten. Jetzt wissen sie nicht, ob es der Engländer ist, und die meisten werden sich darauf vorbereiten, mit ihren Kochtöpfen in den Wald zu flüchten.»

«Wenn sie nicht auf uns schießen, sobald der Nebel verfliegt», bemerkte der wieder zurückgekehrte Cantor.

Der Lotse wiegte zweifelnd den Kopf.

«Es würde mich wundern, wenn sie genug Munition dazu hätten. Man sagt, das Schiff der Akadischen Kompanie, das sie mit Nachschub versorgt, sei von Piraten gekapert worden.»

Er schien recht zu haben. Kein Schuß fiel, als sich gegen Abend ein kühler Wind aufmachte, die Wasserfläche der Bucht zu kleinen, kurzen Wellen riffelte, den Nebel zu zerstreuen begann, und längs des Ufers plötzlich verschwommene Lichter aufblühten. Ein wenig später lag in der Dämmerung der ganze Ort vor ihnen ausgebreitet, Reihen von Holzhäusern mit steilen Dächern auf halber Höhe des Hangs, Schornsteine auf jedem Dach, aus denen träge sich kräuselnde Rauchfahnen aufstiegen und sich mit den abziehenden Nebelschwaden vermischten.

Außer den Lichtern in den Häusern waren kaum Spuren von Leben zu sehen. Eine kleine Herde Kühe, erkennbar an ihrem langsamen, schwerfälligen Gang, trottete nicht weit vom Uferrand dahin. Ihr dumpfes Muhen und hin und wieder ein Hirtenruf schallten schwach zu ihnen herüber.

Cantor ließ die Flagge seines Vaters hissen, das Lilienbanner mit dem Silbertaler, das an den Küsten Nordamerikas allmählich bekannt zu werden begann. Es war nur zu hoffen, daß es trotz der sinkenden Nacht vom Ufer aus noch zu sehen war und die Leute beruhigte. Die Schaluppe wurde zu Wasser gelassen, und die Passagiere, außer den beiden Frauen der ihnen zu weiterem Schutz beigeordnete Soldat Adhémar, der Kapuzinerpater Marc, Vanneau und Cantor, nahmen Platz.

Im Näherkommen konnten sie am Ufer eine vor allem aus Frauen und Kindern bestehende Gruppe ausmachen, die sie zu erwarten schien. Hauben und weiße Schultertücher flatterten im Halbdunkel wie ein Schwarm Möwen.

«Ich sehe schon Armand», bemerkte Madame de Maudribourg. «Der Arme ist noch dicker geworden. Man scheint in Port-Royal zu gut zu speisen.»

## 24

Joffrey war nicht da! Angélique hatte es im stillen gehofft, aber im Grunde nicht erwartet.

Sie saß beim Abendessen im Saal des Herrenhauses neben Madame de la Roche-Posay, der Gattin des Gouverneurs, einer vornehm wirkenden, noch jungen, aber von ihren zahlreichen Mutterschaften schon ein wenig mitgenommenen Frau, deren Erscheinung es trotz des schlichten, bürgerlichen Kleides nicht an Eleganz fehlte. Der Gouverneur war Joffrey auf dessen Expedition gefolgt, und die Hausherrin ließ sich eben in leicht larmoyantem Ton darüber aus, daß Monsieur de Peyrac zwar sicherlich große Ziele im Auge habe, daß sie aber fürchte, ihr Gatte mache sich Illusionen, und für eine französische Niederlassung werde alles nur auf einen neuen Überfall der Engländer hinauslaufen, deren Vergeltungsmaßnahmen sie ruinieren würden. Und natürlich würde das alles in Abwesenheit des Marquis vor sich gehen und zu einem Zeitpunkt, da sie sich wegen Munitionsmangels nicht einmal verteidigen könnten.

«Hat Monsieur de la Roche-Posay Euch nicht wissen lassen, wie lange diese Expedition dauern kann?» erkundigte sich Angélique in der stillen Erwartung, etwas zu erfahren, was ihrer sinkenden Hoffnung neue Nahrung geben könnte.

«Ebensowenig wie der Eure», seufzte die Marquise. «Ich sage Euch, die Herren haben andere Dinge im Kopf als unsere Sorgen.»

Während sie sich ihrer wie Orgelpfeifen nebeneinander aufgereihten Kinderschar zuwandte, sah Angélique zu Ambroisine hinüber, die gegen ihre sonstige Gewohnheit während der ganzen Mahlzeit kaum ein Wort gesprochen und keinen Versuch gemacht hatte, das Gespräch auf Gebiete zu lenken, wissenschaftliche etwa, auf denen sie glänzen konnte. Auch jetzt saß sie schweigend da, aß kaum, und Angélique fiel auf, daß ihr Gesicht noch blasser wirkte als sonst. Sie schien in Gedanken mit etwas beschäftigt, was sie bedrückte.

Als sie der hinter ihnen liegenden Strapazen wegen bald nach dem Abendessen aufbrachen, bestand Ambroisine darauf, Angélique bis zur Schwelle des Häuschens zu begleiten, das man ihr für die Dauer ihres Aufenthalts zur Verfügung gestellt hatte. Ihr Gepäck war schon dorthin gebracht worden.

Im Moment des Abschieds nahm Ambroisine beide Hände Angéliques in die ihren, die sich eisig anfühlten.

«Der Augenblick ist nun gekommen», sagte sie und suchte vergeblich, ihrer Stimme festen Klang zu verleihen. «Ich habe ihn aus Feigheit immer wieder hinausgeschoben. Aber Ihr verdient es nicht, getäuscht und belogen zu werden, Angélique. Deshalb werde ich sprechen, was es mich auch kosten mag. Ich empfinde zuviel Respekt vor Euch, von meiner Zuneigung gar nicht zu reden . . .»

Angélique hatte sich an die weitschweifigen Vorreden der Herzogin allmählich gewöhnt und hörte sie meistens nur mit halbem Ohr, aber merkwürdigerweise traf diesmal jedes Wort einen empfindlichen Punkt in ihr.

Sie hatte sich an diesem Abend verhältnismäßig sicher und ruhig gefühlt. Joffrey war zwar nicht da, aber die *Gouldsboro* würde bestimmt in den nächsten Tagen in die Bucht einlaufen, und in seiner Gegenwart würde sich vieles lösen, was sie jetzt bedrängte. Nun aber . . . Sie spürte die wachsende Beklemmung vor dem Ungewissen, was da auf sie zukam, wie einen dumpfen Druck im Magen.

«Ich habe Euch nicht alles gesagt, als ich Euch bat, mich nach Port-Royal zu begleiten», fuhr Ambroisine fort. «In Wirklichkeit hatte ich Angst. Ich wußte, daß er kommen würde . . . und ich fürchtete, daß ich seinem Charme vielleicht nicht widerstehen könnte. Da sagte ich mir, daß es leichter sei, wenn Ihr da wärt . . . daß es uns beide vor dieser schrecklichen Versuchung bewahren würde. Und ich hatte recht. In Eurer Gegenwart fühle ich mich sicherer, habe weniger Angst . . . Aber die Situation muß klar sein, Ihr müßt alles wissen . . . Ich kann nicht in der Lüge leben . . . Ich habe genug gelitten, solange ich mich verpflichtet fühlte, Euch seine Annäherungen zu verschweigen. Es liegt nicht in meinem Charakter, mich zu verstellen . . . aber ich sah mich dazu gezwungen. Er hat es ausdrücklich von mir verlangt.»

«Von wem sprecht Ihr?» gelang es Angélique einzuwerfen.

«Von wem? Von *ihm* natürlich!» rief Ambroisine verzweifelt. «Von wem denn sonst?»

Sie schlug die Hände vors Gesicht.

«Von Joffrey de Peyrac», murmelte sie mit erstickter Stimme, «Eurem Gatten . . . Oh, ich schäme mich dieses Geständnisses, und doch habe ich nichts getan, ich schwöre es Euch, um seine Leidenschaft zu wecken. Aber wie kann man einem solchen Mann widerstehen . . . sich weigern, ihn wenigstens anzuhören. Als er mir sagte, welch seltenes Vergnügen es ihm bereite, mit mir zu plaudern, als er mich drängte, ihn in Port-Royal zu erwarten, schien es mir, als verspräche schon der bloße Klang seiner Stimme ein Paradies, das ich nie gekannt hatte . . . Was für eine Qual war diese Begegnung für mich! Nicht nur der Angst um mein Seelenheil wegen angesichts einer so subtilen, köstlichen Versuchung, sondern auch wegen Euch, Angélique, die Ihr so gut zu mir gewesen seid, und obwohl er mir versicherte, daß eine stillschweigende Übereinkunft Euch frei in Euren Lieben ließe, empfand ich tausend Gewissensbisse. Das ist einer der Gründe, um derentwillen ich mich so impulsiv entschloß, nach Gouldsboro zurückzukehren. Fliehen . . . ihn fliehen . . . Euch wiederfinden . . . Ich bin für solche aufwühlenden Gefühlssituationen kaum vorbereitet.»

Sie ließ die Hände langsam von ihrem Gesicht gleiten, und während eines winzigen Moments musterte sie über die Fingerspitzen hinweg Angélique mit scharfem, kühl-prüfendem Blick, bevor sie die Lider senkte.

Angélique konnte kein Wort hervorbringen. Sie litt auf eigentümliche Art, gleichsam in der Schwebe, als könne sie sich weder entscheiden, auf welche Seite sie sich fallen lassen, noch was sie von Ambroisines Äußerungen akzeptieren oder verwerfen solle.

«Verzeiht, wenn ich das sage», begann Ambroisine behutsam von neuem, «aber räumt mir ein, daß es in gewisser Weise nicht leicht ist, sich von einem solchen Mann nicht verführen und faszinieren zu lassen. Einen Moment gab ich mich sogar der Illusion hin, daß ich mit ihm glücklich sein könnte. Seht, ich bin offen zu Euch. Ich will mich nicht besser erscheinen lassen, als ich bin . . . Ich habe zu sehr durch die Männer gelitten. Ich glaube, in mir ist etwas zerbrochen . . . unwiderruflich. Selbst mit ihm . . . hätte ich nicht . . . Warum hätte ich Euch also gemein verraten sollen, Euch, die zauberhafteste aller Frauen. Ich ziehe es vor, Eure loyale Freundin zu sein.»

Sie wollte nach Angéliques Händen fassen, aber sie wurden mit einer raschen Bewegung entzogen.

«Habe ich Euch wieder einmal verletzt?» fragte Ambroisine. «Ihr seid also tiefer mit ihm verbunden, als ich dachte? Ich hatte zu verstehen geglaubt, daß zwischen Euch und ihm eine gewisse Kühle herrschte.»

«Wer kann Euch das zu verstehen gegeben haben?»

«Er . . . er selbst. Als ich ihm sagte, daß ich nicht recht begriffe, wie er, der Gatte einer so schönen, verführerischen Frau, mir solche Erklärungen machen könne, antwortete er, man werde der Schönheit müde, wenn sie nicht von der Treue des Herzens begleitet sei. Und er fügte hinzu, er habe sich seit langem damit abgefunden, nicht mehr das Exklusivrecht auf Eure Schönheit zu fordern. Ihr hättet ein Recht auf Eure Unabhängigkeit.»

«Aber das ist ja wahnwitzig!» rief Angélique außer sich. «Er konnte das nicht sagen! Er nicht! Ihr lügt!»

Ambroisine starrte sie niedergeschmettert an.

«Oh, was habe ich getan!» murmelte sie. «Ihr leidet!»

«Nein!» schleuderte Angélique ihr wild entgegen. «Ich werde mit dem Leiden warten, bis ich vor den Tatsachen stehe!»

«Was meint Ihr mit Tatsachen?»

«Daß er es mir selbst sagt.»

«Ihr glaubt mir also wirklich nicht?» In kindlichem Egoismus fügte Ambroisine hinzu: «Ihr tut mir weh.»

«Auch Ihr tut mir weh!» entgegnete Angélique in einem schmerzlichen Aufschrei, den sie nicht zu unterdrücken vermochte.

Endlich schien Ambroisine zu begreifen, wie tief sie Angélique getroffen hatte.

«Oh, was habe ich getan!» wiederholte sie. «Ich hielt Euch nicht für so verliebt! Ich hätte geschwiegen, wenn ich es gewußt hätte. Nur aus Loyalität habe ich gesprochen. Ihr solltet Euch zur rechten Zeit verteidigen können. Aber ich habe unrecht gehabt!»

«Nein», stieß Angélique mühsam hervor. «Es ist, wie Ihr sagt. Es kommt darauf an, gewarnt zu sein . . . zur rechten Zeit!»


## 25

Die Enthüllungen hatten sie in eine Art Betäubung versetzt. Nachdem sie das kleine Haus betreten hatte, war sie lange Zeit auf der Seegrasmatratze des Bettes sitzen geblieben, ohne daran zu denken, sich auszustrecken und ein wenig Schlaf zu suchen.

Betäubt war das richtige Wort. Sie trieb wie in einer langsam fließenden Strömung dahin, schwerelos, ohne Ziel. Sie versuchte, sich Joffrey vorzustellen, wie er zu Ambroisine die Worte der Verführung sprach, deren Macht über sie selbst sie nur zu gut kannte, versuchte sich die Wärme seines Blicks vorzustellen, die zärtliche, streichelnde Melodie seiner Stimme, die die junge Frau mit einem Zauber umgab, den zu brechen oder vor dem zu fliehen schwierig war.

Es schien ihr zugleich plausibel und unfaßbar . . . Plausibel! Der ungreifbare, mysteriöse Charme dieser fremden, gleichsam aus dem Meer aufgetauchten Frau, der Schimmer ihrer Zähne zwischen dem feuchtrosigen Fleisch der Lippen in einem ungewissen, scheuen, nur zögernd aufleuchtenden Lächeln, der Ernst ihres Blicks, ein dunkler Strudel, dessen Sog nicht wenige Männer mitreißen mußte, die Faszination eines aus tausend überraschenden Facetten gebildeten weiblichen Geistes . . . Und was sonst noch? . . . Schönheit, Anmut . . . genug, um einen Mann kopfüber in den Abgrund stürzen zu lassen.

Es war plausibel . . . selbst im Falle Joffrey de Peyracs . . . und zugleich unfaßbar, undenkbar. Weil er nicht so war. Weil er sie liebte, sie, Angélique. Weil sie in Leben und Tod einander verbunden waren und er ebensowenig von ihrem Horizont verschwinden konnte wie die Sonne vom Himmel.

Aber für Momente war ihr dann wieder, als ertaube ihre Gefühlsfähigkeit, als sei sie nicht mehr in der Lage, ihre Beziehungen zu ihm und den anderen richtig wahrzunehmen. Sie sah sie, als bewegten sie sich auf der Bühne eines Theaters . . . Wer war verrückt? Colin, Joffrey, Cantor, Pater de Vernon, sie selbst? . . . Was war es, was sie verrückt gemacht hatte? Woher kam diese Verblendung? Mußte man an Satan glauben, an seine böse Macht, mit der er die verwirrten Menschen wie wehrlose Marionetten noch tiefer in die Irre führte?

Doch zugleich blieb sie fest in ihrer Entschlossenheit, sich nicht noch tiefer in diese Wirrnis zu verstricken, bevor sie Joffrey gesehen hatte. Es war ja Unsinn. Sie hatte nichts zu fürchten. Sie mußte nur warten wie ein Schiffbrüchiger auf seiner Insel und sich weigern, ihrer aufgewühlten Phantasie die Zügel freizugeben.

Vorsichtig streckte sie sich auf dem Lager aus, als fürchte sie, ihr mühsam geschaffenes inneres Gleichgewicht könne bei einer unüberlegten Bewegung wie Glas zersplittern.

Sie schlief.

Sie erwachte, und es brauchte seine Zeit, bis sie sich des Ortes bewußt wurde, wo sie sich befand. Der Name Port-Royal fiel ihr ein, aber es gelang ihr anfangs nicht, sich klarzumachen, was dort geschehen war. Sobald die Erinnerung zurückkehrte, untersagte sie es sich, daran zu denken.

Sie mußte warten . . .

Niemals war ihr ein Tag länger erschienen als dieser zweite Tag in Port-Royal. Später sollte sie andere, angstvollere und gefährlichere erleben, aber dieser, der im Frieden der kleinen Siedlung mit unendlicher Langsamkeit verstrich, würde ihr für immer eine bleierne Erinnerung bleiben, ein verschwommener Alptraum, unmöglich in irgendwelche Einzelheiten zu zerlegen und dennoch ebenso unmöglich zu verjagen.

Was tat sie im Laufe dieses milden, heiteren Tages im Duft der Obstgärten und des warmen Brotes am Ufer der Bucht von Port-Royal, die in hundert pastellenen Nuancen das Flachsblau des wolkenlosen Himmels widerspiegelte?

Morgens besuchte sie in Begleitung Madame de la Roche-Posays einige Familien des Dorfs, vorzüglich solche, die seit mehreren Generationen im Ort lebten. Patriarchalische, aus dem Berry, dem Creuse oder dem Limousin stammende, nun stark mit indianischem Blut vermischte Familien.

In der Mehrzahl der Häuser von Port-Royal erwies sich die Schwiegertochter unter ihrer weißen, bäuerlichen Haube als eine kleine Wilde mit großen schwarzen Augen, die der Sohn eines Tages von seinen Streifzügen durch die Wälder mit heimgebracht hatte.

Fromm, fleißig und hausfraulich, gebar sie schöne Kinder mit schwarzem Haar, ebensolchen Augen und sehr heller Haut, die zwischen Feldarbeiten, Sonntagsmessen und herzhaften Speck- und Kohlmahlzeiten sittsam aufwuchsen. So kam es, daß oft genug mit Bären- oder Seehundsfett einbalsamierte Wilde aus den Wäldern auftauchten, um sich als Verwandte ihrer französischen Familien in der Kaminecke niederzulassen und ihre Enkelkinder zu bestaunen.

Diese Atmosphäre friedlichen Zusammenlebens hatte etwas mit dem langen Bestehen Port-Royals zu tun, währenddessen die Keime hatten Wurzeln schlagen und sich verzweigen können, aber auch mit seiner abgeschiedenen Lage im Schutze der felsigen Halbinsel, die die Bucht nach außen hin abschloß.

Die Unruhen und Stürme des Meers oder der Welt, die dahinter tobten, schienen nicht bis zu ihnen zu gelangen. Wenn die Delirien der Französischen Bucht die Schiffe draußen in Gefahr brachten, blieb die Binnenbucht ruhig. Der Schnee im Winter peitschte nie über die steilen Dächer, er fiel mit lautloser Sanftheit. Diese Zurückgezogenheit und Ruhe nahm den Einwohnern die Lust, nach fernen Horizonten aufzubrechen.

Mit Hilfe der Holländer, in deren Besitz Port-Royal im Laufe seiner Geschichte ebenfalls gewesen war, hatten die akadischen Kolonisten die Sümpfe ausgetrocknet und dadurch viele Morgen Wiesen schaffen können, auf denen seither Kühe und Schafe weideten, sofern das Land nicht in prächtige Obstgärten verwandelt worden war.

Obwohl arm und während eines Teils des Jahres, vor allem, wenn sich das Eintreffen des Schiffs der Kompanie aus Frankreich verzögerte, ohne das Notwendigste an Eisenwaren, Stoffen und Munition, zeigten sich Spuren eines gewissen bukolischen Wohlstands im Bilde dieser französischen Niederlassung, in der es an saftigen Früchten und Gemüsen nicht fehlte, jedes Mädchen seine aus selbstgesponnenem Flachs eigenhändig gewobenen Linnenlaken besitzen und jeder junge Mann imstande sein mußte, das Rad eines Karrens mit Eisen zu beschlagen, bevor ihnen die Fähigkeit zugesprochen wurde, ein eigenes Heim zu begründen.

Madame de Maudribourg versuchte, sich während dieser Besuche zu den beiden Damen zu gesellen, doch Angélique war nicht dazu aufgelegt, ihr freundlich entgegenzukommen, obwohl Ambroisine ängstlich ihren Blick zu erwischen trachtete.

Die Gruppe der *Einhorn* hatte sich eng um die «Wohltäterin» geschart. Trotz ihrer Naivitäten und gewisser Eigentümlichkeiten ihres Benehmens, die vielleicht nur Angélique bekannt waren, war der Einfluß der Herzogin auf ihre Umgebung wirklich außerordentlich. Weder der bebrillte Sekretär noch die alte Pétronille Damourt, ja nicht einmal der grobe Job Simon konnten sich ihm entziehen.

«Die Mädchen des Königs sind ehrlich, recht gebildet und nett», bemerkte Madame de la Roche-Posay, als sich die Schar mit Madame de Maudribourg wieder entfernte. «Ich möchte gern einige von ihnen für ein paar unserer jungen Leute hierbehalten, aber ihre Beschützerin sieht nicht so aus, als ob sie einwilligen würde. Dabei hat sie nicht gezögert, sie mir ohne jede Erklärung zu schicken. Ich mußte sie mehrere Tage aus meiner Schatulle beköstigen und einige mit Kleidung versehen. Sie ist ein wenig seltsam, findet Ihr nicht?»

Am Nachmittag erstieg Angélique mit den Kindern de la Roche-Posay den Kamm der felsigen Halbinsel, an die sich die letzten Häuser des Ortes anlehnten.

Von oben war auf der einen Seite hinter windbewegten Laubkronen das grüne, immer stürmische Meer, auf der anderen zwischen Baumstämmen die wie poliertes Zinn blinkende ruhige Fläche der Binnenbucht zu sehen.

Kein Schiffssegel zeigte sich am Horizont. Nur die Segel einiger Fischerbarken. Sie stiegen wieder zum Dorf hinab, wo sie auf Adhémar stießen, der den Söhnen de la Roche-Posay seines militärischen Aufzugs wegen sehr imponierte. Um sich ihren Respekt nicht zu verscherzen, willigte er ein, mit ihnen zusammen die Kanone auf der Plattform eines der Ecktürmchen zu inspizieren, die den Hafen verteidigen sollte. Während der Jahre seines unfreiwilligen Dienstes hatte er immerhin so viel gelernt, daß er ihnen erklären konnte, wie man sie reinigte, stopfte und abfeuerte. Nach einigem Suchen entdeckten sie sogar mehrere Kugeln, die sie neben der Kanone zu einer kleinen Pyramide schichteten. Sie wirkte überaus beruhigend.

«Gut, daß Ihr gekommen seid, Soldat», sagte einer der Jungen. «Hier sagten sie immer, es gäbe keine Munition, um den Feind zurückzujagen. Darum hat sich kein Mensch mehr um unsere Verteidigung gekümmert.»

Adhémar wölbte stolz die Brust.

So verging der Tag langsam, sanft und unerträglich. Abends zog sich am Horizont ein Gewitter zusammen, während man sich zum festlichen Souper in den großen Saal des Herrenhauses begab. Madame de la Roche-Posay hatte außer Angélique und der Herzogin einige Notabeln der Umgebung, die Geistlichen und den Sekretär Dacaux zur Tafel geladen.

Auch Cantor hatte sich eingestellt, und er war es, der das Gewitter unter den Menschen entfesselte, während das, das draußen schwere Regenwolken über den Himmel trieb, sich noch nicht zum Losbrechen entschließen konnte und sich nur durch dumpfes Grollen und gelegentliches Wetterleuchten ankündigte.

Das Gespräch war bald sehr lebhaft geworden. Als gute Gastgeberin gab die Hausherrin den Tischgenossen Gelegenheit zu glänzen. Sie hatte von Madame de Maudribourgs Gelehrsamkeit gehört und stellte ihr einige keineswegs dumme Fragen.

Ambroisine stürzte sich alsbald in ein schwieriges Thema, das sie aber mit solcher Geschicklichkeit darzulegen verstand, daß sich jeder vorübergehend für einen den mathematischen Wissenschaften besonders aufgeschlossenen Geist halten durfte. Ihr persönlicher Charme sorgte dafür, daß ihr die allgemeine Aufmerksamkeit auch nach dem Schwinden dieser Illusion erhalten blieb. Angélique sah wieder die Szene am Strand von Gouldsboro vor sich, als Ambroisine über die Anziehungskraft des Mondes gesprochen hatte.

Die Erinnerung an Joffreys aufmerksam ihr zugewandten Blick war so unerträglich, daß sie es vorzog, diese Vision zu verjagen. Im übrigen war es in diesem Moment mit Cantors Geduld zu Ende. Ambroisine hatte erneut ihre Korrespondenz mit Kepler erwähnt, als er heftig ausrief:

«Wieder dieser Unsinn! . . . Kepler ist schon lange tot, seit 1630, wenn ich mich nicht irre.»

Mitten im Satz unterbrochen, musterte Ambroisine ihn erstaunt.

«Wenn ich nicht tot bin, ist er's auch nicht», sagte sie mit leichtem Lächeln. «Erst kürzlich, wenige Tage vor meiner Abreise aus Europa, erhielt ich einen Brief von ihm, der von den Umlaufbahnen der Planeten handelte.»

Der Junge zuckte wütend mit den Schultern.

«Unmöglich, ich sag's Euch!»

«Solltet Ihr, was Gelehrte betrifft, mehr auf dem laufenden sein als Euer Vater?»

«Warum?»

«Weil er selbst mir sagte, daß er gleichfalls mit Kepler korrespondiert habe.»

Das Blut schoß Cantor ins Gesicht. Er wollte schon heftig widersprechen, als Angélique ihm in festem Ton zuvorkam:

«Genug, Cantor! Es ist ganz zwecklos, darüber zu streiten. Bei der Ähnlichkeit der Namen all dieser deutschen Gelehrten liegt eine Verwechslung sehr nahe. Sprechen wir nicht mehr darüber.»

Madame de la Roche-Posay wechselte das Thema und schlug ein Gläschen Rossoli-Likör vor. Es war der Rest aus dem Faß, das sie im vergangenen Jahr aus Frankreich erhalten hatte, und wenn sich das Eintreffen des Schiffs der Kompanie noch weiter verzögerte . . .

«Diese jungen Leute hier haben heißes Blut», sagte sie, als Cantor nach höflichem Abschied den Saal verlassen hatte. «Das Leben, das sie führen, veranlaßt sie, keinerlei Autorität anzuerkennen, wenn sie sie nicht überhaupt verachten, woher sie auch kommt.»

Stechmücken begannen sich in der von Wetterleuchten durchzuckten Dämmerung bemerkbar zu machen. Die Gäste nahmen Abschied.

Angélique machte sich auf die Suche nach Cantor, der im kleinen Anbau eines Bauernhofs untergebracht worden war. Sie hatte Glück und traf ihn dort an.

«Was hat dich nur dazu gebracht, dich gegen Madame de Maudribourg so anmaßend zu benehmen? Wofür du dich hältst, Pirat oder Waldläufer, ist mir gleich, aber deswegen darfst du nicht vergessen, daß du Page des Königs gewesen bist und gegen Damen höflich zu sein hast.»

«Mir graut vor gelehrten Frauen», bemerkte Cantor mit überlegener Miene.

«Weil du bei Hofe die Komödien Monsieur Molières gesehen hast.»

«Ach ja! Es war sehr komisch.» Die Erinnerung munterte Cantor für einen Moment auf. Doch dann verdüsterte er sich von neuem. «Das ändert nichts daran, daß es viel besser wäre, Frauen erst gar nicht das Lesen beizubringen.»

«Du bist mir schon einer!» rief Angélique. Ihr munterer Ton war nicht ganz frei von Gereiztheit. «Fändest du es schön, wenn ich dumm und nicht imstande wäre, auch nur das kleinste Geschreibsel zu entziffern?»

«Bei Euch ist das was anderes», sagte Cantor mit der Unlogik von Söhnen, die ihre Mutter bewundern. «Trotzdem bleibt's dabei, daß Frauen unfähig sind, das Wissen um seiner selbst willen zu lieben. Sie

147

schmücken sich damit wie mit Pfauenfedern, um die Kretins von Männern zu verführen, die ihnen auf diesen Leim gehen.»

«Madame de Maudribourg verfügt jedenfalls über eine hervorragende Intelligenz», sagte Angélique bedacht.

Cantor preßte die Lippen zusammen und wandte sich verärgert ab. Sie spürte, daß er nur zu gern etwas gesagt hätte, aber schwieg, «weil sie ihn natürlich nicht verstehen könnte». Nachdem sie ihn noch einmal daran erinnert hatte, daß es zu den selbstverständlichen Pflichten eines jungen Herrn von Rang gehöre, sich in Gesellschaft liebenswürdig zu zeigen, verließ sie ihn ziemlich unbefriedigt. Er hatte nun einmal die Gabe, sie durch seine Kritik am lieben Nächsten zu reizen.

Die Nacht lastete auf ihren Schultern wie Blei. Sie kam ihr besonders dunkel und drohend vor, und jedes der fest um ihr Herdfeuer geschlossenen Häuser schien ihr feindselig, als berge es einen versteckten Gegner, der ihr mit den Blicken folge. In welchem von ihnen verbarg er sich und plante neue Fallen?

Sie lief. Sie hatte es plötzlich eilig, ihre Unterkunft zu erreichen und sich dort zu verbarrikadieren, was im Grunde reichlich albern war.

Bevor sie zu ihrem kleinen Haus gelangte, mußte sie einen hinter dem Hauptgebäude liegenden Hof durchqueren und dann einen ziemlich langen gewölbten Durchgang bis zu einem ins Freie führenden Tor passieren. Als sie die Passage betrat, hatte sie das unbestimmte Gefühl, als beobachte sie jemand aus dem tiefen Dunkel unter der Wölbung.

Die instinktive Warnung war kaum in ihr Bewußtsein gedrungen, als zwei Arme sie auch schon von hinten umschlangen und ihre Bewegungen lähmten. Die Umklammerung war unwiderstehlich und verursachte ihr eine unbeschreibliche, ungewohnte Empfindung, denn die Arme, die sie gefangenhielten, *waren nicht die Arme eines Mannes.*

Was sie überwältigte, war sanft, warm und weiblich wie auch die Stimme, die flüsternd zu ihr sprach – sie hätte nicht zu sagen vermocht, in welcher Sprache – und die in ihr den gleichen Eindruck von Entsetzen und Abscheu weckte, einen Eindruck, als glitte sie mit schwindelnder Schnelligkeit in eine tödliche Falle, aus der keine menschliche Kraft sie retten könne. Sie wäre ohnmächtig geworden, wenn nicht ein plötzlicher Blitz am Horizont die Finsternis im Durchgang für den Bruchteil einer Sekunde erhellt und sie ganz nahe dem ihren das Gesicht der Herzogin erkannt hätte.

«Ah, Ihr seid es!» stieß sie rauh hervor, während das Blut in ihren Adern wieder zu zirkulieren begann. «Warum habt Ihr mir solche alberne Angst eingejagt?»

«Angst? Wovor, meine Liebe? Ich wartete auf Euch, um mich zu verabschieden, das ist alles. Nur gingt Ihr in Eure Gedanken vertieft so schnell, daß ich Euch irgendwie aufhalten mußte.»

«Nun, dann entschuldigt», sagte Angélique kalt. «Aber verhaltet Euch in Zukunft weniger kindisch. Ich zittere noch immer von dem Schreck, den ich Euch verdanke.»

Sie war ein paar Schritte weitergegangen, aber ihre Beine waren wie Blei und trugen sie kaum, so daß sie sich gegen den Pfeiler der Torwölbung stützten mußte. Sie sog die freiere Luft ein und wartete darauf, daß sich das heftige Schlagen ihres Herzens beruhigen würde. Aber die Luft war an diesem Abend schwül und schwer von den Gerüchen, die das Gewitter besonders stark hervorlockte, und erleichterte sie nicht. Sie fühlte sich weiter schwach, kaum fähig, einen Gedanken zu Ende zu denken, und als ihr Blick wieder auf das ihr zugewandte Gesicht der Herzogin fiel, kehrte die Angst von vorhin zurück.

Sie war noch schwach und ungewiß.

Das Licht des Feuers im Kamin ihres kleinen Hauses gegenüber fiel durch die offene Tür, warf seinen flackernden rötlichen Schein hin und wieder bis zu ihnen und schuf zusammen mit dem Licht der zwischen den Wolken auftauchenden Sterne und seinem Widerschein auf der Oberfläche des Meers um sie und Ambroisine eine Halbhelligkeit, die zuweilen durch einen lautlosen Blitz am nächtlichen Horizont aufgerissen wurde. Später erst war in der Ferne das gedämpfte Grollen des Gewitters zu hören. Doch selbst nach Erlöschen des grell aufzuckenden Blitzes konnte sie dank dieser Phosphoreszenz der Nacht Ambroisine erkennen, und es schien ihr, als intensivierte sich die Weiße dieses Gesichts, bis auch von ihm ein anomales Licht ausging, als glühte aus dem dunklen Feuer dieser seltsamen goldschimmernden Augen eine unheilvolle Kraft, die es ihr, Angélique, unmöglich machte, sich ihrem Zauber zu entziehen.

«Ihr zürnt mir», sagte Ambroisine mit veränderter Stimme. «Ihr habt Euch von mir entfernt, ich spüre es, und das ist mir schrecklich ... Warum? Warum? Wodurch habe ich Euch verletzt, meine Wunderschöne? Ich habe es gewiß nicht gewollt! ... Wie gleichgültig lassen mich Huldigungen sonst, während ein bloßes Lächeln von Euch mir köstlicher ist als alles auf der Welt. Meine Wunderschöne! Wie sehr habe ich Euch erwartet! Wie hoffte ich auf Euch ... und nun seid Ihr endlich da ... so nah, so schön! Verurteilt mich nicht! Ich liebe Euch!»

Sie hatte ihre Arme um Angéliques Hals gelegt. Sie lächelte. Ihre kleinen Zähne schimmerten wie Perlen. Ihre Worte schienen von weit her zu kommen, wie herangeweht von einem erregenden, unbekannten Wind.

Angélique fühlte ihr Fleisch erschauern.

Es kam ihr vor, als tanzten Flammenzungen um Ambroisine, als flössen sie zusammen und schrieben Worte auf den phosphoreszierenden Hintergrund der Nacht ... jene Worte, die sie verfolgten, seitdem sie ihren Fuß auf amerikanischen Boden gesetzt, jene Worte, die sie gelesen hatte, von der Hand des Jesuiten an Pater d'Orgeval geschrieben, jene verrückten Worte ohne Bedeutung, jene rituellen, unwahrscheinlichen, lächerlichen Worte, die sich, unversehens aus ihrem Gehirn auftauchend, ihr mit erschreckender Gewißheit aufdrängten: *Die Dämonin! Der böse Geist!*

«Ihr hört mir nicht zu», klagte Ambroisine. «Ihr starrt mich an wie behext. Was habe ich denn so Entsetzliches gesagt?»

«Was habt Ihr gesagt?»

«Ich sagte, daß ich Euch liebe. Ihr erinnert mich an unsere Mutter Äbtissin . . . Sie war sehr schön, sehr kalt, aber die Gleichgültigkeit ihres Gesichts verbarg ein schreckliches Feuer . . .»

Sie lachte leise, es klang fast ein wenig trunken.

«Ich hatte es gern, wenn sie mich in ihre Arme nahm», murmelte sie.

Ihr Ausdruck wandelte sich wieder, und von neuem schien von ihrer ganzen Person und vor allem von ihren Augen und ihrem in leidenschaftlicher Schwärmerei strahlenden Lächeln jene vielleicht nur Angélique wahrnehmbare Aura auszugehen.

«Aber Ihr seid noch schöner», sagte sie zärtlich.

Ein undefinierbares Gefühl verklärte sie, so daß Angélique sich sagte, daß sie noch nie einem so schönen Wesen begegnet sei. Etwas Überirdisches war im Spiel. Die Schönheit der Engel, dachte Angélique, und für einen Moment war ihr, als löse sie sich taumelnd von der Erde, um mit der den Menschen nicht sichtbaren Welt des Irrealen in Verbindung zu treten. Doch sie zwang sich zur Nüchternheit, und ihre Neugier erwachte.

«Was habt Ihr, Ambroisine? Ihr seid heute abend anders als sonst. Ihr seid wie besessen.»

«Besessen? Was für ein starkes Wort!»

Ein nachsichtiges Lächeln spielte um die Lippen der Herzogin. Sanft legte sie eine Hand auf Angéliques Brust.

«Wie erregbar Ihr seid, meine Liebe! Und wie Euer Herz schlägt!»

Glühende Zärtlichkeit vibrierte in ihrer Stimme.

«Besessen? Nein. Vielleicht fasziniert? . . . Fasziniert von Euch . . . ja, das bin ich! Habt Ihr es nicht sofort gemerkt? Gleich als ich Euch am Strand von Gouldsboro sah, geriet ich in Euren Bann, und mein Leben erhielt einen neuen Sinn. Ich liebe Euer offenes, fröhliches Lachen, Eure Heftigkeit, Eure Lebenslust, die Sanftheit Eures Verhaltens zu anderen . . . aber mehr als alles erschüttert mich Eure Schönheit.»

Sie legte ihren Kopf an Angéliques Schulter.

«Ich habe von dieser Geste so oft geträumt», murmelte sie. «Wenn Ihr von Eurer Tochter Honorine spracht, war ich eifersüchtig. Ich wäre gern an ihrer Stelle gewesen, hätte gern wie sie die Wärme Eures Körpers kennengelernt.» Sie erschauerte. «Mich friert so oft. Die Welt ist voll von Schrecknissen. Ihr allein seid meine Zuflucht und Lust.»

«Ihr verliert den Verstand», sagte Angélique, die sich ihrer Fassung nicht mehr sicher fühlte und sich vergeblich zu befreien suchte. Es war wie ein bedrängender Halbtraum. Sie spürte Ambroisines Finger auf ihrer Korsage, und das leichte Kratzen der Fingernägel über den Stoff wurde in ihren Ohren zu einem erschreckenden Rauschen.

Um sich von Ambroisine zu lösen und sie zurückzudrängen, bedurfte es einer gewaltigen Kraftanstrengung.

«Ihr habt heute abend zuviel getrunken. Dieser hiesige Wein war stark.»

«Oh, fangt nicht schon wieder an, Euch als tugendhafte Dame aufzuspielen! Allerdings steht es Euch zum Entzücken. Ihr bringt es ausgezeichnet fertig, Euch als Verführerin das nötige Tugendrelief zu komponieren. Alle Männer lassen sich damit fangen. Sie lieben die Tugend unter der Bedingung, daß sie bereit ist, vor ihren Leidenschaften schwach zu werden. Aber unter uns sind solche Kriegslisten überflüssig, nicht wahr? Wir sind beide schön und lieben beide das Vergnügen. Werdet Ihr mir nicht ein wenig Freundschaft schenken, trotz der Eröffnung, die ich Euch gestern abend machte?»

«Nein, ich könnte es nicht.»

«Warum? Warum nicht, meine schöne Geliebte?»

Sie lachte ihr leises, tiefes Lachen, in dem etwas Fleischliches, Verführendes mitschwang.

Ein Blitz, dessen grelles, blendendes Licht bis in den dunklen Winkel drang, in dem ihr Gespräch stattfand, zeigte Angélique von neuem Ambroisine de Maudribourgs durch eine unbeschreibliche Leidenschaft zu übernatürlicher Schönheit verwandeltes Gesicht. Ja, wahrhaftig, nie hatte sie ein so schönes Wesen gesehen! Nun war sie es, die seiner Faszination unterlag.

«Warum nicht? Sind die Männer Euch denn so wichtig? Warum bringt Euch mein Verlangen so außer Fassung? Ihr seid nicht naiv, soviel ich weiß. Und Ihr seid sinnlich. Ihr habt bei Hofe gelebt, habt selbst zu den Vergnügungen des Königs beigetragen, wie man mir sagte. Madame de Maintenon hat mir manche schlüpfrige Anekdote über Euch erzählt. Solltet Ihr all das vergessen haben, Madame . . . Madame du Plessis-Bellière? . . . Was ich über Euch weiß, hindert mich zu glauben, daß Ihr Euch gegen ein wenig Vergnügen sträuben könntet, wenn es sich bietet.»

Ihre brennenden Augen beobachteten in der lichten Dunkelheit für einen Moment Angéliques Gesicht, das nur Verblüffung verriet. Enttäuscht fuhr sie fort:

«Warum zeigt Ihr Euch noch immer so kalt? Ich bin überzeugt, wenn ein Mann Euch streichelte, würdet Ihr auf andere Art vibrieren. Habt Ihr niemals Zärtlichkeiten von der Hand einer Frau erfahren? Das ist schade. Sie haben ihre Reize.»

Wieder klang ihr kehliges Lachen auf, zugleich irritierend und bezaubernd.

«Warum überlassen wir es nur den Männern, uns glücklich zu machen? Die armen Tölpel sind so wenig begabt dafür.»

Und wieder das Lachen, diesmal nur schriller, metallischer.

«Ihre Wissenschaft ist so beschränkt, während die meine . . .»

Sie näherte sich Angélique, und ihre glatten Arme umfingen sie von neuem.

«Die meine ist unendlich», flüsterte sie.

Wie vor kurzem, als Ambroisine sie im Durchgang angehalten hatte, war es Angélique, als winde sich eine geschmeidige Schlange mit unwiderstehlicher Kraft um sie, schmiege sich mit egoistischer Sinnlichkeit ihrem Körper an, ersticke sie in einer widerlich süßen, gierigen Umschlingung.

Wer sagt, daß Schlangen kalt und schleimig seien? Diese von warmem Leben und verwirrender Zärtlichkeit erfüllte, mit einschmeichelndem und herrischem Charme begabte, mit dem starren, strahlenden Leuchten ihres auf sie gerichteten schönen menschlichen Blicks, diese, das wußte sie, war *Die Schlange*, geradewegs aufgetaucht aus den Nebeln des Gartens Eden der ersten Tage der Welt, als sich alle Herrlichkeiten der Schöpfung entfalteten und alles Fleisch noch unschuldig war . . .

So stark war ihr Eindruck, daß sie nicht erstaunt gewesen wäre, zwischen Ambroisines halbgeöffneten roten Lippen eine gespaltene Zunge in flink huschender Bewegung zu sehen.

«Du wirst alles lernen», sagte dieser Mund nahe dem ihren, «und ich werde dir alles verdanken. Verweigere mir nicht die einzige Wollust, die ich auf Erden erfahren kann.»

«Laßt mich endlich!» rief Angélique. «Ihr seid verrückt!»

Die Arme, die sie gefangenhielten, gaben sie frei, und die zugleich schreckliche und paradiesische Vision schien sich aufzulösen, während die von Blitzen zerrissene Nacht wieder über sie herabsank. Die Laute und Bewegungen der Wirklichkeit ringsum drangen von neuem zu ihr: der schrille Gesang der Grillen, das Rauschen der Wellen unten am Strand. Kaum hörte sie das Geräusch schnell sich entfernender Schritte, während die Gestalt einer Frau in der Nacht verschwamm wie ein weißes Phantom.

## 26

Angélique saß auf ihrem Seegraslager unter dem Schindeldach des kleinen Hauses. Sie war noch wie betäubt, und zugleich hatte der Vorfall, der erst wenige Minuten hinter ihr lag und den sie, so kam es ihr vor, vielleicht auch nur geträumt hatte, die bedrückende Spannung dieses ganzen Tages vertrieben.

Es schien ihr, als sei sie jäh wieder auf die Füße gefallen, und sie empfand Erleichterung darüber. Die quälende Frage, die sie sich so oft gestellt hatte – wer von ihnen allen war nun verrückt? –, war plötzlich durch die Ereignisse selbst mit überzeugender Klarheit beantwortet worden. *Sie* war verrückt, sie, die Herzogin von Maudribourg.

Und es schien ihr, als rücke in diesem Licht so manches erst an seinen rechten Platz: die Worte Colins und die Redereien der beiden Piraten, die sie belauscht haben wollte, und auch die Äußerungen, die sie Joffrey zuschrieb. Und unversehens sah Angélique für einen Moment das hochmütig-verschlossene Gesicht Pater de Vernons vor sich, wie er die Stirn runzelte, als sie ihm sagte: «Ihr habt Euch dem Verbleiben der Mädchen des Königs in Gouldsboro widersetzt.»

Und er:

«Ich? Wie käme ich dazu, mich in diese Angelegenheit einzumischen!»

Doch Ambroisine hatte ihr erklärt, Pater de Vernon sei unbedingt dagegen. Er fürchte für das Seelenheil der Mädchen . . .

Lügen! . . . Verdrehungen der Wahrheit durch die infernalische Geschicklichkeit einer Verirrten.

Unerwarteterweise hatte sich die Enthüllung eines ungeahnten Persönlichkeitsaspekts der Herzogin, ihre Neigung zu abartigen Süchten, die Angélique nie bei ihr vermutet hätte, gleichzeitig mit der Entdeckung ergeben, daß alle die Lügen von ihr stammten. Eine logische Folgerung ergab sich aus alldem: Die Verwandlung Ambroisines war keine Verwandlung. Ihr früheres Verhalten, das sie Angélique gegenüber an den Tag gelegt hatte, das Verhalten einer frommen Werken hingegebenen, in religiöser Hinsich ein wenig exaltierten jungen Frau, die nach und nach die verborgenen Qualen ihrer gepeinigten Seele preisgab, war zweifellos eine Lüge gewesen. Die wahre Ambroisine war die, die erst vor kurzem so erstaunliche Worte zu ihr gesprochen hatte.

Aber waren sie wirklich so erstaunlich? Ergab sich die Lösung des Rätsels allein aus dem Umstand, daß sich ein labiles Wesen, das offenbar ein wenig zu üppig vom Wein gekostet hatte, zu ungewöhnlichen Liebesgeständnissen hinreißen ließ, deren es sich morgen schämen würde?

Gewiß, Ambroisine war haltlos und verrückt, aber genügte das, sie mit dem ganzen Gewicht der zweifellos genau vorbereiteten blutigen Kabale

gegen sie und Joffrey zu belasten? Oder hieß das nicht, ins entgegenge-
setzte Extrem zu verfallen?

Dann kam ihr ein Satz Ambroisines ins Gedächtnis zurück: «Wir sind
beide schön und lieben beide das Vergnügen . . .»

Einen Augenblick schien es ihr, als hielte sie die wirkliche Ambroisine
in ihren Händen, nicht die, die sie mit den Augen einer gejagten Hindin
anblickte und seufzte: «Ich kann nicht ertragen, daß ein Mann mich
berührt . . . Ihr könnt nicht wissen, was es heißt, als Kind von fünfzehn
Jahren einem Lustgreis ausgeliefert zu sein . . .»

Die, die ihr damals Mitleid eingeflößt hatte – was war sie? Gefährlich?
Unmoralisch? Bemitleidenswert?

Wie konnte man die Wahrheit erfahren? Wer konnte einem über die
Herzogin reinen Wein einschenken? Ihre Schützlinge liebten und verehrten sie offensichtlich.

Joffrey hatte ihr nur Einzelheiten über ihren Gatten berichtet, die dem
entsprachen, was sie später von Ambroisine selbst erfahren hatte. Auch
ihr ungewöhnliches Wissen war ihr von ihm bestätigt worden.

Aber was er über ihre Persönlichkeit dachte, ahnte sie nicht, und als ihr
das bewußt wurde, verursachte es ihr Unbehagen wie jedesmal, wenn sie
in ihren Gedanken Ambroisine und Joffrey verband. Ihr Mann hatte ihr
über diese Frau nicht alles gesagt, und nun schien es ihr sogar, als ob er ihr
absichtlich etwas verschwiegen hätte. Auch die anderen sprachen nicht
über Ambroisine de Maudribourg, das war eine Tatsache. Zufall oder
Folge? Aus Furcht oder aus Unsicherheit?

Sie erinnerte sich der Szene am Strand von Gouldsboro, als sie gesehen
hatte, wie sich die Augen aller anwesenden Männer, selbst die Joffreys,
auf Ambroisine richteten. War sie ihnen in diesem Moment erschienen
wie vor kurzem ihr, verklärt durch eine innere Flamme, durch übermenschliche Freude?

«Mein Gott, wie schön sie war!» sagte sie sich entsetzt.

Welcher Mann konnte sich dem Reiz solcher Schönheit entziehen?
War das der Zauber, mit dem sich jede Frau schmückte, wenn sie liebte
und nach Liebe verlangte? . . . «Sehe ich so aus, wenn Joffrey mich in
seine Arme nimmt? . . . Ja, vielleicht.»

Aber das Besondere, Ungewöhnliche rührte zum wenigsten von dort
her. Eine Frau, die ihre Reize nutzte, um auf sich aufmerksam zu machen,
das war nicht genug, um sie, Angélique, zu der jähen Erkenntnis zu
führen, daß Ambroisine verrückt war. Daß sie es war, von der alle Lügen
kamen . . . Es war etwas anderes: die ganz und gar unbeschreibliche
Furcht, die sie überschwemmte, als Ambroisine sie umarmt hatte.

Die Tatsache als solche hatte keine derartige Reaktion verdient, obwohl
sie natürlich überrascht gewesen war, denn der Gedanke, die fromme und
entzückende Witwe könne dem Kulte Sapphos huldigen, hatte sie bis

dahin nicht einmal gestreift. Sie hatte im Gegenteil – sie gestand es sich nun offen ein – nur für Joffrey gefürchtet, und nun war sie es, der Ambroisine leidenschaftliche Erklärungen machte! Es war Anlaß genug, sich zu verwundern, aber keineswegs, um vor Schreck zu versteinern, wie es ihr ergangen war.

Im Laufe ihres Lebens und besonders während der Zeit am Versailler Hof hatte sie sich oftmals aus heikleren Situationen herausgewunden als der, die verliebten Annäherungsversuche einer Frau zurückweisen zu müssen. Bei Hofe regierte das Vergnügen in jederlei Gestalt. Es war das Gift, an dem sich die nach Befriedigung ihrer aufgereizten Sinne gierende Hofgesellschaft berauschte.

Jeder trank aus dem Becher, der ihm am wohlschmeckendsten schien oder am ehesten neue, ungeahnte Sensationen versprach, und das zehnte Gebot wurde auf jede Weise übertreten, sobald der Körper im Spiele war. Die Idee der Sünde fügte dem köstlichen Rausch der Sinne zusätzliche Würze hinzu, wie übrigens auch die Angst vor der Hölle, der man natürlich entwischen wollte. Glücklicherweise waren dafür die Priester da! . . .

In diesem halb himmlischen, halb infernalischen Reigen von Versailles hatte Angéliques Schönheit sie manches Mal vor die Notwendigkeit gestellt, den einen oder anderen grausam zu enttäuschen. Aber all das war innerhalb der Spielregeln geblieben.

Durch Erfahrung und ihren natürlichen Instinkt geleitet, der Achtung vor dem anderen, die sie nachsichtig über menschliche Süchte urteilen ließ, sofern sie Grausamkeit ausschlossen, hatte sie sich die Freiheit ihrer Gefühle zu bewahren vermocht, ohne sich Feinde zu schaffen. Ausgenommen in ihrer Beziehung zum König! Aber das war eine ganz andere Sache.

Warum also diese lähmende Panik, die sie für einen Moment willenlos gemacht hatte wie ein dummes Kaninchen vor der Schlange?

Die Schlange!

Wieder dieses Bild!

Sicher, weil sie verrückt ist. Echte Verrücktheit flößt Angst ein . . .

Nein, ich habe mehr als einmal in meinem Leben Angst gehabt und bin mehr Narren begegnet, als mir lieb war. Aber das vorhin war etwas anderes! Es war wie alle Schrecknisse zusammen . . . Der Mythos des Schreckens! Das Böse! . . . *Wer ist sie?*

Ein plötzlicher Einfall brachte sie auf die Füße. Es gab jemand in Port-Royal, der vielleicht offen über die Herzogin mit ihr reden würde, jemand, der sie von Herzen haßte und es auch nicht verbarg. Wenn sie die Gründe dieser Abneigung erfuhr, würde es ihr sicher helfen, sich ein genaueres Urteil über das seltsame Geschöpf zu bilden.

Sie verließ das Haus.

Das Gewitter grollte noch immer am finsteren Horizont, aber über dem Dorf lag tiefes Schweigen. In Port-Royal schien man fest und ruhigen Gewissens zu schlafen.

Sie stieg den Abhang bis zu den Häusern längs des Strandes hinab.

Als sie sich Cantors Unterkunft näherte, sah sie die Lampe hinter der halbgeöffneten Luke brennen und blieb stehen. War er allein? Bei diesen jungen Leuten konnte man nie wissen . . . Doch nach einem vorsichtigen Blick ins Innere lächelte sie. Er war auf seiner Bettstatt eingeschlafen, die Hand noch ausgestreckt nach einem großen Korb mit Kirschen, den er auf einen Schemel neben seinem Lager gestellt hatte. Trotz der kräftig entwickelten Muskulatur seines schönen Jünglingskörpers, über den er nachlässig eine Decke gezogen hatte, ähnelte er in ihren Augen noch immer dem kleinen, pausbackigen Cantor, der im Schlaf wie ein Engel ausgesehen hatte. Im Gewirr seiner goldblonden Locken bewahrten sein gebräuntes Gesicht, sein voller, ein wenig schmollender Mund – der Mund der Sancé de Monteloup –, seine Lider mit den langen, seidigen Wimpern noch immer die Unbefangenheit und Reinheit der Kindheit.

Sie betrat leise den Verschlag und setzte sich an sein Lager.

«Cantor!»

Er öffnete die Augen und fuhr auf.

«Hab keine Angst. Ich möchte nur deine Ansicht hören. Was denkst du von der Herzogin von Maudribourg?»

Sie fiel mit der Tür ins Haus, um ihm erst gar nicht Zeit zu lassen, mißtrauisch zu werden und sich nach seiner Gewohnheit vor ihr abzukapseln.

Er richtete sich, halb auf einen Ellbogen gestützt, auf und betrachtete sie mit argwöhnischer Miene.

Angélique griff nach dem Kirschenkorb und stellte ihn zwischen sich und ihn. Die Früchte waren riesig und glänzten wahrhaft kirschrot.

«Sag mir deine Meinung», drängte sie. «Ich muß wissen, was du von ihr weißt.»

Er knackte bedächtig zwei Kirschen und spuckte ihre Kerne aus.

«Sie ist eine Hure», erklärte er endlich feierlich, «die abscheulichste Hure, der ich je in meinem Leben begegnet bin.»

Angélique verkniff sich die Bemerkung, daß sein Leben nicht mehr als sechzehn Jahre zählte und in diesem ein wenig speziellen Bereich noch weit kürzer war.

«Was verstehst du darunter?» fragte sie in neutralem Ton, während sie sich eine Handvoll Kirschen nahm und ihr schimmerndes Rubinrot in der Höhlung ihrer Hand betrachtete.

«Daß sie alle Männer verführt», sagte Cantor, «selbst meinen Vater . . . jedenfalls hat sie's versucht. Sogar mich.»

Angélique starrte ihn verblüfft an.

«Du mußt verrückt sein!» rief sie. «Soll das heißen, daß sie dir Anträge gemacht hat?»

«Aber ja!» versicherte Cantor in einer Mischung aus Entrüstung und naiver Befriedigung. «Warum auch nicht?»

«Ein Junge von sechzehn Jahren . . . und eine Frau dieses Alters . . . und dann . . . Nein, es ist unmöglich! Du mußt dich irren!»

Wer war verrückt? . . . Alle und jeder, so schien es! Obwohl sie seit diesem Abend darauf vorbereitet war, alles nur mögliche zu hören, kam ihr die Verwandlung des Bildes, das sie sich von Ambroisine de Maudribourg gemacht hatte, allzu überraschned. Eben noch bigott, schamhaft, ja sogar frigid, der Liebe und den Männern abgeneigt, ein wenig kindlich, schüchtern, frommen Werken zugetan, stundenlang mit ihrer getreuen Mädchenschar kniend den Rosenkranz rezitierend, und nun . . .

«Die Mädchen des Königs bringen ihr Achtung und Zuneigung entgegen. Wenn es so wäre, wie du sagst, würden sie . . .»

«Ich weiß nicht, was sie von ihr halten», sagte Cantor. «Ich weiß nur, daß sie ganz Gouldsboro umgekrempelt hat. Kein Mann, sage ich Euch, der ihren Zudringlichkeiten nicht ausgesetzt gewesen wäre, und wer alles auf sie reingefallen ist, weiß kein Mensch. Das heißt, ich habe da so meine Vermutungen, die meine Achtung für gewisse Leute nicht eben fördern.»

«Aber das ist unmöglich!» wiederholte Angélique. «Wenn sich so etwas während der letzten Zeit in Gouldsboro abgespielt hätte, hätte ich's doch merken müssen.»

«Nicht unbedingt.»

Und er fügte mit überraschendem Scharfsinn hinzu:

«Wenn alle lügen oder Angst haben oder sich schämen oder aus welchem Grund auch immer schweigen, ist es schwierig klarzusehen. Auch Euch hat sie auf ihre Art zu umgarnen gewußt. Und trotzdem haßt sie Euch, wie man, so meine ich, nicht schlimmer hassen kann . . . ‹Will deine Mutter, daß du brav bist?› fragte sie mich, als ich ihr Angebot abwies. ‹Und du willst ihr also gehorchen wie ein dummer Junge? . . . Sie kann dich nicht für sich behalten. Sie glaubt, daß jedermann sie liebt und sich gern ihrer Macht unterwirft, aber im Grunde ist es leicht, sie zu täuschen, wenn man an ihr Herz rührt . . .›»

«Wenn sie das gesagt hat», rief Angélique empört, «wenn sie so zu dir gesprochen hat . . . zu dir, meinem Sohn, dann ist sie wirklich teuflisch!»

Cantor nickte. «Das ist sie.»

Er stieß die Decke zurück und schlüpfte in seine Kniehosen.

«Kommt mit», sagte er. «Ich glaube, um diese Nachtstunde werde ich Euch einen Beweis für das liefern können, was ich Euch gesagt habe.»

Hintereinander durchquerten sie einen Teil des Dorfes und vermieden dabei instinktiv jedes Geräusch, wie sie es im Kontakt mit den Indianern gelernt hatten.

Die Nacht war noch tief. Auch die letzten Kerzen derer, die noch spät gearbeitet hatten, waren längst gelöscht. Cantor schien in der Dunkelheit wie eine Katze zu sehen. Er führte seine Mutter sicher. Schließlich gelangten sie zu einem kleinen Platz zwischen weit auseinanderstehenden Häusern.

Cantor wies auf eins von ihnen, ein dem Anschein nach ziemlich großes mit einer hölzernen Freitreppe davor. Es lehnte sich an die unterste Terrasse des Hanges, der zu den Bäumen und Felszinnen des Vorgebirges anstieg.

«Dort wohnt die ‹Wohltäterin›», flüsterte Cantor, «und ich möchte wetten, daß sie um diese Zeit nicht allein, sondern in galanter Gesellschaft ist.»

Er zeigte ihr einen Felsen, hinter dem sie sich verstecken konnte, ohne das Haus und seine nähere Umgebung aus dem Auge zu verlieren.

«Ich werde jetzt vorn an die Tür klopfen. Wenn, wie ich annehme, ein Mann bei ihr ist, der nicht gesehen werden möchte, wird er durchs Fenster auf der Rückseite flüchten. Ihr müßt ihn bemerken und werdet ihn sicher auch erkennen, denn es kommt genug Mondlicht durch die Wolken.»

Der junge Bursche entfernte sich.

Angélique wartete, die Augen auf die dunkle Rückseite des Hauses gerichtet.

Die Sekunden verstrichen. Dann drang das Klopfen, unmittelbar gefolgt von gedämpftem Gepolter zu ihr, und wie Cantor vorausgesehen hatte, schwang sich gleich darauf jemand hastig aus dem rückwärtigen Fenster und stürzte davon. Anfangs glaubte sie, der Betreffende sei im Hemd geflüchtet, dann aber erkannte sie die im Winde flatternde Kutte Pater Marcs, des Kapuziners. In der Eile des Aufbruchs hatte er sogar vergessen, sich den Kuttenstrick umzubinden. Sie starrte ihm offenen Mundes nach . . .

«Nun?» fragte Cantor, als er wenig später wieder zu ihr stieß. «Was sagt Ihr?»

Er bewegte sich mit solcher Lautlosigkeit, daß sie ihn nicht hatte kommen hören.

«Ich bin sprachlos», gab sie zu.

«Wer war es?»

«Ich werde es dir später sagen.»

«Glaubt Ihr mir jetzt?»

«Ja.»

«Was werdet Ihr tun?»

«Nichts . . . jedenfalls nichts im Augenblick. Ich muß erst überlegen. Aber du hattest recht. Ich danke dir für deine Hilfe. Du bist ein guter

Junge. Ich bedauere, daß ich dich nicht schon früher um Rat gefragt habe.»

Cantor zögerte, sie zu verlassen. Er spürte die Demütigung, die seine Mutter empfinden mußte, und der volle Erfolg seiner List tat ihm fast leid.

Doch sie drängte ihn. «Geh nur», sagte sie. «Geh und leg dich mit deinen Kirschen schlafen.»

Als er in der Nacht verschwunden war, ging sie langsam dem Hause zu, stieg die Treppe hinauf und klopfte an die Tür.

Ambroisines verärgerte Stimme ließ sich von innen vernehmen.

«Wer ist denn da? Wer klopft?»

«Ich, Angélique.»

«Ihr?»

Kaum hörbare Geräusche verrieten, daß Ambroisine sich erhob, und gleich darauf zog sie den Riegel zurück und öffnete.

Das erste, was Angélique beim Betreten des Raumes gewahrte, war der vergessene Strick des Mönchs, der neben der Bettstatt auf dem Boden lag. Sie hob ihn ostentativ auf und rollte ihn zusammen, ohne den Blick von Ambroisine zu wenden.

«Warum habt Ihr mir all diese Geschichten erzählt?»

«Welche Geschichten?»

Ein mit Robbenöl gespeistes Nachtlämpchen verbreitete auf einem Schemel karges Licht. Sein Schein erhellte Ambroisines blasses Gesicht, ihre geweiteten Augen, das über die Schultern fallende prachtvolle nachtschwarze Haar.

«Daß Ihr die Liebe der Männer verachtet und nicht ertragen könntet, wenn einer von ihnen Euch berührte.»

Ambroisine sah sie schweigend an. Etwas wie ein Hoffnungsschimmer streifte ihre Züge, während sich ein bettelndes Lächeln um ihre Lippen abzuzeichnen begann.

«Eifersüchtig?»

Angélique zuckte mit den Schultern.

«Nein, ich möchte nur begreifen. Was hat Euch veranlaßt, mir solche Konfidenzen zu machen? Daß Ihr Euch als Opfer fühlt, daß die Brutalität der Männer Euch für immer unfähig gemacht hat, Lust zu empfinden, daß sie Euch anwidern, daß Ihr kalt, gefühllos seid . . .»

«Aber ich bin es!» rief Ambroisine in tragischem Ton. «Ihr habt mich mit Eurer Weigerung zu diesem verrückten Akt getrieben! Heute abend habe ich den erstbesten Mann genommen, der mich bedrängte, ihn zu erhören, nur um mich an Euch zu rächen und wenigstens zu versuchen, die Qualen zu vergessen, in die Ihr mich stürzt . . . Und nun – ist es nicht furchtbar? – ein Mönch! Ich habe gefrevelt . . . einen Diener Gottes von

159

seinem Wege abgebracht. Aber seit Gouldsboro flehte er mich an. Meinetwegen begleitete er uns hierher. Vergebens versuchte ich, ihn zu seinen Pflichten zurückzuführen . . .»

Plötzlich hob sie den Kopf.

«Woher habt Ihr gewußt, daß ich nicht allein schlief? Seid Ihr mir gefolgt? Wolltet Ihr wissen, was ich machte? Ihr haßt mich also nicht? Ihr interessiert Euch für mich?»

Eine so flehende, gierige Angst schwang in diesen Fragen, daß Angélique eine flüchtige Anwandlung von Mitleid verspürte. Ambroisine schien sie in ihren Augen zu lesen, denn sie warf sich jäh vor ihr auf die Knie, umschlang ihre Hüften, flehte sie an, ihr zu verzeihen, sie nicht zurückzustoßen, sie zu lieben. Doch ihre Berührung weckte von neuem das schon zuvor empfundene Gefühl von Widerwillen und Furcht.

Und nun sah sie mit erschreckender Hellsichtigkeit die Wahrheit. Diese Frau vor ihr liebte sie nicht, ja sie begehrte sie nicht einmal, wie es ihr schöner, lügnerischer Mund versicherte. Sie wollte nur ihr Verderben! Von wildem Haß, unerbittlicher Eifersucht und Lust am Zerstören getrieben, wollte sie sie gebrochen, tot, auf immer besiegt. Sie, Angélique!

«Genug», sagte sie und stieß sie zurück. «Ich habe mit Euren Delirien nichts zu schaffen. Spart sie für die auf, die Ihr an der Nase herumführen könnt. Ich habe lange genug zu ihnen gehört. Jetzt ist Schluß damit!»

Zu ihren Füßen halb zurückgesunken, sah Ambroisine zu ihr auf.

«Ich liebe Euch!» flüsterte sie mit atemloser Stimme.

«Nein», entgegnete Angélique. «Ihr haßt mich, und Ihr wollt meinen Tod. Ich weiß nicht, warum, aber es ist so. Ich spüre es.»

Ambroisines Blick veränderte sich. Sie musterte Angélique mit durchdringender, kalter Aufmerksamkeit.

«Man hatte mir gesagt, daß Ihr keine leichte Gegnerin seid», murmelte sie.

Angélique unterdrückte die schleimige Furcht, die sich wieder in sie einzuschleichen begann. Sie wandte sich zur Tür.

«Geht nicht!» Ambroisine streckte einen Arm nach ihr aus, und ihre gespreizten Finger glichen Krallen. «Ich sterbe, wenn ich Euch nicht erobern kann!»

Der schwarze Mantel, den sie sich beim Verlassen des Bettes um die Schultern geworfen hatte, war herabgeglitten. Halb nackt auf der roten Seide seines Futters kniend, über die das kümmerlich flackernde Licht des Öllämpchens blutrote Reflexe spielen ließ, schien sie einer Alptraumvision der Danteschen Hölle anzugehören.

«Ich weiß, warum Ihr mich verschmäht!» rief sie. «Ihr wollt Euer Verlangen für den bewahren, den Ihr liebt! Aber er liebt Euch nicht. Er weiß sich zu frei, um sich an eine einzige Frau zu ketten. Töricht seid Ihr,

160

wenn Ihr Euch einbildet, allein über sein Herz zu herrschen. Niemand herrscht über ihn, niemand vermag ihn zu binden. Er wählte mich, als er nach mir verlangte . . .»

Die Hand schon auf dem Riegel, spürte Angélique die ihr Herz bedrängenden Zweifel, die Angst. Verletzlich, sobald von ihm gesprochen wurde, begriff sie nicht, daß Ambroisine das einzige Mittel gefunden hatte, sie zurückzuhalten und ihr Schmerz zuzufügen, und daß sie es mit Wonne benutzte.

«Erinnert Ihr Euch, daß er eines Abends am Strand von Gouldsboro mit mir sprach? Ihr hattet Angst . . . und Ihr hattet allen Anlaß, Angst zu haben. Ihr fragtet mich: ‹Worüber habt Ihr mit meinem Mann gesprochen?›, und ich antwortete Euch: ‹Über Mathematik›, weil ich Mitleid mit Euch hatte. Ich dachte an die närrischen Liebesworte, die er an mich gerichtet hatte, und ich sah Euch so besorgt, so eifersüchtig . . . Unglückliche! Ihr habt unrecht, so viel Leidenschaft für ihn zu bewahren! Er betrügt Euch ohne Gewissensbisse. Ihr wußtet nicht, daß er sich mit mir in Port-Royal treffen wollte. Ihr wußtet nicht einmal, daß er kommen würde.»

«Er war nicht einmal da», erwiderte Angélique, wieder gefaßt.

Hatte sie die erst kürzlich entdeckte Wahrheit vergessen, daß jedes Wort Ambroisines eine Lüge enthielt? Wieder einmal war sie fast in ihre Falle getappt.

«Er wird kommen», sagte die Herzogin, ohne sich stören zu lassen. «Er wird kommen, Ihr werdet sehen . . . und allein für mich!»


## 27

Die Angelegenheit schien nun also klar: Ambroisine de Maudribourg war verrückt oder, schlimmer noch, bewußt pervers, verlogen, von Zerstörungswut besessen.

An dem Haß, mit dem sie sie, Angélique, verfolgte, gab es keinen Zweifel mehr. Aber woher kam dieser Haß, und welches Ziel verfolgte er? Instinktiver Neid auf jedes Glück, angeborenes Bedürfnis zu schaden, alles, was edel war, zu erniedrigen, zu korrumpieren?

Warum war dieses Unheil über sie gekommen, als sie und Joffrey sich ohnehin schon mit offenen und versteckten Bedrohungen herumzuschlagen hatten, die den Bestand Gouldsboros gefährdeten? Welcher unglückliche Zufall hatte in diese Wirrnis hinein die Fremde aus dem Meer auftauchen lassen, die Frau, die dazu geboren schien, Uneinigkeit, Zwietracht, Zweifel, Versuchung, Gewissensbisse, schamvolles Schweigen um sich zu verbreiten? Ein Schiffbruch! Ein Schiff namens *Einhorn* war durch unsichtbare Strandräuber auf die Klippen vor der Küste Gouldsboros gelockt worden, und die Opfer hatten sich als gefährlicher erwiesen als die Dämonen, die aus dem Dunkel zugeschlagen hatten. Ein Zusammentreffen von Übeln, eins unerwarteter als das andere. Eine Lawine von Toten, von Verleumdungen, nicht wiedergutzumachenden Irrtümern, in einem Zustand der Sorglosigkeit begangen, der später unerklärlich sein würde.

In diesem Durcheinander, diesem bösen Traum, diesem Wirrwarr von unerfreulichen Begebenheiten und Gefühlen klammerte sich Angélique an das einzige, was wenigstens ihr sicher und verläßlich schien – Joffreys Liebe, bewiesen an jenem Abend, an dem er sie hatte rufen lassen: «Sprechen wir uns also aus, mein Herz.»

Er hatte damit ihre endgültige Versöhnung eingeleitet, und es schien nun fast, als habe er es eilig damit gehabt, die Schatten zwischen ihnen zu zerstreuen und einen Damm der Liebe zu errichten, der auch als Verteidigungswehr gegen den sich vorbereitenden neuen Ansturm gegen sie dienen konnte.

Ambroisine de Maudribourg war am selben Morgen gelandet. Hatte Joffreys Intuition ihn gewarnt? Sie sehnte sich von ganzem Herzen, ihn wiederzusehen, rief ihn in ihrem Innern, versicherte ihn ihres Vertrauens und ihrer Liebe in einer trügerischen Welt. Es war ein dünner, aber fester Faden, der sie mit ihm verband, und sie schwor sich, ihn durch ihre Eifersucht nicht zu gefährden. Was auch geschehen mochte – die Erinnerung an die Worte der Liebe, die er an jenem Abend gesprochen hatte, die Erinnerung an seinen mit rätselhaftem, brennendem Ausdruck auf sie gerichteten Blick, als messe er ihren Preis an der Erbitterung, mit der ihre Feinde sie zu vernichten suchten – diese Erinnerung würde ihr Kraft für die Prüfung geben, der sie entgegenging.

Am Hang des Hügels sitzend, erwartete Angélique die Morgendämmerung.

Von ihrem Platz aus konnte sie die Dächer Port-Royals nach und nach aus einem leichten, irisierenden Nebel auftauchen sehen, der kurz vor der ersten Morgenstunde vom Meer hereingezogen war, aber vor den ersten Strahlen der aufgehenden Sonne rasch verflog. Für sie bestand die Wirklichkeit des Ortes nicht in dem friedlichen Dorf, das jetzt im Krähen der Hähne und im blechernen Geläut der Glocken erwachte, das die Gläubigen zur Morgenmesse rief, für sie bestand sie in der verborgenen Persönlichkeit Ambroisines, in ihrer Geschicklichkeit, Verwirrung zu stiften, zu täuschen, die Geister durch Angst, Verblendung, durch die Faszination zu lähmen, die von ihr ausging.

Cantor hatte recht. Wenn die einen lügen und die andern Angst haben, kann alles geschehen, selbst im eigenen Haus, ohne daß sich der Ursprung des Übels erkennen ließe. Der in anderer Richtung orientierte Verstand begriff weder die Zeichen noch die verräterischen Anspielungen und legte sie falsch aus. So war es ihr mit Ambroisine ergangen. Und sie wußte, daß sie erst das Ende des Fadens erwischt hatte, daß mit den bitteren Entdeckungen noch nicht Schluß war. Grausamen Entdeckungen vielleicht . . .

Am Horizont, wo das nächtliche Gewitter getobt hatte, wurde der Himmel tief blau, und die Oberfläche der Binnenbucht belebten matte, metallische Reflexe. Die Nebelreste sanken als Tau auf die silbrigen Schindeln der Dächer und die Büschel vielfarbiger Lupinen.

Einer der Gemeindepriester strebte in schwarzer Soutane durch die Hauptstraße, von einem früh aufgestandenen Kind gefolgt, das ihm bei der Messe behilflich sein würde.

Angélique wartete noch ein wenig. Als die Sonne über den bewaldeten Bergen im Osten auftauchte und die Morgenstunde ankündigte, in der die Bauern zu ihren Feldern aufbrechen, der Hirt die Tore der Ställe öffnet und die frommen Frauen zur Kirche gehen, erhob sie sich.

Sie folgte der Flanke des Hügels. Ein wenig weiter stieß sie auf eine Lichtung, durchschnitten von einem schmalen Bach, der in Windungen zum Dorf hinunterplätscherte. Sie wußte, daß der, den sie suchte, hier sein Lager aufgeschlagen hatte. Einen Leinenschurz um die Lenden, stand er im Bach und wusch sich kräftig das Gesicht.

Es war Pater Marc.

Bei Angéliques Anblick griff er hastig nach seiner Kutte, die er über einen Strauch geworfen hatte, und zog sie sich über, sichtlich peinlich berührt, von ihr in diesem Zustand angetroffen worden zu sein.

Angélique trat näher, zog den zusammengerollten Strick aus ihrer Tasche und reichte ihn ihm.

«Ihr habt dies letzte Nacht bei Madame de Maudribourg vergessen», sagte sie.

In seiner Verwirrung starrte der Mönch den Strick an, als sei er ein giftiges Tier, und jähe tiefe Röte stieg in sein gebräuntes Gesicht.

Er nahm den Strick, knotete ihn um die Kutte und begann, mit gesenktem Blick die wenigen im Gras um die Feuerstelle verstreuten Habseligkeiten aufzusammeln.

Schließlich entschloß er sich, Angélique anzusehen.

«Ihr verurteilt mich, nicht wahr? Ich habe meine Gelübde verraten.»

Angélique lächelte ohne Fröhlichkeit.

«Es kommt mir nicht zu, Euch in dieser Angelegenheit zu verurteilen, Pater. Ihr seid ein junger, kraftvoller Mann, und Ihr müßt selbst wissen, wie Ihr Eure Natur mit Euren Gelübden in Einklang bringt. Ich möchte nur wissen: warum mit ihr?»

Der Mönch atmete tief. Er schien von einer inneren Erregung ergriffen, die ihn nicht gleich die ihm richtig erscheinenden Worte finden ließ.

«Wie soll ich's erklären?» platzte er heraus. «Sie ließ mir keine Ruhe! Seit den ersten Tagen in Gouldsboro hat sie mich aufs Korn genommen. Niemals habe ich mich solcher Beharrlichkeit erwehren müssen. Und sie fesselte mich durch Schliche an sich, deren unwiderstehliche Wirkung ich spüre, ohne definieren zu können, worin ihr trügerischer Zauber besteht.»

Tiefe Melancholie dämpfte seine Erregung.

«Man glaubt, es sei da etwas in ihr, was einen erwählt oder das einen erwählen könnte, wenn man sich bemühte, sie zu lieben, tiefer in ihr Mysterium einzudringen. Doch man begegnet nur der Leere. Nichts, nichts als Leere. Eine Leere, die um so tödlicher ist, als sie sich mit so viel Anmut, mit so vielen verführenden Vorspiegelungen schmückt . . . Nichts . . . und dann, vielleicht ganz am Grunde wie der Giftzahn der Schlange ein erschreckender Wille, einen zu zerstören, in den eigenen Untergang, ins eigene Nichts mit hineinzuziehen. Zweifellos die einzige Wollust, die sie empfinden kann.» Er schwieg mit gesenkten Augen.

«Ich habe meine Sünde schon gebeichtet», fuhr er nach einer Weile fort, «und jetzt verlasse ich Port-Royal. Ich glaube, daß ich aus alldem doch eine Lehre gezogen habe, die mir bei denen, die ich belehren soll, nützlich sein wird. Der Mensch ist nie bereit, auf die Stimme der Weisheit zu hören, wenn er sich nicht selbst zuvor am Feuer der menschlichen Leidenschaften verbrannt hat. Was die Wilden betrifft – was kann ich ihnen schon bringen? Sie wissen mehr als wir von den Dingen der Seele. Zum Glück bleiben mir der Wald und die vagabundierenden Gewässer.»

Da er sehr jung und vielleicht zum erstenmal in seinem Leben vom Verzicht auf etwas Wesentliches betroffen worden war, röteten sich plötzlich seine Lider, während er die Augen zu den buschigen Baumkronen hob, in denen die Insekten summten.

Doch er faßte sich wieder.

«Der Wald ist gut», murmelte er. «Auch die Natur hat ihr Mysterium, ihre Schönheit, ihre Fallen, aber nichts Gemeines ist in ihr, und die Tiere selbst in ihrer Unschuld sind voller Mut und Einfachheit . . . Vielleicht ist das Bild unseres Schöpfers, das sich in den Dingen spiegelt, weniger strahlend als das, was wir von seiner Spiegelung im menschlichen Wesen erwarten, aber es ist getreu.»

Er schnürte sein Bündel und warf es sich über die Schulter.

«Ich gehe fort», wiederholte er, «ich kehre zu den Wilden zurück. Die Weißen sind zu kompliziert für mich.»

Nach ein paar Schritten drehte er sich jedoch noch einmal zögernd um. «Könnt Ihr schweigen, Madame?»

Sie nickte bejahend.

Er fuhr fort: «Ihr, Madame . . . ich weiß es nicht, aber Ihr seid vielleicht stärker als sie. Trotzdem . . . nehmt Euch in acht!»

Er näherte sich ihr und sagte ganz leise, als spreche er ein Geheimnis aus:

«Nehmt Euch in acht! Sie ist eine Dämonin!»

Dann entfernte er sich mit großen Schritten. Sie beneidete ihn, als sie ihn unter dem dichten Laubwerk des Waldes verschwinden sah, von dem wilde Gerüche herüberwehten.

## 28

In Gouldsboro hatte Ambroisine zu Angélique gesagt: «Merkt Ihr denn nicht, daß eine Gefahr Euch bedroht? Ein Dämon umschleicht uns.»

Der Dämon war sie. Wie gerissen hatte sie jeden Verdacht von sich abgelenkt, indem sie ihm zuvorkam und als erste anklagte!

Nicht Colin oder Joffrey hatten Angélique verraten; Ambroisine hatte ihnen die Äußerungen angedichtet, die Angélique verletzen und sie an ihnen zweifeln lassen mußten. Dank ihres verblüffenden Einfühlungsvermögens in ihre Mitmenschen und deren Reaktionen hatte sie ihren Einflüsterungen so viel Wahrhaftigkeit mitzuteilen gewußt, daß Angélique sie geglaubt hatte – oder jedenfalls fast . . .

Mit winzigen Andeutungen, kleinen Sätzen hatte sie sich hartnäckig bemüht, sie von allen denen zu trennen, die sie schützen, aufklären oder warnen konnten, und Angélique empfand fast eine Art von Bewunderung für so viel bösartiges Genie.

Um sich in ihre Zuneigung einzuschleichen, hatte sie sogar behauptet, gleich ihr, Angélique, aus dem Poitou zu sein, und hatte gefragt:

«Habt Ihr auch in mondlosen Nächten die Mandragora schreien hören?»

«Oh, Cantor», sagte Angélique zu ihrem Sohn, den sie gleich nach dem Aufbruch Pater·Marcs in seiner Hütte aufsuchte, «sie ist wahrhaftig scheußlich!»

Und plötzlich brach sie in Gelächter aus.

«So sich übers Ohr hauen zu lassen! . . . Nie bin ich jemand begegnet, der so instinktiv hellseherisch menschliche Schwächen aufspüren konnte! Sie ist erstaunlich!»

Cantor betrachtete sie düster, während er weiter den Kirschenkorb leerte.

«Ihr lacht», sagte er. «Ihr seid genau wie mein Vater. Satans Streiche amüsieren ihn, und in seinem machiavellistischen Genie sieht er nur eine

165

natürliche Kuriosität. Aber hütet Euch, wir sind noch nicht fertig mit ihr. Sie ist noch immer hier und hat uns in ihrer Gewalt.»

Plötzlich erinnerte sich Angélique des Briefes Pater de Vernons an seinen Ordensoberen, der Worte, die sie ins Herz getroffen hatten, die sie für eine Anklage gegen sich hatte halten müssen.

«Ja, Ihr hattet recht: die Dämonin ist in Gouldsboro . . .»

Und wenn er nun nicht sie angeklagt hätte, sondern die andere? . . .

«Die Dämonin ist in Gouldsboro . . .»

Diesmal ließ sie der Schauer, der sie überlief, bis ins Herz erstarren. Pater de Vernon war tot, der Brief spurlos verschwunden, ebenso das Kind, das ihn besaß . . . Ihr schwindelte. Ihr allzu weit getriebener Wunsch, die Rätsel zu entwirren, ließ sie schon Gespenster sehen. Etwas aber schien ihr dringlich: Sie mußten sich dieser Frau entledigen, mußten ihr jede Möglichkeit nehmen zu schaden, sie ausschalten, für immer entfernen.

Aber wie?

Draußen erwachte Port-Royal, schüttelte sich, wurde lebendig. Der Morgen rückte vor, bald würde man kommen, um sich nach der Gräfin Peyrac zu erkundigen. Sie würde ihre Rolle spielen, würde Ambroisine von neuem vor allen anderen begegnen müssen, das Leben ging scheinbar weiter wie zuvor. Sie würde sich an die Tafel Madame de la Roche-Posays setzen, und ihr gegenüber würde die Herzogin de Maudribourg mit ihrem Engelsgesicht und ihrem schönen, intelligenten Blick Platz nehmen, vielleicht ein für sie bestimmtes reumütig-beschwörendes Lächeln auf den Lippen. Diese Vorstellung allein ließ Übelkeit in ihr aufsteigen, und ihr wurde bewußt, daß außer Cantor, ihrem Sohn, niemand da war, mit dem sie ihr Geheimnis teilen und der ihr helfen konnte.

Abgesehen von ihm gab es für sie keine Zuflucht, und alles, was sie ihrer Umgebung über die Herzogin mitteilen mochte, würde als Verleumdung angesehen werden. Ambroisine gab sich als Bild der Tugend selbst. Sie, Angélique, aber war gefährlich isoliert, und sie erinnerte sich nun dankbar der zähen Beharrlichkeit, mit der Colin ihr Cantor als Begleiter aufgenötigt hatte.

Da auch sie nun klarsah, mußte Ambroisine aus ihrer aller Existenz verschwinden.

Aber die Sache würde nicht einfach sein.

Auf welchem Schiff sollte sie Port-Royal verlassen? Außer der vor Anker liegenden *Rochelais* war die Bucht leer. Nur fern im Hitzedunst, der das jenseitige Ufer verhüllte, trieben einige größere Fischerbarken.

Die Akadier von Port-Royal waren arm. Ihr einziges größeres Schiff nahm zur Zeit an der Expedition zum Saint-Jean teil. Sie hatten seit langem darauf verzichtet, mit den Flottillen Neuenglands oder Europas

166

zu konkurrieren, die im Sommer die Gewässer der Französischen Bucht heimsuchten und in Boston ihre Wintervorräte an getrocknetem Kabeljau kauften. Port-Royal war auch nicht wie Gouldsboro ein Handels- oder Fischereihafen, der ausländischen Schiffen als Etappenziel und Rastplatz vor neuerlichem Wiederauslaufen in alle Himmelsrichtungen diente.

Sie lebten hier wie am Ende der Welt, zusammengepfercht auf einigen Morgen urbar gemachten Landes zwischen Himmel, Meer und Wald. Die Elemente lasteten auf ihnen wie die Mauern eines Gefängnisses, dem sie nicht entfliehen konnten, und Angélique wurde sich dessen an diesem Vormittag auf so bedrückende Weise bewußt, daß sie über die Unbekümmertheit staunte, mit der dieses Völkchen seinen Beschäftigungen und Vergnügungen nachging.

Beharrlich zermarterte sie sich das Hirn auf der Suche nach einem Mittel, den Aufbruch der Herzogin und ihrer Schützlinge zu beschleunigen.

Konnte man sie mit der *Rochelais* wegschicken? Wohin? Unter wessen Verantwortlichkeit? Es widerstrebte ihr, Cantor wieder mit dieser Angelegenheit zu belasten.

Was sonst? Schließlich konnte man sie ja nicht töten, wie Cantor rundweg vorgeschlagen hatte. Flüchtig beneidete Angélique jene «Mörder in Spitzen», denen sie einst bei Hofe begegnet war, um ihr unbeschwertes Gewissen, wenn sie ohne überflüssige Skrupel ein paar Halsabschneider aus der Unterwelt von Paris anheuerten, um sich unerwünschter Personen zu entledigen.

Soweit war sie noch nicht.

Mehrmals während dieses Vormittags versuchte die Herzogin, sich ihr zu nähern, aber sie entzog sich jedem Gespräch. Die Entdeckung der Wahrheit im Laufe der vergangenen Nacht war allzu brutal gewesen. Die Schuppen waren ihr von den Augen gefallen, und sie sah in allem und jedem nur noch Heuchelei, Bosheit und verkappte Wollust. So schnell es ging, mußte sie einen Ausweg finden, um sich aus dieser unerträglichen und gefährlichen Situation zu befreien.

Die Möglichkeit einer Lösung stellte sich dann ebenso plötzlich wie unerwartet in Gestalt eines Schiffes ein, das, dem Blick vom Strand durch eine vom Meer hereingewehte Nebelwand noch entzogen, vor dem Hafen vor Anker ging. Nur das Rasseln der Ankerkette war gehört worden und lockte Neugierige ans Ufer.

Als der Nebel sich allmählich zu lichten begann, zeigten sich draußen die Umrisse eines kleinen Dreimasters. Vorläufig erst als vages Phantom, der Schatten eines Schiffs, den die ziehenden Schwaden zeitweise wieder völlig verschluckten.

Doch Angélique wußte schon, daß es sich nicht um die größere *Goulds-boro* handelte, wie auch Madame de la Roche-Posay den kleinen Hunderttonner nicht erkannt hatte, mit dem ihr Gatte dem Grafen Peyrac zum Saint-Jean gefolgt war.

«Vielleicht ist es das Schiff der Handelskompanie aus Honfleur», meinte sie. «Es ist schon Ende August und höchste Zeit, daß es erscheint.»

«Ist es dafür nicht ein bißchen klein?»

«Von unseren Gesellschaftern drüben ist nicht mehr zu erwarten. Sie sind reichlich knauserig. Wir kennen sie zur Genüge.»

Sie warteten geduldig.

Endlich stoben, als würde plötzlich ein Vorhang beiseite gezogen, die letzten Nebelwogen davon, gaben die innere Bucht in ihrer ganzen Ausdehnung frei und ließen zugleich mit dem ankernden Schiff nur einige Kabellängen entfernt mit Bewaffneten beladene Schaluppen sehen, die mit schnellen Ruderschlägen dem Strand zustrebten.

Ein einziger Schrei erhob sich von den Versammelten:

«Der Engländer!»

Ein allgemeines Rette-sich-wer-kann setzte ein. Jeder stürzte in wilder Hast zu seinem Haus, um die ihm kostbarsten Dinge vor den feindlichen Plünderern in Sicherheit zu bringen. In Abwesenheit Monsieur de la Roche-Posays, der die meisten kampffähigen Männer mitgenommen hatte, war die Verteidigungsfähigkeit der Niederlassung ohnehin gleich Null. Nur einige der Bauern griffen nach ihren Musketen, und die Kinder des Gouverneurs umringten Adhémar und kreischten:

«Schnell zur Kanone, Soldat! Die Stunde des Kampfes ist da!»

Im vordersten der sich nähernden Boote hatte Angélique eine Gestalt erspäht, die ihr bekannt erschien.

«Aber das ist ja Phips!» rief sie. Sie kannte ihn von Gouldsboro her, wo er einige Wochen zuvor in Begleitung des englischen Admirals gewesen war. Joffrey mußte ihn vom Saint-Jean vertrieben haben. Und sofort dachte sie: «Er muß Joffrey gesehen haben. Vielleicht kann er mir etwas über ihn sagen.»

Die Situation erschien ihr, was sie selbst betraf, keineswegs tragisch. Gouldsboro unterhielt zu gute Beziehungen zu Neuengland, als daß es ihr nicht glücken sollte, eine Basis der Verständigung mit den Angreifern zu finden.

Sie verständigte Madame de la Roche-Posay, die das Ereignis resigniert hinnahm, zumal sie es vorausgesehen hatte.

«Beunruhigt Euch nicht. Ich kenne den Kapitän dieses Schiffes. Wir haben ihm vor kurzem einige Dienste erwiesen. Er wird sicherlich mit sich reden lassen.»

168

Gemeinsam eilten sie zu dem Strandstück hinunter, wo die vorderste Schaluppe voraussichtlich landen würde.

Leider war Angélique das Treiben der allzu kriegerischen Kinder de la Roche-Posay entgangen, die Adhémar schleunigst zum Hafen geschleppt hatten. So geschah es, daß im gleichen Augenblick, als sie Phips durch Zeichen und Rufe auf sich aufmerksam zu machen begann, Adhémar auf der Höhe des Ecktürmchens die Lunte der Kanone in Brand setzte. Der Schuß löste sich dröhnend, und aus Zufall oder dank seiner Geschicklichkeit – letzteres war recht unwahrscheinlich – traf die Kugel genau das Heck der Schaluppe und brachte sie zum Kentern.

«Sieg!» brüllten triumphierend die Akadier, tief befriedigt, die Engländer im Wasser plätschern zu sehen.

Angélique mußte auf weitere Verständigungsversuche verzichten, und die bis dahin verhältnismäßig friedliche Situation wandelte sich unversehens zur Schlacht. Sie war kurz, aber heftig. Adhémars glücklicher Treffer blieb der einzige. Andere Schaluppen landeten, die gutbewaffneten Matrosen ihrer Besatzungen stürmten das kleine Fort und nahmen Adhémar gefangen, bevor er seine Heldentat wiederholen konnte. Ein paar Musketenschüsse hier und da vollendeten die Eroberung Port-Royals durch die englische Streitmacht.

Als keine Hoffnung auf Rettung mehr bestand, flüchtete ein Teil der Bewohner mit Kochtöpfen und Kühen in die Wälder, denn man wußte nie, wozu sich englische Matrosen hinreißen lassen würden, wenn sie erst einmal mit der Plünderung einer französischen Siedlung anfingen. Die andern, die sich am Strand befunden hatten, darunter Angélique, Madame de la Roche-Posay, die Herzogin von Maudribourg und eine Anzahl ihrer Schützlinge, die Geistlichen des Ortes und einige Notabeln vor allem, wurden zusammengetrieben, umzingelt und grob aufgefordert, sich ruhig zu verhalten.

Währenddessen hatten Phips und die Matrosen der gekenterten Schaluppe triefend und fluchend das Ufer erreicht. Phips schäumte. Waren seine ursprünglichen Absichten schon nicht eben friedlich gewesen, hatten sie sich nun zum Mörderischen gewandelt. Er sprach nur noch davon, die Spelunken dieser «verfluchten Schneckenfresser» bis zum letzten Schuppen in Schutt und Asche zu legen. Er kenne sie zu gut, um auch nur ein Fünkchen Nachsicht für sie übrig zu haben. Dieser Kolonist aus Neuengland war in einem kleinen Dorf in Maine geboren, was bedeutete, daß seine Kindheit sich zwischen unaufhörlichen Überfällen der Canadier und mit ihnen verbündeten Wilden abgespielt hatte und daß ein stattlicher Teil der Haarschöpfe seiner Familie die Wigwams der Abenakis und die Mauern französischer Forts als Trophäen schmückte.

«Ich werde dir beibringen, den Helden zu spielen!» brüllte er, als man ihm Adhémar gefesselt vorführte. «Schafft das große Kreuz am Strand da drüben weg und errichtet mir statt dessen einen Galgen für diesen Galgenstrick!»

Adhémar, der sich auf seinen Streifzügen östlich des Kennebec immerhin einige Grundkenntnisse des Englischen angeeignet hatte, sah sein letztes Stündlein gekommen.

«Rettet mich, Madame!» zeterte er kläglich, als er unter den Gefangenen Angélique bemerkte.

Der Radau war auf seinem Höhepunkt angelangt. Die empörten Rufe der Zusammengetriebenen mischten sich mit dem hysterischen Kreischen der Mädchen des Königs und dem Protestgeschrei der Einwohner, die Matrosen mit Äxten auf die Türen ihrer Häuser einschlagen sahen. Durch einen Befehl machte Phips der beginnenden Plünderung ein Ende. Man würde später sehen. Und wenn es notwendig war, alles in Brand zu stecken, würde man es tun! Zuvor aber wollte er sich einer wichtigeren Beute versichern, vor allem der Bestallungsurkunde und der königlichen Schreiben, die der Marquis de la Roche-Posay besaß und die bewiesen, daß der König von Frankreich widerrechtlich Kolonisten in Gebieten unterhielt, die durch Vertrag England gehörten.

Er machte sich zum Herrenhaus auf den Weg.

Angélique hielt den Moment zum Handeln für gekommen.

«Ich werde versuchen, mit ihm zu sprechen», vertraute sie Madame de la Roche-Posay an. «Es muß jetzt gelingen, bevor die Dinge eine schlimme Wendung nehmen. Auf alle Fälle wird er uns sagen können, was am Saint-Jean passiert ist. Offenbar kommt er gerade von dort, und seiner Laune nach müssen ihm die Ereignisse dort nicht gerade günstig gewesen sein. Vielleicht werden wir bei dieser Gelegenheit etwas über unsere Männer erfahren.»

Ihr fiel ein, daß sich während Phips' kurzem Aufenthalt in Gouldsboro ein französischer Hugenotte in seiner Begleitung befunden hatte, ein Flüchtling aus La Rochelle, der um fünf Ecken mit den Manigaults verwandt war. Diese hatten ihn auch zu sich zu Tisch geladen.

Das Glück war ihr hold. Sie erkannte ihn unter ihren Bewachern, schlängelte sich zu ihm durch, gab sich ihm zu erkennen und erinnerte ihn an seinen Besuch in Gouldsboro. «Ich muß unbedingt mit Eurem Kapitän sprechen», sagte sie.

Es fiel ihr nicht schwer, ihn zu überreden, denn der Mann wußte von den ausgezeichneten Beziehungen der Peyracs zum Gouverneur von Boston. Er erlaubte ihr, die Gruppe der Gefangenen zu verlassen, und begleitete sie selbst zum Herrenhaus.

Im großen Saal stöberten Phips und seine Leute wie wild nach den Dokumenten, die ihr gutes Recht und die Unglaubwürdigkeit der Franzosen beweisen sollten. Mit Axthieben zertrümmerten sie die Türen von Schränken und Kommoden, während andere Truhen aufzubrechen versuchten, in der stillen Hoffnung, auch noch Schmuckstücke und kostbare Toiletten zu finden, an denen es, wie es hieß, bei diesen leichtlebigen, verderbten Franzosen nie fehlen sollte.

Als Angélique eintrat, feuerte Phips eben Fayenceteller aus einem Geschirrschrank auf den Boden.

«Ihr seid töricht!» rief sie ihm in seiner Sprache zu. «Ihr führt Euch auf wie ein Vandale! Das sind wertvolle Dinge. Nehmt sie, wenn Ihr wollt, aber zerbrecht sie nicht!»

Außer sich vor Wut, fuhr der Engländer herum.

«Was sucht Ihr hier? Macht, daß Ihr zu den anderen zurückkommt!»

«Erkennt Ihr mich nicht? Ich bin Madame de Peyrac. Ich habe Euch vor ein paar Wochen bei mir empfangen, und mein Mann hat Euch während eines Sturmes aus einer schlimmen Lage geholfen.»

Ihre Worte waren alles andere als geeignet, die Gereiztheit des Mannes zu besänftigen.

«Euer Gatte! Sieh an! Er hat mir drüben einen hübschen Streich gespielt!»

Angélique bestürmte ihn mit Fragen. Er habe also ihren Mann gesehen? . . .

Er habe überhaupt nichts gesehen. Nicht das geringste. Zu seinem Pech sei auch noch Nebel gekommen, während er beharrlich auf die im Fluß blockierten verdammten Offiziellen aus Québec gelauert habe. Dieser Nebel habe ihm die Manöver der kleinen Flotte Peyracs verborgen. Wie hatten es diese verfluchten Franzosen nur fertiggebracht, sich vor seiner Nase dünnzumachen? Er habe sich geschworen, diese prächtige Prise nach Massachusetts zu bringen, als Austauschobjekt bei Verhandlungen mit den halsstarrigen Burschen da oben, aber auch als Rache für all das Blut der Massakrierten Neuenglands, das Gerechtigkeit forderte . . .

Er redete ein wenig wirr wie ansonsten schweigsame Leute, die es nicht gewöhnt sind, zu erzählen oder Rechenschaft über sich abzulegen.

Seine Verbitterung war deshalb nicht weniger heftig; sie brodelte in ihm, ohne aus dem aus vielerlei Quellen aufgestauten Groll einen Ausweg zu finden.

«Sie haben alles bei uns kaputtgemacht . . . die von Norden gekommenen Wilden mit ihren verdammten papistischen Priestern . . . Zerstörte Siedlungen, massakrierte Kolonisten . . . Sie sind schwer aufzuhalten.»

«Ich weiß. Ich war vor ein paar Wochen selbst da . . . in Brunswick Falls. Ich bin ihnen nur gerade so entwischt. Ihr wißt sicher, daß es mir geglückt ist, ein paar von Euren Landsleuten zu retten und nach Gouldsboro in Sicherheit zu bringen.»

«Warum hindert mich dann der Graf Peyrac, sie zu bekämpfen, mich wenigstens ihrer räuberischen Großkopfeten zu bemächtigen, wenn sich schon mal die Gelegenheit bietet?»

«Um den Krieg zu beenden! Ihr seid sicher informiert, daß er auch den Baron de Sainte-Castine daran gehindert hat, seine Etcheminenstämme hineinzuziehen, wie es ein formeller Befehl aus Québec forderte. Ohne das wären nicht nur die Siedlungen östlich des Kennebec, sondern auch die auf den Inseln und an den Flüssen von Maine und Neuschottland in Flammen aufgegangen. Der Krieg ist nur durch ihn zum Stillstand gebracht worden, aber der geringste Funke genügt, um eine noch schlimmere Katastrophe heraufzubeschwören, die selbst sein Einfluß nicht verhindern wird.»

«Aber man muß diese verfluchten Papisten doch zur Vernunft bringen!» schrie Phips verzweifelt. «Wenn wir ihnen nicht Schlag für Schlag zurückgeben, werden sie uns auslöschen, so zahlreich wir auch sind. Was für eine lächerliche Situation! Da oben diese Handvoll Fanatiker in ihrem Schnee und ihren Wäldern, und wir hier, zehnmal stärker, aber geduldig wie blökende Schafe. Ich jedenfalls gehöre nicht zu dieser Sorte! Ich bin in Maine geboren. Ich werde ihnen beibringen, daß dieses Land uns gehört, und wenn es mich mein Leben kostet! Auf alle Fälle kann ich nicht mit leeren Händen nach Boston zurück. Nichts zu machen! Port-Royal wird für den Saint-Jean und die mir durch die Lappen gegangenen Offiziellen bezahlen!»

Unversehens kam Angélique eine Idee, die Idee, die sie seit Stunden, seit dem Morgen gesucht hatte.

«Hört», sagte sie so überzeugend wie möglich, «wenn ich Euch recht verstehe, wollt Ihr Geiseln. Geiseln, durch die Ihr Druck auf Québec ausüben könnt, um die gerechte Achtung Eurer Verträge zu erreichen. Oder um Gefangene auszutauschen, die von den Abenakis und Canadiern nach Norden entführt worden sind. Aber akadische Geiseln werden Euch nicht viel nützen. Obwohl Franzosen, läßt die königliche Verwaltung die Akadier so im Stich, daß sie mit Boston und Salem Handel treiben, um nicht zu verhungern. Ihr könntet also getrost Madame de la Roche-Posay und ihre Kinder mit Euch nehmen, ohne daß es in Québec jemand kümmert.»

Phips wußte, daß sie recht hatte. Er hatte dasselbe gedacht.

Er stieß einen tiefen Seufzer aus.

«Setzt Euch erst einmal in aller Ruhe», fuhr Angelique fort und wies auf einen in der Nähe stehenden Schemel. «Ich glaube, ich kann Euch einen besseren Vorschlag machen.»

Der Kapitän warf ihr einen mißtrauischen Blick zu, setzte sich aber, und da er von seinem Sturz ins Wasser immer noch reichlich durchnäßt war, begann sich allmählich eine Pfütze um den Schemel zu bilden.

«Was habt Ihr also vorzuschlagen?» fragte er melancholisch, während er seinen weißen Leinenkragen löste und auswrang.

«Folgendes. Kürzlich ist hier in Port-Royal eine sehr reiche, hochadlige

172

französische Dame eingetroffen, von einer Anzahl junger Frauen begleitet, die sie nach Québec bringen wollte, wo sie Offiziere oder junge
Canadier heiraten sollten. Man erwartet sie noch in Canada, da ihr Schiff
vor unserer Küste auf Klippen lief. Man weiß nun nicht recht, was man
mit ihnen anfangen soll, und ich schlage Euch deshalb vor, sie samt und
sonders mitzunehmen. Die Dame hat so viele Verbindungen zu höchsten
Kreisen, daß ihre Gefangennahme selbst dem König von Frankreich nicht
gleichgültig sein kann, und außerdem ist sie so reich, daß sie trotz des
Verlustes ihres Schiffes imstande sein wird, Euch noch ein stattliches
Lösegeld zu zahlen. Und ich glaube sogar –», Angélique verzieh sich im
stillen die kleine Wahrheitskorrektur, «– daß sich unter den jungen
Frauen, die sie begleiten, die Verlobte einer hohen Persönlichkeit aus
Québec befindet.»

In der Anstrengung des Überlegens kniff der Engländer die harten
Augen zusammen und runzelte die Stirn.

«Aber wie konnte das Schiff, wenn es nach Québec wollte, an unseren
Küsten stranden?» fragte er. Als Seemann mußte ihm dieser Umstand
höchst verdächtig vorkommen.

«Die Franzosen sind schlechte Navigatoren», antwortete Angélique
leichthin, und da diese Behauptung seiner tiefgefühlten Überzeugung
entsprach, ließ Phips es dabei bewenden.

Einer seiner Leute brachte ihm in diesem Moment die gesuchte Urkun-
de, die er im Büro des Kanzleischreibers der Niederlassung gefunden
hatte, und damit war sein Seelenfrieden wieder einigermaßen herge-
stellt.

«Gut», sagte er, «ich werde mich an Euren Vorschlag halten. Aber den
Soldaten nehme ich auch mit. Krieg ist nun mal Krieg, und er hat zwei
meiner Männer verwundet.»

Die Einschiffung der Herzogin von Maudribourg, ihres Sekretärs Armand Dacaux, der Duenja Pétronille Damourt, der Mädchen des Königs
sowie des Kapitäns Job Simon und seines überlebenden Schiffsjungen, die
zwischen sich das vergoldete hölzerne Einhorn trugen, als Gefangene der
Engländer vollzog sich ohne Zwischenfälle und inmitten allgemeiner
Teilnahmslosigkeit.

Die Akadier Port-Royals waren glücklich, so leichten Kaufs davonge-
kommen zu sein. Als sie begriffen, daß der Wind sich gedreht und alles
sich bestens arrangiert hatte, waren sie mit Pelzwaren, Käse, Gemüsen
und Früchten wiederaufgetaucht, die sie den Matrosen in der Hoffnung
anboten, ihnen im Austausch sehr begehrte englische Eisenwaren abzu-
handeln. Das Tauschgeschäft war im vollen Gange. Ein Käserad gegen
eine Schachtel Nägel und ähnliches mehr . . .

Niemand beachtete den Abtransport der Geiseln, die von ihren englischen Bewachern zur Eile angetrieben wurden, weil das Schiff mit der Flut auslaufen sollte.

Nur Angélique und Madame de la Roche-Posay, beide – wenn auch aus verschiedenen Gründen – recht zufrieden, sich so gut aus der Affäre gezogen zu haben, überreichten den Mädchen des Königs Körbe mit Lebensmitteln, um ihnen die Reise nach Boston erträglicher zu machen.

Auch der Quartiermeister Vanneau war da, wartete aber vergeblich auf einen Blick der von ihm angebeteten Delphine. Mit gesenkten Köpfen und niedergeschlagenen Augen folgten die Mädchen, in ihr seltsames, chaotisches Schicksal ergeben, ihrer «Wohltäterin».

Der unglückliche, mit Ketten beladene Adhémar mußte als erster in die Schaluppe klettern.

«Verlaßt mich nicht, Madame!» rief er Angélique kläglich zu.

Aber sie konnte nichts für ihn tun. Sie versicherte ihm, der Kapitän habe ihr versprochen, ihn am Leben zu lassen, und außerdem bestehe Hoffnung, daß die Engländer ihn vielleicht nach Frankreich zurückschikken würden . . .

Als die Reihe an sie kam, in die Schaluppe zu steigen, blieb Ambroisine de Maudribourg vor Angélique stehen, und Angélique begriff diesmal ohne jeden Zweifel, daß die Wahrheit, die sie wie im Aufleuchten eines Blitzes in einer Alptraumnacht gesehen hatte, die Basis der wahren Wahrheit war.

Vor ihr stand ein Wesen, das ihre Vernichtung, ihren Untergang, ja ihren Tod wollte. Als werfe sie angesichts der verlorenen Partie die Maske ab, gab sich die Herzogin keine Mühe mehr, ihre Eifersucht, ihren Haß zu verbergen.

«Verdanken wir Euch dieses hübsche Arrangement?» fragte sie gedämpft, während sie sich zu einem kühlen, unverschämten Lächeln zwang.

Angélique antwortete nicht.

Der Haß, der in Ambroisines Augen flammte, löschte jede Erinnerung an alles das, was zum Verstehen oder zum Beginn einer Freundschaft zwischen ihnen hätte führen können.

«Ihr habt Euch meiner entledigen wollen», fuhr die Herzogin fort, «aber glaubt nicht an einen so leichten Triumph. Ich werde auch weiterhin nicht ruhen, bis ich Euch zu Boden gezwungen habe . . . und ein Tag wird kommen, an dem ich Euch blutige Tränen weinen lassen werde.»

*Vierter Teil*

# Die Attentate

## 29

An diesem Abend tanzte eine große Schaluppe von etwa zwölf Tonnen auf den Wogen nahe dem nördlichen Ufer der Bucht von Chignecto.

Im Heck sitzend, sah Angélique nicht ohne Besorgnis die hohen rötlichen Felsschroffen vorbeiziehen, deren Spitzen in regnerischen Nebelschwaden verschwanden.

Sie hatte das Gefühl, in ein verbotenes, von feindlichen Göttern gehütetes Land einzudringen.

Das mit einem einzigen viereckigen Segel ausgerüstete Boot wurde gelegentlich auch durch Ruder vorwärts getrieben und kam nicht eben schnell voran. Die Mannschaft setzte sich aus einigen Akadiern und Mic-Mac-Indianern zusammen, der Bootseigentümer war Hubert d'Arpentigny, der junge Seigneur vom Kap Sable, und als Steuermann diente ihm sein Verwalter Pacôme Grenier.

Angélique faßte sich in Geduld. Sie träumte davon, Joffrey in wenigen Tagen auf der anderen Seite des Isthmus zu treffen. Vielleicht war es eine Unüberlegtheit, die er ihr vorwerfen würde, denn im Grunde hatte er ihr bei seinem Aufbruch empfohlen, ihn geduldig in Gouldsboro zu erwarten.

Aber er hatte zu diesem Zeitpunkt nicht voraussehen können, daß sich in wenigen Tagen – nicht mehr als zwei Wochen – so viele Ereignisse und Dramen abspielen würden, die es dringend erforderlich machten, sich auszusprechen. Angélique mußte ihn unbedingt über das, was sie wußte oder erriet oder ahnte, aufs laufende setzen und von ihm hören, was er selbst inzwischen entdeckt hatte. Sie konnte nicht mehr warten. Sie mußten zusammenstehen im Kampf, mußten ihre Kräfte vereinen und sich ihre Gewißheiten, Zweifel und Befürchtungen mitteilen. Diese Krise hatte ihr gezeigt, wie abhängig sie von Joffrey war.

Angélique gelang es nicht, die Geschichte mit Ambroisine de Maudribourg in Zusammenhang mit dem Kampf gegen ihre unbekannten Gegner zu bringen. Es war wie ein diabolisches Zwischenspiel in einem Augenblick, in dem sie, mysteriösen Feindseligkeiten ausgesetzt, beide Mühe hatten, klar zu erkennen, woher die wirklichen Bedrohungen kamen. Aber eines baldigen Tages würde der Schleier zerreißen, und die Unbekannten auf dem Schiff mit dem orangefarbenen Wimpel würden ihre Gesichter zeigen. Aus Phantomen würden Menschen werden, die man bekämpfen, überwinden und für ihre Schändlichkeiten aufhängen konnte. Vorher würde man sie zum Reden bringen und erfahren, woher diese Angriffe kamen und wer die Leute bezahlte. Joffrey war auf ihrer

Spur, die Lösung würde nicht mehr lange auf sich warten lassen. Sie konnte Ambroisine vergessen . . .

Der Entschluß zu dieser Fahrt zum Ende der Französischen Bucht hatte sich ganz plötzlich ergeben.

Nach dem Aufbruch der Engländer und ihrer Geiseln war Angélique in Port-Royal mit sich zu Rate gegangen, wie sie sich weiter verhalten solle. Nach Gouldsboro zurückkehren? Und wenn Joffrey inzwischen in Port-Royal eintraf, wie Ambroisine vorausgesagt hatte? . . . Schließlich hatte sie kurzerhand die *Rochelais* mit Cantor nach Gouldsboro geschickt, um Nachrichten einzuholen. Doch kaum war die kleine Jacht aus der Binnenbucht ausgelaufen, als auch schon ein anderes Schiff in der Einfahrt erschien. Diesmal war es der Marquis de la Roche-Posay, der vom Saint-Jean zurückkehrte. Hubert d'Arpentigny begleitete ihn in einer Schaluppe voller Mic-Mac-Indianer.

Sie brachten die Nachricht, daß der Graf Peyrac nach Befriedung der Umgebung des Saint-Jean auf der *Gouldsboro* zum St.-Lorenz-Golf aufgebrochen sei.

«Zum St.-Lorenz-Golf?» rief Angélique zutiefst enttäuscht. «Was will er denn dort? Und ohne hier vorbeizukommen?»

«Er ahnte ja nicht, daß Ihr hier seid, Madame», sagte der Marquis. «Und wenn ich ihn recht verstanden habe, wird er nicht einmal in Gouldsboro Zwischenstation machen. Er schien es sehr eilig zu haben, die Südküste des St.-Lorenz-Golfs zu erreichen und dort den alten Nicolas Parys zu treffen, der die Konzession für den ganzen Küstenstreifen von Shediac bis zur Spitze von Canso und für die Inseln davor besitzt.»

Welches Ziel Joffrey auch verfolgen mochte, er entfernte sich von ihr. Angélique bat um eine Landkarte. Die Vorstellung, wer weiß wie lange auf Joffrey warten zu müssen, war ihr unerträglich. Wenn sie die Jacht noch zu ihrer Verfügung gehabt hätte, wäre sie unverzüglich mit ihr zur Verfolgung der *Gouldsboro* aufgebrochen. Aber Cantor war ja eben erst mit ihr abgesegelt . . . Fast traten ihr die Tränen in die Augen. Hubert d'Arpentigny beobachtete sie. Mit der Intuition sehr junger Männer, die die Gefühlsmotivierungen der Frauen leichter verstehen, weil sie selbst noch von Gefühlsimpulsen beherrscht werden, teilte er ihre Enttäuschung und Ungeduld.

«Und wenn Ihr vor ihm dort ankämt?» schlug er vor.

Sie sah ihn verständnislos an. Er legte einen Finger auf die Karte.

«Ich bringe Euch mit der Schaluppe bis zum Ende der Bucht. Von dort wird Euch einer der Söhne Marcellines oder einer der Brüder Défour zu Fuß die wenigen Meilen über den Isthmus zum St.-Lorenz-Golf führen. Ihr werdet zwischen Shediac und Tidmagouche an die Küste gelangen. Da der Graf Peyrac die ganze Halbinsel Neuschottland umsegeln muß, werdet Ihr vor ihm bei Nicolas Parys eintreffen.»

Sie hatte sein Angebot akzeptiert. Die Reise würde nur kurz sein.

Am Abend des zweiten Tages befanden sie sich bereits auf der Höhe von Penobsquid. D'Arpentigny sagte ihr, daß man bei Carter Station machen werde, einem Engländer aus Massachusetts, dem man wegen Herstellung von Falschgeld die Ohren abgeschnitten habe. Er besaß ein Haus am Ende eines der tief zwischen roten Sandsteinwänden eingeschnittenen Fjorde, deren schmale, zu labyrinthischen Wasserläufen führende Zugänge zuweilen sichtbar wurden.

«Sieh zu, daß du den richtigen Zugang erwischst», mahnte d'Arpentigny seinen Steuermann. «Es wird nicht schwer sein. Carter zündet jeden Abend auf einem Felsvorsprung ein Feuer an und läßt es durch zwei Fischerfamilien in Gang halten. Man sieht die Lichter ihrer Hütten ein wenig links vom Feuer.»

Seine Mahnung hatte ihren Grund. Die Dunkelheit vertiefte sich. Angélique zog ihren Mantel aus Seehundsfell fester um sich. Die mit Salz gesättigte Feuchtigkeit durchdrang alles. Sie dachte an Joffrey. Jede Stunde brachte sie ihm näher, und mehr denn je empfand sie die Notwendigkeit, sich mit ihm zu gemeinsamer Verteidigung zu vereinen. Verteidigung gegen wen?

Sie warf den Kopf zurück, und die tiefhängende, von höllischen Dämpfen umwogte schwarze Wolke über ihr schien ihr Antwort zu geben: «Satan!»

Eine Beklemmung schnürte ihr für einen Moment die Kehle zusammen. Es kam ihr vor, als ob die Schaluppe stärker auf der Dünung tanzte.

«Ah, dort drüben sehe ich Lichter!» rief sie.

«Das ist Carters Anwesen!» antwortete d'Arpentigny freudig. «Finde den Kanal, Pacôme! In weniger als einer Stunde werden wir ein gutes Stück Speck zwischen die Zähne kriegen und unsere Stiefel trocknen können.»

Im nächsten Moment begann die Dünung sie zu schütteln. Anfangs war es ein kräftiges Schaukeln, dessen Ausmaß wie unter der Einwirkung einer aus den Tiefen des Meers kommenden Triebkraft von Mal zu Mal wuchs, bis die schwere Schaluppe wie ein Strohhalm auf den immer mächtiger sich türmenden Wogen zu tanzen schien.

«Finde den Kanal, Pacôme!» hörte sie noch einmal d'Arpentigny brüllen, dann folgte ein Stoß, als träfe ein stählerner Keil mit gewaltiger Wucht die Flanke des Boots, und gleich darauf spülte eisiges Wasser um ihre Taille.

«Rette sich, wer kann!» riefen Stimmen. «Wir sind auf die Klippen von Saragouche geraten!»

Das schwere Boot drehte sich um sich selbst und wurde von den Wellen von einem Felsen zum andern geworfen. Schreie, Knirschen und Splittern begleiteten den tödlichen Tanz durch die Finsternis. Ganz nah vernahm sie d'Arpentignys Stimme:

«Das Ufer ist nah, Madame! Versucht . . .»

Der Rest verlor sich im berstenden Krachen eines neuen Aufpralls. Eine Woge schlug über das Boot hinweg, Wasser klatschte ihr ins Gesicht.

Angélique begriff, daß sie die Schaluppe verlassen mußte, bevor sie zerschmettert würde. Wenn sie blieb, riskierte sie, verletzt oder durch einen Stoß betäubt und bewußtlos ins Wasser geschleudert zu werden.

Die Erinnerung an ihr Fast-Ertrinken vor Monegan, wo Pater de Vernon sie gerettet hatte – vor allem an das unvergeßliche Gefühl, wie gelähmt durch das Gewicht ihrer Kleidung zum Grunde des Meeres gezogen zu werden –, war so entsetzlich, daß sie fast unbewußt die Kraft fand, sich ihres obersten Rocks aus Tuch zu entledigen und ihre Schuhe auszuziehen. Im selben Moment erschütterte ein neuerlicher Stoß das Boot, weit heftiger noch als die vorangegangenen. An ein Stück der geborstenen Bordwand geklammert, fühlte Angélique sich fortgerissen. Sie kannte diesen ungestümen Schwall des Meers zum Strand. Es kam darauf an, das Holz zur rechten Zeit loszulassen und sich an irgend etwas zu halten, bevor das Wasser zurückflutete und sie mitzog.

Schon spürte sie Geröll unter sich, prallte gegen einen Felsen, krallte sich fest.

Wenig später kroch sie auf Ellbogen und Knien mühsam über den feuchten Sand, sich des Rats Pater de Vernons erinnernd, nicht vor der Algengrenze anzuhalten, da das Meer sie sonst zurückholen würde.

Endlich spürte sie Trockenheit unter sich, ließ sich keuchend auf den Rücken fallen, völlig gefühllos für die Schmerzen ihres geschundenen Körpers.

Sie lag am Fuße einer hohen Felswand, deren schwarz aufragende Schroffen die Finsternis, in der sie um ihr Leben kämpfte, noch vertieft hatte. Jetzt konnte sie, wenn sie auf die Bucht hinaussah, das Meer und die Klippen – schwärzere, von weißem Schaum umringte Tupfen – besser erkennen, denn zwischen den über den Himmel jagenden Wolken tauchte von Zeit zu Zeit der Mond auf und hinterließ, wenn er wieder verschwand, ein fahles, ungewisses Licht. Aber es genügte. Angélique schien es fast, als gewahrte sie hier und dort schwimmende Trümmer der gekenterten Schaluppe, und sie glaubte sogar, auf den Wellen einige treibende Köpfe zu sehen. Ein Stück entfernt zog sich eben einer der Matrosen an Land.

Sie hätte ihn gern angerufen, fand aber nicht die Kraft dazu. Doch ihre Zuversicht kehrte zurück. Sicher würden sich alle retten können. Ein

Schiffbruch mehr oder weniger, darauf kam es nicht an. Diese Küstengewässer waren nicht geizig in dieser Beziehung. Man mußte sich daran gewöhnen. Aber wie hatte das eigentlich geschehen können? Warum diese Lichter am Ufer, wenn sie sich unmittelbar vor den Klippen von Saragouche befanden?

Der Gedanke trieb sie in eine halbsitzende Stellung, die ihr erlaubte, sich mit geschärfter Aufmerksamkeit umzusehen. Sie suchte das Mysterium ihrer Umgebung aus Tintenschwärze und fahlem Mondlicht zu durchdringen.

Alle ihre Sinne waren aufs höchste angespannt, und ihr war, als höre sie im Tosen der sich an den Riffen brechenden Wogen gräßliche Schreie, aber sie waren zu undeutlich. Sie konnte sich irren.

Aber warum diese Lichter auf den Felsen ... wie damals, als die *Einhorn* vor der Küste von Gouldsboro scheiterte?

Plötzlich löste sich ein paar Schritte weiter eine menschliche Gestalt aus dem Schatten der Felswand. Jemand, der nicht aus dem Wasser gekommen war. Ein Mann, der sich schwarz vom mondfahlen Himmel abzeichnete. Er schien aufmerksam das wütende Toben des Wassers in der kleinen Bucht zu beobachten, in der d'Arpentignys Schaluppe gekentert war.

Dann drehte er sich um, und Angélique hatte den Eindruck, als spähe er in ihre Richtung.

Ein Schrei blieb ihr in der Kehle stecken.

Denn da er sich nun wie ein chinesischer Schattenriß vom lichteren Hintergrund abhob, konnte sie deutlich erkennen, daß er eine Art kurzen Knüppel in der Hand hielt.

«Der Mann mit dem Bleiknüppel!»

Und alles, was ihr Colin über diesen Verbrecher der Küsten gesagt hatte, kehrte ihr ins Gedächtnis zurück. Er war es also! Es war kein Mythos. Der Mann, von dem Colin gesprochen hatte. Der Mörder, der Strandräuber, der Schiffe auf Klippen lockte und die, die sich retten konnten, mit Knüppelhieben erledigte.

Die Strandräuber existierten, sie wußte es jetzt, und sie würden sie nun töten ...

## 30

Langsam bewegte er sich auf sie zu. Er zeigte keine Eile. Sie war ihm ausgeliefert. Welches Opfer, das nach erschöpfendem Kampf gegen das Meer halb bewußtlos an den Strand gespült worden war, besaß die Kraft, sich gegen lauernde Mörder zu verteidigen?

Angélique war sich keinen Moment im Zweifel, daß der helle Fleck ihres halb nackt am Boden ausgestreckten Körpers sie dem Blick des Mannes verriet. Er näherte sich. Gleich darauf schluckte ihn der Schatten der Felswand auf, aber nun vernahm sie das leise Geräusch seiner über das Geröll knirschenden Stiefel. Sie tastete neben sich über den Sand, fand einen ziemlich großen Stein und warf ihn in die Richtung, in der sie den Mann vermutete. Der Stein prallte gegen einen Baum; er hatte sein Ziel verfehlt. Sie schleuderte einen zweiten und hörte ein leises spöttisches Lachen. Der Mann amüsierte sich über ihren lächerlichen Verteidigungsversuch.

Plötzlich jedoch wandelte sich das Lachen zu einem seltsamen Gurgeln. Irgend etwas schlug nicht weit von ihr entfernt schwer auf dem Boden auf. Der Mann mußte gestürzt sein.

Für einen Moment rührte sich nichts. Die Nerven aufs äußerste angespannt, lauschte Angélique ins Dunkel.

Dann tauchte ein zweiter Schatten im Mondlicht auf, genau dort, wo sie vor kurzem den Mörder mit dem Bleiknüppel zum ersten Mal gesehen hatte. Und diesmal war es der eines Indianers. Der noch gespannte Bogen in seiner Hand war deutlich zu erkennen. Freude und Erleichterung ließen Angéliques Herz schneller schlagen.

«Piksarett!» rief sie laut. «Ich bin hier, Piksarett!»

Sie hatte die befiederte, schlaksige Gestalt ihres alten Freundes, des Häuptlings der Patsuiketts, sofort wiedererkannt.

Mit neuer Kraft raffte sie sich auf und lief ihm entgegen. Nach wenigen Schritten stieß ihr Fuß gegen den reglos hingestreckten Körper des Strandräubers. Erschrocken fuhr sie zurück, und eine Welle des Ekels flutete in ihr hoch. Durchnäßt, zitterte sie vor Kälte in ihrem kurzen Rock und ihrer Korsage, die an ihrer Haut klebte. Beim Schiffbruch hatte sie ihren Mantel aus Seehundsfell und ihr zum Glück nur leichtes Gepäck verloren, das die notwendige Wäsche, aber auch ihren Kamm und ihre Bürste aus Schildpatt enthalten hatte, die sie so liebte.

Nun, es gab jetzt anderes zu tun, als sich über den Verlust dieser Dinge aufzuregen.

Piksarett hatte sich neben die Leiche gekniet. Sie sah ihn kaum, aber der von ihm ausgehende Tiergeruch erfüllte sie mit Wonne. Er war es wirklich.

Vorsichtig zog er den Pfeil aus der tödlichen Wunde zwischen den Schulterblättern. Dann drehte er den Toten um. In der Finsternis war dessen Gesicht nur ein weißlicher Fleck um das dunkle Loch seines offenen Mundes. Seine Züge waren von dort, wo sie stand, nicht zu erkennen.

Sie trat näher, beugte sich schaudernd hinunter. Sie hatte erwartet, in dem Toten den Mann mit dem bleichen Gesicht zu finden, der ihr eines

Abends in Gouldsboro gesagt hatte: «Monsieur de Peyrac erwartet Euch auf der Insel des alten Schiffs.» Sie war enttäuscht und zugleich entsetzt, zu entdecken, daß er es nicht war. Der Gefährlichste lebte also noch. Dieser da war nur ein zum Töten abgerichtetes menschliches Tier. Man sah es an seiner niedrigen Stirn, seinen harten, mürrischen Kinnladen . . .

Sie hörte neben sich Piksaretts Stimme:

«Was treibst du hier, meine Gefangene? Glaubst du noch immer, du könntest mir entkommen? Du siehst, ich habe dich zur rechten Zeit gefunden.»

«Du hast mich gerettet», sagte Angélique inbrünstig. «Dieser Mann wollte mich töten.»

«Ich weiß. Ich beobachte ‹sie› seit einigen Tagen. Es sind mehrere . . . sechs oder sieben.»

«Wer sind sie? Franzosen? Engländer?»

«Dämonen», antwortete Piksarett.

Der abergläubische Wilde sprach in seiner angeborenen Unbefangenheit ohne Scham aus, was sie schon wußte. Nur waren «sie» jetzt viel näher. Sie zeigten sich, statt weiter im dunkeln zu wirken; man würde ihre Gesichter sehen können. Allerdings zeigten sich solche Gesichter nur in Momenten des Zuschlagens.

«Du frierst», sagte Piksarett, der sie mit den Zähnen klappern hörte. «Bekleide dich mit dem Plunder dieses Mannes.»

Er löste den Gürtel, in dem eine Pistole steckte, und streifte der Leiche den kurzen, halb ledernen, halb wollenen Mantel ab. Angélique schlüpfte in das Kleidungsstück und fühlte sich besser.

«Wir bleiben bis zum Morgengrauen hier», sagte er. «Ich bin allein, und wenn ‹sie› noch umherstreifen, könnten ‹sie› uns überraschen. Sobald es hell wird, verschwinden ‹sie›.»

Gern hätte sie ihn gefragt, was er hier tat, wie es kam, daß er, der sie schon einmal während des Überfalls auf Brunswick Falls aus tödlicher Gefahr gerettet hatte und sie seitdem als seine «Gefangene» betrachtete, auch hier wiederum rettend zur Stelle war, aber die sicherste Art, keine Antwort von einem Indianer zu erhalten, war die, ihm Fragen zu stellen. Sie schwieg also. Zudem begann sie, ihre Müdigkeit und die Schmerzen ihrer durch das Salzwasser gereizten Wunden zu spüren.

Kurz vor Tagesanbruch entdeckte Piksarett ein Feuer, das weiter unten in der kleinen Bucht aufglühte. Er kroch hinüber, nachdem er ihr eingeschärft hatte, sich keinesfalls von der Stelle zu rühren. Als er zurückkehrte, dämmerte es bereits. Sie hatte eine Stunde geschlafen.

Er berichtete ihr, daß er am Feuer einige Mic Macs der Mannschaft der gekenterten Schaluppe und ihren Häuptling Uniakeh, den Blutsbruder des jungen Weißen vom Kap Sable, angetroffen habe. Der Weiße selbst sei tot, man habe ihn mit eingeschlagenem Schädel am Strand gefunden, und Uniakeh sei entschlossen, seinen Tod an den Dämonen zu rächen. Deshalb wolle er sich ihm, Piksarett, anschließen, um sich der Hilfe des «großen Donnerers», wie Joffrey bei den Indianern genannt wurde, zu versichern.

Angélique überlief ein Frösteln. Der arme junge d'Arpentigny! Er war so voller Leben und Leidenschaft gewesen . . .

«Es ist meine Schuld», sagte sie sich. «Meinetwegen hat er diese Fahrt angetreten. Mich wollte man töten, und ihn hat es getroffen . . .»

Ein eisiges Gefühl beschlich sie: Unser Name – mein Name vor allem – wird wieder mit einem den Franzosen zugefügten Verlust verknüpft. Zuerst strandet das nach Québec bestimmte Schiff der Mädchen des Königs an Gouldsboros Küste, und nun ist dieser junge Franzose in meiner Begleitung ermordet worden. Wie läßt sich beweisen, daß wir in eine Falle geraten sind? Niemand wird uns glauben . . . das Zeugnis der Indianer nützt uns nichts . . .

Mehr denn je war es notwendig, angesichts der sich deutlicher abzeichnenden Gefahr mit Joffrey zu sprechen.

Bevor sie den Ort verließen, durchstöberten die Indianer noch einmal das felsige Ufergelände. Sie fanden Gegenstände, die den Leuten der Schaluppe gehört hatten, darunter auch Angéliques Reisesack und ihre Schuhe. Es war ein Lichtblick in ihrer traurigen Situation. Abgesehen von Kamm und Bürste enthielt der Sack nichts Wertvolles, aber dem an einer gottverlassenen Küste Gestrandeten ist alles nützlich. Sie trocknete, was sich in der Eile trocknen ließ; den Rest verschob sie auf später.

Sobald sie den Uferstreifen hinter sich ließen, schloß sich die unbewegte, heiße Luft des Waldes um sie. Es war schon Ende des Sommers. Vor Anbruch des glorreichen Herbstes. Aggressive Trockenheit ließ das Unterholz knistern. Bald würden Brände aufflackern und ihre purpurnen und scharlachroten Flammen mit dem Scharlach und Purpur der Baumkronen mischen.

Unterwegs erlegten die Indianer ein Karibu. Sie kochten das weiße Fett aus den Knochen, um es mitzunehmen. An einer zweiten Feuerstelle kochten sie den Magen und seinen Inhalt, der sich als grünlichgelber Brei erwies. Er schmeckte ein wenig bitter, der Blätter der jungen Weiden wegen, die das Karibu während des Sommers gefressen hatte.

Angélique verzichtete darauf, davon zu kosten. Sie saß mit dem Rükken an einen Baum gelehnt. Sie war erschöpft, und trotz des Marschs und der Hitze war ihr nach wie vor kalt. Die Kälte kam aus ihrem Innern. Nach ihrem unfreiwilligen Bad vor Monegan hatte Pater de Vernon sie gezwungen, einen Teller heißer Suppe zu essen. Es schien ihr, als habe sie niemals etwas so Gutes gegessen. Jetzt war auch er tot. Und plötzlich begann sie, diesen Tod unter einem anderen Gesichtspunkt zu sehen.

Sie dachte verzweifelt: «Wenn man davon erfahren wird, heißt es sicher: ‹Wißt Ihr, daß sie in Gouldsboro einen Jesuiten ermordet haben, den Pater de Vernon? Eine schreckliche Sache! Dieser Graf Peyrac scheut vor nichts zurück!›»

Wie konnte man sich gegen solche Schwätzereien wehren, die ein Stück Wahrscheinlichkeit für sich hatten?

Sie zitterte. Um sich zu erwärmen, schob sie die Hände in die Taschen des Mantels, der einem jener gesichtslosen Unbekannten gehört hatte, die sie verfolgten. In der Tiefe einer der Taschen fand sie ein paar kleine Gegenstände: eine Tabakraspel, allerlei Schund zum Tauschen für Indianer, in der andern ein zusammengefaltetes Stück Papier, das sie ans Licht zog.

Ein Blatt feines Pergament – sie hätte schwören mögen, daß es leicht nach Parfüm roch –, auf das einige Zeilen geschrieben waren. Schon die Schrift jagte ihr Schrecken ein. Angélique hätte nicht zu sagen vermocht, ob sie von einer weiblichen oder männlichen Hand, einem kultivierten oder vulgären Wesen, einem Narren oder einem klaren, gefestigten Geist herrührte, so vermischt waren in ihr die Züge männlicher Kraft und weiblicher Ziererei, Schwünge des Stolzes wie vorgestreckte Krallen mit Windungen der List, und die dicken Unsauberkeiten der Sinnlichkeit verbanden sich mit der allgemeinen Anmut der Buchstaben, die die Vertrautheit des Schreibers mit der Feder verriet. Sie las:

«Sät das Unheil auf ihren Spuren, damit man sie dessen anklagt.»

Und weiter unten:

«Heute abend werde ich dich erwarten, wenn du brav bist . . .»

Etwas Ungesundes und Schreckliches ging von diesen Worten aus.

Die Unterschrift war unleserlich. Die nicht zu entziffernden Buchstaben verschlangen sich ineinander, schienen die Umrisse eines scheußlichen Tiers anzudeuten. Es war Angélique, als habe sie dieses Zeichen schon irgendwo einmal gesehen. Aber wo?

Sie hielt das Blatt mit zwei Fingern, mühsam ihrem Verlangen widerstehend, es ins Feuer zu werfen, um sich davon zu reinigen.


# 31

Als sie am Abend des zweiten Marschtages eben ihr frugales Mahl einnahmen, dröhnte das Echo eines nahen Kanonenschusses zu ihnen herüber.

«Es muß ein Schiff sein, das zum Tauschhandel ruft», sagte Piksarett. Vorsichtig, aber neugierig glitten sie bis zum Rand der Klippe, die die

ruhige Oberfläche eines breiten Flusses beherrschte. Die tief einschnei-
denden Klüfte, die diesen Küstenstrich kennzeichneten, erlaubten es den
Schiffen, ziemlich weit in die Flußmündungen vorzudringen.

Eine kleine Jacht lag dort vor Anker und spiegelte ihre rote Bordwand
im smaragdenen Wasser.

«Die *Rochelais*!» rief Angélique, die ihren Augen nicht traute.

Und wirklich, auf Deck gewahrte sie schon Cantors blondes Haar und
die vertrauten Gestalten Vanneaus und Barssempuys.

Sie stürmten zwischen Felsbrocken den steilen Hang hinunter.

«Ich wußte doch, daß ich Euch finden würde!» rief Cantor, als er seine
Mutter entdeckte.

Wenige Minuten später sprang er aus dem Beiboot auf den schmalen
Sandstreifen am Wasserrand.

«Wie hast du nur erraten, daß ich hierherkommen würde?»

Er legte einen Finger an seine Nase. «So was riecht man», sagte er.

«Du bist wirklich ein Kind dieses Landes!» rief Angélique und umarmte ihn von ganzem Herzen. «Du kannst es mit den Indianern aufnehmen.» Was für ein guter Junge war er doch in seiner unverschämten,
selbstsicheren Jugend!

«Ich bin nach Port-Royal zurückgekehrt, um Euch Nachricht von
meinem Vater zu geben, die ich in Gouldsboro vorfand. Ihr wart nicht
mehr da, aber man sagte mir, daß Ihr Euch ostwärts gewandt hättet. Bis
zu Carter folgte ich Eurer Spur. Er hatte Euch nicht gesehen, wußte aber,
daß Euer Boot gekentert war, daß Ihr Euch habt retten können und in
Begleitung von Wilden ins Innere aufgebrochen seid. Von da aus war's
leicht, sich Euren Weg und Euer Ziel vorzustellen. Der Kanonenschuß
hat schließlich zum guten Ende geführt.»

Angélique hatte nur ein Wort behalten.

«Du hast Nachricht von deinem Vater?»

«Ja. Er hat Colin eine Botschaft geschickt, um ihm mitzuteilen, daß er
um die Halbinsel herum zum St.-Lorenz-Golf segeln würde und vor
wenigstens drei Wochen nicht zurück sein könnte. Er gab ihm Anweisun-
gen für die Niederlassung.»

«War nichts für mich dabei?»

«Doch. Da war auch ein Wort für Euch.»

«Gib», sagte Angélique und streckte ihm ungeduldig die Hand entgegen.

Er sah sie verdutzt an, dann sagte er verlegen:

«Verzeiht mir, Mutter. Ich habe es vergessen.»

Angélique hätte ihm am liebsten den Hals umgedreht.

«Aber es war nur ganz kurz.»

Ihr enttäuschtes Gesicht bekümmerte ihn.

«Bestimmt ist es nichts Wichtiges gewesen.»

Was gab's da noch zu sagen! . . .

«Ich habe Euer Gepäck mitgebracht», begann Cantor schüchtern von neuem in der Erkenntnis, daß er sich ernstlich gegen die unverständlichen Gesetze versündigt hatte, die das Dasein der Erwachsenen bestimmen, jener der Jugend noch schwer zugänglichen Wesen. «Abigaël hat alles für Euch vorbereitet. Sie hat sogar warme Sachen für den Winter eingepackt. Sie sagte, Ihr würdet vielleicht Québec besuchen müssen.»

«Hat dein Vater in seinem Brief an Colin etwas über mich geschrieben?»

«Nein, aber Colin hat entschieden, daß ich Euch in Port-Royal an Bord nehmen und mit der *Rochelais* zum St.-Lorenz-Golf bringen sollte, denn Ihr müßtet ihn um jeden Preis treffen.»

Colin hatte also ihren Entschluß, zum Isthmus von Chignecto aufzubrechen, nachträglich gebilligt.

Während ihres Gesprächs waren Indianer aus dem Wald getreten. Sie brachten Biber-, Fischotter- und Marderfelle, auch einige Blaufüchse waren dabei. Um sie nicht zu verstimmen, gab Barssempuy Erlaubnis zum Tauschhandel. Die Eisenwaren aus Gouldsboro waren von guter Qualität, und die Eingeborenen erklärten sich befriedigt, obwohl sie für ihren Geschmack zuwenig Alkohol erhielten.

Sobald sie verschwunden waren, gingen Angélique und ihre indianischen Begleiter an Bord, und die Jacht lichtete bei sinkender Dämmerung den Anker. Einstimmig hatten sie beschlossen, nicht die Halbinsel zu umrunden, da sie schon zu weit östlich waren und der Umweg sie zeitlich sehr zurückgeworfen hätte. Angéliques ursprünglichem Plan folgend, würde die *Rochelais* am Ende der Bucht von Chignecto ein Standquartier beziehen, und sie würden den Isthmus zu Fuß überqueren. Eine Angelegenheit von drei bis höchstens vier Tagen. Angélique träumte schon von dem Augenblick, in dem sie die Küste des riesigen, Europa zugewandten Golfs erreichen würden. Im Sommer war er das Reich der Kabeljaufischer, die an den Stränden ihren Fang zerteilten und salzten. Um diese Jahreszeit war der faulige Fischgestank dort so kräftig, daß man ihn noch mehrere Meilen landeinwärts riechen konnte. Aber was tat das schon?

Würde sie auch gleich die *Gouldsboro* sehen? Was hatte Joffrey dort zu schaffen? Im stillen bedauerte sie wieder, daß Cantor es für überflüssig gehalten hatte, ihr seine Botschaft zu bringen. Jedes Wort von ihm hätte sie in diesem Augenblick glücklich gemacht. Sie sehnte sich nach der Sicherheit und Wärme seiner Gegenwart, weniger aus Furcht vor den Gefahren, die sie bedrängten – sie hatte schon andere Gefahren allein bestanden –, als um des notwendigen Wissens willen, daß in einer gemeinen, falschen, allzu leicht den niedrigsten Instinkten unterworfenen Welt wenigstens er existierte, ein Mann, der sie liebte und unbeirrt seinen Weg ging.

Zudem stand es mit ihrer Gesundheit nicht zum besten. Die Jacht war gerade zur rechten Zeit gekommen, um ihr das Aufgeben zu ersparen. Die zahlreichen Blutergüsse und Schürfungen, Folgen des Schiffbruchs, zählten dabei weniger als die Fußverletzung, die sie sich bei der stürmischen Überfahrt von Gouldsboro nach Port-Royal zugezogen hatte. Nie ganz verheilt, hatte sie sich jetzt entzündet, und die Strapazen des Marschs hatten ihr nicht gutgetan.

Nun, in den von Abigaël gepackten Truhen und Taschen würde sie alles Notwendige finden, um sich pflegen, anständig kleiden und wieder zu menschlichem Aussehen verhelfen zu können. Ohne Bedauern warf sie den Mantel des Strandräubers fort, aber zuvor zog sie das mysteriöse Pergamentblatt mit der beunruhigenden Schrift aus der Tasche und las noch einmal, bevor sie es sorgsam verwahrte:

«Sät das Unheil auf ihren Spuren, damit man sie dessen anklagt . . .»


## 32

Am Morgen lief die Jacht *Le Rochelais* in einen der letzten Zipfel der Französischen Bucht ein, in dem außer blauen Reihern, Wanderfalken, schwarzen Enten und weißen Eiderenten auch einige jener menschlichen Sonderexemplare hausten, von denen Angélique schon mehrfach hatte reden hören. Sie sollten weder Gott noch den Teufel fürchten, ganz für sich allein in ihrem Winkel leben und den Feind von der Höhe schwarzer oder roter Klippen belauern, wobei sich unter «Feind» jeder Eindringling verstand, der sich in die labyrinthischen Windungen ihrer waldigen Fjorde wagte: die schöne Marcelline, die Brüder Défour, ein Eremit und ein paar andere.

Die Frau mit den elf oder zwölf Kindern saß auf einem bescheidenen Besitz mit einer Sägemühle, einer Kornmühle, mehreren Meilern und einem Speicher für Handelswaren.

Sie hatte die von ihrem verstorbenen Mann geerbten Jagd- und Fischereirechte verpachtet und hielt ihre schützende Hand über einige Franzosen, Küstenfischer, Köhler oder kleine Bauern, die sich mit ihren Frauen, indianischen Konkubinen und einer ganzen Schar kleiner Mestizen in ihrem nächsten Umkreis angesiedelt hatten. Alles in allem an die fünfzehn Häuser und Hütten mit rund sechzig bis siebzig Personen.

*Le Rochelais* ging am Fuße dieses in einer Landschaft von wilder Schönheit gelegenen Anwesens vor Anker.

Ein von Lupinen gesäumter, steil ansteigender Pfad führte zu dem aus Holz und Steinen solide errichteten Haus. Die verschwenderische Fülle von himmelblauen, blaßroten und weißen Lupinen auf mächtigen Schäften verlieh der Umgebung die prunkvolle Grandezza eines königlichen Parks.

Doch die Ankömmlinge fanden das Haus leer und den Ort verlassen, obwohl die Herde noch warme Glut enthielten und Hühner in den Höfen gackerten.

«Sie müssen mit ihrem Küchengerät ausgerissen sein, als sie unsere Segel sahen», sagte einer der Matrosen der Mannschaft, der die Örtlichkeit kannte. «Die Leute hier, vor allem in den verstreuten französischen Örtchen, die sich nicht verteidigen können, machen das immer so. Wenn der Engländer es aufs Plündern abgesehen hat, ist es besser, ein paar Tage im Wald zu kampieren, als sich gefangen nach Boston schleppen zu lassen. Die Franzosen haben ein heiliges Grauen vor der Gerstensuppe der Puritaner.»

Die Leute der *Rochelais* entschlossen sich, ihr Glück bei den Brüdern Défour zu versuchen, die eine halbe Meile entfernt wohnten.

Sie trafen auch Amédée, den dritten, an, der ihnen ohne lange Geschichten auf großzügigste Weise Gastfreundschaft bot. Die beiden älteren Brüder hatten sich an der Expedition zum Saint-Jean beteiligt und waren noch nicht zurückgekehrt. Amédée und der Jüngste hüteten indessen gemeinsam mit dem Kater – einem Kater nach ihrem Bilde: groß, fett und schweigsam – fischend und jagend das Haus. Schließlich mußte alles für den Winter vorbereitet werden; Pelzwerk war von den Indianern einzutauschen und zu sammeln, Getreide und Kartoffeln mußten eingebracht, das Schwein gemästet, Wildfleisch geräuchert werden. Sie lebten wie ländliche Barone und horteten ihre Schätze für den erträumten, wenn auch noch fernen Tag ihrer Rückkehr als reiche Leute ins Königreich oder einfach dafür, sich bis zu ihrem letzten Hauch wohlhabend und erfolgreich fühlen zu können. Es war zu verstehen, daß Leute wie sie keine Lust hatten, sich stören zu lassen. Weder durch Gouverneure, noch durch Jesuiten oder gar Steuereinnehmer.

Dagegen waren sie jederzeit bereit, sich für ihre Freunde einzusetzen, besonders, wenn es auf Kosten des Königs von Frankreich ging.

Amédée war sofort einverstanden, Angélique zur anderen Seite des Isthmus zu bringen. Einige seiner Leute würden sie als Träger des Gepäcks begleiten. Die Sümpfe und Torfmoore waren Ende des Sommers fast ausgetrocknet und leicht zu durchqueren, so daß es kaum mehr als zwei Marschtage brauchen würde.

Am liebsten wäre Angélique gleich am nächsten Morgen aufgebrochen, aber die bisher vernachlässigte Fußwunde zwang sie, wenigstens einen ganzen Tag lang zu ruhen und die Heilung durch einen Kräuterumschlag zu beschleunigen, der vielleicht besser wirkte als die bisher angewandten Mittel.

Das Haus war ideal für einen solchen Tag völliger Ruhe. Es schien wie verloren am äußersten Rande der Welt und so schwer erreichbar am Ende seines labyrinthischen Wasserzugangs, daß man den Eindruck haben mußte, hier vor jedem Störenfried sicher zu sein.

Doch der Eindruck trog. Als Angélique am Nachmittag den großen Saal des Hauses betrat, fand sie dort, offenbar wartend, den Marquis de Ville d'Avray in einem um die Hüften sich glockig weitenden Gehrock über einer geblümten Weste, auf hohen Absätzen, eine Hand auf dem Stock mit dem silbernen Knopf, an der anderen ein kleines, pausbackiges Kind von ungefähr vier Jahren, das ihm, abgesehen von den blonden Locken und der roten Wollmütze, unter der sie hervorquollen, merkwürdig ähnlich sah.

«Angélique!» rief er. «Welches Vergnügen, Euch zu begegnen!»

Mit gekränkter Miene fügte er hinzu:

«Warum habt Ihr mich nicht von Eurer Anwesenheit verständigt? Um ein Haar wärt Ihr wieder aufgebrochen, ohne mich zu sehen!»

«Woher sollte ich wissen, daß Ihr Euch in dieser Gegend befindet?»

Angéliques Augen glitten zögernd von ihm zu dem Kind an seiner Seite.

«Aber ja», sagte der Marquis nicht ohne Stolz, «das ist mein Kleiner. Ist er nicht charmant?»

Zur näheren Erläuterung fügte er hinzu:

«Er ist auch der Jüngste der schönen Marcelline. Ihr kennt sie wohl nicht? Schade. Sie ist sehenswert, wenn sie ihre Muscheln öffnet . . . Sag guten Tag, Cherubin! . . . Er heißt nämlich Cherubin . . . Der Name steht ihm zum Entzücken, nicht wahr? Warum habt Ihr Euch bei diesen schändlichen Individuen, den Brüdern Défour, einlogiert, statt bei Marcelline zu bleiben?»

«Wir sind zuerst dort gewesen, aber sie war nicht da.»

«Richtig! Wir hatten uns mit den Kochtöpfen in den Wald geflüchtet. Eine alte Gewohnheit der französischen Akadier. Aber diesmal war ich fast sicher, eins der Schiffe Monsieur de Peyracs erkannt zu haben. Deshalb bestand ich auch auf schneller Rückkehr.»

Er sah sich ärgerlich um.

«Wie könnt Ihr Euch nur mit diesem unverschämten Pack verstehen, das sich strikt weigert, mir Gewerbesteuer und Gewinnbeteiligung zu zahlen? Es ist wahrhaft unvorstellbar! Aber ich werde nach Québec schreiben, um mich über sie zu beschweren . . . Wie lange bleibt Ihr bei uns?»

«Ich wollte morgen weiterreisen, aber ich habe eine Verletzung am Fuß, die nicht heilen will. Ich fürchte, ich werde schon nach wenigen Meilen haltmachen müssen.»

Der Gouverneur geriet in Aufregung.

«Und ich lasse Euch auch noch stehen! Mein armes Kind! Setzt Euch hierher! Zeigt mir die Wunde! Ich bin in puncto Heilkunst nicht ganz unbeschlagen.»

Er erwies sich als überraschend kompetent, und sie stimmten darin überein, daß man das Übel mit Pimpinelle oder der flockigen Königskerze behandeln müsse.

«Ich werde das in weniger als einem Tag für Euch auftreiben. Ich kenne hier jeden. Sogar mit dem Medizinmann des Nachbardorfs unterhalte ich ausgezeichnete Beziehungen. Aber Ihr müßt vernünftig sein, mein Kind. Vor mehreren Tagen werdet Ihr keine längeren Märsche unternehmen können, und Ihr wißt es.»

«Ich weiß», seufzte Angélique bekümmert.

Bei sich beschloß sie, Piksarett und die Mic Macs zu bitten, als Vortrupp zur Küste vorauszumarschieren und Joffrey eine Botschaft zu überbringen. Sie hatten ja ohnehin mit dem «großen Donnerer» Rat halten wollen.

Der Marquis schien überaus erfreut.

«Wir werden Euch also einige Zeit bei uns haben!» jubilierte er. «Ihr werdet sehen, es ist charmant hier. Ich komme jedes Jahr her. Marcelline bewahrt einige meiner Röcke und sonstige Kleidungsstücke für mich auf. Ich brauche mich also nicht mit viel Gepäck zu belasten. Es ist ein Ruhepunkt in meiner Inspektionsrunde. Meine Pflichten als Gouverneur sind mehr als erschöpfend, vor allem, wenn sie durch den bösen Willen der einen oder anderen kompliziert werden. Ihr habt ja die Angelegenheit am Saint-Jean sozusagen miterlebt.»

«Ja. Übrigens, was ist dort eigentlich geschehen?» fragte Angélique, die gern etwas über Joffrey gehört hätte.

Monsieur de Ville d'Avray lieferte ihr bereitwillig einige Einzelheiten.

«Monsieur de Peyrac hat bewundernswert manövriert, durch einen Nebel unterstützt, den man mit Messern hätte schneiden können. Ich habe mein Schiff *Asmodée* ohne Schaden oder Blutvergießen zurückerlangt . . . Ich hätte ihm gern ausgiebiger dafür gedankt, aber er ist sozusagen vor unserer Nase verschwunden. Offenbar lag ihm viel daran, die Sache so schnell wie möglich zu Ende zu führen . . .

Er kniff verständnisinnig ein Auge zu.

«Zweifellos, um schnellstens zu Euch zu stoßen, schönste Gräfin.»

«Ich habe ihn noch nicht wiedergesehen», sagte Angélique. «Aber da ich erfuhr, daß er zum St.-Lorenz-Golf wollte, hoffe ich, ihn dort vorzufinden.»

«Ihr werdet ihn finden, kleine Dame. Habt nur Vertrauen. Inzwischen aber werdet Ihr am Saint-Etienne-Tag hier sein. Jedes Jahr gebe ich an diesem Tag ein rauschendes Fest auf meinem Schiff, und diesmal werdet Ihr ihm besonderen Glanz verleihen. Es ist nämlich mein Namenstag. Ja, ich heiße Etienne. Ihr kommt doch, nicht wahr? Lächelt, Angélique, das Leben ist schön!»

«Nicht so schön, wie es aussieht», sagte Amédée Défour, der eben in der Tür erschien. «Wenigstens nicht für die, die Euch über den Weg laufen. Was habt Ihr bei mir zu suchen, Gouverneur?»

«Ich bin gekommen, um persönliche Freunde zu begrüßen, die Ihr unverdientermaßen für Euch in Beschlag nehmt», entgegnete Ville d'Avray, indem er sich zu seiner ganzen, nicht eben imponierenden Größe aufreckte. «Außerdem vergeßt Ihr, daß ich auf allen Territorien, die von meiner Jurisdiktion abhängen, Eure Behausung eingeschlossen, Inspektionsrecht habe. Es ist meine Pflicht, mich zu vergewissern, um wieviel Ihr den Staat und mich selbst bestehlt.»

«Und um wieviel Ihr die braven Leute bestehlen könnt, die sich, wie Ihr sagt, unter Eurer Jurisdiktion befinden.»

«Brave Leute? . . . Hahaha! Denkt Ihr etwa an Euch, wenn Ihr von braven Leuten sprecht? Ihr seid Wüstlinge, Gottlose, die niemals an einer Messe teilnehmen. Pater Damien hat Euch Heiden genannt!»

«Wir haben keinen Geistlichen, und Pater Damien sagt selbst, daß er nicht dazu da ist, sich um die Weißen zu kümmern. Die Bekehrung der Wilden sei allein seine Aufgabe.»

«Und der Eremit auf dem Berg? Ihr könntet zu ihm beichten gehen.»

«Schön, wir gehen nicht zur Beichte, aber wir sind trotzdem ehrliche Leute.»

«Ehrlich? Glaubt Ihr, Ihr könntet mich hintergehen und ich wüßte nichts von Eurem Schmuggel auf dem Petit-Codiac? Ihr schafft auf ihm Euer Pelzwerk und Euer Bauholz in Rekordzeit zum Golf und verkauft an Schiffe, die Pointe-du-chêne oder Sainte-Anne anlaufen, bevor sie nach Europa zurückkehren. Ware, die Canada verläßt, ohne Steuern einzubringen. Ihr seid Spitzbuben! Wißt Ihr, was passiert, wenn ich das in Québec berichte?»

Amédée schwieg betreten und ging zur Kaminecke, um sich ein Glas randvoll mit Alkohol zu füllen.

«Zahlt mir zehn Prozent Eures Gewinns», sagte Ville d'Avray, der ihm mit Adlerblick gefolgt war, in dem sich nicht die leiseste Spur von Naivität oder Jovialität verriet, «und ich werde nichts sagen.»

«Das ist nicht gerecht! Nur wir müssen immer zahlen!» protestierte Amédée. «Von Marcelline verlangt Ihr längst nicht soviel, obwohl ihre krummen Geschäfte alles andere als katholisch sind.»

«Marcelline ist eine mit Kindern geschlagene Frau und nicht sehr bemittelt», erklärte der Gouverneur in würdigem Ton. «Trotz seiner Strenge ist das Gesetz durchaus bereit, gegen Witwen und Waisen Nachsicht zu üben.»

«Jawoll! Was die Mittel und die Nachsicht betrifft, hat sich die Marcelline eben mit Euch zu arrangieren verstanden. Wir andern haben bloß nicht die gleichen Waffen wie sie.»

«Ich werde dir eine Tracht Prügel verabreichen, Lümmel!» brauste Ville d'Avray auf und schwang seinen Stock.

«Das wollen wir erst mal sehen», versetzte der Koloß, kampfbereit die Fäuste vorstreckend.

Der Marquis hielt es für besser, sich zu beherrschen.

«Nicht vor dem Kind! Es ist so sensibel, und Ihr könntet es erschrekken. Nehmt Euch zusammen, Amédée!»

Sie schlossen Waffenstillstand, obwohl der Cherub mit der roten Wollmütze durch diesen Austausch von Liebenswürdigkeiten nicht im geringsten berührt schien.

Der Marquis nahm ihn wieder an die Hand und machte Angélique ein Zeichen. «Gehen wir hinaus», raunte er ihr zu.

Auf der Schwelle wandte er sich noch einmal um.

«Gut, ich werde mich mit fünf Prozent begnügen, aber nur unter der Bedingung, daß Ihr Euch mir gegenüber ein wenig ehrerbietiger zeigt. Ich bin nicht anspruchsvoll. Wohnt mit Euren Brüdern am Saint-Etienne-Tag dem Gottesdienst bei und teilt danach mit mir den Namenstagskuchen an Bord der *Asmodée*. Schließlich soll man nicht sagen können, daß der Gouverneur von Akadien in seiner Provinz nicht mit Achtung empfangen wird. Wie sähe ich sonst aus!»

Im Schutze eines Lupinenbeets erklärte er draußen Angélique:

«Der eigentliche Grund der Reibereien mit diesen Leuten ist, daß sie eifersüchtig sind. Ihr versteht, jeder der vier ist der Vater von wenigstens einem von Marcellines Kindern ... Es sind sehr hübsche Kinder, ich bestreite es nicht, aber meins ist trotzdem das geglückteste», schloß er, den kleinen Pausback mit den blauen Augen höchst befriedigt musternd. «Schließlich ist das ja auch normal. Immerhin bin ich der Gouverneur! ... Gut, vergessen wir diesen Zwischenfall. Ich werde Euch die notwendigen Medikamente schicken. Sobald es Euch bessergeht, besucht Ihr uns. Marcelline möchte Euch kennenlernen. Ihr werdet sehen, sie ist eine ganz erstaunliche Frau.»


## 33


Wie es oft geschieht, wenn man viel, vielleicht zu viel, von jemand hat sprechen hören, verspürte Angélique keine große Lust, die berühmte Marcelline kennenzulernen. Dieses weibliche Wundertier, dessen Zungenfertigkeit und ... Fruchtbarkeit, Kühnheit und Geschicklichkeit beim Muschelöffnen alle männlichen Sympathien der Französischen Bucht auf sich gezogen zu haben schienen, ärgerte sie schon im voraus ein bißchen.

Aber Ville d'Avray hatte Wort gehalten. Er hatte ihr Pflanzen und Salben geschickt, deren Wirksamkeit sie bereits nach kurzem feststellen konnte. Schon am übernächsten Tag ging es mit dem Fuß besser, und sie fühlte sich verpflichtet, den nachbarlichen Besuch des Gouverneurs zu erwidern.

Sie schlug den Pfad ein, der die beiden Anwesen verband. Piksarett begleitete sie. Er hatte sich geweigert, vor ihr zum St.-Lorenz-Golf aufzubrechen, worum sie ihn gebeten hatte.

«Du bist in Gefahr», hatte er ihr erklärt. «Es wäre nicht interessant für mich, dich zu verlieren, bevor ich nicht für dich, meine Gefangene, Lösegeld erhalten habe. Uniakeh und seine Brüder werden zur Küste vorausgehen und den großen Donnerer suchen. Gib ihnen eine Botschaft für ihn mit. Wenn sie ihn finden, wird er dir vielleicht entgegenkommen.»

Aber als sie schreiben wollte, hatte sie nicht mehr gewußt, was. Sollte sie ihn warnen? Sollte sie nur schreiben: «Ich bin in Trantamare . . . Ich erwarte Euch . . . Ich liebe Euch . . .»?

Plötzlich schien es ihr, als sei das Band zwischen ihm und ihr zwar nicht zerrissen, aber wie in tiefer Dunkelheit verloren. Was war geschehen?

Sie knüllte das Papier zusammen und warf es fort.

«Die Mic Macs sollen ihm berichten, was sich ereignet hat: daß ich einen Schiffbruch hinter mir habe, daß Hubert d'Arpentigny getötet wurde, daß man mir nach dem Leben trachtete, daß ich hier bin.»

Die Indianer waren danach aufgebrochen. Es war ihr lieb, daß sie sich auf diese Weise weder von ihren Leuten aus Gouldsboro noch von Cantor zu trennen brauchte.


# 34

Das Haus Marcelline Raymondeaus war geräumig, behaglich und praktisch eingerichtet.

Als Angélique erschien, fand sie Monsieur de Ville d'Avray in einer zwischen zwei Pfählen aufgehängten baumwollenen Hängematte. Sein Söhnchen spielte zu seinen Füßen mit Holzklötzen.

«Das ist eine echte Hängematte von den Karibischen Inseln», erklärte ihr der Gouverneur. «Äußerst bequem. Man muß es nur verstehen, sich richtig in ihr auszustrecken, von einer Ecke zur anderen, dann ruht man herrlich. Ich habe sie mir für ein paar Stränge Tabak von einem geflüchteten karibischen Sklaven eingehandelt.»

Der Mann mußte in Schwierigkeiten gewesen sein, denn Ville d'Avray hatte ohne große Mühe für «fast nichts» außer der Hängematte auch sein «caracoli» erhalten, ein Schmuckstück aus einem mysteriösen Metall, das er, in Hartholz gefaßt, um den Hals trug. Der Marquis zeigte ihr das Amulett.

«Man kommt sehr selten zu so etwas. Die Kariben legen großen Wert darauf, und es ist fast das einzige, was sie als Erbe hinterlassen. Monsieur de Peyrac wird Euch erklären, daß dieses gelbe Metall, das wie Gold aussieht und ebenso unveränderlich ist, dennoch weder Gold noch vergoldetes Silber ist. Sie erhalten es von den Arouaks in Guyana, ihren geschworenen Feinden, wenn sie sie vor den Kämpfen besuchen und ihnen Geschenke bringen . . . Ich muß Euch gestehen, diese Erwerbung entzückt mich. Sie wird meine Sammlung amerikanischer Kuriositäten bereichern. Übrigens sagt man, daß Ihr irokesisches ‹Porzellan› besitzt, einen Wampum-Halsschmuck von besonderer Schönheit, den der Häuptling der fünf Nationen Euch persönlich geschenkt haben soll.»

«Uttakeh . . . ja, das stimmt. Aber ich werde ihn nie verkaufen . . . nicht einmal Euch werde ich ihn für ‹fast nichts› geben, wie Ihr schon zu hoffen scheint.»

«Liegt Euch so viel an ihm? . . . Sollte es gar eine glückliche Erinnerung sein?» erkundigte sich der Marquis höchst interessiert.

«Ja . . . Eine glückliche Erinnerung . . .»

Angélique rief sich den Moment ins Gedächtnis zurück, in dem sie dieses Halsband in ihren Händen gehalten hatte, während der Duft der Bohnensuppe durchs Fort zog, gekocht mit den Bohnen, die die Irokesen gebracht hatten, um sie vor dem Verhungern zu bewahren. Diesen Moment würde sie nie vergessen. «Dieser Schmuck ist für dich, Kawa, die weiße Frau, die das Leben unseres Häuptlings Uttakeh gerettet hat . . .»

Der Marquis warf einen Blick in den Hof, wo Piksarett inmitten einer Schar Kinder von seinen Heldentaten als großer Krieger Akadiens berichtete.

«Man behauptet in Québec, daß Ihr mit den Wilden schlaft», sagte er schmunzelnd. «Aber das sind natürlich nur Schwätzereien», beeilte er sich hinzuzufügen, als er Angéliques Reaktion gewahrte, «und ich habe kein Sterbenswörtchen davon geglaubt.»

«Warum erzählt Ihr mir's dann?» fragte Angélique zornig. «Wozu muß ich die Niederträchtigkeit wissen, die man sich in Eurem boshaften Städtchen über mich zuraunt? Man hat mich ja niemals dort gesehen!»

«Aber die Tatsachen sind immerhin verwunderlich, meine Liebe. Uttakeh! Ein so unerbittlicher Feind der Franzosen und überhaupt jedes Wesens weißer Rasse! Und noch dazu einer Frau! . . . Eine solche Ehre!»

«Ich habe ihm das Leben gerettet, er hat die unseren gerettet. Was ist da so seltsam an einem Austausch von Geschenken?»

«Und der da?»

Ville d'Avray wies mit einer Kopfbewegung auf Piksarett.

«Der Gegenpol von Uttakeh. Der schlimmste Feind der Irokesen, ebenso unerbittlich auf seine Art, ein wütender Kämpfer für seinen Gott und seine Freunde. Und trotzdem läßt er den kaum begonnenen Kriegszug im Stich, um Euch wie ein Schoßhündchen nachzulaufen . . . Die Jesuiten müssen reichlich dumme Gesichter gemacht haben!»

Er lächelte genießerisch.

«Gebt zu, daß das schon allerlei Grund zum Maulzerreißen ist! . . . Was bindet Euch an diese roten Schlangen und sie wiederum an Eure Person?»

«Ich weiß es nicht, aber jedenfalls nicht das, was Ihr Euch vorstellt. Ihr solltet wenigstens so viel von den Indianern wissen, daß sie nicht einmal auf die Idee kämen, Liebesbeziehungen mit einer weißen Frau zu unterhalten. Die weiße Haut stößt sie ab.»

«Es hat immerhin gewisse Fälle gegeben», versetzte Ville d'Avray schulmeisterlich. «Gewiß selten, aber immer mit interessanten weiblichen Personen. Selbst mit Engländerinnen. Frauen, die alles verließen, um einem schönen, stinkenden Indianer in die Wälder zu folgen. In jeder Frau steckt eine verborgene Lust am Primitiven.»

«Im Moment folgt er jedenfalls mir», sagte Angélique, die sein Geschwätz allmählich nervös zu machen begann. «Hütet Euch übrigens, solche Anspielungen vor ihm zu machen. Euer Schopf würde eine Minute später an seinem Gürtel hängen, und mit Euch wär's aus. Ihr habt eine böse Zunge und hättet besser daran getan, bei Hofe zu bleiben, statt hierherzukommen und unsere Angelegenheiten noch im hintersten Winkel Amerikas durch Eure Klatschereien durcheinanderzubringen. Dabei weiß ich nicht einmal, ob Ihr Euch überhaupt bewußt seid, daß Eure Worte für mich und meinen Mann beleidigend sind . . . Für Eure Sicherheit wäre es auf alle Fälle erheblich besser, wenn auch er nichts davon erführe.»

«Aber ich scherzte doch nur.»

«Eure Scherze sind von reichlich zweifelhaftem Geschmack.»

«Wie empfindlich Ihr seid!» jammerte der Marquis. «Was habe ich denn gesagt, Angélique? Wer nimmt denn gleich die Dinge so ernst? Lächelt! Das Leben ist schön, mein Kind!»

«Ah, das ist so Eure Art! Zuerst bringt Ihr mich aus dem Häuschen, und danach leistet Ihr Euch den Luxus, mich zu trösten und mir gut zuzureden, das Leben sei rosig . . .»

«So ist er nun mal. Was wollt Ihr? Man muß ihn eben ertragen», sagte die große Marcelline, die unbemerkt eingetreten war. «Haargenau wie sein Söhnchen. Verlogen, delikat, man muß ihn verhätscheln, den kleinen Liebling. Er ist ein Kind! Boshaft, durchtrieben, naiv wie alle Kinder.

Boshaft, aber amüsant. Man verzeiht ihm, weil er zwar verzogen, aber kein Feigling ist. Und nicht von Grund auf unartig. Er schwindelt nur, wenn's um kleine Dinge geht; bei den großen nicht . . .»

Sie fuhr noch ein Weilchen auf diese Art fort, ohne daß recht zu erkennen war, ob sie vom Vater oder vom Sohn sprach.

Sie war groß, wohlgeformt und weniger derb, als Angélique sie sich vorgestellt hatte. Distinguierter auch. Durch ihr dichtes kastanienfarbenes Haar begannen sich an den Schläfen erste silbrige Fäden zu ziehen, was hübsch mit ihrem gebräunten, mit Jugendlichkeit und praller Gesundheit gesättigten Gesicht kontrastierte. Man begriff das Verlangen heimwehkranker Abenteurer, an ihrem üppigen Busen ein Weilchen zu rasten und im Kontakt mit ihrem ansteckenden Temperament wieder Geschmack am Dasein zu finden, selbst wenn sie ärmer als Hiob waren . . .

Arme Waise, von aller Welt schikaniert, mehrere Male verheiratet, verlassen, Witwe und Mutter, hatte Marcelline ihr Feuer mit winzigsten Zweigen in Gang gehalten. Ihr «Pech» hätte jedem anderen genügt, sich am nächsten Baum aufzuknüpfen. Sie hingegen sah in ihrem Leben nur Chancen und glückliche Schicksalsfügungen. Ebenso wie ihre Muscheln und ihre Kohle hätte sie Lebensfreude verkaufen können.

«Meine anderen Kinder sind ernsthafter und ein bißchen einfacher», erklärte sie Angélique. «Gezwungenermaßen! Es kann nicht jeder einen Gouverneur zum Vater haben . . . Mit dem letzten muß man sich den Kürbis schon ein bißchen anstrengen. Das ist gesund . . . Wenn der Kopf nie was zu tun kriegt, wird man dumm. Sobald sein Vater kommt, ist hier vielleicht etwas gefällig. Gegen Sommerende könnt Ihr sicher sein, daß alle hier drauf und dran sind, sich gegenseitig umzubringen. Er weiß, wie man eine ganze Gegend umkrempelt, o la la! Ich bewundere das! Ich weiß nicht, wie er es anstellt, alle Leute zu schikanieren, zu kränken und zu schurigeln. Es ist eine wahre Kunst, sage ich Euch. Ich könnt's nicht. Ich kenn mich nicht mit Boshaftigkeit aus; das ist auch mein Verderben.»

Während sie sprach, musterte sie Angélique aufmerksam. Schließlich sagte sie:

«Gut! In Ordnung! Ich bin zufrieden, Ihr seid ihn wert. Ich meine, Ihr seid wirklich die Frau, die er braucht. Wer? Der Graf Peyrac, natürlich! Das hat mich gepiesackt. Man sprach von Euch. Man sagte, Ihr wärt sehr schön. Man hat's für meinen Geschmack zu oft gesagt. Das hat mir angst gemacht. Sehr schöne Frauen und noch dazu von Adel sind oft Huren. In der ersten Zeit, als er sich noch überall umsah, und bevor es hieß, daß er Euch aus Europa mitgebracht hätte, ist er nämlich hergekommen. Das ist ein – wie soll ich's sagen? –, ein Mann, wie man ihn nicht alle Tage sieht. Er überragt alle anderen, selbst den da», erklärte sie, indem sie unbefangen auf Ville d'Avray wies. «Er hat etwas an sich, was alle Frauen, wer

197

sie auch seien, wünschen läßt, daß er sich wenigstens ein bißchen für sie interessiert, und wär's auch nur, daß er sie ansieht, wie nur er jemand ansehen kann. Es ist ein ulkiges Gefühl. Man spürt, daß er einen sieht, daß man jemand ist. Oder wenn er nur lächelt oder etwas sagt wie: ‹Euer Haus ist lebendig, Marcelline. Ihr habt ihm eine Seele gegeben . . .› Man fühlt sich wachsen . . . Man sagt sich: ‹Ich hab das wirklich gemacht, ich hab meinem Haus eine Seele gegeben, und man merkt's.›

Ich sagte mir, für einen Mann wie den gibt's gar keine Frau, die zu ihm paßt. Eine Frau kann für ihn nur ein Spielzeug sein, etwas Vorübergehendes, und er ist nicht der Mann, ein Nichts zu heiraten, nur um eine zu haben, die ihn bedient und die er in den Salons herumzeigt . . . Und ich sagte mir, er wird seinen seltenen Vogel nicht finden, wenn er sich auf den Meeren und an wilden Orten herumtreibt . . .

Und da hör ich plötzlich, daß es in Gouldsboro eine Gräfin Peyrac gibt. Ich war so neugierig, daß ich fast hingesegelt wäre, um zu sehen, was Ihr für eine seid. Und jetzt sehe ich Euch. Und ich bin zufrieden. Es begegnen einem doch noch gute Dinge im Leben.»

Schon nach den ersten Worten hatte Angélique begriffen, daß sie von Joffrey sprach, und Marcellines unverhüllte Begeisterung trieb ihr fast Freudentränen in die Augen. Sie sah ihn hier, den damals noch Einsamen, vom König Verbannten, während sie fern von ihm, drüben in Frankreich, im Poitou, wie ein verfolgtes Tier hatte leben müssen. Und das Schicksal, das sie wieder vereint hatte, schien ihr plötzlich so wundersam, daß sie es kaum zu fassen vermochte.

Marcelline spürte ihre Erregung und unterbrach sich besorgt.

«Verzeiht», sagte Angélique, sich über die Augen wischend. «Eure Worte gehen mir so zu Herzen. Sie rühren mich mehr, als ich's ausdrükken kann. Seinetwegen bin ich in solcher Unruhe.»

«Alles wird sich arrangieren», begütigte Marcelline. «Der Herr Gouverneur hat mir's erzählt. Ihr wollt ihn drüben an der Küste treffen und könnt Eure Reise wegen Eures verletzten Fußes noch nicht fortsetzen . . . Habt Geduld! Wir werden vielleicht bald von ihm Nachricht haben. Mein Sohn Lactance ist dieser Tage in Tormentine, wohin er Waren gebracht hat. Er muß morgen oder übermorgen zurück sein, und wenn er Monsieur de Peyrac gesehen hat, wird er's uns sagen.»

Diese Hoffnung heiterte Angélique wieder auf. Marcellines Gegenwart hatte wirklich etwas außerordentlich Belebendes und vermittelte die Gewißheit, daß, wie sie sagte, «sich alles schon arrangieren würde».

Bei bester Laune nahmen sie einen aus Wildpastete und Apfelwein bestehenden Imbiß ein, zu dem auch einige der Kinder Marcellines erschienen. Das älteste war ein Mädchen, Yolande. Sie war ebenso groß wie ihre Mutter, ohne deren natürliche Weiblichkeit zu besitzen.

«Ein wahrer Gendarm», sagte Marcelline von ihr mit Stolz. «Sie kann einen Mann mit einem Fausthieb niederschlagen.»

In einem unbelauschten Moment fragte Angélique den Marquis, welches die Sprößlinge der Brüder Défour seien.

«So genau weiß ich's nicht», erwiderte er. «Ich bin nur sicher, daß ein paar drunter sind. Ich spür's.»

Aller Aufmerksamkeit wurde plötzlich durch einen fernen Punkt am Horizont absorbiert: ein Schiff, das alle Welt nach draußen zog.

Yolande erkundigte sich, ob sie schon anfangen solle, die Kochkessel für die Flucht in den Wald von ihren Haken zu nehmen.

Der Marquis winkte ab.

«Ich sehe schon, mit wem wir es zu tun haben. Es ist die flämische Karacke dieser blutdürstigen Trunkenbolde, der Brüder Défour. Sie werden also alle vier beim Saint-Etienne-Fest anwesend sein.»

Er rieb sich die Hände.

«Ha, Ihr werdet schon sehen, wie ich ihnen die Messe singen lasse.»

Angélique musterte ihn mit gerunzelter Stirn.

«Was habt Ihr?» fragte der Marquis. «Ihr scheint nachdenklich.»

«Ich suche nach etwas, was mit Euch zusammenhängt», sagte sie. «Es ist wichtig, aber es gelingt mir nicht, es ans Tageslicht zu fördern . . . Ah, ich hab's! Ja, natürlich . . .»

Der Vorfall, nach dem sie suchte, war wieder in ihrer Erinnerung aufgetaucht.

«Als ich Euch zum erstenmal am Strand von Gouldsboro traf, sagtet Ihr, Ihr könntet ohne Eure Brille keine zwei Schritte sehen. Und eben habt Ihr mit bloßem Auge nicht nur dieses ferne Schiff bemerkt, sondern es auch erkennen können.»

Der Marquis geriet in Verlegenheit und lief rot an wie ein bei einer Unart ertapptes Kind, aber er faßte sich rasch.

«Stimmt. Ich erinnere mich . . . Ich sehe in der Tat ganz ausgezeichnet und habe niemals in meinem Leben eine Brille gebraucht, aber . . . nun, ich sah mich eben gezwungen, diese kleine Komödie zu spielen.»

Er sah sich vorsichtig um und zog sie dann in eine Ecke, um vertraulich mit ihr sprechen zu können.


## 35

«. . . Es war notwendig wegen dieser Frau, die Euch begleitete.»

«Der Herzogin von Maudribourg?»

«Ja . . . Als ich sie bemerkte, gefror mir förmlich das Blut in den Adern. Ich fürchtete, daß sie mich erkannt hätte oder daß sie merkte, daß ich sie erkannte. Um das eine wie das andere zu verhüten, stürzte ich mich in die erstbeste Improvisation, die mir gerade einfiel, und es sieht so aus, als ob sie mir nicht übel gelungen wäre, da auch Ihr Euch habt täuschen lassen . . . Ich habe einige schauspielerische Begabung. Monsieur Molière sagte mir . . .»

«Warum wäre das denn so schlimm gewesen, wenn sie gemerkt hätte, daß Ihr sie erkanntet?»

«Aber sie ist eine ganz fürchterliche Frau, meine Liebe! Sprecht in gewissen speziellen Zirkeln von Paris oder Versailles von der Herzogin von Maudribourg, und Ihr werdet jäh erbleichende Gesichter um Euch sehen. Ich bin ihr einige Male am Hof, das heißt bei Schwarzer Magie gewidmeten Séancen begegnet, die man frequentieren muß, wenn man beachtet werden will. Es ist augenblicklich die große Mode. Alle Welt läuft hin, um den Teufel von nahem zu sehen. Was mich betrifft, kann mir solcher Zeitvertreib gestohlen bleiben. Ich bin ein einfacher, gutmütiger Mensch, wie ich Euch schon sagte. Ich lebe gern in Frieden unter meinen Freunden, meinen Büchern, schönen Dingen, in schönen Landschaften. Québec gefällt mir . . .»

«Warum habt Ihr uns nicht über die wahre Persönlichkeit dieser Frau aufgeklärt, die der Zufall in unsere Niederlassung geführt hat?»

«He! Glaubt Ihr denn, ich legte Wert darauf, ein Giftsüppchen verabreicht zu bekommen? Sie ist eine Giftmischerin, und noch dazu eine der erstklassigen! Und außerdem schien mir die Situation recht pikant. Unter den Augen des Engels mit dem Teufel flirten! Wenn ich bedenke, daß sie die Unverschämtheit besessen hat, mir zu erklären: ‹Ihr verwechselt mich, Monsieur. Ich versichere Euch, daß ich keines Menschen Tod auf dem Gewissen habe . . .› Und dabei hat sie wenigstens ein gutes Dutzend *ad patres* geschickt, nicht eingerechnet ihren Gatten, einige Mägde, die ihr mißfielen, und einen Beichtiger, der ihr keine Absolution erteilen wollte.»

Er gluckste hinter der vorgehaltenen Hand.

«Sie ist unehelich geboren . . . Tochter einer in Hexenkünsten erfahrenen, mit ihren Reizen recht freigebigen großen Dame, die sie ihrem Hausgeistlichen, ihrem Kammerdiener, ihrem Bruder oder irgendeinem ihrer Kuhbauern verdankte. Man weiß es nicht genau, tippt aber auf den Hausgeistlichen, der nebenbei ein ausgezeichneter Mathematiker war, was ihre unleugbare Begabung in dieser und anderen Wissenschaften erklären würde, obwohl eine Zeitlang die Theologen der Meinung waren, sie habe sie vom Teufel.»

Bekümmert fuhr er fort:

«Es ist mir leider nicht gelungen, genau zu erfahren, wer ihre Mutter war. Madame de Roquenquourt kannte sie, wollte aber nicht mit der Wahrheit herausrücken. Ich weiß lediglich, daß es sich um einen erlauchten Namen aus der Dauphiné handelt.»

«Mir hat Madame de Maudribourg erzählt, sie stamme aus dem Poitou.»

«Sie erzählt Gott weiß was über ihre Herkunft. Es hängt ganz davon ab, wen sie sich gerade um den Finger wickeln möchte . . . Madame de Roquenquourt hat sich für das Mädchen interessiert . . . ich weiß nicht, warum. Vielleicht war sie durch Freundschaftsbande ein wenig besonderer Art mit der Mutter verbunden . . . oder sie hatte ebenfalls eine Schwäche für den Hausgeistlichen. Dieser Kirchenmann war nämlich keineswegs uninteressant. Ein Art ursprüngliches wissenschaftliches Genie. Die Orden hatten ihm erlaubt zu studieren. Seine Tochter hat ihn beerbt, auch was den Satanismus betrifft. Habt Ihr von der Geschichte mit dem Kloster von Norel gehört?»

«Nein.»

«Es ist vor einigen zwanzig Jahren passiert. Sie war dort. So um die fünfzehn muß sie gewesen sein. Aber das war nicht das einzige Kloster, wo der Teufel seine Bocksprünge vollführte. Da gab's noch Loudun, Louviers, Avignon, Rouen . . . es war damals Mode . . . In Norel wurde der satanische Reigen von Yves Jobert, dem Seelsorger des Klosters, angeführt. Er ließ die Nonnen nackt tanzen und sich untereinander paaren bis in die Kirche und in den Garten. Er lehrte sie, daß man die Sünde durch die Sünde töten und, dem Vorbild unserer frühen Vorfahren folgend, nackt gehen müsse, um deren Unschuld zu erwerben, sowie den Impulsen der Sinne folgen solle, statt sie zu bremsen. Eine Theorie, der es nicht an Verführung mangelt, aber die Inquisition war auf diesem Ohr leider taub. Sie steckte Yves Jobert in die spanischen Stiefel, bevor sie ihn samt einigen Nonnen lebendig verbrannte. Ambroisine war ausgekocht genug, sich aus der Schlinge zu ziehen. Der Herzog von Maudribourg heiratete sie in der stillen Hoffnung, sie wie ihre jungfräulichen Vorgängerinnen loswerden zu können, wenn er ihrer müde würde. Aber sie war stärker als er. In puncto Laster und Gift hatte er ihr nichts beizubringen . . . Natürlich weiß man diese Dinge nicht offiziell oder kaum. Die beteiligten Namen sind zu groß. Aber ich bin über alles auf dem laufenden. Ich bin nicht so leicht hinters Licht zu führen . . . Ihr begreift jetzt sicher meinen Schreck, als ich in Amerika dieser gefräßigen Messalina begegnete. Nun, ich habe mich jedenfalls recht geschickt aus dieser unbehaglichen Situation gezogen . . . Angélique, Ihr macht ein so böses Gesicht! Warum?»

«Ihr habt mich nicht rechtzeitig gewarnt. Diese Frau bei uns aufzunehmen, bedeutete eine tödliche Gefahr.»

«Bah! Soviel ich weiß, hat sie niemand umgebracht.»

«Sie hätte es tun können.»

Angélique zitterte innerlich. Der Gedanke, daß Abigaël das Opfer dieser Giftmischerin hätte werden können, die schon durch das Schlafmittel im Kaffee hatte verhindern wollen, daß sie bei ihrer Entbindung Hilfe erhielt, trieb ihr Schauer über den Rücken.

«Ich könnte Euch töten», sagte sie mit einem so kalten Blick, daß der Gouverneur einen Schritt zurückwich.

«Nicht vor dem Kind!» rief er hastig. «Ich bitte Euch, Angélique, seid vernünftig! Ihr wollt doch nicht sagen, daß Ihr mir wirklich etwas Ernsthaftes vorwerft?»

«Gewiß! Ihr wußtet schreckliche Dinge über diese Herzogin und habt sie uns nicht mitgeteilt. Das ist Eure Schuld!»

«Aber ich glaubte im Gegenteil, mich geschickt und kaltblütig verhalten zu haben. Durch meine Denunziation hätte ich vielleicht ihre perversen Instinkte geweckt. Wer weiß! Ist sie nicht nach Amerika gekommen, um sich zu bessern? Die Bekehrung ist unter schönen Verbrecherinnen sehr gefragt. Wenn sie von den giftigen Scherzen genug haben, stürzen sie sich in die Frömmigkeit. Mademoiselle de la Vallière steckt im Nonnenhabit, Madame de Noyon, die ihre neugeborenen Kinder und zwei Liebhaber vergiftet hat, ist seit einigen Jahren im Kloster von Fontevrault, und man spricht davon, sie zur Äbtissin zu machen . . .»

«Hört auf, mir von dieser schmutzigen Welt zu erzählen!» rief Angélique und stürzte zur Tür.

Der Marquis folgte ihr aufgeregt.

«Wie könnt Ihr Euch nur solcher Kleinigkeiten wegen aufregen, Angélique! Gebt wenigstens zu, daß ich das Beste gewollt habe!»

Sie warf ihm einen düsteren Blick zu. Seine Unschuldsbeteuerungen klangen ihr wenig glaubhaft. Vielleicht hatte er wirklich aus Angst vor Ambroisine geschwiegen, aber auch, weil er Spaß daran fand, die Angelegenheiten anderer Leute durcheinanderzubringen und sich wichtig zu fühlen.

«Ihr beurteilt mich falsch», sagte er, ehrlich bekümmert. «Nun, was tut's! Eines Tages werdet Ihr mich besser kennen und Eure Härte bedauern. Bis dahin wollen wir unsere ausgezeichneten Beziehungen nicht einer so wenig interessanten Person wegen stören lassen. Sie ist jetzt weit entfernt und kann niemand schaden . . . Lächelt, Angélique, das Leben ist schön! Ihr kommt doch zu meinem Namenstagsfest, nicht wahr?»

«Nein, ich komme nicht!»

36

Doch schon am folgenden Tag besuchte er sie bei den Brüdern Défour und überschüttete sie mit so stürmischen Beteuerungen seiner Freundschaft und der Reinheit seiner Absichten, gestützt auf zahlreiche Beweise aus der Geschichte Ambroisines, daß sie ihm schließlich nachgab. Schön, sie würde zu seinem Namenstag kommen! Gewiß, sie verzeihe ihm und gebe auch zu, daß ihr Fuß nur dank seiner Hilfe schon fast geheilt sei! Daß es höchst undankbar wäre, ihm weiter zu grollen oder bei dem Fest auf der *Asmodée* zu fehlen und das außerordentliche Schauspiel der ihre Muscheln öffnenden Marcelline zu verpassen . . .

Gut, sie versprach also, am Abend zu kommen, und beschäftigte sich schon ein wenig mit der Toilette, die sie zu dieser Gelegenheit tragen würde.

Sie hatte während der Nacht nicht schlafen können und warf sich vor, auf die spitzzüngigen Enthüllungen Ville d'Avrays unnötig heftig reagiert zu haben. Sie hatte doch am Hof gelebt und gewiß nichts Neues von ihm erfahren.

Hatte sie etwa die schwarzen Messen in den verschwiegenen Nächten von Versailles vergessen, in denen sie von dem Zwerg Barcarole geführt und vor den verbrecherischen Machenschaften der Marquise de Montespan geschützt worden war? «Ich war damals weniger empfindlich, weniger verletzbar durch menschliche Gemeinheit . . .»

Hier, in der noch unberührten Wildheit Amerikas, im Rausch einer echten, strahlenden Liebe, hatte sie angefangen zu vergessen. Ihr Leben hatte einen neuen Sinn erhalten, war komplexer, gesünder, schöpferischer, ihrer wahren Natur entsprechender geworden. Würden «sie» bis hierher verfolgen, um sie für ihre Irrfahrten bezahlen zu lassen? . . . Es schien ein Alptraum! Wo war die Unschuld, wenn nicht am Ende der Welt? Durch das in die Nacht geöffnete Fenster gewahrte sie Piksarett, der über sie wachte. Eine andere Welt, eine andere Menschheit. Cantor, ihr Sohn, schlief nicht fern. Sie dachte an Honorine, an Séverine, an die kleine Elisabeth in ihrer ländlichen Wiege, an Abigaël . . . Und sie erhob sich erregt, um lange die Sterne zu betrachten und aus der Klarheit des nächtlichen Himmels irgendeine ihr notwendige Kraft zu schöpfen.

«Nein, sie werden nicht über uns siegen . . .»

Sie dachte auch an Joffrey, sah ihn hervortreten unter so vielen menschlichen Wesen, denen sie begegnet war, als das einzige ihr verwandte, mit dem sie den geistigen Pakt der Freundschaft und der Liebe hatte schließen können. Das verschärfte ihrer beider Einsamkeit unter den Menschen, verteidigte sie aber auch gegen die Gefahr, auf Wege abzuirren, die nicht die ihres Schicksals waren.

«Wie habe ich so lange ohne dich leben können? . . . Ohne dich, den einzigen, der mich kennt und erkennt . . . der weiß, daß wir uns ähnlich sind? Gibt es eine Vergangenheit in meinem Leben, an der du keinen Anteil hattest? Nein, denn das Bild, das ich von dir bewahrte, schützte mich davor, durch meine weibliche Schwäche in die Herde zurückzusinken und mich in ihr zu verlieren.»

Gegen Ende des Nachmittags begab sie sich, von Cantor und Piksarett begleitet, zum Anwesen Marcelline Raymondeaus. Die Brüder Défour waren bereits da, unbehaglich in ihren aus den Truhen geholten Tuchanzügen und Schnallenschuhen, die sie nur einmal im Jahr trugen, diesmal dem Gouverneur zu Gefallen. Am Morgen waren sie in der Kapelle des Eremiten erschienen, um dem Gottesdienst beizuwohnen. Höchst ungern, ziemlich falsch, aber mit donnernden Stimmen hatten sie die Choräle mitgesungen.

«Jammervoll», berichtete Ville d'Avray kopfschüttelnd Angélique. «Sie haben uns grausam die Ohren vollgeschrien. Ah, Ihr werdet das Meßamt in Québec hören, meine Liebe! Den Chor der Kathedrale und den des Jesuitenklosters . . .»

«Ihr scheint sehr überzeugt, uns in Québec zu sehen. Was mich betrifft, bin ich erheblich weniger zuversichtlich. Wir haben schon Anfang September. Ich weiß nicht, wann und wo ich meinen Mann treffen werde . . . Und auf jeden Fall kann ich den Winter nicht fern von meiner kleinen Tochter verbringen, die ich in einem einsamen Fort nahe der Grenze von Maine zurückgelassen habe.»

«Nehmt sie doch mit», sagte Ville d'Avray, als handelte es sich um das einfachste von der Welt. «Die Ursulinerinnen werden ihr das Alphabet eintrichtern, und auf dem St. Lorenz wird sie Schlittschuh laufen . . .»

Das Fest versammelte alle Akadier der näheren Umgebung, zuzüglich einiger englischer und schottischer Kolonisten und der «Honoratioren» der benachbarten Stämme. Farbige Laternen waren im Takelwerk des Schiffes aufgehängt worden und spiegelten sich im ruhigen Wasser des Fjordes, in dem die *Asmodée* vor Anker lag. Boote brachten die Gäste an Bord, wo nach einem Bankett gesungen und getanzt werden sollte.

Doch es stand geschrieben, daß Angélique an diesem Abend den Herzenswunsch des armen Gouverneurs von Akadien trotz besten Willens nicht erfüllen sollte.

Während des Durcheinanders der letzten Vorbereitungen und bei schon sinkender Dunkelheit näherte sich ihr ein junger Indianer und teilte ihr in gutem Französisch mit, daß der Eremit vom Berge sie in seiner Kapelle erwarte. Ein Mann befinde sich dort, der mit Madame de Peyrac und ihrem Sohn Cantor sprechen wolle.

Angélique reagierte hinhaltend.

«Ich schätze solche Botschaften nicht sehr. Ein Mann? . . . Das ist mir zu unbestimmt. Er soll seinen Namen nennen, und ich werde kommen.»

«Er sagt, er heiße Clovis.»

# 37

Clovis! . . . Er war es wirklich.

Als Angélique und Cantor die zur Kapelle umgestaltete Höhle des Eremiten betraten, erkannten sie ohne Mühe im Schein der qualmenden Fackel den stämmigen Auvergnaten, dessen tückische Widerspenstigkeit ihnen in Wapassou oftmals Sorgen bereitet hatte. Seine kleinen, scharfen Augen sahen ihnen unter struppigen Brauen feindselig entgegen. Nichtsdestoweniger erhob er sich bei ihrem Anblick und blieb, die Mütze in den Händen, in relativ ehrerbietiger Haltung vor ihnen stehen. Sein Hemd war steif von Schmutz und Fett, sein Kinn schlecht rasiert, und das Haar hing ihm wirr in die Stirn: wahrhaft ein Mann der Wälder.

«Clovis! Ihr seid hier?» rief Angélique. «Wir dachten, wir sähen Euch nie wieder. Warum seid Ihr verschwunden?»

Er schniefte mehrmals mit der bockigen Miene, die er gewöhnlich aufsetzte, wenn ihm jemand Vorwürfe machte.

«Ich wollte gar nicht», sagte er, «aber ‹sie› haben mir einen Smaragd aus Caracas versprochen, und zuerst kam's mir auch nicht so schlimm vor, was ‹sie› dafür verlangten. Aber dann saß ich eben in der Sache drin, und mir war klar, daß ich, ganz gleich, wohin ich mich wendete, meine Haut dabei lassen würde. Deshalb hab ich mich verflüchtigt.»

«Wer sind ‹sie›?» fragte Angélique, die sofort begriff, daß Clovis auf ihre mysteriösen Feinde anspielte.

«Weiß ich's? . . . Leute, die Euch Ärger machen wollen. Aber warum? Für wen? Davon hab ich keinen Schimmer.»

«Was solltet Ihr gegen uns unternehmen?»

Clovis schniefte erneut. Der peinliche Moment war nicht länger hinauszuschieben.

«In Hussnock war's», erklärte er. «Ein Bursche ist zu mir gekommen, der mir ein paar billige Kinkerlitzchen schenkte und sagte, ich würde einen Smaragd kriegen, wenn die Sache glückte. Er sagte, es wär ein Pirat in der Bucht, der gerade den Schatz der Spanier in Caracas geplündert hätte. Sie wären dicke mit ihm und würden ohne weiteres für mich einen Smaragd bei ihm raushandeln. Und dazu, wie gesagt, kam mir das, was er wollte, gar nicht so schlimm vor.»

«Was wollte er?»

«Nicht viel.» Clovis räusperte sich betreten.

«Was also?»

«Daß ich's irgendwie zustande brächte, Euch, Frau Gräfin, zu den Engländern zu schicken, ohne daß der Herr Graf davon erfährt. Ich hatte davon reden hören, daß die kleine englische Gefangene zur anderen Seite des Kennebec zurückgebracht werden sollte. Es war ganz einfach. Ich hab Maupertuis und seinem Sohn gesagt, der Herr Graf hätte sie beauftragt,

205

Euch und Euren Sohn zum englischen Dorf zu begleiten. Er würde Euch dann an der Mündung erwarten. Der Gedanke, daß es eine krumme Sache sein könnte, ist ihnen gar nicht gekommen. Die Kanadier sind so: fliegen auf die erstbeste Gelegenheit, durch die Wälder zu streifen, ohne sich Fragen zu stellen. Sie haben's dann dem jungen Herrn hier –» er wies mit dem Kinn auf Cantor «– weitergegeben, und der fand auch nichts dabei. Wenn man jung ist, geht man auch gern spazieren, ohne sich erst groß den Kopf zu zerbrechen.»

«Danke bestens», sagte Cantor im leicht peinlichen Bewußtsein, daß man sich seiner jugendlichen Impulsivität bedient hatte, um seinen Vater zu überlisten und seine Mutter in eine Falle zu locken. Denn auch Angélique war prompt auf den Trick hereingefallen, da sie die Botschaft durch ihn erhalten hatte.

Der Plan war so gerissen und mit solcher Kenntnis der Persönlichkeit jedes einzelnen ausgeheckt, daß er nach Angéliques Meinung nicht von Clovis stammen konnte.

«Wie sah der Mann aus, der Euch in Hussnock aufsuchte?»

Sie war der Antwort so sicher, daß sie gleich fortfuhr, ohne den Auvergnaten zu Wort kommen zu lassen:

«Bleich, nicht wahr? Mit Augen, die einen gefrieren lassen.»

«Das erstemal, ja», sagte Clovis, «aber ich hab auch mit anderen zu tun gehabt. Es müssen viele sein . . . Seeleute. Ich glaube, sie haben zwei Schiffe. Sie kriegen ihre Befehle von einem Anführer, den man nicht sieht und der nicht bei ihnen ist. Sie treffen ihn nur von Zeit zu Zeit. Sie nennen ihn Belialith oder so ähnlich. Das ist alles, was ich weiß.»

Er bückte sich erleichtert, um einen mageren Sack aufzuheben, der sein ganzes Gepäck zu sein schien, als wäre nun alles gesagt, was er ihnen zu sagen hatte.

«Ihr wißt natürlich, Clovis, daß wir in dem englischen Dorf in einen Hinterhalt gerieten und die Freiheit, wenn nicht gar das Leben hätten verlieren können.»

«Ich hab's erfahren», erwiderte er, «und deshalb bin ich auch fort. Und natürlich auch, weil sie mich reingelegt hatten. Kein Smaragd für mich. Der Pirat, der ihn hatte, hat sich mit dem Herrn Grafen zusammengetan. Ich hätte es wissen müssen, daß der Herr Graf die Kastanien aus dem Feuer holt, wenn er wo dabei ist. Ich war bestimmt nicht dumm an dem Tag, an dem ich in seine Dienste getreten bin, und ich hätte bei ihm bleiben sollen.»

«Ja», sagte Angélique hart. «Aber Ihr seid immer ein Unruhestifter gewesen, Clovis, und statt einem Herrn treu zu bleiben, dessen Güte und auch Macht Ihr kennt, habt Ihr lieber Euren bösen Neigungen nachgegeben, Eurer Eifersucht und Eurer Rachsucht – besonders mir gegenüber.

206

Ihr wart sehr damit zufrieden, daß mir Unannehmlichkeiten passieren würden, nicht wahr? Nun, Ihr könnt zufrieden sein: Sie sind mir passiert, und noch ist kein Ende abzusehen. Aber ich bin ganz und gar nicht sicher, daß Ihr diese böse Partie gewonnen habt.»

Clovis senkte den Kopf, und zum erstenmal wirkte er wie ein Verurteilter.

Trotz seiner Schuld empfand sie Mitleid mit seiner gehetzten Einsamkeit. Er war ein beschränkter Bursche, nicht ohne Intelligenz und Begabung in seinem Beruf als Schmied, aber zu primitiv, um allein die Verantwortung für sich in einer durchtriebenen, den Einfachen gegenüber grausamen Welt zu tragen. Sie kannte sein Geheimnis, die Passion eines Mannes, der es gewöhnt ist, in die tanzenden Flammen seines Schmiedefeuers zu starren und dort Schätze funkeln zu sehen: seine Liebe zu schönen, kostbaren Steinen, aus denen er eines Tages für die kleine Sainte-Foy de Conques, das berühmte Heiligtum seiner Heimatprovinz Auvergne, ein Reliquienkästchen fertigen wollte.

Sie fragte ihn:

«Warum habt Ihr nicht offen mit dem Herrn Grafen gesprochen, als Ihr merktet, daß Ihr etwas Schlimmes angestellt hattet?»

Er sah sie mit plötzlich wütender Miene an.

«Für was für einen Idioten haltet Ihr mich denn? War's nicht schon genug, was ich getan hatte? Ich hab Euch doch sozusagen in den Tod geschickt! Euch, Frau Gräfin! Und da verlangt Ihr von mir, daß ich ihm das mir nichts, dir nichts auch noch ins Gesicht sagen soll? . . . Glaubt Ihr vielleicht, er hätte mit jemand Mitleid gehabt, der Euch schaden wollte? Da sieht man, daß Ihr eine Frau seid! Ihr bildet Euch ein, Männer könnten ganz aus Honig und Zucker im Innern sein wie Ihr selbst! Aber ich kenne ihn, kenne ihn besser als Ihr! Er hätte mich umgebracht . . . oder noch Schlimmeres gemacht! Er hätte mich so angesehen, daß ich hinterher kein lebendes Wesen mehr gewesen wäre . . . Dem wollte ich mich nicht aussetzen. Ich hab's vorgezogen, zu verschwinden. Ihr seid für ihn . . . Ihr seid sein Schatz, und wenn man einen Schatz besitzt, brennt das hier», sagte er, eine Hand auf seine Brust legend. «Kein Mensch hat das Recht, dran zu rühren oder gar zu versuchen, ihn wegzunehmen. Ich weiß, wie das ist . . . Ich hab auch einen Schatz. Und weil ich ihn nicht verlieren will, werd ich mich hier auch nicht länger aufhalten . . . Weil ‹sie› mir auf der Spur sind. ‹Sie› sind gefährlich», fuhr er mit leiser Stimme fort, «und von einer Sorte, die einem das Blut in den Adern zu Eis werden läßt. Da gibt's den Einäugigen, das Tier, den Finsteren, den Unsichtbaren, den sie überallhin zum Spionieren schicken, weil niemand ihn bemerkt, so ähnlich sieht er allen und jedem. Eine Mannschaft wie die, das sind Satans Helfershelfer auf Erden. Vielleicht wollen sie wissen, wo ich meinen Schatz vergraben habe, aber – denkste! – Sie kriegen mich nicht.» Er warf den Sack über die Schulter und wollte zum Ausgang der Höhle.

Aber mit einem Sprung pflanzte Cantor sich vor ihm auf.

«Nicht so fix, Clovis! Du hast nicht alles gesagt.»

«Wieso? Natürlich hab ich alles gesagt!» fuhr der Schmied ihn an.

«Nein. Du verbirgst noch etwas. Ich spür's.»

«Du bist wie dein Vater», knurrte Clovis und warf ihm einen Blick voller Haß zu. «Geh beiseite und laß mich durch, Junge. Ich hab dir gesagt, daß ich bei dieser Sache nicht meine Haut lassen will. Mir genügt's schon, Euch beide gerettet zu haben . . .»

«Was soll das heißen?» bedrängte ihn Cantor. «Wovor hast du uns retten wollen?»

«Ja, sprecht!» beharrte auch Angélique, der das Gesicht des Mannes verriet, daß Cantors Vermutung zutraf. «Wir sind immer gute Freunde gewesen, Clovis, und Ihr habt mit uns in Wapassou gelebt. Handelt wie ein guter Kamerad und helft uns bis zuletzt.»

«Nein, nein!» Clovis' Blicke huschten durch die Höhle wie die eines gefangenen Tieres. «Ich kann's nicht. Wenn ich ihnen ihren Coup verderbe, bringen sie mich um.»

«Welchen Coup?» rief Cantor. «Clovis, du kannst nicht zulassen, daß sie über uns triumphieren! Du gehörst zu uns!»

«Ich sage Euch doch, daß ich meine Haut dabei lassen werde», protestierte Clovis verzweifelt. «Sie töten mich! Sie scheuen vor nichts zurück! Es sind Dämonen . . . Sie folgen mir. Ich hab immer gespürt, daß sie mir auf den Hacken sind.»

«Du gehörst zu uns, Clovis», wiederholte Cantor drängend. «Sprich . . . sonst entkommst du vielleicht ihnen, aber bestimmt weder der göttlichen Gerechtigkeit noch der kleinen Heiligen der Auvergne.»

Der Schmied hatte sich gegen die Wand gedrückt. Er ähnelte einem in die Enge getriebenen Tier. Er murmelte:

«Ihr habt mir gesagt, daß ich eines Tages büßen müßte, Madame. Woher habt Ihr es gewußt?»

«Ich habe es an Euren Augen gesehen, Clovis. Ihr seid ein Mann, der sich noch nicht entschieden hat, ob er auf der Seite des Guten oder des Bösen steht. Jetzt ist der Augenblick gekommen.»

Er senkte den Kopf, dann stieß er hervor:

«‹Sie› sprengen das Schiff in die Luft!»

«Welches Schiff?»

«Das Schiff des Gouverneurs, das nicht weit von hier vor Anker liegt.»

«Die *Asmodée*?»

«Kann sein.»

«Wann?»

«Weiß ich's? Jetzt . . . in einer Stunde . . . oder in zweien. Aber diese Nacht, während des Festes . . .»

Der Ausdruck des Entsetzens in Angéliques und Cantors Gesichtern ließ ihn hastig fortfahren:

«Deshalb hab ich Euch beide rufen lassen . . . als ich beim Herumstreifen hier erfuhr, daß Ihr bei diesem Fest dabeisein würdet. Ich wollte nicht, daß Ihr mit dem Schiff in die Luft fliegt . . . So, jetzt hab ich alles gesagt. Laßt mich fort!»

Er stieß sie grob beiseite und stürzte aus der Höhle. Sie hörten ihn wie einen aufgestörten Keiler durch das Gebüsch am Steilhang der Schlucht brechen.

Gesegnet sei der Schöpfer, der dem Indianer die Schnelligkeit des galoppierenden Hirschs verlieh!

Auf dem zum Anwesen der schönen Marcelline führenden Weg schoß Piksarett wie ein Pfeil davon. Er sprang, kaum den Boden berührend, über Hindernisse, schien zuweilen buchstäblich zu fliegen, durchmaß die Nacht wie ein Blitz, wie der Wind!

Cantor hatte er rasch hinter sich gelassen. Angélique folgte den beiden, so schnell es ihr fast geheilter Fuß erlaubte. Ihre Angst war so groß, daß sie am Ende ihrer Kräfte war, als sie das Haus der Brüder Défour erreichte. Noch eine halbe Meile trennte sie vom Ziel.

Sie hielt atemlos inne. Vor kurzem erst hatte sie gerufen, um Cantor zurückzuhalten. Vergebens. Wie der Indianer war der tapfere Junge fest entschlossen, sein Leben zu riskieren, um das der anderen zu retten.

Und wenn das Schiff nun in die Luft flöge, während sich beide an Bord befänden, bevor sie die festliche Kumpanei überzeugt hätten, es zu verlassen? Die Angst ließ Angélique nicht weiterdenken. Sie war nicht einmal fähig zu einem Gebet.

«Es ist nicht möglich», wiederholte sie bei sich. «Es wäre zu schrecklich. Es darf nicht sein . . .»

In jeder Sekunde konnte das Schicksal über das Leben vieler Menschen entscheiden, darunter auch das ihres Sohnes. In den Eingeweiden der *Asmodée* fraß etwas Tödliches die Zeit und näherte sich der Katastrophe. In welchem Moment würde das unabwendbare Fortschreiten des Verhängnisses mit dem wilden Lauf Piksaretts und Cantors zusammentreffen? Vor ihrer Ankunft? Wenn sie an Bord wären? Oder danach, wenn alle sich hätten retten können?

Langsamer ging sie weiter. Als sie sich etwa auf der Hälfte des Weges befand, schien ein blendender Blitz aus dem nächtlichen Wald gen Himmel zu fahren, während betäubendes Krachen zwischen den Klippen widerhallte.

Wie war sie bis zu Marcellines Haus gelangt? Sie würde es nie erfahren . . . !

Sie sah das flammend im schwarzen Wasser versinkende Schiff. Dann kehrte ihr Blick zum Ufer zurück und gewahrte im Feuerschein ein Gewimmel von Menschen und mitten darunter die unverkennbare Gestalt des Marquis de Ville d'Avray, die sich aufgeregt gestikulierend bewegte.

Piksarett und Cantor waren also zur rechten Zeit gekommen.

Piksarett war urplötzlich zwischen den Festgästen auf Deck aufgetaucht.

«Rettet euch!» hatte er geschrien. «Der Tod lauert in den Eingeweiden des Schiffs!»

Nur der Marquis hatte ihn ernstgenommen. Die anderen, schon halb betrunken, dachten nicht daran, auf ihn zu hören. Aber der kleine Gouverneur wußte sich unter schwierigen Umständen auf der Höhe der Situation zu zeigen. Er klemmte sich sein widerstrebendes Söhnchen unter den Arm, und mit eiserner Energie und Piksaretts und Cantors Hilfe gelang es ihm, seine Gäste vom Deck in die verschiedenen, am Fallreep festgemachten Boote zu treiben.

Auf dem Strand angelangt, glotzten sie einander verständnislos an.

«Was ist denn los? Wo ist mein Glas?»

Ville d'Avray klopfte sich sorgfältig den Staub von Ärmeln und Manschetten, dann hob er die Nase zu dem langen Piksarett.

«Und nun erklärt Euch, Häuptling», sagte er mit Würde. «Was bedeutet das?»

Als Antwort erfüllte Donnergetöse die Bucht. Flammen zuckten gleißend hoch. Gleich darauf geriet das Schiff in Brand, neigte sich und versank in den Fluten mit allen gehorteten Reichtümern des Gouverneurs von Akadien.

## 38

Ließen sich die verlorenen Schätze aufzählen? Außer Pelzen und Weinen und Likören Tausende von Pfunden Tauschhandelsware – vermutlich englischer Herkunft –, Schmuckstücke und spanische Dublonen – von Ville d'Avray für seinen Einfluß oder Schutz von in der Bucht verstreuten kleinen Siedlungen erhandelt –, dazu Waffen und Munition, deren Bestimmung und Käufer unklar waren. Die Geschäfte des Marquis bezeugten sein ausgedehntes Interesse für alle Dinge unter dem Himmel und seinen präzisen Sinn für deren Handels-, Luxus- oder Kunstwert.

Während der ganzen Nacht und des folgenden Tages glich das Gewimmel der Suchenden an den Ufern der Bucht rings um die halbgesunkene *Asmodée* einem aufgestörten Ameisenhaufen. Und alle bewegte die Frage, wie ein solcher Anschlag hatte geschehen können. Ein Fall von

Nachlässigkeit wäre möglich gewesen, ein Brand, verursacht durch einen angetrunkenen Matrosen, der seine Laterne umgestoßen oder den Laderaum betreten hatte, ohne auf die dort herrschende hitzig-stickige Atmosphäre zu achten. Manche dichtgestapelten Waren gerieten in Gärung, ein allzu kräftiger, in seinem Faß nicht fest genug verschlossener «Tafia» durchtränkte mit seinen Alkoholdünsten die überhitzte Luft. Schon ein Funke genügte . . .

Aber jedermann wußte, daß vorbedachte kriminelle Absicht im Spiel gewesen war.

Und schließlich brachte man Ville d'Avray ein reichlich merkwürdiges Stück Seil, das ein Indianer am Strand einer benachbarten kleinen Bucht gefunden hatte.

Der Gouverneur untersuchte es, schüttelte den Kopf und sagte säuerlich:

«Genial! Wirklich genial!»

Es war der vergessene oder nicht mehr benötigte und weggeworfene Rest eines Sabotagematerials der wirksamsten Art. Er erklärte, daß die Piraten der südlichen Meere, die sich an unlauteren Konkurrenten oder schlechten, in puncto Versprechungen allzu vergeßlichen Zahlern rächen wollten, in der Herstellung von Lunten mit Verzögerungseffekt überaus erfinderisch seien. Die Lunten seien weder durch Geruch noch durch Rauch vorzeitig aufzuspüren und könnten durch einen Komplicen, dem noch Zeit zur Flucht bliebe, in der Nähe der Pulverkammer deponiert werden.

Diese war ein besonders «geniales» Modell und bestand aus einem seilartig zusammengedrehten Bündel von Fischdärmen, die wie winzige Würstchen mit Zunderfasern und einer sie verbindenden schwärzlichen Substanz gestopft waren. Ville d'Avray zögerte, die schwarze Materie zu definieren, doch Angélique erkannte in ihr Chilesalpeter, den Joffrey bei seinen Arbeiten häufig verwandte. Das Ganze war mit einer Art indischem Harz imprägniert.

«Sie dürfte so langsam brennen», meinte der Gouverneur, «daß jemand sie schon gestern oder vorgestern hätte anzünden und in der Nachbarschaft unseres Pulvervorrats hätte verstecken können. Kommt es dazu, kann nichts die Katastrophe verhindern.»

«Aber das Schiff war doch bewacht!»

«Durch wen denn?» donnerte Ville d'Avray. «Durch Faulpelze, die sich betrinken, mich ausbeuten und hinter den Indianerweibern herlaufen! Und dazu das ständige Kommen und Gehen während der Vorbereitungen zum Fest. Jeder hätte mit diesem Ding unter dem Hut an Bord klettern können.»

Argwöhnisch sah er zu den Brüdern Défour hinüber.

«Holla!» sagte der älteste. «Wollt Ihr den Anschlag etwa uns in die

Schuhe schieben? Ihr treibt's ein wenig toll, Gouverneur. Vergeßt nicht, daß wir an diesem Abend mit Euch an Bord waren und daß wir ohne den Häuptling alle zusammen in die Luft geflogen wären.»

«Das stimmt allerdings . . . Wo ist Piksarett? Wer hat ihn gewarnt? . . . Er wird schon reden, und wenn ich ihm Daumenschrauben anlegen müßte!»

Angélique mischte sich hastig ein und erklärte, daß sie selbst über das geplante Attentat unterrichtet worden sei und daß man die Rettung aller allein der an ein Wunder grenzenden Schnelligkeit des Indianers zu verdanken habe. Sie weigerte sich jedoch, Clovis' Namen zu nennen oder seine Beschreibung zu liefern, obwohl der vor Entrüstung bebende Marquis sie mit Fragen bedrängte. Sie deutete lediglich an, daß die wahren Verantwortlichen zu einer Bande von Übeltätern gehörten, die sich seit einigen Monaten an den Küsten der Französischen Bucht herumtrieb und besonders dem Grafen Peyrac und seinen Freunden zu schaden suchte. Derjenige jedenfalls, der sein Leben riskiert habe, um sie zu warnen, stehe außerhalb jeden Verdachts, bei diesem Anschlag mitgewirkt zu haben.

«Ich will ihn trotzdem hier vor mir haben!» krähte Ville d'Avray. «Er wird mir alles sagen, alles! . . . Wir müssen diesen Banditen schnellstens jede Möglichkeit nehmen, uns zu schaden!»

In diesem Punkt war die gesamte Bevölkerung einschließlich der Brüder Défour ausnahmsweise einmal mit ihm einig. Die Empörung brodelte unter den Kolonisten ebenso wie unter den Indianern, denen man gesagt hatte, die Engländer hätten ein Schiff mit Geschenken des Königs von Frankreich für sie versenkt. In Scharen kamen sie aus den Wäldern, bereit, gegen jeden Feind ins Feld zu ziehen, den der Gouverneur ihnen bezeichnen würde.

Die Beharrlichkeit, mit der Angélique sich weigerte, Einzelheiten darüber preiszugeben, wie sie gewarnt worden war, brachte Ville d'Avray gewaltig in Rage. Der Verlust seiner Reichtümer und vor allem der Gegenstände, die er mit so viel Liebe sammelte, lag ihm offenbar mehr am Herzen als sein eigenes Leben. In seinem Kummer verlor er jedes Maß.

«Wer sagt mir denn», zeterte er, «daß nicht Ihr selbst dieses Komplott geschmiedet habt, Madame? Monsieur de Peyrac ist zu allem fähig, um seine Hegemonie über französische Gebiete zu sichern. Er hat mehr als einmal bewiesen, daß Hinterlist ihm vertraut ist. Und jeder weiß, wie ergeben Ihr ihm seid. Den Gouverneur von Akadien samt denen, die ihm treu geblieben sind, zu beseitigen, sich selbst zum Herrn zu machen . . . was für ein Streich! Ah, ich sehe jetzt klar!»

«Sprecht Ihr etwa von meinem Gatten und mir?» rief Angélique außer sich.

«Allerdings!» Rot wie ein Hahnenkamm stampfte er mit dem Fuß. «Dies hier klagt ihn an!»

Er schwenkte dramatisch das Luntenende.

«Eine so außerordentliche Sache kann nur aus seinen diabolischen Werkstätten kommen! Seine Arbeiter und Bergleute sind die geschicktesten und fleißigsten weit und breit, wie man in ganz Amerika weiß. Wollt Ihr das leugnen?»

Blitzartig begriff Angélique, daß Clovis' schwarzen Pfoten die Herstellung dieser bemerkenswert konstruierten Lunte sicherlich nicht ganz fremd gewesen waren. Selbst in den Augen der Unwissendsten trugen solche komplizierten und kunstvollen Arbeiten das Herkunftszeichen Gouldsboros und Wapassous. Die Hilfe des Auvergnaten für ihre Feinde bestand zweifellos nicht nur darin, daß er sie damals irregeführt und nach Brunswick Falls geschickt hatte . . .

Niedergeschmettert musterte sie das verräterische Luntenende. Sie hätte selbst bei dem Anschlag umkommen können, aber da sie und Cantor nicht an Bord gewesen waren, geriet sie unweigerlich in eine verdächtige Lage. Plötzlich erhielt die Anweisung auf dem Pergamentblatt aus der Manteltasche des Strandräubers einen schrecklichen Sinn: «Sät das Unheil auf ihren Spuren, damit man sie dessen anklagt . . .»

Ihr Schweigen versetzte Ville d'Avray in triumphale Stimmung.

«Ah! Ihr seid betroffen! Es stimmt also etwas an dem, was ich sage. Wie kommt es, Madame, daß nur Ihr und Euer Sohn während des Festes nicht anwesend wart?»

«Ich habe es Euch schon erklärt», seufzte Angélique. «Jemand schickte nach uns . . . und überlegt Euch, Marquis, daß ich mir wohl kaum die Mühe gemacht hätte, Euch durch Piksarett und Cantor unter Lebensgefahr für beide warnen zu lassen, wenn ich euch alle hätte umbringen wollen.»

«Komödie . . . oder Gewissensbisse. Frauen sind häufig solchen Stimmungsschwankungen unterworfen.»

«Genug! Ihr faselt. Übrigens ist es auch Eure Schuld, daß all das geschehen konnte.»

«Das ist nun wirklich der Gipfel!» kreischte er im Falsett. «Ich bin ruiniert, verzweifelt, ich hätte mein Leben verlieren können, und Ihr klagt mich noch an!»

«Ja, denn Ihr hättet uns schon in Gouldsboro vor den Gefahren warnen müssen, die uns von der Herzogin von Maudribourg drohten.»

«Aber was gibt's da für einen Zusammenhang? Was hat das, was ich über die Herzogin wußte, mit dem Verlust meines Schiffs und der Verbrecherbande zu tun, von der Ihr mir erzählt habt?»

Angélique fuhr sich verwirrt über die Stirn.

«Es ist wahr. Ihr habt recht. Und trotzdem spüre ich, daß es zwischen

213

ihr und den bösen Dingen, die über uns hereinbrechen, eine Verbindung gibt . . . weil all das Teufelswerk und sie vom Teufel besessen ist.»

Der Gouverneur warf ängstliche Blicke um sich.

«Ihr redet, als ob sie zurückkehren könnte», stöhnte er. «Das fehlt uns gerade noch.»

Er ließ sich auf einem Schemel nieder und tupfte sich mit einem Spitzentaschentuch die Augen.

«Verzeiht, Angélique. Ich gestehe, daß meine Äußerungen unsinnig waren. Meine Impulsivität blamiert mich gelegentlich, aber mein Instinkt ist ziemlich sicher. Verzeiht mir. Ich *weiß*, daß Ihr mit dieser Geschichte nichts zu tun habt, ja daß wir Euch im Gegenteil unser Leben verdanken. Aber gebt auch zu, daß die Freundschaft, die ich Euch und Eurem Gatten entgegenbringe, mich teuer zu stehen kommt. Ihr müßt uns mindestens helfen, diesen Mann zu finden.»

«Ich kann es nicht, und auf jeden Fall ist er schon weit.»

Zum erstenmal war ihr jetzt ins Bewußtsein gedrungen, daß zwischen Ambroisine und den unbekannten Feinden eine Verbindung bestehen konnte. Es schien verrückt, total unlogisch, aber irgend etwas Undefinierbares in der Verzahnung der Ereignisse mußte ihr nach und nach diesen Verdacht vermittelt haben, und nun hatte sich das Unbewußte unter dem Einfluß ihrer Erregung artikuliert.

Alles war trügerisch, unbestimmt, entzog sich jedem Versuch zu vernünftiger Klärung, aber überall stieß man auf eine Art unerbittlichen Willens, mit allen Mitteln, auf jede nur mögliche Weise zu zerstören und Körper und Seele gleichermaßen zu treffen.

Das geschickt um sie zusammengezogene Netz ließ sie dem Tod nur entrinnen, um sie das Nahen der würgenden Angst vor der Bedrohung spüren zu lassen, die ihr geistiges Sein erwartete. War sie dagegen ebensogut gewappnet wie zur Verteidigung ihres Lebens . . . ?

Die gegen sie geführten Schläge waren heftiger, grausamer, zielsicherer geworden. Und der, den sie im Laufe des Tages nach der Nacht des Untergangs der *Asmodée* erhielt, brachte ihre Seelenstärke ins Wanken.

# 39

Angélique war bei Marcelline geblieben, um ihr zu helfen, den Marquis zu beruhigen und ihm neuen Mut einzuflößen. Die Ebbe hatte das Wrack freigelegt, und ein Teil der Leute nutzte die Gelegenheit, um noch zu retten, was zu retten war. Gleichzeitig war eine Karawane von der Ostküste eingetroffen, die Waren und Nachrichten gebracht hatte.

Marcelline ließ Angélique rufen. Sie zog sie ins Haus und dann in ihr eigenes Zimmer, um «in aller Ruhe und ungestört durch den verrückten Betrieb» mit ihr reden zu können.

Tapfer pflanzte sich die große Marcelline vor Angélique auf und sah ihr offen in die Augen.

«Frauen müssen einander helfen», sagte sie, «und oft tut man's am besten, wenn man erst gar nicht lange drum herumredet. Ich habe schlechte Neuigkeiten für Euch, Madame.»

Angélique sah sie voller Angst an, blieb jedoch stumm.

«Mein ältester Sohn ist aus Tormentine zurück», sagte Marcelline.

«Hat er meinen Mann nicht gesehen?»

«Doch, er hat ihn gesehen, aber . . .»

«Er war da . . . aber er war mit dieser Frau . . . Ihr wißt, der Frau, von der der Gouverneur gesprochen hat . . . der Herzogin von ich weiß nicht was . . . Maudribourg, glaube ich.»

«Das ist unmöglich!» rief Angélique laut, und dennoch drang ihr eigener Angst- und Verzweiflungsschrei nicht zu ihren Ohren.

Die Enthüllung traf sie wie ein Peitschenschlag, aber ihr war, als habe sie schon immer gewußt, daß dieses Furchtbare eintreten müsse. Nur konnte sie es sich noch nicht eingestehen . . . Sie konnte es nicht . . . Tonlos, so daß es kaum über ihre Lippen zu dringen schien, wiederholte sie:

«Es ist unmöglich! Ich habe diese Frau selbst nach Neuengland absegeln sehen . . . als Gefangene und Geisel der Engländer.»

«Ihr habt gesehen, wie sie absegelte . . . aber nicht, wie sie ankam.»

«Was tut's? Sie ist fort, sage ich Euch . . . fort! Fort!»

Sie wiederholte das Wort, als könne sie Ambroisine damit beseitigen, auslöschen . . . das Wunder zuwege bringen, daß sie nie existiert hätte.

Dann zwang sie sich zur Ruhe.

«Ich bin ein Kind», dachte sie, «ein Kind, das nicht leiden, nicht reif werden will . . . An dem Tag damals, an dem sie Joffrey mir fortnahmen, ist etwas in mir zerbrochen, und seitdem quält mich die Angst, es ein zweites Mal durchleben zu müssen . . . ein zweites Mal verraten zu werden . . . Was hat er gesagt? . . . Man darf keine Angst haben . . . vor nichts. Man muß das Problem klar ins Auge fassen . . . den Mut aufbringen, den Fuß in die eigenen früheren Spuren zu setzen, und die Gespenster des Zweifels schwinden . . . Ich kann es nicht . . . Was also tun? Vorwärts gehen . . . wissen . . .»

Marcelline beobachtete sie.

Angélique wußte, daß die andere an ihrem Mißgeschick nicht zweifelte. Mit voller Absicht hatte die Akadierin die volkstümliche Redensart gebraucht: «Er war ‹mit› dieser Frau . . .»

Aber Angélique wollte keine Bedeutung darin sehen, nur, daß Ambroisine *dort drüben war,* an der Ostküste, während sie in Salem oder Boston, jedenfalls in Neuengland, hätte sein müssen.

«Das wundert mich wirklich von ihm», monologisierte Marcelline kopfschüttelnd. «Er ist nicht der Mann, sich von einem solchen Weibsbild verführen zu lassen. Aber wo so eine im Spiel ist, weiß man's nie. Wir anderen Frauen haben unser Herz hier –», sie legte ihre Hand auf ihren üppigen Busen, «– aber bei den Männern . . . sitzt es tiefer.»

Angélique war es plötzlich nach Übergeben zumute.

Sie sah Ambroisine wieder vor sich, spürte ihre mysteriöse Sinnlichkeit . . . die Verführungskraft eines höllischen Engels. Und doch war es unmöglich . . . unmöglich! Nicht er! Sie wußte ihn nicht fehlbar . . .

«Die Männer entwischen einem auf sechsunddreißig Arten», fuhr Marcelline fort. «Wir Frauen sind nicht pfiffig genug, um immer zu begreifen, was sie eigentlich treibt. Ah! Wir zählen nicht gerade viel in ihrem Leben! Weniger als Abenteuern, Erobern, Ehrgeiz!»

Sie hatte recht! . . . Und sie hatte auch unrecht.

Bei ihm verhielt es sich anders.

Und Angélique segnete ihn im stillen, weil er so verschieden von den «andern» war, so schwer zu packen, zu verstehen, ein Geheimnis selbst für sie, fähig zu unglaublichen Härten wie zu Zärtlichkeiten und großer Güte, fähig auch einzugestehen, daß sie allein, sie, Angélique, sein tiefes Mißtrauen gegen Gefühle überwunden und sein Herz fast gegen seinen Willen bezwungen hatte, daß es nur ihr hätte gelingen können, ihn zu erobern und an sich zu fesseln, ohne daß er Furcht empfunden oder sich selbst verachtet hätte.

Sie segnete den Zorn, der ihn erfüllt hatte, als er sie treulos glaubte, eine seiner Natur so fremde Gefühlsäußerung, daß sich ihm darin die Stärke seiner Leidenschaft für sie offenbarte.

«Trotz meiner Liebe zu Euch hätte ich früher ohne Euch leben können. Heute könnte ich's nicht . . .»

Sie rief sich diese Worte immer wieder ins Gedächtnis zurück, als klammere sie sich an eine Rettungsboje, und dennoch weckte der Gedanke an Ambroisines Auftauchen drüben am Golf eine so brennende Furcht in ihrem Herzen, daß sie kaum zu atmen vermochte. Wie war es dieser gefährlichen Sirene gelungen, Phips zu entkommen?

«Seid Ihr sicher, daß es sich wirklich um sie handelt?» fragte sie.

«Kein Zweifel. Sie ist mit einem ganzen Trupp von Mädchen des Königs drüben. Man sagt, Monsieur de Peyrac habe sie selbst gebracht und werde sie vielleicht sogar bis nach Québec geleiten.»

Von neuem war es Angélique, als gerate der Boden unter ihren Füßen ins Wanken.

War Joffrey von der Gefangennahme Ambroisines durch die Engländer benachrichtigt worden? War er so schnell vom Saint-Jean aufgebrochen und an Port-Royal und Gouldsboro vorbeigesegelt, um sie einzuholen und zu befreien?

Vor Marcelline wollte sie weder ihre Zweifel ahnen lassen noch gar ihr Vertrauen zu ihrem Mann beteuern. Was zwischen ihnen bestand, war zu persönlich, zu zart, als daß man mit Worten daran rühren konnte, und selbst ihr Schmerz ging niemand etwas an.

«Gut», sagte sie endlich. «Wir werden sehen.»

«Wollt Ihr immer noch hinüber?»

«Ja. Ich muß unbedingt zu ihm. Jetzt noch mehr als früher, nach allem, was hier geschehen ist. Und ich möchte Euch bitten, Marcelline, Monsieur de Ville d'Avray nichts von der Anwesenheit der Herzogin an der Ostküste mitzuteilen. Ich will ihn bitten, mich zu begleiten, denn ich brauche sein Zeugnis. Wenn er erfährt, daß sie sich drüben befindet, wird er sich vielleicht weigern, mit mir zu kommen.»

«Einverstanden», stimmte Marcelline zu.

Ein Funke der Bewunderung glomm in ihren schönen braunen Augen auf. «Ihr seid eine große Dame», erklärte sie.

Nebeneinander traten sie auf den freien Platz vor dem Haus hinaus.

Unten am Fuß des Abhangs schienen die mit den Schreien der Kormorane und Meerelstern vermischten menschlichen Laute plötzlich eine andere Tonart angenommen zu haben. Die ganze Bevölkerung lief an einem Punkte des Strandes zusammen. Die Leute riefen einander zu und wiesen aufgeregt in Richtung der Felsen.

«Es sieht ganz so aus, als ob ein Ertrunkener in der Bucht triebe», sagte Marcelline und legte eine Hand schützend über ihre Augen.

Wenige Minuten später wurde ein lebloser Körper ans Ufer gezogen.

«Vielleicht jemand, der an Bord der *Asmodée* geblieben ist und dessen Verschwinden bisher niemand bemerkt hat», vermutete Angélique.

«Wer weiß? . . . Um diese Jahreszeit treibt sich so viel Volks bei uns herum . . .»

Aus der dichtgedrängten Gruppe, die sich um den Leichnam gebildet hatte, löste sich Cantor und lief in großen Sprüngen den Lupinenpfad zu den beiden Frauen hinauf.

Als er atemlos das Plateau erreichte, erriet Angélique aus seinem bestürzten Gesicht, was geschehen war.

«‹Sie› haben ihn erwischt!» rief er ihnen zu. «Es ist Clovis!»

217

# 40

Angélique brauchte Ville d'Avray nicht lange zu überreden, sie zu begleiten. Er selbst kam ihr zuvor, indem er in einem Ton, der keinen Widerspruch zuließ, erklärte:

«Ich begleite Euch. Warum sollen wir hier auf ich weiß nicht was warten? Ich muß schnellstens nach Québec zurück, um Monsieur de Frontenac Bericht zu erstatten, was sich in Akadien tut. Der alte Nicolas Parys, der König der Ostküste, ist mir verpflichtet. Er wird sicher ein Schiff für mich auftreiben können und einiges dazu, um es zu füllen: Felle, Salz, Kohle. Ich will nicht mit leeren Händen in Québec aufkreuzen; man würde es nicht verstehen. Und dieser alte Filou von Strandräuber hat sicher allerlei Piratengut in seinen Truhen. Diesmal wird mir der Bursche den Boden seiner Kasse vorweisen müssen, oder ich sorge dafür, daß ihm seine Privilegien auf Canso und der Königlichen Insel genommen werden . . .»

Blieb die Schwierigkeit, auf dem Landweg – und noch dazu einem oft sumpfigen Landweg – das ziemlich umfangreiche und schwere Gepäck zu transportieren, denn dem Gouverneur war es letzten Endes doch gelungen, nicht wenig von dem wiederzuerlangen, was er schon verloren geglaubt hatte.

Aber auch dafür fand sich ein Weg, teils zu Schiff mit der flämischen Karacke der Brüder Défour über den Petit-Codiac, teils für kurze Wegstrecken auf Trägerschultern zur Küste von Shediac und von dort mit einer gemieteten Schaluppe weiter nach Tormentine.

Angélique ihrerseits schickte die *Rochelais* unter dem Kommando Vanneaus mit einem Teil der Besatzung zurück. Sie sollten Neuschottland umsegeln und in Tormentine oder Shediac wieder zu ihnen stoßen, nachdem sie zuvor in Gouldsboro Station gemacht und Colin Paturel über ihren Verbleib unterrichtet hatten. Leutnant de Barssempuy und den Rest der Mannschaft behielt sie als Eskorte bei sich.

Es wäre ihr zwar lieber gewesen, Cantor auch weiterhin das Kommando der *Rochelais* zu erhalten, aber er weigerte sich, sie zu verlassen.

«In zwei Tagen werde ich bei deinem Vater sein», sagte sie ihm, «und nach einigen weiteren werden wir dich wieder bei uns haben . . . Was gibt's da für mich zu fürchten?»

Aber er beharrte auf seinem Entschluß, ohne ihr seine Gründe dafür zu nennen. Ihr selbst fiel es nicht leicht, ihm ihre eigenen Sorgen und vor allem das, was sie über die Herzogin von Maudribourg erfahren hatte, zu verheimlichen. Aber zweifellos ahnte er es, oder er hatte das eine oder andere durch Gerüchte aufgeschnappt.

Schließlich ließ sie es dabei bewenden. Seine Gegenwart war im Grunde gut und tröstlich.

Natürlich war auch Piksarett mit von der Partie, wie immer sehr von sich überzeugt. Er gab sich heiter und gut gelaunt, doch Angélique, die ihn mit der Zeit besser kennengelernt hatte, spürte, daß er wachsam blieb, als bewege er sich in feindlichem Land.

Die aufgeregten Eingeborenen sprachen von Krieg, von Rache, von Geschenken, die man ihnen versprochen und dann vorenthalten hätte. Sie folgten in Scharen der Karawane, ohne daß sich ein Grund dafür hätte erkennen lassen. Ville d'Avray redete sich schließlich ein, es geschehe ihm, dem Gouverneur, zu Ehren. Piksarett jedoch verhieß die turbulente Gefolgschaft nichts Gutes. Die Indianer der Gegend hatten an Bord der Fischereischiffe schon gehörige Mengen Alkohol eingetauscht, und die Zeit rückte heran, in der die einzelnen Stämme ihre Feuerwasserbestände zusammenlegen und sich jenen wahnwitzigen Herbsttrinkgelagen hingeben würden, die sich in Toten und furchtbaren Verbrechen niederschlugen und schon die traditionelle Form magischer Zeremonien angenommen hatten.

Fasziniert durch die bevorstehenden Rauschdelirien dank des Giftes der Weißen, der «Milch des Königs von Frankreich», wie sie es nannten, aber durchaus im klaren darüber, was diese Orgien sie kosten würden, ohne die Kraft zu finden, sich gegen das Verlangen nach ihnen zu wehren, wurden sie nervös und mißtrauisch gegen sich selbst und alle anderen und verloren ihre übliche gute Laune.

Zum Glück sorgte die Anwesenheit von zweien der Brüder Défour und einiger Söhne Marcellines, die hier zu Hause waren und Verwandte oder Blutsbrüder unter den Indianern hatten, für die Sicherheit der Karawane.

Die andere Seite des Isthmus von Chignecto würde also bald erreicht sein. Wenn sie erst einmal den St.-Lorenz-Golf vor sich hatten, würden sie endlich die in sich geschlossene, von ihren Gezeiten, Stürmen und Nebeln streng bewachte Enge der Französischen Bucht verlassen und sich vor gewaltigeren Horizonten finden. Von der Ostküste blickte man nach Europa, man kehrte ihm nicht den Rücken.

Angéliques Ungeduld, ihre Situation zu klären und diesem wilden, von Gott und den Menschen verlassenen Land zu entkommen, trieb sie so schnell über die Pfade Chignectos, daß ihr nur die Wilden mühelos folgen konnten, während sich der Marquis unaufhörlich beschwerte, sie lasse ihn nicht zu Atem kommen.

Doch sie zeigte weder Interesse für sein Gejammer noch für die Landschaften, die sie durchquerten.

Sie mußte ihr Ziel schnell erreichen. Und sie marschierte, während Gedanken durch ihren Kopf quirlten, die zu Ende zu denken und in ihren Konsequenzen bewußt zur Kenntnis zu nehmen sie nicht den nötigen Mut fand.

Sie zitterte davor, daß Ambroisine Joffreys Leben antasten könnte. Ville d'Avray hatte von ihr gesagt: «Sie ist eine Giftmischerin!»

Und sie hatte mehrere Menschen getötet.

Aber Joffrey war nicht der Mann, sich täuschen oder gar ohne weiteres umbringen zu lassen, auch nicht von einer noch so verführerischen Frau. Sie kannte ihn. Sie erinnerte sich seines seltenen Scharfblicks, der Distanz, die er zwischen sich und anderen bewahrte, seines listenreichen, straff gelenkten Verstandes, hinter dem sich ein gut Teil Menschenverachtung und Mißtrauen verbarg.

Heute beglückwünschte sie sich zu diesen Eigenschaften, die sie früher zuweilen bei ihm verletzt hatten, weil ihr schien, als verwehrten sie ihr den vollen Zugang zu ihm und seinem komplizierten Wesen, denn sie boten Gewißheit, daß er sich von einer Ambroisine nicht hintergehen lassen würde.

Er hatte zu viel Erfahrung, versicherte sie sich . . . Bei Frauen vor allem hat er immer gewußt, was er tat . . . Auch bei mir. Gewiß hat er manchmal die Tiefe meiner Gefühle für ihn nicht begriffen, aber mit mir ist es schließlich auch nicht leicht . . . Und vielleicht kenne ich in meinem Mißtrauen gegen das Leben und die Menschen mich selbst und die Kraft meiner Gefühle für ihn nicht genug . . . Oh, wenn ihm etwas zustieße, würde ich sterben!

Wie ein zum Tode Verurteilter sah sie blitzartig Fetzen ihres Lebens vor ihrem inneren Auge auftauchen . . . ihres getrennten und doch gemeinsamen Lebens, denn sie waren vereint geblieben durch das Erinnern, die Sehnsucht, all die Bilder, die sie sich von ihm gemacht hatte, und später durch die verschwiegene, närrische Leidenschaft für jenen Piraten, den Rescator, von dem sie in Candia gekauft worden war, und die Dame Angélique sich in La Rochelle nicht hatte eingestehen wollen.

Ja, ja! Auch sie hatte sich in ihrer Reife in den Mann verliebt, der er geworden war. Und das ohne ihn zu erkennen! . . .

Den Rescator, der ihr immer ein wenig rätselhaft bleiben würde, der sie aber drüben an der Ostküste erwartete und sich plötzlich, wenn er lächelte oder seine Maske abnähme, wieder in ihren warmherzigen Gefährten von Wapassou verwandeln würde, den verständnisvollen, zartfühlenden Freund ihrer schmerzlichen und freudigen Stunden. Wann endlich könnte sie ihn ganz fassen, sich seiner Realität versichern, seines Lebens unter den Lebenden – wie schnell verschwand ein Toter aus der Welt der Lebendigen! –, ihn festhalten und wiedererkennen an seinen Bewegungen, seinen Mienen, dem Klang seiner Stimme, an allem, was ihn ihrer aufmerksamen Liebe offenbarte und was sie, so schien es ihr nun, bisher nicht genügend beachtet hatte. Selbst an seinen jähen Stimmungswandlungen, jenen Anfällen von Zorn, Spott oder abweisender Kälte, die sie so erschreckt hatten, weil ihr noch kindlicher Sinn eine

Bedrohung in ihnen sah und nicht die Äußerung einer überlegenen und doch sehr menschlichen Persönlichkeit. Er suchte mit der Welt in Einklang zu kommen, sie zu zähmen, sich jedenfalls nicht von ihr erdrücken und in ihre Verkommenheit hineinziehen zu lassen.

In diesem Universum, dem er sich stellte, war sie nach und nach – wie ein in die Bewegung eines Spiralnebels hineingerissener, sich mählich dem Zentralgestirn nähernder Stern – sein Hauptinteresse geworden. Er hatte es ihr eingestanden. «Ich habe mich in Euch verliebt, in die Frau, die Ihr geworden sein . . . In der Ungewißheit, ob ich meiner Eroberung Eures Herzens noch sicher sein könnte, lernte ich heute zum erstenmal den Schmerz der Liebe kennen . . . Ich, der Graf von Toulouse, gestehe es ein: Euch verlieren würde mich vernichten . . .»

Selbst wenn er ein wenig übertrieb, waren solche Worte aus seinem Mund fast ein wenig zu stark für ihr furchtsames Herz.

Bedeutete es nicht, daß es zu schön, zu außerordentlich war, um erlebt zu werden, daß es enden mußte, daß sie zu spät kommen würde? . . .

Sie stürmte vorwärts, flog dahin wie der Wind, getrieben von der Notwendigkeit, zu ihm zu gelangen, ihn zu umarmen, lebend, lebend . . . Was danach sein, was sie dann erfahren würde, war völlig unwichtig . . .

Fünfter Teil

# Die Verbrechen

# 41

Der Bretone aus Quimper, dem es mit der Zeit langweilig geworden war, allein von seinem kleinen Boot aus zu fischen, weshalb er sich zu einem erholsamen Nickerchen auf den Strand einer schmalen, sonst nur von Möwen oder Sturmvögeln heimgesuchten Bucht zurückgezogen hatte, war baß erstaunt, aus dem Wald eine blonde, höfisch elegante Frau in Begleitung eines Herrn in besticktem, wenn auch staubigem Schoßrock, eines Offiziers, eines hübschen blonden, wie ein Page anzusehenden Jungen und einer Schar federgeschmückter Indianer auftauchen zu sehen. Dies Jahr schien sich offenbar der ganze Hof von Versailles in den fernen Regionen Nordamerikas herumzutreiben und ein reichlich zweifelhaftes Vergnügen darin zu finden, an einer moskitoverseuchten Küste herumzutändeln, die in der Hitze des Tages höllische Gerüche verströmte, während die feucht-eisigen Nächte schon prophezeiten, daß die Polarwinde des Winters einem bald das Zähneklappern beibringen würden.

In Tidmagouche war schon diese Herzogin aufgekreuzt, und nun gesellte sich die da noch dazu, die aus dem Urwald wie von einem Parkspaziergang kam und geradewegs auf ihn zumarschierte.

Der Mann lag noch verblüfft im Sand, als die Ankömmlinge ihn schon umringten.

«Woher bist du, Freund?» forschte Ville d'Avray.

«Aus Quimper, Monseigneur.»

«Ein Saisonfischer also. Zahlt dein Kapitän Gewerbesteuer?»

«Ja. Dem alten Parys.»

«Auch dem Gouverneur der Region?»

«Was weiß ich? Fragt ihn doch gefälligst selber», antwortete der Mann gähnend.

Er dachte nicht daran, sich aus seiner bequemen Lage zu erheben. Schließlich fühlte er sich hier sozusagen zu Hause, an dieser Küste, zu der schon sein Großvater, sein Urgroßvater und alle seine Vorfahren seit mehreren Jahrhunderten gekommen waren, um jeden Sommer den Kabeljau zu fischen und zu salzen.

«Da habt Ihr die Unverschämtheit dieser Burschen!» zeterte Ville d'Avray und stieß seinen Stock wütend in den Sand. «Der Kabeljau ist einer der Reichtümer Akadiens. Man nennt ihn das grüne Gold. Aber alle diese Basken, Portugiesen, Normannen und Bretonen finden es ganz normal, hierherzukommen und sich auf Kosten des Staats zu mästen, ohne ihm auch nur einen Pfennig zu zahlen.»

«Mästen ist schnell gesagt», protestierte der Mann, der endlich geruh-

225

te, sich wenigstens aufzusetzen. Er zog seine Hosenbeine hoch, um seine mageren, vom Salz entzündeten Waden sehen zu lassen.

«Man schuftet drei bis vier Monate lang und kehrt nicht viel reicher in die Heimat zurück. Es langt kaum dazu, sich ein paar Lagen zu leisten, bevor es wieder losgeht.»

Ville d'Avray hatte sich schnell beruhigt.

«Für einen Bretonen aus Quimper spricht er ganz gut französisch», bemerkte er. «Wie heißt dein Kapitän?»

«Wenn Ihr ihn fragt, wird er's Euch sagen.»

«Genau das werden wir auch tun. Aber wir haben kein Boot, und deshalb wirst du uns mit deinem zu ihm bringen.»

«Was denn?» Der Mann erschrak. «Euch alle zusammen?»

Angélique fand es an der Zeit, sich einzumischen.

«Wartet ein wenig, Marquis. Wir müssen wissen, wo das Schiff dieses Matrosen vor Anker liegt. Wenn es zufällig in Tidmagouche bei Tormentine liegen sollte, wäre das auch unser Ziel.»

Es erwies sich, daß diese Bretonen aus der Cornouaille in der Tat dort ihre Trockengerüste für den Sommer aufgestellt hatten. Sie hatten «seit Jahrhunderten» einen Vertrag mit dem alten Parys, dessen Sommerresidenz und Handelsplatz Tidmagouche war.

«Der Strand ist schön, und die Bucht ist weit. Wir können uns reichlich bewegen, ohne die Arbeit dadurch zu stören. Gelegentlich legt ein Piratenschiff an, und wir trinken ein Schlückchen mit ihnen.»

«Hält sich dort nicht zur Zeit eine französische Dame auf, die Herzogin von Maudribourg?» erkundigte sich Angélique so unbeteiligt wie möglich.

«Stimmt. Ein schmuckes Weibsbild. Aber so was ist nichts für uns. Sie ist für die Piraten und für den Alten. Das heißt, ich weiß davon nicht viel. Kann auch gut sein, daß sie für niemand zu haben ist. Wir von der Fischerei mischen uns nicht unter die feinen Leute. Wir würden ganz gern ein bißchen mit den Mädchen scharmutzieren, die sie begleiten, aber sie werden verteufelt gut bewacht, und außerdem arbeiten wir in der Saison so hart, daß wir nicht gerade in Form sind.»

Angéliques Furcht, der Mann könne Joffreys Namen in Zusammenhang mit der Herzogin nennen, war unbegründet gewesen. Aber sie war feige genug, keine weiteren Fragen zu stellen.

Der Marquis hatte schreckensbleich zugehört.

«Wie? Was höre ich da? Die Herzogin ist hier? Ihr wußtet es und habt mir nichts davon gesagt?»

«Ich hielt es für überflüssig.»

«Überflüssig? Im Gegenteil, das ist überaus ernst! Wenn ich gewußt hätte, daß diese Person sich hier befindet, wäre ich mit dem Gepäck nach Shediac gegangen.»

«Eben. Und ich wollte, daß Ihr mich begleitet. Ich brauche Euer Zeugnis.»

«Ah, charmant! Und wer hat Euch von ihrer Anwesenheit am Golf berichtet?»

«Marcelline.»

«Auch sie hat mir nichts davon gesagt! So sind die Frauen!» rief Ville d'Avray entrüstet. «Sie hätscheln einen, machen sich reizend um einen zu schaffen, man glaubt sich geliebt . . . und bei erster Gelegenheit verbünden sie sich und schicken einen ohne die geringsten Gewissensbisse in den Tod.»

Er wandte sich mit entschlossenem Schritt dem Waldsaum zu.

«Ich gehe zurück.»

Angélique bekam ihn an seinen Rockschößen zu fassen.

«Ihr könnt mich nicht so im Stich lassen!»

«Wollt Ihr, daß sie mich ermordet?»

«Nein, ich will, daß Ihr mir helft.»

«Sie wird mich erkennen . . .»

«Ihr werdet ihr Mißtrauen einschläfern. Ihr seid komödiantisch begabt, habt Ihr mir erzählt. Nutzt es aus!»

«Sie ist stärker als alle Komödianten der Welt!»

«Trotzdem brauche ich Eure Hilfe», bat Angélique verzweifelt. «Jetzt wird sich alles entscheiden . . . Und es wird schrecklich sein, ich spür's . . . Ihr könnt mich jetzt nicht verlassen!»

Ihre Stimme zitterte, sie hatte alle Mühe, ihre Tränen zurückzuhalten.

«Mein Mann wird zweifellos dort sein . . . Ihr müßt mit ihm sprechen, müßt ihm sagen, was Ihr über sie wißt, müßt ihn . . . notfalls überzeugen . . .»

Der Marquis hob die Augen, begegnete Angéliques flehendem Blick und begriff, was sie quälte.

«Nun, gut», erklärte er endlich. «Man soll nicht sagen, daß ich einer schönen Frau nicht nach besten Kräften helfe, wenn sie Kummer hat.»

Auf seinen Stock mit dem silbernen Knopf gestützt, richtete er sich zu voller Größe auf.

«Gut», wiederholte er. «Werfen wir uns also der Dämonin entgegen.»


# 42

Eine den ganzen Sommer hindurch in Gestank getauchte Welt: von der Mündung des St.-Lorenz-Stroms und der Halbinsel von Gaspé im Norden bis nach Canso im Süden eine Kette von Stränden und Buchten, angefüllt mit Booten und ankernden Schiffen, bepflanzt mit Gerüsten,

die wie Holztische auf Pfählen aussahen und zum Ausnehmen des Kabeljaus dienten, ein scheußlicher Fransenstreifen von Fischabfällen, verdop-
pelt durch einen Streifen kreischend um die Reste sich zankender Vögel,
und dazu Meilen um Meilen auf Weidengeflechten trocknender Fische.
Das Königreich des Kabeljaus, die Grüne Bucht! . . . Oft zogen durch-
scheinende gelbliche Nebelschwaden wie schweflige Dämpfe darüber hin.
Die Kaps und die Hügel verschwammen, die Schwaden isolierten jeden in
seinem Bereich zwischen Meer, metallischem Glanz und dem Wald auf
den Klippen. Es gab nichts jenseits, nichts davor oder dahinter. Die wie
schwarze Spindeln aufragenden Rottannen schienen ein undurchdringli-
ches Gatter gegen das Hinterland zu errichten und einige Häuser, ein
paar Dörfchen, ein aus Holz errichtetes Fort mit seiner Umwallung und
in deren Schatten ein paar kümmerliche Rindenhütten durch Alkohol
degenerierter Maleciten-Indianer zu bewachen.

So etwa erschien der Strand von Tidmagouche-Tormentine den Augen
Angéliques, als sie dort gegen Mittag landete.

Das Kap von Tormentine, das der näheren Umgebung seinen Namen gab, lag weiter im Norden und war von hier aus nicht zu erkennen. In Wirklichkeit war dieser Strand namenlos, ein Ort, an dem
man fischen, Verbrechen begehen oder seine Seele dem Teufel verkaufen konnte . . .

Hier also würde sich alles entscheiden. Sie hatte es Ville d'Avray
gesagt. Das Ufer näherte sich ihr im langsamen Takt der Ruder, die der
Bretone betätigte. Die Sonne stand noch hoch am Himmel, ein weißlicher, blendender Fleck hinter Dunstschleiern. Kleine, blitzende Wellen
fältelten die Oberfläche des Meers. Das Boot, das Angélique und Piksarett
aufgenommen hatte, durchschnitt sie ohne Eile. Das einzige Segel wäre
keine Hilfe gewesen, da kein Windhauch sich regte.

Der schlaksige, in seine schwarze Bärenhaut gehüllte, durch Lanze,
Pfeil und Bogen behinderte Piksarett war in Erfüllung seiner selbstüber-
nommenen Pflicht mit ins Boot geklettert, das zu klein war, um außer
dem Bretonen und seinem Angelzeug mehr als zwei Personen Platz zu
bieten.

Die anderen hatten den Landweg eingeschlagen, der mehrere Stunden
in Anspruch nahm, da man die Sümpfe und Torfstiche umgehen mußte,
hinter denen die Niederlassung lag.

Angélique sprang auf den Sand, ohne sich darum zu scheren, daß ihre
Beine bis zu den Knien naß wurden.

Der Bretone zeigte auf die Häuser, die auf der Westseite der Bucht den
Hang hinaufkletterten.

Diese Häuser und Hütten schienen ohne Ordnung wie wilde Pflanzen
aufgeschossen zu sein, größere und kleine, mit Schindeln, Stroh oder

grasigem Moos gedeckt. Das hölzerne Fort beherrschte sie, zusammengekauert wie ein gedrungenes, schwärzliches Ungeheuer, und weiter hinten
erhob sich am Rande eines von einer Armee von Tannen eroberten
Vorgebirges neben der Silhouette eines Kreuzes eine kleine weißgestri-
chene Kapelle mit schlankem Türmchen.

Angélique lief über den Sand, zwischen den Fischern hindurch, die sie
kaum beachteten.

Plötzlich befand sie sich inmitten der Mädchen des Königs. Wie aus
einem Alptraum tauchten ihre Gesichter auf: Delphine, die sanfte Marie,
Henriette, Antoinette, ja sogar Pétronille Damourt. Unter dem blassen
Himmel schienen ihr diese Gesichter kreidebleich und fahl.

«Wo ist Eure Herrin?» rief Angélique ihnen zu.

Eine von ihnen löste sich aus ihrer Erstarrung und wies stumm auf das
nächste Haus. Mit wenigen Schritten hatte Angélique die steinerne
Schwelle erreicht.

Und sie sah Ambroisine de Maudribourg . . .


# 43

Die Herzogin saß, die Hände um ein Knie geschlungen, nahe dem Fenster
in einer Haltung der Meditation und Andacht, die sie an ihr kannte.

Sie wandte den Kopf, und ihre Augen begegneten denen Angéliques.
Ein Lächeln kräuselte ihre Lippen, sie sagte nur:

«Ihr! . . .»

Sie schien nicht überrascht. Das Lächeln teilte ihre Lippen, und durch
dieses Lächeln schimmerte die Bosheit, die die anmutige Erscheinung
verbarg.

«Ich dachte nicht, Euch wiederzusehen . . .»

«Warum?» fragte Angélique. «Weil Ihr Euren Komplicen befohlen
hattet, mich aus dem Weg zu räumen?»

Die beweglichen Brauen der Herzogin hoben sich erstaunt.

«Meinen Komplicen?»

Angélique hatte sich im Raum umgesehen.

«Wo ist er?» dachte sie nervös, aber unter Ambroisines ironischem
Blick hielt sie die Worte zurück, die ihr auf den Lippen brannten.

«Seht Ihr», sagte die Herzogin, «so leicht ist es nicht, mich verschwinden zu lassen. Ihr glaubtet, mich für immer loszuwerden, als Ihr mich
diesem Engländer ausliefertet . . . Nun, da bin ich wieder, frei und weit
von Neuengland entfernt!»

«Wie habt Ihr Euch mit Phips arrangiert?»

«Das möchtet Ihr wohl wissen, nicht wahr?»

Sie ließ ihr kehliges Lachen hören.

«Eine geschickte Frau verständigt sich immer mit einem Mann, den die Natur ausreichend mit den ihm zukommenden Attributen versehen hat.»

Sie musterte Angélique mit spöttischer Neugier.

«Warum seid Ihr gekommen? . . . Um *ihn* zu suchen? . . . Ihr habt entschieden keine Angst davor zu leiden.»

In diesem Moment entdeckte Angélique in einem Winkel ein an der Wand hängendes Kleidungsstück. Es war Joffreys Wams, das Wams aus dunkelgrünem, mit Silberstickerei verziertem Samt, das er oft trug.

Ambroisine folgte der Richtung ihres Blicks, und ihr Lächeln verstärkte sich.

«Ah, ja», sagte sie leichthin. «Tscha, meine Liebe, so ist das . . .»

Ohne zu überlegen, durchquerte Angélique den Raum. Der Anblick dieses Kleidungsstücks ließ sie erbeben. Sie legte ihre Hände auf den Samt. Am liebsten hätte sie ihr Gesicht in ihn gedrückt. Immer wieder glitten ihre Finger über den Stoff, um Joffreys vertraute Gegenwart zu fühlen.

«Habt Ihr nicht begriffen?» rief Ambroisine mit metallischer Stimme. «Er ist hier mit mir! Er ist mein Liebhaber!»

Angélique fuhr herum, und von neuem flog ihr Blick durch den Raum.

«Gut . . . Wo ist er also? Warum kommt er nicht und sagt es mir selbst? . . . Wo ist er?»

Ein Schattenhauch huschte über das Gesicht der Herzogin.

«Augenblicklich ist er abwesend», räumte sie ein. «Vor zwei Tagen ist er abgesegelt, ich könnte nicht einmal genau sagen, wohin . . . Neufundland, glaube ich. Aber er kommt zurück.»

Angélique spürte, daß sie nicht log, und hätte in diesem Moment nicht zu sagen vermocht, ob sie bittere Enttäuschung oder Erleichterung darüber empfand, daß seine Abwesenheit ihr Zusammentreffen in Ambroisines Gegenwart noch hinausschob.

«Er hat mich gebeten, hier auf ihn zu warten», nahm die Herzogin in katzenfreundlichem Ton den Faden wieder auf. «Er versicherte mir, daß er in spätestens einer Woche zurück wäre, und hat mich angefleht, mich nicht zu entfernen. Er ist verrückt nach mir.»

Angéliques Blick schien durch sie hindurchzugehen, als ob sie sie weder sähe noch ihre Worte hörte.

«Habt Ihr nicht gehört?» wiederholte Ambroisine, in deren Stimme sich die ersten Spuren von Ungeduld und Gereiztheit mischten. «Habt Ihr mich verstanden? . . . Ich bin seine Geliebte!»

«Ich glaube es nicht.»

«Warum? Seid Ihr etwa die einzige Frau auf der Welt, die man lieben könnte? Wir lieben einander, sage ich Euch.»

«Nein, Ihr lügt!»

«Wie könnt Ihr so sicher sein?»

«Ich kenne ihn zu gut. Sein Instinkt täuscht ihn nicht, und seine Erfahrung – auch mit Frauen – ist groß. Er ist nicht der Mann, sich von einem so verächtlichen Wesen wie Euch umgarnen zu lassen.»

Die Herzogin ließ einen spöttischen Ausruf hören und heuchelte ironische Überraschung.

«Seht einmal an! Es sieht wahrhaft ganz so aus, als ob Ihr ihn liebt! Närrin! *Liebe gibt es nicht!* Sie ist nur eine Illusion, eine Legende, die die Menschen erfunden haben, um sich auf Erden zu zerstreuen . . . Nur das Fleisch zählt und die verzehrenden Leidenschaften, die es einflößt. Mit Bezug auf Phips habe ich Euch gesagt, daß es keinen Mann gibt, den eine geschickte Frau nicht umgarnen kann, wenn sie sich darauf versteht.»

Angélique brach in Gelächter aus. Sie hatte sich den armen Phips in den Klauen dieses wollüstigen Weibs vorgestellt. War der wackere Kapitän ihrem Ansturm erlegen? . . . Zweifellos. Die Puritaner waren gegen diese Art Versuchung schlecht gewappnet. Die Furcht vor der Sünde kommt in ihrer Seele nur der Faszination gleich, die die Macht des Bösen auf sie ausübt.

Ihr plötzlicher Heiterkeitsausbruch brachte Ambroisine aus ihrem Konzept. Sie musterte Angélique verdutzt.

«Ihr lacht? Seid Ihr nicht ganz bei Trost? . . . Geht es nicht in Euren Schädel, daß auch er fehlbar ist? Jeder Mann ist fehlbar. Man braucht nur seinen schwachen Punkt zu finden.»

«Er hat keinen schwachen Punkt.»

«Ich fürchte, Ihr irrt . . . denn . . . das, was ich ihm sagte, hat ihn so schnell überzeugt, daß er schön dumm gewesen wäre, Euretwegen auf die Vergnüglichkeiten zu verzichten, die ich ihm als Ausgleich anbot.»

«Was habt Ihr ihm gesagt?»

Ambroisine ließ ihre Zungenspitze mit genießerischer Miene über ihre Lippen gleiten. Ein triumphierender Funke glitzerte in ihren dunklen Augen auf. Sie genoß die Zeichen der Angst, die Angélique nicht unterdrücken konnte.

«Oh, ganz einfach! . . . Als er mich in La Hève traf, wo Phips mich auf mein Verlangen an Land gesetzt hatte, verriet ich ihm, daß Ihr Euch gleich nach seinem Aufbruch von Gouldsboro zu Colin Paturel begeben . . . und Euch ihm hingegeben hättet.»

«Das habt Ihr getan?»

«Wie bleich Ihr plötzlich seid!» murmelte Ambroisine, während sie sie mit grausamer Aufmerksamkeit beobachtete. «Ich dürfte mich also in meinen Vermutungen über Euch und den schönen, schweigsamen Normannen nicht allzusehr geirrt haben . . . Ihr findet Gefallen an ihm. Und er liebt Euch . . . wie andere auch. Alle Männer lieben Euch und verlangen nach Euch.»

Ihr Ausdruck wandelte sich jäh, und sie sagte zähneknirschend:

«Tot! Ich möchte Euch tot sehen!»

Dann, mit einem herzzerreißenden Schrei:

«Nein, nein! Nicht tot! . . . Wenn Ihr sterbt, wird das Licht meines Lebens erlöschen! O Gott, wie kann ich Euren Tod wünschen und zugleich so verzweifelt bei dem bloßen Gedanken sein, daß Ihr aus dieser Welt verschwinden könntet . . . Ich bin zu spät gekommen! Wenn Ihr mich geliebt hättet, wäre ich in Euch untergegangen. Ich wäre Eure Sklavin gewesen und Ihr die meine. Aber Ihr seid an den Mann gefesselt, das unreine Tier! . . . Der Mann hat Euch unterjocht!»

Sie begann so bestürzende Obszönitäten hervorzustoßen, daß Angélique sie mit aufgerissenen Augen anstarrte, als hätte sie den entzückenden Lippen wirklich Schlangen entspringen sehen.

Paradoxerweise war es dieser hysterische Erguß der Herzogin, der Angélique vor einer gleichen Krise bewahrte.

Nach Ambroisines zynischer Preisgabe ihrer Lüge war ihr blitzartig klargeworden, welche Verheerungen diese Anklage bei Joffrey hatte anrichten müssen.

Ihre Versöhnung war noch nicht gefestigt. Langsam, behutsam, mit unendlicher Vorsicht, all ihren Mut zusammenraffend, sich über ihren Stolz hinwegsetzend und aus der Tiefe ihrer Liebe die Kraft zur Überwindung dieser Prüfung schöpfend, war es ihnen beiden geglückt, die schmerzenden Verletzungen zu schließen, die sie in diesem dramatischen Augenblick einander zugefügt hatten.

Aber wie zersetzend mußten Ambroisines Worte auf die noch frische Narbe in Joffreys Herzen gewirkt haben! . . .

Sie fühlte sich schwach werden wie vor einer Katastrophe, der man vergeblich hatte vorbeugen wollen.

Alles war verloren. Nur noch ein Gedanke war in ihr: fliehen! Blind diesen Ort fliehen!

In diesem Moment hatte Ambroisine sie durch ihren widerlichen Ausbruch zu sich selbst zurückgebracht . . .

Ihre Reaktion schlug radikal um, und ihr Zorn auf Ambroisine brannte sie wie glühendes Eisen.

Sie stampfte mit dem Fuß.

«Genug!» rief sie, die Herzogin überschreiend. «Ihr seid widerwärtig, ekelhaft! Schweigt! Gewiß sind die Männer keine Heiligen, aber es sind Frauen wie Ihr, die sie erniedrigen und dumm machen. Schweigt! Ich befehle es Euch! Die Männer haben ein Recht auf Respekt!»

Sie schwiegen im gleichen Augenblick, standen sich Auge in Auge keuchend gegenüber.

«Ihr seid wahrhaft erstaunlich», begann Ambroisine von neuem, während sie Angélique beobachtete, als sei unversehens ein seltsames Tier vor ihr aufgetaucht. «Ich versetze Euch einen tödlichen Schlag . . . leugnet es nicht. Es war nicht zu übersehen . . . Ich beweise Euch, daß Eure Liebe, Euer Idol, Euer Gott fehlbar ist . . . und Ihr findet noch ein Mittel, mir eine Lektion zu erteilen . . . um die Männer zu verteidigen, alle Männer . . . Alle Achtung! Zu was für einer Sorte Mensch gehört Ihr eigentlich?»

«Wer fragt danach? . . . Ich hasse Ungerechtigkeit, und es gibt Wahrheiten, die ich nicht durch Euren Schmutz verschütten lasse, so gelehrt, intelligent und einflußreich Ihr auch sein mögt. Ein Mann ist etwas Ernstes und sehr Wichtiges, und die Tatsache, daß ihre Gedanken uns manchmal unzugänglich sind, ist für uns Frauen noch lange kein Grund, uns für unsere Unfähigkeit, sie zu begreifen, dadurch zu rächen, daß wir sie erniedrigen und zu unseren Sklaven machen. Abigaël sagte mir eines Abends etwas Ähnliches . . .»

«Abigaël!»

Der Name klang in ihrem Mund wie ein haßvoller Schrei.

«Sprecht diesen Namen nicht vor mir aus . . . Ich hasse sie! Ich verabscheue diese scheinheilige Ketzerin! . . . Ihr saht sie so herzlich an. Ihr spracht endlos miteinander . . . Ich habe Euch im Garten gesehen. Sie legte ihren Arm um Euch, und Ihr lehntet Euren Kopf an ihre Schulter . . .»

«Ihr habt uns aus den Büschen belauscht . . . Ich hab's gespürt.»

«Ich habe gelitten wie eine Sterbende . . . Ihr wart so glücklich mit ihr . . . Und ich wünschte mir so, sie tot zu sehen, hundertmal, tausendmal tot!»

Angélique trat einen Schritt auf sie zu. Es war ihr, als wolle ihr Herz aufhören zu schlagen.

«Ihr wolltet sie töten, nicht wahr?»

Sie sprach gedämpft, mit zusammengebissenen Zähnen.

«Ihr hattet ihren Tod bei der Entbindung vorbereitet . . . Als Ihr errietet, daß ihre Stunde kommen würde, zweifellos noch in der Nacht, habt Ihr ein Schlafmittel in meinen Kaffee geschüttet . . . Madame Carrère hat ihn getrunken . . . zufällig . . . sonst hätte ich in dieser Nacht geschlafen, und Ihr wußtet, daß Abigaël ohne meine Hilfe hätte sterben müssen. Und Ihr habt der alten Indianerin Alkohol bringen lassen, um auch sie daran zu hindern, ihr bei der Entbindung beizustehen . . . Ja, Ihr wolltet ihren Tod!»

«Ihr liebtet sie», sagte Ambroisine, «und mich liebtet Ihr nicht . . . Ihr nahmt an allen möglichen Dingen Anteil, die nichts mit mir zu tun hatten: an ihr, den Kindern, an Eurer Katze . . .»

«Mein Kätzchen! Ihr wart es also . . . *Ihr* habt es geschlagen, gequält.

233

Ah, jetzt verstehe ich! Ihr wart es, die es in der Nacht sah, als sein Fell sich vor Entsetzen sträubte . . .»

Angélique beugte sich mit funkelnden Augen zu Ambroisine.

«Ihr wolltet auch seinen Tod . . . aber es ist im letzten Augenblick Euren Krallen entkommen.»

«Ihr seid schuld an allem!»

Für einen Moment glich das Gesicht der Herzogin dem eines verstockten, tückischen kleinen Mädchens.

«Ihr habt alles getan, daß solche Dinge passierten . . . Wenn Ihr mich geliebt hättet . . .»

«Aber wie soll man Euch denn lieben können?» rief Angélique, packte sie bei den Haaren und schüttelte sie wild. *«Ihr seid ein Ungeheuer!»*

Ihre Wut war so groß, daß sie ihr den Kopf hätte vom Rumpf reißen können.

Doch hielt sie inne, als ihr der Ausdruck des zurückgeworfenen Gesichts verriet, daß sie Ambroisine mit dieser gewalttätigen Behandlung Vergnügen bereitete.

Sie ließ sie jäh los, und die Herzogin taumelte halb zu Boden. Und wie in Port-Royal, als sie halb nackt auf ihrem scharlachrot gefütterten Mantel gelandet war, ging von ihren Zügen ein ekstatisches Leuchten aus.

Angélique schrie auf:

«Weihwasser! Gebt mir um Gottes willen Weihwasser! Vor solchen Wesen begreife ich die Notwendigkeit von Weihwedeln und Teufelsaustreibungen!»

Ambroisines Gelächter stieg schneidend auf. Sie lachte so, daß ihr Tränen in die Augen traten.

«Wirklich, Ihr seid die amüsanteste Frau, der ich je begegnet bin», seufzte sie endlich erschöpft. «Die köstlichste . . . überraschendste . . . Weihwasser! . . . Wie Ihr das gesagt habt! . . . Ihr seid unwiderstehlich! Oh, Angélique, meine Geliebte!»

Langsam richtete sie sich wieder auf. Sie betrachtete sich in dem kleinen Standspiegel auf dem Tisch, befeuchtete den Zeigefinger mit der Zungenspitze und strich sich glättend über die feinen Brauen.

«Wahrhaftig, ich habe mit Euch so schön gelacht wie mit niemand anders. Ihr habt es verstanden, mich aufzuheitern . . . Ah, diese Tage von Gouldsboro! . . . Mit Eurer Gegenwart, Euren phantasievollen Launen . . . Meine Liebste, wir sind dafür gemacht, uns zu verstehen. Wenn Ihr nur wolltet . . .»

«Hört auf!» Angélique stürzte aus dem Haus.

Sie lief wie gejagt über den steinigen Boden, der ihren Füßen weh tat.

«Was habt Ihr, Madame?»

Die Mädchen des Königs umringten sie bleich und aufgeregt. Die aus

234

dem Haus dringenden Stimmen hatten ihnen die Heftigkeit der Auseinandersetzung verraten.

«Wo ist Piksarett?» rief Angélique ihnen keuchend zu.

«Euer Wilder?»

«Ja, wo ist er? Piksarett! Piksarett!»

Wie aus dem Nichts tauchte der Häuptling plötzlich vor ihr auf.

«Hier bin ich, meine Gefangene. Was willst du von mir?»

Sie starrte ihn mit verwirrten Augen an. Sie erinnerte sich nicht mehr,
warum sie nach ihm gerufen hatte. In seinem Gesicht von der Farbe
gebrannten Lehms glitzerten seine schwarzen, lebendigen Augen wie
Pechkohle.

«Komm mit mir in den Wald», sagte er in der Sprache der Abenakis.
«Folge den Pfaden des Waldes. Er ist die Kirche des großen Geistes. Der
Schmerz läßt dort nach . . .»

Sie folgte ihm, als er die Ansiedlung verließ und in den Schatten zwischen
den Stämmen der Fichten und Tannen tauchte, die der Staub der Trok-
kenheit grau gepudert hatte. Aber schon begann sich im Unterholz das in
Rot übergehende Laub von Sträuchern zu zeigen, und zuweilen über-
querten sie weite, mit dem Purpur der Preiselbeeren bedeckte Flächen, die
sich wie prunkvolle Teppiche längs der Küste hinzogen.

Dann waren sie wieder im dunklen Schatten der Bäume. Piksarett ging
schnell, und Angélique folgte ihm mühelos, getrieben durch den blinden
Zwang, nicht stehenzubleiben, denn wenn sie es tat, würde die glühende
Woge, die sie gegen ihr Herz anrennen fühlte – in schrecklichen Stößen,
die ihr den Atem benahmen –, über ihr zusammenschlagen und sie
zerbrechen.

Auf einer Lichtung, von der aus zwischen rötlichen Fichtenstämmen
das Meer zu sehen war, machte Piksarett halt.

Er setzte sich auf einen Baumstumpf und musterte sie mit spöttischer
Miene.

Und nun brach in ihr die glühende Woge.

Wie unter der Wucht eines Schlages sank sie neben dem Indianer in die
Knie, verbarg ihr Gesicht im Fell des schwarzen Bären und brach in wildes
Schluchzen aus.

## 44

«Die Frauen haben ein Recht auf Tränen», sagte Piksarett mit überraschender Güte. «Weine, meine Gefangene. Es wird die Gifte aus deinem
Herzen waschen.»

Er legte eine Hand auf ihr Haar und wartete.

Sie weinte in einem totalen Zusammenbruch, in dessen chaotischen Tiefen sie nicht einmal die genauen Ursachen ihres Schmerzes erkannte. Es war eine völlige Kapitulation. Die Deiche waren endlich gebrochen, der Mut streckte vor menschlicher Schwäche die Waffen: eine physische Notwendigkeit, die sie vor dem Wahnsinn bewahrte. Und wie es in den seltenen Augenblicken geschieht, in denen man in einer inneren Versöhnung dessen, was man über sich weiß, mit dem, was man nicht weiß, einfach hinnimmt, wie man ist, empfand sie schließlich ihre Ergebung als etwas Wohltuendes. Der Schmerz, der ihr das Herz zerriß, beruhigte sich und machte etwas Sanftem, Beschwichtigendem Platz, das ihr Leid einschläferte.

Der Widerhall der Katastrophe wurde in ihr leiser, wich allmählich einer Grabesstille, aus der sich jedoch bald ein geschwächtes, geschundenes Wesen zu erheben begann. Dieses Wesen nach ihrem Bilde betrachtete sie im Grunde ihres Selbst und sagte zu ihr: «Nun, Angélique, was ist jetzt zu tun?»

Sie wischte sich über die Augen. Allein hätte sie den Schock nicht überwunden. Doch Piksarett war da. Während all der schrecklichen Minuten hatte sie keinen Moment das Gefühl seiner Nähe verlassen. Noch war nicht alles verloren. Piksaretts Vertrauen zu ihr war unerschüttert.

«Er ist nicht da», sagte sie endlich stockend. «Er ist fort, und ich weiß nicht, wohin. Was soll aus uns werden?»

«Wir müssen warten», antwortete Piksarett, den Blick auf den weißlichen Horizont des Meers zwischen den Bäumen gerichtet. «Er ist dem Feind auf der Spur, aber er kommt zurück.»

«Warten», murmelte Angélique. «Hier? In der Nähe dieser Frau? Ihr jeden Tag begegnen, sehen, wie sie sich triumphierend über mich lustig macht? Ich könnte es nicht.»

«Was willst du dann machen?» rief der Abenaki aus. «Ihr den Sieg überlassen?»

Er beugte sich zu ihr.

«Deine Feindin beobachten, ihr keinen Augenblick Ruhe gönnen, jedes ihrer Worte belauern, um ihre Lügen zu entwirren, das Komplott spinnen, das sie vernichten wird – wie willst du das tun, wenn du nicht bereit bist, am Ort selbst zu leben? Diese Frau steckt voller Dämonen, ich weiß es, aber soweit ich sehe, bist du noch nicht besiegt.»

Angélique verbarg ihr Gesicht in den Händen, und obwohl sie es zu unterdrücken versuchte, schüttelte sie ein Schluchzen. Wie sollte sie Piksarett begreiflich machen, was sie am schmerzlichsten traf?

«Ich habe Angst», murmelte sie.

«Ich verstehe dich. Es ist leichter, gegen Menschen zu kämpfen als gegen Dämonen.»

«Wußtest du von dieser Gefahr, bevor du mich vor dem Mann mit dem Bleiknüppel gerettet hast?»

«Ja, ich wußte davon. Ich mußte über dich, meine Gefangene, wachen und habe deshalb diese Frau und ihre Helfer ständig beobachtet.»

«Warum hast du mich nicht schon damals gewarnt?»

«Was hätte ich dir sagen können? Hätte ich auf diese Frau, deinen Gast, deine Freundin, zeigen und sagen sollen: ‹Sie steckt voller Dämonen? Nimm dich in acht, sie will deinen Tod! Schlimmer noch, sie will die Vernichtung deiner Seele . . .›? Ihr Weißen lacht über uns, wenn wir so sprechen. Ihr behandelt uns wie unmündige Kinder oder wie Greise, die im Begriff sind, ihren Verstand zu verlieren. Ihr leugnet, daß das Unsichtbare unseren Augen zuweilen sichtbar werden kann.»

Sie hörte seine Worte, aber sie nahm sie kaum auf, absorbiert durch die Frage, ob sie ihm ihre geheimsten Zweifel preisgeben könne. Schließlich entschloß sie sich:

«Höre! Sie erzählt, daß mein Gatte sich zu ihr bekannt und mich in seinem Herzen verleugnet hat.»

«Sie lügt!» versicherte Piksarett entschieden. «Wie wäre das möglich? Er ist der Mann des Donners. Seine Macht ist tausendfältig. Und du bist Kawa, der Fixstern. Was sollte er mit einer solchen Frau?»

Er sprach, wie es ihm seine für ihn unwiderlegliche Logik eingab. Die verderbte Lüsternheit der Weißen überstieg sein Verständnis.

«Es ist wahr», räumte er ein, «daß die Weißen ziemlich unberechenbar sind. Die Gewohnheit, zur Verteidigung ihres Lebens auf den Abzug eines Gewehrs zu drücken, hat sie entwöhnt, es durch den Widerstand der Seele und des Körpers zu bewahren. Ein Nichts erschöpft sie, ein bißchen hungern deprimiert sie, und selbst am Vorabend eines Kampfes können sie nicht auf Frauen verzichten, auf die Gefahr hin, sich dem Feind geschwächt zu stellen. Aber der Mann des Donners gehört nicht zu dieser Art.»

«Du sprichst von ihm, als seist du ihm kürzlich begegnet», sagte sie.

Sie sah zu ihm auf, und in ihren Augen glänzte Hoffnung. Dieses mit Tätowierungen bedeckte Gesicht aus rissigem Lehm zwischen zwei in einem Futteral aus Fuchsklauen eingefangenen Zöpfen unter dem gefiederten, mit Rosenkränzen und Medaillen durchflochtenen Schopf schien ihr in diesem Augenblick das liebenswerteste der Welt.

«Ich fühle ihn durch dich», erwiderte Piksarett. «Der Mann, den du liebst, kann weder gemein noch niedrig oder arglistig sein, sonst könntest du ihn nicht lieben und ihm dienen. Du liebst ihn aber. Also ist er weder niedrig noch gemein noch arglistig . . . Zweifle nicht an einem Mann, der sich auf dem Pfade des Krieges befindet, Weib! Du schwächst ihn aus der Ferne und verläßt ihn in der Gefahr.»

«Du hast recht.»

Sie wollte ihm glauben, obwohl die Wunde, die Ambroisine ihr beigebracht hatte, noch schmerzte. Der Name Colins, von ihr beschworen, war zugleich Teil eines vergessenen Alptraums und eine Waffe, die noch immer ihre furchtbare Macht besaß. Doch nur Joffrey konnte sie noch treffen, während sie für sie nichts mehr bedeutete. Sie fragte sich mit einer Art von Erstaunen, wie sie auch nur für einen Moment durch einen anderen als ihn körperlich hatte verlockt werden können. Was für eine Frau war sie also noch vor ein paar Wochen gewesen? . . . Es kam ihr vor, als seien Jahre seitdem vergangen, und sie erkannte sich nicht mehr. In welcher Sekunde hatte sie aufgehört, dieses unsichere, von seiner Vergangenheit und seinen Unzulänglichkeiten abhängige Kind zu sein, um die zu werden, die heute in ihr lebte, die ihren Schwerpunkt, ihre Gewißheit gefunden hatte . . . aber vielleicht zu spät?

War es damals gewesen, als sie auf Monegan über das lodernde Johannisfeuer der Basken gesprungen war?

Hernani d'Astiguarra hatte ihr zugerufen:

«Dem, der das Johannisfeuer durchspringt, kann der Teufel das ganze Jahr durch nicht schaden!»

Die Erinnerung an dieses Versprechen stärkte sie. Piksarett hatte recht. Das Schicksal bot ihr einen Aufschub. Die wenigen Tage bis zu Joffreys Rückkehr mußte sie nutzen, um Ambroisine völlig zu entlarven.


Piksarett sah das Aufblitzen ihrer Augen und das leise Beben ihrer Nasenflügel.

«Gut», sagte er. «Was täte ich auch mit einer Gefangenen ohne Mut? Ich hätte Bedenken, Lösegeld für sie zu fordern, so gering wäre ihr Verdienst . . . Auch mir macht es kein Vergnügen, hier zu sein. Ich bin allein, ohne meine Brüder. Uniakeh verbirgt sich mit seinen Gefährten im Wald. Ich habe versprochen, ihnen diejenigen auszuliefern, die ihren Blutsbruder getötet haben, aber sie können mir nicht helfen, denn sie sind fremd am Ort und fürchten die bösen Geister. Aber was tut's? Die List ist unsere Verbündete. Vergiß nicht, deine Kräfte zu erhalten, was auch geschieht.»

Sie kehrten langsam durch den Wald zurück. Von fern schon kündigte sich die Siedlung durch faulige Gerüche und das Geschrei der Möwen an, noch bevor sie den Uferstreifen und die verstreuten Häuser gewahrten. Matrosen betätigten sich längs des Strandes um die Gestelle, auf denen die vom Abendfang eingebrachten Fische aufgeschnitten und eingesalzen wurden, und weit draußen auf der Reede schaukelte abgetakelt das bretonische Schiff.

Hier also würde sie bleiben, wie Piksarett gesagt hatte, aufmerksam und ohne schwach zu werden inmitten ihrer Feinde.

Und als erstes würde sie sich Joffreys Wams von Ambroisine zurückholen.

# 45

Dieses Wams war das einzige Zeichen, das von Joffreys Aufenthalt in Tidmagouche zeugte.

Wenn es zutraf, wie Ambroisine behauptete, daß er vorgestern aufgebrochen war, nachdem er sich länger als eine Woche in diesem Hafen aufgehalten hatte – ein Zwischenspiel mit all der Unordnung, die der Landurlaub einer Schiffsmannschaft mit sich bringt –, hatte er bemerkenswert spärliche Spuren hinterlassen. Man hätte meinen können, er sei niemals hier gewesen. Sie würde ein wenig herumfragen müssen: bei den Fischern, den raren bäuerlichen Ansiedlern, die sie bemerkt hatte, und auch bei Nicolas Parys, dem «König» dieser Küste, der sie für diesen Abend zum Essen in sein befestigtes Herrenhaus auf der Höhe der Klippen geladen hatte.

Der Rest ihrer Karawane war gegen Ende des Nachmittags angelangt. Die Leute waren erschöpft, die Mücken und Blutegel der Sümpfe hatten ihnen sehr zugesetzt.

Zur Stunde des Soupers hatte der Marquis de Ville d'Avray nach Versailler Brauch an der Tür der armseligen Hütte gekratzt, in der sie sich mit ihrem Sohn und ihrem Gepäck einquartiert hatte.

«Seid Ihr soweit, liebe Freundin?»

Angélique bewunderte seine mit einem Rock aus pflaumenfarbener Seide über einer mit Röschen bestickten Weste und Schnallenschuhen flott ausstaffierte Erscheinung.

«Ich habe immer einen Anzug zum Wechseln bei mir», erklärte er.

Durchaus zu seinem Vorteil hatte er sein von Mückenstichen verunziertes Gesicht mit einer gepuderten Perücke umrahmt.

«Ich kenne die Gewohnheiten des Alten. Er fordert eine gewisse Etikette. Abgesehen davon mache ich Euch aber im voraus darauf aufmerksam, daß wir uns inmitten der schönsten Ansammlung von Banditen befinden werden, die sich auf hundert Meilen im Umkreis auftreiben läßt. Parys hat die Neigung, sich mit reichlich traurigen Schurken zu umgeben. Er zieht sie an, wie mir scheint, falls sie nicht durch den Kontakt mit ihm so entarten.»

Er sah sich besorgt um.

«Die Abwesenheit des Grafen macht unsere Situation noch schwieriger. Ein wahres Pech! Was hat er es nötig, sich weiß der Himmel wo herumzutreiben! Aber man sagt, daß er in spätestens zwei Wochen zurückkehren wird . . . Auf jeden Fall sollten wir uns nicht trennen», fuhr er flüsternd fort. «Ich habe darum gebeten, in Eurer Nachbarschaft untergebracht zu werden. Achtet auch auf Eure Nahrung. Eßt nur, was Ihr aus derselben Schüssel wie die anderen genommen habt, und wartet, bis sie angefangen haben zu essen, bevor Ihr selbst Euren Bissen zum Munde führt. Ich werde es ebenso machen und habe das gleiche auch Eurem Sohn Cantor empfohlen.»

«Wenn die anderen Gäste sich ebenso verhalten, werden wir alle aufeinander warten, und es wird ein drolliger Abend werden», sagte Angélique mit nervösem Lachen.

«Scherzt nicht!» Ville d'Avray ließ sich nicht aufheitern. «Ich bin sehr besorgt. Wir sind hier in der Höhle Messalinas und König Plutos.»

«Habt Ihr sie gesehen?» erkundigte sich Angélique.

«Wen?»

«Die Herzogin.»

«Nein, noch nicht», erwiderte der Marquis mit einer Miene, die bewies, daß er es nicht eilig hatte, ihr zu begegnen. «Und Ihr?»

«Ja, ich habe sie gesehen.»

In den Augen des Marquis glitzerte neugieriges Interesse.

«Und?»

«Wir haben einige Worte gewechselt, ziemlich lebhaft, wie ich gestehen muß, aber wie Ihr seht, sind wir beide noch am Leben.»

Ville d'Avray musterte sie aufmerksam.

«Ihr habt gerötete Augen», sagte er, «aber Ihr scheint mir nicht niedergeschlagen. Gut. Klammert Euch nur fest an. Ich habe so eine Ahnung, als ob es eine harte Partie geben wird.»

Die spitze Zunge des Marquis schien ausnahmsweise unterhalb der Wahrheit geblieben zu sein und von den Gästen des Nicolas Paṛys und diesem selbst eine allzu nachsichtige Beschreibung geliefert zu haben.

Als er sie als Ansammlung von Banditen bezeichnet hatte, war er den höchst beunruhigenden Eindruck schuldig geblieben, den ihre konzentrierte Anwesenheit machte. Sie waren das Produkt des harten Lebens, zügelloser Ausschweifungen und einer räuberischen Gier, alles zu hamstern, was ihnen in die Finger kam und sich im Umkreis dieses Adlernestes zu Geld machen ließ. Eine Art noblen Erbes verlieh diesen auf amerikanischem Boden exilierten Männern einen Hang zu Pomp und Pracht, zwar vergröbert und degeneriert, aber doch noch recht eindrucksvoll.

Außer Ambroisine und Angélique waren an diesem Abend, sah man von einigen indianischen Konkubinen ab, die sich frech und mehr oder weniger betrunken ums Haus herumtrieben, keine Frauen zu sehen.

Nicolas Parys hatte mit einer Indianerin eine Tochter gezeugt, die er, nachdem sie bei den Ursulinerinnen in Québec erzogen worden war, mit dem Sohn eines Krautjunkers aus der Nachbarschaft verheiratet hatte. Dem Schwiegersohn hatte er als Lehen die Halbinsel von Canso und die Königliche Insel überlassen.

Im rauchigen Schein mehrerer Harzfackeln, die in an der Mauer angebrachten eisernen Ringen steckten, schien die wie zu einem Bankett hergerichtete Tafel den ganzen Raum auszufüllen. Sie war überladen mit Lebensmitteln aller Art, zwischen denen die für die Gäste bestimmten hölzernen Näpfe und einige nicht zusammenpassende Löffel und Messer kaum Platz fanden. Statt der nicht vorhandenen Gabeln würde man sich vermutlich der Finger bedienen müssen.

Für den Wein hingegen gab es richtige Humpen aus Gold oder vergoldetem Silber, mit denen Ville d'Avray ebenso wie mit den kleinen geschliffenen Kristallgläsern für den Schnaps sofort zu liebäugeln begann.

Das Trinken war hier das Wichtigste. Man sah es an dem Aufwand, mit dem es betrieben wurde, wie an den üppig blühenden Nasen der Tischkumpane. In den Ecken waren Fässer aufgebaut, Tönnchen auf kleinen Gestellen, und zwischen den Speisen ragten wohlgefüllte Krüge und Rumflaschen aus schwarzem Glas mit langen Hälsen.

Das Ganze in seinem verräucherten Halbdunkel erinnerte Angélique an die Stimmung, die sie einstens während ihrer Mittelmeerreise in einem kleinen sardischen Schloß angetroffen hatte, dessen Herrn, halb Strandräuber, halb Pirat, der gleiche Wolfsblick und die gleiche gefährliche Arroganz auszeichneten, die auch ihren gegenwärtigen Tischgenossen eigen waren.

Fünf oder sechs von ihnen – vielleicht auch mehr, es war im Dämmerlicht schlecht zu sehen – reihten sich um die Tafel, und als die Damen den Raum betraten, erstrahlten die bereits hochgeröteten Mondgesichter in einem gefälligen Lächeln, während ihre Besitzer sich auf ein Zeichen des Sieur Nicolas Parys auf französische Art verneigten. Doch im nächsten Moment wurde der galante Empfang durch zwei wahre Ungeheuer unterbrochen, die mit wütendem Gekläff aus ihrer Ruhestellung vor dem Kamin aufsprangen und sich auf die Gruppe der Eingetretenen stürzten.

Der alte Parys riß eine Peitsche von der Wand und schlug ohne viel Federlesens um sich, wodurch es ihm gelang, die Ungeheuer, die sich als riesige Hunde einer unbekannten Rasse erwiesen, schnell wieder zur Ruhe zu bringen. Sie schienen von der Insel Neuseeland zu stammen und sollten, wie man sich erzählte, das Ergebnis einer Kreuzung von Bären und Hunden sein, die eine Expedition auf dieser Insel zurückgelassen hatte. Tatsächlich hatten sie mit ihrer mächtigen, gedrungenen Gestalt und ihrem dichten Fell etwas von beiden. Ihr Herr versicherte, daß sie wie Tümmler schwämmen und Fische fingen.

Der Anlaß ihres jähen Zorns war das Erscheinen Wolverines, des kleinen Vielfraßes, gewesen, der sich ohne Scheu auf den Fersen Cantors und der Damen über die Schwelle geschmuggelt hatte, wie er es immer tat, seitdem er von Cantor zum Spielgefährten erkoren worden war.

Angesichts der Gefahr hatte er seinen Schwanz buschig hochgestellt und bleckte sein bösartiges Gebiß mit den spitzen, scharfen Zähnen, furchtlos bereit, sich den grollenden Kolossen zum Kampf zu stellen.

«Hoho! Wen haben wir denn da?» brüllte einer der Männer.

«Einen Vielfraß», konstatierte Parys. «Das blutdürstigste Tier der Wälder. Offenbar hat er sich hierher verirrt. Seltsam nur, daß er gar nicht erschrocken wirkt.»

Cantor mischte sich ein.

«Er ist gezähmt. Ich habe ihn aufgezogen.»

Angélique bemerkte, daß Ambroisine an allen Gliedern zitterte.

«Euer Sohn hat dieses scheußliche Tier mitgebracht. Es ist unerträglich!» sagte sie, kaum imstande, den hysterisch-schrillen Ton ihrer Stimme zu beherrschen. «Seht es nur an! Es ist gefährlich! Man muß es töten!»

Solcher Haß lag in dem Blick, den sie auf Cantor richtete, daß man fast hätte glauben können, sie spräche von ihm.

«Warum denn töten? Laßt doch das Tier in Ruhe. Mir gefällt's», sagte der alte Parys. Und zu Cantor gewandt: «Bravo, mein Junge! Einen Vielfraß zu zähmen, das ist selten. Du bist ein echter Waldläufer. Und schön wie ein Gott dazu. Setz dich und iß, mein Sohn! Tretet näher, Mesdames.»

Er war ein stämmiger, finsterer, ein wenig verwachsener Geselle, aber seine erdrückende Persönlichkeit, die ihn mittels Raub, Erpressung und der Fähigkeit, gerissene Komplotte zu schmieden, zum König der Ostküste gemacht hatte, schwitzte ihm förmlich aus allen Poren. In seiner Nähe geriet man unwillkürlich in seine Abhängigkeit.

Einer der Söhne Marcellines – oder war es einer der Brüder Défour?–, dessen Kleidung seiner Meinung nach für die Gelegenheit zu wünschen übrigließ, wurde von ihm ersucht, sich schleunigst «in Schale zu werfen», wie er sich ausdrückte. Der andere protestierte, er komme geradewegs aus den Sümpfen . . .

«Na, schön», gab der Gastgeber nach. «Dann geh wenigstens in meine Kammer, nimm dir eine Perücke und stülp sie dir über deinen Dickschädel. Ich werde mich heute ausnahmsweise damit begnügen.»

Er hatte die beiden anwesenden Frauen an je einem Ende der langen Tafel plaziert und sich selbst in die Mitte einer der Längsseiten gesetzt. Nun schweifte sein triefäugiger Blick mit offensichtlicher Befriedigung

242

von einer zur anderen, während ein Lächeln seine fast zahnlosen Kiefer entblößte. Die Dürftigkeit der Reste seines Gebisses hinderte ihn jedoch nicht, dem Festmahl, das hauptsächlich aus Federwild mit stark gewürzten Saucen und drei oder vier in ihrer Kruste über glühenden Kohlen gerösteten Spanferkeln bestand, alle Ehre anzutun. Während einiger Minuten waren nur das Knacken der Knochen, die mahlenden Geräusche der Kiefer und das Schnalzen der Zungen zu hören. Zwei große Laibe Schwarzbrot mit fast schwarzer Rinde erlaubten den Essern, ihre hölzernen Näpfe reichlich mit Sauce zu versorgen, was auch keiner unterließ.

Durch das rauchige Halbdunkel gewahrte Angélique am anderen Tafelende das bleiche, entzückende Gesicht Ambroisines. Der Tabakqualm und die von den Speisen aufsteigenden Dämpfe verwischten die Züge der jungen Frau. Sie wirkte wie eine aus Weihrauchnebeln einer unheilvollen Opferzeremonie auftauchende Erscheinung, und im weichen Perlmuttglanz ihres Gesichts schienen ihre dunklen Augen riesig. Angélique fühlte sie auf sich gerichtet, während sich zwischen den lächelnd halbgeöffneten Lippen der weiße Schimmer ihrer kindlichen Zähne zeigte.

Unbehagen hatte sich ausgebreitet.

Barssempuy beugte sich zu dem neben ihm sitzenden Marquis hinüber.

«Man sieht kaum die eigene Hand vor Augen», raunte er.

«Das ist bei ihm immer so», antwortete Ville d'Avray genauso leise. «Ich weiß nicht, ob er sich einbildet, seine Beleuchtung sei ausgezeichnet, oder ob er uns absichtlich im Dunkeln läßt, aber ihn jedenfalls stört es nicht. Er sieht im Finstern wie eine Katze.»

Und in der Tat ließen die huschenden Augen des alten Parys über den sich nach und nach vor ihm ansammelnden Gerippen keinen von denen unbeobachtet, die sich mehr schlecht als recht mit dem herumschlugen, was sie auf den Tellern hatten.

Anfangs hatte sich Angélique, durch die spärliche Beleuchtung behindert, eingebildet, keinen der anwesenden Männer zu kennen, doch dann erkannte sie in einem von ihnen Job Simon, den Mann mit dem violetten Muttermal. Haar und Bart des Kapitäns der *Einhorn* waren noch mehr ergraut. Er wirkte gebeugter als früher, und seine kugeligen Augen unter den gesträubten, buschigen Brauen schienen in unbekannte Fernen gerichtet.

Auch der Sekretär Armand Dacaux gehörte zu den Gästen, und sie fragte sich, weshalb sie ihn in dieser «Ansammlung von Banditen» nicht sofort entdeckt hatte, denn er war ihr immer wie ein Mann von guten, wenn auch ein wenig unterwürfigen Manieren vorgekommen. Nun aber – war es eine Gaukelei des Halbdunkels oder der beunruhigten Phantasie? – verwandelte sich seine diskrete Körperfülle zu ungesund aufge-

243

blähter Fettleibigkeit, und die zu einem liebenswürdig gemeinten Lächeln geöffneten dicken Lippen verrieten wie das ziemlich volle Kinn abstoßende Sinnlichkeit. Hinter den Gläsern seiner Brille funkelte ein starrer, scharfer Blick, ihre Einfassung schien plötzlich riesig und verlieh ihm das Aussehen eines grausamen und ein wenig närrischen Kauzes.

Weiterhin gehörte zur Runde der Hausgeistliche des Sieur Parys, ein schwitzender, schlagflußanfälliger Rekollektenpater mit alkoholgerötetem Mondgesicht.

Ihr schräg gegenüber saß der Kapitän des in der Bucht ankernden Kabeljaufängers. Er war ein ganz anderer Typ, eher mager und wie aus Granit gemeißelt. Sie bemerkte, daß er wie ein Loch trank, sich jedoch niemals gehenließ. Den Grad seiner Trunkenheit gab allein der immer röter werdende Rücken seiner schmalen Nase preis. Abgesehen davon saß er steif auf seiner Bank, aß unentwegt und lachte kaum.

Von der allmählich einsetzenden Wirkung des Weins unterstützt, gelang es Ville d'Avray, die Atmosphäre des Unbehagens zu überwinden, indem er mit Witz allerlei Scherze und muntere Histörchen zum besten gab.

«Ich werde Euch jetzt erzählen, was mir eines Tages passiert ist», begann er mit seiner sanftesten Stimme.

Er besaß die Gabe, sein Auditorium bis zu dem Moment in Atem zu halten, in dem schließlich einer der mit offenem Mund Zuhörenden brummte:

«Gouverneur, ich wette, Ihr nehmt uns hoch.»

«Nun ja», gestand er mit Unschuldsmiene, «es war nur ein Scherz.»

«Bei ihm weiß man nie, ob er lügt oder ob er die Wahrheit erzählt», sagte irgendeiner.

«Wißt Ihr, was mir an meinem letzten Namenstag passiert ist?»

«Nein.»

«Wie jedes Jahr lud ich alle meine Freunde an Bord der *Asmodée*, meines entzückenden Schiffs . . . ein kleines schwimmendes Versailles, Ihr kennt es ja. Das Fest war in vollem Gange, als plötzlich . . .»

«Nun, was?»

«. . . das Schiff in die Luft flog.»

Die Tischgenossen brachen in schallendes Gelächter aus.

«Ihr lacht», sagte Ville d'Avray bekümmert, «und doch ist es die reine Wahrheit. Nicht wahr, Angélique? Nicht wahr, Défour? Das Schiff flog in die Luft, brannte, versank . . .»

«Teufel!» rief Nicolas Parys, widerwillig beeindruckt. «Wie habt Ihr Euch da herausziehen können?»

«Dank des Eingreifens himmlischer Mächte», erwiderte der Marquis und hob fromm den Blick zur Decke.

Angélique bewunderte Ville d'Avrays scheinbar unbekümmerte Gelassenheit. Er speiste mit Appetit und schien sich nicht mehr der Empfehlungen zu erinnern, die er ihr wegen des Gifts gegeben hatte. Allerdings konnte man in dieser trübseligen Beleuchtung auch kaum anderes tun, als bei jedem Bissen ein Gebet zum Himmel zu schicken und im übrigen nicht an unerfreuliche Möglichkeiten zu denken.

Trotzdem konnte Angélique ihre innere Spannung nicht überwinden; Ambroisines Anblick sorgte dafür. Ohne sich dessen recht bewußt zu werden, wandte sie hin und wieder ihren Blick zur Tür. Würde Joffrey plötzlich eintreten? Vielleicht würde ein spöttisches Lächeln um seine Lippen spielen, wenn er sie in dieser Tafelrunde entdeckte. Er kannte seine Welt, aber er fürchtete niemand. Selbst diese Männer hier würden Haltung und Benehmen ändern, wenn sie mit ihm sprachen; sie war dessen sicher. Warum war er nicht da? . . . Wo war er?

Unsinnige, quälende Angst überschwemmte sie. Und wenn sie ihn getötet hätten? Hier, an dieser abgelegenen Küste, in diesem Schmutzloch am Ende der Welt, auf Betreiben der Dämonin?

Unter Parys' Blick, der, wie sie deutlich spürte, immer wieder zu ihr zurückkehrte, zwang sie sich, Bissen auf Bissen herunterzuwürgen, um ihn nicht ihren Zustand ahnen zu lassen. Zum Glück hatte sie als seelische Stützen Piksarett und Cantor neben sich.

Der Alte wischte sich mit einem Haarbüschel seiner Perücke die fettglänzenden Lippen. «Da seid Ihr nun also, Madame de Peyrac», bemerkte er plötzlich, als schließe er einen verschwiegenen Gedankengang ab. «Das war eine gute Idee, mich zu besuchen. Und Euer Besuch bestärkt mich in meinem Wunsch, Euch über dieses Gebiet hier herrschen zu sehen.»

«Was wollt Ihr damit sagen, Monsieur?»

«Ich habe genug von diesem niederträchtigen Land und will ins Königreich Frankreich zurück, um mich ein bißchen zu zerstreuen. Ich möchte meinen Besitz an Euern Gatten verkaufen . . . Die Frage ist nur, wofür. Ich sagte ihm, er solle mir im Austausch das Geheimnis der Goldgewinnung verraten. Er wäre bereit, aber die Sache scheint mir ziemlich kompliziert . . .»

«Aber nein! Sie ist im Gegenteil sehr einfach», unterbrach ihn die bezaubernde Stimme Ambroisines. «Ich wundere mich, lieber Nicolas, daß Ihr, der Ihr einen so hellen Kopf besitzt, vor einer solchen Kleinigkeit zurückscheut. Monsieur de Peyrac hat mir alles erklärt. Es ist nichts Magisches dabei. Es handelt sich nur um die Wissenschaft der Chemie, nicht um Alchimie!»

Sie begann einen der Prozesse der Goldgewinnung zu erläutern, den Joffrey speziell für die Minen dieses Gebiets entwickelt hatte. Mehr als einmal erkannte Angélique vertraute Ausdrücke, deren er sich bedient hatte, um ihr seine Arbeit zu erklären.

«Wie gelehrt Ihr doch seid, liebe kleine Madame!» rief Ville d'Avray

245

aus, Ambroisine mit entzückter Miene betrachtend. «Es ist ein wahres Vergnügen, Euch zuzuhören, und wie einfach sich alles tatsächlich ausnimmt! In Zukunft dürfte es leichter sein, Gold auf die von Euch beschriebene Weise zusammenzutragen als durch rückständige Prozeduren, wie etwa Fronbauern zum Goldspucken zu veranlassen oder die Knöpfe von Röcken und Uniformen der Schiffbrüchigen an unsern Küsten zu sammeln.»

Parys schnaubte mehrmals durch die Nase, ohne seinen Blick von Ville d'Avray zu wenden. Der Marquis lächelte unschuldig.

Angélique nutzte das lastende Schweigen, das sich für Momente über die Gesellschaft breitete, um möglichst unbekümmert und natürlich eine Frage zu stellen:

«Ihr habt also meinen Gatten erst kürzlich gesehen? War er hier?»

Der Alte wandte sich ihr mit mürrischer, leicht verdutzter Miene zu und musterte sie schweigend.

«Ja», entgegnete er endlich. «Ja, ich hab ihn gesehen . . .» In einem ein wenig sonderbaren Ton fügte er hinzu: «Hier . . .»

## 46

«Habt Ihr nicht die Knöpfe an seinem Rock bemerkt?» fragte Ville d'Avray, während er sie zu ihrer Hütte zurückgeleitete. «Pures, mit einem Wappen geprägtes Gold. Den adligen Offizier, der seine Uniform mit ihnen verschönte, haben die Krabben schon lange verdaut. Ich habe gehört, daß Parys so angefangen hat. Vielleicht nicht gerade hier, aber Küsten, an denen Schiffbrüchige ausgeplündert werden, gibt's überall. Das ist ein lukrativer Erwerbszweig, wenn man ihn nur ein bißchen zu organisieren versteht. Man erzählt sich, er hätte eine ganze Truhe voller Knöpfe, nichts als Gold, geprägt mit allen Adelswappen der Welt. Es war nur ein Gerücht, aber jetzt bin ich überzeugt davon. Habt Ihr gesehen, was für ein Gesicht er geschnitten hat, als ich darauf anspielte?»

«Seid Ihr auch vorsichtig genug? Ihr dürft ihn nicht so provozieren. Er ist vielleicht gefährlich.»

«I wo. Solche kleinen Neckereien sind zwischen uns beiden üblich. Alles in allem sind wir gute Freunde . . .»

Er schien zufrieden und entspannt.

«Im übrigen ist alles bestens abgegangen. Wir haben dieses reichlich düstere Festmahl bei guter Gesundheit verlassen. Das ist schon was! Ich bin mit meinem Abend zufrieden. Schlaft gut, liebe Angélique. Es wird schon alles in Ordnung kommen. Habt Vertrauen!»

Doch er fügte diesmal nicht sein übliches «Das Leben ist schön! Lächelt!» hinzu.

«Ich logiere hier ganz in der Nähe», hörte sie ihn flüstern. «Wenn Ihr auch nur das geringste braucht, ruft mich.»

Als er ihre Fingerspitzen an seine Lippen führte, hielt sie seine Hand krampfhaft fest. Sie mußte sich jemand anvertrauen.

«Glaubt Ihr, daß er hier gewesen ist?» fragte sie mit stockender, bebender Stimme. «Mir ist, als träumte ich einen bösen Traum . . . Wo ist er? Es ist schrecklich, ihn so zu verfolgen. Als ob er vor mir flüchtete . . . Vielleicht haben sie ihn umgebracht? . . . Vielleicht kommt er nicht zurück! Ihr, der Ihr alles wißt, habt Euch sicher schon erkundigt. Sagt mir die Wahrheit! Die ganze. Sie ist mir lieber als Ungewißheit.»

«Er ist hergekommen, das stimmt», sagte der Marquis gemessen. «Vor zwei Tagen war er noch hier.»

«Mit ihr?»

«Was soll das heißen, mein Kind?» fragte er sanft und nahm ihre Hände, wie um sie zu stützen.

«Was erzählt man über ihn . . . und über die Herzogin von Maudribourg?»

«Über ihn? . . . Nun, man kennt ihn. Man fürchtet ihn, oder man schätzt ihn. Er ist Monsieur de Peyrac, Herr über Gouldsboro, und das Gerücht geht um, daß Nicolas Parys ihm seine Territorien am St.-Lorenz-Golf verkaufen will, weshalb sie sich hier in der vergangenen Woche getroffen haben.»

«Und sie?»

«Was wißt Ihr?» fragte nun seinerseits der kleine Marquis.

Angélique ergab sich.

«Sie sagte mir, er sei ihr Geliebter», gestand sie mit erstickter Stimme. Ihre Worte überstürzten sich, als sie ihm von ihrem Zusammentreffen mit Ambroisine erzählte.

Ville d'Avray hörte ihr ernsthaft zu, und Angélique hatte das Empfinden, in ihm einen aufrichtigen Freund zu besitzen, einen wertvolleren, als es auf den ersten Blick erschien.

Als sie schwieg, schüttelte er mit zweifelnder Miene das Haupt. Er wirkte weder besorgt noch niedergeschlagen.

«Die Ansichten über unsere teure Herzogin sind hierorts geteilt», sagte er. «Die einen himmeln sie an wie eine Heilige von einwandfreier Tugendhaftigkeit. So etwa der bretonische Kapitän, der ihr zu Gefallen schon auf den Wegen der Bekehrung wandelt. Andere, weniger Einfältige, dürften etwas von ihrer wahren Natur ahnen, aber es scheint so, als hätte sie sich bisher ihre Reputation zu erhalten gewußt. Falls sie trotzdem einen der lüsternen Herrn, die sie umgeben, auf ihrem Lager empfangen hat, wird das Geheimnis jedenfalls gut gewahrt.»

«Wie in Gouldsboro, wie in Port-Royal», sagte Angélique. «Die einen lügen, die anderen schweigen aus Scham oder Furcht, und wieder andere lassen sich von ihr täuschen und verehren sie.»

Sie zögerte, entschloß sich jedoch, auch den letzten Rest ihrer Demütigung preiszugeben.

«Sie hatte ein Kleidungsstück Joffreys in ihrem Zimmer.»

«Komödie!» rief Ville d'Avray lebhaft. «Ein Trick, um Euch zur Verzweiflung zu treiben. Sie wußte, daß Ihr kommen würdet. Und Euch will sie verletzen . . . Sie hat dieses Kleidungsstück bestimmt gestohlen!»

«Seid Ihr sicher?» murmelte sie.

«So gut wie! Es sieht ihr ähnlich. Eine durch und durch feminine List. Ihr werdet ihr doch nicht auf diesen Leim gehen! Weit beunruhigender ist hingegen, daß sie offensichtlich die Leute hier auf Euer Kommen vorbereitet hat, um zu verhindern, daß sie Eurem Charme erliegen. Die einen halten Euch für eine gefährliche Intrigantin, die andern für ein verderbtes Geschöpf, das mit Indianern schläft, oder gar für eine Inkarnation des Teufels, im Dienste der Ketzer finster entschlossen, die guten katholischen Franzosen aus den Besitztümern zu vertreiben, die Gott ihnen gegeben hat. Für die, deren Sympathien Monsieur de Peyrac gehören, seid Ihr die Messalina, die ihm Hörner aufsetzt, und für die andern, die ihn fürchten, seid Ihr seine verdammte Seele.»

«Als Nicolas Parys mit mir sprach, benahm er sich vielleicht nicht allzu höflich, aber wenigstens doch ohne offene Feindseligkeit.»

«Mit dem Alten ist es eine andere Sache. Er glaubt nur an sich selbst, und nicht einmal Ambroisine könnte ihn daran hindern zu denken, was er will. Aber er hat sich's in den Kopf gesetzt, sie zu heiraten, er macht ihr gewaltig den Hof, und man kann nicht wissen, wie weit er sich von dieser Sirene mit der gespaltenen Zunge verdummen lassen wird.»

Was Ambroisine an Verleumdungen über sie ausstreuen mochte, war Angélique ziemlich gleichgültig. Weit mehr lag ihr daran, ihre Joffrey betreffenden Hoffnungen bestätigt zu finden.

«Ihr glaubt also nicht, daß er ihr Geliebter ist?»

«Bis auf weiteres: nein», versicherte er bestimmt.

«Mein Gott, wie ich Euch liebe!» rief sie und schloß den verdutzten Marquis in ihre Arme.

Trotz ihrer neugewonnenen Zuversicht vermochte sie nicht gleich einzuschlafen.

Cantor war in einem Verschlag gleich nebenan untergebracht. Hinter der Bretterwand hörte sie ihn sich unruhig auf seinem Lager wälzen und hin und wieder leise schnarchen.

Es verlieh ihr ein Gefühl der Sicherheit, ebenso wie die Nähe Piksaretts, der, in seinen Bärenpelz gehüllt, vor der Hütte saß und ein kleines Feuer mit trockenen Zweigen in Gang hielt.

Die Nacht war feucht und kalt. Dichter Nebel lag über der Ansiedlung. Der Fisch- und Salzgeruch drang überwältigend durch jede Ritze und schien an der Haut zu kleben. Angélique hatte darauf verzichtet, im Kamin Feuer zu machen, und sich sofort in die auf ihrer Pritsche bereitliegenden Decken gewickelt. Diese einen großen Teil des Jahres unbenutzten Fischerunterkünfte sahen sich alle ähnlich: riesige Bretterwände, Betten, Tische, Schemel, alles grob zusammengezimmert, ein Holzstall, ein paar Töpfe, Kannen und Kalebassen.

Die ihre, größer als die meisten andern, enthielt außerdem zu beiden Seiten des Kamins je eine Bank aus geschältem Knüppelholz und in einer Ecke eine wurmstichige Truhe. Maiskolben und Häute hingen von den Deckenbalken.

Angélique zitterte vor Kälte. Der Schlaf wollte sich nicht einstellen. Mehrmals hörte sie die nachts frei herumstreifenden Neufundländer des Sieur Parys Piksarett anknurren und geräuschvoll am Spalt unter der Tür ihrer Hütte schnüffeln. Es erinnerte sie an ihre Angst vor dem Wolf in ihrer Kinderzeit und später während des Aufstands im Poitou.

Ihre Gedanken kreisten, schläfriger endlich, um die Herzogin. An Joffrey zu denken, vermied sie ... Sie mußte auf ihn warten. Ville d'Avray hatte bestätigt, daß er nach Neufundland gesegelt war. Neufundland? Die große Insel im Osten ... das Ende der Welt. Was tat er dort? Würde er noch rechtzeitig genug zurückkehren?

Es schien Angélique, als durchlebte sie außerhalb der Zeit von neuem das Warten, das ihr Leben erfüllt hatte, als sei das, was sich abspielen würde, so etwas wie das Symbol des Kampfes, den sie gegen die Kräfte der Verzweiflung führen mußte, um sich das Wunder, ihn auf Erden wiedergefunden zu haben, zu verdienen.

Hatten sie dieses überwältigende Glück damals richtig zu schätzen gewußt? ...

Trotz der Kälte mußte sie endlich eingeschlafen sein. Als sie erwachte, fühlte sie sich ruhiger und selbstsicherer.

Vor dem Aufstehen ging sie noch einmal in Gedanken alles durch, was sie während der letzten Tage in Erfahrung gebracht hatte, und wieder war da das intuitive Gefühl, daß es zwischen Ambroisine de Maudribourg und den Strandräubern, ihren mysteriösen Feinden, eine Verbindung geben müsse.

«Sie haben einen Anführer, von dem sie ihre Befehle kriegen», hatte Clovis gesagt. «Er ist an Land. Sie nennen ihn Belialith.»

Belialith! Das hörte sich ganz wie ein satanischer Beiname an und verriet eine Art zwielichtiger Feminität.

Mit dem Feuerzeug zündete sie den Docht der mit Seehundsöl gespeisten Nachtlampe auf dem Schemel neben ihrem Lager an und suchte

249

unter ihrem Kopfkissen nach dem Pergamentblatt aus der Manteltasche des Strandräubers.

Einmal mehr las sie die geschriebenen Worte, näherte das Blatt ihrer Nase und suchte mit geschlossenen Augen den Duft einzufangen, der von ihm ausging.

«Heute abend erwarte ich dich, wenn du brav bist . . .»

Ambroisine!

Ein Bild stieg vor ihr auf . . . Der Strandräuber mit der niedrigen Stirn unter dem struppigen Schopf . . . und Ambroisine . . . Ambroisine, die dieses brutale Tier durch ihre perversen Zärtlichkeiten an sich band . . . Alles war möglich. Und wenn es so war, erhielten die Worte des Matrosen Lopes von Colins Schiff *Cœur de Marie* einen Sinn: «Wenn du den großen Kapitän mit dem violetten Mal sehen wirst, wirst du wissen, daß deine Feinde nicht fern sind.»

Job Simon, der Kapitän der *Einhorn*, des von der Herzogin gecharterten Schiffs, das die Mädchen des Königs nach Québec bringen sollte . . . Aber Simon war ein ordentlicher Mann, und er hatte als erster über den Anschlag gesprochen, dessen Opfer er geworden war.

Wo befand sich die Brücke, die diese drei Unbekannten miteinander verband: das Schiff mit dem orangefarbenen Wimpel und seine Banditenmannschaft, die *Einhorn* mit Job Simon und der Herzogin und die *Cœur de Marie*, die dem Korsaren Goldbart, heute Colin Paturel, gehörte, denn auch er schien, obwohl nur indirekt und nicht bewußt abgekartet, Teil des Komplotts zur Beseitigung Peyracs und Ruinierung Gouldsboros gewesen zu sein?

Ein Zittern der Erregung durchlief Angélique. Sie war überzeugt, kurz vor der Entdeckung einer wichtigen Wahrheit zu stehen.

Doch plötzlich verflog ihre Zuversicht. Nein, es hielt nicht stand! Ein Detail, und keins der geringsten, würde das Gerüst ihrer Hypothese immer zum Einsturz bringen: Dieselben Strandräuber, die sie beschuldigte, Komplicen der Herzogin zu sein, hatten die *Einhorn* auf die Klippen gelockt und ihre Mannschaft ermordet. Sie konnten den Befehl zur Ausführung dieser Untat also nicht von Ambroisine erhalten haben, denn es war ihr eigenes Schiff, sie selbst war an Bord gewesen und nur wie durch ein Wunder gerettet worden.

Wie durch ein Wunder! . . . Es sei denn . . . daß die Stunde gekommen war, die Vision der Nonne aus Québec Wirklichkeit werden zu lassen.

Die auf einem Einhorn reitende Dämonin . . . auftauchend aus den Wassern vor Gouldsboros Ufer . . .

Eine Frau hatte ihren in kostbares Leder und rote Seide gehüllten kleinen Fuß auf den Sand gesetzt . . .

Ihre Kleidung war zerrissen, beschmutzt gewesen . . .

Madame Carrère, die sie reinigte und flickte, hatte gesagt:

«Irgend etwas ist mit diesen Kleidungsstücken nicht in Ordnung . . .
Da ist was nicht sauber. Man könnte meinen . . .»

Hatte sie sagen wollen, daß sie absichtlich zerrissen und beschmutzt
worden waren?

Angélique warf sich vor, die Rochelleserin damals nicht genauer gefragt, sie nicht gezwungen zu haben, ihren Gedanken ganz auszusprechen.


# 47


Angélique war fest entschlossen, Joffreys Wams von Ambroisine zurück-
zuholen. Sie lauerte auf den Aufbruch ihrer Feindin zur Messe.

Schließlich sah sie die «Wohltäterin» an der Spitze einer ganzen Schar
dem Vorgebirge zustreben, von dem die Glocke der kleinen Kapelle die
Gläubigen rief.

Hier in Tidmagouche schien die Herzogin wie eine Königin hofzuhal-
ten. Als erste hier angekommen, hatte sie sich gründlich eingenistet. Sie
zu entthronen, würde schwierig sein. Ihre Mädchen, ihr Sekretär und Job
Simon genügten ihr nicht als Eskorte; auch ihre Bewunderer und
schmachtenden Anbeter mußten vollzählig dabeisein. Angélique gewahrte Nicolas Parys mit einigen der Gäste des Vorabends, einschließlich
des bretonischen Kapitäns, eine Anzahl Fischer und natürlich Ville d'Avray, der nach allen Seiten Kratzfüße vollführte und so anmutig und
geziert den sandigen Pfad entlangschritt, als handelte es sich um eine
Allee im Park von Versailles.

Sobald der Zug hinter der Waldecke verschwunden war, stürzte Angélique zum Haus Ambroisines. Sie bemächtigte sich des Wamses, drückte es
an ihr Herz. Dann sah sie sich um.

Die Idee kam ihr, die Gelegenheit zu einem Versuch zu nutzen, mehr
über ihre Feindin zu erfahren. Sie begann die Truhen und Reisesäcke zu
öffnen, die Schubladen der Möbel aufzuziehen.

Sie wühlte in Stoffen und Wäsche. Das gleiche berauschende Parfüm
stieg von ihnen auf, das Angélique schon aufgefallen war, als die Herzogin den ersten Schritt ans Ufer getan hatte.

Seltsamer Augenblick, außerhalb der Zeit, ohne Dimension. Ein
Schauer überlief sie. Was war seine verborgene Bedeutung?

Woher hatte die Schiffbrüchige alle diese Kleider? . . . Die Truhen
waren voll. Geschenke ihrer Bewunderer? Joffreys? . . . Jäher Schmerz
packte sie. Aber sie untersagte es sich, weiterzudenken.

Sie setzte ihre Suche fort, fand jedoch nichts, was ihr Neues hätte sagen können. Plötzlich fiel aus der Tasche eines Kleides ein mehrfach zusammengefaltetes Pergament. Es war ein aus mehreren Seiten bestehender Brief. Angélique hob ihn auf und erkannte ihn sofort. Es war der Brief Pater de Vernons.

# 48

Wie war dieser an Pater d'Orgeval gerichtete Brief in die Hände der Herzogin von Maudribourg gelangt? Warum behielt sie ihn bei sich? Welches Geheimnis von äußerster Wichtigkeit enthielten diese Zeilen, die Angélique nicht hatte zu Ende lesen können?

Nach den ersten Absätzen hatte ihre Erregung sie damals daran gehindert, die Lektüre fortzusetzen. Sie hatte die Botschaft auf den Tisch gelegt, *und in diesem Moment hatte Ambroisine das Zimmer betreten, und das Kind, das sie gebracht hatte, war geflohen.* Wie oft hatte sie sich seitdem ihre impulsive Sensibilität vorgeworfen, deretwegen ihr die ganze Tragweite dieses Schreibens entgangen war, von dem vielleicht ihrer aller Schicksal abhing.

Einer der Gründe, die sie zu dem Versuch veranlaßt hatten, Joffrey so bald wie möglich zu treffen, statt ihn geduldig in Gouldsboro zu erwarten, war eben die mit diesem verschwundenen Brief verknüpfte Angst gewesen. Er schien sie auf gefährliche, nicht wiedergutzumachende Weise anzuklagen und konnte Pater d'Orgeval, ihren unversöhnlichen Gegner, erreichen, bevor sie und Joffrey Zeit gefunden hätten, ihre Verteidigung gegen seine Verleumdungen vorzubereiten.

Aber nun, da sie ihn hier in der Höhle der Dämonin wiederfand, spürte sie, daß sich, ihr unbewußt, eine mähliche Klärung in ihr vollzogen hatte, daß sie den verborgenen Sinn der Worte des Jesuiten zu begreifen begann, Worte, die ihr anfangs bitter weh getan hatten, da sie den Verrat eines Freundes zu enthüllen schienen . . .

Das grüne Samtwams Joffreys und den Brief Pater de Vernons, die kostbare Beute ihres Einbruchs, an die Brust drückend, lief Angélique zu ihrer Hütte zurück. Sie schob den Riegel von innen vor, legte das Wams neben sich auf den Tisch und entfaltete die durch die Trockenheit brüchig gewordenen, knisternden Bogen des Schreibens. Ihr Blick fiel sofort auf die schon gelesenen Worte:

«Ja, Ihr hattet recht: Die Dämonin ist in Gouldsboro . . .»

Aber diesmal schien ihr die hohe, elegante Schrift des Jesuiten weder feindselig noch anklagend. Der Freund war da, in diesen Zeilen. Die Wirklichkeit seines zugleich reservierten, kalten und doch warmherzigen Wesens ging von ihnen aus. Durch diesen Brief, den sie nun von neuem in ihren Händen hielt, sprach er mit gedämpfter Stimme zu ihr, um ihr allein vertraulich sein schreckliches Geheimnis mitzuteilen. Denn sein Brief war nicht zu dem gelangt, dem er bestimmt war. Ihr, Angélique, hatte Pater de Vernon ihn im Augenblick seines Todes übergeben wollen. «Der Brief . . . für d'Orgeval . . . Er darf nicht . . .»

Sie verstand jetzt die Bedeutung seiner letzten Worte. All seine Kraft zusammenraffend, hatte er sagen wollen: «Er darf nicht in ihre Hände gelangen . . . die Hände der Dämonin . . . Achtet darauf, Madame. Ich allein kenne die Wahrheit, und wenn sie sich ihrer bemächtigt, wird sie sie ersticken, und das Böse wird weiterhin die Geister verwirren und die Menschen in Unglück und Sünde stürzen. In diesen wenigen Tagen in Gouldsboro brauchte ich meine ganze mystische Wissenschaft und meinen Willen zum Guten, um diese Wahrheit zu entdecken. Und nachdem ich sie nun entdeckt und in diesen Zeilen niedergelegt habe, sterbe ich, ohne sie für alle sichtbar ans Tageslicht zu bringen . . . Versucht, Madame, den Dämonen zuvorzukommen. Dieser Brief . . . für Pater d'Orgeval . . . Er darf nicht . . .»

Es war, als säße er neben ihr und spräche leise zu ihr. Und so begann Angélique im Gefühl einer Verpflichtung den Brief dort weiterzulesen, wo sie damals aufgehört hatte:

«Ja, Ihr hattet recht: Die Dämonin ist in Gouldsboro . . .

Wahrlich eine entsetzliche Frau. Sie verbirgt instinktives Wissen um alle Laster unter dem Anschein von Anmut, Intelligenz, ja selbst von Frömmigkeit, und sie benutzt ihn, um die, die sich ihr nähern, zu verderben, wie die fleischfressende Blume der amerikanischen Wälder Insekten oder Vögel, die sie verschlingen will, durch verführerische Farben oder Düfte an sich lockt. Ich habe nicht klären können, ob sie das Opfer eines an Wahnsinn grenzenden Zustands ist oder ob es sich um den relativ häufigen Fall einfacher Besessenheit handelt, bei dem die Dämonen in Körper und Geist eines menschlichen Wesens eindringen und sich seiner Persönlichkeit bemächtigen, oder um den selteneren und furchtbareren Fall der Inkarnation eines bösen Geistes, der einige Zeit unter den Menschen verbringt, um dort Zerstörung und Sünde zu säen.

Obwohl dieser letztere Fall, wie Ihr wißt, äußerst selten ist, läßt er sich bei unserer Angelegenheit nicht ausschließen, zumal er Eure eigene Meinung über diesen Gegenstand erhärtet, der seit bald zwei Jahren Eure Hauptsorge ist, und im übrigen auch den Äußerungen der Seherin von Québec über die zu erwartende Erscheinung eines teuflischen Dämons in akadischen Territorien entspricht.

Eure Wachsamkeit für dieses Euch teure Land verpflichtete Euch, eine solche Ankündigung nicht zu übersehen, Euch der Deutung dieser Vision zu widmen, nach ankündigenden Zeichen zu forschen und der Spur des Phänomens zu folgen.

Diese Spur hat Euch nach Gouldsboro geführt, eine erst kürzlich fast ohne unser Wissen durch einen keine Flagge zeigenden, aber mehr oder weniger mit den Engländern verbündeten Abenteurer gegründete Niederlassung. Eure Nachforschungen ergaben, daß es sich bei diesem Mann um einen Franzosen von hohem Rang handelte, der jedoch wegen früherer Verbrechen der Hexerei aus dem Königreich verbannt worden war. Alles stimmte überein. Dann erschien an seiner Seite eine schöne, verführerische Frau. Ein Zweifel war nicht mehr möglich.

Durch meine Mission in Neuengland einige Monate ferngehalten, konnte ich der weiteren Entwicklung dieser Angelegenheit nicht folgen, und ich vermute, daß es gerade diese meine von vorgefaßten Ideen und Urteilen freie Unwissenheit war, die Euch bewog, mich bei meiner Rückkehr mit meinem Boot in akadische Gewässer mit der Überprüfung Eurer Schlußfolgerungen aus eigener Anschauung und der Abfassung eines vollständigen Protokolls zu betrauen, das sich nicht nur mit der politischen Tragweite der in Gouldsboro sich abspielenden Vorgänge, sondern auch mit der wirklichen mystischen Identität der Gegner befassen sollte. Ihr rietet mir, mich nach Gouldsboro zu begeben, persönlich diese Leute zu treffen, sie zu beobachten und auszuforschen und Euch meine Meinung, sobald ich sie mir gebildet hätte, ungeschminkt und in allen Einzelheiten mitzuteilen.

Seit einigen Tagen halte ich mich in Gouldsboro auf, und nach mehreren Wochen der Nachforschungen und sorgsamen Beobachtungen fasse ich nun, den Heiligen Geist um Erleuchtung und gerechte Einsicht bittend, meinen Bericht für Euch ab, der Euch – leider, mein Vater – bestätigen wird, daß die Warnungen des Himmels und Eure eigenen Befürchtungen Euch nicht getrogen haben. Die Dämonin ist in Gouldsboro. Ich habe sie dort gesehen. Ich habe dort mit ihr gesprochen. Ich sah in ihrem Blick Haß auffunkeln, als er dem meinen begegnete. Ihr kennt den feinen, hellseherischen Instinkt solcher Wesen, was uns, die Soldaten Christi, betrifft, deren Auftrag es ist, sie zu verjagen, und die die notwendigen Waffen dazu besitzen.

Dies vorausgeschickt, muß ich nun, mein sehr lieber Vater, eine Art Umstellung der Situation vornehmen, auf die Ihr gewiß nicht vorbereitet seid, was mich fürchten läßt, daß Ihr meinen Bericht, wenn Ihr ihn in seiner ganzen Härte erhaltet, als Frucht eines vorübergehend verwirrten Geistes beiseite schieben könntet . . .»

«Oh, diese Jesuiten mit ihren endlosen Umschweifen!» dachte Angélique ungeduldig.

Sie mußte sich zwingen, keine Zeile zu überspringen und keine Seite umzublättern, bevor sie alles gelesen hatte, um schneller zur Schlußfolgerung zu gelangen. Und doch würde Ambroisine bald von der Messe zurückkehren und bemerken, daß jemand ihre Unterkunft durchsucht hatte und daß der Brief verschwunden war.

Angélique beherrschte sich. Sie mußte alles lesen, ohne ein Wort auszulassen, denn alles war von äußerster Wichtigkeit, nichts durfte unklar bleiben. Letzten Endes verstand sie die oratorischen Umwege des Jesuiten, denn es war ihm aufgegeben, über eine diabolische Mystifikation, über die Verkehrung unangreifbaren äußeren Scheins zu entscheiden, und selbst ein überlegener Geist läßt sich nur ungern überzeugen, daß er von seinen eigenen Leidenschaften, die er durch die Notwendigkeit des Guten gerechtfertigt glaubte, getäuscht worden ist. Aber gerade das – ihn davon zu überzeugen – versuchte Pater de Vernon in seinem Schreiben an seinen Ordensoberen d'Orgeval, und gewisse Aspekte von dessen Charakter konnten ihm nicht unbekannt sein, denn er äußerte die Sorge, daß der, der seinen Bericht in seiner Härte empfing, «ihn beiseite schieben könnte als Frucht eines vorübergehend verwirrten Geistes, verschuldet durch menschliche Schwäche, vor der keiner von uns sicher ist».

«Deshalb bitte ich Euch, mein sehr lieber Vater», hieß es im Brief weiter, «Euch der Gerechtigkeit zu erinnern, die ich bei meinen verschiedenen Missionen in Eurem Auftrag immer zu beweisen versuchte.

Übertreibungen, Gefühlsaufwallungen und Ahnungen ablehnend, habe ich stets die Tatsachen in ihren jeweiligen Zusammenhängen darzustellen versucht, nur auf meine persönlichen Beobachtungen gestützt und, ich wiederhole es, mit Hilfe des Heiligen Geistes, den ich täglich in zahlreichen Gebeten um Offenbarung der Wahrheit anflehe.

So werde ich Euch heute diejenige nennen, die mir als Werkzeug Satans unter uns erschienen ist, und das in dem klaren Bewußtsein, daß es meine Pflicht Euch gegenüber ist, Euch diese nackte und klare Wahrheit mitzuteilen, wie Ihr es von mir gefordert habt und wie sie mir, durch die Tatsachen erhärtet, erschienen ist, obschon ich meinen Blick nicht vor der Verwirrung verschließen kann, die meine Erklärung nach sich ziehen wird. Und um mit Euren mich betreffenden Zweifeln zu beginnen: Ich weiß sehr wohl, daß Ihr von meiner Feder einen bestimmten Namen erwartet. Nun, nicht dieser ist es, den ich Euch nennen werde.

Als Ihr mir Eure Instruktionen für diese neue Mission erteiltet, ersuchtet Ihr mich, Madame de Peyrac, die Euch in Brunswick Falls entkommen war, wiederzufinden. Alles an ihr, der Ruf ihrer Schönheit, ihres Charmes, ihres Geistes, ihrer Verführungskraft, trug dazu bei, in ihr die zu sehen, deren unheilvollen Einfluß auf Euer Werk Ihr fürchtetet. Ich selbst neigte dazu und gestehe, mich nicht ohne Neugier ihrer Person versichert zu haben, um sie von nahem und nach Belieben beobachten zu können. Vom Zufall und einigen Verbindungen unterstützt, war es mir ziemlich schnell gelungen, sie aufzufinden. Ich nahm sie an Bord. Im Laufe der folgenden Fahrttage fiel es mir nicht schwer, mir ein Urteil zu bilden. In der Abgeschlossenheit eines auf dem Meer isolierten

Boots ist es schwierig, sich zu verstellen. Früher oder später muß der Blitz der Erkenntnis kommen, der den Grund der Seelen erhellt.

Madame de Peyrac erschien mir als eine gewiß ungewöhnliche, aber lebendige, gesunde, mutige, ohne Prahlerei unabhängige und intelligente feminine Persönlichkeit. Ihr sind Gesten und Benehmen von einer seltsamen und verführenden Freiheit eigen. Doch läßt sich in deren Absichten nur der Ausdruck eines natürlichen Wunsches erkennen, entsprechend ihrem Geschmack und ihrem geselligen, heiteren und tatkräftigen Temperament zu leben.

Ich begriff so besser die ihr zufliegende Anhänglichkeit der Wilden, besonders Piksaretts, durch dessen Launen Eure kriegerischen Unternehmungen so gelitten haben. Sie scheint mir weder mit Hexerei noch mit verderbten Absichten zu tun zu haben. Madame de Peyrac amüsiert und interessiert die Indianer durch ihre Lebhaftigkeit, ihre Geschicklichkeit im Umgang mit Waffen, ihr Wissen über Pflanzen, ihr Räsonieren, das, was Phantasie und Durchtriebenheit betrifft, in nichts dem unserer Herren Wilden nachsteht, das wir nur zu gut kennen.

Die Tatsache, daß sie schon mehrere indianische Sprachen wie auch ziemlich gut englisch und arabisch spricht, schien mir bei ihr kein Anzeichen von Teufelswerk zu sein, wie man meinen könnte, sondern die Leistung eines in dieser Hinsicht sehr begabten, auf Gedankenaustausch mit seinesgleichen begierigen Geistes, der lernen will und zur notwendigen Bemühung dafür bereit ist. Daß, wie sich nicht leugnen läßt, nur wenige Frauen Geschmack daran finden, liegt wohl an einer ihrem Geschlecht innewohnenden geistigen Trägheit wie auch am materiellen Wesen allzu vieler ihnen zufallender Aufgaben.

Zusammenfassend meine ich, die Tatsache, daß sie sich der allgemeinen Regel entzieht, scheint sie mir nicht als Feindin des Guten und der Tugend zu kennzeichnen.

Ich ließ sie deshalb nach Gouldsboro zurückkehren. Eine Woche darauf begab ich mich ebenfalls dorthin. Und so begegnete ich der Dämonin . . .»

Angéliques Herz klopfte zum Zerspringen. Sie unterbrach sich, drehte die letzte Seite des langen Schreibens um. Völlig absorbiert und wie in einem Zustand der Schwebe, war ihr kaum recht bewußt geworden, daß sie es war, von der Pater de Vernon in diesen Zeilen sprach, in denen so etwas wie ein Hauch von Liebe für sie wehte: irgend etwas Unbestimmtes, Unausgesprochenes, Tiefes und Rührendes, das nun, da diese Stimme von jenseits des Grabes zu ihr drang, die Bedeutung eines Geständnisses gewann.

In ihrer Erschütterung empfand sie ein Gefühl schmerzlicher Süße.

«Oh, mein armer Freund!» murmelte sie.

Sie hätte niemals an ihm zweifeln dürfen. Ihr Verhalten war seiner

Manche Briefe . . .

... sind von erschreckendem Inhalt und gänzlich unbeliebt: Schandbriefe. Manche Briefe sind von herzlichem Inhalt und sehr beliebt: Handbriefe. Andere Briefe sind von politischem Inhalt und in China beliebt: Wandbriefe. Wieder andere sind von dringendem Inhalt und wenig beliebt: Brandbriefe. Und dann sind da noch die äußerst beliebten Briefe von wachsendem Inhalt: Pfandbriefe.

# Pfandbrief und Kommunalobligation

**Meistgekaufte deutsche Wertpapiere - hoher Zinsertrag - schon ab 100 DM bei allen Banken und Sparkassen**

Verbriefte Sicherheit

unwürdig gewesen. Damals, beim Lesen der ersten Absätze dieses Briefs, hatte sie gefürchtet, sich einer grausamen Enttäuschung gegenüberzusehen. Sie hatte sich verstören lassen. Ihr Zögern hatte vielleicht über Leben und Sterben des armen kleinen Boten des toten Priesters und den Sieg des bösen Geistes über den Gerechten entschieden, der ihn im gleichen Brief angeklagt hatte, vor dessen weiterer Lektüre sie zurückgescheut war, aus Angst, ihre eigene Verurteilung in ihm zu lesen.

Joffrey hatte es gesagt: «Man darf sich niemals fürchten ... vor nichts!»

Heute löste sich der Knoten des Dramas vor ihren Augen.

«Ihr werdet mich fragen», schrieb der Jesuit, «wer es dann sei, wenn nicht Madame de Peyrac?

Nun, Ihr sollt es erfahren. Kürzlich warf ein Schiffbruch eine hochadlige Dame, die sich mit einigen zur Ehe bestimmten jungen Frauen und Mädchen auf dem Wege nach Canada befand, an die Küste von Gouldsboro. Sie ist es, die ich Euch als jenes furchtbare, zu unserem Unglück und Verderben dem Schlunde der Hölle entstiegene Wesen nenne.

Ihr Name? Er ist Euch bekannt.

Es ist die Herzogin von Maudribourg.

Nun weiß ich sehr wohl, daß sie seit langen Jahren Euer Beichtkind und sogar aus Eurer Verwandtschaft ist, und ich hatte sagen hören, daß Ihr selbst sie ermutigt habt, nach Neufrankreich zu kommen und ihr riesiges Vermögen unseren Werken der Bekehrung und Ausbreitung der heiligen katholischen Religion zur Verfügung zu stellen.

Um so größer war meine Überraschung, als ich ihre furchtbare Ruchlosigkeit durchschaute. Sie erklärte mir, von Euch beauftragt worden zu sein, Hochmut und Anmaßung Eurer personifizierten Feinde, des Grafen und der Gräfin Peyrac, zu brechen, bei welch heiliger Mission ich sie zu unterstützen hätte ...»

«Was? Was denn? Das ist mir allerdings neu!» rief Angélique verblüfft. Da ihr jedoch bewußt wurde, daß seit einer Weile schon jemand kräftig an ihre Tür hämmerte, faltete sie rasch den Brief zusammen und schob ihn in ihre Korsage. Als sie öffnete, sah sie den wie ein Hampelmann gestikulierenden Marquis de Ville d'Avray vor sich.

«Seid Ihr jäh verschieden oder legt Ihr es darauf an, mich vor Schreck sterben zu lassen?» zeterte er. «Noch ein wenig, und ich hätte die Tür eingeschlagen!»

«Ich habe ein bißchen geruht», sagte sie.

Sie zögerte noch, sofort von dem wiedergefundenen Brief mit ihm zu sprechen. Die Möglichkeit eines heimlichen Einverständnisses zwischen Pater d'Orgeval und der als vermeintliche «Wohltäterin» aus Europa herübergekommenen Herzogin warf ein so überraschendes Licht auf deren Rolle und den merkwürdigen Zufall, der sie nach Gouldsboro gebracht hatte, daß sie erst selbst einmal damit ins reine kommen wollte.

Ville d'Avray trat ein, gefolgt von zweien seiner Leute, die auf seinen Wink die karibische Hängematte an den Dachbalken aufhängten.

«Man hat mich in ein Kämmerchen gesteckt, in dem ich mich kaum umdrehen, geschweige denn meine Hängematte anbringen kann», erklärte er. «Wenn es Euch recht ist, halte ich meine Siesta bei Euch. Es ist ohnehin besser, uns so wenig wie möglich zu trennen.»

Angélique ließ ihn sich einrichten und machte sich auf die Suche nach Cantor. Es war hier wie in Port-Royal: eine französische Küstensiedlung in den letzten Tagen des Sommers. Fischer, Jäger, ein paar Indianer, die Pelze brachten – ein stetes Kommen und Gehen. Manche schlugen am Strand ihr Lager auf, um auf die Ankunft eines Schiffs, auf die Möglichkeit einer Passage nach Europa oder Québec zu warten. Man handelte, tauschte Neuigkeiten aus, besprach Pläne. Um die Tagesmitte versank alles in friedliche Schläfrigkeit. Der Abend hingegen weckte leicht hektisches Leben, als wolle man vergessen, daß man sich fern von den Seinen auf einem wilden Kontinent befand. Feuer loderten am Strand, Pfeifen wurden gestopft, und Nicolas Parys hielt offene Tafel, während irgendwo in der Dunkelheit das Ritornell eines bretonischen Dudelsacks aufstieg. Spät in der Nacht würde man betrunkene Matrosen aus dem indianischen Dorf zurückkehren hören.

Es war, als lebte man in bestem Einvernehmen unter braven Leuten, zusammengewürfelt durch die Zufälle des Exils.

Wie schon in Port-Royal stand Angélique unter dem Eindruck, sich von den Ihren isoliert zu haben, allein die Last eines nicht mitteilbaren Geheimnisses zu tragen. Ohne den Brief des Jesuitenpaters, den sie, in ihrer Korsage versteckt, bei sich trug, hätte sie manchmal zu träumen geglaubt: Ambroisine, von Pater d'Orgeval beauftragt, «die gefährlichen Begründer Gouldsboros und Eroberer der akadischen Küsten von innen her zu vernichten»!

Immerhin konnte sie es nicht gewesen sein, die sie in Hussnock in die Irre geführt und später zu dem fast verhängnisvollen Rendezvous auf der Insel des alten Schiffes geschickt hatte. Sie mußte also, wie sie schon vermutet hatte, Komplicen haben. Und fieberhaft begann Angélique die Elemente zur Stützung der These zusammenzutragen, daß Ambroisine nicht allein handelte, daß sie die Seele, die Drahtzieherin der verzweigten Kabale war, durch die sie, Joffrey und sie selbst, Angélique, unbarmherzig beseitigt werden sollten. Wenn es aber so war, mußte man davon ausgehen, daß alles oder fast alles, was sich im Laufe dieses verfluchten Sommers ereignet hatte, absichtlich in die Wege geleitet worden war, um dieses Ziel zu erreichen, selbst das Scheitern der *Einhorn* vor Gouldsboros Küste. Purer Wahnsinn! Ambroisine befand sich an Bord, nie wäre sie ein solches Risiko eingegangen, so verrückt sie auch war. Auch die Mädchen des Königs hätten sich nicht so opfern lassen, denn schließlich hatte man die Unglücklichen ja erst im letzten Augenblick gerettet, ein Teil der Mannschaft war erschlagen worden, der Rest ertrunken ... Und Job Simons Verzweiflung über den Verlust seines Schiffs war nicht gespielt. Aber gerade in diesem Zusammenhang blieb ein unerklärliches Faktum. Wie hatte dieser erfahrene Kapitän nicht bemerken können, daß er von seinem Kurs nach Québec abgekommen und in die Französische Bucht geraten war? War nicht auch er verrückt? Angélique fragte es sich, wenn sie ihn von fern schlottrig, gebeugt, mit baumelnden Armen herumlaufen sah, den struppigen Schädel vorgeneigt, als suche er nach etwas, was er nicht finden könne.

Während sie die Niederlassung von einem Ende zum andern durchstreifte, wurde ihr allmählich vage bewußt, daß ihr erster Eindruck vom friedlich-normalen Dasein des Orts sie offenbar getäuscht hatte. Der scheue, argwöhnische oder erschrockene Ausdruck so manchen Blicks fiel ihr auf, in einzelnen Fällen plötzliches Schweigen, wenn sie sich näherte, oder auch dumpfe Feindseligkeit, ausgedrückt durch Rücken, die ihr zugekehrt wurden, oder allzu beharrliche Blicke, die ihr folgten.

Cantor hatte sie noch nicht gefunden. Nachdem sie auch den Strand abgesucht hatte, stieg sie erneut zum Dorf hinauf. Die Häuser gruppierten sich hier um einen kleinen Platz, der einen umfassenden Blick zum Horizont erlaubte. Sie blieb stehen und legte eine Hand über die Augen, in der schwachen Hoffnung, auf der goldflimmernden, schon von der Melancholie des Herbstes gestreiften Weite des Meers vielleicht doch ein Segel auftauchen zu sehen, ein Schiff, das Kurs auf die Einfahrt zum Hafen nahm. Aber der Horizont war leer.

Als sie sich umwandte, sah sie Ambroisine hinter sich stehen.

Die Augen der Herzogin funkelten.

«Ihr habt Euch erlaubt, mein Gepäck zu durchwühlen», sagte sie mit bebender, metallischer Stimme. «Bravo! An Skrupeln scheint Ihr gewiß nicht zu ersticken.»

Angélique zuckte die Schultern.

«Skrupel? Bei Euch? ... Ihr scherzt.»

An der Reaktion Ambroisines, der Art, wie sie zornig die Lippen zusammenkniff, merkte sie, daß ihre Feindin sie offenbar falsch eingeschätzt hatte. Da sich ihre Opfer gewöhnlich aus der guten Gesellschaft rekrutierten, meist wohlerzogene Leute, die dazu neigten, in ihren Nächsten nur das Beste zu sehen, rechnete sie auf deren angeborene und erworbene Delikatesse, um sie ungestraft übers Ohr hauen zu können. Ihr Verhalten gründete sich auf die Unfähigkeit der anderen, sich mit den gleichen niedrigen Mitteln zu verteidigen, die sie selbst zum Angriff benutzte: Lüge, Verleumdung, Indiskretion ...

Nun schien sie zu begreifen, daß sie in Angélique eine Gegnerin vor sich hatte, die sich nicht vor Schmutzflecken fürchtete.

«Ihr habt diesen Brief genommen, nicht wahr?»

«Welchen Brief?»

«Den Brief des Jesuitenpaters de Vernon.»

Angélique beobachtete sie schweigend, als wolle sie Zeit zum Überlegen geben.

«Soll das etwa heißen, daß Ihr diesen Brief in Besitz habt? . . . Wie ist das möglich? Ihr scheut also vor nichts zurück. Habt Ihr das Kind, das ihn mir brachte, von Euren Komplicen umbringen lassen? Ich erinnere mich jetzt an das, was es sagte: ‹Helft mir, um Gottes willen, sie verfolgen mich. Sie wollen mich töten . . .› Und ich habe nicht darauf gehört! Armes Kind! Nie werde ich mir das vergeben! Ihr habt es ermorden lassen!»

«Ihr seid verrückt!» rief Ambroisine schrill. «Was erzählt Ihr mir da von Komplicen? . . . Schon zum zweitenmal . . . Ich habe keine Komplicen!»

«Wie ist dann dieser Brief in Eure Hände gelangt?»

«Er lag zwischen uns auf dem Tisch. Ich nahm ihn mir, das ist alles.»

Das war immerhin möglich.

«Aber warum ist der Junge geflohen, als sie ins Zimmer trat?» fragte sich Angélique. «Er hatte Angst vor ihr! Wie die kleine Katze . . . Beide spürten sie das Böse in ihr.»

«Ihr habt diesen Brief, ich weiß es», begann Ambroisine von neuem. «Um so schlimmer für Euch. Glaubt nur nicht, daß er Euch in irgendeiner Weise gegen mich dienen könnte. Der Jesuit ist tot. Die Worte eines Toten sind unzuverlässig. Ich werde erklären, daß Ihr ihn behext habt, daß Ihr ihm diesen Brief eingeblasen habt, um mich zu vernichten, weil ich im Begriff war, die in Gouldsboro herrschenden Schändlichkeiten aufzudecken. Ich werde sagen, daß Ihr ihn verführt habt, daß er Euer Liebhaber war . . . Und es ist wahr, daß er Euch liebte! Es sprang in die Augen. Ich werde sagen, daß Ihr ihn in Eurem Banditen-und-Ketzer-Nest Gouldsboro habt ermorden lassen, nachdem Ihr diesen trügerischen Brief in der Hand hattet und sicher wart, Euch durch sein Zeugnis entlasten zu können. Wer weiß schon, wie er dort umgekommen ist? . . . Welchem Zeugen wird man glauben, wenn nicht mir, die damals dabeigewesen ist, die erzählen könnte, wie ein scheußlicher Engländer sich auf den unglückseligen Priester stürzte und ihn tötete, während die Menge, Ihr selbst in der vordersten Reihe, ihn mit ihrem Geschrei und Gelächter noch zu seiner Untat ermutigte . . . Ich werde berichten, wie erschüttert ich über dieses entsetzliche Schauspiel war und welche Schwierigkeiten ich zu überwinden hatte, den von Euch beherrschten verfluchten Ort zu verlassen, ohne mein eigenes Leben zu gefährden.»

Mit graziöser Handbewegung schien sie Angélique aufzufordern, die Einwohner Tidmagouches um sich zu versammeln.

«Nur zu! . . . Zeigt mit dem Finger auf mich! . . . Schreit: Da ist die Dämonin . . . die Herzogin von Maudribourg! Ich klage sie an! . . . Wer wird Euch glauben? Wer wird Euch unterstützen? . . . Euer Ruf bei den Franzosen Canadas steht fest, und seitdem ich hier bin, habe ich nicht verfehlt, einige pikante Einzelheiten hinzuzufügen. In ihren Augen seid Ihr boshaft, gottlos und gefährlich, und bisher hat nichts in Eurem Verhalten Gegenteiliges bewiesen. Ihr seid in Begleitung Eurer Wilden aus dem Wald gekommen, Ihr habt Euch mit diesem Ville d'Avray zusammengetan, der als größter Dieb, den man hier je als Gouverneur gehabt hat, bei allen verhaßt ist, und . . . hat man Euch vielleicht heute morgen beim heiligen Opfer der Messe gesehen? Ich war dort . . .»

Sie schüttelte leise lachend den Kopf.

«Nein, Madame de Peyrac, diesmal wird Eure Schönheit Euch nicht retten. Meine Position ist zu stark. Schwenkt nur Euren Brief in Québec oder wo auch immer . . . nicht Euch wird Sébastien d'Orgeval glauben, sondern mir!»

«Ihr kennt also Pater d'Orgeval?» fragte Angélique.

Ambroisine stampfte wütend mit dem Fuß. «Ihr wißt es genau, denn Ihr habt den Brief gelesen! Versucht nicht, mich an der Nase herumzuführen. Ihr gewinnt nichts dabei.»

Sie streckte die Hand aus. «Gebt mir den Brief zurück.»

Ihre Augen schossen Flammen. Es war zu verstehen, daß einfache, leicht beeinflußbare Menschen sich von ihr unterjochen und ins Bockshorn jagen ließen, wenn sie ihnen so entgegentrat. Daß sie ihr wie in einem Trancezustand gehorchten.

Angélique ließ sich nicht aus der Ruhe bringen und versetzte gedämpft:

«Regt Euch nicht auf! Man beobachtet uns von weitem, und Euer tugendsamer Ruf könnte unter Euren kleinen Temperamentsanwandlungen leiden.»

Sie ließ Ambroisine stehen und kehrte zu ihrem Haus zurück.

Nachdem sie sich für die Nacht verbarrikadiert hatte, las sie bei Kerzenschein den Brief des Jesuiten zu Ende.

Die letzten Zeilen seiner Botschaft verrieten die Eile, in der Pater de Vernon sie niedergeschrieben hatte.

«Ich werde Euch interessante Beobachtungen über die Niederlassung Gouldsboro mitteilen können, aber hier fehlen mir Platz und Zeit. Ich gebe meinen Brief dem Boten Saint-Castines mit. Ich selbst werde den Ort verlassen, denn ich fühle mich nicht mehr in Sicherheit. Ich möchte mich jedoch nicht allzu weit entfernen, weil mir scheint, daß meine Gegenwart in gewissem Maße den hier waltenden Teufelskünsten entgegenzuwirken vermag. Das beste wäre es, wenn Ihr versuchtet, mich in dem Dorf zu treffen, in dem ich Pater Damien Jeanrousse aufsuchen muß. Wir könnten eine Verabredung treffen, so daß ich Gelegenheit fände, Euch unmittelbar die Beobachtungen mitzuteilen, auf die sich mein Urteil stützt.»

Es folgten Höflichkeitsfloskeln, die trotz ihres leicht formellen Charakters die Zuneigung und den Respekt verrieten, die die beiden Geistlichen einander entgegenbrachten.

Angélique hatte es vermieden, mit ihrem Sohn und dem Gouverneur von dem Brief zu sprechen. Sie verbarg sich nicht, daß Ambroisine recht hatte, wenn sie fragte: Wer wird Euch glauben? Wer würde ihr glauben? Geschickt kommentiert, könnte der Brief sich sogar gegen sie selbst auswirken. Er ergab kein ihre These erhärtendes Indiz, daß Ambroisine Komplicen hatte, daß sie die Seele, der lenkende böse Geist eines umfangreichen Komplottes mit dem Ziele war, sie gegen alle Vernunft zu vernichten. Außerhalb eines gewissen Zusammenhangs mußten die Erklärungen des Jesuiten verrückt und unannehmbar erscheinen, Ergebnis einer Hypnose. Er war nicht mehr da, um die Wahrheit zu enthüllen und die Tatsachen und Rückschlüsse zu beweisen, die ihn zu seinen Schlußfolgerungen geführt hatten. Die Beschuldigungen gegen Ambroisine wirkten theologisch wie politisch unbegründet. Sie galten zudem einer Person von hohem Rang und großem Namen, die noch dazu über einigen Ruf in wissenschaftlichen Kreisen verfügte und schlau genug war, sich unter denen, deren Unterstützung und Billigung sie suchte, einen untadeligen Ruf zu bewahren.

Trotz der Waffe, die sie mit diesem Zeugnis in Händen hielt, blieb Angéliques Position daher unsicher. Sie zog es jedoch vor, nicht allzusehr darüber nachzudenken, und erhielt sich auf diese Weise zumindest für diesen Abend den Trost, mit dem Brief des Paters de Vernon einen Freund wiedergefunden zu haben, der sie noch über seinen Tod hinaus verteidigen würde.

# 49

Am zweiten Tage nach ihrer Ankunft in Tidmagouche bat sie der Leutnant de Barssempuy um eine Unterredung.

Er war es gewesen, der nach dem Schiffbruch der *Einhorn* die sanfte Marie verletzt zwischen den Felsen gefunden hatte. Er hatte sie auf seinen Armen in die Siedlung gebracht und sich dabei in sie verliebt. Unglücklicherweise hatte der Aufbruch Madame de Maudribourgs mit ihren Schützlingen nach Port-Royal das beginnende Idyll unterbrochen.

Angélique stellte fest, daß seine gedrückte Miene nichts mehr von der Unbekümmertheit und Lebenslust des einstigen Piraten ohne Furcht und Tadel verriet, der sich jeden Abend des Umstands freute, noch lebendig zu sein. Da Ville d'Avray es sich in seiner Hängematte bequem gemacht hatte und keine Neigung zeigte, sich diskret zurückzuziehen, versicherte der Leutnant, daß er auch vor dem Herrn Gouverneur ohne Scheu sprechen würde, zumal er zu dieser Unterredung durch Worte angeregt worden sei, die die Frau Gräfin und der Herr Marquis gestern morgen bei der Ankunft der Karawane an der Küste sozusagen vor seinen Ohren gewechselt hätten. Das Gespräch habe sich um Madame de Maudribourg gedreht.

«Die Vorstellung, ihr zu begegnen, schien selbst den Herrn Marquis zu erschrecken, und ich begriff, daß mein persönliches Gefühl dieser gefährlichen, bösen Frau gegenüber nicht falsch sein konnte. Ich fürchte deshalb jetzt mehr als je um meine Liebste. Ihr erinnert Euch, Madame, wie sehr dieses reizende junge Mädchen vom ersten Augenblick an, als ich sie in ihrem Blute fand, meine Neigung geweckt hat. Dabei bin ich ein harter Mann, und ich kann Euch versichern, daß ich bis zu diesem Tage bei dem Gedanken, ich könnte mich je einer so tiefen Leidenschaft opfern, nur gelacht habe. Trotzdem ist es so, und anfangs glaubte ich, daß sie meine Gefühle erwiderte. Wir sprachen vertraulich miteinander. Arm und ohne Mitgift, wenn auch aus guter Familie, wurde sie einem Kloster anvertraut und sollte als Laienschwester den Schleier nehmen. Dort im Kloster bot ihr Madame de Maudribourg vor etwa zwei Jahren an, ihre Gesellschafterin zu werden. Da ich von ihrer Anhänglichkeit an ihre Beschützerin wußte, suchte ich diese auf, sprach ihr von meinem Wunsch, Marie zu heiraten, und legte ihr meine Titel und Qualitäten dar. Madame de Maudribourg versprach mir, mit Marie darüber zu sprechen, übermittelte mir wenig später eine negative Antwort und ersuchte mich, nicht auf meiner Absicht zu beharren. Marie sei sehr sensibel und zu rechtschaffen und ehrlich, um die geringste Neigung für einen Piraten empfinden zu können, der offensichtlich Blut an den Händen habe. Die Vorstellung allein ließe sie schaudern und dergleichen mehr ... Es war ein schrecklicher Schlag für mich, der mich so niederdrückte, daß diese edle Dame – ich weiß nicht, wie es geschah, noch wie sie es anfing –, um mich zu trösten ... nun, ich verbrachte jedenfalls die Nacht mit ihr ... der Herzogin.»

Er machte bei diesem Geständnis ein so erstauntes Gesicht, daß Ville d'Avray in seinem Winkel vor Lachen gluckste.

«Jetzt begreife ich, daß ich nur eins ihrer zahllosen Opfer bin, zu denen auch Marie gehört, und ich möchte alles nur mögliche unternehmen, um sie ihren Klauen zu entreißen. Der Zufall hat es gewollt, daß ich ihr hier erneut begegne, während ich schon glaubte, sie nie wiederzusehen. Die

Gelegenheit, sie zu retten, scheint mir günstig, aber sie flieht mich. Könntet Ihr vielleicht mit ihr sprechen, Madame, und sie von meiner Liebe und meinem Wunsch, ihr zu helfen, überzeugen?»

«Ich werde es versuchen.»

Seitdem sich ihr der wahre Charakter der Herzogin enthüllt hatte, fragte sich Angélique nicht ohne Unbehagen nach der Natur der Beziehungen zwischen der «Wohltäterin» und den jungen Frauen, die sie umgaben: junge Mädchen, in Waisenhäusern und Klosterschulen rekrutiert, um in Neufrankreich zu heiraten, wie die sanfte Marie, die vernünftige Henriette und einige andere, bescheiden, gelehrig, hübsch. Oder Demoiselles aus kleinem Adel, arm, aber auserwählt wegen des Anstands ihrer Manieren und ihres offenen und kultivierten Geistes, und zuweilen darunter eine Persönlichkeit, der es weder an pikantem Reiz noch an Charakter mangelte wie Delphine Barbier du Rosoy oder Marguerite de Bourmont. Ganz zu schweigen von der gutmütigen, braven und ein wenig simplen Duenja Pétronille Damourt.

Manche von ihnen kannten die Herzogin seit langem. Pétronille schien sie fast aufgezogen zu haben. Andere waren erst vor einigen Monaten mit ihr in Kontakt gekommen, als man sie für die Expedition nach Neufrankreich ausgewählt hatte. Alle ohne Ausnahme verehrten sie. Nur Julienne, geradewegs den Gossen von Paris entsprungen und ein Fremdling in dieser Schar, in die sie sich vermutlich nur hineingeschmuggelt hatte, um der Verbannung auf die Inseln zu entgehen, verabscheute sie und hatte es unumwunden herausgeschrien.

Die Ergebenheit der anderen für die Herzogin aber war grenzenlos.

Fand sich aber nicht selbst in ihren Äußerungen etwas Übertriebenes, Anormales? Sie erinnerte sich ihrer hysterischen Erregung, als man ihnen gesagt hatte, daß die «Wohltäterin» aus dem Schiffbruch gerettet worden war. Sie hatten sich ihr zu Füßen geworfen, sie umklammert, ihre Knie geküßt, vor Freude geschluchzt. Und bei einer anderen Gelegenheit, am ersten Abend, als sie gefürchtet hatten, die Herzogin könne sterben, ihre maßlos übertriebene Erregung, ihr inständiges Bemühen, Angélique am Bett der Kranken zurückzuhalten, all diese närrischen Mädchen, die an ihrem Rock hingen, ihre seltsame Beharrlichkeit . . . Was wußten sie von der Herzogin?

Waren sie getäuscht worden, ahnungslos, behext, terrorisiert? . . . Die Bitte des Leutnants de Barssempuy bot ihr die Gelegenheit, mehr darüber zu erfahren.

Sie wartete auf die sanfte Marie in der Deckung eines der Häuser des Dorfs. Das junge Mädchen hatte auf der Höhe der Klippen Blumen gepflückt und kehrte auf einem Pfad zurück, der hinter der verlassenen

Hütte vorbeiführte. Angélique hoffte, auf diese Weise der möglichen Beobachtung durch die Herzogin zu entgehen, während sie mit einem ihrer Schützlinge sprach.

Sie hielt Marie zurück, die sich bei ihrem Anblick schon abwenden wollte.

«Flieht nicht, Marie. Ich muß ohne Zeugen mit Euch sprechen. Wir haben nicht viel Zeit.»

Die Blumen an die Brust gepreßt, starrte das junge Mädchen sie an, ohne ihr Erschrecken verbergen zu können. Ein schüchterner Ausdruck lag auf ihrem hübschen Gesicht. Ihr größter Charme bestand in himmelblauen Augen, blondem, leichtem Haar, einem entzückenden Hals und der zerbrechlichen Anmut einer Wiesenblume. Aber sie hatte in letzter Zeit stark abgenommen, zweifellos von ihren Verletzungen noch mitgenommen und durch die vielen Reisen und Veränderungen erschöpft.

Sie war bleich. Haut und Lippen waren durch die Trockenheit und das Salz aufgesprungen, und in ihren geweiteten, ein wenig starren Augen verriet sich eine starke innere Spannung.

Angélique blieb keine Zeit für lange Umschweife.

«Ihr habt ‹sie› doch gesehen, Marie», sagte sie. «Als Ihr zu mir gebracht wurdet, wiederholtet Ihr immer wieder: ‹Die Dämonen, ich sehe sie . . . Nachts kommen sie und schlagen auf mich ein . . .› Ihr habt die Männer gesehen, die mit Bleiknüppeln aus der Nacht kamen, um die Schiffbrüchigen umzubringen . . . Sprecht jetzt! Sagt mir alles, was Ihr zu wissen, zu ahnen glaubt. Diese Verbrechen müssen aufhören . . . *Sie* ist es, nicht wahr, die ihnen Befehle erteilt?»

Das junge Mädchen hatte ihr mit erschreckter Miene zugehört. Sie vermochte nur in verstörtem Ableugnen den Kopf zu schütteln.

«Seit zwei Jahren lebt Ihr in ihrem nächsten Umkreis», beharrte Angélique, die unter dem Eindruck stand, daß ihr nicht mehr viel Zeit blieb. «Es kann Euch nicht entgangen sein, wer sie ist. Jetzt müßt Ihr reden, um mir zu helfen, bevor sie uns alle aus dem Weg geräumt hat. Sprecht also!»

Die sanfte Marie fuhr heftig auf.

«Nein, niemals!» stieß sie hervor.

Angélique packte eins ihrer zarten Handgelenke.

«Warum nicht?»

«Ich kann nicht vergessen, was sie für mich getan hat. Ich war allein auf der Welt, ohne andere Zukunft als die Mauern jenes Klosters. Sie interessierte sich für mich, durch sie begann ich wieder zu leben, aufzublühen, wieder glücklich zu sein.»

Sie senkte die Lider.

«Es ist schön, geliebt zu werden», murmelte sie.

Bis zu welchem Punkt hatte Ambroisines gerissene Amoralität die

Naivität eines jungen Waisenmädchens mißbraucht, das sein träumerisches Wesen, seine Einsamkeit und Unkenntnis des Lebens in einem Zustand der Kindlichkeit bewahrt hatte? Es war schwer zu sagen.

«Wenn es nur das wäre», sagte Angélique, ihre Worte wägend, «würde ich Euch nicht verurteilen. Aber es ist schlimmer als das, Ihr wißt es. Sie ist zu allem fähig. Ein Abgrund an Schlechtigkeit, das Böse in reinem Zustand. Geliebt sagt Ihr? Barssempuy liebte Euch. Er wollte Euch heiraten. Hat sie Euch auch nur von seinem Antrag erzählt? Nein, ich sehe es an Eurer erstaunten Miene. Vielleicht hat sie ihn sogar vor Euch schlechtgemacht, während sie ihn wissen ließ, daß Ihr nichts von ihm wissen wolltet . . . und ihn für eigene Rechnung verführte. Und diese diabolische, schreckliche Frau, die Euch Euren Geliebten genommen hat, diese Frau wollt Ihr verteidigen und vor der verdienten Strafe schützen? . . . Sprecht, ich beschwöre Euch. Sprecht!»

«Nein! Ich weiß nichts», sträubte sich das junge Mädchen. «Ich versichere Euch, daß ich nichts weiß!»

«Doch. Ihr vermutet, Ihr ahnt, Ihr lebt zu eng mit ihr zusammen, um nicht gewisse Dinge zu bemerken . . . Sie hat Komplicen, nicht wahr? Die Strandräuber, die Euch nach dem Schiffbruch töten wollten . . . Da seht Ihr's, sie hat Euch geopfert, wollte Euch wie die andern hinschlachten lassen.»

«Nein, nicht mich . . .»

«Was wollt Ihr damit sagen? Warum nicht Euch?»

Doch die sanfte Marie riß ihr Handgelenk aus Angéliques Griff und stürzte davon, als würde sie verfolgt . . .

Angélique nahm sich vor, es bei nächster Gelegenheit noch einmal zu versuchen.

Sie wußte jetzt, daß die Möglichkeit bestand, aus der Umgebung der Herzogin wertvolle Auskünfte zu erhalten. Aber es würde nicht leicht sein. Sie begriff, daß diese verletzlichen oder zu arglosen jungen Geschöpfe durch Einschüchterung, Scham, Ausnutzung ihrer Gelehrigkeit und die einfachen Leuten eigene Gewohnheit, die Angelegenheiten der Großen nicht mit den Maßstäben des Üblichen zu messen, zum Schweigen veranlaßt wurden. Dummheit, Unwissenheit, Naivität, Unschuld – wie raffiniert hatte Ambroisine all das ausgenutzt, um ihre Ziele zu erreichen!

«Ihr scheint bekümmert», sagte Ville d'Avray, der in seiner Hängematte schaukelte und Maiskörner knabberte, die Cantor über der Glut im Kamin geröstet hatte. «Laßt den Kopf nicht hängen, teure Angélique. Man darf sich die Niederträchtigkeit der menschlichen Spezies nicht allzusehr zu Herzen nehmen. Ihr zu begegnen, sie zu ertragen, ist Teil unserer irdischen Verpflichtungen. Zum Glück gibt es immer wieder einen Ausgleich. Ihr werdet es sehen, wenn wir vor meinem Kamin in Québec ein Gläschen Rossoli schlürfen werden, während Euer bezaubernder Sohn uns etwas auf seiner Gitarre vorspielt. Ihr werdet all das vergessen . . . und wir werden lachen.»

Doch trotz solcher Ermunterungen war es Angélique nicht nach Lachen zumute, worüber auch immer. Unaufhörlich glitt ihr Blick aus der geöffneten Tür oder dem Fenster. Sie wußte nicht genau, wonach sie ausspähte. Vielleicht nach den Umrissen eines Seglers am Horizont, der sich langsam dem Hafen näherte?

Gegen Ende des Nachmittags stürzte sie nach draußen, da sie im metallischen Gefunkel des Lichts nach Osten zu einen winzigen Punkt wahrzunehmen glaubte. Die Hand über den Augen, blieb sie beobachtend stehen. Dabei hörte sie, wie Delphine du Rosoy nicht weit entfernt der sanften Marie zurief:

«Madame de Maudribourg ist mit Pétronille und Henriette Heidelbeeren pflücken gegangen. Sie erwarten Euch am bretonischen Kreuz. Ihr sollt ihnen beim Tragen der Körbe helfen.»

Das junge Mädchen entfernte sich auf dem gleichen Pfad, den am Morgen die Gläubigen benutzt hatten, um sich zur Messe zu begeben. Angélique fragte sich, ob dies nicht die Gelegenheit sei, ihren Versuch bei Marie zu erneuern. Sie mußte inzwischen darüber nachgedacht haben. Selbst von weitem war ihrer Haltung und ihrem Gang anzumerken, daß sich die Arme mit Problemen herumschlug. Aber wenn sie versuchte, ihr zu folgen und sie auf dem Weg zu den Klippen anzusprechen, riskierte sie, sich plötzlich der Herzogin von Maudribourg gegenüberzusehen.

Zögernd kehrte sie ins Haus zurück.

Von seiner Hängematte aus verfolgte der Marquis das Leben und Treiben im Ort durch Tür und Fenster.

«Der Fang wird heute dürftig ausfallen», bemerkte er, «der Kabeljau wird schlecht gesalzen sein, und bei denen, die ihn aufschneiden, wird es eine Menge abgeschnittener Finger geben.»

«Warum?»

«Weil Madame de Maudribourg eben geruht, diese Herren zu besuchen. Ich sehe sie dort drüben bei den Fischern wie eine Königin unter ihren Vasallen, von unserem bretonischen Kapitän eskortiert, der gar nicht genug Kratzfüße vollführen kann, um sich ihr gefällig zu erweisen. Er mag noch so sehr behaupten, hart wie Stahl zu sein; sie bringt es fertig, ihn zu schmelzen . . .»

Angélique folgte der Richtung seines Blicks und gewahrte tatsächlich Ambroisine, die, zwischen den Gerüsten in der Nähe des Ufers stehend, die allgemeine Aufmerksamkeit auf sich zu ziehen schien. Ein wahrer Hofstaat war um sie versammelt, denn ein für Europa bestimmtes Schiff hatte auf der Reede geankert, um seinen Wasservorrat zu ergänzen, und einige der Passagiere waren an Land gekommen, um sich die Beine zu vertreten.

«Falls dieses Schiff nach Frankreich auslaufen sollte, könnte ich ihm einen Brief für eine sehr liebe Freundin in Paris anvertrauen», sagte der Marquis. «Ich werde mich erkundigen.» Er ließ sich aus der Hängematte rollen.

«Warum», grübelte Angélique, «hat Ambroisine die sanfte Marie zum bretonischen Kreuz schicken lassen, während sie sich hier am Strand befindet?»

Sie trat auf die Schwelle und sah zum Vorgebirge hinüber. Einige Schritte vom Haus entfernt hockte Barssempuy melancholisch auf einem Stein und schnitzte an einem Holzstück.

Der Anblick des jungen Mannes, der Marie liebte, löste in ihr durch Ideenverbindung einen plötzlichen Reflex aus, und sie lief zu ihm.

«Kommt, Monsieur de Barssempuy!» sagte sie leise. «Kommt schnell! Eure Marie ist in Gefahr!»

Er folgte ihr, ohne zu fragen. Gemeinsam schlugen sie den zu den Klippen führenden Pfad ein. Erst als sie aus der Sichtweite des Dorfs waren, erkundigte er sich:

«Was ist geschehen? Was fürchtet Ihr?»

«Sie wollen sie töten», erwiderte sie atemlos. «Vielleicht bin ich verrückt, aber ich habe so etwas wie eine Vorahnung. Sie wollen sie umbringen. Man hat mich heute morgen mit ihr sprechen sehen und wahrscheinlich den Gegenstand unserer Unterhaltung aus ihr herausgepreßt.»

Sie liefen jetzt. Keuchend gelangten sie zum Vorgebirge mit der Kapelle und dem Holzkreuz.

«Sie ist nicht hier», sagte Angélique. «Vielleicht ist es nicht die richtige Stelle. Man hat sie zum bretonischen Kreuz geschickt.»

«Das ist noch ein Stück weiter», rief Barssempuy. «Ein Steinkreuz, das bretonische Fischer vor zwei Jahrhunderten errichtet haben. Am äußersten Ende der Klippen, dort drüben.»

«Am höchsten Ende», murmelte Angélique verzweifelt. «Kommt schnell: Sie darf es nicht erreichen. Es bleibt uns keine Zeit, die Schlucht zu umgehen. Wir müssen zum Strand hinunter und rufen sie von unten an.»

Sie rutschten nicht ohne Schwierigkeiten den Steilhang zum Uferstreifen hinab, der aus kantigem Geröll bestand, was ihr Fortkommen nicht erleichterte. Die Klippe schien sich zu entfernen.

«Ich sehe Marie!» schrie Barssempuy plötzlich.

Eine zarte weibliche Gestalt zeichnete sich über der Felskante gegen den weißlichen Himmel ab. Sie näherte sich vorsichtig dem bretonischen

268

Kreuz, das sich wie ein keltischer Druidenstein fast unmittelbar am Absturz erhob.

«Marie!» schrie Angélique mit aller Kraft. «Bleibt stehen! Flieht!»

Doch ihre Stimme trug nicht weit genug.

«Marie! Marie!» brüllte nun auch Barssempuy. «Aaah . . .!»

Beide hatten sie wild aufgeschrien. Dann verstummten sie, das Herz vor Schreck erstarrt angesichts des wirbelnden Sturzes.

«Sie ist gestoßen worden!» keuchte Barssempuy. «Ich hab's gesehen. Hinter ihr . . . ist jemand aufgetaucht . . .»

Wie in einem Alptraum begannen sie stolpernd und taumelnd über Kieselgeröll, Felsbrocken und Ansammlungen trockenen Tangs zu laufen.

Sie entdeckten die sanfte Marie in der Höhlung eines Felsens wie an dem Tag, an dem Barssempuy sie nach dem Schiffbruch der *Einhorn* gefunden hatte.

«Tut etwas, Madame!» flehte der junge Mann. «Irgend etwas. Ich bitte Euch.»

«Ich kann nichts mehr tun», sagte Angélique.

Sie kniete neben dem wie verrenkt hingestreckten Körper. Das anmutige, zarte Geschöpf so hingemordet zu sehen, brach ihr das Herz.

Marie öffnete die Augen, in denen sich der blaue Himmel zu spiegeln schien. Ein Fünkchen Bewußtsein schimmerte in ihnen.

Angélique beugte sich über sie.

«Marie», sagte sie, ihre Tränen unterdrückend, «um der Liebe Gottes willen, der Euch zu sich nehmen wird, sagt mir etwas . . . Habt Ihr Euren Mörder gesehen? Wer war es . . .? Sagt es mir. Helft mir.»

Die bleichen Lippen regten sich. Angélique beugte sich noch tiefer, um die kaum hörbaren Worte aufzufangen, die sie mit ihrem letzten Atemzug verhauchte.

«Als das Schiff sank . . . trug sie nicht . . . ihre roten Strümpfe . . .»

## 50

«Erklärt mir alles», bat Barssempuy. «Wie konntet Ihr wissen, daß man ihr ans Leben wollte? . . . Sagt mir, wer diese Verbrecher sind. Ich werde ihnen keine Ruhe lassen, bis ich sie vernichtet habe.»

«Ich werde Euch alles sagen, aber zuerst beruhigt Euch.»

Von Ville d'Avray, Cantor und zwei Männern der *Rochelais* unterstützt, hatte Angélique alle Hände voll zu tun, um die Verzweiflung des jungen Mannes zu dämpfen und ihn davon zu überzeugen, daß es höchst unklug sei, sich zu voreiligen Handlungen hinreißen zu lassen, noch dazu unter ohnehin schon reichlich überreizten Leuten. Nur durch Geduld, Beharrlichkeit und Kaltblütigkeit würden sie einen so geriebenen Gegner entlarven können. Wenn er sich verdächtigt fühlte, würde sein Mißtrauen erwachen, und es würde schwieriger und gefährlicher werden, die nötigen Beweise zu sammeln und den verwischten Spuren zu folgen. Der Augenblick, die Herzogin anzuklagen, sei noch nicht gekommen. Die Mehrzahl der Männer des Orts sei ihrem Charme erlegen. Barssempuy würde sich als Narr behandelt finden, und der eine oder andere würde es darauf anlegen, unter irgendeinem Vorwand mit ihm abzurechnen.

Schließlich sah der Leutnant ein, daß sie recht hatten, und sank stumpf und niedergeschlagen auf die Bank neben dem Kamin.

Am folgenden Tag wurde die sanfte Marie zur letzten Ruhe geleitet. Die Mädchen des Königs weinten. Sie sprachen von Marie als ihrer Schwester und Gefährtin. Sie sei oft unvorsichtig gewesen, habe immer an gefährlichen Orten Blumen pflücken wollen, weil sie sie dort schöner gefunden habe. Es sei kein Wunder, daß sie schließlich abgestürzt sei . . .

Während des Sündenerlasses auf dem kleinen Friedhof mit den armseligen, schiefen Kreuzen fand sich Angélique unerwartet neben Delphine du Rosoy. Das junge Mädchen aus adliger Familie war ihr schon immer sympathisch gewesen. Beim Schiffbruch der *Einhorn* hatte sie viel Mut gezeigt, wie sie überhaupt ihren Gefährtinnen durch ihre Erziehung, ihr klares Urteil und ihre Kultur deutlich überlegen war. Die Mädchen wandten sich wie selbstverständlich mit Fragen an sie, und Angélique hatte bemerkt, daß Ambroisine zu ihr mit einer gewissen Achtung sprach, die sie sich bei den andern sparte, als wolle sie sich bei ihr einschmeicheln oder ihren leicht zu weckenden Scharfsinn überspielen.

Nun sah Angélique sie mit tränenüberströmtem Gesicht, jämmerlich schluchzend wie ein Kind, was so gar nicht zu ihrem maßvollen, zurückhaltenden Wesen paßte, und sie empfand Mitleid mit ihr.

«Kann ich Euch helfen, Delphine?» flüsterte sie ihr zu.

Das junge Mädchen sah überrascht auf, wischte sich mit ihrem Taschentuch über die Augen und schüttelte den Kopf.

«Nein, Madame, leider könnt Ihr mir nicht helfen.»

«Nun, dann helft mir.» Angélique hatte sich jäh zur Offenheit entschlossen. «Helft mir, den Dämon zu vernichten, der uns zu unser aller Unheil verfolgt.»

Delphine warf ihr mit gesenktem Kopf einen verstohlenen Blick zu, blieb jedoch stumm. Auf dem Rückweg zur Niederlassung jedoch tauchte sie unversehens neben ihr auf und murmelte:

«Ich werde kurz vor dem Mittagessen mit einigen Mädchen zu Euch kommen. Wir werden sagen, daß Euer Sohn Cantor uns Lieder vorsingen will . . .»

«Singen», murrte Cantor. «Diese Schönen haben nicht viel Grips im Kopf. Heute ist eine von ihnen beerdigt worden, und sie wollen Lieder hören. Als Vorwand kommt mir das nicht gerade schlau vor.»

«Du hast recht, aber sicher ist der armen Delphine nichts Besseres eingefallen. Es gibt Momente, in denen man einfach nicht weiß, was man erfinden soll.»

«Na, schön. Ich werde ihnen eben keine Chansons, sondern Kirchenlieder vorsingen. Das macht sich besser», erwiderte er.

Die jungen Mädchen erschienen um die Zeit, in der Nicolas Parys der Herzogin seine Aufwartung zu machen pflegte. Angélique zog Delphine beiseite, während Cantor die anderen um sich versammelte.

«Delphine», sagte Angélique, «Ihr wißt, woher alles Böse kommt, nicht wahr? Sie! . . .»

Das Mädchen nickte unglücklich.

«Ja. Auch ich habe mich lange täuschen lassen, aber schließlich habe ich es einsehen müssen. In Frankreich konnte niemand sie durchschauen; erst hier, wo in der Luft irgend etwas Wildes, Primitives ist, das die Menschen zwingt, sich zu zeigen, wie sie sind. In Gouldsboro und danach in Port-Royal begann ich klarzusehen und zu verstehen, von welcher Art sie ist.

Gewiß, auch früher war es mir nicht recht, daß sie uns oft zum Lügen zwang, um die Krisen, die sie packten, zu verheimlichen . . . Aus Bescheidenheit, sagte sie. Nicht jeder brauche zu wissen, daß der Geist Gottes sie besuche. Ich hätte schon damals merken müssen, daß solche Anfälle eher ein Zeichen von Wahnwitz oder Besessenheit waren und nicht die mystische Verzückung, die sie uns glauben machen wollte . . . Wie naiv wir waren! Nur Julienne hatte sie von Anfang an richtig gesehen. Und wir verabscheuten und verachteten sie. Armes Mädchen! Und was soll jetzt werden? Hier am Ende der Welt sind wir wehrlos ihrer Macht ausgeliefert. Als ich gestern das für Europa bestimmte Schiff auf der Reede sah, hätte ich alles darum gegeben, an Bord gehen und fliehen zu können, ganz gleich, wohin.»

«Glaubt Ihr, Delphine, daß die Herzogin mit einem anderen Schiff in Verbindung steht, mit Komplicen, denen sie Befehle gibt und die ihr bei der Ausführung ihrer Verbrechen helfen?»

Delphine warf ihr einen erstaunten Blick zu.

«N . . .ein, ich glaube es nicht», stammelte sie.

«Warum seid Ihr dann innerlich überzeugt, daß Marie ermordet worden ist . . .? Von wem? Sie selbst hat sie doch nicht über den Rand der Klippe stoßen können. Sie war hier, am Strand, ich habe sie gesehen.»

«Ich . . . ich weiß es nicht. Es ist schwierig, unmöglich, alles über sie zu wissen. Manchmal meint man, sie habe die Gabe, gleichzeitig an mehreren Orten zu sein . . . Und sie lügt so, und ihre Lügen klingen so wahrhaftig, daß man sich nicht mehr zurechtfinden und genau sagen kann, ob sie irgendwo war oder nicht.»

«Und die letzten Worte Maries? Könnt Ihr sie mir erklären? Sie flüsterte: ‹Als das Schiff sank, *trug sie nicht ihre roten Strümpfe.*›»

Delphines Blick war starr auf Angélique gerichtet.

«Ja, das ist wahr», murmelte sie, als beantworte sie eine Frage, die sich zu stellen sie bisher nie gewagt hatte. «Die roten Strümpfe, die sie trug, als sie in Gouldsboro landete, habe ich nie zuvor bei ihr gesehen . . . und ich glaube auch, daß sie sie nicht in ihrem Gepäck an Bord der *Einhorn* hatte, denn ich habe ihre Wäsche häufig geordnet . . . Und wenn Marie es gesagt hat . . . Sie mußte es besser wissen als jeder andere, denn sie ist mit ihr in das Boot gestiegen . . .»

«Welches Boot?»

«Ich bin mir nie ganz sicher gewesen, was ich eigentlich gesehen habe. Es war so dunkel, und schließlich bedeutete es auch nichts! Nach dem Schiffbruch hat sich alles in meinem Kopf verwirrt. Die Ereignisse waren mir völlig durcheinandergeraten. Man sagte, unsere «Wohltäterin» sei ertrunken, dann wieder, man habe sie gerettet. Und immer war mir, als stimme irgend etwas nicht recht zusammen. Aber jetzt weiß ich's. Schon bevor die *Einhorn* auf die Klippen lief, habe ich die Herzogin mit Marie, dem Kind Jeanne Michauds und dem Sekretär in ein Boot steigen sehen. Fast unmittelbar darauf war ein entsetzliches Knirschen und Krachen zu hören, und Stimmen schrien: ‹Rette sich, wer kann! Wir sinken!›»

«Damit erklärt sich alles. Sie hat das Schiff *vor dem Untergang* verlassen. Während der beiden Tage, an denen man sie ertrunken glaubte, hielt sie sich an Bord des Schiffs ihrer Komplicen auf, zweifellos jenes Seglers, den wir zwischen den Inseln beobachtet haben. Dort erhielt sie Kleidung zum Wechseln, unter anderem die roten Strümpfe, die sie unvorsichtigerweise anzog, bevor sie als arme Schiffbrüchige bei uns an Land ging.»

«Aber Marie? Sie war auch unter denen, die von den Wellen an den Strand geworfen wurden . . . Kann man sich vorstellen, daß sie aus dem Boot ins Wasser geworfen worden ist . . .? Nein, nein, es wäre zu entsetzlich!»

«Warum nicht? Alles an dieser Sache ist entsetzlich, alles ist möglich . . . alles! Aber wir werden es nie erfahren . . . Marie ist tot.»

«Nein, nein!» wiederholte Delphine angstvoll. «Nein, es ist unmöglich. Ich muß mich irren . . . Wir waren schon auf die Klippen gelaufen, als ich sie ins Boot klettern sah . . . Ich weiß überhaupt nichts mehr. Es war ja Nacht. Oh, ich werde noch verrückt!»

An der Tür der Hütte entstand Bewegung. Delphine wurde blaß.

«Sie?» murmelte sie.

Doch es war nur Pétronille Damourt, die gekommen war, um ihre Schäflein an Anstand und Disziplin zu erinnern.

«Ihr solltet Eure Kleidung ausbessern und dazu den Rosenkranz aufsagen. Statt dessen habt Ihr mein Mittagsschläfchen ausgenutzt, um Euch hier zu zerstreuen. Madame wird sehr unzufrieden sein.»

«Seid nachsichtig mit der Jugend, liebe Pétronille», mischte sich Ville d'Avray ein und entfaltete dabei ein kleines Feuerwerk verlogener Galanterie, um die Duenja zu beruhigen. «Das Leben ist reichlich trübselig an diesem Ort, wenn man auf irgend etwas, ich weiß nicht, was, wartet. Wie könnten da die jungen Damen für die Anmut eines schönen und noch dazu mit einer Gitarre bewaffneten jungen Mannes unempfindlich bleiben?»

«Es ist unzulässig!»

«Nun, nun! Ihr gebt Euch strenger, als Ihr seid. Auch Ihr verdientet ein wenig Zerstreuung. Kommt und setzt Euch zu uns. Mögt Ihr geröstete Maiskörner? Mit ein wenig Farinzucker drüber sind sie eine köstliche Leckerei.»

«Pétronille», raunte Delphine an Angéliques Ohr, «sie müßt Ihr fragen. Versucht, sie zum Sprechen zu bringen. Sie ist ein einfaches Gemüt, aber sie dient Madame de Maudribourg seit mehreren Jahren und brüstet sich gern damit, das volle Vertrauen der Herzogin zu genießen. Einmal hat sie gesagt, daß sie vieles wisse, worüber so mancher erschrecken würde, aber man könne eben nicht mit einer so heiligen und von Ekstasen und Visionen heimgesuchten Person eng zusammen leben, ohne an schrecklichen Geheimnissen teilzuhaben.»

<h1 style="text-align:center">51</h1>

Seit einem Moment hatte Cantor aufgehört, die Saiten seiner Gitarre zu zupfen. Er lauschte nach draußen.

«Was ist das . . .? Der Lärm, der da zu hören ist?»

Deutlicher jetzt, drang vom Fort wütendes Gebell zu ihnen herüber.

Der Junge trat auf die Schwelle, von einer Vorahnung getrieben.

«Die Hunde aus Neufundland! Hinter wem sind sie her?»

Das Gekläff wurde lauter. Seine heiseren, schrill sich überschlagenden Laute beschworen das Bild einer auf der Spur der Beute jagenden Meute.

«Sie haben die Hunde losgelassen!»

Die beiden riesigen Tiere schossen jetzt den Hügelhang herunter, hinter einer Art dunklen Kugel her, die vor ihnen floh.

«Wolverine!» Cantor lehnte die Gitarre gegen die Wand und stürzte seinem Schützling zu Hilfe.

Wolverine galoppierte der Hütte zu, in der er seinen Herrn wußte, aber selbst die Flinkheit des großen Wiesels konnte es mit den gewaltigen Sprüngen seiner blutdürstigen Verfolger nicht aufnehmen.

Die drei Tiere erreichten fast zugleich in einer aufwirbelnden Staubwolke den kleinen Dorfplatz. Die Situation erfassend, stellte Wolverine sich mit einer jähen Kehrtwendung zum Kampf, bleckte die scharfen Fänge, bereit, seinen Angreifern an die Gurgel zu springen. Ein ausgewachsener Vielfraß kann einen Luchs oder Berglöwen töten. Aber er hatte es mit zwei Gegnern zu tun. Während der erste sich vorsichtig zurückhielt und sich mit wildem Kläffen aus einiger Entfernung begnügte, griff der zweite Wolverine von hinten an und bekam sein Rückgrat zwischen die Fänge. Wolverine fuhr herum und schlitzte ihm mit einem Krallenhieb den Bauch auf. Als der andere Hund zum Sprung ansetzte, war Cantor zur Stelle. Mit gezücktem Dolch warf er sich dazwischen, und der Koloß brach mit durchschnittener Kehle zusammen.

All das hatte sich in Sekundenfrist in einem Wirbel von Staub und Blut unter infernalischem Gekläff, Knurren und Röcheln, übertönt von den schrillen Schreien der Mädchen des Königs und ihrer Duenja, vollzogen.

Wie durch Zauberei bildete sich um den Ort des Dramas sofort ein Kreis von Einwohnern Tidmagouches. Die bretonischen Fischer und ihr Kapitän, indianische Tagediebe, ein paar ansässige Akadier, Nicolas Parys, seine Gefolge von Konkubinen und Dienern, Waldläufern und Krautjunkern, dazu die abendlichen Trinkgenossen. Alle starrten sie auf die in ihrem Blut liegenden Hunde und den ebenfalls blutenden Vielfraß, der noch immer nach allen Seiten funkelnde Blicke schoß und jeden mit seinen Zähnen bedrohte, der sich ihm zu nähern wagte. Den Dolch in der Faust, stand Cantor mit blitzenden Augen neben ihm.

Unschlüssiges Schweigen breitete sich aus, dann trat der alte Parys einen Schritt auf Cantor zu.

«Ihr habt meine Tiere getötet, junger Mann», sagte er drohend.

«Sie griffen meines an», erwiderte Cantor unerschrocken. «Ihr selbst habt gewarnt, daß sie gefährlich seien und an der Kette gehalten werden müßten. Wer hat sie losgelassen? Ihr? . . . Oder sie?» fügte er hinzu und wies mit der blutigen Spitze des Dolches auf Ambroisine.

Die in der ersten Reihe stehende Herzogin trug genau das Maß an Erschrockenheit zur Schau, das einer wohlgeborenen Dame angesichts eines so widerwärtigen Schauspiels ansteht. Cantors Attacke brachte sie trotz ihrer Selbstbeherrschung aus dem Konzept; sie warf ihm einen Blick unversöhnlichen Hasses zu. Prompt besann sie sich jedoch und fand zu dem sanften, harmlosen, ein wenig kindischen Ausdruck zurück, der das Verlangen wach werden ließ, sie zu beschützen.

«Was will er nur?» rief sie erschreckt. «Dieses Kind muß närrisch sein.»

«Hört endlich auf, mich als Kind zu behandeln», entgegnete Cantor, sie mit Abscheu betrachtend. «Für Euch gibt's keine Kinder. Nur Männchen für Eure Vergnügungen! . . . Ihr haltet Euch für schlau, aber ich werde Eure Schändlichkeiten in aller Öffentlichkeit preisgeben . . .»

«Er ist verrückt!» schrie jemand.

Angélique trat neben ihren Sohn und legte eine Hand auf seinen Arm.

«Beruhige dich, Cantor», sagte sie halblaut, «beruhige dich, ich bitte dich. Es ist noch nicht der rechte Augenblick.»

Ihr Gefühl sagte ihr, daß keiner der Anwesenden, wenigstens unter den Männern, bereit war, auf solche Anklagen gegen die Herzogin von Maudribourg zu hören. Sie befanden sich noch im Stadium der bedingungslosen Faszination, waren entweder blind oder behext. Und in der Tat weckten Cantors Worte nur eine Woge wütender Proteste.

«Ja, der Bursche in verrückt!»

«Ich werde dir deine Lügen in dein Schandmaul zurückstopfen, Rotzjunge!» grollte der bretonische Kapitän und trat einen Schritt vor.

«Kommt nur, ich erwarte Euch!» gab Cantor zurück und schwenkte den langen Waldläuferdolch. «Ihr werdet nicht das erste böse Tier sein, das über die Klinge dieses Rotzjungen springt.»

Unter den Fischern und Matrosen wurden empörte Ausrufe laut. Sie drängten sich um ihren Kapitän.

«Geht nicht, Kapitän! Dieser Bursche ist gefährlich . . .»

«Und gebt acht vor allem . . . Er ist zu schön, um menschlich zu sein. Er ist vielleicht . . .»

«. . . ein Erzengel», ließ sich Ambroisines sanfte Stimme vernehmen.

Und in die gespannte Stille hinein vollendete sie:

«Aber ein Erzengel, der den Teufel beschützt. Seht nur!»

Und sie wies auf den Vielfraß zu Cantors Füßen, der, noch immer in Abwehrhaltung, seine weißen Fänge in einem grausamen Grinsen entblößte. Sein gesträubtes schwarzes Fell, der wie ein Federbusch aufgestellte, die Luft peitschende Schwanz, die geweiteten, starr glühenden, schrecklichen Augen mußten die Zuschauer beeindrucken.

«Ist es nicht die Fratze Satans selbst?» fügte Ambroisine mit einem gespielten Schauder hinzu.

Für diese abergläubischen Gemüter mußten solche von einer überzeugenden Frauenstimme gesprochenen Worte über ein unbekanntes, merkwürdiges Tier, das wie die lebendige Verkörperung jener grimassierenden steinernen Ungeheuer, der Wasserspeier der Kathedralen, wirkte, jener zottigen Darstellung des Geistes des Bösen, die die Menschen Europas seit ihrer Kindheit an den Fassaden der Kirchen oder auf den Bildern ihrer Gebetbücher zu sehen gewohnt waren – mußten solche Worte das Gefühl mystischen Schreckens konkretisieren, das sie angesichts der Schönheit des zornig zwischen blutenden Tieren stehenden

Jünglings und auch der Schönheit der Frau neben ihm empfanden, und hinter ihnen der tätowierte, federgeschmückte Indianer mit der Lanze in der Faust, unerklärlicher Hüter dieser beiden Wesen mit dem gleichen seltsam grünen Blick. Und das, was sie alle mit ihren langsam arbeitenden Gehirnen und ihrer primitiven Intuition von dem unsichtbaren Drama auffingen, das sich zwischen den Gegenspielern dieser Szene vollzog, erfüllte sie endgültig mit einer unbestimmten Angst, die sich nur in einem Akt brutaler Gewalttätigkeit lösen konnte.

«Das Tier muß getötet werden!»

«Seht es nur an!»

«Es ist ein Dämon.»

«Selbst die Indianer sagen, es sei verflucht.»

«Unglück wird es uns bringen.»

«Bringen wir's um!»

Und einen Augenblick war es Angélique, als würden sich diese mit Messern, Knüppeln und Steinen bewaffneten überreizten Männer mit unwiderstehlicher Wucht auf sie und ihren Sohn stürzen, um sich des armen Wolverine zu bemächtigen, ihn zu erschlagen und in Stücke zu reißen.

Cantors entschlossene Haltung, ihre eigene Hand am Pistolengriff, die Männer hinter ihnen, die mit ihr aus der Französischen Bucht gekommen waren – die Brüder Défour mit ihren Musketen, Barssempuy mit seinem Entersäbel, Marcellines ältester Sohn mit Axt und indianischer Keule und die beiden Matrosen der *Rochelais*, die sich solider Knüppel bemächtigt hatten, von Paiksarett und seiner Lanze gar nicht zu reden –, alles wirkte dabei mit, die Entfesselung hysterischer Wut im letzten Moment noch zu unterbinden. Auch Ville d'Avray trug das Seine dazu bei.

«Regen wir uns nicht auf», sagte er, gemessen in die Mitte des sich um Angélique und die Ihren drängenden Kreises tretend. «Es ist das Ende des Sommers, und mit Euren Nerven steht es nicht zum besten, aber das ist noch kein Grund, Euch wegen zweier Hunde und eines Wiesels gegenseitig umzubringen.

Überdies vergeßt Ihr, daß ich der Gouverneur Akadiens bin und in den Gebieten, die meiner Jurisdiktion unterstehen, keinerlei blutige Schlägereien zulassen werde. Tausend Livres Bußgeld, Gefängnis und unter Umständen sogar der Galgen, das sind die Strafen, denen sich Unruhestifter aussetzen, wenn ich nach Québec berichte.»

«Vorausgesetzt, es gelingt Euch, Euren Bericht nach Québec zu schaffen, Gouverneur», mischte sich ein noch ziemlich junger, stämmiger Akadier ein, der sich als Schwiegersohn des alten Parys entpuppte. «Ihr habt schon Euer Schiff und ein gut Teil der Früchte Eurer Räubereien verloren und werdet nicht riskieren, auch noch Euer Leben wegen eines Wiesels zu verlieren, wie Ihr sagt. Der Vielfraß ist das schlimmste Tier des Waldes, es plündert alle Fallen. Selbst die Indianer sagen, daß es von Dämonen bewohnt ist.»

«Und daß es diesem schönen jungen Mann gehört, dem ihr sichtlich gefällig sein wollt, ist noch lange kein Grund . . .», begann der Kapitän des Kabeljaufischers ironisch, verstummte jedoch, als ihn der eisige Blick des Marquis traf. Die blauen Augen schienen die Härte von Stein zu besitzen.

«Nehmt euch in acht, ihr zwei! Ich kann sehr böse sein!»

«Stimmt, das kann er», rief einer der Brüder Défour aus dem Hintergrund. «Ich steh dafür ein . . . Auf jeden Fall», fuhr er fort, drohend auf den Kapitän und dessen Leute zeigend, «seid ihr Bretonen hier Fremde. Unsere Geschichten mit unserem Gouverneur und mit den Tieren unserer Wälder gehen nur uns Akadier was an. Schert euch fort, und laßt uns unseren Kram unter uns abmachen, sonst werden wir euch in Zukunft von unseren Stränden jagen, und mit dem Kabeljau ist es Essig!

Und was euch, die Akadier der Ostküste, angeht – wenn ihr wollt, daß es hier heiß zugeht, werden wir euch einheizen, besser als mit eurer schwefligen Kohle, die ihr die Frechheit habt, zehnmal teurer als unsere zu verkaufen.»

«Was willst du mit deinem Schwefel andeuten?» fragte der Schwiegersohn des alten Parys und hob drohend die Fäuste.

«Pax!» rief der Marquis de Ville d'Avray und trat in seinem pflaumenblauen Rock und der blümchenbestickten Weste herrisch zwischen die beiden Männer. «Ich habe gesagt, daß ich keine Schlägereien will, und ich wünsche, daß mir gehorcht wird! Jeder kehre an seine Arbeit zurück. Der Zwischenfall ist beendet . . . Was Euch betrifft, Gontran –», er wandte sich an Parys' Schwiegersohn, der ihm gedroht hatte, «– könnt Ihr Euch darauf vorbereiten, bei der nächsten Einziehung unbezahlter Steuern die Taschen Eurer Joppe umzukrempeln. Bei Gott, ich werde Euch nicht vergessen . . . Und auch Euch nicht, Amédée», fuhr er fort, freundschaftlich auf Défours Schulter klopfend. «Ihr wart großartig. Ich sehe, wir haben allmählich gelernt, uns zu schätzen. Eine erfreuliche Überraschung! Es gibt eben nichts Besseres als Widrigkeiten, um einander auf den Grund des Herzens zu sehen.»

Befriedigt lächelnd beobachtete er, wie die Menge sich langsam zerstreute. Cantor beugte sich über seinen verletzten Vielfraß, während Diener schweigend die Kadaver der Hunde beseitigten.

Der Marquis bekam unversehens feuchte Augen.

«Amédées Verhalten hat mich sehr bewegt», sagte er zu Angélique. «Habt Ihr gesehen, welchen Schwung und welche Geschicklichkeit dieser Klotz entfaltet hat, um mich zu verteidigen? . . . Ah, Akadien! Ich bete es an! Wahrhaftig, das Leben ist schön!»

«Mein armer Wolverine, sie haben dich verletzt», sagte Cantor, der die Wunden seines Lieblings behandelte. «Sie sagen, du wärst ein Dämon, aber du bist nur ein unschuldiges Tier. Die Dämonen sind sie, die Menschen.»

Er philosophierte, vor seinem Vielfraß kniend, den er der Wärme wegen und um besser sehen zu können vor das Kaminfeuer gesetzt hatte. Wolverine hatte viel Blut verloren, aber seine Verletzungen waren nicht schwer und würden sicher bald verheilt sein. Er betrachtete Cantor und schien aufmerksam seinen Worten zu lauschen. Wenn er nicht gezwungen war, sich seiner Haut zu wehren und einen Feind in Schrecken zu versetzen, schimmerten in seinen Augen tiefe goldbraune Reflexe, und etwas wie Melancholie lag in ihrem Ausdruck, die Angst einer stummen Kreatur, die sich nicht ausdrücken kann, aber begreift.

Cantor streichelte ihn. «Ja, du verstehst», sagte er. «Du weißt, wo das Böse ist. Ich hätte dich besser im Wald lassen sollen, statt dich unter die wilden Tiere, die Menschen, zu bringen.»

«Auch im Wald wäre er umgekommen», erklärte Angélique, bedrückt durch die Bitterkeit, die in den Worten ihres Sohnes mitschwang. «Erinnere dich, als du ihn fandest, war er zu jung, um überleben zu können. Du konntest nichts anderes tun als ihn aufziehen. Es ist eine der besonderen Eigenschaften des Menschen, die unerbittlichen Gesetze der Natur korrigieren zu können.»

«Die Gesetze der Natur sind vernünftig und einfach», entgegnete Cantor weise.

«Aber auch grausam in ihren Forderungen. Dein Vielfraß weiß es. Er ist lieber bei dir unter den Menschen als ohne seine Mutter im Wald einem elenden Tod ausgesetzt. Man sieht es an seinen Augen.»

Cantor betrachtete nachdenklich das große, haarige Tier, das trotz seiner scheinbaren Schwerfälligkeit so flink und geschmeidig sein konnte.

«Die Waldläufer sagen, von allen Tieren sei dieses der menschlichen Intelligenz am nächsten. Man könnte meinen, daß es imstande sei, sie nach ihrem moralischen Wert zu beurteilen und instinktiv ihre wahre Natur zu erkennen. Ein Vielfraß soll einen bösen Menschen wittern und ihn mit tausend Unannehmlichkeiten verfolgen. Perrot hat mir von einem gemeinen Kerl erzählt, der sich in den Wald geflüchtet hatte. Ein Vielfraß aus der Nachbarschaft, dessen Weibchen von ihm umgebracht worden war, nahm ihn aufs Korn. Er durchlöcherte sogar seine Eimer und machte seine Kochtöpfe unbrauchbar. Was macht man ohne Eimer, ohne Topf oder Becher winters im Wald, wenn man sich nicht mal ein wenig Schnee über dem Feuer schmelzen kann? Der Mann mußte seinen

Schlupfwinkel verlassen und sich mühselig zu bewohnten Regionen durchschlagen. Der Vielfraß ließ ihm keinen Augenblick Ruhe. Der Mann war wie närrisch und behauptete, ein unsichtbarer Dämon habe ihm unentwegt zugesetzt.»

«Höchst interessant», äußerte Ville d'Avray. «Ich muß mir so ein Tier nach Québec mitnehmen. Es wird sicherlich sehr unterhaltsam werden.»

Solche Gespräche halfen ihnen über tragischere Sorgen hinweg. Die Nacht brachte ihnen ein wenig Ruhe. In ihren Unterkünften verbarrikadiert und von Wachen beschützt, die regelmäßig ihre Runden machten – Angéliques und Ville d'Avrays Leute teilten sich in diese Aufgabe –, konnten sie sich wenigstens bis zum nächsten Morgen relativer Gemütsruhe erfreuen. Aber das Schicksal der sanften Marie und der Zwischenfall mit Wolverine, der um ein Haar schlecht ausgegangen war, zerrten noch an den Nerven und vertrieben den Schlaf. Man warf ein Bündel Ginsterzweige in den Kamin und zog es vor, bis spät in die Nacht hinein zu plaudern, bevor man sich zu kurzem, unruhigem Schlummer trennte.

Bei dieser Gelegenheit zeigte Angélique dem Marquis ein mit einem Greifen besticktes Taschentuch, das sie im Gepäck der Herzogin gefunden hatte, und er bestätigte, daß es sich um das Wappentier der Maudribourg handelte.

Er zog eine kleine Lupe aus der Westentasche, um die Stickerei zu prüfen.

«Diese Arbeit muß von einer flämischen Stickerin ausgeführt worden sein. Sie hat dasselbe Zeichen im Futter des Mantels, den sie trägt, dicht am Kragen. Ein wahres Wunder an spinnenwebzarter Feinheit!»

«Der Mantel!» rief Angélique aus. «Richtig! Dort habe ich damals den geflügelten Löwen gesehen, ohne darauf zu achten ... Sie ist also mit einem Mantel nach Gouldsboro zurückgekommen, der das Wappen der Maudribourg trug! Sieh an! Jedenfalls wird sie nicht mehr behaupten können, daß er ihr von einem unbekannten Kapitän geschenkt worden sei ... Diesmal ist alles klar. Sie hat ihn von ihren zwischen den Inseln kreuzenden Komplicen, denen sie befiehlt.»

Ihre Entdeckung erfüllte sie mit einem wahren Fieber der Erregung. Sie hatte an einem Faden gezogen, und nun kam das ganze Knäuel hinterher: das Schiff mit dem orangefarbenen Wimpel, das Verwirrung zu stiften begann, dann Ambroisine, die die *Einhorn* vor dem Schiffbruch verließ und als unglückliches, von allem entblößtes Opfer in Gouldsboro wieder erschien, um jedes Mißtrauen, das sich hätte regen können, von vornherein einzuschläfern und die, auf die es ihr ankam, leichter täuschen zu können.

Angélique war auch überzeugt, daß es eine Verbindung zwischen dem Zeichen des geflügelten Löwen und der Unterschrift unter der im Mantel des toten Strandräubers gefundenen Notiz gab.

Sie sah überall Übereinstimmungen, offenkundige Zusammenhänge und Beweise, aber wenn sie etwas festhalten wollte, entschlüpfte es ihr immer wieder, entglitt ihrem Fassungsvermögen wie ein Quecksilberkügelchen, das man vergeblich einzufangen sucht. Nichts verband sich wirklich. Es waren nur winzige Einzelheiten, leicht wie Strohhälmchen, die der Wind davontrug.

Barssempuy und Cantor sprachen von nichts anderem, als alles in Brand zu stecken und diese Banditen und ihre gefährliche Herrin umzubringen. Angélique und der Gouverneur empfahlen eine geduldigere und nach außen hin gleichgültigere Haltung, die ihre Feinde täuschen würde. Jeder gewonnene Tag würde sie der Rückkehr des Grafen Peyrac näher bringen.

«Warum kommt er denn nicht schon?» fragte Cantor. «Warum läßt er uns so im Stich?»

«Er weiß nicht einmal, daß wir hier sind», ließ sich Angélique vernehmen. «Es ist auch mein Fehler. Es gelingt mir nie, an dem Ort zu bleiben, an dem er mich vermutet. Und ich begreife, daß er manchmal wütend darüber ist. Ich werde mich von nun an bessern . . .»

Was sie in der Nachbarschaft dieser Frau durchlebte, die behauptete, Joffrey verführt zu haben, und an der sie zu jeder Stunde einen beunruhigenderen und gefährlicheren Aspekt ihrer Macht und ihrer Verschlagenheit zu entdecken glaubte, schien ihr die schwerste Prüfung zu sein, die sie je zu bewältigen gehabt hatte.

Sie verspürte die Rückwirkung bis in ihr physisches Sein, und wenn ihr Geist auch fest blieb und jeden Zweifel zurückwies, konnte sie doch nicht verhindern, daß zuweilen unkontrollierbare Angst sie überfiel, als schmölze ihr ganzes inneres Wesen, löste sich auf, als versänke sie in einer Art Panik, aus der eine gellende Stimme ihr zurief: «Alles ist verloren! . . . Alles, alles! . . . Diesmal wirst du nicht triumphieren . . . *Sie* ist die Stärkere!»

## 53

Der dritte Tag des Wartens brach an. Ein Sonntag.

Die Gelegenheit bot sich an, nicht aufzugeben, sich nicht in eine unhaltbare Situation hineinzwingen zu lassen. Angélique und ihre nicht eben zahlreichen Getreuen durften sich angesichts der allgemeinen Feindseligkeit, der Verdächtigungen, der von Ambroisine so geschickt genährten gefährlichen Angst der Einwohner nicht isolieren; sie mußten so lange wie möglich ihre Rolle aufrechterhalten.

Unter Führung Ville d'Avrays, dessen diplomatische Gewandtheit bei einer solchen Gelegenheit von höchstem Nutzen war, begaben sich alle zur Messe, einschließlich der beiden Matrosen der *Rochelais*, die zwar Hugenotten waren, sich aber den besonderen Umständen anzupassen wußten. Sie hatten in La Rochelle bedeutend Unerfreulicheres erlebt. Wenn es nun einmal notwendig war, die verdammten Papisten zu hintergehen, mußte man es eben tun.

Als einziger blieb Cantor zurück. Er fürchte, sagte er, daß jemand in ihrer Abwesenheit den verletzten Vielfraß erledigen werde, wenn er ihn allein lasse. Angélique nahm ihm das Versprechen ab, sich ruhig zu verhalten.

Der Gottesdienst dauerte zwei Stunden.

Die gesamte weiße und indianische Bevölkerung der Niederlassung wohnte ihm fromm und gottesfürchtig bei, und niemand schien an der endlosen Predigt des Rekollektenpaters Anstoß zu nehmen, der unablässig von der Notwendigkeit sprach, sich der Unterstützung der Jungfrau Maria und aller Heiligen des bretonischen Kalenders zu versichern, wenn man es mit den Schikaniereien der Dämonen, speziell derer der Luft, zu tun bekam, die einen von der Arbeit und sonstigen irdischen Verpflichtungen abhielten und dazu veranlaßten, sorglos herumzuvagabundieren und in Fallen zu tappen, die solche Nachlässigkeiten bewirkten, und ähnlichem mehr.

«Die Predigt war ein bißchen länglich», sagte Ville d'Avray, während die Menge sich nach der letzten Kniebeugung zerstreute. «Ich wundere mich immer, die Schiffsmannschaften so andächtig die endlosen Sermone ihrer Geistlichen schlucken zu sehen. Aber für Matrosen füllt ein Prediger sein Amt stets richtig aus, wenn er nur viel von Engeln, Heiligen und vom Teufel spricht, ganz gleich, ob er sie als Frikassee oder Salat anrichtet. Alle Seeleute und besonders die Bretonen neigen nur allzusehr dazu, auf die Knie zu fallen. Immerhin, es hat sie besänftigt, möchte man sagen . . . Dabei sind sie unruhig. Es weht dies Jahr ein böser Wind über die Küste. Einzelne fangen schon an zu desertieren; ein junger Bursche ist seit zwei Tagen verschwunden. Der Kapitän tobt und hat den Schiffsgeistlichen beauftragt, sie zur Ordnung zu rufen. Aber warum hat sich auch dieser Mann in den Netzen unserer teuren Herzogin gefangen? . . . Sie bringt ihn durcheinander, und die Disziplin lockert sich. Um so schlimmer für ihn und alle die, die sich von ihr fangen lassen. Sagt man nicht, daß dieser alte, hartgesottene Parys davon spricht, sie zu heiraten?»

Angélique unterbrach seinen Redefluß.

«Könnt Ihr», fragte sie, «der Ihr in allen möglichen Wissenschaften bewandert seid, den Charakter eines Menschen aus seiner Schrift herauslesen? Ich möchte Euch seit langem ein Dokument zeigen, das mich neugierig macht.»

Ville d'Avray gestand bescheiden, daß er einige Begriffe von Graphologie habe, wenn er sich nicht schon rundheraus rühmen wolle, als Kenner der Materie zu gelten.

In die Hütte zurückgekehrt, machte er es sich in seiner Hängematte bequem, während Angélique das Pergament heraussuchte, das sie in der Manteltasche des Strandräubers gefunden hatte.

Er nahm es interessiert entgegen, aber sobald er einen Blick darauf geworfen hatte, wechselte er die Farbe.

«Wo habt Ihr dieses Geschreibsel her?» fragte er, Angélique einen durchbohrenden Blick zuwerfend.

«Ich habe es in der Tasche eines Kleidungsstücks gefunden», antwortete sie.

«Und weiter?»

«Was ist denn so Bemerkenswertes an diesen Zeilen?»

«Daß sie fast völlig mit der Schrift Satans übereinstimmen.»

«Hat man denn je die Schrift Satans gesehen?»

«Aber ja, gewiß! Es existieren einige Exemplare. Das beachtlichste aus authentischster Quelle stammt aus dem vorigen Jahrhundert, geschrieben während des Prozesses des Doktors Faust nach satanischem Diktat. Alle Experten stimmen darin überein, die Charakteristika des bösen Geistes in ihm wiederzufinden. Im allgemeinen unterzeichnet Satan mit den Namen eines seiner sieben Hauptdämonen. So unterzeichnete er das Faustische Dokument als Asmodée. Und wen haben wir hier?»

Er prüfte die verzwickte Unterschrift, in deren Liniengewirr Angélique den Umriß eines mythischen Tieres entdeckt zu haben glaubte.

«Belial!» murmelte er.

«Wer ist Belial?»

«Eines der fraglichen sieben schwarzen Elemente. Ein Dämon, der in Schönheit und als aktivster Helfer Luzifers erscheint. Sein verführendes Äußere läßt an seinem versteckten grausamen Charakter fast zweifeln. Er fördert die erotische, aber auch zerstörerische Zeugungskraft und steht in dem Ruf, der perverseste der höllischen Dämonen zu sein. Und einer der mächtigsten dazu, denn er hat achtzig Legionen von Dämonen unter seinem Befehl, das heißt mehr als eine halbe Million böser Geister.»

Ville d'Avray nickte nachdenklich.

«Achtzig Legionen! Das ist nicht schlecht.»

«Meint Ihr wie ich, daß diese Schrift *ihre* sein könnte?»

«Die Schrift ähnelt dieser Frau . . .»

«Belialith», murmelte Angélique.

Sie schwiegen ein Weilchen. Dann streckte er sich von neuem in seiner Hängematte aus und gähnte.

«Warum habt Ihr Euer Schiff *Asmodée* genannt?» fragte Angélique.

«Die Idee flog mir zu. Asmodée ist der Oberaufseher der Spielhäuser der Hölle. Er ist es, der Eva im irdischen Paradies verlockte, er ist die Schlange! . . . Er gefiel mir. Es macht mir Spaß, mit den Dämonen zu scherzen. Schließlich sind sie nur arme Teufel, und niemand beklagt sie . . . Die Theologen irren sich, wenn sie sie allen Übels anklagen. Es ist der Geist des Bösen *plus* Mensch, der schrecklich ist.»

Angélique betrachtete ihn, ohne ihr Erstaunen verbergen zu können.

«Ihr sagt sehr tiefe Dinge.»

Er errötete leicht.

«Ich habe Theologie und sogar Dämonologie studiert. Ich hatte einen Bischof als Onkel, der mir seine Pfründen vererben wollte. Eine Zeitlang habe ich ihm zu Gefallen ein wenig an den heiligen Wissenschaften herumgekratzt. Aber ich liebe es nicht, mich nur in einem Bezirk einzuquartieren, und so habe ich auf die substantiellen geistlichen Einkünfte meines teuren Oheims verzichtet. Indessen diskutiere ich gern über diese Dinge mit einigen ausgewählten Personen. In Québec werde ich Euch mit Frater Luc bekannt machen, der besser Tarock spielt als sonst jemand, sowie mit Madame de Castel-Morgeat und natürlich auch mit Madame d'Arreboust, falls sie ihren Schlupfwinkel in Montréal zu verlassen geruht. Sie ist wirklich sehr interessant. Ich liebe sie wie eine Schwester. Sie kommt nur meinetwegen nach Québec, selbst ihr Gatte kann sie nicht locken, obwohl er Besseres verdiente. Er ist ein guter Freund von mir. Aber, natürlich, Ihr kennt ihn ja. Er hat Euch letzten Winter in Wapassou besucht. Auch einer, der sich Hals über Kopf von Euch hat einwickeln lassen . . . wie selbst Loménie-Chambord. Und Ihr wollt wegen lächerlicher achtzig Legionen Geister und eines einzigen leibhaftigen Dämons den Mut verlieren? Zugegeben, seine Leiblichkeit ist nicht übel geglückt, aber . . . Kopf hoch, Angélique, für Euch ist er eine Bagatelle, mehr nicht! . . . Warum seht Ihr mich so seltsam an, schöne Freundin?»

«Sind wir beide nicht schon im besten Zuge, verrückt zu werden?» murmelte Angélique.


# 54

«Was ich nicht verstehe», sagte Angélique, aufmerksam das runde, seit kurzem gedunsene und bleich gewordene Gesicht der vor ihr am Kamin sitzenden Pétronille Damourt betrachtend, «was ich nicht verstehe, ist der Umstand, warum Madame de Maudribourg die sanfte Marie mit ins Boot genommen hat und nicht Euch. Sicherlich ahnte sie nicht, daß die *Einhorn* kentern würde, aber wenn sie Euch mitgenommen hätte, wäre Euch diese schreckliche Erfahrung erspart geblieben.»

«Ja, das sage ich mir auch immer wieder», rief die würdige Duenja und schwenkte so aufgeregt ihre Tasse, daß sie fast deren Inhalt verschüttet hätte.

Angélique war es geglückt, sie in ihre Hütte zu locken und ihr als Mittel gegen ihre Magenschmerzen einen Kräutertee anzubieten, den sie geräuschvoll schlürfte. Die Gute hatte sich wirklich sehr verändert. Das unfreiwillige Bad im stürmischen Meer und die Strapazen und nervlichen Anforderungen der letzten Zeit hatten die dicke, an ein friedliches häusliches Dasein gewöhnte Frau offensichtlich mitgenommen, und gewisse Anzeichen von Senilität waren in ihrem Verhalten nicht zu übersehen. Ihre Hände und Lippen zitterten leicht. In ihren ausgeblaßten Augen war etwas Unbewegliches, Starres, das zuweilen einem vagen Lächeln wich. Sie schien unablässig die eitle Befriedigung zu genießen, Mitwisserin eines wichtigen Geheimnisses zu sein. Angélique begriff, daß es ihr nichts einbringen würde, der Duenja präzise Fragen zu stellen. Alles riskierend, begann sie zu reden, als sei sie mit den geheimen Befürchtungen ihres Gastes vertraut, und es sah ganz so aus, als ob ihre Bemerkungen in dem verwirrten Gehirn der armen Frau ein Echo weckten.

«Ihr habt ganz recht, wenn Ihr das sagt, Madame», bestätigte Pétronille und ließ nickend ihre abgetragene, ein wenig schief sitzende Haube wippen. «Beinah ertrinken gehört nicht zu den Dingen, die man im Leben kennenlernen sollte. Das Wasser war so kalt. Es läuft einem in die Augen, in die Ohren und in den Mund. Ich wär zufrieden, wenn ich kein Wasser mehr zu sehen brauchte, aber wir werden nie mehr von diesen Küsten und diesen Schiffen wegkommen. Bis es soweit ist, macht mein Herz nicht mehr mit.»

Sie zitterte vor Erregung, und Angélique nahm ihr die Tasse aus der Hand.

«Ihr hättet mit ihr in dieses Boot steigen sollen», sagte sie besänftigend. «Ich wundere mich, daß sie Euch nicht gebeten hat, sie zu begleiten, Euch, die ihr teuer ist und ohne die sie nicht auskommen kann.»

Langsam und vorsichtig vorgehend, kehrte Angélique immer wieder zu einer Szene zurück, von der sie spürte, daß sie die Duenja quälend beschäftigt haben mußte.

«Das wird wohl sein, weil sie weiß, daß ich ihren Bruder nicht liebe», sagte diese.

Ihren Bruder? . . . Angéliques Herz schlug Alarm, aber sie hütete sich, eine Frage zu stellen . . . Ohne ein Wort reichte sie ihrem Gast eine neue Tasse Kräutertee. Pétronille Damourt trank einige Schlucke, war aber sichtlich in Gedanken woanders.

«Ich hab gehofft, daß wir diesen Vogel in Amerika loswerden würden, und dabei wartete er hier schon auf uns. Er war's, der dieses Boot für sie geschickt hatte. Ich und Monsieur Simon, der Kapitän – er auch –, wir haben ihr gesagt, daß es unklug wäre. Es wär zu dunkel, und das Meer wär nicht gut. Ich kenn den Winkel hier nicht, sagte ihr der Kapitän, vielleicht gibt's da böse Riffe, und da man schon die Küste und die Lichter sieht, wär's besser, zu warten, bis wir vor Anker liegen. Aber Kuchen! Versucht einmal, ihr Vernunft beizubringen, wenn ihr Bruder sie ruft.»

Sie schlürfte wieder mit sichtlichem Wohlbehagen.

«Das tut gut», seufzte sie.

Angélique hielt förmlich den Atem an, aus Angst, sie durch ein falsches Wort von ihren wirren Gedanken abzulenken.

«Nicht, daß sie ihm gehorcht», begann die dicke Frau von neuem. «Sie gehorcht niemand, aber sie braucht ihn, sie muß ihn sehen. Man möchte meinen, daß ihr Zalil der einzige Mensch auf der Welt ist, mit dem sie sich verstehen kann. Ich hab's nie begriffen. Der Mann macht einem angst mit seinem bleichen Fastengesicht und seinen kalten Fischaugen, unangenehm, wie er ist. Ich weiß nicht, was sie an ihm findet. Übrigens, seht Ihr, hat er uns auch gleich Unglück gebracht. Das Schiff ist auf die Riffe gelaufen, und viele brave Leute sind umgekommen.»

«Warum erwartete sie ihr Bruder in der Französischen Bucht?»

Die direkte Frage störte Pétronille aus ihrem unbewußten Monolog auf, und Angélique wurde sich klar, daß sie einen Fehler begangen hatte. Die Duenja warf ihr einen mißtrauischen Blick zu.

«Was erzähle ich Euch da? Ihr laßt mich Dummheiten schwatzen.»

Sie wollte aufstehen, brachte es jedoch nicht zuwege. Ein jäher Schreck schien sie auf ihrem Platz festgenagelt zu haben.

«Sie hat mir verboten, mit Euch zu sprechen», stammelte sie. «Was hab ich getan? Was hab ich getan?»

«Wird sie Euch töten?»

«Nein, mich nicht!» sagte die alte Pétronille in einer Aufwallung von Stolz.

Die sanfte Marie hatte damals auf gleiche Weise reagiert.

«Ihr wißt also, daß sie fähig ist, jemand zu töten», fragte Angélique sanft.

Pétronille Damourt begann zu zittern. Angélique drängte sie zu sprechen, versuchte, ihr Gewissen zu wecken, ihr begreiflich zu machen, daß sie sich so von ihrer bedingten Mitschuld an den Verbrechen ihrer Herrin loskaufen könne, von denen sie, die ihr so viele Jahre hingebend gedient habe, doch einiges gewußt haben müsse.

Umsonst. Es war kein Wort mehr aus ihr herauszubringen. Nicht einmal bestätigen wollte sie, daß das Schiff, das sie mehrmals gesehen hatten, das des Bruders der Herzogin, des Mannes mit dem bleichen Gesicht, gewesen sei.

Sie wisse nichts, sagte sie! Nichts! Und sie wiederholte es zähneklappernd. Nur eins wisse sie: daß «sie» sie töten würden, wenn sie nur einen Schritt aus diesem Hause heraus täte . . .

Sie schien entschlossen, es bis ans Ende aller Zeiten nicht mehr zu verlassen.

«Mit diesem dicken Faß haben wir uns schön etwas aufgehängt», sagte Cantor, als Angélique ihm und Ville d'Avray vom Verlauf ihres Gesprächs berichtete. «Aber wir können sie nicht rausschmeißen. Sie hat Angst, ermordet zu werden.»

«Möglicherweise hat sie gar nicht so unrecht», murmelte Ville d'Avray.

Abends schickte die Herzogin nach ihrer Duenja. Angélique ließ ihr sagen, die alte Frau sei von einem Unwohlsein befallen, und sie werde sie während der Nacht bei sich behalten, um sie zu pflegen. Sie fürchtete, Ambroisine auftauchen zu sehen, aber sie ließ sich nicht sehen.

Die Nacht ließ sich unruhig an. Pétronille erwachte aus ihrem Erschöpfungszustand nur, um zu stöhnen und zu weinen. Zudem litt sie an Darmkrämpfen, und Angélique mußte sie mehrmals nach draußen begleiten, da sie keine zwei Schritte allein gehen konnte. Sie sah überall Ungeheuer, versteckte Mörder. Endlich erinnerte sich Pétronille, in ihrem Strickbeutel ein Mittel zu haben, das ihr bei solchen Gelegenheiten schon geholfen hatte. Angélique ließ es sie schlucken, und sie fanden endlich Ruhe.

Am Morgen schien es ihr besserzugehen.

Während der von Ville d'Avrays Koch servierten ersten Mahlzeit des Tages beratschlagten sie gemeinsam, was nun zu tun sei. Sie versuchten, die arme Duenja davon zu überzeugen, daß sie ganz natürlich zu den Mädchen des Königs zurückkehren solle. Das sei die beste Art, keinen Verdacht zu wecken. Die Rückkehr Monsieur de Peyracs war bald zu erwarten, und dann würde alles in Ordnung kommen.

Sie schien wieder Mut zu fassen. Ville d'Avray gab ihr vollends ihr Gleichgewicht wieder, als er erklärte, der erste Blick auf sie habe ihm genügt, um zu erraten, daß sie aus der Dauphiné sei, und sie begann sich über ihre Heimatprovinz zu unterhalten.

Um nicht von der Gastfreundschaft des alten Parys abhängig zu sein, hatte Angélique es eingerichtet, daß Ville d'Avray, Cantor, Barssempuy, Défour und der Sohn Marcellines ihre Mahlzeiten bei ihr einnahmen.

Es waren trotz allem Stunden der Entspannung, die der Witz des Gouverneurs zu erfreulichen Unterbrechungen des eintönigen Tagesablaufs machte.

Man war einander nah und fühlte sich in der sinistren Atmosphäre Tidmagouches nicht allzu isoliert.

Plötzlich stand die Herzogin auf der Schwelle. Ihre üblichen Kavaliere, der alte Parys und der bretonische Kapitän, begleiteten sie. Offenbar kamen sie aus der Messe.

Die Herzogin trug ein ins Rote spielendes Moirékleid, das leicht rötliche Reflexe über ihr dunkles Haar huschen ließ. Gegen das hereinfallende Tageslicht schien eine Art Aureole sie zu umgeben.

«Ich komme, um zu fragen, wie es Euch geht, Damourt», sagte sie eintretend. «Was ist Euch geschehen, meine Gute?»

Die dicke Duenja wurde bleich und begann an allen Gliedern zu zittern. Der Ausdruck der Angst auf ihren gedunsenen Zügen verwandelte sie in eine groteske Karikatur ihrer selbst mit hervorquellenden Augen, bebenden Hamsterbacken und lächerlich hängender Unterlippe, von der Kuchenkrümel rieselten. Der Anblick war so peinlich, daß selbst der weltgewandte Marquis weder ein Wort noch einen Scherz fand, um das bestürzte Schweigen zu brechen.

«Was habt Ihr, Pétronille?» fragte Ambroisine mit einem Anklang von Überraschung in ihrer Engelsstimme. «Es sieht fast so aus, als hättet Ihr Angst vor mir?»

«Hab ich Euch nicht immer gut gedient, Madame?» wimmerte die alte Frau, während ihr verzerrter Mund sich um ein klägliches Lächeln bemühte. «Ihr wart doch wie mein Kind, nicht wahr?»

Ambroisine streifte die Versammelten mit einem betroffenen Blick. «Was ist mit ihr? Ist ihr nicht wohl?»

«Ich hab Euch verzogen und verwöhnt, nicht wahr?» plapperte die Unglückliche weiter. «Ich hab Euch jedes Vergnügen gelassen. Ich hab Euch sogar geholfen . . .»

Ambroisines Blick glitt zu Angélique.

«Sie verliert offenbar den Kopf», murmelte sie. «Mir ist in letzter Zeit schon mehrmals aufgefallen, daß sie ein wenig seltsam war . . . Nehmt Euch zusammen, meine gute Pétronille», fuhr sie lauter fort und näherte sich der Duenja, die nun einer fetten Kröte im Banne einer Schlange glich. «Ihr seid ein wenig erschöpft, nicht wahr, aber es ist nichts Ernstes . . . Ihr müßt Euch nur pflegen. Habt Ihr das Mittel bei Euch, das Euch immer so guttut? Ah, da ist es!»

Sie hatte fürsorglich den Strickbeutel der Alten gegriffen und zog das Fläschchen mit den Pastillen heraus, von denen Angélique ihr in der vergangenen Nacht schon einige verabreicht hatte. Sie tat zwei davon in die vor Pétronille stehende Tasse, goß mit ihrer weißen Hand ein wenig Wasser darüber und hob die Tasse an die Lippen der Kranken.

«Trinkt, meine arme Freundin. Ihr werdet Euch danach wohler fühlen. Ich bin untröstlich, Euch in diesem Zustand zu sehen. Nun macht schon, trinkt . . .»

«Ja, Madame», stammelte die andere. «Ihr seid gut . . . ja, Ihr seid immer gut zu mir gewesen . . .»

Ihre Hände, die das Gefäß zu halten versuchten, zitterten so, daß sich etwas von der Flüssigkeit über ihre Korsage ergoß. Ambroisine half ihr.

Die Frau trank ungeschickt und geräuschvoll wie ein dicker, verstörter Säugling.

Die Herzogin wandte sich zu den anderen.

«Was für ein Unglück!» sagte sie halblaut. «Die Prüfungen, die uns unablässig verfolgten, haben jetzt offenbar ihren Geist gestört. Sie war zu alt, um solche Gefahren auf sich zu nehmen. Ich habe versucht, sie davon abzubringen, mir nach Amerika zu folgen, aber sie wollte mich nicht verlassen . . .»

Plötzlich nahm Angélique Cantors Gesichtsausdruck wahr. Er stand neben seinem Vielfraß vor dem Kamin. In dem unverwandt auf Ambroisine gerichteten Blick des Jünglings wie des Tieres brannte die gleiche Flamme kalten Entsetzens und unversöhnlichen Hasses.

«Ah, wie ist mir schlecht!» stöhnte Pétronille und preßte beide Hände auf ihren Magen. «Ich weiß, ich werde sterben!»

Und Tränen rannen ihr aus den Augen über das kalkweiße Gesicht.

Die seltsame Apathie abschüttelnd, die sie auf ihrem Schemel festgehalten hatte, sprang Angélique auf.

«Kommt, Pétronille!» rief sie. «Ich werde Euch stützen und zum Abort begleiten.»

Sie trat zu der Duenja und beugte sich über sie, um ihr beim Aufstehen zu helfen.

Dicht neben sich hörte sie die gedämpfte Stimme der Herzogin:

«Widerstrebt Euch diese alte Frau nicht? Ihr seid entschieden . . . sehr gut. Ich könnte es nicht. Ah, der Verfall des menschlichen Körpers! Wie scheußlich das ist!»

«Sie wird mich umbringen», jammerte Pétronille Damourt, während Angélique sie nicht ohne Mühe über den holprigen Pfad steuerte, den sie seit dem Vorabend schon mehrmals zusammen zurückgelegt hatten. «Sie bringt mich um, wie sie den Herzog und den Abbé und Clara und Thérèse und die Äbtissin und den jungen Mann, der sie durchs Fenster beobachtete, und den Diener, einen braven Burschen, umgebracht hat. Ich hab's nie gewollt . . . Es war nicht recht, was sie da getan hat. Ich hab's ihr gesagt. Aber sie hat gelacht . . . Sie lacht immer, wenn sie einen sterben sieht . . . Und jetzt bin eben ich an der Reihe . . . Ihr habt es gesagt, Madame, ich werde sterben, und sie wird lachen, ich fühl's . . . Gott möge mir meine Sünden verzeihen . . .»

«Bleibt hier», sagte Angélique, die bei diesem alptraumhaften Monolog eine Gänsehaut überlief, «rührt Euch nicht vom Fleck, solange Ihr Euch nicht besser fühlt.» Sie schob sie in den Abort. «Kommt erst zurück, wenn Ihr wieder ruhig geworden seid. Ich werde versuchen, die Herzogin dazu zu überreden, Euch bei uns zu lassen. Ich werde ihr sagen, daß Ihr an einer ansteckenden Krankheit leidet . . . Bewahrt Euren Mut, zeigt nicht, daß Ihr vor ihr Angst habt.»

Ambroisine war noch da, als Angélique wieder in die Hütte trat: eine Königin unter ihren Untertanen. Ville d'Avray sagte ihr:

«Wir sprachen eben von der Dauphiné . . . Ein schönes Land. Kennt Ihr es, Herzogin?»

Er hatte seine Ungezwungenheit wiedergefunden, vielleicht sogar zu sehr. Die Dauphiné war ein zu gefährliches Thema, da Ambroisine verheimlicht hatte, von dort zu stammen, und Angélique hatte glauben lassen, sie sei aus dem Poitou, um leichter mit ihr Freundschaft schließen zu können.

«Es ist eine Landschaft, in der Revolte und Unabhängigkeit zu Hause sind», erklärte der Marquis, «der einsamen Hochplateaus wegen, deren Bewohner wenigstens während der langen Wintermonate von den Tälern isoliert leben. Die Bären, die Wölfe.»

Plaudernd kamen sie vom Hundertsten ins Tausendste, und Angélique hatte den Eindruck, daß durch die Anwesenheit Ambroisines ihre strahlende Schönheit und die verheimlichten Gefühle aller das Klima einer unheimlichen und unwirklichen Komödie beschworen wurde.

Der ewige Gestank nach Fisch und Verwesung, der von den Stränden aufstieg, wo der Kabeljau trocknete und die auf den Weidenrosten ausgebreiteten Lebern unter der Sonne schmolzen und ihr kostbares, aber übelriechendes Öl ausschwitzten, trug eine allgemeine Empfindung von Übelkeit hinzu.

Die Zeit hatte keine Grenzen mehr . . .

«Die alte Pétronille kommt nicht zurück», warf plötzlich Cantor ein, der bis dahin geschwiegen hatte.

«Wahrhaftig! Wir plaudern seit mehr als einer Stunde», bemerkte Ville d'Avray, seine Uhr konsultierend, «und sie ist noch nicht wieder da.»

Ambroisines Absicht zuvorkommend, lief Angélique zur Tür.

«Ich werde nachsehen, was mit ihr ist.»

Aber sie folgten ihr, von einer Ahnung getrieben, die schon Wirklichkeit anzunehmen begann, als sie von weitem den Menschenauflauf sahen.

Zusammengesunken, halb festgekeilt in dem engen Verschlag, war die alte Frau, beschmutzt von dem von ihr Erbrochenen, gestorben. Ihre graue Haut war wie schwarz gefleckt.

«Entsetzlich!» murmelte der Marquis de Ville d'Avray und hob sein spitzengesäumtes Taschentuch zur Nase.

Nur im ersten Moment schauderte Angélique vor dem Begreifen der Untat zurück.

«Sie muß sie vorhin vor unseren Augen vergiftet haben», dachte sie dann, «an unserem Tisch! Als sie ihr scheinheilig das Mittel gab. Sie muß heimlich Gift in die Flüssigkeit getan haben! Vor unseren Augen hat sie sie ihren Tod trinken lassen!»

Sie hob ihren verstörten, unsicheren Blick und gewahrte auf den Lippen und in den Augen der Herzogin in der Andeutung eines für sie bestimmten flüchtigen Lächelns den Genuß des Triumphs und den Ausdruck einer satanischen Herausforderung.

## 55

«Vater muß jetzt kommen», sagte Cantor mit der Stimme eines traurigen Kindes, «sonst ist es mit uns allen aus. Was ist das für ein Alptraum? Vielleicht träume ich wirklich . . .»

Seine junge, noch rechthaberische Autorität versagte vor der Tiefe des Abgrunds, in den er geblickt hatte.

Angélique streckte die Arme nach ihm aus.

«Komm, mein Cantor», sagte sie.

Er setzte sich zu ihr, lehnte seine Stirn an ihre Schulter.

«Du wirst fortgehen», sagte sie ihm, «du wirst deinen Vater suchen, wo er auch sein mag, und du wirst ihm sagen, daß er sich beeilen soll.»

«Fortgehen?» erwiderte er bitter. «Als ob das so einfach wäre! Schiffe ankern nur selten in der Bucht. Die *Rochelais* kann vor zwei Wochen nicht hier sein. Ich wäre imstande, mit einer Nußschale nach Neufundland zu schippern oder den ganzen Golf abzusuchen, aber wir haben nicht mal das.»

Sie saßen vereint am Feuer, die wenigen Getreuen versammelt um Angélique, ihren Sohn und den Marquis de Ville d'Avray. Es war der Abend des Tages, an dem man die Leiche der am gleichen Morgen verschiedenen alten Frau in die Erde gebracht hatte.

Ihre Beisetzung hatte man nicht länger aufschieben können. Ihr schlaffes, welkes, schon zu ihren Lebzeiten gedunsenes Fleisch schien zusehends zu zerfallen. Hastig schaufelte man ein Grab, murmelte eine Sündenvergebung, warf die schützende Erde wieder darüber und pflanzte ein Kreuz darauf.

Ein Wind der Panik blies über die bleichen, stummen Mädchen des Königs, über die abergläubischen Bretonen, über die akadischen und indianischen Einwohner, die eine Pest- oder Pockenepidemie befürchteten.

Die Atmosphäre der Feindseligkeit und des Argwohns gegen die zuletzt Gekommenen verstärkte sich noch.

«Du wirst fortgehen», wiederholte Angélique Cantor gegenüber, den sie jetzt vor allem bedroht sah. «Wenn du es nicht übers Meer kannst, dann zu Land. Du wirst versuchen, einen Hafen an der Küste zu erreichen, Shediac zum Beispiel, wo du sicher Gelegenheit findest, dich einzuschiffen.»

«Kann ich es noch?» fragte Cantor. «Falls die Komplicen der Herzogin den Wald durchstreifen, komme ich nicht durch.»

Er spielte auf etwas an, was Piksarett berichtet hatte, nachdem er nach mehrtägiger Abwesenheit unversehens wiederaufgetaucht war. Er hatte in einer benachbarten Bucht zwei vor Anker liegende Segler entdeckt und unter den Mannschaften einige Strandräubergesichter, die er schon aus der Französischen Bucht kannte. War nicht anzunehmen, daß diese Männer, die schon in den umliegenden Waldgebieten umherzustreifen begannen und gelegentlich kleine Tauschgeschäfte mit Indianermädchen machten, zu den bewaffneten Helfern der diabolischen Herzogin gehörten?

Sie wandten sich zu Piksarett, der ebenfalls vor dem Kamin sein Calumet rauchte.

«Kann Cantor ohne Gefahr durch die Wälder verschwinden?»

Er schüttelte verneinend den Kopf.

«Dann sind wir also umzingelt?» fragte Cantor.

«Wir sind's», sagte der Häuptling.

Angélique wandte sich erneut an ihn.

«Glaubst du wirklich, daß diese umherstreifenden Matrosen mit der Frau, die voller Dämonen steckt, verbunden sind?»

«Der Geist sagt es mir», antwortete Piksarett langsam, «aber die innere Gewißheit genügt nicht, vor allem wenn es sich um Weiße handelt. Ich habe zu Uniakeh gesagt: ‹Gedulde dich. Du kannst an der Küste weißen Männern nicht ihr Haar nehmen, ohne einen Krieg zu provozieren. Sie müssen sich erst enthüllen, müssen sich in ihrem wahren Licht zeigen, damit ihre Schwärze erkennbar wird.› Im Moment tauschen sie nur ein wenig Alkohol, um die Frauen zu verderben. Sie schmelzen Pech am Strand und kalfatern ihre Schiffe wie alle Matrosen, die im Sommer hierherkommen. Das ist nicht genug, um sie zu vernichten. Wir müssen warten. Vielleicht wird eines Tages einer von ihnen die Frau aufsuchen. Vielleicht wird sie versuchen, einen von ihnen zu treffen. Dann werden wir gewarnt sein. Die Wälder haben Augen.»

«Warten», wiederholte Cantor, «und morgen werden wir alle tot sein.»

Er sprang auf.

«Ich werde sie töten!» rief er leidenschaftlich. «Solche Wesen leben zu lassen, ist eine Sünde. Man muß sie umbringen, bevor man selbst von ihnen umgebracht wird.»

«Nur zu», sagte Barssempuy und erhob sich. «Ich bin dabei, mein Junge.»

Angélique mischte sich ein. «Ihr werdet Euch beide ruhig verhalten. Ihr heute in den Augen von Zeugen unerklärlicher Tod würde fast sicher den unseren nach sich ziehen. Erst muß die Wahrheit ans Licht kommen, dann wird die Strafe folgen.»

«Deine Mutter hat recht, Kleiner», stimmte Ville d'Avray zu. «Wenn wir die Ereignisse überstürzen, könnte es sein, daß dein Vater, der Graf de Peyrac, hier nur einen Haufen Leichen vorfindet. Die betrunkenen Indianer in den Wäldern, zu allem fähige Taugenichtse unter dem Befehl einer besessenen Närrin, in Panik versetzte Frauen, Männer mit zerfaserten Nerven – alle Elemente sind vereinigt . . . Die blutigen Massaker am Ende des Sommers gehören an unseren verdammten Küsten zur Tagesordnung. Nur der Teufel könnte erklären, warum sie entstehen.»

«Aber ich kann Euch nicht allein lassen, Mutter. Sie wird Euch töten.»

«Nein, nicht mich», entgegnete Angélique.

Sie erinnerte sich der gleichen Worte der sanften Marie und Pétronilles und berichtigte sich:

«Nicht mich – noch nicht. Sie wird mich erst töten, wenn sie sich für erledigt, überwunden, verloren halten wird . . . Wir haben noch ein paar Tage vor uns.»

«Geh, Kleiner», drängte auch Ville d'Avray. «Du bist jetzt in größerer Gefahr, weil du verletzlich bist. Ah, die Jugend! Welch Zustand unsagbarer Gnade! Wie rührend, einen Jüngling im Zorn gegen die Niedertracht der Welt zu sehen! . . . Wir müssen versuchen, ein Schiff zu finden.»

Doch alle Bemühungen blieben vergeblich, und überall, wo Angélique, von Piksarett gefolgt, im Ort erschien, folgten ihr Gemurmel oder höhnisches Grinsen. Manche spuckten auf die Erde, andere bekreuzigten sich.

Aber am Abend des sechsten Tages brachte ihnen der Himmel Hilfe in Gestalt einer großen Barke mit viereckigem Segel, die in die Bucht einlief und bis zum Ufer vorstieß, bevor sie Anker warf. Die Insassen hatten offensichtlich die Absicht, an Land zu kommen und ihren Süßwasservorrat zu ergänzen. Mit Geschrei versuchten die Leute von Tidmagouche, sie zum Abdrehen zu veranlassen. Fremde seien hier unerwünscht, und notfalls würde man sie mit ein paar wohlgezielten Schüssen vertreiben. Der Patron der Schaluppe ließ sich jedoch nicht ins Bockshorn jagen.

«Möcht mal sehen, ob's irgendwo auf der Welt einen Ort gibt, wo ein Bruder der Küste nicht an Land gehen kann! Zurück, ihr Flegel, oder ich bohr euch Löcher ins Hirn! Ich hab alles, was man dazu braucht.»

Angélique erkannte von weitem zu ihrer größten Verblüffung die blecherne Stimme.

Wirklich, es war Aristide Beaumarchand, der mit einer Pistole in jeder Hand an Land kletterte. Julienne und ein kleiner Negerjunge folgten ihm, beide mit Tönnchen und leeren Ballonflaschen beladen.

Angélique lief ihnen entgegen. Sie schienen nicht sonderlich überrascht, sie zu sehen.

«Führt euch beide der Zufall her?» fragte sie atemlos.

«Ja und nein.» Aristide schob eine der Pistolen in den Gürtel zurück. «Ich warte auf Hyacinthe, der mir Melasse für meinen Tafia bringt, und hab gehört, daß sich Monsieur de Peyrac mit der *Sans-Peur* hier in der Gegend für Anfang Herbst verabredet hat. Aber da sie noch nicht hier ist, verdufte ich wieder. Die Dorftrottel hier scheinen keine Besuche zu schätzen.»

«Es sind Banditen darunter. Laßt Euer Boot nicht unbewacht», riet Angélique und sah besorgt zu der Ansammlung hinüber, die sich am Strand in der Nähe der Schaluppe gebildet hatte.

«Keine Gefahr», spottete Aristide. «Meine alte Kutsche wird gut verteidigt.»

Im Bug des Bootes thronte ein mächtiger brauner Bär und knurrte drohend jeden an, der ihm zu nahe kam.

«Ihr kennt ihn doch? Mr. Willoughby persönlich. Wir haben uns mit seinem Herrn, dem Krämer aus Connecticut, zusammengetan», erklärte der einstige Pirat, während er seine Tönnchen an der unter einem Felsblock hervorsprudelnden Quelle füllte. «Er verkauft seinen Krempel und ich meinen. Rund um Neuschottland haben wir gute Geschäfte gemacht, aber hier ist nicht viel zu holen. Ist eben Canada. Die Kerle verstehen nichts von Rum. Sie ziehen ihren Rachenputzer von Kornschnaps vor. Wir wollten eigentlich hier im Dreh bleiben, bis Hyacinthe kommt, aber hier riecht's zu schlecht, und ich denk dabei nicht an die verdammte Kabeljausauerei. Besser, man hält sich erst gar nicht hier auf.»

«Und was ist mit Monsieur de Peyrac?» erkundigte sich Julienne.

«Ich erwarte ihn hier. Er muß bald kommen.»

«Kann nicht gerade lustig für Euch sein, Euch allein hier aufzuhalten», sagte Julienne. Sie schien zu wittern, daß etwas Ungewöhnliches in der Luft lag, obwohl Feinfühligkeit nicht gerade eine ihrer stärksten Seiten war.

«Es ist schrecklich. Wirklich, der Himmel muß Euch beide geschickt haben.»

«Wieso?»

Aristide sah mißtrauisch zu ihr auf. Es war das erstemal, daß man ihm und Julienne so etwas sagte.

«Ja. Wir haben uns in einer Falle fangen lassen, aus der wir nicht einmal heraus können, um Hilfe zu holen. Ihr müßt Cantor mitnehmen.»

Angélique setzte sie rasch über ihre Lage aufs laufende, und Julienne wurde blaß, als sie erfuhr, daß die «Wohltäterin» nicht weit war.

«Wird man sich denn dieses Weibsbild nie vom Halse schaffen!» stöhnte sie. «Diese Hure und Mörderin . . . Es gibt eben keinen Gott für die braven Leute!»

«Und was ist mit Euch, Madame?» fragte Aristide besorgt. «Kann ich Euch hierlassen? Schließlich hab ich Verpflichtungen Euch gegenüber. Ihr habt mir den Wanst mal zugenäht, stimmt's?»

«Rettet Cantor und schickt uns meinen Gatten zu Hilfe. Dann werdet Ihr Eure Schuld bezahlt und die schlimmen Streiche wiedergutgemacht haben, die Ihr mir damals gespielt habt.»

Die Angelegenheit wurde ohne Zeitverlust durchgeführt.

Um zu verhüten, daß seine Flucht im letzten Augenblick behindert würde, lief der von seiner Mutter eingeweihte Cantor mit seinem Vielfraß auf den Fersen erst zum Ufer hinunter, als die Schaluppe schon ablegte.

Aristide machte sich mit dem Segel zu schaffen und ließ dabei eine Flut saftiger Beschimpfungen auf die verdutzten Zuschauer niederregnen.

Cantor drängte sich durch die Menge, sprang ins Wasser, warf Wolverine ins Boot und schwang sich ebenfalls hinein, von Julienne und dem Krämer Kempton unterstützt.

«Auf Wiederbesehen!» krähte der frühere Pirat, während die Schaluppe mit ihrer seltsam zusammengewürfelten Besatzung im steigenden Nebel der Abenddämmerung davonglitt.

Wer dachte schon daran, sie zu verfolgen?

## 56

Sieben Tage. Die sanfte Marie war tot wie auch Pétronille. Der bedrohte Cantor war entkommen. Die Tage schienen endlos, fiebrig und zäh zugleich . . .

Ambroisine trat über die Schwelle und näherte sich der Hängematte des abwesenden Ville d'Avray. Um diese Stunde pflegte sich der Marquis zum Fort zu begeben, um mit Nicolas Parys zu plaudern. Er hatte schon seine Gewohnheiten, an denen er hartnäckig festhielt.

Die Herzogin streckte sich mit sichtlichem Vergnügen in dem bequemen Möbel aus, faltete die Hände unter dem Nacken und warf Angélique einen ironischen Blick zu.

«Ihr seid in diesen Tagen sehr geschäftig gewesen, wie mir scheint», bemerkte sie mit Sirenenstimme. «Ich gebe zu, Ihr seid mir zuvorgekommen. Der schöne Erzengel ist davongeflogen. Bah! Er war nur ein kleiner Fisch. Ich habe andere Waffen, mit denen ich Euch treffen kann.»

Angélique hatte sich kurz zuvor an den Tisch gesetzt, auf den sie ihren Standspiegel gestellt hatte. Cantor außer Gefahr zu wissen, beruhigte sie. Er würde sicher seinen Vater finden, wie er ihn immer gefunden hatte, schon als Kind.

Das Erscheinen Ambroisines regte sie deshalb nicht übermäßig auf.

Sie löste ihr Haar und begann es langsam zu bürsten.

«Was erhofft Ihr Euch?» fuhr die andere mit ihrer katzenfreundlichen Stimme fort, in der ein Hauch mitleidiger Ironie mitschwang. «Ihn wiederzuerobern? Euren Grafen de Peyrac? Aber mein armes Kind, Ihr kennt ihn schlecht, und wie viele Dinge sind Euch entgangen, als wir uns noch in Gouldsboro befanden. Ich hatte fast Mitleid mit Euch. Ich wollte nicht, daß Ihr so getäuscht würdet, denn schließlich sind wir beide aus dem Poitou, noch dazu von Adel, und das schafft Gemeinsamkeiten . . .»

«Gebt Euch nicht soviel Mühe», unterbrach Angélique sie kalt. «Ich weiß, daß Ihr nicht aus dem Poitou stammt. Und was Euren Adel betrifft, ist Euer Ahnennachweis dürftig und von unehelicher Geburt befleckt.»

Ihrer weiblichen Intuition verdankte sie den einzigen Pfeil, der imstande war, ihre Gegnerin ernstlich zu treffen. Sie spürte es sofort.

Die Herzogin reagierte lebhaft.

«Was behauptet Ihr da?» rief sie, sich halb aufrichtend. «Meine Ahnen nehmen es mit Euren auf!»

Plötzlich wechselte sie jedoch wie so oft ihren Ausdruck.

«Woher wißt Ihr das? Wer hat es Euch gesagt? . . . Ah, ich errate es. Diese kleine Hure von Ville d'Avray . . . Ich wußte, daß er mich wiedererkannt hatte. Er hat mich mit seiner Komödienspielerei nicht hinters Licht führen können.»

«Was hat Ville d'Avray damit zu schaffen?» erwiderte Angélique, die für den armen Marquis zitterte und sich vorwarf, Ambroisine unnütz herausgefordert zu haben. «Ihr selbst habt Euch einmal in einem Wutanfall verraten, als Ihr auf Euren Vater, den Priester, anspieltet. Von einem Geistlichen gezeugt worden zu sein, ist für uns Katholiken kein Legitimitätsbeweis. Und daß Ihr in der Dauphiné geboren seid, weiß ich von Pétronille Damourt.» Sie erlaubte sich diese Lüge; die arme Duenja hatte ohnehin nichts mehr zu verlieren.

«Die alte Wanze!» zischte Ambroisine. «Ich habe recht daran getan . . .»

«. . . sie zu töten», vollendete Angélique, kaltblütig genug, um das Bürsten ihres Haars nicht zu unterbrechen. «Gewiß, wenn man bedenkt, was sie mir alles über Euch anvertrauen wollte, habt Ihr mit weiser Voraussicht gehandelt.»

Ambroisine schwieg ziemlich lange. Sie atmete mühsam, und ihre

Nase schien schmaler und spitzer zu werden. Zwischen halbgeschlossenen Lidern musterte sie Angélique scharf.

«Ich habe es gleich gewußt», sagte sie endlich, «als ich Euch damals am Strand sah, neben ihm. Ich habe gleich gewußt, daß Ihr keine leichte Gegnerin sein würdet. Danach hielt ich meine Besorgnis für übertrieben. Liebevollen, gütigen Menschen fehlt die Fähigkeit, sich zu verteidigen. Aber ich hatte mich wieder getäuscht. Ihr seid zäh und unberechenbar ... Wie fängt man es an, Euch zu umgarnen, zu bezaubern? ... Ich frage es mich noch immer. Worin besteht das Geheimnis Eures Charmes und Eurer Verführung? ... Ihr seid, glaube ich, ein menschliches Wesen ohne Künstlichkeit. Eva muß Euch geähnelt haben.»

«Man hat mir das schon gesagt. Es ist abgenutzt.»

Die kleinen Zähne der Herzogin glitzerten wie die einer zum Zubeißen bereiten Wölfin.

«Und doch ist sie dem Dämon erlegen», zischte sie.

Und nach einer Pause:

«Was ist zwischen dem Grafen Peyrac und Euch? Verratet es mir.»

Angélique sah zu ihr hinüber.

«Was zwischen ihm und mir ist, können Wesen Eurer Art nicht begreifen.»

«Wirklich? Und zu welcher Art, meint Ihr, gehöre ich?»

«Zur teuflischen!»

Ambroisine begann zu lachen, ein spöttisches Gelächter, in dem sich auch etwas wie Stolz verriet.

«Ich verstehe Euch nicht, wahrhaftig nicht, ich gebe es zu. Dabei bin ich in vielen Wissenschaften zu Hause. Aber Ihr seid vom ersten Moment an ein Mysterium für mich gewesen ... am Strand ... und später, als ich aus dem entsetzlichen Schlaf erwachte. Ich hatte Ungeheuer gesehen, Scheusale, die mich belauerten ... Ich kannte ihre Namen ... Sie erschreckten mich ... Und als ich aufwachte, standet Ihr beide an meinem Bett ... Ich spürte, daß er darauf brannte, mit Euch fortzugehen, um Euch zu lieben, und daß Ihr es kaum erwarten konntet, ihm zu folgen, daß in Wirklichkeit nichts für Euch existierte als die Augenblicke, die für Euch folgen würden, für Euch beide allein, Geist und Körper, und daß Ihr dank ich weiß nicht welcher unbekannter Gnade glücklich sein würdet *wie im Paradies*. Für mich würde die vor mir liegende Nacht erschreckend und bitter sein, für Euch göttlich ...

Welche Grausamkeit lag in Eurer Eile, mich zu verlassen! Ich war nur ein vom Meer ans Ufer geworfenes Wrack.

Als Ihr Euch entfernt hattet, litt ich entsetzlich. Es schien mir, als ob meine Seele sich aus meinem Körper risse. Ich schrie ... wie eine Verdammte, die in der Hölle versinkt.»

«Dieser Schrei! Ich erinnere mich. Doch als ich zurücklief und Delphine und die sanfte Marie, die im Fenster lehnten, fragte, schienen sie nicht zu wissen, woher er gekommen war.»

Ambroisine lächelte ihr widerliches und hinreißendes Lächeln.

«Ja, was glaubt Ihr denn? Daß sie nicht Komödie spielen könnten? . . . Ich habe meine Mädchen gut dressiert. Sie würden mir zu Gefallen den König anlügen. Und danach zitterten sie, weil sie mich enttäuscht hatten. War ihnen nicht befohlen worden, Euch, koste es, was es wolle, die ganze Nacht an meinem Bett zurückzuhalten. *Ich wollte nicht,* daß Ihr mit ihm geht! Aber es war ihnen nicht gelungen . . .»

Sie knirschte mit den Zähnen.

«Ah, immer habt Ihr meine Pläne durchkreuzt! Zuweilen hatte ich Angst, Ihr könntet mich durchschauen. Ich gab mir unendliche Mühe, Eure Aufmerksamkeit abzulenken. Selbst das Schicksal schien mit Euch im Bunde. So als Madame Carrère eintrat und Euren Kaffee an Eurer Stelle trank . . . Es war, als hättet Ihr sie gerufen. Ah, Gouldsboro!» murmelte sie, den Kopf schüttelnd. «Ich weiß nicht, was mit diesem Ort ist. Ich habe mich dort nie wohl gefühlt. Was ich auch unternahm, es wollte nicht gelingen wie sonst . . . Warum? Warum?»

Angélique hatte das Bürsten aufgegeben, um ihr aufmerksam zuzuhören. Ausgestreckt, die Arme unter dem Nacken, fuhr Ambroisine träumerisch fort:

«Ich erinnere mich . . . an den Anfang, die ersten Tage . . .»

Selbst Angélique mußte zugeben, daß in ihrer verschleierten, zögernden, zuweilen wie versagenden Stimme ein Reiz lag, dem man sich schwer entziehen konnte. Es schien fast unmöglich, ihr nicht fasziniert zuzuhören.

«In diesen ersten Tagen sah ich Euch von so vielen Dingen leidenschaftlich in Anspruch genommen . . . Es verwunderte und erschreckte mich zugleich. Ich wußte nicht, wie ich Eure Aufmerksamkeit fesseln sollte . . . Damals habe ich das Meer hassen gelernt, weil Ihr es liebtet, und die vorüberfliegenden Vögel, weil Ihr sie schön fandet . . . Wenn Ihr zu ihnen aufsaht, hätte ich ihnen gern die Liebe entrissen, die Ihr für sie empfandet.»

Sie richtete sich von neuem halb auf.

«Aber heute seht Ihr sie nicht mehr», sagte sie triumphierend. «Ihr wißt nicht einmal, daß die Wildgänse des Herbstes in diesem Moment in Scharen über den Himmel ziehen. Das wenigstens habe ich geschafft. *Ihr seht die Vögel nicht mehr.*»

Wie erschöpft sank sie zurück.

«Ah! Warum habt Ihr so viele Dinge geliebt, so viele Leute und nicht mich? . . . Nur mich nicht!»

Die letzten Worte stieß sie in einem jähen Anfall von Wut hervor, der ihrem übersteigerten Narzißmus freien Lauf ließ.

«Damals habe ich mir geschworen, Euch zu zerstören, Euch, ihn, *alle beide*, durch Verrat, Erniedrigung, schließlich den Tod und die Verdammnis eurer Seelen!»

Die Leidenschaft, die in dieser schrecklichen Ankündigung vibrierte, traf Angélique wie ein Schlag, und der Schauer, der sie überlief, schien immer tiefer in sie einzusinken und endlich eine Zone nackter, gemeiner Angst zu erreichen, die das einzige Gefühl blieb, das sie in diesem Moment zu empfinden vermochte.

«Wenn sie so spricht», sagte sie sich wie ein verschrecktes Kind, «muß sie von ihrem Sieg überzeugt sein. Welche Macht steht ihr zu Gebote? Woher hat sie sie?»

Solch verbissenen Abscheu hatte sie bisher nur in einer Frauenstimme aufklingen hören, der der Marquise de Montespan . . . Aber dies war noch schlimmer! «Die Verdammnis Eurer Seelen!» Wer konnte eine solche Drohung aussprechen, ohne bis ins Mark von erbarmungslosem Haß durchdrungen zu sein?

Was nützte es zu kämpfen? Sie würde diesem furchtbaren Zerstörungswillen nicht entkommen . . .

Sie fürchtete, daß ihre Finger am Griff der Bürste und des Kamms zittern könnten. Sie fürchtete vor allem, daß der Reflex des Grauens und ein jäher Verteidigungsimpuls sie dazu bringen könnten, sich auf die Verbrecherin zu stürzen und sie zu töten, um ihr jede Möglichkeit zu nehmen, ihr zu schaden. Wäre es ein angreifendes wildes Tier gewesen, hätte sie es getan. «Aber nimm dich in acht», warnte eine innere Stimme. «Es könnte dir und vor allem ihm und deinen Kindern zu teuer zu stehen kommen. Wie verhält man sich vor einem wilden Tier, wenn man waffenlos ist? Man bewahrt kaltes Blut. Denk daran! Es ist deine einzige Chance . . . wenn es eine gibt.»

Langsam begann sie wieder, die Bürste über ihr Haar zu führen. Dann schüttelte sie es über ihre Schultern.

Ambroisine schwieg und beobachtete sie.

Die Nacht kam.

Angélique erhob sich, um einen zinnernen Leuchter vom Kaminsims zu holen, stellte ihn neben dem Spiegel auf den Tisch und zündete die Kerze an. Der Spiegel warf ihr Bild zurück, ein bleiches Gesicht, halb versunken in ungewissem Meeresgrunddämmer. Aber sie war überrascht, auf ihren angespannten Zügen einen Ausdruck unerwarteter Jugend zu finden. So war es immer gewesen. Sorge und Angst schienen sie jünger zu machen.

Ambroisines Stimme ließ sich wieder vernehmen:

«Abigaël und ihre Kinder, Eure Lieblinge, die stinkenden Indianer, die Ihr zum Lachen brachtet, die Verletzten, die Euch erwarteten wie ihre Mutter, Eure Katze . . . Ich war eifersüchtig auf Eure Katze, ja selbst auf die alte Miss Pidgeon, die Ihr tröstetet, als dieser dicke Schafskopf Partridge umgekommen war.»

«Ihn habt Ihr auch getötet.»

«Ich? Wie kommt Ihr denn darauf?»

Die Herzogin schlug große, unschuldige Augen auf.

«Erinnert Ihr Euch nicht, daß er sich mit Louis-Paul de Vernon in einem Zweikampf geschlagen hat?»

«Der Jesuit hatte Euch entlarvt. Er mußte sterben. Aber wie bringt man das zuwege, ohne Verdacht zu erwecken? Ein Jesuit ist nicht so ohne weiteres umzubringen. Deshalb habt Ihr selbst oder einer Eurer Leute bei den Engländern das Gerücht ausgestreut, daß man sie als Gefangene nach Canada verschleppen würde. Ihr wußtet sehr gut, daß das genügte, um den Pastor gefährlich wie einen Eber zu machen.»

Ambroisine schien entzückt.

«Geschickt, nicht wahr?»

Das unterdrückte Verlangen, Ambroisine zu erwürgen oder wenigstens zu schlagen, verursachte Angélique ein Gefühl von Übelkeit.

Sie zwang sich zu äußerlicher Gleichgültigkeit, da sie ahnte, daß sie jede Vorsicht außer acht lassen würde, wenn sie erst anfing, sich nachzugeben.

Ambroisine war der vergeblichen Versuche, ihre Gegnerin aus ihrer abwartenden Haltung herauszulocken, offenbar müde geworden. Sie erhob sich aus der Hängematte und näherte sich Angélique, die sie aus den Augenwinkeln beobachtete. Die Herzogin wirkte jetzt auf sie wie ein giftiges Tier, und die bloße Wahrnehmung ihres Parfüms erfüllte sie mit Unbehagen. Ambroisine schien ihr Erblassen zu amüsieren.

Um sich Haltung zu geben, öffnete Angélique ihren Beutel und ordnete dessen Inhalt. Ambroisine warf mechanisch einen Blick hinein und stieß einen Ausruf aus.

«Was ist das?»

Sie hatte den kurzen Bleiknüppel bemerkt, den Angélique an der Küste von Saragouche aus der Hand des von Piksarett getöteten Mannes genommen hatte.

«Wie kommt es, daß Ihr ein solches Ding besitzt?» fragte die Herzogin mit einem grausamen Blick auf Angélique.

«Ein Pariser Strolch hat ihn mir früher einmal gegeben.»

«Das ist nicht wahr!»

«Und warum sollte es nicht wahr sein?»

Angéliques Augen flammten.

«Was habt Ihr mit dieser Strandräuberwaffe zu tun, Madame de Maudribourg? Weshalb interessiert sie Euch? Woher könnt Ihr wissen, daß ich diese Waffe nur von einem der Banditen erhalten haben kann, die in dieser Saison die Schiffbrüchigen in der Französischen Bucht erschlagen? Ihr seid es, nicht wahr, die ihre Verbrechen befehlt? Ihr seid ihr geheimnisvoller Anführer? . . . Belialith!»

Sie packte Ambroisines Handgelenke.

«Ich werde Euch entlarven», sagte sie mit zusammengepreßten Zähnen. «Ich werde Euch verhaften und ins Gefängnis werfen lassen . . . Man wird Euch auf die Place de Grève schleifen! Der Inquisition werde ich Euch anzeigen, und Ihr werdet als Hexe verbrannt werden!»

Angéliques Zornausbrüche hatten ihre Gegner schon immer außer Fassung gebracht. Völlig überraschend bei einer Dame ihres Ranges, waren sie um so eindrucksvoller, als sie der Verletzlichkeit ihres Herzens entsprangen.

«Aber . . . Ihr seid ja erschreckend», stöhnte sie. «Wie könnt *Ihr* nur so bösartig sein? . . . Au! Laßt mich los! Ihr tut mir ja weh!»

Angélique gab sie so plötzlich frei, daß sie zurücktaumelte und halb über die Hängematte fiel.

Sie setzte sich auf und rieb sich ihre geschundenen Handgelenke.

«Ihr habt mir meine Armbänder förmlich ins Fleisch gepreßt», beklagte sie sich mit weinerlicher Stimme.

«Ich möchte Euch ein Messer ins Herz stoßen», entgegnete Angélique heftig, «aber auch das wird eines Tages kommen! Ihr verliert nichts, wenn Ihr noch ein wenig wartet.»

Einen Moment musterte Ambroisine sie erstaunt, dann warf sie sich in die Hängematte zurück, rollte sich in ihr mit zuckenden Gliedern von einer Seite zur andern und stieß dabei unartikulierte Schreie aus, Wörter ohne Zusammenhang, die nach und nach verständlicher wurden.

«O Satan! O Meister!» ächzte sie. «Warum hast du mich gezwungen, sie anzugreifen? Sie ist von furchtbarer Grausamkeit . . . Ich kann nicht mehr. Warum sie? . . . Warum erlaubst du, daß solche Wesen auf Erden existieren? . . . Sie nennt sich Angélique! Hab Mitleid mit mir!»

Ein verzweifelter Aufschrei noch, dann kam sie zur Ruhe, ausgestreckt, starr wie in einem Zustand halber Katalepsie. Angélique hatte entsetzt diesem Delirium beigewohnt. Diese Frau war schlecht, von Dämonen besessen und dazu völlig wahnwitzig. Wie sollte man damit fertig werden?

Kraftlos am Tisch stehend, lauschte sie auf das Wehen des Windes um die Hütte. Hin und wieder drang das Gemurmel von Stimmen zu ihr, Leute, die vom Strand ins Dorf heimkehrten, oder das weit entfernte Signal einer Muschel, das an die Rufe der Seehunde erinnerte.

Ville d'Avray, der mit seinem freundlichen Lächeln, seinen roten Hacken, seiner geblümten Weste und seinem pflaumenfarbenen Rock nach mehrmaligem Kratzen an der Tür bei ihr eintrat, schien ihr das diesem von Dämonen heimgesuchten Ort unangemessenste Wesen zu

300

sein. Sein Lächeln schwand auch sofort, als er die in seiner Hängematte liegende Ambroisine bemerkte.

«Sie hat meine Hängematte genommen!»

Er war betrübt wie ein verzogenes Kind, dem man sein Lieblingsspielzeug entführt hat. Höchst unzufrieden ließ er sich auf einer der Knüppelholzbänke am Kamin nieder.

Sie berichtete ihm mit gedämpfter Stimme von ihrer letzten Unterhaltung mit der Herzogin und den Drohungen, die sie gegen sie ausgestoßen hatte.

Er war außer sich.

«Diesmal überschreitet sie die Grenzen! Um so besser! Ich werde meine Autorität als Gouverneur nutzen, um sie verhaften und unter Bewachung einsperren zu lassen.»

Im nächsten Moment schon sah er das Utopische seiner Absicht ein. Er schüttelte den Kopf.

«Nichts zu machen, leider. Wir sitzen in der Klemme. Sie ist uns zuvorgekommen, und da sie uns kleinen Kern von Unerwünschten mehr und mehr ihrer Gnade ausgeliefert sieht, hält sie es nicht mehr für nötig, Vorsicht walten zu lassen.»

Er dämpfte die Stimme noch mehr.

«Der Ort steckt voller verdächtiger Kerle. Ich habe Nicolas Parys gegenüber erwähnt, daß die Bretonen besser daran täten, sich mehr mit ihrem Kabeljau zu beschäftigen, statt sich überall bis an die Zähne bewaffnet herumzutreiben. Was das zu bedeuten habe? Er antwortete, es handele sich nicht um die Leute des Kabeljaufischers. ‹Wer sind dann diese ungehobelten Burschen›, fragte ich, ‹die mir nichts, dir nichts ihre Feuer bei Euch anzünden?› Er schien mir peinlich berührt. ‹Ich glaube, sie kommen von zwei Schiffen, die jenseits des Kaps ankern›, sagte er. Ich hatte verstanden. Unsere Herzogin holt ihre Komplicen in den Ort.»

Er blinzelte sie mit einem Auge an.

«Die achtzig Legionen», flüsterte er.

Gleich darauf wurde er wieder ernst.

«Um so schlimmer. Wir werden uns wehren müssen. Unser Heil liegt von nun an in unserer Kaltblütigkeit, unserer Wachsamkeit und dem schnellen Eingreifen Monsieur de Peyracs. Bis dahin werden wir durchhalten müssen. Jedenfalls werde ich mich in Québec beschweren, wenn wir aus diesem Wespennest heraus sind. Und nicht nur in Québec, auch in Paris. Es scheint drüben zur Manie geworden zu sein, die Kolonien für eine Art Schuttabladeplatz zu halten, wohin man die Unerwünschten, die Narren und die Närrinnen expediert, die zu hochgestellt sind, als daß man sie wie den Mann aus dem Volke ohne viel Federlesens im Kerker von Bicêtre an Ketten legen könnte. Ihr glaubt, es sei Pech, meine Liebe,

301

sich bis ans Ende der Welt zu bemühen, um dort in vollster Zufriedenheit eine vom Teufel besessene Herzogin vorzufinden, aber Ihr irrt Euch. Es ist kein Pech, es ist eine von unseren königlichen Beamten einkalkulierte und sorgsam genährte Fatalität. Das Ende der Welt, das ist da, wo man diesen närrischen Frauen begegnet, von denen selbst die Klöster nichts mehr wissen wollen. Wenn man ihnen nicht über den Weg laufen will, hätte man eben zu Hause bleiben sollen. Ich darf gar nicht an all den Ärger denken, den ich dieser Messalina verdanke. Meine *Asmodée* auf dem Grund der Bucht, mein schändlich gestörtes Namenstagsfest, und Ihr habt nicht einmal Marcelline Muscheln öffnen sehen. Es ist herzzerreißend! Alles in allem eine verdorbene Saison! Und durch wessen Schuld? Durch die Schuld irgendwelcher Beamten in Paris, die, blinder als Maulwürfe und die Gänsefeder hinter dem Ohr, über die Zuwanderung in die Kolonien bestimmen. Aber das lasse ich nicht durchgehen. Ich schreibe an Monsieur Colbert persönlich. Ich kenne ihn. Ihr ja übrigens auch. Ein sehr fleißiger, sehr fähiger, aber allzu beschäftigter Mann. Und dann, was wollt Ihr, fehlt all diesen Großbürgern, die der König heutzutage begünstigt, einfach der Sinn für gewisse Nuancen. Sie schuften wie die Ratten und bilden sich ein, daß man die Welt durch einen auf Papier schön ausgeführten Plan zum Drehen bringen kann, daß der Mensch nur Taler anzuhäufen braucht, um sich im Gleichgewicht zu fühlen . . . Nun, die Welt wandelt sich. Wir können es nicht ändern!»

«Sprecht nicht so laut. Sie wird uns hören.»

«Nein. Sie ist im Zustand der Starrsucht, völlig bewußtlos. Eine feige Art, der Mühsal des Daseins und den Folgen seiner Handlungen zu entfliehen.»

Er zog seine Tabakdose aus einer der Taschen seines Rocks und nahm eine Prise.

Selbst sein geräuschvolles Niesen vermochte Ambroisines bleiernen Schlaf nicht zu stören.

Wahnwitz, Besessenheit, teuflische Inkarnation? – Er sprach sich nicht darüber aus.

«Mir scheint, heute abend hat sie die Geständnisse, die Angst, die Ihr ihr angeblich einflößt, gespielt, um Euch mürbe zu machen, aber laßt Euch nicht um den Finger wickeln. Bei solchen Wesen ist nichts sicher, niemals.»

Dann mit lauter Stimme und in anderem Ton:

«Bleibt nicht aufgepflanzt wie eine Kerze stehen, Angélique. Es ist frisch heute abend. Kommt, setzt Euch zu mir ans Feuer und erzählt mir genau, was Ihr damals mit Monsieur Colbert für Geschäftchen betrieben habt. Schließlich sind wir Verbündete, oder nicht?»

Als die Herzogin von Maudribourg nach und nach aus ihrem lethargi-
schen Schlaf erwachte, fand sie sie vor dem Kamin, friedlich über Kakao-
kurse und die Fährlichkeiten des Weltmarktes plaudernd.

«Wünscht Ihr, daß ich Euch zu Eurer Behausung zurückbegleite, liebe
Freundin?» erkundigte sich beflissen der galante Marquis, als er sah, daß
sie sich erhob.

Ambroisine warf ihm jedoch nur einen düsteren Blick zu, wandte sich
zur Tür und verschwand.

## 57

Dämonologie, teuflische Besessenheit, Wahnwitz . . .

Von diesen Begriffen verfolgt, erwachte sie aus ihrem fiebrigen Schlaf,
und während einiger Sekunden schien alles ruhig.

Eine Nacht am Ufer des Golfs, schlafende, schnarchende Männer, ein
neben einem Holzfeuerchen zusammengekauert hockender Indianer, der
mit Wieselzähnen an einem Klumpen Elenfett nagte . . . der hinter
durchscheinendem Nebel schwimmende Mond . . .

Ihre Befürchtungen, ihre Vermutungen, alles schien lächerlich. Mühsam mußte sie sich ins Gedächtnis zurückrufen, daß in wenigen Tagen
zwei Frauen gestorben waren und daß auf ihnen latente Drohungen
lasteten, aus den mörderischen Phantasmen einer Wahnsinnigen geboren.

Aus der Tiefe der Nacht stiegen ferne Geräusche, rhythmisch und
bohrend. Die Trommeln der Indianer und ihre schrillen Flöten.

«Sie fangen an, sich zu betrinken», hatte Ville d'Avray gesagt. In den
Wäldern ringsum würden ganze Stämme in Delirien rasen, versunken in
die Magie des Alkohols, des Feuerwassers, der klaren, brennenden, ät-
zend-zersetzenden Quelle der Träume, die sie mit den unsichtbaren
Göttern verband.

Hinter ihnen diese gefährlichen Wälder, vor ihnen das brackige, am
Horizont von Nebelschleiern verschlossene Meer, das nicht so aussah, als
ob von dort je Hilfe zu erwarten wäre.

Und doch hatte ihnen dieses Meer die Arche Noah Aristides zugeführt.
Die getäuschten Dämonen, die diese seltsamen Musterexemplare der
Spezies Mensch hatten passieren lassen, mußten sie, diese Wesen von
nirgendwoher, die unter dem Zeichen des Eisenwarentrödels und des
verfälschten Rums über die Kämme der Wogen segelten, für ihresglei-
chen gehalten haben: das Negerkind, den Bären, die Prostituierte, den
Krämer, den Taugenichts . . .

Maskengestalten antiker Farcen, hatten sie sich in diese so gut geplante
Tragödie gemischt, ohne daß man wußte, aus welchen Kulissen sie

traten, und das war vielleicht das Zeichen, daß die Dämonin vor dem
unglaublichen Lebensdurcheinander der Menschen, das ohne Skrupel die
so klug verteilten Karten des Spiels verwirrte, schwach zu werden begann. Cantor war entkommen, Cantor würde seinen Vater finden . . .

Ambroisines Schreie während ihres gespielten oder echten Anfalls
hatten Unruhe und Verwirrung verraten. Gewisse Bilder verloren ihre
wirkende Kraft, schnurrten zusammen wie Gummitiere, wenn die Nadel
einer naiven irdischen Realität sich durch ihre Haut bohrte. In einen
unruhigen Halbschlaf fallend, sah Angélique plötzlich Ambroisine, die
auf dem mythischen Tier ritt, auf dem weißen, grausamen Einhorn, das
in der Tiefe der Wälder lebt.

## 58

Das mythische Tier mit dem gedrehten Horn versuchte ins Haus einzudringen. Es stieß sich am Türrahmen, und die Strahlen der Sonne glänzten auf seinem Rücken aus purem Gold.

Endlich glückte es ihm, in Angéliques Hütte hineinzugelangen, und
hinter ihm erschien der mächtige, häßliche Schädel des Kapitäns Job
Simon.

Er reckte seine lange, schlottrige Gestalt, und sein struppiger grauer
Schopf berührte fast die Balken der Decke.

«Ich vertraue es Euch an, Madame», sagte er bekümmert. «Ich gehe
fort und kann es nicht mitnehmen.»

«Aber ich will dieses Tier nicht bei mir haben!» rief Angélique.

«Warum? Es ist nicht bösartig.»

Er legte seine Hand auf den Hals des Einhorns aus vergoldetem Holz.
Angélique bemerkte, daß er seinen Seesack an einem Riemen über die
Schulter gehängt trug.

«Ihr geht fort?»

«Ja, ich gehe.»

Sein Gesicht war verwüstet, wie aufgeschluckt von grauen Bartstop-
peln. Er wandte die Augen ab.

«Neulich die Kleine, vorgestern Pétronille . . . Sie war eine brave Frau.
Wir verstanden uns gut. Ich kann's nicht mehr mit ansehen, ich geh! Mit
dem Schiffsjungen . . . Er ist alles, was mir bleibt.»

«Ihr kommt nicht durch», sagte Angélique gedämpft. «‹Sie› sind in den
Wäldern, ‹sie› sind jetzt sogar hier . . .»

Der Kapitän fragte nicht, von wem sie sprach.

«Doch . . . ich komm durch . . . Nur mein Einhorn . . . ich vertraue es
Euch an. Euch, Madame. Ich hole es mir, sobald ich kann . . .»

«Ihr kehrt nicht zurück», sagte Angélique. «Sie wird Euch nicht ent-

304

kommen lassen. Sie wird ihre Leute auf Eure Spur hetzen, dieselben Leute, die Euer Schiff auf die Klippen gelockt und Eure Mannschaft massakriert haben.»

Der alte Simon starrte sie mit erschrockener Miene an, sagte jedoch nichts.

Schwerfällig wandte er sich zur Tür, wo ihn der Schiffsjunge erwartete.

«Ein Wort, Kapitän . . . bevor Ihr Euer Geheimnis mit ins Grab nehmt», rief Angélique ihm nach. Er drehte sich um. «Das Navigieren ist Euer Beruf, und Ihr habt immer gewußt, daß Ihr nicht Kurs auf Québec hieltet, nicht wahr? Daß Ihr Gouldsboro in der Französischen Bucht ansteuern solltet. Wie habt Ihr Eurem Ruf als Kapitän so schaden können? Und wie konntet Ihr weiter schweigen nach allem, was geschehen ist?»

«Sie hatte mich dafür bezahlt», erwiderte er.

«Wie hat sie Euch bezahlt?»

Wieder starrte er sie angstvoll an.

Seine Unterlippe zitterte, und sie glaubte, daß er sprechen würde. Aber er fing sich und entfernte sich mit gesenktem Kopf, von seinem Schiffsjungen gefolgt.

Wenig später sah Angélique den Marquis de Ville d'Avray ungewohnt eilig der Hütte zustreben. Aufgeregt schloß er die Tür, legte den Riegel vor, überzeugte sich, daß das Fenster fest geschlossen war und niemand hören konnte, was er zu berichten hatte.

«Ich weiß *alles*», erklärte er mit entzückter Miene, «jedenfalls, was sich *alles* nennt.»

In seiner Jubelstimmung dachte er nicht daran, sich zu setzen, sondern marschierte vor ihr und dem Einhorn auf und ab, während er sprach.

«Der alte Job Simon ist zu mir gekommen und hat mir gebeichtet. Er hat mir gesagt, er hätte Euch gern alles eingestanden, aber da Ihr eine Dame seid, hätte er sich zu sehr geschämt. ‹Daß man sich wie ein Schwein aufgeführt hat, ist noch lange kein Grund, bis zum Schluß eins zu bleiben!› Das sind seine eigenen Worte. Ich gebe sie weiter. Kurz und gut, er hat mir alles gesagt, was er wußte, und in Verbindung mit den Auskünften des Monsieur Paturel und den Vermutungen, die wir über die Beziehungen der Herzogin von Maudribourg mit den Strandräubern angestellt haben, liegt der Fall jetzt klar! Wie ich annahm, scheint alles von einer jener übelriechenden Höhlen in Paris ausgegangen zu sein, in denen die Federn königlicher Beamten kratzen. Job Simon, der sich auf der Suche nach Fracht, nach einem Auftraggeber für sein Schiff befand, wurde in das Komplott ‹eingebracht›, das schon letztes Jahr drüben gesponnen wurde, um die auf eigene Rechnung begonnenen Kolonisierungsversuche Monsieur de Peyracs, Eures Gatten, in den Gebieten scheitern zu lassen, die wir – mit vollem Recht übrigens, liebe Angélique, wie bei dieser Gelegenheit ohne jede Schärfe gesagt sein mag – als zu Frankreich gehörig betrachten . . . Gewiß, gewiß, ich weiß, der Vertrag von Bréda! Das ist ein Detail. Lassen wir's für jetzt, ich möchte mich nicht mit Kleinigkeiten befassen . . . Um also den Eindringling davon abzuhalten, sich an der Französischen Bucht festzusetzen, hat man – auch da wird es nötig sein, zu bestimmen, wer . . . sagen wir einstweilen die Mächte –, haben sie sich also zu einer gemeinsamen Entfernungsaktion entschlossen, da sich die Störenfriede von Anfang an als ein wenig zu unternehmend, ein wenig zu selbstsicher, ein wenig zu reich, ein wenig zu weit außerhalb des Üblichen, kurz, ein wenig zu gefährlich erwiesen.

Infolgedessen gewährt man dem Seefahrer Goldbart, der sich gleichfalls auf der Suche nach zu bevölkernden Gebieten befindet, königliche Briefe mit dem Auftrag, den Ort, den man ihm angibt und sogar verkauft, zu erobern und die Ketzer, die sich dort widerrechtlich angesiedelt haben, zu vertreiben. Vermutlich ist in irgendeinem Amtsvorzimmer der Matrose Lopes, von dem Ihr mir erzählt habt, er habe Goldbart nach Paris begleitet, auf den ebenfalls antichambrierenden Job Simon gestoßen, beide entdecken, daß sie in dieselbe Angelegenheit, die Vertreibung eines gewissen Peyrac von den Küsten Maines, verwickelt sind, und so ist sicherlich die Warnung jenes Lopes zu erklären: ‹Wenn Ihr dem großen Kapitän mit dem violetten Mal begegnet, werdet Ihr wissen, daß Eure Feinde nicht weit sind.›

Soweit also die äußere, kriegerische Aktion. Goldbart kann das Gebiet um Gouldsboro erobern, aber er kann auch scheitern . . . was übrigens geschah. Die wenigen kümmerlichen Ketzer, von denen man ihm erzählt hatte, entpuppten sich als Eure hartgesottenen Hugenotten aus La Rochelle.

Da man in Paris auch fürchtet, daß selbst ein Sieg Goldbarts in Gouldsboro nicht genügen wird, um den Mann zu erledigen, der bereits zahlreiche kleine Niederlassungen, Minen und großen Einfluß im Land besitzt, setzt man eine subtile Machenschaft in Gang, die mich ungefähr ahnen läßt, wo der stärkste Widerstandswillen gegen den Grafen zu suchen ist. Eine mehr als nur geschickte Spekulation, die mich vor Angst und Bewunderung erzittern läßt . . . Ich bewundere intellektuelle Spekulationen», meditierte Ville d'Avray nachdenklich, «das Geschick eines Gehirns, Menschen wie Figuren auf einem Schachbrett zu verschieben, sie durch bloßes spontanes Erkennen ihres intimsten Selbst aus der Entfernung in Bewegung zu bringen . . . Man entschloß sich – hört mir gut zu –, nicht nur den Versuch zu machen, die wachsende materielle Macht des Grafen de Peyrac zu brechen, sondern auch *seine moralische Kraft.*

Ein mutiger Mann, der das Gefühl für das verloren hat, was seinen handelnden Willen antrieb, klammert sich nicht an ein Stückchen Erde, das bittere Erinnerungen heraufbeschwört. Mindestens geht er fort, im besten Fall macht er Selbstmord, läßt sich sterben. So oder so, man ist ihn los. Und mit diesem psychologischen Spielchen scheint mir unsere diabolische Herzogin beauftragt worden zu sein ... Natürlich hat mir nicht Job Simon diese Finessen auseinandergesetzt. Ich deute sie mir aus seinen Konfidenzen und dem, was der arme Bursche zu begreifen glaubte. Er war nur ein Naivling, der den harmlos erscheinenden Auftritt der Verführerin am Ort ihrer Taten vorzubereiten hatte. Eine reiche, fromme, exaltierte ‹Wohltäterin›, die eine ganze Ladung von Demoisellen zum Verheiraten nach Québec bringen will, an der Küste von Maine strandet und den Herrn des Orts in ihren Netzen fängt ... Wahrhaftig, eine ihrer gierigen und durchtriebenen Phantasie würdige Geschichte! Die einzige Schwierigkeit: Job Simon dazu zu bringen, sich ihren Einfällen zu unterwerfen und den Mund zu halten ... Ein Bretone ist nicht leicht zu überzeugen. Aber unsere Schöne verfügt über Waffen, und wir wissen, über welche. Das wäre also die Geschichte der *Einhorn*, jedenfalls soweit es ihre Rolle in diesem Komplott betrifft ...»

«Setzt Euch, Etienne, ich bitte Euch. Euer Hin und Her macht mich ganz schwindlig», unterbrach ihn Angélique. «Und öffnet die Tür. Man erstickt hier.»

Ville d'Avray erfüllte ihren Wunsch. «Es ist aufregend, nicht wahr?» murmelte er. «Habt Ihr irgend etwas zu trinken?»

Angélique wies auf einen Krug mit Wasser auf dem Tisch. Er erfrischte sich, tupfte sich zart mit einem Tüchlein die Lippen und versank in angestrengtes Nachdenken.

«Ich möchte annehmen», begann er wieder, «daß die Herzogin von Maudribourg vielleicht deshalb mit dieser delikaten Mission beauftragt wurde, weil man sie auf diese Weise außer Landes expedieren konnte, aber auch, weil sie ein großes Vermögen besitzt, das ihr erlaubt, die notwendigen Komplicenschaften saftig zu bezahlen, was ebenfalls wichtig ist.»

Angélique entschloß sich, ihm von dem Brief Pater de Vernons zu erzählen, der eine Art Einverständnis zwischen Pater d'Orgeval und Madame de Maudribourg erkennen ließ.

Der Marquis rieb sich hocherfreut die Hände.

«Damit erklärt sich alles. Wenn sie sein Beichtkind ist, hat er sie offenbar zur Buße hierhergeschickt. Aber ist er sich wirklich ihrer Bösartigkeit und der Verwüstungen, die sie anrichten konnte, bewußt gewesen? Oder sind seine Erwartungen übertroffen worden? Der Umgang mit Dämonen ist wie der Umgang mit gefährlichen Schlangen eine schwierige Kunst.

Was ich vor allem unzulässig finde, ist der Umstand, daß sich alle diese Herren in Soutanen in die Angelegenheit Akadiens mischten, ohne mich auch nur im geringsten zu verständigen. Man teilt sich im voraus den Kuchen, man richtet sich ein, man dekretiert, man schickt uns schwarze oder weiße Dämonen, und ich, was tue ich dabei? . . . Eine Unverschämtheit! Von den Banditen gar nicht zu reden, auf deren Köpfe Preise stehen und die unsere Küsten vergiften.

Nun, rekapitulieren wir: Goldbart bricht als erster auf. Er überwintert auf den Karibischen Inseln, vertrödelt seine Zeit mit den Spaniern, nimmt in den ersten Frühlingstagen Kurs auf Gouldsboro, greift an, scheitert und zieht sich zurück. Aber er ist fest entschlossen, mit dem Grafen de Peyrac fertig zu werden. Bei Gelegenheit fängt er den Anführer seiner Söldner, Kurt Ritz. Und dann seid Ihr an der Reihe, als der Zufall Euch in die Cascobucht führte. Denn inzwischen seid Ihr ins Spiel geraten. Zu Anfang hatte es nur ihn, Peyrac, gegeben, einen Kavalier des Abenteuers, der sich anmaßte, über Land und Meer zu herrschen. Und plötzlich ist da eine Frau an seiner Seite, eine Frau, die, wie er, unterwirft und fasziniert und die Kraft ihrer Gegenwart der seinen, ohnehin ungewöhnlichen, hinzufügt. Das ist zuviel! Erinnert Euch: seine moralische Kraft vernichten. An diesem empfindlichen Punkt wird man ihn angreifen. Das Schiff oder die Schiffe der Komplicen Ambroisines haben den Eingang zur Französischen Bucht erreicht. In Hussnock versuchen sie, Euch den Canadiern in die Hände zu spielen. Ihr tot oder als Gefangene in Québec – das mußte ausreichen, um Monsieur de Peyrac für die Kapitulationsbedingungen der Franzosen bereit zu machen. Aber Ihr entkamt ihnen. Der Zufall führt Euch auf Goldbarts Schiff. Pater de Vernon entführt Euch ihm. Aus New York zurückkehrend, hat er unterwegs den Auftrag erhalten, sich Eurer Person zu versichern. Von wem? Von den Komplicen Ambroisines oder von dem, möchte ich wetten, in dessen Hand alle Fäden dieser Geschichte zusammenlaufen. Goldbart muß dem Jesuiten nachgeben. Ihr seid nun in den Händen derer, die Monsieur de Peyrac zum Aufgeben zwingen wollen. Aber auch da geht nicht alles so ‹wie üblich›, wie sich später unsere charmante Herzogin beklagen wird. Pater de Vernon, der weiß, daß Ihr eine wichtige Figur in diesem Spiel seid, aber keinen unmittelbaren Anlaß sieht, Euch zu töten oder in Eurer Freiheit zu beschränken, läßt Euch erstaunlicherweise gesund und munter nach Gouldsboro zurückkehren.

Ich muß gestehen, daß ich von diesem Punkt an ein wenig den Faden verliere. Es sieht so aus, als hätten die Leute des unbekannten Schiffs versucht, Goldbart als Zankapfel zwischen Eurem Gatten und Euch zu benutzen, um ein allgemeines Blutbad herbeizuführen . . . Was ist da eigentlich wirklich geschehen, Angélique, teure Freundin? Erzählt mir's.»

«Nein», erwiderte Angélique. «Das sind sehr persönliche Dinge, und ich fühle mich nicht wohl und bin sehr müde.»

«Ihr seid wahrlich nicht nett», sagte Ville d'Avray enttäuscht. «Ich gebe mir unerhörte Mühe, um dieses Knäuel für Euch zu entwirren, und Ihr verweigert mir Euer Vertrauen.»

«Ich verspreche Euch, daß ich Euch eines Tages alles genau erzählen werde.»

«Wenn wir in Québec sind?» rief der Marquis freudig.

«Ja, wenn wir in Québec sind», stimmte Angélique zu. «Für den Augenblick muß es Euch genügen zu erfahren, daß Ihr richtig geraten habt. Sie hatten damit gerechnet, daß wir uns gegenseitig umbringen würden. Glaubt Ihr, daß Ambroisine beteiligt war?»

«Nein. Es war ihr Komplice, der Bandit, der die beiden Schiffe kommandiert. Er kann durchaus allein einen so machiavellistischen Plan gefaßt haben. Er ist im Männlichen ebenso diabolisch wie sie. Ich werde Euch gleich von ihm berichten.»

«Ich habe ihn gesehen. Es ist der Mann mit dem bleichen Gesicht, nicht wahr? Einmal bin ich ihm begegnet. Als er mir sagte: ‹Monsieur de Peyrac läßt Euch bitten, auf die Insel des alten Schiffs zu kommen.›»

Angélique sah die Szene wieder vor sich. Sie war dem Mann durch die von der Ebbe freigegebene Bucht gefolgt. Und auf der Insel erwartete sie Colin . . . Und Joffrey war durch einen anonymen Brief benachrichtigt worden, daß sie sich *mit ihrem Geliebten* auf der Insel befinde. Er war gekommen. Er hatte sie mit Colin auf der Insel gesehen . . . Eine ganze Nacht hindurch . . .

Der Marquis wartete ein Weilchen, ob sie ihm ihr Geheimnis mitteilen würde.

Als er merkte, daß sie nicht daran dachte, ihr Schweigen zu brechen, fuhr er mit einem Seufzer fort:

«Schön, ich bestehe nicht darauf. Ihr werdet es mir in Québec erzählen, wenn wir behaglich vor meinem holländischen Ofen sitzen. Für jetzt beschränke ich mich auf die Feststellung, daß Euer Feind Goldbart zum Gouverneur Gouldsboros ernannt wurde und Monsieur de Peyrac Eigentümer der Niederlassung blieb. Eine hübsche Wendung der Dinge, die unseren Ränkeschmieden nicht übermäßig gefallen haben dürfte. Um diese Zeit etwa muß die *Einhorn* aufgetaucht sein. Ich möchte schwören, daß Ambroisine von Anfang an die Absicht hatte, das Schiff, seine Mannschaft und selbst die Mädchen zu opfern, gezwungen durch die Notwendigkeit, Personen zu beseitigen, die sie nicht hatte ins Vertrauen ziehen können oder die allzuviel wußten. Ganz abgesehen davon, daß Mordlust in gewissen Momenten und bei gewissen Geistern zum maßlosen Wahnwitz werden kann. Allein der Umfang der Katastrophen und die große Zahl der Opfer weckt ihr Machtgefühl und sogar erotische Lust . . .

Die Komplicen erwarteten sie mit Laternen bewaffnet an der Küste, und Job Simon, der noch nie in diesen Winkel gekommen war, glaubte sich am Ziel. Sie schickten ein Boot für sie, bevor das Schiff auf die Klippen lief und sank . . .

Aber so gerissen sie auch sein mag, brachte sie es nicht fertig, der Vorsicht ihre Weiblichkeit zu opfern. Bei ihren Komplicen zog sie die roten Strümpfe an, die selbst bei einem so naiven Kind wie der sanften Marie Zweifel und Verdacht erregen mußten. Als diejenige, die sich um das Gepäck zu kümmern pflegte, wußte sie genau, was ihre Herrin aus Frankreich mitgenommen hatte. Ein andermal war es der rotgefütterte schwarze Mantel, den sie von ihrer ersten Fahrt nach Port-Royal mitbrachte . . .»

«Und ihr Parfüm», dachte Angélique. «Ja, auch das! Und konnte man sich mit so gepflegtem, parfümierten Haar aus einem Schiffbruch retten?»

«Und ich, eine Frau, habe es nicht gemerkt!» sagte sie sich erbittert.

Sie hätte feuchtes, vom Salzwasser verklebtes Haar haben müssen. Aber was ihr schon im ersten Moment aufgefallen war, war der Duft und die Schönheit dieser dunklen, seidig-lockeren Flut gewesen. Ambroisine pflegte es mit einer Art narzißtischer Abgötterei. Selbst für ein paar Tage nur hätte sie es nicht vernachlässigen oder ohne ihr Parfüm auskommen können. Weibliche Unbesonnenheit auch, als sie zu ihr, Angélique, gesagt hatte:

«Mein Parfüm? . . . Mögt Ihr es? Ich überlasse Euch gern ein paar Tropfen.»

Und sie: «Habt Ihr den Flakon nicht beim Schiffbruch verloren?»

Und hatte Madame Carrère, die sich als gute und erfahrene Hausfrau in derlei Dingen auskannte, mit ihren unbestimmten, zögernden Andeutungen über die zerrissenen Kleidungsstücke der Herzogin nicht sagen wollen, daß die Risse mit Absicht verursacht worden waren?

Angélique wandte sich wieder zu Ville d'Avray.

«Und wer ist der Anführer der Bande mit den Bleiknüppeln, der Mann mit dem bleichen Gesicht? Pétronille hat mir gesagt, er sei ihr Bruder.»

«Job Simon sagte: ‹Ihr Liebhaber, ihr Geliebter.› Sagen wir also: ihr Bruder *und* ihr Geliebter. Inzest dürfte sie kaum erschrecken. Ja, ich sehe es: Sohn der hochadligen Hexe, die ihn in einer Sabbatnacht mit Satan zeugte. Wißt Ihr, man sagt, satanischer Samen sei eisig. Das muß ziemlich unangenehm sein! Was denkt Ihr darüber? . . . Warum lacht Ihr, teure Angélique?»

«Ihr stellt wirklich kuriose Fragen», antwortete sie und brach erneut in Gelächter aus.

Der Abend brach mit orangefarbener Dämmerung an, die Gerüche des Kabeljaus und des kaum bewegten Meeres schienen durchdringender zu werden, Angst und Erwartung dramatischer.

Angélique, die sich den ganzen Tag schon nicht wohl gefühlt hatte, hustete jetzt, Fieber klopfte in ihren Schläfen, dunkle Ringe lagen um ihre Augen.

«Ihr seid nicht gut dran», sagte Ville d'Avray, als er sich anschickte, sie zu verlassen. «Erlaubt mir, Euch aufzuhaken und ins Bett zu bringen.»

Angélique wies sein Angebot dankend ab, sagte, es sei durchaus nichts, nur ein wenig Husten, sonst nichts. Sie werde schlafen und sich morgen sicher besser fühlen.

«Ihr habt unrecht, meinen Beistand nicht anzunehmen», bemerkte Ville d'Avray bekümmert. «Für meine leidenden Freunde bin ich die reinste Barmherzige Schwester. Ihr seid zu unabhängig, Angélique, zu selbstsicher für eine Frau . . . Nun, wie Ihr wollt! Wärmt Euch wenigstens einen Stein für die Füße.»

Als er gegangen war, mußte sie sich eingestehen, daß er recht hatte. Sie fühlte sich wie zerbrochen, und es kostete sie alle Mühe der Welt, sich für die Nacht vorzubereiten. Sie fand nicht einmal mehr die Kraft, sich einen Stein im Kamin zu wärmen, wie er empfohlen hatte. Mit eisigen Füßen und glühendem Gesicht versuchte sie Schlaf zu finden. Ihr Lager war hart, die Decke zu schwer. Sie glaubte zu ersticken. Aus unruhigem Schlaf erwachend, dessen Dauer sie nicht abzuschätzen vermochte, raffte sie sich auf, um das verbarrikadierte Fenster zu öffnen. Draußen wachte Piksarett, und außerdem machten die Männer des Gouverneurs ebenso wie Barssempuy und Défour abwechselnd ihre Runden. Sie hatte im Grunde nichts zu fürchten, und dennoch schien es ihr, als könnten weder Wachen noch Mauern oder Riegel sie gegen das schützen, was sie bedrohte . . .

Sie wollte die Kerze brennen lassen, aber der Wind löschte sie. Sie fand nicht wieder in den Schlaf zurück, und die Kälte kroch an ihren Beinen herauf.

Im Rahmen des Fensters wandelte sich die Nacht in noch dunkles Grau, kaum sich abhebend von der schattenhaften Schwärze des Laubs eines nahen Baums, doch grau genug, daß sie die Silhouette eines menschlichen Wesens zu sehen vermochte, die für einen flüchtigen Moment das Rechteck des Fensters verdeckte. Trotz der Lautlosigkeit des Vorgangs wußte sie sofort, daß jemand bei ihr eingedrungen war und sich an die Wand zur Rechten preßte.

Die Hand am Griff ihrer Pistole, lauschte sie angespannt auf das Geräusch von Atemzügen. Nichts. Dann drangen das kaum hörbare Klappern von Muscheln und ein vertrauter Geruch zu ihr. Piksarett! Ihr Wächter . . .!

Sie verzichtete darauf, Licht zu machen. Wenn er sich entschlossen hatte, in ihrer eigenen Behausung über sie zu wachen, hatte er seine Gründe! Und überraschende Tatsache: Sie versank fast sofort in entspannten Schlaf.

Kampfgeräusche weckten sie. Es hörte sich an, als stürzte ein Tier schwer auf den Fußboden.

Der Morgen war noch fern.

Diesmal zündete Angélique mit ihrem Feuerzeug die Kerze an.

Sie sah Piksarett, der sich über eine auf dem Boden liegende Gestalt geworfen hatte.

«Er hat sich in dein Haus eingeschlichen.»

«Wer ist es?»

Der kümmerliche Schein der Kerzenflamme fiel auf das abgezehrte, erschrockene Gesicht eines jungen Matrosen, offenbar eines Bretonen, der zur Mannschaft des Kabeljaufischers zu gehören schien.

«Was tust du bei mir?»

Die Lippen des Jungen zitterten, er brachte kein Wort hervor. Sprach und verstand er überhaupt etwas anderes als seine gälische Mundart?

«Was willst du?»

Endlich gelang es ihm zu sprechen:

«Euch um Hilfe bitten . . . Madame.»

«Warum?»

«‹Sie› folgen mir», sagte der junge Bursche, den Piksarett auf die Knie gerissen hatte und in dieser Stellung festhielt. «Seit vier Tagen versuche ich, ihnen im Wald zu entwischen, aber ‹sie› lassen nicht locker. Der Bleiche ist der Schlimmste. Ich weiß nicht, wer sie sind, aber ich weiß, daß sie mich fertigmachen wollen.»

«Warum wollen sie dich töten?»

«Weil ich gesehen habe, *wer* das junge Mädchen neulich von der Klippe gestoßen hat. Aber er hat mich auch gesehen . . . Deshalb bin ich ausgerissen . . .»

Angélique erinnerte sich, daß der bretonische Kapitän sich beschwert hatte, seine Matrosen fingen an zu desertieren, einer der jungen habe sich schon aus dem Staub gemacht.

«Du gehörst zur Besatzung des Kabeljaufischers, nicht wahr?»

«Ja . . . Ich hab mit dem Trocknen zu tun. Man ist den ganzen Tag am Strand unterwegs und wird wenig überwacht . . . Es war warm, und ich wollte mir ein paar Himbeeren pflücken. Ich kenn da einen guten Platz in der Gegend vom bretonischen Kreuz. Ein Schiff war gerade zum Wasseraufnehmen eingelaufen, und niemand kümmerte sich so recht um die Arbeit. Das hab ich ausgenutzt. Ich bin raufgeklettert. Und . . . ich hab's gesehen.»

«Wer war es?»

312

Der arme Junge sah sich ängstlich um und flüsterte:

«Der mit der Brille, der für die Herzogin mit der Feder kratzt.»

«Armand Dacaux?»

Er nickte bestätigend.

Er hatte das junge Mädchen den Pfad zum Kreuz hinaufgehen und den Sekretär mit ihr sprechen sehen. Der Sekretär hatte auf zwei Körbe gezeigt, die dicht am Absturz standen. Sie war auf sie zugegangen, und als sie sich über sie beugte, war er hinter ihrem Rücken auf Zehenspitzen hinzugesprungen und hatte sie kräftig gestoßen.

«Ich hab gar nicht dran gedacht, mich zu verstecken. Als er sich umdrehte, hat er mich gesehen . . . Ich hab mich gleich in den Wald verdrückt. Zuerst wollte ich zum Strand und mit meinem Kapitän reden, aber dann dachte ich, daß nichts Gutes dabei herausspringen würde. Er ist verrückt nach dieser Herzogin. Er hat richtig den Kopf verloren, dabei ist er einer von den Harten. Aber sie . . . Darauf wollt ich versuchen, mich zu einem andern Hafen mehr im Norden durchzuschlagen und mit den Leuten aus Saint-Malo nach Schluß der Saison in die Heimat zurückzukommen. Ich kenn mich hier aus. Seitdem ich alt genug bin, um den Schiffsjungen zu machen, bin ich jedes Jahr hier gewesen. Nur hab ich rasch gemerkt, daß jemand mir auf den Fersen war. Ich hab mich verkrochen, wo ich nur konnte, aber mich dünnzumachen war unmöglich! Deshalb hab ich dran gedacht, Euch um Hilfe zu bitten, Madame, weil ich weiß, daß Ihr nicht zu diesen Banditen gehört. Eine Nacht lang hatte ich mich in einen Baum verkrümelt, und sie wußten es nicht. Ich hab sie am Feuer reden hören. Sie sprachen von der Herzogin, die ihr Anführer ist; sie nennen sie Belialith. Sie sprachen auch von Euch und von Monsieur de Peyrac, Eurem Mann. Sie sagten, sie müßte sich entschließen, Euch zu erledigen, bevor er zurückkommt, weil er sehr stark ist, aber Ihr wärt vielleicht noch stärker. Das hat mich auf die Idee gebracht, mich während der Nacht in den Ort zurückzuschleichen, um Euch um Beistand zu bitten.»

Er streckte beide Hände bittend nach ihr aus.

«Wenn Ihr wirklich stärker seid als sie, Madame, dann helft mir!»

Trotz des rauhen Akzents des Bretonen schien Piksarett seinem Bericht im wesentlichen gefolgt zu sein.

Angélique wandte sich zu ihm.

«Was kann man tun?»

«Ich werde ihn zu Uniakeh bringen», erwiderte der Häuptling. «Er hat sich an einem guten Platz verschanzt, und wir sind jetzt viele. Vom großen Dorf Truro sind Mic-Macs, seine Verwandten, herübergekommen. Die Maleciten der Gegend werden sich hüten zu stänkern. Außerdem sind sie betrunken und wissen weder, was sie reden, noch was sie wollen. Heute hören sie auf die Männer der jenseits des Kaps ankernden beiden Schiffe, die ihnen Feuerwasser bringen, und morgen hören sie auf Uniakeh, der ein großer Häuptling ist und ihnen sagt, daß die Wildgänse die Sümpfe eines Volks verlassen werden, das gerade im Herbst den Verstand verliert, wenn sie sich anschicken, es zu besuchen. Auch sie werden zu uns stoßen, wenn der Tag der Rache gekommen sein wird, und dieser Tag ist nah, an dem die Kinder der Morgenröte aus dem Wald treten werden, um ihre Feinde und alle die, die ihre Brüder getötet haben, von ihrem Haar zu befreien.»

## 59

Um ungesehen verschwinden und im Wald untertauchen zu können, mußte die noch herrschende Dunkelheit ausgenutzt werden. Piksarett trug seinen Bogen und seine Pfeile. Unter dem Schutz des Indianers würde der junge Bursche wohlbehalten zum Lager der Mic-Macs gelangen.

Lautlos glitten die beiden Gestalten nach draußen und verloren sich sofort in der noch tiefen Dämmerung.

Das Fieber hatte Angélique fest gepackt. Sie schlotterte und wäre am liebsten wieder unter die so wenig behaglichen Decken gekrochen, aber es war besser, den Umstand zu nutzen, daß sie ohnehin auf den Beinen war, um etwas für sich zu tun. Ein Getränk mußte bereitet und der Verband um ihren wieder entzündeten Fuß erneuert werden, wenn sie nicht all ihre Kräfte verlieren und wie die verfluchten Königinnen von einst auf ihrem Lager erdrosselt werden wollte, ohne auch nur auf den Abzug ihrer Pistole drücken zu können.

Sie warf einen Armvoll Reisig auf die noch lebendige Glut und hinkte quer durch den Raum, um aus der Bütte Wasser zu schöpfen und einen kleinen Kochtopf zu füllen, den sie an den Kesselhaken im Kamin hängte.

Dann zerzupfte sie einen Fetzen Leinwand zu Scharpie, bereitete einen Balsam, wählte aus ihrem Vorrat ein paar Heilkräuter zum Ziehen und setzte sich auf den Kaminstein, um zu warten, bis das Wasser zu kochen begann.

Ihre Bemühungen hatten sie angestrengt, sie war wie in Schweiß gebadet. Deshalb hüllte sie sich in eine Decke, die sie nach indianischer Art fest um ihre Schultern zusammenzog. Sie stützte ihre Stirn gegen den Stein, sah den tanzenden Flammen zu und überließ sich einem halb träumenden Zustand, in dem ihre Gedanken klar und lebhaft, wenn auch ohne jeden Anreiz zum Handeln, gleichsam schmerzlos ineinanderflossen.

Und die, die nun eintrat – durch die nur angelehnte Tür, die zu schließen oder gar zu verriegeln Angélique nach Piksaretts Aufbruch vergessen hatte –, sie empfand sie kaum als menschliche Gegenwart. Eher wie einen Geist, der sich ihr lautlos näherte, ein Gespenst, das auch Mauern hätte durchdringen können und das seinen Schrecken verlor, eben weil es nicht körperlich war.

Sie dachte flüchtig, daß Piksarett nicht mehr da sei, um sie zu verteidigen, daß sie vielleicht rufen oder nach einer Waffe greifen sollte. Aber ihr Instinkt sagte ihr, daß die Gefahr sich nicht – noch nicht – gegen ihr Leben richtete. Und sie rührte sich nicht. Der Geist besuchte sie. Es war ein Spiel, Schläge würden ausgetauscht werden. Ein wenig Blut würde fließen, nur ein Krallenhieb. Es war nichts! Die andere würde sich, ihre Wunden leckend, zurückziehen. Man mußte nur standhalten. Morgen, übermorgen würde Joffrey dasein . . .

«Ich habe Licht bei Euch gesehen», sagte Ambroisine. «Ihr schlaft also nicht? Ihr schlaft also überhaupt nicht mehr?»

Sie lehnte sich gegen den Rauchfang des ländlichen Kamins, und der von unten her kommende Flammenschein glich ihre Züge den Darstellungen Mephistos an, wie er vor Faust dem Höllenfeuer entsteigt: Schwarz untermalt, lag in den verlängerten Augen ein Glanz wie von Gold, die Kurve der Brauen war maßlos, die Betonung des Knochenbaus verwischte die Anmut der Physiognomie und verwandelte sie in eine aus Schatten und Flächen alabasterartig durchscheinenden Fleischs zusammengesetzte Maske.

Es war weder schön noch häßlich. Es war seltsam. Eine Statue, hätte man meinen können, mit durchbohrten Augenhöhlen, durch die menschliche Augen blickten.

Angélique wurde von einem Hustenanfall gepackt und mußte nach ihrem Taschentuch suchen.

«Ihr seid krank», stellte Ambroisine frohlockend fest. «Da seht Ihr, was ich vermag. In wenigen Tagen habt Ihr Eure triumphierende Gesundheit verloren.»

«Alle Welt kann sich erkälten», erwiderte Angélique. «Das passiert ununterbrochen allen möglichen Leuten, ohne daß man es nötig hat, dafür den Heerbann der Hölle zu beschwören.»

«Ihr scherzt noch», sagte Ambroisine, «Ihr seid unverbesserlich. Aber ich liebe es, wenn Ihr Euch gut schlagt. Ihr habt die Vitalität einer Seemöwe. Wißt Ihr, wer mir das einmal gesagt hat? Ein gewisser Desgray. Ein neugieriger, allzu neugieriger Mensch, kurz, ein Polizist. Ich gestehe, daß ich vor allem seinetwegen das Königreich verlassen habe, um ihm nicht allzuoft zu begegnen. Er interessierte sich ein wenig zu sehr für meine Freundin, Madame de Brinvilliers. Sein Interesse wird ihr teuer zu stehen kommen . . . Er also sagte eines Tages, als über Madame du Plessis-Bellière, die so mysteriöse verschwundene Mätresse des Königs gesprochen wurde: Sie hatte die Vitalität einer Seemöwe ... Er schien Euch gut zu kennen. Seltsam, nicht wahr?

Schon damals zog Euer Ruf mich an ... Und siehe da, ich fand Euch an der Seite dessen, den in Amerika zur Strecke zu bringen man mich beauftragt hatte. Die Welt wird nur von wenigen beherrscht, die anderen sind Figuranten, Staub ... Welch Hochgefühl, Euch entgegenzutreten, Euch besiegen zu müssen! Mein Vergnügen an meinem Auftrag verdoppelte sich ... Euch zum Straucheln zu bringen, die dem König getrotzt hatte, Euch meiner Gnade ausgeliefert zu sehen! Jedes menschliche Wesen hat ein Leck, durch das Furcht sich einschleicht und seine Kraft ihn verläßt. Ich war entschlossen, es zu finden. Es war nicht leicht. Ich spürte Euren Scharfblick, die Wachheit Eures Instinkts. Wie groß war meine Furcht, als Ihr mir eines Tages sagtet: ‹Ihr seid nicht aus Zufall hier gelandet ...›»

Angélique wollte sich dem ironischen Klang dieser Stimme entziehen, die schon so etwas wie eine Grabrede zu halten schien. Sie unterbrach sie brüsk:

«Sagt mir lieber, was Euch der Pater d'Orgeval bedeutet.»

«D'Orgeval?»

Ambroisine zog höflich erstaunt die Augenbrauen hoch.

«Nun, warum nicht. Ich habe ihn schon immer gekannt. Als Kinder streiften wir gemeinsam durchs Land, drüben in der Dauphiné, er, Zalil und ich. In uns loderten Flammen, wir waren stark. Unsere Schlösser lagen nicht weit voneinander entfernt. Es waren düstere, von Geisterspuk erfüllte Gebäude, und die, die sie bewohnten, waren wunderlicher und unvorstellbarer noch als die Gespenster: sein grausamer, Furcht verbreitender Vater, der ihn zur Protestantenjagd mitnahm, meine Mutter, die Magierin, die sich auf die Kunst des Giftes verstand, und mein Vater, der Priester, der den Teufel aus der Hölle beschwor. Schließlich meine Amme, Zalils Mutter, die eine Hexe war und ihm beibrachte, Fledermäuse an die Zäune der Felder zu nageln und tote Kröten auf die Schwellen der Türen zu legen. Aber er war stärker als alle mit seinem blauen, magischen Auge. Warum verriet er uns? Warum hat er sich zu dieser Armee schwarzer Männer mit Kreuzen über dem Herzen gesellt? Er wollte sich auf die Seite des Guten schlagen. Er ist verrückt. Aber man kann nicht löschen, was gewesen ist. Er kennt mich, er weiß, was er von mir erlangen kann, und manchmal gefällt es mir, ihm zu dienen wie einst. An der Grenze der Hölle werden wir wieder zu Komplicen ... Versteht Ihr? Zum Beispiel am Tage, an dem Ihr endgültig besiegt sein werdet. Dann habe ich ihn eingeholt ... und vielleicht wird er sich meiner erinnern. Seine Verachtung, seine Abwesenheit, seine Überlegenheit, sie sind wie ein glühendes Eisen. Eines Tages werde ich Zalil bitten, ihn zu töten.»

«Wer ist Zalil?»

Ambroisine antwortete nicht. Ein Schauder überlief sie, und sie schloß die Augen, als sähe sie von neuem längst vergangene Tage.

Die Dinge verbanden sich miteinander. Zalil mußte der Mann mit dem bleichen Gesicht sein, der Bruder, von dem Pétronille gesprochen hatte. «Schließlich meine Amme, Zalils Mutter . . .» Eine infernalische Allianz. Drei Kinder, in denen «Flammen loderten». Jedes war seinen Weg gegangen. Das eine war Jesuit geworden, das andere die edle Herzogin von Maudribourg, das dritte der Mann mit dem Bleiknüppel. Nur die fanatischen Leidenschaften, die noch immer in ihnen brannten, verbanden sie trotz ihrer auseinanderstrebenden Geschicke.

«Ihr seht», sagte Ambroisine, mit einem Lächeln die Augen öffnend, «ich sage Euch alles, und Ihr beginnt, alles zu wissen. Deshalb werdet Ihr jetzt sterben, und um Euch darauf vorzubereiten, bin ich gekommen. Ich habe lange gezögert. Ich ließ das Schicksal entscheiden. Es amüsierte mich zu sehen, wie Ihr die Gefahren überstandet. Nur mein noch nicht gefaßter Entschluß schützte Euch. Doch meine Mission hat schon zu lange gedauert. Es muß ein Ende sein. Deshalb werdet Ihr morgen sterben . . .»

Triumphierend sah sie auf die Sitzende hinunter. Das Feuer war fast niedergebrannt.

Draußen krähte ein Hahn, der Tag brach an.

Langsam wich ihr Lächeln einem Ausdruck des Erschreckens, der Angst.

«Seht mich nicht so an!» rief sie wild. «Eure Augen verfolgen mich! Wenn Ihr tot seid, werde ich sie Euch aus dem Schädel reißen!»

## 60

«Madame de Peyrac! Madame de Peyrac!»

Jemand hämmerte an die Tür, und Frauenstimmen riefen sie. Mühsam tauchte sie aus schmerzhafter Betäubung auf und taumelte zur Tür, um den Riegel zurückzuschieben.

Die Sonne stand schon hoch, und es war sehr warm. Zuerst kam es ihr vor, als hätten sich zwei ziemlich hohe Baumstümpfe vor ihrer Schwelle aufgepflanzt, die einen winzigen Klatschmohn umrahmten, und erst allmählich wurde sie wach genug, um die große Marcelline und ihre Tochter Yolande zu erkennen, die zwischen sich den Cherubin mit der roten Mütze an den Händen hielten.

«Wir sind da!» sagte Marcelline strahlend. «Wir haben uns Sorgen um Euch gemacht. Und da dachten wir uns beide, Yolande und ich, daß es an der Zeit sei, eine kleine Reise zur Ostküste zu machen.»

317

Als sie im Hause waren und Marcelline die Tür hinter sich geschlossen hatte, fügte sie hinzu:

«Um die Wahrheit zu sagen, habe ich ein Wort von Eurer Freundin in Gouldsboro, Madame Berne, erhalten. Sie bat mich, ein Auge auf Euch zu haben. Sie fürchte für Euch und sei überzeugt, daß Ihr Euch in Gefahr befindet . . . Nach Eurer Miene zu schließen, scheint sie sich nicht allzusehr getäuscht zu haben.»

«Ich bin krank», murmelte Angélique.

«Das sehe ich, armes Ding. Aber sorgt Euch nicht. Jetzt bin ich da. Legt Euch wieder ins Bett, ich werde Euch pflegen.»

Abigaël . . . Ihre zärtliche Zuneigung sprach zu Angélique durch die Gegenwart Marcellines, die schon dabei war, Gemüse zu putzen, um eine Bouillon für sie zu bereiten.

«Ihr habt Euch erkältet. Das bleibt hier an der Küste nicht aus. Sie ist ungesund. Tagsüber glühend und nachts dieser eisige Nebel . . . Alle Welt hustet und krächzt . . .»

Das Gerücht von ihrer Ankunft lockte den Marquis herbei. Als er Yolande und Cherubin gewahrte, reckte er die Arme gen Himmel.

«Unglückliche!» rief er, zu Marcelline gewandt. «Wie kannst du es wagen, dieses empfindsame Kind und dieses reine junge Mädchen in einen solchen Hexensabbat zu versetzen! Ich sage es ungern, aber wir haben es hier buchstäblich mit einem Angriff von Dämonen auf uns zu tun.»

«Und wenn schon», erwiderte Marcelline, Cherubin auf ihren Knien schaukelnd. «Ich konnte ihn nicht zurücklassen, er hätte zu viele Dummheiten gemacht. Seitdem ich ihn habe, können mich auch Dämonen nicht erschrecken. Und was Yolande angeht, ist sie imstande, Satan selbst mit einem Faustschlag niederzustrecken. Stimmt's, Yolande? Regt Euch also unseretwegen nicht auf, Gouverneur. Ich könnte mich viel mehr aufregen, weil Ihr Madame de Peyrac, krank wie sie ist, nicht besser gepflegt habt.»

«Aber ich hab's ihr ja angeboten», protestierte Ville d'Avray kläglich. «Sie wollte nur nicht. Den großen Damen fehlt es an der nötigen Unbefangenheit.»

Der Wind drehte sich. Allein schon durch die Anwesenheit der großen Marcelline, die durch ihre laute Unbekümmertheit Angélique aus ihren quälenden Grübeleien riß und die im Kreis herandrängenden bedrohlichen Schatten weit zurückstieß.

Der Wandel wurde noch spürbarer, als gegen Abend ein fremdes Schiff auf der Reede vor Anker ging und sein baskischer Kapitän, Hernani d'Astiguarra, mit einer Handvoll seiner Leute zum Ufer gerudert kam. Ein junger Wal hatte sich in vierzig Klafter Netz verstrickt, und seit dem

Vortag versuchten die Bretonen, ihn herauszulösen. Der zeitraubende Zwischenfall hatte sie in reizbare Stimmung versetzt, und als die baskischen Walfänger an Land kamen, um sich ihrer Beute zu versichern, umdrängten sie sie mit drohend erhobenen Fäusten, schwangen Knüppel, beschimpften sie, und einige bückten sich, um Steine aufzuheben.

Die Reaktion war heftig. Hernani war nicht der Mann, auf solche Weise mit sich umgehen zu lassen.

«Zurück», brüllte er, seine Harpune hebend, «oder euer stinkender Strand wird zu einem blutigen Strand werden! Eure Salzlake scheint euch zu Kopf gestiegen zu sein!»

«Sie sind ein bißchen verrückt», sagte ihm Angélique ein wenig später, nachdem sie zu ihm geschickt und ihn eingeladen hatte, sich in ihrem Haus zu erfrischen. Das Tönnchen Armagnac, das er ihr geschenkt hatte, besaß sie nicht mehr, aber sie sprachen davon und erinnerten sich gemeinsam der Johannisnacht auf Monegan.

Von Marcelline verwöhnt, fühlte sie sich schon erheblich besser.

Er musterte sie aufmerksam mit seinen Glutaugen. Die Spannung, die noch immer ihre blassen Züge zeichnete, konnte ihm nicht entgehen.

«Ja, der Herbstwind ist teuflisch an dieser Küste», bemerkte er. «Laßt Euch nicht von ihm einschüchtern, Madame. Erinnert Euch, daß Ihr durch das Johannisfeuer gesprungen seid. Ich hatte eine Handvoll Beifuß hineingeworfen, der die bösen Geister vertreibt. Wer das Feuer durchspringt, dem kann der Teufel das ganze Jahr lang nichts tun.»

Darauf erzählte sie ihm in aller Kürze von der Sackgasse, in der sie sich befand.

Er begriff sofort. Seine Intuition bedurfte keiner wortreichen Erklärungen, und Teufelsangelegenheiten sind ohnehin baskische Angelegenheiten. Daß es so ist, führt weit in die Traditionen dieses Volkes unbekannter Herkunft zurück.

«Beruhigt Euch», sagte er, «ich werde Euch nicht im Stich lassen. Die Erinnerung, die ich an Euch bewahrte, ist zu lebendig. Ich muß Euch noch einmal helfen, durchs Feuer zu springen, und ich werde es tun. Ich werde in der Gegend bleiben, bis Monsieur de Peyrac de Morens d'Irristru zurückkehrt. Die rechte Gelegenheit für mich, einen illustren Bruder meines Landes zu begrüßen und ihm, wenn nötig, Beistand zu leisten.»

Marcelline und ihre zupackende Jovialität, Hernani und seine Männer, die den Bretonen auf die Finger sahen und Ambroisines sich mehr und mehr im Ort einnistende, mit Musketen bewaffnete Komplicen aus den Augenwinkeln unter Beobachtung hielten, das war nicht nur eine moralische, es war auch eine ins Gewicht fallende materielle Verstärkung. Wie ein Versprechen, daß Joffrey nahe war, daß er bald kommen würde. Cantor hatte ihn gewiß gefunden und ihn gedrängt, sich zu beeilen.

319

Doch in den seltenen Momenten des Alleinseins hörte Angélique noch immer den Nachhall der Stimme Ambroisines, die ihr gesagt hatte, daß sie morgen sterben werde . . .

## 61

Es war der zehnte Tag des Wartens . . .

Angélique hastete den Pfad zum bretonischen Kreuz entlang, um Piksarett aufzuhalten, der, wie gemeldet worden war, mit seinen Indianerscharen zum Rachefeldzug gegen Tidmagouche aufgebrochen sein sollte.

Früh am Morgen hatte ein eben in der Niederlassung eingetroffener Mann mit allen Anzeichen des Entsetzens verkündet, daß die Indianer kämen. Einer seiner Gefährten sei schon durch einen Pfeil verletzt worden. Der große Häuptling Piksarett führe sie. Der alte Parys hatte den Mann ins Fort kommen lassen, und wenig später war Angélique gerufen worden, die dank der Pflege Marcellines und nach einer ruhigen Nacht wieder auf den Beinen war.

Als sie zum Fort ging, bewaffneten sich die Leute bereits, und hier und da versammelten sich schon Gruppen. Den Frauen und Kindern – es waren nur wenige – wurde empfohlen, hinter den Palisaden des Forts Schutz zu suchen.

Nicolas Parys ließ den Zustand und die Schußfähigkeit seiner Feldschlangen überprüfen.

«Seit Jahren haben sich die Eingeborenen dieser Gegend nicht feindselig gezeigt», erklärte er der eintreffenden Angélique. «Sie sind träge und alles andere als kriegslustig. Hat sie aber das Feuerwasser in Rage gebracht, sind sie auch imstande, einem großen Häuptling wie dem, der Euch begleitet, Madame, zu folgen. Was hat er ihnen wohl vorerzählt? Nun, das ist seine Sache. Aber wir hier werden Ärger kriegen. Offenbar sind sie sehr zahlreich und fest entschlossen, sich die Skalpe der Weißen von Tidmagouche zu holen. Wir werden zwischen sie schießen müssen, und das wird böses Blut machen. Ihr müßt versuchen, sie zu beruhigen und vor allem mit dem Patsuiketthäuptling reden.»

«Aus welcher Richtung kommen sie?»

«Vom bretonischen Kreuz. Man hat beobachtet, daß sie am Waldsaum dahinter ausschwärmen. Offenbar wollen sie die Niederlassung wenigstens zum Teil umzingeln, bevor sie angreifen.»

«Ich gehe ihnen entgegen», sagte sie.

Ville d'Avray wollte sie begleiten, aber sie wies ihn ab wie auch Hernani und Barssempuy, die sich gleichfalls anboten. Der Anblick eines bewaffneten Mannes, wer er auch sein mochte, würde die Wilden sicher verärgern. Sie würden weder mit dem Gouverneur noch mit einem Basken, einem ehemaligen Piratenleutnant oder überhaupt mit irgend jemand verhandeln wollen, der nichts bei den Kindern der Morgenröte zu suchen hatte. Wenn jemand Argumente finden könnte, die Piksarett überzeugten, dann allein Angélique, seine Gefangene.

«Es ist nichts Gefährliches», versicherte sie. «Alles wird sich arrangieren lassen.»

Als sie eben hatte gehen wollen, war eilig Ambroisine erschienen. Sie stieß einen Schrei aus und stürzte zu ihr.

«Geht nicht!» rief sie. «Sie werden Euch töten! Geht nicht! Ich will es nicht . . . Ich will nicht, daß sie Euch umbringen!»

Sie klammerte sich mit verzweifelter Kraft an sie, und Angélique glaubte fast zu ersticken. Ambroisine war in der Kleidung erschienen, die sie am Tag ihrer Ankunft in Gouldsboro getragen hatte: in der blaßblauen Korsage, dem gelben Rock und dem entenblauen Schleppmantel. Diese Anknüpfung an ihre erste Begegnung war wie die Wiederkehr eines Alptraums, der mit diesem grotesken Auftritt ihr Duell auf Leben und Tod abzuschließen schien.

«Nicht Ihr!» rief sie. «Ich will nicht, daß sie Euer Leben nehmen! Ich bitte Euch, geht nicht in den Tod!»

«Laßt mich los», murmelte Angélique mit zusammengepreßten Zähnen. Nur mit Mühe unterdrückte sie ihr Verlangen, die Herzogin gewaltsam zurückzustoßen. Sie hätte es auch nicht gekonnt. Ambroisine schien in diesem Moment übernatürliche Kräfte zu besitzen. Die Kraft eines Polypen, einer Schlange, die sich um ihre Beute windet, um sie zu ersticken.

Ville d'Avray, Barssempuy und Défour hatten zu dritt alle Hände voll zu tun, um sie zu trennen. Sie fiel in sich zusammengekrümmt auf die Knie und stieß gellende Schreie aus, während sie sich wie in einem Anfall krampfartig wand.

«Eine hysterische Närrin», dachte Angélique, als sie sich endlich auf den Weg gemacht hatte. «Gott erlöse uns von diesem Übel, bevor wir alle ihrem Beispiel gefolgt sind. Jetzt hat schon Piksarett den Kopf verloren.»

Das alles mußte möglichst schnell aufhören. Es wurde immer schwieriger, die völlige Entfesselung der Instinkte zu verhindern.

Sie blieb einen Moment stehen, um Atem zu schöpfen. Nicht mehr lange, und sie würde das bretonische Kreuz auf der Höhe der Klippe sehen können.

Als sie gleich darauf ihren Weg fortsetzen wollte, bewog sie irgend etwas innezuhalten. Sie wußte nicht genau, was. Es war irgend etwas, was *nicht hätte sein dürfen.*

Sie dachte an das bretonische Kreuz. Hinter ihm hatte der Mörder der sanften Marie gelauert ... Von dorther kamen auch die verdächtigen Männer, die zu beiden Schiffen gehörten. Wie festgenagelt wartete sie. Sie wollte wissen, was sie aufgehalten hatte, was ihr verbot, weiterzugehen.

Irgend etwas, was nicht hätte sein dürfen! ...

Sie wartete ...

Und plötzlich wurde es ihr im ländlichen Frieden dieses Pfades klar, der sich zwischen Klippenrand und Wald dahinschlängelte ...

*Die Vögel sangen.*

Und ihr fielen Schilderungen von Waldläufern ein, die von ihren Erfahrungen mit Indianern berichtet hatten: «Sie können sich selbst in einem großen Trupp durch den Wald bewegen, ohne daß auch nur das Knacken eines Zweiges oder das Rascheln der Blätter sie verraten. Das einzige Symptom, das ihre Annäherung anzeigt: Die Vögel schweigen. Plötzliches Schweigen im Wald bedeutet, daß die Indianer nahe sind ...»

Aber die Vögel sangen.

Also gab es hier keine Indianer. Keine kriegslüsternen Wilden verbargen sich in Scharen im Gestrüpp des Unterholzes.

Auch Piksarett gab es nicht. Piksarett! Die Indianer ... Es war nur ein Vorwand gewesen, um sie allein aus der Niederlassung zu locken. Eine Falle! Und eine Falle, in die mit gesenktem Kopf hineinzutappen sie im Begriff war.

Sie warf sich in die Deckung der Bäume. In ihrem Schutz versuchte sie, ihre Situation zu klären.

Kein Piksarett, keine Indianer. Ein weiteres Märchen. Aber an ihrer Stelle zweifellos Mörder, die dort drüben nahe dem bretonischen Kreuz auf sie warteten. Ambroisine hatte ihr ja erst vor kurzem gesagt: «Ihr werdet sterben!»

Vorsichtig, sich immer in Deckung haltend, schlich sie von einem Baumstamm zum nächsten weiter.

Und schließlich sah sie ‹sie› am Rand des Waldes.

Es waren fünf.

Fünf mit Pistolen und Entermessern bewaffnete Banditen, von denen jeder wie eine Art Erkennungszeichen zum Überfluß auch noch einen kurzen schwarzen Knüppel in der Hand hielt. Und unter ihnen erkannte sie den Bleichen, den Mann, von dem Colin gesprochen hatte, den Mann mit dem Bleiknüppel, den bleichen Dämon, den verdammten Bruder der Dämonin.

Wäre sie dem Pfad weiter gefolgt, hätte sie sich plötzlich vor ihnen befunden. Vielleicht hätte sie sie sogar erst ein wenig später bemerkt, nachdem sie völlig aus der Deckung des Waldes herausgetreten wäre.

Dann wäre es um sie geschehen gewesen.

Wenn die Vögel nicht gesungen hätten!

Gewiß, sie hatte ihre Waffe, aber hätte sie sie noch gebrauchen, hätte sie sie noch rechtzeitig laden können?

Jetzt mußte sie mit der größten Vorsicht handeln und versuchen, sich ohne ihre Aufmerksamkeit zu erregen zum Dorf zurückzuziehen. Und da das Unterholz ziemlich spärlich war, mußte sie, um für jede Eventualität gewappnet zu sein, ihre Waffe laden.

Sie nahm ihre Pistole zur Hand, aber ihre Finger suchten vergeblich an ihrem Gürtel nach dem Kugelbeutel und der kleinen Zündhütchen-schachtel, von deren Vorhandensein sie sich noch bei Verlassen ihrer Hütte überzeugt hatte.

Entsetzt wurde ihr klar, daß Ambroisine sie entwendet haben mußte, als sie sich so verzweifelt protestierend an sie geklammert hatte . . .

«Sie hat mich geschafft», dachte Angélique verstört, «sie hat mich total geschafft!» Die volkstümliche Redensart schien ihr kaum auszureichen, um ihre Bestürzung auszudrücken.

Obgleich gewarnt, obgleich auf der Hut, obgleich sie ihr Wissen teuer genug bezahlt hatte, daß sie in der Nachbarschaft einer der gefährlichsten Kreaturen lebte, die das menschliche Geschlecht je hervorgebracht hatte, und dazu in jeder Sekunde in Gefahr, ihr Leben zu verlieren, war sie ihr dennoch wieder auf den Leim gegangen.

O Ambroisine, verwünschte Ambroisine, die mit der Impulsivität der Menschen, mit den Regungen ihrer Herzen spielte, um sie desto sicherer in die für sie aufgestellten Fallen rennen zu lassen!

Wenn sie der Gesang der Vögel nicht gewarnt hätte, wäre sie ihnen waffenlos in die Arme gelaufen.

Aber die Dämonen rechnen nie mit den Vögeln.

Sie sah von weitem, daß sie unruhig zu werden begannen und unterein-ander berieten. Zweifellos wunderten sie sich, sie noch nicht auftauchen zu sehen. Einer von ihnen schob sich vorsichtig dem Wege zu, ein anderer verschwand im Wald zur Linken.

Sie duckte sich hinter einen Busch. Im Moment konnte sie nichts anderes tun, als sich möglichst wenig zu bewegen.

In diesem kritischen Augenblick hallte aus südlicher Richtung ein ferner Kanonenschuß herüber, dem einige weitere folgten. Vielleicht waren es Schiffe, die die Eingeborenen auf übliche Weise zum Tausch-handel riefen.

Als die Kanonade jedoch andauerte, gerieten die auf sie lauernden Männer offenbar in Alarmstimmung. Sie sammelten sich wieder und schienen heftig aufeinander einzureden. Dann verließen sie ihren Platz am Waldrand und entfernten sich schnell in die Richtung, aus der die dumpfen Detonationen kamen.

Es kam ihr vor, als sei die schlimmste Gefahr vorüber, doch blieb sie aus Vorsicht noch ein paar endlose Minuten regungslos in ihrem Versteck.

Sicher konnte sie jetzt nach Tidmagouche zurück, aber der ferne Lärm, der sich wie das Echo einer Schlacht anhörte, machte sie neugierig.

Als sie sich endlich entschloß, ihre Deckung zu verlassen, glaubte sie, eine von Süden her sich nähernde Gestalt zu bemerken. Sie warf sich von neuem zu Boden, erkannte aber im nächsten Moment Piksarett, der rasch zwischen den Bäumen herankam. Einige Schritte vor ihr entfernt entdeckte er sie.

«Was machst du hier?» rief er unzufrieden. «Du bist unvorsichtig, dich so weit vom Dorf der Weißen zu entfernen! Habe ich dir nicht gesagt, daß der Wald von deinen Feinden heimgesucht wurde? Willst du dein Leben verlieren?»

Sie hatte keine Zeit, ihm von dem Hinterhalt zu erzählen, in den sie um ein Haar geraten wäre.

«Was geschieht dort drüben, Piksarett?»

Ein Lächeln glitt über das ernste Gesicht des Indianers. Er wies mit ausgestrecktem Arm in die Richtung, aus der das Dröhnen der Kanonenschüsse und immer wieder aufflackerndes Musketenfeuer herüberhallten.

«Er ist gekommen.»

«Wer?»

«Dein Mann! Der große Donnerer! Erkennst du seine Stimme nicht?»

Angélique stürzte wie närrisch davon. Piksarett überholte sie, um ihr den Weg zu zeigen.

Sie liefen einige Minuten, und der Lärm des Kampfes näherte sich.

Plötzlich befanden sie sich am Rande der Klippen jenseits des Kaps, in dessen Schutz die beiden Banditenschiffe vor Anker lagen.

Scharfer, beklemmender Pulverdampf stieg aus der schmalen Bucht bis zu ihnen herauf, aber das Getöse schien sich zu beruhigen. Nur noch vereinzelte Musketenschüsse waren zu hören und Stimmen, die Befehle brüllten oder auch um Gnade baten. Die Banditen ergaben sich . . .

Angélique bemerkte die *Gouldsboro* Bord an Bord mit einem der Schiffe – dem mit dem orangefarbenen Wimpel. Auf Deck wurden den Überlebenden der Mannschaft die Hände gebunden. Vier oder fünf weitere Segler verschiedener Tonnage füllten die Bucht und versperrten jeden Fluchtweg.

Begierig suchte Angélique Joffrey zu entdecken. Sie fand ihn nicht.

Endlich glaubte sie ihn zu sehen. Pistolen in den Händen, lief er, von ein paar Männern gefolgt, den Strand entlang, um sich einer Gruppe von Banditen zu versichern, die sich hinter einer umgedrehten Schaluppe verschanzt hatte.

*Er* war es! . . . Oder war er es nicht? . . . Seine hohe Gestalt bewegte sich so rasch, zu rasch, durch die träge ziehenden Rauchschwaden. Es war wie in einem Traum . . . Eine Vision . . . Er . . . jetzt verschwindend . . . jetzt von neuem auftauchend . . . Sein ganzes Leben hindurch war es so gewesen. Er . . . durch die Nebel der Erinnerung gleitend . . . in ihren Träumen . . . Das Bild der Liebe . . . das Paradies . . . für sie . . . Sie sah ihn, erkannte ihn wieder . . . Er war es. Er schob die Pistolen in den Gürtel zurück, während der Marquis d'Urville sich um die Gefangenen kümmerte. Er wandte sich in Angéliques Richtung . . . Er war es!

Sie begann zu schreien, rief ihn mit all ihren Kräften, ohne doch zu wissen, ob sie seinen Namen aussprach . . . Wie gelähmt durch das Übermaß ihrer Freude, vermochte sie sich nicht zu rühren, fand endlich zur Fähigkeit zurück, sich zu bewegen, flog, kaum spürend, daß sie den Boden berührte, den Abhang hinunter, ihm entgegen, immer rufend in der entsetzlichen Angst, daß er von neuem sich ihrem Blick entziehen, wieder ganz verschwinden und sie allein zurücklassen könnte . . .

Er hörte ihre Rufe, lief ihr mit offenen Armen entgegen.

Sie trafen sich, sie warf sich an sein Herz.

Und dort schwand alles: Zweifel, Angst, drohende Gefahr, die Macht des Bösen!

Die Kraft seiner Arme, dieser Wall, seine Brust wie ein Schild, das sie verteidigte, seine Wärme, die die eisige Kälte ihrer Einsamkeit überwand, und in seiner wilden, leidenschaftlichen Umarmung die Glut seiner Liebe für sie, unermeßlich, ohne Grenzen, wie ein Strahlen, das sie durchdrang, das sie einhüllte und mit unsagbarer Glückseligkeit erfüllte.

«Lebend! . . . Lebend!» wiederholte er mit stockender Stimme. «Was für ein Wunder! Ich habe tausend Tode durchlitten! . . . Meine närrische Geliebte! In welche Falle habt Ihr Euch da wieder gestürzt! . . . Nein, nein, nicht weinen . . . Es ist ja zu Ende!»

«Aber ich weine ja nicht», sagte Angélique, ohne zu merken, daß Tränen ihr Gesicht überströmten. «Wie lange Ihr fort wart! All die Zeit ohne Euch . . . All die Zeit fern von Euch . . . Furchtbar lange!»

Er drückte sie an sich, wiegte sie leise, und sie überließ sich all den Tränen, die zu weinen sie sich während der letzten Tage verboten hatte, um ihre Kräfte zu bewahren.

Nicht mehr zweifeln! Ihm nahe sein! Ihn lebend zu wissen! Noch immer sie liebend! . . . Welch Glück ohne Maß!

Er schob sie ein wenig von sich, um sie besser betrachten zu können.

Über ihnen der opalene Himmel. Und das Glück, das sie von allen isolierte.

«Was sagen Eure Augen?» murmelte er.

Und er küßte sanft ihre Lider.

«Sie haben ihre Fähigkeit, überwältigende Geständnisse zu machen, behalten, aber dunkle Ringe umziehen sie. Was ist Euch geschehen, mein Schatz? Was hat man Euch getan, Liebste?»

«Es ist nichts! Jetzt seid Ihr da! . . . Ich bin glücklich.»

Sie umschlangen sich noch immer. Es war, als könne sich Joffrey nicht genug von dem Wunder überzeugen, Angélique lebendig in seinen Armen zu halten, nachdem er von Cantor erfahren hatte, daß sie sich in Tidmagouche befand, dem besessenen Haß jener wahnwitzigen und perversen Kreatur ausgeliefert, die sich Ambroisine de Maudribourg nannte.

Eine entsetzliche Prüfung, die jedoch für sie beide in diesem wundervollen Augenblick ihren Sinn zu erhalten schien.

Die Lippen in ihrem Haar, küßte er sie wieder und wieder.

«Die Zeit existiert nicht», sagte er dann mit seiner tiefen Stimme. «Seht, mein Herz, die Stunden, die wir durchleben müssen . . . sind uns immer gegeben . . . wenn Gott es will. Der Überschwang des Gefühls, den wir damals nicht kannten, als wir uns nach fünfzehn Jahren der Trennung wiederfanden – heute kennen wir ihn. Wie fühle ich endlich, daß Ihr mir gehört!»

## 62

Angélique stand hinter dem Haus, nahe dem geöffneten Fenster. Joffrey hatte ihr gesagt: «Bleibt hier.»

Er selbst war um das baufällige, niedrige Gebäude herumgegangen und durch die Tür eingetreten.

Angélique stellte sich vor, wie er auf der Schwelle erschien und Ambroisines Blick sich zu ihm hob. Und ohne etwas von der Szene zu sehen, ahnte sie den Ausdruck, der über ihr engelhaftes Gesicht glitt und das Auffunkeln ihrer schönen schwarzen Augen mit den goldenen Reflexen.

Um die gleiche Zeit umzingelten die über Land gekommenen Männer Peyracs die Niederlassung und machten sich zu Herren des Forts, während die Schiffe seiner kleinen Flotte, die beiden Prisen im Schlepptau, in die Bucht einliefen.

In der drückenden Hitze verlief die Einnahme des Strandes und des Orts fast ohne Lärm und ohne einen einzigen Musketenschuß. Die unter dem Befehl der Herzogin stehenden Männer fanden sich unversehens mit gebundenen Händen wieder, ohne recht begriffen zu haben, was ihnen geschehen war. Da keiner Zeit gefunden hatte, die Herzogin zu benachrichtigen, wußte sie noch nichts davon.

Sie sah zu dem vor ihr stehenden Peyrac auf.

Angélique hörte ihre sanfte, ein wenig verschleierte, zarte Stimme: «Da seid Ihr nun!»

Ein Schauer durchrieselte Angélique. In welchem Maße war es Ambroisine gelungen, sie in ihren Bann zu ziehen, daß schon diese Stimme genügte, um ihr Angst einzujagen?

«Es war Zeit», sagte sie sich, «daß er kam. Sie hätte mich sonst zerstört . . . O Joffrey, mein Liebster!»

Sie hörte seinen ruhigen, sicheren Schritt, als er tiefer in den Raum trat.

Sie wußte, daß sein Blick auf das reizvolle Gesicht der Dämonin gerichtet blieb, daß aber nichts in ihm seine Gedanken verriet.

«Ihr seid lange ausgeblieben», fuhr Ambroisine de Maudribourg fort.

In dem Schweigen, das folgte, glaubte Angélique, einem Anfall von Schwäche zu erliegen. Jede verstreichende Sekunde war mit unerträglicher Spannung geladen, in der sich Sieg oder Niederlage eines gigantischen Kampfes zu entscheiden schien. Zwei Kräfte waren im Spiel, und beide waren gleich mächtig, gleich gerüstet, gleich sicher ihrer selbst und ihrer Macht.

Ambroisine sprach als erste, und ihre Stimme verriet ihre Nervosität unter dem undeutbaren Blick, der sie beobachtete.

«Ja, Ihr kommt zu spät, Monsieur de Peyrac.»

Und in einem Ton unsagbaren Triumphes, in dem satanische Freude vibrierte:

«Ihr kommt zu spät! *Sie ist tot!*»

Sie glaubte sie lächeln, glaubte ihre Augen glitzern zu sehen.

«Hat Euch der Jäger ihr Herz gebracht?» fragte Peyrac.

Die ironische Anspielung auf das volkstümliche Märchen, in dem die bösen Pläne der Königin vereitelt werden, brachte sie außer sich.

«Nein . . . aber er wird mir ihre Augen bringen. Ich habe es gefordert.»

War es schon Wahn, der aus ihr sprach, als sie triumphierend fortfuhr:

«Es sind zwei Smaragde. Ich werde sie in Gold fassen lassen und an meinem Herzen tragen.»

Angélique begriff jetzt. Joffrey hatte schon immer geahnt, daß Ambroisine eine perverse Kreatur mit schon verwirrtem oder besessenem Geiste war. Er sah sie jetzt gewiß mit demselben Ausdruck an wie damals, als er an ihrem Lager nachdenklich ihren Delirien gelauscht hatte. Seine Erfahrung und sein besonderes männliches Gespür für diese Art Frauen mußten ihn gewarnt haben.

«Ich sehe, daß Ihr mir nicht glaubt», begann Ambroisine von neuem mit der scharfen, ein wenig schrillen Stimme, mit der sie zu Menschen sprach, die von ihren Worten kein Aufhebens zu machen schienen. «Ihr seid wie sie! Sie wollte mir nie glauben. Sie lachte . . . ja, sie lachte! Jetzt ist dieses Lachen verstummt. Und es ist Eure Schuld. Ihr seid wie sie, Ihr wollt uns glauben machen, daß es Liebe gibt, daß *Eure Liebe* unverletzlich ist. Wahnsinnige ... Es gibt keine Liebe ... Eure Liebe habe ich zerbrochen ... Sie ist tot, versteht Ihr? Tot! Tot! Seht sie Euch an! Am Fuß der Klippen werdet Ihr ihren zerschmetterten Körper finden und anstelle der Augen schwarze Löcher ... Ah, endlich wird sie mich nicht mehr ansehen ... wie nur sie ein menschliches Wesen ansehen konnte. Niemand hat mich je so angesehen ... Sie betrachtete mich, und sie sah mich ‹davor›, sie sah meine menschliche Erscheinung ‹danach›, sie sah meinen Geist, aber sie hat sich nie von mir abgewandt, ist nie vor mir geflohen. Das war das Unerträgliche. Sie sah mir immer ins Gesicht und richtete immer das Wort an mich, nur an mich. Sie wußte, zu wem sie sprach, und dennoch hatte sie keine Angst. Und jetzt wird niemand mehr mich so betrachten, wird niemand mehr mich wirklich sehen ...»

Die Krise nahte. Stöhnen unterbrach die sich überstürzenden Worte.

Am Ende ihrer Kraft, hätte Angélique sich am liebsten die Ohren verstopft.

«Sie ist tot, hört Ihr? Sie ist tot! ... Was wird jetzt aus mir werden? ... Und es ist Eure Schuld, allein Eure Schuld, Verfluchter! Warum habt Ihr mich zurückgestoßen?! Warum habt Ihr mich mit Spott und Verachtung behandelt? Wie konntet Ihr es wagen? Ihr seid doch ein Nichts! Woher nehmt Ihr Eure Kraft? ... Wenn ich Euch wie die anderen hätte unterjochen können, hätte ich sie nicht getötet ... Ich hätte sie leiden sehen, und ihr Schmerz hätte mich entzückt ... Meine Mission bei Euch wäre erfüllt gewesen, während jetzt ... Sie ist tot! Und Ihr triumphiert! ... Was soll aus mir werden? Wie kann ich auf dieser gemeinen Erde bleiben?! Tötet mich! Macht ein Ende mit mir! ... Warum tötet Ihr mich nicht? Ist es Euch gleichgültig, daß sie tot ist? ... Ihr weint nicht einmal! Während ich weinen möchte ... angesichts einer solchen Niederlage ... Und ich kann es nicht ... *ich kann nicht weinen*!»

Ein rauhes Stöhnen drang aus ihrer Kehle, ferner Widerhall jenes unmenschlichen Schreis damals in der Nacht, in dem sich das Echo unergründlicher Verzweiflung mit ohnmächtiger Wut und erbarmungslosem Haß verband.

«Tötet mich!»

Peyracs Stimme wurde laut, ruhig und scheinbar gleichgültig, und sofort ließ die unerträgliche Spannung nach.

«Warum habt Ihr es so eilig, zu sterben, Madame? Noch dazu von meiner Hand? ... Möchtet Ihr meinem Konto etwa eine weitere Untat hinzufügen? ... Eine letzte Falle? ... Nein, ich werde Euch nicht den Gefallen tun. Euer Tod wird zu seiner Stunde kommen. Fürs erste schlägt die der Aufdeckung Eurer Verbrechen. Seid so gut, mich zu begleiten. Eure Komplicen warten auf Euch.»

«Meine Komplicen?»

Die Herzogin von Maudribourg schien plötzlich ihre ganze Dreistigkeit wiedergefunden zu haben.

«Ich habe keine Komplicen. Was ist das wieder für eine Geschichte?»

«Begleitet mich nur», wiederholte der Graf. «Ich werde sie Euch gegenüberstellen.»

Angélique hörte, daß die Herzogin sich erhob. Gleich darauf traten sie und Peyrac gemeinsam aus dem Haus.

Die Herzogin bemerkte Angélique nicht sofort. Sie blickte auf die jetzt von Booten und Schiffen wimmelnde Reede hinaus und dann zum Strand, der schwarz von Menschen war. Von weitem war es so gut wie unmöglich, zwischen den verschiedenen Mannschaften, den Bretonen und Basken, den Männern Peyracs und den Gefangenen zu unterscheiden.

«Wenn es Euch recht ist, gehen wir zum Strand hinunter», lud Peyrac sie ein.

Er sprach mit betonter Höflichkeit.

Sie wandte sich ihm zu, und erst in diesem Moment gewahrte sie Angélique nur wenige Schritte entfernt.

Nicht das kleinste Zucken in ihren Zügen verriet ihre Reaktion. Sehr schnell schweifte ihr Blick ab, als wollte sie die Vision löschen, die Tatsache aus der Welt schaffen.

Erschauernd strich sie mit den Händen über ihre nackten Unterarme.

«Reicht mir bitten meinen Mantel, Delphine», sagte sie mit lauter, ungezwungen klingender Stimme. «Es ist kühl.»

Obwohl die Sonne vom Himmel brannte, schien ihr Verlangen nicht seltsam. So peinvoll war dieser Augenblick, daß selbst Angélique sich bis ins Innerste wie erstarrt fühlte.

Die Herzogin hüllte sich in den weiten schwarzen, scharlachrot gefütterten Mantel mit dem eingestickten Wappentier der Maudribourg und begann zum Ufer hinunterzugehen.

Dort blieb sie stehen und musterte die Reihen ihr zugewandter anonymer Gesichter – Seeleute und Soldaten, Fischer und Gefangene –, unter denen einige ihr bekannte auftauchten: Job Simon und Cantor, Barssempuy und der Marquis de Ville d'Avray . . .

Angélique entdeckte plötzlich Pater Marc. Er begleitete eine Gruppe Franzosen, aus der sich ein sorgfältig, aber unauffällig gekleideter Mann mit gebieterischer, schlauer Miene abhob, der die Vorgänge mit einer Mischung von Interesse und Skeptizismus verfolgte. Er hatte Ville d'Avray begrüßt und einige Worte mit ihm gewechselt. Später würde sie erfahren, daß es sich um den Intendanten Carlon, den hohen canadischen

Beamten handelte, dem Joffrey am Saint-Jean aus einer bösen Lage herausgeholfen hatte.

Ambroisines Blick hatte unbeteiligt auf bekannten und unbekannten Gesichtern verweilt und die Männer in der vordersten Reihe der Gefangenen, unter ihnen den Mann mit den bleichen, marmornen Zügen, nur flüchtig gestreift. Nun wandte sie sich zu Peyrac, den sie allein zu sehen vorgab, und sagte gedämpft, um nur von ihm verstanden zu werden:

«Ihr seid sehr stark, Monsieur de Peyrac. Ich beginne zu begreifen, warum Ihr so viele Feinde habt und warum sie so entschieden Euren Untergang wollen.»

Und lauter fügte sie mit ihrer trügerischen Sirenenstimme hinzu:

«Was wünscht Ihr von mir, lieber Graf, und welchem Zweck dient diese Versammlung? Ich stehe zu Eurer Verfügung, aber ich würde gern Genaueres erfahren.»

Peyrac trat einige Schritte vor.

«Madame, Ihr seht hier Monsieur Carlon, Intendant Neufrankreichs. Ihr kennt Monsieur de Ville d'Avray, den Gouverneur Akadiens. In Anwesenheit dieser beiden hohen französischen Beamten beschuldige ich Euch zahlreicher in diesem Gebiet wie im Bereich der Französischen Bucht von Euch selbst und den hier anwesenden, unter Eurem Befehl stehenden Männern begangener Verbrechen, deren Schwere und Niedertracht Verurteilung und Sühne durch das Gericht der Menschen, wenn nicht Gottes fordern. Unter anderem klage ich Euch an, den Untergang des zum großen Teil auf Kosten der Krone Frankreichs gecharterten Schiffs *Einhorn* verursacht und kaltblütig die Ermordung ihrer Mannschaft sowie eines Teils der sich an Bord befindlichen, zur Vermehrung der Bevölkerung Canadas bestimmten jungen Frauen befohlen zu haben. Desgleichen die Sprengung des Schiffs *Asmodée* veranlaßt zu haben, der Monsieur de Ville d'Avray und eine große Anzahl von Personen nur wie durch ein Wunder entgangen sind. Endlich hier am Ort den Tod eines jungen Mädchens verschuldet und eine alte Frau mit eigener Hand vergiftet zu haben. Gar nicht zu reden von zahlreichen Mordversuchen an verschiedenen Orten, Piraterie und ähnlichem. Die Liste ist lang . . . Ich werde mich einstweilen mit diesen wenigen präzisen Beschuldigungen begnügen.»

Der Intendant hatte aufmerksam zugehört. Sein Blick glitt von Peyrac zur Herzogin von Maudribourg.

Er sah sie zum erstenmal, und obwohl nicht unbefangen, denn Peyrac hatte ihn im voraus in großen Zügen unterrichtet, war ihm deutlich anzusehen, daß es ihm nicht recht gelang, die Fülle dieser schmutzigen Verbrechen mit dieser entzückenden jungen Frau in Einklang zu bringen, die allein, zerbrechlich, mit ihrem in Winde flatternden langen schwarzen Haar und der Miene eines erschrockenen Kindes vor ihnen stand. Sie sah Peyrac mit geweiteten Augen an, als hätte er plötzlich den Verstand verloren, und murmelte, leicht den Kopf schüttelnd:

«Was sagt Ihr da? . . . Ich verstehe nicht.»

Und Angélique, die Carlon beobachtete, sah, daß er sich schon von der so rührend zur Schau getragenen Fragilität eines Waisenkindes hatte einfangen lassen.

Er näherte sich einen Schritt und hüstelte.

«Seid Ihr Euch dessen ganz sicher, was Ihr da aussagt, Graf?» fragte er schroff. «Es will mir ein wenig stark vorkommen, wie? Kann eine einzelne junge Frau all diese Dinge anrichten? . . . Wo sind die Komplicen, auf die Ihr angespielt habt?»

«Dort sind sie», sagte Peyrac, auf die Gruppe der sich hinter dem Bleichen, ihrem Anführer, drängenden Gefangenen weisend. Es war eine recht eindrucksvolle Schar von Schurken, einer wie der andere von Ambroisine und ihrem Bruder mit sicherem Instinkt für ihre verbrecherischen Möglichkeiten ausgesucht und durch das Geschenk ihres Göttinnenkörpers, das sie jedem von ihnen mindestens einmal gemacht hatte, fest mit ihr verbunden.

Man würde sie nicht zum Reden bringen. Sie zuckten nicht mit der Wimper, als Carlon auf Ambroisine wies und rief:

«Kennt Ihr diese Frau?»

Der Mann mit dem bleichen Gesicht richtete seinen steinernen Blick auf sie, dann schüttelte er langsam den Kopf und knurrte:

«Nie gesehen.»

Er äußerte sich so bestimmt, daß ein Teil der Versammelten den Eindruck gewann, die Herzogin müsse das Opfer eines ungeheuerlichen Irrtums sein.

Carlon runzelte die Stirn und fixierte Peyrac unfreundlich.

«Ich brauche Geständnisse», sagte er. «Oder Zeugen.»

«Ich habe einen», erwiderte der Graf ungerührt. «Noch dazu einen, der sich gewaschen hat. Es hat mich Mühe genug gekostet, ihn herzuschaffen. Ich mußte dazu bis Neufundland segeln. Aber hier ist er.»

# 63

Auf seinen Wink löste sich ein etwa fünfzigjähriger Mann aus einer Gruppe hinter ihm und trat zu Carlon. Er trug schwere Holzschuhe und einfache Kleidungsstücke aus grobem Leinen. Diese Ausstaffierung stand in seltsamem Gegensatz zu seinem noblen, gütigen Gesicht.

«Ich stelle Euch den Oratorianerbruder Quentin vor. Als Schiffsgeistlicher ist er an Bord der *Einhorn* gelangt, und er brauchte nicht lange, um den wahren Charakter dieser Expedition und der ‹Wohltäterin›, die sie leitete, zu entdecken. Sie hoffte, ihn leicht für sich gewinnen zu können, aber er wies ihre Annäherungen ab, und da er nun zuviel wußte, beschloß man, sich seiner zu entledigen. Er wurde auf der Höhe von Neufundland ins Meer gestürzt. Glücklicherweise fischte ihn ein Fischerboot rechtzeitig auf. Die hier anwesenden Mädchen des Königs wie auch Job Simon, Kapitän der *Einhorn*, können nicht leugnen, in ihm den Geistlichen wiederzuerkennen, der sie während eines Teils der Überfahrt begleitet hat und der, wie man ihnen sagte, durch einen Unfall über Bord gegangen und ertrunken sein soll.»

«Ich habe zweifellos durch Naivität gesündigt», erklärte der Oratorianer, zu Carlon gewandt. «Als mir gleich zu Beginn der Fahrt klar wurde, welch beklagenswerte Amoralität dank dieser Frau an Bord der *Einhorn* herrschte, glaubte ich, es würde genügen, ihr Vorhaltungen zu machen, um in dieser Hinsicht wieder Ordnung zu schaffen. Aber ich hatte es mit einem starken Gegner zu tun. Ich fand mich selbst ihrem Ansturm ausgesetzt und hatte jeden Tag unaufhörlich zu kämpfen, um mir die religiöse Ehrlichkeit zu erhalten, die ich meinem geistlichen Gelübde schuldig bin, und zugleich die Unschuld der in ihre Gewalt geratenen Seelen zu bewahren. Glaubt mir, Monsieur, wenn sich solche Dinge auf dem beschränkten Raum eines Schiffs ereignen, das man nicht fliehen kann, ist es recht . . . peinlich.»

«Wollt Ihr damit sagen, daß Madame de Maudribourg Euch vorschlug, ihr . . . ihr Geliebter zu werden?» fragte Carlon zweifelnd. Offensichtlich amüsierte ihn die Geschichte, und es fiel ihm schwer, ihr Glauben zu schenken.

Ambroisine rief in verzweifeltem Ton:

«Herr Intendant, ich weiß nicht, ob dieser Mann ins Meer geworfen wurde oder ob er sich selbst hineingestürzt hat, aber ich erinnere mich genau, daß er es war, der von Anfang an mir nachgestellt hat, und daß ich alle Mühe hatte, mich seinen unzüchtigen Annäherungen zu entziehen . . .»

«Lügen!» schrie eine Stimme.

Und Pater Marc sprang in den Kreis.

«Dieser Mann –», er wies auf den Oratorianer, «– ist nicht der einzige Geistliche, den Madame de Maudribourg in Versuchung führte. Ich kann es bezeugen, denn auch ich bin eins ihrer Opfer gewesen.»

«Ihr? Das kommt mir immerhin begreiflicher vor», murmelte der Intendant mit einem Blick auf das kraftvolle, klare Gesicht des Kapuziners.

Er hatte das dumpfe Gefühl, daß die Angelegenheit ihm über den Kopf zu wachsen begann.

«Wenn ich recht verstehe, haben Männer der Besatzung der *Einhorn*

Monsieur Quentin ins Meer geworfen . . . Dann wäre also Kapitän Job Simon ebenfalls ein Komplice.»

Der alte Simon stieß einen wilden Schrei aus.

«Das waren nicht meine Leute, die das gemacht haben», röhrte er, mit drei Sätzen nach vorn stürmend. «Das waren die drei Schufte, die ich auf ihren Befehl in Le Havre an Bord nehmen mußte. Ja, ich bin ein großer Lump! Sie hatte mich in der Hand. Ich wußte, daß es nicht nach Québec ging, sondern nach Gouldsboro. Ich wußte, daß ich es nicht sagen durfte. Ich wußte, daß sie ein böses Weibsbild und eine Hure ist, und ich habe gewußt, daß sie den Geistlichen umgebracht hatten. Aber was ich nicht wußte . . .»

Struppig und riesig ragte seine groteske Gestalt gegen den lichtweißen Himmel.

«. . . was ich nicht wußte, war, daß drüben von ihr bestellte Banditen auf uns warteten, um mein Schiff auf den Meeresgrund zu schicken und meine Leute zu massakrieren!»

Er schien in eine Art Veitstanz zu geraten, riß sich an den Haaren, warf die Arme gen Himmel und wirkte so völlig von aller Vernunft verlassen, daß Carlon, wie ihm deutlich anzusehen war, sich schon fragte, ob er nicht unter Irre geraten war.

«Ihr verliert den Verstand, Kapitän! Wenn sich Madame de Maudribourg selbst an Bord befand, ist es doch wohl unmöglich, daß sie Euer Schiff an den Klippen scheitern lassen wollte. Sie riskierte ja ihr eigenes Leben.»

«Sie hat das Schiff vorher verlassen . . . unmittelbar vorher. Ich hab mir nicht den Kopf darüber zerbrochen. Später, ja, da hab ich's begriffen . . . nach und nach . . . in Gouldsboro. Ich hab weiter so getan, als ob ich's nicht wüßte, weil ich kapiert hatte, daß sie mich umbringen lassen würde, wenn ich nicht den Idioten spielte . . . Umbringen . . . wie die anderen . . . Jemand töten, das stört sie nicht. Wenn ich an meine *Einhorn* denke, mein schönes Schiff! Und an meine Leute, meine Brüder, die sie massakriert hat!»

Er reckte die Faust gegen Ambroisine, und er war es, der ihr die furchtbare Anklage ins Gesicht schleuderte:

«Dämonin! Dämonin!»

## 64

Plötzlich schrie jemand: «Achtung! Er flieht! Er flieht!»

Den Umstand nutzend, daß aller Blicke sich Job Simon zugewandt hatten und niemand mehr auf die Gefangenen achtete, hatte sich der

Bleichgesichtige davongemacht. Er lief dem Uferrand zu und begann, von einem der Felsen zum andern zu springen, die die Ebbe freigelegt hatte. Seine Flucht war purer Wahnsinn. Was für Entkommenschancen hatte er, selbst wenn es ihm gelang, das offene Meer zu erreichen und ein paar Stunden zu schwimmen?

Aber so diabolisch wirkte der Mann, daß alle, die ihn im flirrenden Licht davonjagen sahen, darauf gefaßt waren, ihn vor ihren Augen verschwinden zu sehen, aufgesogen von den Hitzeschleiern des Horizonts, überzeugt, daß nichts ihn hindern würde, eines Tages wieder zu erscheinen, um seine Untaten auf Erden fortzusetzen. «Fangt ihn!» gellten Stimmen. «Fangt ihn!»

Wie ein irrlichternder Kobold schien er auf den Spitzen der Felsen zu tanzen, nun schon nahe dem Meer, das immer der Verbündete des Mörders mit dem Bleiknüppel gewesen war. Wenige Sprünge noch, und es würde ihn den Blicken der Menschen entziehen.

Von rechts kommend, tauchte in diesem Augenblick Hernani d'Astiguarra auf. Auch er sprang wie ein Tänzer von Fels zu Fels, verharrte plötzlich, eine schwarze Silhouette vor der gleißenden Weite von Meer und Himmel, hob den Arm mit der Harpune, bog sich zurück und schnellte sie ab.

Sie flog zischend dahin, die springend und zuckend abrollende Leine wie eine toll gewordene Schlange hinter sich herziehend.

Ein furchtbarer Schrei hallte über die Bucht.

Der Baske kehrte zum Strand zurück. Vorgebeugt, die Leine über die Schulter gezogen, schleifte er seine Beute hinter sich her.

Vor dem Grafen de Peyrac und Angélique angelangt, packte er das Ende seiner Harpune und schleuderte, wie er es mit einem Hai gemacht hätte, die Leiche des Gepfählten vor ihre Füße. Dann griff er in das Haar des Mannes und riß ihn hoch, damit alle das scheußliche Gesicht mit den starren, glasigen Augen und dem offengebliebenen Mund sehen könnten, das im Tod kaum bleicher war als im Leben.

Die Bestie war tot . . .

## 65

Im entsetzten Schweigen erhob sich ein so unmenschlicher Schrei, daß man nicht wußte, woher er kam.

Am wenigsten hätte man ihn dem anmutigen Geschöpf zugetraut, das in seinem düsteren Mantel in ihrer Mitte stand, zartes Opfer mit engelhaftem Gesicht.

Man begriff es erst, als Ambroisine, noch immer schreiend, sich wie eine Wahnwitzige über den leblosen Körper warf.

«Zalil», schrie sie, «mein Bruder! Mein Bruder! Nein, nicht du . . . Bleib! Du bist meine Kraft! . . . Laß mich nicht auf dieser gemeinen Erde zurück! Sie werden ihr Spiel mit mir treiben! Zalil! . . . Ohne dich bin ich verloren . . . Erinnere dich unseres Pakts! Dein Blut zieht meines nach sich . . . Du wirst mich aus meinem Körper reißen . . . Ich will nicht, ich will nicht! . . . Tu mir das nicht an, Verfluchter! . . . Kehre zurück! . . . Kehre zurück!»

Die Zeugen dieses Ausbruchs hysterischer Verzweiflung waren wie versteinert, und als sie sich wieder zu regen begannen, schien es, als ob sie, von einer plötzlichen gemeinsamen Panik ergriffen, auseinanderstieben würden, um das Unheimliche, Unbegreifliche nicht mehr sehen zu müssen.

Doch das Gegenteil geschah. Die Panik verschmolz sie zu einer kompakten, von Entsetzen, Empörung und Rachedurst explosiv erfüllten Gruppe, die sich wie ein Mann auf die Liegende stürzte.

Sie wurde von der Leiche gerissen, an die sie sich klammerte, mit Fäusten geschlagen, getreten, wütend mißhandelt, ihre Kleidung ging in Fetzen, nur ein blutender, entstellter Körper wand sich schließlich zwischen ihren Füßen . . .

Ohne recht zu wissen, warum, hatte Angélique sich in die Menge geworfen, um die Rasenden von ihrem Opfer zurückzureißen.

«Hört auf! Ich beschwöre euch, entehrt euch nicht . . . Zurück, Barssempuy! Schämt Euch, Pater Marc . . . ein Mann Gottes wie Ihr! . . . Kapitän Simon, Ihr mißbraucht Eure Kraft . . . seid nicht feige! . . . Schließlich ist es eine Frau!»

Außer sich vor Wut, schrien die Männer die Geständnisse ihrer Verzweiflung, ihrer geheimen Tragödien in den Wind.

«Sie hat mich in Versuchung geführt!»

«Sie hat mein Schiff versenken lassen!»

«Sie hat meine Brüder umgebracht!»

«Sie hat meine Liebste ermordet!»

«Mein Schiff! . . . Meine Brüder! . . . Meine tote Liebste . . . durch ihre Schuld! Sie, die Dämonin! . . . Sie ist eine Schlange! Man muß sie zertreten!»

«Zu mir, Marcelline! Zu mir, Yolande!» schrie Angélique.

Die beiden kräftigen Frauen kamen ihr zur Hilfe, und allen dreien gelang es, den geschundenen Körper der Herzogin aus dem Gewühl zu bergen, während Peyracs Autorität die Rasendsten beruhigte und seine spanischen Leibwächter ihre Lanzen kreuzten, um die, die noch gezögert hatten, davon abzuhalten, sich ins Getümmel zu stürzen. Nur wenige

335

Sekunden hatte dieser Ausbruch zerstörerischer, grausamer Wut gedauert, aber die, die an ihm beteiligt gewesen waren, blieben keuchend und wie erschöpft zurück.

Man ließ sie passieren. Sie waren Frauen. Es war ihr Recht, diese der Gewalttätigkeit der Männer ausgelieferte Frau zu retten.

Doch Angélique weigerte sich, über die Verirrung dieser Unglücklichen zu urteilen, wie sie sich auch nicht zu ihrem Eingreifen beglückwünschte, das mehr ein Reflex gegen die Entfesselung bestialischer Instinkte als das Verlangen gewesen war, ihrer Feindin zu helfen. Wäre sie zu der gleichen menschlichen Haltung fähig gewesen, wenn sie diesem entsetzlichen Geschöpf Abigaëls oder Cantors Tod oder den Verlust Joffreys zu verdanken hätte? . . . Und wenn sie am Ende eines erschöpfenden Kampfes, in dem ihr alle ihre Schwächen deutlich geworden waren, nicht schließlich doch Siegerin geblieben wäre?

Ja, sie war die Siegerin.

Ambroisine war nur noch ein armseliges, entstelltes Wrack, das sich selbst vor aller Welt angeklagt hatte und das nichts und niemand vor der irdischen Gerechtigkeit bewahren würde, wenn sie überlebte und so der himmlischen entging.

An den Beweisen für ihre Verbrechen war nicht zu rütteln, die Zeugenaussagen ließen keine Zweifel.

Es war das Ende ihrer Herrschaft und ihrer Macht auf dieser Erde. Ihr verfluchter Bruder, der bleiche Dämon, zog sie mit sich in Niederlage und Tod.

Ambroisine öffnete die Augen und hauchte:

«Übergebt mich nicht der Inquisition!»

Wie sie so auf dem Seegraslager in Angéliques Hütte lag, blutig, zerschlagen, der von den Fetzen ihrer einstigen gelben und blauen Kleiderpracht kaum verhüllte Körper über und über mit Wunden bedeckt, hätte sie Mitleid einflößen können, wenn der zwischen ihren geschwollenen Lidern schimmernde Blick die drei Frauen nicht noch immer hätte spüren lassen, daß sie von einem ihnen Verderben wünschenden Wesen beobachtet wurden.

«Warum habt Ihr sie gerettet?» fragte Marcelline halblaut.

«Ja, warum?» wiederholte hinter ihr der eben eintretende, von Peyrac und dem Intendanten Carlon gefolgte Marquis de Ville d'Avray.

Trotzdem schauderte es sie angesichts des jammervollen Zustands der Unglücklichen, die noch vor kurzem voller Leben und triumphierender Schönheit gewesen war.

«Ihre letzte Falle», wisperte Ville d'Avray, «die letzte Falle Satans: das Mitgefühl. Das blinder Wut ausgelieferte menschliche Gehäuse ist bemitleidenswert. Wir lieben unseren eigenen Körper zu sehr und weinen über sein Elend. Doch seien wir auf der Hut, Freunde. Solange ihr auch nur ein Atemhauch bleibt, sind wir in Gefahr. Und stirbt sie, ist es auch nicht viel besser. Ein böser Geist wird um die Insel der Dämonen irren und Schiffe zum Scheitern bringen.»

Er schüttelte den Kopf.

«Ah, die unsterbliche Seele! Eine gemeine Erfindung! Wir sind schön angeschmiert! Habt Ihr uns eine Lösung anzubieten, Herr Intendant, der Ihr Euch rühmt, mit allen Problemen fertig zu werden?»

Carlon verneinte. Die Ereignisse überstiegen sichtlich den Horizont der üblichen Interessen seines methodischen, gesetzten Verstandes. Sein Blick glitt von dem mißhandelten Körper zu den Gesichtern der anderen Anwesenden. Die Bedeutung ihres Ausdrucks entging ihm, denn er hatte noch nicht begriffen, was jeder von ihnen in dieser Frau auf dem Lager sah. Er war bleich wie der Tod, und man spürte, daß er sich unaufhörlich fragte, ob er nicht träumte.

Die große Marcelline hob plötzlich den Kopf, als höre sie etwas Ungewöhnliches, Alarmierendes.

«Die Indianer», sagte sie.

«Die Indianer? Was soll das heißen?» ächzte Carlon.

«Sie kommen . . .»

Peyrac sprang auf die Schwelle, die andern drängten sich hinter ihm.

Aus dem die Niederlassung einschließenden nahen Wald scholl Lärm herüber, der von Sekunde zu Sekunde lauter wurde. Das Dröhnen von Kriegstrommeln war zu vernehmen und das vielstimmige Geschrei der vorrückenden Krieger.

«Piksarett!»

Sie hatten sie fast vergessen! Piksarett und seine Brüder! Piksarett, der gesagt hatte: «Habt Geduld! Uniakeh und die Seinen und alle Stämme der Kinder der Morgenröte versammeln sich im Wald. Sie erwarten die Stunde, in der ich ihnen das Zeichen zur Rache an denen gebe, die unsere Blutsbrüder, unsere Verbündeten, ermordet haben und die dich, meine Gefangene, demütigen und verderben wollten!»

Vor kurzem hatten die Weißen versucht, ihre Konflikte den Gesetzen entsprechend zu lösen, nun aber schlug die Stunde der Indianer. Das lange, geduldige Wachen des Abenakihäuptlings an Angéliques Seite, sein Anteil an den Mühsalen und Gefahren, die sie hatte durchmachen müssen, und über deren Ernst und Hinterhältigkeit er sich keinen Moment im Zweifel gewesen war, schließlich sein wachsender Zorn auf die fremden Weißen, die gekommen waren, um den Frieden seiner Freunde zu stören und die Eingeborenen der Küste zu korrumpieren, all das mußte eines Tages mit einer gnadenlosen Metzelei enden.

«Hört!» murmelte Marcelline. «Sie kommen schneller.»

Das taktmäßige Dröhnen hatte einen anderen Rhythmus angenommen. Es war jetzt das Getöse eines Sturms, einer Springflut; das Meer trat über seine Ufer und wälzte sich in die Bereiche der Menschen.

Fast sofort zeigten sich am Waldrand wilde Gestalten, die zusehends zahlreicher wurden.

Gewiß, Angélique, Peyrac und ihre Getreuen hatten nichts zu fürchten, da Piksarett und seine Stämme heute für sie gegen Tidmagouche vorrückten. Aber man konnte nicht sicher sein, ob auch die Einwohner des Orts und die bretonischen Fischer verschont bleiben würden.

Schon hatte man am Strand das ferne Getöse gehört. Zwischen den Holzgestellen tauchte Nicolas Parys auf und trieb einen Schwarm Leute vor sich her.

«Lauft, so schnell ihr könnt, und sucht Schutz im Fort!»

«Bleibt hier, Monsieur Carlon!» rief Peyrac dem Intendanten zu. «Die Indianer kennen Euch nicht, und Ihr könntet in Gefahr geraten. Haltet Euch an Monsieur de Ville d'Avray und meine Frau. In ihrer Gesellschaft habt Ihr nichts zu fürchten. Aber rührt Euch nicht aus diesem Haus.»

Er lief mit großen Schritten zum Ufer hinunter.

«Wo sind die Mädchen des Königs?» erkundigte sich Angélique.

Sie entdeckte sie weiter oben in der Nähe des Forts, von weitem einer Schar aufgescheuchter Hühner ähnelnd, die vor dem Fuchs hinter die Palisaden flüchtete. Auf dem Türmchen waren zwei der spanischen Soldaten Peyracs zu sehen. Piksarett kannte sie und würde die unter ihrem Schutz Stehenden schonen.

Auch Cantor und d'Urville galoppierten den Strand entlang und riefen den bretonischen Fischern zu:

«Paßt auf! Die Indianer kommen! Sie haben es auf die Fremden abgesehen! Klettert in eure Boote! Aber beeilt euch!»

Die rote Flut brach los, wälzte sich in unwiderstehlichem Vordringen von überallher heran und überschwemmte in wenigen Minuten alles.

Es war zu befürchten, daß auch Unschuldige, wie die Männer Peyracs oder die Matrosen des baskischen Schiffs, die bei der Gefangennahme der Banditen geholfen hatten, dem blinden Ansturm zum Opfer fielen, aber Piksarett, der rächende Erzengel, schien von einem Ende der Front zum andern zu fliegen, überall seinen Kriegern die Schuldigen bezeichnend, die er im Laufe seines geduldigen Wartens mit sicherem Blick zu erkennen gelernt hatte.

Nicht einer entkam. Weder von den Matrosen der beiden gekaperten Schiffe noch von den Strandräubern, die den Untergang der *Einhorn* und der Schaluppe d'Arpentignys sowie das Attentat gegen die *Asmodée* auf dem Gewissen hatten. Auch Armand Dacaux, der Mörder der sanften Marie, entging seinem Schicksal nicht . . .

338

Angélique und Ville d'Avray waren auf die Schwelle der Hütte getreten. Noch immer drangen einzelne Schreie vom Strand herauf, fielen noch einzelne Schüsse, aber der Kampf schien zu Ende zu gehen.

«Und wenn sie sich der Herzogin bemächtigen wollen?» fragte der Marquis. «Sie werden nicht lange brauchen, bis sie erfahren, wo sie steckt.»

«Sie werden nicht hereinkommen», sagte Angélique. «Ich spreche mit Piksarett.»

Der große Häuptling hatte seine Scharen wieder gesammelt und kam, um von Angélique Abschied zu nehmen.

«Ich muß Uniakeh und seine Brüder nach Truro begleiten», sagte er. «Aber ich werde dich in Québec wiedersehen. Auch dort wirst du meiner Hilfe bedürfen.»

Er wandte sich zu Peyrac, der ihn begleitet hatte.

«Ich habe in zahllosen Gefahren über sie gewacht, aber ich bedaure die Mühe nicht, denn die Dämonen haben nicht den Sieg über sie davongetragen. Eine Bitte, die man an Gott in den Gebeten der Messepredigt richtet, lautet: ‹Mögen die Dämonen nicht den Sieg über uns davontragen›, und Gott hat uns erhört, denn ihre Feinde sind nun vernichtet.»

Mit den grellen Farben des Kriegs bemalt, reckte er sich in seiner ganzen Pracht, und von den an seinem Gürtel hängenden Skalpen rann das Blut an seinen Beinen herab.

Neben ihm wirkte Angélique zerbrechlich, eine weiße Frau aus einer fremden Welt, und dennoch war sie es, die die Irokesen Kawa nannten, und Piksarett war es zufrieden, mit ihnen, seinen geschworenen Feinden, das Vorrecht ihrer Verteidigung teilen zu können. In dem Blick, mit dem er sie betrachtete, funkelten Spott und Triumph.

«Erinnerst du dich, meine Gefangene, daß du in Katarunk einmal vor einer Tür standest? Ich wußte, daß Uttakeh, der Irokese, mein Feind, sich hinter dieser Tür befand, aber ich willigte ein, dir sein Leben zu lassen. Erinnerst du dich?»

Sie neigte bejahend den Kopf.

«Nun», fuhr der Wilde fort, «ich weiß auch heute, wer hinter jener Tür ist.» Und er wies auf die Tür ihres Hauses, in dem die Dämonin lag. «Aber wie damals lasse ich dir ihr Leben, denn es ist dein Recht, darüber zu entscheiden.»

Er tat, als entferne er sich feierlich, wandte sich jedoch noch einmal um und rief ihr zu:

«Sie war deine Feindin! Ihr Haar gehört dir!»

Ambroisines Haar! Das prachtvolle, berauschend duftende Vlies! . . . Etwas Weibliches, Lebendiges, Weiches, ein Ausdruck irdischer Schönheit, geschaffen für den Genuß des Lebens, für Zärtlichkeit und Liebe wie ihr eigenes Haar, über das sie Joffreys Hand in einer besitzergreifenden, innigen Liebkosung gleiten fühlte.

Ambroisines Haar? . . . Was täte sie damit?

Die Dämmerung sank über einen blutigen Strand, über dem sich schnell eine dunkle Wolke von Vögeln sammelte.

«Dieser Piksarett ist großartig», bemerkte Ville d'Avray befriedigt. «Die Ruhe ist wieder eingekehrt. Die Säuberung wurde schnell und gründlich durchgeführt. Alles ist in schönster Ordnung. Kein Prozeß vor religiösen oder weltlichen Gerichten. Niemand wird endlose Zeugenaussagen von uns verlangen, die uns womöglich noch auf die Anklagebank oder gar, wer weiß, auf den Scheiterhaufen der Inquisition bringen. Vortrefflich! Vortrefflich! Diese Indianer sind zuweilen höchst wertvoll, ich erkenne es an, trotz ihrer bedauerlichen Gewohnheit, sich mit übelriechenden Fetten zu beschmieren.»

«Was Ihr da sagt, ist geradezu schändlich!» rief Carlon entrüstet. «Ich erkenne Euch nicht wieder. Ein so empfindsamer Mann wie Ihr! Ihr habt eine Art, über dieses unmenschliche Gemetzel zu sprechen, die mich durch ihren Zynismus verblüfft.»

«Und doch war es die beste Lösung. Man weiß, wohin Prozesse wegen Giftmischerei und Magie führen können.»

«Aber ich bin in diese Sache verwickelt worden!» protestierte der Intendant erschrocken. «Ich muß dem Großen Rat von Québec darüber berichten.»

«Nur das nicht! Es ist viel zu kompliziert! Löschen wir es lieber aus unserem Gedächtnis, wie der Wind und die Vögel alle Spuren dieses Tages auf dem Sand dieses Strandes löschen werden. Wegen einiger hochmögender Herren brauchen wir nicht freiwillig in einen nach Schwefel duftenden Misthaufen zu tauchen. Verhaltet Euch nur schön ruhig! Zur Belohnung werde ich Euch die ganze Geschichte vom Anfang bis zum Ende erzählen. Ich kenne alle Einzelheiten. Das wird unsere Winterabende angenehm beleben.»

«Aber . . . da bleibt noch diese Herzogin von Maudribourg.»

«Ihr habt recht. Tot oder lebendig, sie hat noch nicht aufgehört, uns zu belästigen.»

Ambroisine de Maudribourg lebte noch immer, obwohl sie ihrem letzten Seufzer nahe schien.

Marcelline brachte als einzige die nötige moralische Kraft auf, sich ein wenig um sie zu kümmern.

Um diese Zeit lud der alte Nicolas Parys die ganze Gesellschaft in den Saal seines Forts.

«Ich habe Euch einen Vorschlag zu machen», sagte er zu Peyrac, «der

Euch von dieser Frau befreien soll. Ihr wißt, daß ich Canada verlassen und Euch meinen Besitz überlassen will. Der Preis wäre noch zu bestimmen, aber ich werde nicht allzu gierig sein. Vor allem möchte ich diese Herzogin von Maudribourg heiraten. Ich liebe diese Art Teufelinnen und werde ihre Taler knacken. Und wenn keine mehr dasind, wird sie mir das Geheimnis des Goldmachens geben. Sie kennt es.»

«Aber Ihr seid verrückt!» kreischte Ville d'Avray. «Diese Hexe wird Euch, falls sie noch lange genug zu leben hat, ebenso vergiften wie ihren herzoglichen Gemahl und nicht wenige ihrer sonstigen Liebhaber.»

«Das ist meine Angelegenheit», brummelte der alte König der Ostküste. «Wie steht's also? Sind wir uns einig?»

Als die Nacht hereinsank, ließ er rauchende Fackeln anzünden, um eine Bilanz und Einschätzung seiner Güter für seinen Nachfolger, den Grafen de Peyrac, aufzustellen.


# 66

Aber am Abend dieses Tages gellte in die schon tiefe Finsternis ein Schrei:

«Sie ist geflohen!»

Panik ergriff fast alle, die ihn hörten, und Angélique war nicht weit davon entfernt, das abergläubische Entsetzen der meisten zu teilen.

Lebendig oder tot – Ambroisines Schatten würde ihnen auch weiterhin keine Ruhe lassen.

Sie hatten zu sehr unter ihrer Bosheit und Verschlagenheit gelitten, um sich so rasch vor ihren Hexenkunststücken sicher zu fühlen.

Die große Marcelline war also ohnmächtig vor dem Kamin gefunden worden, das Lager der Dämonin war leer und das Fenster zum Wald geöffnet gewesen.

«Ich stocherte im Feuer», erzählte die Akadierin, «und drehte ihr dabei natürlich den Rücken zu. Wie hätte ich mir auch vorstellen können, daß sie aufstehen würde! Sie war ja halb tot und hatte seit Stunden nicht mal den kleinen Finger gerührt . . . Plötzlich war sie hinter mir und packte mich mit unglaublicher Kraft. Ich glaube, sie wollte mich in die Flammen stürzen. Ich hab mich gewehrt. Als ich mich umdrehte, sah ich ihr Gesicht. Gräßlich! Ihre Haare wanden sich wie Schlangen. Und zwischen den Wunden und den schwarz angelaufenen Flecken von den Schlägen funkelten ihre Augen wie die des Teufels, und ihre Zähne . . . glaubt mir, ich hab's deutlich gesehen . . . unter ihren Zähnen waren zwei längere und spitzere als die andern . . . Vampirzähne! . . . Das Herz ist mir stehengeblieben. Ich glaube, ich bin ohnmächtig geworden und hab mir im Fallen den Kopf kräftig am Kamin gestoßen. Als ich wieder zu mir kam, hab ich gleich gesehen, daß sie durchs Fenster gesprungen war. Seht einmal nach, ob sie mich nicht mit ihren Hauern gebissen hat. Falls ja, bin ich reif für die Hölle!»

Mutig bot sie ihren schönen weißen und festen Hals der Musterung dar. Sie war auch zu weiterem bereit, doch Ville d'Avray versicherte ihr auf die gelehrteste und theologischste Weise, daß keinerlei Bißspuren zu sehen seien und daß sie von dieser letzten Attacke der Helfershelferin Satans nichts zu befürchten habe.

Trotz allem gingen die Wogen der Aufregung hoch. Peyrac beschwichtigte die Gemüter, indem er erklärte, daß eine mit ungewöhnlichen psychischen Eigenschaften begabte Person wie die Herzogin von Maudribourg trotz der Schwere ihrer Verletzungen jäh übermenschliche Kräfte entfalten könne, die es ihr möglich machten, aufzustehen, zu laufen, in einer letzten rasenden Aufwallung von Vitalität zu flüchten, aber im Wald werde sie auf keinen Fall weit kommen.

Einige Männer wurden ihr nachgeschickt, die jedoch zurückkehrten, ohne eine Spur von ihr gefunden zu haben.

Die Dunkelheit war auch schon zu tief, der Wald feindselig, und über dem Strand, wo man bereits die Toten verscharrte und in dieser Nacht niemand den Mut aufbrachte, sich zur Ruhe zu begeben, lag eine schwere, bedrückende Atmosphäre.

Eine Vision bedrängte Angélique, und sie erschauerte.

Sie sah . . . ja, sie sah . . .

Es war, als ob das Band, das sie durch die Erbitterung eines geheimen, verbissenen Kampfes an ihre schlimmste, zu ihrer Vernichtung entsandten Feindin gefesselt hatte – als ob dieses Band sie noch einmal mit derjenigen verknüpfte, die sie bis in ihr Innerstes hatte kennenlernen müssen, um sich ihrer erwehren zu können. Und sie sah . . .

Sie sah die wahnsinnige Frau in den Fetzen ihres seidenen Kleides durch den wilden Wald Amerikas fliehen . . . und auf ihren Spuren eine dunkle, seidig glänzende Kugel, die hinter ihr unter dem Dickicht hindurchzurollen schien, der Flüchtenden näher kam, immer näher, auf ihre Schultern sprang, sie niederwarf und mit ihren Krallen zerriß, während die Augen des Tieres feurig aufglühten und ein dämonisches Grinsen seine scharfen weißen Fänge entblößte. Das Ungeheuer! . . . Das Ungeheuer, von dem die Prophezeiung sprach: «. . . Und ich sah aus dem Unterholz eine Art haariges Ungeheuer hervorbrechen, das sich auf die Dämonin warf und sie zerfetzte, während ein junger Erzengel mit blitzendem Schwert sich in die Wolken erhob . . .»

«Wo ist Cantor?» rief Angélique.

Und sie begann ihn überall zu suchen, lief von Gruppe zu Gruppe, ohne seinen blonden Schopf zu entdecken. Wäre sie ihm begegnet, hätte sie gefragt: «Wo ist dein Vielfraß, Cantor? Wo ist Wolverine?»

Aber sie fand weder den einen noch den anderen. Marcelline, die die Nachwirkungen ihrer Ohnmacht überwunden hatte und sich über ihre Unruhe wunderte, sagte ihr:

«Warum beunruhigt Ihr Euch? Was soll Eurem Cantor schon passieren? Schließlich ist der Junge kein Baby mehr. Aber ich verstehe Euch schon. Wir Mütter sind uns alle gleich.»

Der Suche müde, setzte sich Angélique auf die Bank vor ihrer Hütte.

Sie zog ihren Mantel fest um sich zusammen. Es war das letzte Mal, daß sie sich in der angstvollen Isolierung dieser nur ihr wahrnehmbaren Tragödie fand, die sie nun verließ, wie man ein Land nach kurzem Besuch verläßt, in das man gewiß nie zurückkehren wird, aus dem man aber einige wertvolle Erfahrungen mitnimmt.

Der Mond stieg hinter den Klippen auf. Überall auf dem Strand glühten Feuer. Die Lichter der Schiffe spiegelten sich tanzend im Wasser der Bucht. In den Hütten am Ufer schlief niemand. Die Bretonen machten sich trübselig an ihre Vorbereitungen zum Aufbruch und hievten die letzten Tonnen mit gesalzenem Kabeljau an Bord.

Peyrac trat aus dem Dunkel.

Er setzte sich neben Angélique, legte einen Arm um ihre Schultern und zog sie sanft an sich.

Sie wollte ihm von Cantor erzählen und von der Vision, die sie verfolgte, aber sie schwieg.

Es war besser, diese Minuten auszukosten, den Alptraum abzuschütteln, sich von dem grausamen Auge in Auge zu erholen.

Es schien ihr, als habe sie sich verändert oder vielmehr, als habe sie etwas erworben, was ihr bisher unzugänglich gewesen war und was sie anders machte. Dieses noch kaum definierte Etwas fügte sich ihrer Persönlichkeit hinzu und stärkte sie. Aber sie wußte nicht genau, was sich die Zukunft für sie selbst vorbehielt, und deshalb empfand sie das Bedürfnis, zu schweigen. Später würde sie entdecken, daß sie duldsamer geworden war, nachsichtiger mit menschlichen Schwächen, aber auch zurückhaltender, weniger abhängig von ihrer Umgebung, freier, was Geist und Herz anbelangte, freundschaftlicher zu sich selbst, fähiger, den Reiz des Lebens zu genießen, vertrauter dem Unsichtbaren verbunden, dem nie Ausgesprochenen, das in den Tiefen die Handlungen des Menschen bestimmt. Reichtum ohne Preis, unschätzbarer Besitz, den die sich zurückziehende Flut des Unheils in ihrer Seele hinterließ.

Das Warten veränderte in ihr nach und nach seine Bedeutung, führte zu Vertrauen, zu Glück, zur Freude der Gewißheiten.

Hin und wieder küßte Joffrey ihre Stirn, streichelte ihr Haar. Nur wenige Worte fielen zwischen ihnen im Laufe dieser Nacht, die zwischen dem unbekannten Morgen und dem tragischen Gestern voller Blut und Verwünschungen noch eine Nacht des Wartens war.

Einmal nur sprachen sie über Ambroisine.

«Wie ist sie eigentlich hierhergekommen?» fragte Angélique.

«Mit der *Gouldsboro*. Ich fand sie in La Hève, wo der eingeschüchterte Phips sie abgesetzt hatte. Er wollte lieber auf seine Geiseln verzichten, als sich weiter einer solchen Versucherin auszusetzen. Es war unmöglich, Frauen in diesem trübseligen Ort zu lassen. Ich mußte sie hierher mitnehmen, wo sie größere Chancen hatten, ein Schiff nach Québec zu finden.»

«Und das war nun Eure Gelegenheit, Euch der Versucherin auszusetzen?»

Joffrey lächelte, ohne etwas zu erwidern.

Angélique fuhr fort:

«Sicherlich hat sie im Verlauf dieser Fahrt Euer Wams gestohlen. Woher ahnte sie, daß sie es eines Tages brauchen könnte, um mich zur Verzweiflung zu treiben? Wie konnte sie wissen, daß ich je nach Tidmagouche kommen würde? . . . Sie sah alles voraus . . . Hat sie ein Rendezvous in Port-Royal mit Euch verabredet, bevor sie Gouldsboro verließ?»

«Mit mir? . . . Ein Rendezvous? . . . Wozu hätte mir ein Rendezvous mit dieser Hexe gedient?»

«Sie wollte mich davon überzeugen.»

«Und habt Ihr es geglaubt?»

«J . . . ja . . Für Momente.»

«Und natürlich habt Ihr auch ein wenig gezittert.»

Er sah ihr in die Augen und lächelte.

«Ihr? Die Verführerin, die niemals Niederlagen gekannt, die sich sogar die Herzen von Monarchen und Tyrannen unterworfen hat?»

«War sie nicht eine gefährliche Rivalin? . . . Besser gerüstet als ich in nicht wenigen Dingen, die Euch gefallen mußten: in Gelehrsamkeit, zum Beispiel . . .»

«Eine künstliche und leicht verdächtige Gelehrsamkeit, die mich mehr beunruhigte als anzog. Wie konntet Ihr zweifeln, mein Schatz! Seid Ihr Eurer eigenen unvergleichlichen Verführung, Eurer zauberischen Macht über mich so wenig gewiß? Wißt Ihr nicht, daß eine echte Frau, der die seltene Gabe verliehen ist, zugleich voller Geheimnis und ungekünstelter Einfachheit zu sein, die Leidenschaft eines Mannes weit stärker anzieht, als Weiberhelden sich das im allgemeinen träumen lassen?

Gewiß, die Anziehungskraft der berauschenden Reize eines schönen Körpers auf uns Männer ist nicht zu unterschätzen, aber was hätte ich bei dieser Frau trotz ihrer unbestreitbaren Trümpfe zu suchen gehabt, da ich mich doch längst unter das Joch Eurer Schönheit und Eures Charmes gebeugt hatte? . . .

Sie witterte meinen Verdacht sofort, und da besagte Trümpfe nicht auf mich wirkten und sie auch ahnte, daß mein Mißtrauen gegen sie mich in Gouldsboro zurückhielt, gab sie vor, es zu verlassen. Kaum hatte ich jedoch den Rücken gekehrt, um zum Saint-Jean zu segeln, war sie wieder zur Stelle, um Euch, mein Liebstes, in ihren Netzen zu fangen. Ihr seht, daß auch ich, mißtrauisch, wie ich bin, nicht alle Winkelzüge einer so diabolischen Kreatur vereiteln konnte.»

«Wenn ich an sie denke», murmelte Angélique erschauernd, «beginne ich zu verstehen, warum die Kirche die Frauen fürchtet und ihnen mißtraut.»

«War sie nur eine Frau?»

Der Morgen brach an mit ungewöhnlichem Glanz, und in den ersten Strahlen der Sonne sahen sie Cantor den Pfad entlangkommen, der oberhalb des Dorfs der Küste folgte.

Während er friedlich dahinschritt, blickte er über das Meer, das sich im frühen Licht golden und glitzernd bis zum Horizont breitete.

Die verschwenderische Pracht der Stunde unterstrich noch seine jugendliche Schönheit. Glanz schien wie eine Aureole sein blondes Haar zu umstrahlen, seine Bewegungen waren sicher und voller Anmut, und von seiner ganzen Person ging etwas Reines, Unbestechliches aus.

«Der Erzengel der Gerechtigkeit!» Hatte Ambroisine ihn nicht selbst einmal so bezeichnet?

«Woher kommst du?» fragte ihn sein Vater, als er vor ihnen stehen blieb.

Und Angélique: «Wo hast du geschlafen?»

«Geschlafen?» fragte er ein wenig erhaben. «Wer hat in dieser Nacht hier an der Küste schon geschlafen?»

«Und Wolverine? Wo ist er?»

«Er streift durch die Wälder. Vergeßt nicht, daß er ein Raubtier ist.»

Er trat näher, um seinen Vater zu begrüßen und die Hand seiner Mutter zu küssen. Dann, unversehens von einem Gedanken gestreift, wurde er wieder Kind und sagte lebhaft:

«Ich habe Gerüchte gehört, daß Ihr nach Québec geht und daß wir den Winter über dort bleiben . . . Das würde mir gefallen. Nach all der Seefahrerei und Waldläuferei wäre ein bißchen Salonluft gar nicht übel. Meine Gitarre hat schon so lange nichts für das Vergnügen junger Mädchen getan, daß sie allmählich einrostet. Was sagt Ihr dazu, Vater?»

Man fand die schrecklich verstümmelte Leiche Ambroisine de Maudribourgs am Rande eines Sumpfs. Es schien, als sei sie von einem Wolf oder von einer Wildkatze angegriffen worden. Nur die bunten Fetzen ihrer Kleidung machten es möglich, sie zu identifizieren.

Der Geistliche von Tidmagouche, der alle Hände voll zu tun hatte, die vielen Toten zu beerdigen, und darüber sogar seine üblichen Trinkgelage vergaß, suchte den Grafen de Peyrac auf.

«Muß ich ihr Sündenerlaß erteilen?» erkundigte er sich besorgt. «Man sagt mir, daß diese Frau vom Dämon besessen gewesen sei.»

«Erteilt!» antwortete Peyrac. «Es ist ohnehin nur ein Körper ohne Leben. Er hat ein Anrecht auf die Achtung der Menschen.»

# 67

Dieses tragische Ende nahm Nicolas Parys beträchtlich mit. Der alte Bandit konnte den Schlag, der seine Absichten auf das Vermögen der Herzogin von Maudribourg durchkreuzt und, wer weiß, vielleicht auch seine senilen Hoffnungen auf eine späte Leidenschaft vereitelt hatte, nicht verwinden.

Sein Haar wurde in zwei Tagen weiß, er schlurfte gebeugt durch sein Fort, verschleuderte in einigen hastig abgeschlossenen Verträgen trotz der Proteste Ville d'Avrays, daß zuvor die Regierung in Québec benachrichtigt werden müsse, seine Ländereien an den Grafen de Peyrac und stieg ein letztes Mal zum Strand hinunter, um sich auf den bretonischen Kabeljaufischer einzuschiffen.

Die Brise war scharf, und die zum Abschied Versammelten sahen ungeduldig und fröstelnd zu, wie der Marquis de Ville d'Avray, der den alten Parys «auf ein Wort» beiseite gezogen hatte, endlos mit ihm tuschelte, die Köpfe dicht beieinander, Nase an Nase wie im Beichtstuhl. Endlich beendeten sie ihr Gespräch, das, nach ihren Mienen zu schließen, von äußerster Wichtigkeit gewesen sein mußte.

Dann stieg der Alte in seinem weiten, flatternden Umhang, die Geldkassette unter den Arm geklemmt, in die auf ihn wartende Schaluppe. Wenig später setzte der Kabeljaufischer die Segel. Parys wandte Tidmagouche für immer den Rücken.

Ins Fort zurückgekehrt, gab Ville d'Avray händereibend das Geheimnis seiner ausgedehnten Konversation preis.

«Ein vorzügliches Geschäft! Ich habe dem alten Filou gesagt, ich würde ihm unter einer Bedingung die Summe erlassen, die er mir für letztes Jahr schuldig ist: Er müsse mir das Rezept des Spanferkelbratens verraten, der uns am Abend nach unserer Ankunft vorgesetzt wurde. Erinnert Ihr Euch, Angélique? . . . Nein? . . . Nun ja, wir waren an diesem Abend alle ein wenig in Sorge, aber das knusprige Ferkelchen war wirklich köstlich, und ich weiß, daß der Schurke ein Gourmet ist und bei Gelegenheit selbst mit Hand anlegt. Er war Koch, bevor er zum Strandräuber und schließlich zum Strandbesitzer avancierte. Kurz und gut, er hat mir, da ihm keine andere Wahl blieb, alles anvertraut. Ich kenne sein Geheimnis bis zum letzten Pfefferkörnchen. Es ist ein karibisches Rezept, das ihm ein Bukanier, einer seiner Freunde, beigebracht hat, dem es wiederum auf einem Umweg über China zugeflogen ist . . . Nun, wir werden es ausprobieren, wenn wir alle in Québec gemütlich zusammensitzen.»

«Ich bitte Euch», warf Carlon ein, der ebenfalls am Abschied teilgenommen hatte, und wandte sich an Peyrac, «klärt mich auf, ob es sich um einen Scherz oder um ein ernsthaftes Projekt handelt. Ich habe schon mehrfach gehört, daß der Marquis mit Madame de Peyrac davon spricht, als unterläge es nicht dem geringsten Zweifel, daß Ihr selbst und Eure Gattin Euch nach Neufrankreich und sogar in seine Hauptstadt begeben und dort den Winter verbringen wollt.»

«Selbstverständlich werden sie sich dorthin begeben», versicherte Ville d'Avray kampflustig. «Ich habe sie zu mir eingeladen und werde nicht zulassen, daß sich irgend jemand unhöflich meinen Gästen gegenüber benimmt.»

«Ihr überschreitet wahrhaft alle Grenzen!» erregte sich der Intendant. «Ihr sprecht darüber, als ginge es darum, Euch zu einem Mitternachtsschmaus ins Maraisviertel zu begeben! Wenn Ihr Euch etwas in den Kopf gesetzt habt, weigert Ihr Euch, den Realitäten ins Gesicht zu sehen. Wir sind nicht im Herzen von Paris, sondern Tausende von Meilen entfernt und für riesige, kaum bevölkerte und gefährliche Territorien verantwortlich. Die Position Monsieur de Peyracs ist die eines Eindringlings, den zu vertreiben mehr oder weniger unsere Pflicht ist, und wenn er sich wirklich anschickte, Québec aufzusuchen, müßten wir ihn als Feind betrachten. Zudem ist Euch nicht unbekannt, daß die Ansicht der Stadt, was die Frau Gräfin anbelangt, sehr geteilt ist. Aus vielleicht nicht durchweg vernünftigen Gründen schreibt man ihr okkulte Kräfte zu und hat Schauergeschichten über sie verbreitet. Wenn sie die Unklugheit besäße, nach Québec zu kommen, würde man mit Steinen nach ihr werfen.»

«Ich habe Kugeln, um den Steinen zu antworten», entgegnete Peyrac.

«Ausgezeichnet! Ich registriere Eure Erklärung!» triumphierte Carlon spöttisch. «Habt Ihr's gehört, Marquis? . . . Es fängt gut an!»

«Pax!» rief der Marquis gebieterisch. «Wir werden in kurzem ausgezeichnete Hummer verspeisen, wenn ich über den Küchenzettel des Tages recht unterrichtet bin. Das beweist, daß sich alles arrangieren läßt. Ich werde Eure Sprache sprechen, Monsieur Carlon. Politisch drängt sich der Besuch Monsieur de Peyracs auf. Da wir weitab von der Sonne sind, das heißt von den Launen Versailles' und der Pariser Beamten, sollten wir davon profitieren und wie vernünftige Menschen handeln, die sich zuerst an einen Tisch setzen, um miteinander zu reden, bevor sie handgemein werden. Deshalb, und nicht aus Leichtfertigkeit, wie Ihr anzudeuten beliebtet, bestehe ich so auf diesem Besuch. Und es ist unerläßlich, daß Madame de Peyrac ihren Gatten begleitet, eben um durch ihre Gegenwart und die so gegebene Möglichkeit, sie besser kennenzulernen, die durch Gerüchte geweckte Feindseligkeit aus der Welt zu schaffen. Gerüchte ohne jede Begründung, aber systematisch zu dem einzigen Zweck ausgestreut, die öffentliche Meinung gegen jede andere Lösung des Konflikts mit dem Grafen als die gewaltsame einzunehmen.»

«Ausgestreut durch wen?» fragte Carlon aggressiv.

Ville d'Avray ließ seinen Einwurf unbeantwortet, da er wußte, daß Carlon den Jesuiten völlig ergeben war. Es war nicht der rechte Augenblick, in der Glut unter der Asche zu stochern.

«Gebt zu, daß ich recht habe», fuhr er fort. «Ihr habt Euch hier wie am Saint-Jean davon überzeugen können, daß Monsieur de Peyrac, der den Hafen Gouldsboro gegründet und sich längs des Kennebec festgesetzt hat, weder ein Witzemacher noch ein Mann ist, der sich leicht vertreiben lassen dürfte. Die Klugheit liegt also im Kompromiß, wenn wir den Frieden Neufrankreichs im allgemeinen und den Akadiens im besonderen erhalten wollen.»

«Ich sehe schon!» konstatierte Carlon bitter. «Ich wette, Ihr habt Euch schon mit ihm Eurer Dividenden wegen arrangiert!»

«Wer hindert Euch denn, ein Gleiches zu tun?» entgegnete Ville d'Avray.

Um das Haupthindernis gegen die von ihm insgeheim längst beschlossene Reise – Angéliques Abneigung gegen eine längere Trennung von ihrer Tochter – zu beseitigen, hatte Peyrac durch eine Botschaft nach Wapassou Auftrag gegeben, die kleine Honorine nach Gouldsboro geleiten zu lassen und sie von dort zu Schiff zum Sankt-Lorenz-Golf zu schicken.

Sie mußte schon an Bord der *Rochelais* unterwegs sein und in den nächsten Tagen eintreffen.

So geschah es, daß bald darauf die kleine Flotte des Grafen de Peyrac aus der Bucht von Tidmagouche zur Fahrt nach Québec aufbrach.

Während sich die verstreuten Schiffe unter dem Wind zum Konvoi sammelten, zog Joffrey Angélique in die luxuriöse Kajüte im Heckaufbau der *Gouldsboro*, die während der nächsten Zeit ihr Refugium sein würde.

«Ich habe ein Geschenk für Euch», sagte er, auf ein Schmuckkästchen auf dem Tisch weisend. «Erinnert Ihr Euch noch an das, was wir uns neulich sagten? . . . Daß wir uns nie mehr verlassen würden?»

«Es war vielleicht anmaßend. Aber ich spürte in diesem Augenblick, daß selbst dann, wenn die Realität des Lebens uns noch einmal zwänge, uns vorübergehend zu trennen, das Band, das uns vereint, nicht gefährdet sein würde.»

«Ich habe das gleiche gefühlt, und deshalb scheint mir der Augenblick gekommen . . .»

Er unterbrach sich, nahm beide Hände Angéliques und hielt sie in den seinen, wie um sich zu sammeln.

«Der Augenblick scheint mir gekommen, das geheiligte Band, das uns seit so langer Zeit vereint und dessen Symbol uns einst so grausam entrissen wurde, erneut zu bestätigen.»

Er öffnete das Kästchen, und sie sah auf schwarzem Samt zwei goldene Ringe. Er schob einen von ihnen auf den Ringfinger seiner linken Hand, wie er es damals unter der Segensgeste des Bischofs von Toulouse getan hatte, dann den anderen auf den Finger Angéliques. Darauf küßte er die beiden Hände, die er hielt, und murmelte inbrünstig:

«Fürs Leben, für den Tod und für die Ewigkeit . . .»

Die Schiffe hatten indessen ihre Positionen vor dem Wind eingenommen. Auf ein Signal der *Gouldsboro* setzten sie sich in Bewegung und nahmen Kurs auf Nordwest, der Mündung des Sankt-Lorenz-Stroms entgegen.

# *Angélique-Romane*
## *bei Blanvalet:*

**Angélique**
800 Seiten.

**Angélique und der König**
534 Seiten.

**Unbezähmbare Angélique**
553 Seiten.

**Angélique, die Rebellin**
502 Seiten.

**Angélique und ihre Liebe**
501 Seiten.

**Angélique und Joffrey**
526 Seiten.

**Angélique und die Versuchung**
517 Seiten.

**Angélique und die Dämonin**
515 Seiten.

**Angélique und die Verschwörung**
415 Seiten.

**Angélique, die Siegerin**
760 Seiten.

**Blanvalet**